许辉中短篇小说典藏

十棵大树底下
SHI KE DASHU DIXIA

时代出版传媒股份有限公司
安徽文艺出版社

许辉，安徽省作家协会主席，中国作家协会全国委员会委员，中国作家协会全国散文委员会委员，安徽大学兼职教授，曾任茅盾文学奖评委。著有中短篇小说集《夏天的公事》《人种》等，长篇小说《尘世》《王》等，散文随笔集《和地球上的小麦单独在一起》《和自己的淮河单独在一起》《又见炊烟》《涡河边的老子》等。短篇小说《碑》曾作为全国高考、高校考研大试题，中短篇小说《碑》《夏天的公事》等被翻译成英、日等多国文字，收入大学教材。作品多次获国内文学大奖。

许辉中短篇小说典藏

十棵大树底下

SHI KE DASHU DIXIA

许 辉 ◎ 著

时代出版传媒股份有限公司
安徽文艺出版社

图书在版编目（CIP）数据

十棵大树底下/许辉著. —合肥：安徽文艺出版社，2018.10
（许辉中短篇小说典藏）
ISBN 978-7-5396-6314-2

Ⅰ. ①十… Ⅱ. ①许… Ⅲ. ①中篇小说－小说集－中国－当代②短篇小说－小说集－中国－当代 Ⅳ. ①I247.7

中国版本图书馆 CIP 数据核字（2017）第 330573 号

出 版 人：朱寒冬		出版策划：朱寒冬	
责任编辑：何 健 韩 露		装帧设计：徐 睿 张诚鑫	

出版发行：时代出版传媒股份有限公司　www.press-mart.com
　　　　　安徽文艺出版社　www.awpub.com
地　　址：合肥市翡翠路 1118 号　邮政编码：230071
营 销 部：（0551）63533889
印　　制：安徽新华印刷股份有限公司　（0551）65859551

开本：880×1230　1/32　印张：16.125　字数：390 千字
版次：2018 年 10 月第 1 版　2018 年 10 月第 1 次印刷
定价：48.00 元（精装）

（如发现印装质量问题，影响阅读，请与出版社联系调换）

版权所有，侵权必究

1991 年

1969 年冬在干校 / 001

代价 / 006

红麻 / 013

照相 / 021

三五个朋友 / 029

平淡日子 / 064

农事 / 069

下大雪的日子 / 076

对岸的船 / 078

带日轮的风景 / 080

铁皮鸟 / 082

旅行的回忆 / 084

1992 年

十棵大树底下 / 086

玉美 / 108

人种 / 142

变形三题 / 173

冬夜里的梦 / 180

一地斑斓 / 215

花大姐 / 247

扒堆的冬夜 / 264

晴无事 / 278

四阳与小晚 / 309

根套 / 320

1993 年

青麦原野 / 333

青春期日记 / 360

有太阳炙烤的焦黄色天空 / 368

香港火爆片　美国警匪片 / 400

秋 / 442

表扬稿 / 477

1991 年

1969 年冬在干校

马车在冰天雪地里驶入小镇新马桥,穿过短短的镇街,在泥泞、积雪、冻冰的水洼里,颠簸着往镇西驶去。街上差不多见不到行人了,一个半个的,都勾头缩腰,脚底下紧着,往自个的窝里去——镇子本来就小,再加上雪后的严寒,淮河北边的天寒地冻也真讲不清楚了。

到了镇子西头煤场的大门口,马车停住了,打车上跳下三个人——两个大人一个小孩,都穿着蓝布的大棉袄、灰布的大棉裤、灰布的大棉鞋、黄布的大棉帽,帽耳朵也都放下来护住了耳朵。在他们跳下来的时候,其中那个黑黑的中年人,径直往煤场的业务室去了,那高个子的驭手,一手扯住了辕马的纽绳,一手拽住了闸绳,把马车倒进了煤场里头。那三匹马精力旺盛,嘿嘿地拿中音低叫,扒蹄子,互相碰撞挤油,轰轰隆隆地把马车倒在了煤堆边上。高个儿的驭手,嘴里只是疼疼爱爱地骂它们的亲娘带晚娘,却不打着它们半下。

那十二三岁的少年,跳下车,一溜烟,跑在了最高的煤堆上,却就捡了一块煤矸石,扬手扔在不远的水洼冰冻上。冰面在石头的一击之下,只留了一个白点。风卷着雪粒却来扑他,把他扑了个趔趄。那少年站稳了,却忽地昂起头来,发着一种奇怪的声音道:

"嘿嘿,嘿嘿,俺的缎子皮儿!"

由少年那声音的尾巴里,却就唤出一匹酱色的小马驹。酱色的小马驹先是打煤场外的什么地方,一股劲地冲了来,冲到了煤场的大门口,却咔的一声刹住了,嘿嘿地奶声嫩气地叫,叫着时,却不去找它的娘,便往少年那里直冲了去,上了煤堆,就甩着它的小嫩头,去蹭那少年的灰棉裤。

到这会儿,那黑黑的中年人,打业务室里出来,扬着手道:"装呗,早完早回。"他们打车厢里拿出铁锨,扔在煤堆上,又把车堵头扎系好,而后扒开煤堆上的积雪,往柳条筐里装煤。一个拿围巾包着脸、只留出一双眼睛的妇女,唏唏溜溜地打业务室里出来过秤,她冻得站不住,就不住气地跺脚、骂天。

那少年和小马驹,这会却就在最高的煤堆上,看东边的太阳。太阳打火车站那边升起来了,放着冷冷的光,却是红得耀眼。红光照在干活的那两个人身上,照在那个袖着手跺脚的妇女身上,也照在煤场围墙外头叫冰雪给冻住了的原野上。北风呼呼地吹过来,卷起雪粉儿,扬洒在远处的什么地方。一列客车打老远就叫唤着,滑进了站,还没有个放屁的工夫,却又轰轰隆隆地开走了。绿色的车厢在灰色的、白色的小镇、平原的衬托下,显得醒目,也有些生气。那酱色的小马驹,却在煤堆上立不住了,它掉转身子,一股风地旋扑到马车边,蹿进两匹哨马的中间,引起了一阵骚动。左哨马嘿嘿地低声叫着,去舔它的肋巴骨,右哨马往旁边让了让,红辕马前蹄却直竖了起来,把马车扭得吱吱响。高个子的驭手大喝一声道:"妈的,揍你个龟孙!"

那妇女吓得退了老远。少年飞快地跑下煤堆,搂住小马驹的脖颈儿,嘴里叫道:"俺的缎子皮儿,俺的缎子皮儿。"

两个干活的人,干出了一身汗,都把棉帽儿掀翻在煤堆边。天更冷了些,北风一阵一阵卷来,太阳变得灰蒙蒙了。业务室的大门一响,有个声音喊道:"哎,你几个来歇一气,喝口热茶,烤烤火吧。"那两个干活的人,直起腰来,回道:"不啦,干校等着哪。"

讲完了,那妇女已经歪歪倒倒地走回了业务室。干校的人爬上马车,坐在草垫子上。马脖铃一阵乱响,马车驶出了煤场,往镇街上去了。

太阳叫灰蒙蒙的天给化掉了。马车晃晃悠悠地在没人的镇街上走。天阴沉沉,有个把店铺还开着半扇门,想赚谁的一毛两毛。一条小岔街上走着两个挟衣物的人。

"能洗个热水澡倒好。"

他们一齐往岔街上望去。高个子说:"嘚嘚,嘚嘚。"三匹马拉着重载,老实多了。街里的道可真难走,黑颜色的冰碴子跟白颜色的雪混在一块。小马驹跟着车走,低着头提不起来精神。少年嘴里叫道:

"缎子皮儿,俺的缎子皮儿,嘚嘚!"缎子皮并不理他。

马车走出镇街,走过被雪封住的小桥,走到田野的土路上。路面平整了许多,车轮把路上的雪压得咯吱响。小马驹恢复了一些兴趣,跑到马车前头去了。天更阴沉了些,平原一片白茫茫,北风受到马车的阻碍,发出尖利的叫声。车上的三个人,把手袖在衣袖里,缩着脖子,相互挤紧了取暖。中年的那个人说:

"原先俺那个办公室里,有个年轻的小伙子,姓任,都叫他小任;又有个年轻的,女的,姓韩,都喊她小韩,那小韩刚结了婚一年,怀上了,有点肚子。"停停又讲,"那小任喜欢开个玩笑,见了小韩,就指指她的肚子问:小韩,那里头是啥家伙?小韩讲:是小人(任)。一屋子都笑死了。"

几个人都在自个的棉袄里头笑。马车却只是走,越走越深入田野。四周没有村庄农舍,池塘、小沟、堤埂、野地、瘦筋筋的刺槐,都冻住了,都叫雪给封住了。高个子的驭手打衣袋里摸出两根烟来,两个人抽着,一边望住了路边的冬麦田跟沟埂,一边听北风卷在马车轮子里的吱吱声。那少年却突地立起来,高叫道:"兔子!"把三匹马惊得支起了耳朵。

一只灰颜色的野兔子,打枯草丛里一跃而起,横越了大路,消失在铺满了雪的冬麦田的深处。灰蒙蒙的天地间,隐隐现出了两个行人来,在前头的路上,那两个站住了,等着马车。

马车往前走,渐走渐近,路边上的那两个人,抬着手,拿外乡话讲:"同志,带一截,走不动啦。"

高个子问:"往哪块去的?"

那两个人讲:"往干校去。我们是湖南来搞外调的,走不动啦,麻烦啦。"

车上的人不再说话,都变得木了。马车打那两个人身边过去,他们跟上来,扶着车帮。"超载啦。"高个子的驭手,摇摇鞭子讲。那黑黑的中年人,淡淡地笑了一声:"上来吧。出来受这份洋罪。"

湖南来的两个人,感激地爬上马车,一边找地方坐,一边说:"组织上交代的任务,来找个叫沙县长的。"

那少年听了,只把脑袋更深地往棉袄里缩了去。车上的三个人,没有吭声的,都把头缩住了,把手袖着,避着寒风寒气。

新上来的两个人,也不再说话。马儿的铃铛乱响,响成一片零碎。天空飘起了小雪花,两个外调的人冻得发抖。中年的那个人讲:"冷吧,冻得难受吧?"

他们往一起挤挤,互相感觉到温暖。小马驹挨着左哨马,嘚嘚地往前跑。偌大的雪的原野,没有什么生物在活动。马车在雪原上像一个黑爬虫,缓慢地往前走。露出雪面的枯草,在风里摇动个不住。

"这里的天气真冷。"

"惯了,就不觉得啥啦。"

湖南人学着淮北佬的样子,也把脑袋缩下去,把手袖起来。也拿眼盯着雪野。

都盯着雪野,却就望见雪野冬麦田老深的那地方,是一线绿汪汪的刺槐林、杨柳林;浓厚的树叶片,在风里响成阵势。成群的麻雀子,喳喳地乱叫唤,带着一身麦黄杏的热香气,从这一处叶子里,扑到另一处叶子里,随随意意,也没个规限。树叶却又开始落在疏松的北方黑土地上,落积成厚厚的一层,拿手打底下掏进去,就觉着温热暖手。深秋里的野花摇动,晒着太阳;大腰蜂飞了来跟它们讲另一处的事情。又飞了走了,叫人心里头一闪、一空,不成什么滋味。阳光照晒着田野,懒洋洋的,就如一个十七八岁的女孩子,在地埂上短短地睡了个懒洋洋的淮北佬梦,梦都土得掉渣,却是舒坦。那些个野风,拉扯住紫云英在暖春的时节做爱时留下的暖洋洋的腻香。乡下的农人,在田地里出出进进,嘴巴里还时有时无地哼出泗州戏乡土味的调子,把个乡野间的安静打成个稀碎。地埂边上的野草,都叭叭地往上长。

却还是雪野冬麦田。马车吱吱地往前走,又走了老长的一段路,雪原无边无际。两个外调的人都被风吹干了,高个子驭手一声两声有当无不作数地喝着:"嘚嘚,嘚嘚。"少年偶尔抬起头来,寻找叫马车轮子声惊起来的野兔子。酱色的小马驹挨着它娘,低着头,默默地走。那个中年人,也一声不吭,只拿眼盯住了路边的野地。

彼此摸不住底细,有多少话好讲哪?只马车吱吱地走。

代　　价

那一年——1987年2月13号——我在河南郑州火车站,排队买了一张由郑州始发到武昌的91次特快车票。

买好车票,我就没什么事了。发车时间是夜里10点37分,现在离发车时间还有六个小时,我得到什么地方,去消磨掉生命中的这段时间,这段"无效时"。这其实是很平常的事情,经常出门在外的人,都有这种体会。

我就开始打听去黄河游览区的办法。我在车站广场上转了一圈,广场中央一个卖热牛奶的女营业员,用河南话告诉我,游览车在北头。我按着她随手一指的方向,一直往北头挤,到了一排出租车那里,一个穿羽绒服的司机,又告诉我游览车在南头。我并不气恼,因为我现在的这些行动,都是为了消耗掉累赘无用的"无效时",所以不管这些行动有什么结果,对我来说,都无所谓。

我不再往南挤了,我随步往更北一点的地方去。也只走了三五十米,便撞见一个叫"中州酒家"的饭馆。这时我才想起中午的饭还没正式吃过,我现在有时间了,得像点样地吃一顿。

饭馆里没多少人,几个乞丐却引人注目地端坐于凳上,对数量少于他们的几个可怜巴巴的顾客作虎视眈眈状。这情景真使人望而生畏。我要了一碗米饭、一个鸡蛋汤、两块钱的凉拌牛肉。盛米饭和盛菜盛汤的碗,都是大得吓人的粗瓷海碗。我暗自惊叹:在这种年代,能理直气壮地向国内外展示这种土物,这足以说明河南人哑巴吃饺子——心间有数,有主见。

我开始扒饭,这时坐在我不远处的两个女服务员,正悠闲地拿河南方言闲聊。我很早就注意到,河南方言跟北京方言一样,极有特色,完全可以做普通话的语音基础。这个地方的口语,和这个地方的人差不多,没有多少对外交流的机会,因此很纯。河南方言从表面看,很土鳖,可实际上,它的现代意味很强烈。这不是我瞎吹,这种方言大智若愚,在本质上跨越时代,有很高的天赋。所以我喜欢听这种方言。

那两个女服务员,现在正好没事,就闲聊,其中一个,长了满口小碎白牙的,向她的那个女伴,讲了一个小故事,也算是个智力测验,讲道:有两个人,一个小孩,一个大人,那小孩是那大人的亲儿子,那大人却不是那小孩的亲父亲,问,那大人是那小孩的什么人?

这问题还真有点巧妙,有点趣味性。那个女伴猜道:是他后父。那个小碎白牙讲,不对!讲过了的,那小孩是那大人的亲儿子。那女伴又猜:是他收养的。自个便否定了:不对,是他亲儿子嘛。那女伴猜不出来,就支着她的小白脸,望着门外发呆。

这时我吃好了,我抹抹嘴往外头走,走过那两个服务员身边的时候,我顺口问道:"上黄河游览区,打哪块坐车?"那小碎白牙回我道:"今个玩不成了,明个,往西头去坐车。"我谢了她就出去了。

我不知道一般的人在这种情况下是怎样消磨时光的。我只能去逛大街。打车站广场往西南走,全是小铺子,离离拉拉的而且以卖电器产品和盒式录音磁带的居多。正走着,对面的街面上,现出了几个大字,叫作"中州宾馆"的。我一下子想起了我的脚下边,还有古象的遗体哩。走到了东方红电影院边上,电影是八点半的,这时间我不能等。我看见街边人行道上,有几个小贩子,男男女女的,正向行人兜售各式瓷器,我就凑过去看,找个借口蹲蹲。但我立刻就被一件宏伟的大制作给惊吓住了。那件瓷器高约半米,中为一圆柱形筒状物,筒上攀附着六条巨龙,那六条巨龙各有姿态,不可模仿,也不可描写。那件瓷器除构想宏大外,还有一点也很能吸引我,就是它的颜色:白底蓝纹;不要说不俗,简直就是十分的高雅了。我蹲在它的旁边,暗自里估计,这玩意,不卖到四十,她是不会撒手的。

当然,四十块钱,对一件真格的瓷器来说,只是个零头,小菜。要是把它拿到友谊商店之类的地方去,标价五百美元,我绝不惊讶。它现在流落在人行道上,由着行人随便拿、摸、抠、评,所以我估计了这个数,就没有什么说不过去的了。我随口问卖主,这个多少钱?

她面容有些倦怠,三十来岁,有那种郊区农民的味道。她原来是盘腿大坐的,听了我的问话,她反应极快地把双腿往后一收,就地蹲起来,拿道地河南话说:"便宜卖,等着回家,卖卖就算了,五块钱。"

我大吃一惊。五块钱!骗鬼!准是他嫂子的假货!我拿手指在那瓷器上弹了一弹,这时附近的路灯突然全亮了,那光把人脸都弄得不怎么好看,把好东西都弄成了坏东西,坏东西却弄成了好东西。瓷器发出了铮铮的响声,我还是认定它是好东西。我摇摇头,说:"值五块钱?"说完我就站起来了。

她很失望,在我后头喊我,要我再看看,便宜卖。我硬着心肠不理她,一直往二七纪念塔那儿走。到塔下边,我花五毛钱吃了一碗红枣煮梨,我吃着的时候,脑袋里显现出了那件巨龙腾挪的"宏伟大制作"。我又去吃了一串新疆的羊肉串。吃完之后,我又花了五毛钱,买了一张《军妓》的录像票。进去才坐下,手上就摸了一把浓痰。我兴味大减,站起来就走出了放映室。我又到一家没关门的小商店里,瞅了半天,买了两包八珍杨梅。我一边吃八珍杨梅,一边闲逛,过了一条老淌水的斜巷子,再走没几步,却又到了东方红电影院边上。我有些惊讶我怎么又回来了,这么快就回来了。我一看见地上摆着的那件瓷器,心里就咯噔一下子,我觉着事情有些奇怪,没头没脑的,我好像是被它给吸引过来的。我赶忙躲到人后头去,从人群的缝子里看那件瓷器和那个卖瓷器的女人。

不错,如果让我把这个东西买回家去,那肯定会受到老婆的表扬。我把它买回家,可以放在新客厅的组合柜里,这种柜子高达二米七七,正面全是耀眼夺目的整块玻璃,把它摆在柜子的任何地方,我都敢保证来人准得先注意到它。因为像这样的"大制作""大构想",并不是每一个人在一生中都能凑巧碰上的,即使碰上也不一定凑巧就这么便宜,即使这么便宜也不一定凑巧就买下了,即使买下了也不一定凑巧他们家就有那么一个崭新的会客厅,即使有那么一个会客厅也不一定凑巧就有一个光彩夺目的新式组合柜,概率的奥妙也就在这个地方。我再看那个卖瓷器的女人,她跟前别的玩意儿竟然都弄出去了,独有那件"宏伟的大制作",还巍然屹立在人行道的水泥砖上,毫无所动。我站了一会,有好几次我都怪紧张的,因为有好几个人都撅着屁股去摸那个玩意,并显出了要买的样子,可是老天保佑,到最后竟然还在原地。那卖货的女人,竟也毫无所动,很沉得住气。她那种架势,在我看来,就跟专等我似的,叫我有点感动。我想了,当然那绝不是件假货,就算是假货吧,花五块钱买个假货,又有什么,现在五块钱能干吗?半只烧鸡?

站了一会,我就走了。现在是八点来钟,离91次特快发车,还有两个小时。我得从郑州到武汉,再从武汉到合肥,这个半米长的家伙,我没法拿它。现在,各式各样的铺子,大都关门了。有个擦皮鞋的哑巴孩子,"啊啊"地乱拨我的皮鞋。我径直走到候车处。91次特快的候车处就在广场上,我先找到那块等车的牌子,然后顺着排成的队,一直找到最尾一个,我就跟着接上去。我点了一根烟,抽了一大口。抽烟我是从上中学的时候学会的,那时上学当儿戏,就躲着老师,在墙拐角里抽,或者逃学,上河边或树林子里去抽。中学毕业到农村插队，就变成职业烟枪了。后来一上大学，我竟然毫不困难，非常自愿地把烟戒掉了。大学毕业后在政府机关干了三年，我对烟也没什么兴趣，这两年倒不知怎么的，慢慢又抽上了，虽然不多。

这时有人凑过来问我几点了。我抬腕看看表，才九点。我告诉那人之后，自己却烦躁不安起来。这一个多小时，我倒觉着不好熬过去。我发现我有点心不在焉，有点心神不宁。我在心里盘算一下，如果是提前半小时检票，那么现在还有将近一个小时的时间。我突然觉得时间紧张了起来，我下完决心离开了队伍，从广场中央直插过去，一直快步走到东方红电影院方稍稍放松一口气。我再看表，这段时间过得真快，已经二十多分钟过去了。我径直奔向那件"宏伟的大制作"，谢天谢地，它还在那儿，这真是天造地设。

卖瓷器的那个女人一看见我，就把我给认出来了。她快捷地站起来，手里抱着那个玩意，用地道的河南方言说："就这一件，便宜卖给你了。"我气喘吁吁地说："多少钱？"她说："三块钱。"我说："中！"我就把那件大制作，搂抱在怀里了。

现在回想起来，就觉着人从娘肚子里出来，总得遇到件把两件讲不清楚的事。那东西她简直就是白送。那东西蛮不错的，抱在怀里，它倒像有了生命，老想往外头窜；那上头的几条巨龙，也作腾挪跃动，我得使劲抱住，才能不让它们窜出去。

我抱着它。再从车站广场上斜插过去，排在队伍的末尾。那玩意儿挺显眼，许多无聊之徒——或许像我半小时前一样——立时把目光转移过来，好奇地啧啧不停地问这问那。我说："这玩意，九十五块，值吧？"大多数人都惊叹说便宜。这么说着，我还是觉得抱不住它。我把给我老婆买的镀铜项链拿出来，穿在一条龙的身后，另一端套在右手的中指上，这样才觉着稳妥点。实际上我也知

010

道,这纯纯粹粹是自欺欺人,这根花里胡哨的假项链,连"大制作"的五分之一重量也承担不起。

过了一小会,检票就开始了。人都没命地往前挤,其实这大可不必,都有座位号,对号入座,挤死了也还是那一个座位,这件事是明摆着的。好不容易挨到了检票口,就松了,一个跟一个走。

检票口旁边站了好些武警、车站工作人员和来帮忙的野战军士兵,他们把手背在身后,还挺威严的。这时轮到我了,其实真讲不清楚。我把车票送给女检票员,但左脚却在铁栅栏上一绊——这种解决问题的方式实在出乎我意料,因为我记得我从十五岁以后,就再也没在什么地方绊倒过,大人绊倒似乎是极其难看也是不可能的事情——我就跟抢一件什么东西似的往前一扑,在那么多人的虎视眈眈之下表演得十分精彩。往前扑的时候,我总得找个垫底的,在当时那种情况下,真想不出还有什么比我怀里抱着的东西更合适了。我就在没落地之前(在空中),使劲把"大制作"往前一扔,它准确无误地击中一个水泥痰盂,顷刻间便碎成数片。

我狼狈不堪地从地上爬起来,扑扑身上的土,难为情地看了它们一眼。我原以为车站的工作人员肯定得"搞"我几句,并且命令我扫干净了再离开。其实我真的不是想有意在这儿打碎的。但他们并没有跟我过不去。我赶紧怀着侥幸心理,加快步子进了站台。

唉,这件事总算圆满解决了,这恐怕也是唯一圆满的解决办法了。我觉得浑身一阵轻松,真的好舒服。我上了车,找到自个的座位,四面一看,车厢里还挺干净。坐在我对面的,是个带小孩的少妇,她披着一件淡绿色的呢子大衣,把自个跟孩子侍候得好暖和。

车上的人还有不少来回找座位的。这时我突然"呀!"了声。我"呀"的时候,周围有几个人,包括那个少妇,都看了我一眼,他们准以为我丢了钱包。我赶忙装成没有事的样子,把眼光移到窗外去了。其实我是想起了在"中州酒家"吃饭时,那个一嘴小碎白牙讲的那个智力测验。我×,我叫她给糊住了。那个大人不但不是那个小孩的"亲"父亲,那个大人根本就不是那个小孩的父亲。那个大人是那小孩的亲娘哟!

  正想着,车就开动了。好了,打这会起,我得一觉睡到武昌了。虽然坐着睡并不是挺奢侈的。

红　　麻

一

　　打小梁乡往西北走,就到了渔河乡的地界。一入渔河乡的地界,就能瞧见路边上、门前边,到处都晾晒着剥下来的红麻皮。阳历十月里,已近了秋末了,田地里的庄稼,除去很晚的麦茬红麻之外,就剩了没拔下来的绿青青的红麻了。在渔河乡,红麻的时髦,也就是去年跟今年的事。去年南亚和东南亚的红麻歉收,国际市场上红麻紧俏,渔河乡的人看准了势头,跃进式地发展了一家伙,盖上了许多瓦房,娶进了许多媳妇,今年自然得再接再厉地干下去。一入了红麻之乡,即刻便叫麻乡的气氛给围裹住了。春麻早已收尽、沤烂、晾干、卖光了,剩下的就是夏麻(麦茬麻)。割了小麦就种夏麻,到了末秋,连根拔出来,晒干当柴烧。再抽一根细软的麻秆子,把去了根的粗壮的麻秆捆成捆子,扔在水里,摆成方阵,上面用河、塘边带草带根的土压住,晴和日子沤个十来天,阴雨的日子沤上半个月,扒了压泥,一捆一捆地拖上岸来。男人跟女人都带了小板凳,坐住了剥麻,剥得两手又臊又臭。剥下来的麻分成一把子一把子的。十八九岁的大姑娘,把裤子卷到膝盖旁,露着白白胖胖、透出亮色的小腿肚子,立在浅水里,洗长头发一样地洗那些剥下来的麻。洗干净了,再搭到绳子上,去晾,去晒。

二

在渔河乡住了七八个晚上，戴鸭舌帽的年轻人，决定无论如何也得回去了。别的不讲，单是这里的蚊子，就叫人受不住。照常理说，秋都快走尽啦，搁别处，人们早就把这种夏季的衍生物给忘得个一干二净了。可在这块，一到夜晚，个头特大的那种花脚蚊子，就摇摇晃晃疯了一样地往人脸上身上猛扑，叫人的神经受不住。

这一日正碰上渔河逢集。早上起来，戴鸭舌帽的年轻人先结了账，去小吃摊上吃了两块糖糕、一碗稀饭，然后便收拾了东西，慢腾腾穿过集市，到公路上去等农客。农民赶集都来得早，有事没事的，总打算赶了集办了事，提早回去，还能搁家里、地里做点活。戴鸭舌帽的年轻人，穿过最热闹的十字街口，打渔河浴池古旧的大门口走过去，一路往东边集外的公路去。

人越走越稀，走到街跟公路交接的地方，才重又瞧见卖小吃、卖烟酒的小摊子。车还没来。戴鸭舌帽的年轻人，在路边的石块上坐了一时，觉得有点凉，就站起来闲溜达，不知不觉走到先前就看见的停在路边能晒着太阳的一辆手扶拖拉机旁边。车厢里有个秀秀气气的大姑娘，身上盖着被，袖着手，斜躺着。他觉得有些面熟，仔细一想，想起来了，是在钓鱼台庄东石板桥边见过的那个有一双透明白皙小腿的女孩子桂芝，当时还有事没事地跟她搭过几句话呢。

他有些吃惊地走上前去，说道："是你哪，病啦？"那姑娘认出了他，欠了欠身子，往上坐直了些。她想起他在石板桥的水边，拿眼睛盯自个的小腿的情形，面孔微红地说："俺腿上吃毒啦。""吃毒啦？"他有些惊讶，"怎么吃毒的？沤麻沤的？"女孩子有些不自然地掰着手指头，她的手倒显得又黑又粗糙。"上医院瞧啦？""瞧啦,先生给拿了解毒药。"他有些为那双丰满、有力的小腿可惜。他想了想,因为他是来推销红麻种子的,不由自主总要想一想。他认真地说:"明年别种啦,瞧这多可惜。"不知道是指她的小腿还是指他自己的推销。可那姑娘却爽朗地笑起来,使出女孩子的倔劲儿说:"明年还种,种子都定好啦。""你这样子怕种不得了。"他用平淡的声音说,也因为她反应很快的争辩吃惊。"不,俺不种的,有人种。""谁种?""总有人呗。""你就不怕人家也吃毒?"他反应过来,也笑了。"不怕,男子汉不吃毒。"她露了馅,自个低着头不好意思去了。这使鸭舌帽的心里有一丝丝难受,他噎了一下,不知道再说什么好。

三

桂芝在大柳树旁边的小石板桥下搓洗着剥下来的麻皮。她今年虚龄才十九岁,长得很秀气。当她把裤管卷起来露出雪白有力的小腿,下到水里去的时候,她的脸就微微有些泛红。因为她知道自个长得好看,自个的腿也长得好看,过路的浪皮子又要盯着自己的胳膊和小腿了。可是又有什么办法呢?路就在水边摆着,不是家里的东西,不能高兴叫谁走就叫谁走,不高兴叫谁走就不叫谁走。而且打心底里讲,人家老喜欢瞅她的脸跟她的腿,也叫她有几分得意。女人留在世上,也就为叫男人瞅的呗,她这样子认为。

她干起活儿来不知道什么叫累,因为爷(爸)和娘年岁大了,不能再站到水里去,哥和嫂上镇上买化肥去了,弟弟还小了些,又是男子汉,洗洗搓搓的,不能叫男子汉来弄吧。

桂芝抬起头来看着天,又看看路。爷和娘的影子早已见不着了,喂了猪、羊、牛、鸡,再把人吃的东西弄好,又得到月姥娘上来了。她沉下心来搓着洗着,心里想着好好的事儿。可不,这几日老有贴着红双喜的大汽车、小四轮,吹着喇叭,神灵活气地打她面前开过去。不少人家地里的活儿都差不多净了,手里头有了钱,就该娶媳妇抱孙子了。桂芝想到这一层,周身就软酥酥的。

暮色渐次降下来,水边静悄悄的。桂芝听见有人吆喝着驴子打暮色里的土路上跑过来。她没抬头便知道是哪个来了。她更低了头,把脸藏在硬鼓鼓的奶子间,把手里的麻皮在水里甩得发响。

一辆毛驴车,拉着两个人,嚼嚼嚼地打她的头顶上轧过去。桂芝想:瞎了吗?没看见吗?水被甩得更响了,黑水溅在她的脸上,惹得她一啐。她听见毛驴车在前边不远的暮色里停住了,那个人的声音说:"爷,先慢慢儿走着,俺就来。"桂芝低着头抿着嘴笑:儿子耍弄起老子来啦。她听见毛驴的蹄子声嚼嚼嚼慢腾腾地往前踱去,她又听见暮色里草叶子上传来哗啦啦的洒水声,她气得把嘴嘟起来,哼了一声:"该死的,不理你了。"

桂芝赌气地低下头去,把手里的麻儿甩了又甩,洗了又洗。一阵把地皮踩得发震的脚步,一直往水边过来,一直到石板桥上,才停住。"桂芝,桂芝。"见她不理,就更讨好地叫,"桂芝,桂芝。"桂芝这才把头发一甩,昂起脸来冲着他道:"干吗去啦,瞧你高兴的样子。"她这才瞧见他的头发理成了小平头,模样比原先更傻气些,看了叫人疼。

"卖麻去啦。"他兴冲冲地讲,"跟俺爷一块去的,卖了麻,又剃了头,洗了个澡,痛快死啦。"他把"死"字咬得脆梆梆好响,那味儿叫桂芝听了心里头发酸。桂芝觉得他心里没想到她,便受了委屈,又把头垂到两个奶子间,手在水里甩着,不讲话。小平头嚼出了味道,急忙忙往水边挪,讨好地说:"生气啦桂芝,俺咯吱你啦。你上来,看俺给你买了个啥。"说着把一件东西往她眼前一伸,又藏到身后头。"袄褂子!""上来试试!"桂芝一跳跳到水边上,把麻皮扔了,沾着水的手在身上胡乱擦了两把:"俺咋试啊?天也瞧不见啦……"

水边还是静悄悄的,连虫声也没有。过了一会,有个拖长了的声音从又深又浓的暮色里传过来:"桂芝,吃饭啦,桂芝。"小平头跳过石板桥,讲:"俺走啦,你娘喊你啦。"跑了几步,又转过身压着低声说,"桂芝,听讲渔河乡有人沤麻脚秆子吃毒啦,你别泡太长时候。"桂芝心儿怦怦跳,忙答应一声:"哎!"见他要跑走了,又慌里慌张拿话撵着说,"讲定啦,过十五就叫人来说日子。"

她的脸皮像叫人拿手指头刮着,刮得热辣辣烫人。她轻声对着小平头跑走的地方骂了一句:"野种,野劲头。"她想把手里的衣服藏起来,想藏到麻皮底下去,又怕弄脏了。她把衣服捂在胸口想:咋跟娘讲哩?

四

来的那天,因为路上的交通堵塞,耽搁了,戴鸭舌帽的年轻人没赶上去渔河乡的农客。在一种冲动心理的支配下,他决定步行到渔河去。

走到大路乡的时候,天色已经朦朦胧胧了,突然步行着走了十多里地,他的腿和脚都酸涩发胀。他坐在路边小吃铺的长条凳上,狼吞虎咽地吃了一碗辣乎乎的羊肉面条。胡椒和辣椒使他全身的血液都燃烧起来。他点起一支烟,望着发红的淡淡的灯光以外的暮色。这趟差是他自告奋勇要来的,当然,也许性急了些,农民的麻还在地里长着,还在水里沤着,还在绳上晾着,还刚刚在收购站里换成钱,钱揣在胸口还没捂热,就想要把明年的种子,把"青皮三号"推销给他们,也许真太性急了些,但时间就是金钱,现在的农民也都懂这个。烟火已经能灼痛他的嘴唇了,戴鸭舌帽的年轻人,扔了烟头,站起来,把拉链包往上拽拽,走到夜色里去。

也许真是太晚了一点。一走出灯光的势力范围,他就觉得原野并不是那么回事,不是脑袋里想的和书本里写的那么回事。他回过脸去,看见东南方向有一勾不动声色的初月正瞧着他,月亮寂寞无声的影子,在今个晚上,好像比往常都大,整个的天和地,都叫这影子强制性地压住了。一股子时浓时淡的植物腐烂沤泡的臭气,一阵阵地扑来。

戴鸭舌帽的年轻人壮着胆子走上了渔河河堤。他心虚地举起手来,把鸭舌帽拉得更正规些,他的步伐也有些僵硬。

月亮慢慢地升得更高。原野上亮了一些,他开始能瞧见发黑发稠的河水。在河的转弯的地方,月光的反射更厉害一些,他能看清对岸河边一丛一丛枯干的芦苇和柳树的树干。渔河是一直走进洪泽湖里的。那么,这一丛一丛芦苇跟随意栽着的大柳树,也该能走进洪泽湖里吧。戴鸭舌帽的年轻人,一边走着,一边昂着脸瞅瞅月亮。他想:吃鱼儿怕是困难了,洪泽湖的鱼儿也不能逆着水上来了。他带着些淡淡的惆怅,望着浓黑发臭的渔河。这河、这苇、这柳,都是他熟悉而又陌生的。

五

快到小晌午了,戴鸭舌帽的年轻人,没挤上上午的车。农活少了,农民出来的多了,再加上外地来渔河收麻的人络绎不绝,还跟往常一样半天一趟车,是怎样也装不完的。他踌躇着想:怎么办呢?最后他决定还是走着到桃集去,那里是公路交叉的地方,客车多。

他离开候车的地方,重又走回集上,走过渔河浴池的古旧的大门。渔河集上的澡堂子是分日子开的,逢集才开,男一天,女一天。城里的人来了,自然是不得已才来——办着事情,看样子三五天回不去,身子发痒,就想去洗个澡。可一想到擦在脸上的毛巾,上个集日就在一个或者几个不知道是什么样子的农村女人的身上,腻乎乎地擦过,就有些不是味道。又挡不住去洗的念头,就去了。

逢集的那日,整条街筒子,都摆上了服装、鞋袜、烟酒、吃食跟家用小商品,那些东西堆在凉床上,跟展览一样的,一床挨紧一床。挑一个缝子进了古旧的大门,穿过一间过道,一转眼,面前就出现了个大院子,满院子落着泡桐树叶,院中央是一口大井。

走到井沿往右一拐,看着像屋檐的那个地方,冷不丁地开了一扇窗户,三个歪七斜八的红漆字,趔趔趄趄地奔到眼前:售票口。

两个农民,一个半大老头,瘦精精的;一个剃小平头的红脸膛的小伙子,正立在墙角,诡秘地往一个塑料袋里塞什么东西。

买了票,弓着腰进一扇低矮的小木门。个子高了,门框碰头;个子矮了,门槛儿又迈得费劲。一张脏白布制成的门帘子迎面挡人,掀开来——掀时便觉得湿漉漉黏手——进了脱衣服的地方,三个渔河乡的农民,敞着怀坐在土坯台上吃烟。那两个在售票口墙角躲着人塞东西的父子样的农民,也跟着,进来了。

"行呗?"问声便有些犹疑。

"行哩!"回声便干脆。

窗户拿塑料布糊着。西窗的塑料布叫风吹得忽闪,啪啪直响。搁衣服的土坯台子上铺着发黄的芦席,皮肉触上去凉冰冰的。

脱光了,身上便起了一层细密的鸡皮疙瘩。便缩了身子扑向池子间。

面汤样的水上,有那些肥皂泡一爆一爆的。真不知道干净惯了的女人是怎样洗的,池子里的一张嘴,却突兀地问道:"房子?儿媳妇?"

池里的眼光,一齐都射向门处。原来是那一父一子样的两个农民。那年龄大的,在赤裸的瘦精精的腰间,拿布带子系着一个塑料口袋,鼓鼓囊囊的,必是钱财了。

"腰粗了,干什么不成?"顿了顿,拿更响亮的声音,"有钱能使鬼推磨!"年龄大的那个,宣告样地讲。

"卖了?"又有问的。

"卖了。"年龄大的讲,"青皮三号。"

那老头儿小心地拿手按着塑料袋,得意扬扬地下到水里。他后头剃小平头的年轻人,面皮有些薄,低了头,缩在别人的脊梁后头。

六

戴鸭舌帽的年轻人穿过集市,过了钓鱼台,过了那个石板搭成的便桥,再往南走里把路,就是渔河。他又走在渔河堤上,他想着以往的不少事。他想起1960年,那会他才有七八岁,每天晚上一家人围在一块,拿大锅煮胡萝卜吃。能吃上胡萝卜自然是很不错的日子了。那会还有清凌凌的渔河,有鲜青青的小刀鱼,有翠青青的苇子,翠青青的柳树。但那会有这样多新瓦房跟小四轮吗?他不愿意再费心思去想。本来,他的任务完成了,该痛痛快快地遛遛,然后回去报功。可他却有一种想不清楚的东西憋在胸腔里,叫他觉着发闷。他在半沙质的堤路上走了几步,又停住,转过身去看留在后头的渔河集,看黄黄枯枯黑了半截的芦苇,看能进到洪泽湖里的浓黑发臭的渔河水。他想:这苇、这柳,还有叫麻给沤臭了的渔河,还能进洪泽湖吗?他又想着了那个叫桂芝的农村姑娘撩人心思的白腿,他努力想要把颜色跟形象都想出来,一边想,一边走……

照　　　相

　　从县文化馆来的老秦,晌午在良元队长家吃罢晌饭,就抹抹嘴讲:"俺们去吧。"

　　队长良元讲:"天热哩,先睡一时,待热气退了些,再去不迟。"

　　县文化馆的老秦,为了配合当前的形势,跟报社讲好了,拍一张毛泽东思想宣传队批判地富反坏右阶级敌人的新闻照片。他一大早就蹬着车子下乡来,直蹬到小晌午,才在队长良元的家里坐下喝一口凉茶,再加上午饭有酒有肉塞满一肚皮,血液都涌到胃里消化去了,大脑不想工作,因之听了良元队长的话,觉着有理,就讲:"那好,那俺们就歇一时。"

　　一条花狗,老大,㾑在过堂的地上,舌头伸出老长地哈哧着。队长良元踢了它一脚,吆喝道:"上树凉荫睡去。"

　　花狗伸长舌头哈哧着,很不情愿地立起来,挪了一步。老秦打了个酒嗝。狗很愤怒地翻眼瞅他,狗眼真大,又是双眼皮,狗都是双眼皮。狗怕主人瞧见它的情绪,忙又把眼光移到门外去。门外烈日如火,正晌午哩。狗讨好地摇摇尾巴,挪到门扇子边,装成若无其事的样子卧倒了——它这是试探队长良元哩,这时队长良元要是再斥它一声,它就会夹着尾巴溜出去的。

　　但是队长良元没再斥它。队长良元讲:"老秦,上后面堂屋歇去,后面堂屋阴凉。"

　　老秦又打了个酒嗝,他们就上后面堂屋去了。

　　堂屋里冲门置了一张凉床。老秦在凉床上睡得像一条狗。老秦的老婆说过老秦好多次:"老秦,你睡得像条狗一样,得改改哩,孩们要大啦,瞧见你像条狗样地睡,多不好。"

老秦泙:"这是老天定的哩。"

要是老婆再讲:"老秦,你睡得像条狗一样,得改改哩,孩们要大啦,瞧见你像条狗样地睡,多不好。"老秦也许会恼的,老秦一恼,老秦就讲:"啰唆个熊你啰唆,老子睡觉,老子又不知道,老子怎么改?老子看你睡觉还像个生过一窝的破母猪哩。你讲老子!"

他老婆一气,就讲:"滚你的!"就不跟他讲。

老秦一上午跑得很累,晌午吃了酒,更乏,因此一上凉床,就像条狗一样地呼噜起来了。他半俯在凉床上睡,四肢庹开,下巴搁在凉席上,过一时就伸伸舌头弄弄嘴的,跟睡狗全无两样。队长良元轻手轻脚地上后屋来拿凉席,怕惊醒他,走得像个鸟,这时瞧见老秦像狗一样地睡,扑哧一声就笑出来,飞逃到前屋去。老秦也没醒。

全世界都热昏过去了,连磨牙的声音也懒得听到。正晌午时的树叶都蔫耷下来,一只半大的红马驹子呆立在不大的树凉影里,闭着眼,一根显得还比较嫩的××软软地吊在肚皮底下,半晌才神经质地往前上方挺一下。它的模样有些迷糊。

老秦睡出一头汗,大汗淋漓,但他还不醒,若无其事地睡,并且由嘴里流哈喇子,流在凉床子上。他的光脊梁上是一层麦粒大的汗珠,汗珠子聚大了,就逐渐拉长,往地心引力的那个方向拉长,汗珠突然一瘪,水就直流下去。他的呼噜琐碎、粗心,不像是由文化馆来的文化人打出来的呼噜。他就这样长眠不醒地睡,睡得难分难解。

热浪似有些消退了,风也有了些。这时有个人在村子里吹了几声哨子,这哨子怕就是会计春江吹的。哨子吹过之后,社员就跟老头子尿尿一样,甩来甩去,半天也甩不干净,拖拖拉拉的,半晌出来一个,半晌又出来一个。队长良元走到外边,瞧见会计春江立在柳树下头,就走过去问:"宝义娘干啥活啦?"

会计春江讲:"今个没见来,怕就在家里。"

队长良元讲:"县里来人照相,用上她。宣传队那几个人也留下来。"

交代完了,队长良元就家去喊醒老秦。上工的人,这时就三三两两地往村外走了。都戴着草帽子,离老远就瞧见草帽子在热浪里悬空地走,一起一伏的,走得不甚稳当。

喊醒老秦,在盆里擦了身子,擦了脸,几个人就相跟着出了队长良元家的门,往村南的宝义家去。这时一村的劳力半劳力差不多都走尽了。其他的人和动物都还没出来,都待在窝里喘着,候着热浪过去,候到小傍晚,身上就能舒服些。

这几个人在大热的天里正经直挺地走,显得有些奇怪,有些不伦不类的。队长良元走在前头,中间走着老秦,后边跟着本村宣传队的几个年轻人,他们走成一支队伍。他们的走使空气很紧张。

他们谁都不讲半句话,因为队长跟老秦的话都讲光了,老秦跟宣传队员们还没有什么话可讲。他们只是勇往直前、视死如归地走,他们走得很僵,走得千钧一发,空气于是更紧张,空气也僵持住了。这时好歹他们走到了。他们走到宝义家门前的硬平地上。他们看见那两扇破门开着,里头黑洞洞的。因为这块地方,乡间的住房在后墙上大都不开窗洞,因此屋里显得黑,宝义家当然也不例外。

在走到硬平地上的时候,队长良元破开喉咙喊了一声:"宝义娘,你出来。"

喊完了之后,他后边的几个人也都到了,他们自然而然地竟站成了一排,完全是严阵以待的样子,其实这大可不必。但是队长良元的喊声好像有一种说不清楚的味道,好像那洞开的黑乎乎的屋里有什么危险的东西存在,其实这完全大可不必,天这么热,受不了。

屋里窸窸窣窣有些响声,他们几个竖在大太阳底下,瞪着眼睛听那屋里的动静。他们的站姿都呈现了一种莫名其妙的奇怪的态式,他们显得很琐碎,有些不堪入目的味道。

也许站了有放一串萝卜屁的工夫——萝卜屁那种特殊的味道总是令人难以忘怀——有一只又黑又瘦的手,从黑暗里抓住门框子。

其余的部分都还瞧不见的时候,这只手竟也能吸引人。手很脏,难看得很。它在用力的时候,好像只是这只手的黑皮在用力,因为肉是没有的,别的内容也较淡薄,只有手外的黑皮还能刺激人的视线。接着头脸和佝偻着的身子就倚到门扇子上了。这就是地主婆宝义娘。队长良元讲:"县里来人了,你跟着上地里走一趟。今个咋没上工?"

宝义娘站得危如累卵。她如一缕正在消散的烟,没有风的日子,它还能勉强凝聚在一块,若有一丝小风,眨巴眼也就把它吹散了,无影无踪。宝义娘站得更加危如累卵了。老秦皱了皱眉头,他是想:这样的形象正符合要求,但叫这样的老婆子上大日头底个把钟头,怕就把她给晒散了,怕就要出人命案子了,那可就要添些不必要的麻烦了,再换人时间也就耽误了。他这么想的当儿,他就感觉到队长良元和身边站着的几个人,都在拿眼睛的余光瞟他的心思,他觉着好燥,身上有些受不了,他觉着裤裆里不知啥时候给浸潮了,好难过。宝义娘在这一刻的工夫里,已经把消退到脚脖子的气硬顶了上来,顶到肚脐眼子上下,她就靠这股不可靠的气,硬顶着把话讲出来。她讲的时候气短,因此她就喘得剧烈。尽管如此,她脸上还是挤满了皮笑,她也尽可能地点头哈腰。

她讲:"俺昨个扭闪腰啦。"

她装出可怜巴巴的样子讲:"俺怕要死啦,俺的娘呀!"

她刚讲完她就突然消失了。大热的天众人身上都激起了一层鸡皮疙瘩。老秦估摸那门扇子后头是一张凉床,宝义娘十有八九是跌坐到那张床上去了。队长良元为难地看了看老秦。老秦讲:"可惜啦,可惜啦。"队长良元讲:"不然再换一个,宝义怕也行,宝义那模样。"宣传队员里有人讲:"宝义长就那地主样。"老秦有些舍不得,又讲一句:"可惜啦。"他们就从宝义家门前的硬平地上撤走了。

他们撤回到村子里,他们分成了两部分,一部分是队长良元和县文化馆来的老秦,他们两个走在稍前一些,凑在一块讲话,别人谁也听不清;另一部分是宣传队的几个男女年轻人,他们走成了一堆,也讲着话,但他们似乎太拘束了些,大热的天,他们都穿着长褂子和长裤子,而且扣弄得很齐整,或许他们认为这事万万马虎不得,打年轻人的心里头讲,哪个不希望在报纸上露一下脸,那样的话一辈子也就齐啦,也就不望着啥啦,搂住老婆或叫男人搂住的时刻,心里边也就踏实啦。他们的衣衫渐渐都潮成一片,可他们都能受得住,在乡里边,都惯了,也不算什么。

过了半个钟点——或许只有一刻钟——他们一伙人再打村里出来的时候,他们都变成"皇军"了。他们打了一面旗,红旗,上面有一些金光灿灿的字,叫作"宣传队"的,由一个穿白衬褂、理短平头的小伙子打着。他的动作明显有些僵硬,他把两条胳膊伸直了,好像是推着这面大红旗在太阳炙烤的天地里前行。他后边跟着的几个年轻人,手里都攥着一本红塑料皮的小书,脸面上都一概显出一副义愤填膺的神气。这也明显是受过锻炼的表现。队长良元和老秦压在后边,他们也一概是一副阶级斗争面孔,老秦的肩上还挎着个带皮套的"盒子炮"。他们直奔东湖的晚茬大蜀黍地而去。

天还是死热,虽然比正晌午稍好了些。但正晌午是在家里,现时是在大太阳底下呢。二三十口子人,男男女女,成一条散兵线,参差不齐地摆着锄,在半截小腿高的晚茬大蜀黍地里往前推进。男人大都光着脊梁,背都晒成烟色,女人有穿小背心的,有穿短衫子的,有穿长褂子袖子挽到胳膊弯的,女人的身上也不白,让太阳晒褪了色,至少在已经暴露出来的地方是这样子。

突然有人捉摸不定地讲:"那干啥哩?还打旗哩。"

大伙就都回头瞅。在老远的地头那块,有几棵间隔不算太远的柳树,柳树也不大,有一棵柳树下边放着盛凉井水的大水筲,另几棵柳树下散放着些衣物杂什啥的。那一队人走在放大水筲的那棵柳树下歇住了,打旗的那个就在柳树上靠住了旗,一头栽进井水里不出来了。地里的人都扭着腰瞅,有人眼瞅得生疼,因是冲着太阳光瞅的缘故,眼瞅得生疼,都眯缝着。有人就故作发现状地小声讲:"是队长良元几个哩,还有个不认得。"其实大家伙也都瞅出来了。有人讲:"没啥稀罕劲,几个人大热的天弄啥把戏哩?"又有人顶住说:"瞎讲。怕是公家人下来啦。"

讲着,仍都扭住腰往柳子树下瞅,都好生稀奇,瞅这景致也不用干活,就都眼勾勾地瞅,看那几个人能玩什么新招出来。

会计春江讲:"咋搞的嘛,没讲下东湖嘛。"就劈头盖脸地冲那旗喊,"咋搞的嘛,没讲下东湖嘛。"

那边,队长良元就跟扔坷垃头样地把话扔过来,讲:"叫宝义过来,叫宝义来替他娘照相啦。"

会计春江就回过头讲:"宝义,宝义,听见啦,替你娘照相去哩。"

宝义拖拖拉拉地不肯去。又想去。就拖拖拉拉地不去。

谁讲:"叫俺还摊不上哩。"谁又讲:"俺们还一辈子没上过相片哩。"

都吱啦成一片。吱吱啦啦的,搅得宝义跟个孬种样的,拖拖拉拉地不肯去,又想去,到末了还是扔了锄拖拖拉拉地去了。

宝义在大热的天里走得跟跟跄跄,飘飘忽忽,而且颇有点游手好闲的味道。众人忽地都哑了,怕都因为心里没底,不知他这回去是吉是凶,又都隐隐地有些羡慕和嫉妒,于是就都哑了,都拿眼光拧在他身上,瞅着他跟跟跄跄地往远处走。

树下那伙人都呆立着,面无表情地等着他走到近前。走到近前了,队长良元讲:"照相啦。你娘扭闪了腰,你就替你娘照一张,叫人家还摊不上哩。"就过去,拉了宝义一把,把他拉到旗跟前,又在他头上按了一把,讲:"头低了。"

宝义就把头低了,嘟哝了一句脏话。他不知道为啥讲这句话,也可能是习惯。宝义碰到什么事都喜欢不由自主地讲这句话的。但队长良元没听清,就问:"你讲啥子?"

宝义讲:"俺屁也没放半个。"

地里的人却闹不清他们在讲些什么,但能瞧见他们的动作。他们瞧见他们在大热的天里,衣着齐整地把宝义推在旗下,把宝义的头按低下,他们几个人排成一队,好像是一脸的火气,好像是宝义玩了他们的娘们,把他们的娘们的肚皮给玩大了,因此他们就义愤填膺地训他。宝义低着头,站得有些僵,这样子照出相来怕不怎么中看。那个打县里来的背盒子炮的人,已经打皮盒子里把盒子炮拿出来,对着宝义和他们了。对着他们好久,地里的人都急了,都觉得太阳要把自个晒干了,县里来的人还是把盒子炮对着他们。县里来的人不急。人家到底是打县里来的,县里来的人都不急,就是这样。

好歹完了。场面一家伙就松弛下来了,那边的和这边的人都有些失落感,心里边都有些空荡荡的,觉得这玩意打开始就没啥劲。于是柳树那边的人就软塌塌地,扛着旗,往回走,走得很是蔫巴。

打地里这伙人的角度瞅过去,宝义怕还没回过味来,还老老实实地站着,倾着上身,有些点头哈腰的味道,目送着扛旗的那群"皇军"往村子的方向去。那伙人去远了,他才把眼光收回来,突然有些不知所措,因为柳树下突然就他一个人了,而地里的那群人都正呆愣愣地瞅住他。他一低头瞧见了盛井拔凉水的大水筲,就一头扎进去,不起来了。

地里的那伙人这才松了一口气,这就算看完了。还算有看头,就都松了一口气。

三五个朋友

引子

有三个人,一个叫李建华,一个叫赵宝林,一个叫张春和的,这一天议定:忙里偷闲到半个县去一次,一方面把有关的事办好,另一方面也算是会会朋友,当作身心的休息了。去之前往半个县打了个电话,找一位叫余广林的朋友,请他去车站接一下,那余广林接了电话,自然欢喜得不行,连声催他们去,叫他们去玩玩。第二日他们真就去了。这是六月中旬的事。

车到半个县车站,便由余广林接住。余广林个头中等,面孔黝黑,看上去就是厚道能干之人。接住了,接到办公室里,那余广林一边冲茶泡水,一边道:"各位确是稀客,半个县又是偏僻地方,一般人都不来。"赵宝林道:"广林你这就客套啦。不过说真的,咱们虽时常在地区见面,这半个县倒是没怎么来过,想想这真说不过去。"李建华道:"宝林你这话也客套啦,咱们这不是来啦,咱们这次索性就麻烦广林一次,要玩咱们就玩个够,玩得心情舒畅,没有包袱。春和你说对不对?"张春和是三人里唯一到半个县来得次数多些的,便说:"那是自然了。咱们这次来,广林,跟你讲白了吧,公事也有一点,顺手就办完了,这次主要还是来会会老朋友,做个身心的休息。这里的其他熟人,我们暂时也不想去拜见,要拜见那就没有边了。你看着安排吧。"

那余广林听了各位的一席话,便咧嘴笑道:"这俺就有底了。

俺倒有个主意,如各位不嫌小地方简陋的话,这办法就不错。"赵宝林道:"什么主意? 讲出来听听。"那余广林道:"俺也就是本地方人,祖辈在这里一个叫湾涧的地方长大的。湾涧倒是一个好去处,离县城也挺近的,打这里出去,走上三五里地,便是了。"李建华插嘴道:"走上三五里地,那怕还没出城,就在城里头?"余广林笑道:"各位都是大地方来的,对小地方怕不怎样了解。这半个县县城方圆也就二里地,放个屁的工夫就走到乡里去了。话讲到底了,半个县县城也就是个农村大集镇,跟你们那大城市比不得。"张春和道:"这倒是实话,符合国情。"那余广林接着道:"也就是这个理。打这里出去,走上三五里地,就到了湾涧,那里便有条不大不小的河汊子,叫作湾涧的,两岸风光秀美,是避暑游玩的好去处。"

赵宝林听了,便插上道:"听你这样讲了,广林,我就觉着湾涧那里还有你家里的人,你也是常来常往的,不知我这样讲对还是不对。"那余广林拊掌笑道:"宝林真是聪明之人。那里俺还有个弟弟,承包了一些水面、一些鸡舍,俺还有一些亲戚,也在那里。就这样讲吧,俺们家上下好几代人,现时都还在湾涧那里住。"李建华道:"怪不得你这样熟。"

那余广林道:"既扯开了,干脆便往开里扯,俺倒不是老王卖瓜,俺们湾涧那附近,也有你们几个玩的,也有你们几个看的,也有你们几个吃的,你们打大城市里来,倒不如往底下去了,一切的事情俺都替你们安排好了,待你们想找什么人了,打湾涧那里打个电话来,也是方便的事情。俺弟弟那里,因是承包的鸡场、渔场,因此要吃有吃,要喝有喝,保你们满意来了,高兴走了,也算彻底地休息了一回了。"几个人听他说得顺畅,不禁都听得眉飞色舞,跃跃欲试。听他讲完了,这边李建华又问:"吃喝倒事小,晚上我们是回县城住,还是怎样,住在你那里怕就十分打扰了,我们不能骚扰得太厉害。"那余广林道:"住也算不得一回事情,俺弟弟刚在水边盖了一座两层的房子,你们就算第一个住,按俺们这里的规矩,新盖的房子,要是叫有身份的人第一个住了,那往后就不知吉利到哪里去了,是好事。要是几位愿意,一切事就都由俺办了。"

这三个人相互交换了眼光,便做了决定,三言两语地道:"那我们这三四百斤就交给你啦,广林,有什么事我们就从那边打电话过来。也不是了不起的大事。"余广林道:"那你们三个就交给俺承包了,俺承包,你们放心。"讲着,便请他们三个稍候,他就往门外去了。

过了十多分钟,余广林手里拿着几把钥匙回来了,道:"正好王主任、商主任都不在,也免得你们再费神了。俺已跟科里打过招呼,陪你们玩两天,反正现在没有什么大事。这里俺又借了几辆自行车,咱们骑在车上,逛逛悠悠,也就到了,像看风景一样。"赵宝林道:"广林想得周到,我们一概不问了,全交给你了。"余广林笑道:"那俺们现在就走如何,早到了早好。"几个人都立起来道:"那就早走,也免得叫一般的熟人撞见了,又纠缠不清。"

说着,都拿了钥匙,出了办公室,各开了车子,骑上便往路上去了。这一去便引出许多话来。

第一回

这城也真是小城,打县政府大院出来,左拐右拐,也就三五分钟,便出了城。这城出得突兀,客人便觉惊奇,都道:"这城也真太小了点,太小了点。"那余广林道:"小也有小的好处,一张白纸,没有负担,好画最新最美的图画,好写最新最美的文字。"众人听了,都叽叽地发笑。张春和笑道:"好倒是好,却是脏了点,灰尘太多。"李建华说:"这个倒不奇怪,往南方去可能好一些,南方雨水多,潮湿,往北方去,不论是农村城市,就没有几个干净的。"赵宝林说:"这倒是,往南方去吃甘蔗,往北方去吃蒜头。"

说讲着,已是在郊外了。景观霎时便不一样。这地方虽属北方,水却也不少。水有大水,远看去有些浩渺的味道,其实是些水湾子、水汊子;水又有小水,七绕八转,在田野里穿行,也别有一番风味。田野里鸟啼声不断,车轮下却都是沙土地,给人一种洁净平整的感觉。那大水与小水之间,有些起起伏伏的小坡地,小坡地四散分布,上头又植了许多树木,郁郁葱葱,望过去赏心悦目。待望仔细了,便隐约望见那些葱郁之间,还有青砖红瓦分布,有颜色深些的,有颜色浅些的,有高些的,也有低些的,想必那些便是人家住户了,都掩映在苍翠欲滴里。

走着望着,不觉间路便到了青砖红瓦边。路仍是往前伸了去,那余广林却叫一声:"到了。"便下了车,推车往林子里走。几位客人也跟着他走。进了林子,原来却是疏林,只树大些,因此远看了便是一笼统的青绿。疏林里到处平平整整,平整间却就立起了一排砖房和一座两层的小楼。小楼崭新结实。到了楼前,便望见几个男男女女,正屋里屋外地忙活,其中一个男人,三十岁左右,也是黑黑的皮肤,一望便知是常年在太阳底下干活的——抬头望见他们,忙走出来道:"来啦,往屋里坐,屋里坐,俺接了电话,就匆忙来拾掇拾掇,乡下条件也差。"双方客气了几句,余广林便介绍道:"这个是俺弟弟。"说着都进了屋,屋里屋外的男男女女便陆续退走了。

这间屋怕是客厅,又怕是自个凭着心思设计的,老大,有五十多个平方,里头刚摆好了三张床,几张藤椅,一张桌子,一架台扇和若干杂用物品。几个人倒在藤椅里,又有个女的端了一大盆切开的西瓜来吃了,心情就别提有多舒畅。打坐的地方往门外一望,望见一眼清凌凌的水,原来已是在水边不远处了,便起了动心,都道:"天时还早,不如往水边、水里去转转。"那余广林说:"俺都已经讲好,船已在水边了,就怕你们现在累了,不想动。"赵宝林道:"想动,想动,天也热了,这水里也能洗澡游泳吧?"余广林道:"可以,可以,宝林水性怎样?"赵宝林道:"只是淹不死的水平,春和跟建华都是高手。"张春和讲:"我比建华又差些。"余广林道:"那俺们就去转转。都戴个草帽。"

四个人出门奔了水边。果然有一只木船泊在水边候他们。船上是个二十唧当岁的女的,余广林便介绍了:"她叫李春兰,是俺弟媳妇的妹子。"众人觉着这关系有些趣味,便都跟她打了招呼,而后一一上了船,在船上坐定,余广林道:"走吧。"李春兰便将船撑了出去。

水面宽泛,两岸一派乡野风光,风乍起乍落,有野水鸟在水湾处的野菜丛或蒲草丛中起飞,它们的笨拙的起飞在水面上打出了沉重的扑噜噜噜的响声。天时晴时云,水天湖色并不喧闹,却是一派烂熟的安详与沉稳。船行微晃,波光粼粼。船渐行水渐宽展,水色天色,都呈着一种开放的势头。正行时,便望见前方四面水色团团围住一块陆地,原来是水间的一个小岛,有半个运动场大小,呈长条形,上头树影婆娑,隐约间还能望见一两间草屋的影子。李建华失声叫道:"好地方,好地方,上头还有人家!"余广林道:"这岛叫小洲头,上面也有些好看的,风也凉快,上头住的一个人,大家都叫他杠爷,因他年轻气盛时脾气犟,后首便叫成了杠爷,原先是个五保户,家里只他一个人,无儿无女,年岁大了——现今怕有七十多了——就在小洲上住了,看一眼水面,吃穿都由俺弟弟包了。"李建华又问:"那杠爷现时在不在洲上头?我倒想上去坐坐聊聊,这船上待长了就觉着晒人。"李春兰道:"他整天都在洲子上,自个也过得逍遥。"余广林道:"那俺们就往小洲头去,坐聊一时。"船便往小洲头靠了去。赵宝林却道:"往前还有什么好地方?我倒想坐在船上转转,不如把建华一个人卸在这地方,我们都往前去,赶回来时,再接他走。"李春兰和余广林都咧了嘴笑,张春和道:"这个主意不错,要是建华同意,那就这么办,怎样?"余广林道:"建华你看怎样?"李建华道:"好,这样好,也免得人多吵哄哄的,玩不出名堂来,不过你们回来时,别忘了接我,要不我可就有些惨了。"李春兰大着声说:"那也没啥,洲子上有吃有喝有住,杠爷还有十天十晚上也讲不完的话。"说讲间,船已到了洲边。余广林道:"俺也上去,跟杠爷讲一声,也算个介绍。"李建华道:"不必了,我自个随便逛去,就是了。"李春兰说:"没有事,你只管去,能上这小洲头的,自然没有外人。"李建华道:"我就随意地逛去。"讲着上了岸,李春兰便把船撑开了去。

水面忽宽忽窄,似无有止境。野水鸟或起或降,都在较远处,只见了形状,却听不见声音,日头渐高,水野间更是静安,一片混沌之气泛升,小船如在遥远的一个时空里穿行。正行间,前方水面却现出了岔道来,原来水被一块陆地分切为两路,一路往偏东方去了,一路却往偏西方去了。李春兰让船慢下来,问余广林道:"俺们往哪边去?"赵宝林道:"哪边有看头?"余广林道:"要讲看头,两边都有看头。"便犹豫了。张春和道:"要两边都能看就好了。"语音才落,就见从西边的道里,撑出一只小船来,撑船的也是位姑娘,个子适中,健美有力,李春兰望见,忙大着声喊她过来,喊道:"秀芳,秀芳,过来,过来。"那秀芳听见喊,便弓腰屈腿,把小船飞一般地撑过来,赵宝林和张春和都看得呆了,暗自惊叹那秀芳身姿的优美。余广林道:"这是俺一个表妹,是俺大舅的闺女,俺大舅那庄离俺这里有二三十里地,都是旱地,偏她就喜欢水,就这上块来了。"正讲着,那船撑近来,那姑娘也不过二十一二岁,却显得健美成熟,剪着齐耳短发,竟也算是一种时髦的发型,恐怕是在城里哪家青春发屋做的,显出了朝气来。船近了,那秀芳一眼便扫清了一船的人,道:"这是往哪里去?"余广林道:"来了几位朋友,想在水里到处都逛逛。"赵宝林问:"往西路去没有好看的?"秀芳说:"俺们看惯了,也就不觉得怎样好看了,要是没看过的,那看着就好看。"张春和问:"那往东路,有没有好看的?"秀芳说:"那也是一个理,要是没看过,就都该看看,城里人难得下一回乡,不如就都看了。"余广林有些犹豫,道:"那时间可就费得多了,来不及。"赵宝林道:"要真是来不及,我跟春和不如就分开着,一个请秀芳带着,往西路看,一个往东路看。广林你看怎样?"余广林道:"这样行。"赵宝林道:"春和,你看怎样?"张春说:"这样行,宝林,你就跟了秀芳的船,往西去,我们就往东路去。"赵宝林讲:"那好,我往西路去。"

赵宝林上了秀芳的船,余广林又对秀芳交代了,两船便分开,往两条水路上去了,天高水远无有止境。两船渐离渐远,拐了弯便见不着影子了。天上也有些混沌了,是云翳上来了。

第二回

却说李建华下了船上了洲,漫步而去,见洲也是坦地,地上植着些芝麻、黄豆、花生,数量都不大,都只是块把两块地的样子。洲边临水之处,植了些柳子之类的树,再往洲子里去,却是两三棵壮槐,彼此间相隔了十数米,都有一抱多粗,枝繁叶茂,浓荫匝地。槐下都是平地,平地上蹲着两间茅草屋,屋前浓荫里铺着一张宽大的芦席,一老者正赤了脚坐在席上吃烟乘凉,见有人上来了,便略打量道:

"这位客人是哪块来的?"

李建华前后叙说一遍,那杠爷便去屋里拿了个粗瓷茶杯来,捧着席上的粗砂紫茶壶斟了一杯浓汁的茶水递给李建华,又自斟了一杯,两人在芦席上坐定,由水面上来的小风儿溜着,身上便觉出了不少爽凉来。

闲叙了一气,那杠爷接着道:"俺记着那一年就是民国十五年(1926年),俺那会也才十来多岁的样子。到入伏的那一日,天上的颜色就不一样,血拉拉红,人都怕,东庄还怕死了两个年纪大的,硬硬地给怕死的。那年又正是旱年,自打春那日起,百多天没见上雨星子,河干塘干,人都往死里干,牲畜都奔几十里外的大湖了,再讲那大湖,也已经干剩了底子。"

李建华道:"那会儿怕没这洲头。"杠爷道:"洲头倒有了,只是一块荒滩,四下里有水,滩上只生着一棵老槐,桶样粗细,槐豆子结得跟槽鱼甩籽样,比那露水还多,便有西头杨庄的一个中医先生,姓杨的,年年来捋了去,做成个偏方,专治妇女病,也是蹊跷。"

李建华笑道:"那真是蹊跷,我喝这茶,觉着这茶汤汁好浓,又有些苦,也能喝出点槐豆子的味道来,想必这茶也是槐豆子煎熬成的。"杠爷笑成个满脸开花,道:"李同志你也真是个好品味,这茶便是俺拿这几棵树上的槐豆子煎熬成的,这个倒错不到哪块去,只这槐豆子都是放陈了的,隔三岔五的更好,老喝了,强体壮骨,能长生不老哩。俺说你倒不信了。"

李建华说:"我哪有不信的,杠爷您就是常喝这茶水的吧?"杠爷道:"俺哪一日也得三两壶,喝了,便觉着有气力、有精神。"李建华道:"怪不得您老身体这样好,怕跟这茶水有关系。"杠爷道:"那是。"

喝了两口茶,杠爷又道:"那一年的蹊跷事,倒都碰在一块啦,单讲那年的麦季里,打割麦前边,到割净了麦,就伤了三条性命,这三条性命,伤得都怪,叫人听去了,就觉着那年头怕人。"李建华问:"是哪三条性命?"杠爷道:"你听俺讲。"

又呷两口茶,讲道:"第一条性命,便是西头杨庄那寡妇家的独儿子。那寡妇十八岁守寡,便守着一个独儿子,娘儿俩种了半亩薄地,种了麦了,说收不收的,也就是三两笆斗瘪麦的事。赶秋里了,再打地里头刨三五百斤鲜红芋出来,掺糠加叶,便把这独儿子养活到八九十来岁了,做娘的在心尖里就把他当成宝贝蛋子,吃喝拉屎都替他操持了。这就到了那一年的麦季里。"

正讲着,小洲头就近的水面上,却就起了丝丝的水雾气,两人一头闲唠着,一头就抬眼望着水。原来那水雾气是打远处的水上头聚了来的,远处水面上都已蒙蒙地聚了一层雾气。天上的日头却仍照在洲上,只那光热有些减弱。树上的风也接近全无,槐叶都不动,似被渐浓渐近的水雾气粘连住了,洲头地上的那些黄豆、芝麻、花生的叶子也都不动,也似被那些渐来的水雾气给粘连住了。李建华便插嘴道:"起雾啦。"杠爷接上道:"这值不得稀罕,挨一时也就下去了。"

闲坐了一气,那杠爷接上又讲道:"到了那一年的春季里,那会天也才刚晒人,麦棵子里也才刚听见麦笛子叫,碌子也都才在场边上转,寡妇家的独儿子也才刚把腚沾在山墙边的地上,那墙便倒了。"

李建华吃了一惊,问:"那为什么?"杠爷道:"那一年的命呗,该着他死呗。叫哪个能拦住去?"李建华点点头道:"早不倒晚不倒,人往底下一坐就倒,也是怪事。"那杠爷道:"换个人坐下,那墙也不倒,偏他坐下就砸死啦。""李建华叹口气讲:"就是,巧事。怪事。"

那杠爷嘴里咂着烟,讲:"还有怪事,讲你倒不信啦。"李建华说:"还有什么怪事?"杠爷道:"这便是第二条性命。这第二条性命,便是半个县边上李营子的李毛。李毛那年十八九岁,是成亲的年岁,家里头已是说好了,讲收了秋,就给他张罗了成亲。因那李毛也是三家看着的独养儿子,手捧着怕掉了,嘴含着怕化了,是个沾不了的角,又都牵着祖宗的血脉,你说怪是不怪?"李建华说:"怪,是怪。"

杠爷道:"那会麦也才刚割着,李毛又是个不沾地、不沾土的人,只在家里头闲吃闲喝,备着以后做种。这一日近午时,便拿了个小板凳,坐搁自家的门楼子里头望风光。"李建华说:"望什么风光?"杠爷道:"望收麦的风光。"李建华说:"也是悠闲的事情。"杠爷道:"那倒不敢讲了,只这一望,便望出了毛病来,你说巧是不巧?"李建华说:"巧。"

停停。杠爷道:"那李毛坐在门楼子里,打里头往外望。望到近晌午,便有一辆胶辘轱车打门口过去。"李建华道:"那会也有胶辘轱车?"杠爷道:"辆把辆的,也有。"李建华道:"水雾气倒真上来了,真快。"

这时水雾气倒真上来了,渐浓渐近,日光更趋迷蒙,远远近近的水面陆地树木庄稼渐都蒙起,似隐似雾,成一幅妙好的风景。李建华望见,不由便露出一句:"好看,在这地方也觉不到天热来。"杠爷说:"那倒是,这一湾水通得远,凉气足,隔三岔五,便独聚一场水雾气起来,人也活得自在,水土也滋润,不像一般的地方。"李建华道:"确不是一般的地方。"

两人又喝了一会老槐豆子水。这老槐豆子水,到了口舌里,咕嘟嘟自个便往下去了,把肠胃都冲得通气,因此便知是好东西。喝了一气,李建华便要起来解手,那杠爷拿手随便一指道:"随你解去。"李建华便转到平地外的一块地里,眼望着水雾蒙蒙的去处,淋漓尽致地解了个小手。

两人再又坐下,那杠爷接上先前的话头不紧不慢地唠道:"那辆胶轱辘车打李毛家门楼子前边过去,你讲巧是不巧,那车正走在门口,胶轱辘便打了个响炮,那胶轱辘车立时便歪停了——因为车是重载车,便半步也挪不动。那炮也放得响,响到出奇,那车上压车的人听见那声炮响时,便见门楼子里坐着的李毛,翻身往后便倒,待近前看时,那车轱辘放炮时,一股气正冲在李毛的脑门上,当下便犯挺了,连半丝气也上不来。你说怪是不怪?"

李建华听得眼都直了,嘴直咂道:"怪,怪,就这样巧事?"杠爷道:"就这样巧事,那胶轱辘打个炮,早也不打,晚也不打,单冲李毛打,这便是李毛的命气到了,也挡拦不住。"李建华同意道:"没法预防,防不胜防。巧,怪。"

杠爷笑笑,歪着头,又道:"这便是第二条性命。第三条性命,便是俺们湾涧这就近的张大石头。张大石头,是一个大块头,生得粗愣,便凭自个的筋肉,养活一个老婆五个崽子。民国十五年(1926年)那会儿,他那五个崽子都小,都张着嘴问他要吃要喝,跟一窝鸟样,他老婆又是个病秧子,也就是个在家前园后拾掇拾掇的料。这时便到割麦那时节了。"

讲着,两个人又喝一气茶。李建华喝时,还咂吧咂吧那味。初喝时,觉着苦涩,再喝时,便有几分好喝,有点厚势在里头;再再喝时,便能喝出些妙处来。喝着,又听那杠爷道:"到了割麦的季节,田里庄里便都忙得四个蹄子朝天。这一日,那张大石头,正打地里往庄里来,走在一个新麦垛子边上时,忽听得后头车响人喊,扭头一看,见是一挂拉麦的牛车过来了。那挂车也装得多,张大石头见了,便靠在路边的麦垛上,让那挂车过去。"

水雾气更浓,渐侵到岛子上来了。杠爷道:"那挂车便过去了。这都是平常事,过去了就过去了,倒是那张大石头依旧靠在麦秸垛上,如歇息一般。人也都不在意,大忙的天,人的闲工夫也少。你讲是不是?"

李建华道:"那是。"又道,"这雾气愈加浓了,他们在船上,不会迷了路吧?"杠爷看着雾气,慢吞吞道:"那倒讲不准。这雾气下去也快,眨眼间也就下去了,顶不得真。"李建华半信半疑地望着水雾气点点头,心里却踏实不下来——怕没人来接他,望了几眼,又收了心听杠爷讲。杠爷道:"那挂车过去了,张大石头依旧靠在麦秸垛上,如歇息一般,半点不动,如此过了半个时辰,待那挂车卸空了再回来时,跟车的人见张大石头仍靠在那上边,便粗门大嗓地道:'张大石头,你家里几张嘴等你哩,你倒是清闲。'如此说着,见他仍是不动,近前看时,才知他是死了,叫麦秸垛给挤死了,你讲巧是不巧?"

第三回

李春兰、余广林和张春和的船,跟秀芳和赵宝林的船分开后,便往东路去。初始,水面渐窄,如入虾笼,两岸风景都美,船上的人,心中俱觉舒畅,便轻篙慢语,由船轻滑慢走,一边讲着话。

讲着扯着,便由余广林讲起了一个故事,是湾涧这地方的土产。余广林道:"那也是中华人民共和国成立前的事,那会俺还没生下来,不记事,这些杂事都是听杠爷侃的,都有鼻子有眼。"

讲:"那年头不甚太平,土匪多。有一股土匪,匪头唤作韩千斤的,这人原本也是湾涧这附近的人,只因他的大爸带他去闯过一回关东,赶回来时,便单身一人,生性也粗野了,是个惹不起的角。这韩千斤倒有些来头,他自个虽也有几分蛮力,长得粗愣,却没有千斤的气力。他的祖上,相传是得过武秀才的,也不知真假,都讲他祖上能吃十箸烙馍,那边烙着,他这边吃着,也不就着什么小菜,也不喝水,干吞,烙馍的还跟不上。怎么叫十箸烙馍?箸便是筷子,把筷子竖起来,有十根筷子的高度,这样高度的烙馍,要由现在的人吃,怕三四十个人才能吃完。"

又讲:"吃完了,力气便到了,便练门前的石碌子。那石碌子有多重?便把那石碌子放在耕过的地上,转身去屙一泡屎,待回来时,那石碌子已陷在土里,石碌子的土已长了草了。练时,人都躲得远,都躲在一两箭之外的树后头,由着他练。他练时,便易起毛,起毛时,目中无人,无物,只顾把那石磙子抡圆了转圈,口中一声声大喝,待轮到劲了,那石磙子便直飞出去,也不寻着什么地方,也不长半只眼睛,见人伤人,见屋毁屋,见树树倒,整个一场浩劫,却没有半个人敢近前半步的,你讲吓人不吓人?"张春和讲:"吓人。"

讲:"又传了,到那一年的暑天,韩千斤的祖上,正在圩子外的树下乘凉,便有一个山东来的,卖瓦罐的贩子,打树底下路过,便也来歇个脚,喝口水,眼直直地盯住他祖上,嘴里道:'这位好汉,你面相主凶,暗底下怕得防一防。'他祖上也只睁了半只眼,道:'俺有什么凶事,俺怕个啥!'那卖瓦罐的山东贩子,见他讲话横蛮,便不再讲第二句,推着瓦罐便走了。这话便引出了一桩小小的艳事来。"

张春和问:"什么艳事?"眼睛的余光瞟着李春兰时,见她神态安详,一篙篙撑着,不当一回事的样子,便放下心来,专心听余广林讲。

讲道:"怎么引出一桩艳事来?原来那武秀才,在庄里有个相好的,是打远乡嫁过来的,原来便有几分骚气,她男人又是个软根子硬不起来的,便管不住她,由着她暗骚去。她也是个有眼力的,先前做零售,到后头便专卖给武秀才一个人,那武秀才又是个惹不起的货色,谁还敢同他两个争醋吃。"

那李春兰道:"起了雾了。"几个人四面一看,果真起了雾了。雾气打四面蹿起,气势甚大。水路也到了宽敞处,老远才望见岸树。看了几眼,几个人的心思便又回来,听余广林讲古。余广林接上讲:"那一日也该着他出事,也该着他命气到了。山东来的那个瓦罐贩子,前脚推了独轱辘车走,后脚便是那个相好的,挎着个杞柳的小篮子,扭扭捏捏地打圩子里出来,拿眼乜了乜他,便往路边的庄稼地里去了。这就引出了一桩事来,送了他的性命。"

张春和听得脖颈都硬了。那余广林道:"闲话少叙,只讲那武秀才受了他相好的勾引,去了庄稼地里头,再出来时,暴热的天上,却突兀地现出一大块黑头乌云来,俺便斜插上几句话,讲俺们这块地方,打俺们来时那小洲头东去,直走了便到了西头杨庄,这三处连成一条直线,祖上都传说这三块地方压住了什么脉,就老出些稀奇古怪的事情。"

又讲:"那黑头乌云来势甚猛,跟有人打后头推着似的,直奔那武秀才头顶上去了。待到了时,便霹雷喝闪,倒下倾盆大雨,把武秀才浇成个落汤鸡。也就是半根烟的工夫,那黑头乌云便过去了。武秀才挪到家,一头栽倒,打那就落下一身瘫病,连半下子也动弹不得了。你道那是怎样回事?"张春和便问了:"怎样回事?"余广林低了声讲:"男人做过那事,最忌冷水冷风,惹犯了冷水冷风,十有八九都保不住性命。"又大了声讲:"俺们这左近的人,自然又传成了迷信说法。"两人说完笑了一阵。

撑船的李春兰,也全不当作一回事情,想必是这类故事,在这附近的乡村间,已传得妇孺皆知了。这时停了话头,几个人再看时,见四面的雾气更甚,岸也见不着了——倒不完全是水雾气的阻隔,水雾气暂还没浓到那种地方——是因着水面更宽阔所致。余广林道:"这里便是一个水结,再往前走五七里,就入湖了。"张春和说:"那水面就更宽?"李春兰说:"那倒是,那就在苇子荡里钻来钻去了,要是生人,路都摸不着。"

走了一段,张春和又要听那故事,说:"广林,你开始讲的是个土匪头子,叫韩千斤的,讲来讲去,把他的祖宗讲瘫了,还没讲到他的事,他倒是怎样回事?"余广林和李春兰都笑,余广林讲:"你要想听,俺就讲给你听,俺们这里,大人小孩,都能讲这种故事。"

接着就讲道:"那叫韩千斤的,便是个匪头,虽没有他祖上那样的气力,却仗着这乡间的传言,打着他祖宗的旗号,扯起左近乡间的几个闲杂人员,搁俺们的湾汊这前后,做了几个匪窝,干起了草莽间的买卖,日久天长,倒也有了几分声势,人都唤他成韩千斤了。"

讲:"那韩千斤倒也是吃俺们这三亩两分地里的红芋长成的,抢东抢西,也不抢俺们湾涧这块,因之俺们湾涧这左近的,对他倒说不上来半个'不'字,心底下倒暗指望他能盛着些,也能给这左近撑个门面,过个囫囵日子,虽讲那韩千斤干的,是八辈子也摆不上台面的事,那年头乱,人也就胡想。"

讲:"眨眼到了那一年,也就在麦季前后,这一窝匪盗往南乡抢了一回,完了便昼里夜里地往湾涧这块赶,这便是奇事,叫人觉着这是一伙奔命的种。赶到了西头杨庄,天已是暮了,一伙人便往庄头的一户人家去,那一户人家便是暗地里与他一伙接应的,便有个赃物赃款的,也藏一些在那里。一伙人眨巴眼便到了,拿暗语敲开门,那原来是个不小的院子,院里植了些酸枣石榴青杏树,杏也正在青时。那户人家,只有三口人,夫妻两个,带个大闺女。那对夫妻,原本是韩千斤的一个远房亲戚,也不入五服的;那个大闺女,却是韩千斤的相好的。这倒应了古人的一句话,叫作:虾有虾路,鳖有鳖窝,秦桧也有俩相好的。那韩千斤原来就长成个粗坯胎子,是个大碗喝酒,大块吃肉的货,却混上个黄花闺女疼他,也真是他的福气,你说怪是不怪?"

张春和讲:"真有点怪,这故事好听。"余广林道:"那俺就接下去讲。"讲道:"那伙人进了院子,都是熟门熟路,便由那一家子接住,洗了,吃喝了,都累乏了,便搁堂屋里打了地铺,横七竖八地翻倒便睡,那匪头韩千斤,自然还去霸着那个女的,两人进了偏房,韩千斤便道:'今个也是怪啦,便觉着心里慌慌的,便要往家里赶,似要寻个囫囵尸身。'听他讲出这种话来,那闺女倒不愿意了,那闺女倒是真疼他,忙掩了他的嘴道:'待俺出去望望。'便借口上院里提尿罐子,往外去了。到了院里,哪里能寻见一丝半点凶相,只见一轮大半圆的月亮,正悬在半空,照得院、屋、树剔亮,啥都看得见,那天上也没有一块云彩。那闺女望了,心间便有些踏实,提出了尿罐子,往屋里来对韩千斤讲:'外头一个月姥娘,照得光堂的,任哪里也见不上半点凶相。'韩千斤听讲,只道:'今个真怪啦,俺便觉着心里慌,压也压不下去。'两人便吹了灯,在床上睡了。"

略停了停,几个人望那雾气更浓厚了些。接续又讲:"睡到半夜,堂屋里的人,猛听得外头传来一声爆响,那爆响也脆,也响,都道是打炮来,都蹦起来寻家伙。有那麻利的,往外头望了一回,道:'大月姥娘地,亮堂堂的,见不着半丝云彩,也没有多些风,更见不上半个人影,哪来的爆响,怕是俺们睡迷糊了。'惊骚了一时,又都去睡了,一觉睡到大天亮。

"睡到大天亮,众匪都起来了,便有发现偏屋山墙外那青杏树下,落了一地黄杏的,惊叫起来,众人都围过去看,道:'这真也怪事,俺们昨日来时,这树上还是一树青杏,望见了叫人咽唾沫水,到了今个早上,却就熟落了一地。'正胡乱议论着,有抬头往树上看的,却又惊叫起来道:'那里怎么有焦煳的样子。'众人都吃了一惊,昂脸看去,见这棵杏树,正长在山墙边上,山墙在高处,原本是开了个窗洞的,窗洞却叫杏枝杏叶的给挡住了,现时就有一道焦痕,打天上下来,把挡事的枝枝叶叶给烧焦,直往窗里头去了。众匪望见,都有些惊慌,你看你,俺看俺,便有那胆大的,到那偏房门外,敲着门道:'俺大哥,俺大哥,日头上来啦,俺们也该走啦。'如此敲了几遍,终没有半点回应,几个胆大的,便商量了,打外头拔了门插子,进到屋里,却就见了一幅景象:那一对人,睡在木床上,人都给烧焦啦,木床却见不着半丝烧痕。原来那焦痕正是打外头来的,是打窗洞进来的。众人这才想起,夜间那一声爆响,跟这个有着牵连;又有那聪明的,悟出点味道来:那一地的黄杏,后来就是那热东西经过时,把青杏子都烤熟了;那热东西,经过枝枝叶叶时,便有震动,便把熟杏给震落了一地。你讲厉害不厉害?"

第四回

张春和听了,眼都听直了,连讲:"厉害,厉害,真是不得了。"正说着,却见水面上的水雾气,更浓烈了,稍远些的物件,一样也瞧不清爽了。余广林道:"这雾还真起大了,俺们就往回去呗。"李春兰讲:"那俺们就往回去。"讲着,便把船撑转了,转过头往回走。

水面上的那些雾气,兴许是瞧见他们掉船往回去了,骤间便汹涌起来,浩浩荡荡的,一层一层,裹挟而来,把整个的眼界,都弄成一塌糊涂。张春和跟余广林,坐在相近处,也只眨眼间,两人的头发上,便聚了些水滴子,显出了清凉来。水路似有些曲弯,俯身看时,便能见船下水里的水草,呈着些暗绿的颜色,不像很浅的样子。张春和抬头问了:"来时我也没大注意,好像是一路直线过来的,现时水路就像有些曲弯,两边的苇阵也像多了些。"李春兰道:"那是,这是走了又一条道,这条道路近些,又跟来路不重。"张春和道:"也没见绕过什么洲子、小岛,怎么就是另一条路了?"余广林道:"刚才俺讲过的,这里便是个大水结,水面宽阔。水面却又叫浅水地跟苇阵分开了,因之便有几条水道。"张春和说:"这要是一个生人进来,在大雾里还真摸不出去了。"李春兰讲:"其实跑几趟,也就没啥了,要是天晴了看,也是清清亮亮的,只是再往前走,才难走些。"

小船行在水里雾里,张春和也是丈二和尚,摸不着头脑,不知走到哪里去了,索性便不管它,又找个话题跟余广林讲话:"广林,你们这里的传奇故事倒有点趣味,反正今天没事,你要有,就再讲一个听听。"余广林道:"这都是乡间的传说,没啥意思,俺讲的这些事,也没有什么真货,连顺带编,要是有一件事,叫俺们乡下人讲,一个人就能讲出一样来,你信不信?"张春和讲:"这个我信。不过你又不是乡下人喽。"余广林讲:"像俺们这样的,就是搁城里头混上一辈子,也还是乡下人,这些也改不掉。"张春和讲:"往前去几辈子,中国就没有城里人,都是乡下人。咱们就不讲这个了,好歹想听你的故事。"李春兰笑道:"城里人来了,都要听乡下的故事,都能听出瘾来,这些奇怪的事,都是连传带骗了哄人的。"张春和讲:"这都是通俗文学,那些作家,不也就是瞎编了出来的。"余广林道:"那倒是的。俺就再讲一个。说那匪头韩千斤,叫一个晴天霹雳给烧死了,却有半个县左近李营子的一个闺女,唤作双喜的,替那韩千斤生了个小的。那双喜,原本是说给李营子一个叫李毛的,那李毛,却有一回,不意间叫一辆胶轱辘车放炮给冲死了,这倒苦了双喜,因为按着俺们这地方以往的习惯,李毛跟双喜是定了亲的,那双喜就跟不得别的男人了,就得按时候嫁过来,跟着婆家过一辈子,也改不得嫁,也得不着男人疼,你说倒霉不倒霉?"

讲:"过了些时日,却被那匪头韩千斤看中了,便做成了这件好事。那些匪们,也都是横鼻子竖眼的,寻常人家,谁就敢惹翻他们?便由着韩千斤来来去去地霸着。那叫双喜的,也是叫没男人的日子给熬不住了,韩千斤却又是个有些气力的汉子,因之打心里愿意,俩人暗地里好,明里却就显出受韩千斤霸占的样子,日久天长,便弄成个大肚子,弄出个小的来,那正是韩千斤在西头杨庄给烧死的前后时间,也该是老天有眼,做成了这些巧事。"

讲:"做成了这件巧事,弄出个小的来,那双喜自然早在李营子蹲不住,便带了小的,往四乡里乱走,想要寻个安稳处落了脚。她身边的钱财细软,怕也有一些,都匿在一个叫人找不见的地方。如此寻了些时日,竟就寻在西头杨庄韩千斤的那远房亲戚处。韩千斤的那远房亲戚,夫妻两个,年岁又渐大了些,闺女又跟了韩千斤去了,正顾自卑可怜,见双喜带了韩千斤的小的寻了来,便起了相怜之心,抱头大哭了一场,也算是有着些牵扯,有着些缘分,便留住她母子俩,在一块过成个一家子,倒也是一件好事。再怎么说,匪是匪,女人是女人,小的是小的,不能说成一回事了。这一家子便往下过了去了。"

讲:"往下过了去了,那小的却渐就长大,也长成个黑塔一样的汉子,比他大却就差不到哪里去,如一个模子刻出来的,猪脖子牛腰,也跟了韩家的姓,唤作韩大柱,却就续成了韩家的烟火,你说怪事不怪事?"

张春和讲:"怪事,真是怪事。人生倒也过得快,眨巴眨巴眼,三五代就过去了。"

余广林讲:"就是,眨巴眨巴眼,三五代就过去了。那韩大柱长在二十岁,却就野成了性,他娘也管不住他半点,他这一家子,打从武秀才起,就都是动武的料,拿现在的话讲,便是遗传了。那韩大柱,实实在在又是个打家劫舍的角色,打从长成起,乡亲左邻便没有敢惹他半根毫毛的,一句话弄翻了他,便拿刀子戳通人家的大肠头,把他娘日常里积成的德,一个屁便放尽了。说讲间便到了这年的冬日里。"

讲:"这一年的冬日,在俺们这乡间,却就格外冷些。打阳历十一月底,大雪便一场挨着一场下来了,把俺们这十里八乡的地盘,下成个一淌白,一眼都望不见边。那韩大柱,原是纠集了乡间的几个街滑子,拿他娘的几个积存,搁半个县的集上,开了个饭庄,整日做些吃喝嫖赌的买卖。那会半个县边还不叫半个县,只叫作半个集,半个县是中华人民共和国成立后才改的,那会怕也只是一两条小街,三五百户人家,在俺们这附近,倒也就算个大地方啦。"

讲:"如此过到这一年的冬日里,却就打泗州那远乡乡下,过来几个跑小买卖的,两男一女,都穿得不甚整齐,各背了一只大口袋,因熬不住天寒地冻,到了半个集,见了这个饭庄,便进来,各人要了半碗酒,一碟小菜,便喝了取暖。那饭庄的小工,干坐着也是无事,便问那三个人道:你们这三个人,是打哪里来,往哪里去,那口袋里,又各背着些啥家伙?三个人当中,那个男人,年长些,六十三五岁,那另一男人,年中些,五十三五岁,那女子,年轻些,三十三五岁,初进来时,都冻得青头紫脸,现时叫烧酒烧了,颜色才变过来些。听见小工问了,年中的那个男人回道:'老板,俺们便是泗州远乡人,往河南去做了一回小买卖,却是赔完了,俺们现时便是往家间去,身上也无半个子儿;俺们这口袋里,一口袋干蝎子,一口袋狼牙菜,一口袋楝枣子。'那小工不知天高地厚,又闲着无事,听见那年中的男人说了,便笑道:'怪不得你们几个赔成个光腚猴,你们去卖这些东西,哪就能挣钱;倒是这顿酒钱,你们一个子也少不得。'那年中的听见他讲,便道:'老板,外头天寒地冻,你便让俺们这一回,行个方便,俺们也就忘不了你,俺们也可把这几口袋货,留了给你。'那小工道:'这个俺做不得主,俺也不是老板。'那年中的又讲:'那俺们就麻烦你去跟老板讲了。'那小工跟他几个闲聊一会,也便答应了,往里头去跟那韩大柱讲。那韩大柱却就在小间里头,与三五个酒友吃酒消闷,听见小工讲了,探出头来看时,那三十三五岁的女子,不是个怎么样的,随口便道:'拿擀面杖赶出去呗。'便出来几个人,拿擀面杖一顿乱打,把那三个跑小买卖的,赶了出去。"

此时船在雾气里,走得平稳,又走得快,已不知走到哪里去了,只由着它走。余广林接续道:"赶出去不待两里地,那三个男女,又冻又饿,倒在路边便给冻死了。冻死了,却就出了几件事,叫那韩大柱家,出了祸灾。"

张春和道:"出了什么祸灾?"余广林道:"也在那一日,便有西头杨庄的一个乡邻,来报给韩大柱道:'你祖上两位老年人,因是误吃了狼牙菜,叫毒住了,口鼻冒白沫,甚是吓人。'那韩大柱却就是个没良心的,听了乡邻的话,也不做着半点伤悲,只道:'待俺抽个闲时,便回去。'那乡邻摇摇头,也没有半点办法,便顾自回庄了,那乡邻前脚才走,又一个乡邻,后脚便到了,急火火地道:'你娘叫黑蝎子蜇了,蜇在要紧处,口鼻都吐白沫,你快往家里头去瞧瞧。'那韩大柱听了,面子上挨不过去,跟左右的酒友道:'俺去去就来,都别散了。'只得跟着乡邻往家间去。外头大雪也正在紧时。"

讲:"外头大雪乱飞,人走动都难,眼又都叫风刮得睁不开,这时便走到杨庄东头三两里地处的一个小望风岗上了。那望风岗,也就是个小缓坡坡,上头突兀兀长着一棵百年老楝,夏日开花结果时,那果子又老又硬,把枝都压弯了。两人上了望风岗,那乡邻倒比韩大柱心急,急急地便往岗下去;那韩大柱一路上了岗子,却就呼呼地喘,便往老楝树上一靠,想要喘口长气。也是怪事,待他靠住时,那树便叫他靠动了,树上的干楝果子劈头盖脸便砸,砸成个狼藉,那韩大柱,往常看上去是个粗壮的身子,叫那干楝果子一阵猛砸却就连吭都不吭,倒地便断了气,你讲蹊跷不蹊跷?"

张春和道:"蹊跷,蹊跷,这还真应了那句话:善有善报,恶有恶报,不是不报,时候没到。"余广林讲:"这倒是真的,乡下的故事都是蹊跷事,沾着点迷信色彩,讲起来只是个玩意,当不得真。"张春和讲:"那是。不过这故事,有点意思,听起来,时间就过得快。"李春兰在船尾讲:"前头就快到小洲头了。"张春和头望去,雾气蒙蒙的,也望不清楚,只听见有一两句鸟语,湿漉漉的,打雾里头传来,感觉倒真像在梦里了。

第五回

雾甚浓时,杠爷跟李建华已到了草屋里,当门铺了凉席,在席上坐定了,冲着门,望着门外头的变化汹涌,讲着闲话。这时望见那些雾气,忽而静了,都缓缓而动,又似不动,恬淡贤淑;忽而动了,你来我去,上蹿下行,甚是激烈。李建华还是第一回望见这样的景致,又是在这样一处地方,不觉心跳眼明,望着那雾阵道:"开了眼界了,以前还从没见到过。再讲在六月份,有这样的大雾气,也是罕事。这湾涧附近,还真是怪地方。"杠爷道:"你也信了吧。"

正说着,只听得雾阵里头,有个潮湿湿的声音传来道:"建华,建华。"李建华闻听,知是张春和在喊叫,忙应了一声:"哎,在这里,上来看看吧。"又回头对杠爷讲:"是余广林他们几个。"话音落了,余广林、张春和已经上来了,上来时也是看不见,待到了门前的平场子,才见到人的轮廓,余广林道:"怎么样,建华,杠爷肚里的货不少吧?"李建华道:"不少,不少,把我都听傻了。只是这雾气太大,也没能在洲头上走走看看。"杠爷道:"便是看,也看不出啥名堂来。"余广林道:"任啥你也看不清。"看看表,又道:"不早啦,都下午两点啦,咱们回去吃饭。宝林没打这块走吧?"李建华道:"怎么,宝林不是跟你们一块的?"张春和略讲了经过,余广林道:"他没事,秀芳是熟门熟路,又有一手好水活,还讲不定他们在西头杨庄那里上了岸,下馆子吃了一顿哪。"讲着,与杠爷道了别,三个人便在雾里回到船上,往家里去了。

上了岸,回到小楼里,家中的饭菜却早就备好了。几个人略洗一洗,出来看那雾气时,那雾气只是大,好像没有个局限。余广林道:"俺们也不等宝林了,他早回来早吃,晚回来晚吃,饿不着他,你两个怕饿坏了,俺们就先吃。"都说:"好,就先吃。"这么说着,菜就上来了,鱼肉鸡鸭大全,反正没事,又是私人家请客,就放开量大吃二喝。待吃饱喝足了,又吃了一回西瓜,碗盘撤下去了,三个人却都有些兴奋,又没有事,便横歪竖躺在藤椅里,吃着烟,海吹。乱说了一气,李建华建议道:"闲着也是无事,不如大家讲些小故事听听,过了这时光。"余下的人都讲好。李建华自告奋勇说:"那我就不客气,先吹一个了?"便开口吹了一个。吹道:"那都是老早以前的事了,有两个人,打青梅竹马那会,便在一个幼儿园玩,一直玩到招工进工厂。那会招工进工厂,可是件好事,也不用下乡啦,也不用支边啦,也光荣啦,工人阶级嘛。那两个人,一个姓吴,叫小吴,一个名梅,叫小梅,也是讲不清的缘故,他们两个,分到了一个厂子里,分到了一个车间里,却就不是一个师傅。那小吴的师傅,姓陈,是个半老的女人,她对小吴自然是没兴趣;小梅的师傅,姓肖,却是个二十来岁的小伙子,他对小梅的兴趣必定浓厚。那小梅,正在青春时光,眼见着便养成了好身段、好脸蛋、好风情,引得了异性的注目,时候略长些,女孩子在社会的生活里,却就成熟得快,言谈举止都有风韵,小吴便愈是着重她,对她好。如此便搭配好了。"

讲:"有一日,那小吴因心里烦闷,便骑了车子出去闲遛。人要是想闲遛的话,必是往人少静僻的地方去,待遛了一时,天便渐渐晦暗下来,却不意在树影边见到两个人,一扫眼望过去,便是小梅跟她的师傅小肖。初看见时,小吴便不相信眼睛,疑是自个儿看错了,待隐在僻静处细看时,见那两个人,真是小梅跟小肖,正立在树边,作谈话状。那小吴便无论如何也想不通缘由,也只是不信,却在那时候,小吴与小梅似也没确定什么关系,因此便约束不了对方,且小吴觉得小梅平日对自个也真不赖,所以一时便不相信自己的眼睛和自个儿的想法,只是对自个儿讲,那师徒俩也是为技术事谈话。打另一个方面讲了,小梅与小吴进厂,也才两月不到一个来月,厂里又有纪律和规定,总之小吴便觉着这事不该,也产生了对小悔的一点埋怨:女孩子总得注意点影响,哪怕是跟自个儿的师傅谈话,也得注意点分寸和场合。小吴便如此胡思乱想,只是想不到点子上去。"

讲:"也是有好奇心支使,那小吴便没有离开,便立在原来的地方,看他们啥时候谈完。倒也快,天才黑透,那两个人,便谈完了,也都文文明明的,分了手,往两处去了。小吴待他们都走了,便也离开,一边骑车,一边想:待揪个时间,得提醒小梅几句,作为一个女孩子,怎么着也得注意点影响,不能让别人有了误解了,那样就不好了。到了第二日,又是那前后时间,小吴便去找小梅,没找见,小吴脑袋里便一闪,便往昨天的老地方去。到了老地方,小梅果然又与那小肖在一块谈话,谈技术。小吴逮眼一见,便不相信眼睛,心里也有点生气,想:哪有女孩子这样不注意影响的,要是叫人家看见,一回还好说,两回你怎么讲?便有些生闷气,觉得自己都是为她好,她却不注意影响。如此又等到他们分手,才回家。到第二个第二天,两人都上班,小吴便找了个空子,跟小梅讲:'小梅,我找你几次都找不到你。'小梅讲:'我这段时间老忙,想把技术早日学好了。'小吴听了,突然便觉着自个儿有点自私,是想阻着人家小梅学技术,求进步,心里觉着自个儿的想法有点肮脏,便没有第二句话可说,便支吾了几句,走了。到了这一日的那个时候,小吴在自个儿的家里,便待得有些不安分,起来骑车子又去了老地方,心里觉得他们两个准又在树底下谈技术。到了一看,果然他们又在那里,心中便有一小股不满的火气升起来,觉得小梅你学技术再心切,也得注意点影响,你到底只是个女孩子。便想过去夹在他们两个人一块,也谈技术,也学技术,却又觉得到底不是一个师傅,又觉着那小肖师傅平日里对自个儿也是个一般,便压住了以上的念头,没过去,只在远处的树底下看住他们,别让那姓肖的趁便使啥坏。"

喘了两口气,李建华接续又讲:"过了几日,便有一日傍黑时分,那姓肖的趁便拿一只手搭在小梅的肩膀上。小吴见状,怒气便不打一处来,觉着你姓肖的真不是玩意,谈技术便谈技术,也不能随意占女孩子的便宜。正气时,见那小梅扭晃了几下,竟也就容忍了,心里对小梅也生了几分不满,觉着小梅有点低三下四的味道,转而又一想,小梅恐有她的难处,她想学技术,那姓肖的又是她师傅,也不能直接便翻了脸了。想着,心间便忍了些,直等到他们散了,才往家里去。"

讲:"那小吴,虽然那样替小梅着想,觉着她也情有可原,肚里却就有一股气,对小梅不满,便有几日赌着气不理小梅。不理小梅时,那小梅也不着急来找他讲话,又像是躲着他,似有负罪感。小吴的火气渐消,却也就原谅了她。他到底还是对她真好。往后的十天半个月里,也就真没见过小梅跟那姓肖的在那个地方一块。其实是换了班的缘故,眼不见心不烦,小吴的心情倒是好了点,上班时见了小梅,见了小肖师傅,也能主动打个招呼了。"

又讲:"班倒换几次,眨眼已二十多天过去了。那些日子里,小吴看那小梅,对肖师傅又似有躲避之意,不怎么跟那小肖师傅讲话,讲话时也有些不自然,还有不少脸红的时候。小吴望见小梅的这种状态,心间倒有点同情小梅,想:必是小梅识破了那姓肖的,对他有了戒备,防了他一些,这样也好,让事实讲话,她慢慢就明白过来了。因此对小梅,重又随便亲切起来,那小梅怕是受了点惊,情绪总有点不定,小吴也不在意,暗说过一阵她就好了。"

讲:"却有一天,也不早了,有十点来钟,天早黑得干净了。那小吴打小梅家门前过去,偶尔便听见那门响。或许是一种条件反射,他忙就刹住车,隐在暗处,看那房里是什么人出来。门开处,便有一个人走出来,却原来是那姓肖的。小吴惊得嘴都合不拢了,直觉着自个儿的眼睛不可信,怕自个儿是看花眼了。定睛再看时,那姓肖的打门里头出来,却没有人送出来,那门便关上了,关上之后,姓肖的骑了车子,便在路灯的暗处消失了。那小吴,看见这一幕,却才有一点点安心,心想:你姓肖的脸皮也太厚了些,假拿师傅的样子,却就缠住人家女孩子,人家倒是连送都不送你。心里反觉着小梅真够点意思,怕是心里还装着自己。这样想了,心情就好了一些,虽还有点拿不准,倒也就过去了。"

讲到这里,李建华却停住了,喝了口水,往门外头看看,余广林跟张春和也便往门外头看看。门外仍是大雾气,在六月天气,这倒真是怪事。李建华道:"赵宝林还没回来,不会有啥事吧?"余广林道:"没事,绝对没事,包在俺身上了。"看了几眼,张春和道:"建华,接着讲,这故事还不错,有点味道。"李建华说:"讲完了,没了。"张春和叫道:"讲完了?这就完了?没头没尾的,也不成个故事。"李建华道:"我这个故事,不以情节取胜,单说那单相思的心理活动,也还有点味道吧?"

几个人嗯摸嗯摸,余广林道:"也还不错,把那个小吴讲活了。"张春和道:"算你过去了,算你过去了,也还凑合着听,我再问一句,那肖师傅跟小梅,到后来却就怎么样了?"李建华道:"怎么样了?肖师傅跟那小梅,打开始就谈着恋爱了,谈了不到两个月,便要结婚了,结婚之后,却又因着许多事情,感情破裂,分居两处了,这却是另外一个故事了,跟小吴不相什么干。"张春和道:"罢了,罢了,算你过去了,我来吹一个。广林,你压阵。"余广林道:"随你。"张春和道:"那我就讲了,这故事也厉害,听好了。"

便海吹起来。

第六回

那张春和海吹道:"那也是老早以前的事了。讲有一个学校,有几个高中毕业班,秋天里组织在一块,把班打乱了,男女分在一起,分成几路,往农村去宣传农业学大寨,并且参加劳动。单讲这一路,有三五十男女学生,由三个老师带着,到了虹县的一个地方,在庄外的一处新房子里住下来了,那三个老师,有两个女的,一个男的,那一个男的,是学校教务处的,以前没带过高中这几个班,也没带过多少课,那两个女的,是校团委的干部,也是没带过课的,并且还有一个很年轻,参加工作没两年的,由这三个老师来带,就不容易带好,就容易出点差错,果然就出了点差错。"

讲:"初到的一两天,因着环境陌生,带队的老师也不熟悉了,老师也没多少权威了,学生们的自由度便高起来。那时候的高中毕业生,与现在的倒完全不一样,现在的,功课卡住头皮,考不上大学就得遭白眼、待业,那会却没有考大学一说,高中毕业了,绝大多数,便往乡下一放,倒也省了事。话再讲回来,那些学生自由了些,便生出些杂事来,男生有三五一伙去小店里买了烟卷来抽的,女生有三五一伙与几个男生一块往野地里散心的,那情形倒也叫人看了羡慕,因为学生到底是学生,没什么思想负担,便是散步,也比有家室有负担的人潇洒些。"

讲:"到了第三天,便生出了一件事情来。原来有几个男生,平时甚是要好,他们几个在一起时,真个是无话不谈,无事不讲。却就在背地的说话里,经常议论几个漂亮的女生,并且按喜欢的,暗地里做了分配。这也都是高中生的小玩意,并不是怎样坏的事情。却就在这种环境里,他们当中的几个,便对其中一个道:'你敢不敢晚饭后约你那位出去遛遛?'那一个道:'敢,你们瞧着。'这话也半是逗能半是玩笑。那一个却真的就瞅了个机会,跟他们背地里私分好了的女同学约了。人家那女同学自然是蒙在鼓里,全然不知他们的这些把戏,只平日里对那一个男同学看法还不错,又有点品尝浪漫的要求,便含含糊糊地应着了,却都是好玩的事情,没想到事情却就有发展。"

讲:"到了那日晚饭后,那个被约了的女学生,又邀了个平日就要好的女同学一块,便往那约定的地方去了。这里便有个小解释,即他们下乡的一队,在乡下的几日,已是过成了个习惯,每日晚饭,可以自由地散步,但到了一个小时之后,又得集中起学生来,然后就睡觉。那两个女同学结了伴出去,却就被那几个平日要好的男同学中的一个发现,即刻跟几个人说了,说了之后,便推出那对应的两个男同学,也往约定的地点去。那两个女同学,在村外的一个去处,见着了两个男同学,便做了一般的交谈,这倒是平常的事情,其中有一个男生,却就提议分开了走走,便就分开了走,分成两对,一对往西,一对往东,一直到了时间才回到住处来,知情的那些男同学,自然去打探情况,羡慕不已。"

讲:"却不料这情形便有传染性,一时间你约我我约你,刮成一股风。初始的时候,也还避着别人,也还能按时间回来,赶到形成了风气,参与的人又多了,也就不怎样避着人了,也不能按时间回来了,都是成双成对,在大野地里逛荡。那三位老师,都年轻些,又按不住这样多的同学,也是无可奈何,只盼到了时间赶快回城里交差去,那些男男女女的年轻人,倒玩了个痛快。等回到学校里毕业时,那些同学里,倒真有几对谈成了的,听讲还有个打胎的,又听讲还有一个男同学跟那两个年轻的团干部中的一个谈上了的,你讲神通不神通!"

讲到这里,张春和便伸手去端杯,讲:"完了。"李建华讲:"这就完啦,不怎么样,不怎么样,跟我的水平差不多。"余广林道:"也有味道,还有点反叛精神。"张春和道:"算了,算了,就算过去了。广林,该你了,你恐怕能讲个厉害的出来。"李建华也讲:"对,广林,该你了,你来个厉害的。"余广林笑笑说:"俺也没有什么厉害的,俺想想。俺就讲一件事,是半个县以前发生的事,也不一定好笑,倒是长了些。"李建华说:"长一点没什么关系,反正咱们在这里没事,还得等赵宝林。"张春和道:"你放开讲就是了。"余广林道:"那好,那就讲这个故事,叫智齿的故事,是俺们这半个县发生过的一点真事,也掺了点假的。"张春和道:"智齿就是小牙吧,我二十来岁时长过的,那滋味不好受。"李建华讲:"我也长过,彼此彼此。我们只听广林讲。"余广林道:"在食品公司里,原先有个袁经理,五十来岁了,却是光棍一个,没有老婆。倒不是打生下来就没有老婆,是老婆在他年轻时就死了的,打那之后,他便一个人过日子,其间也有人说合过几十个,却一个也没谈成,时候长了,一个人过成了习惯,别的事倒想得少了。可过到了这个时候,那袁经理,突兀兀地又觉得日子单调了,便答应了一个新近丧夫的中年女人,也该着那女人有福气,袁经理积攒了一辈子,还不都得由着她花销了——只是还没定下日子。"

讲:"却想不到,到了七月里的这一天,那袁经理忽觉着左腮帮子有些胀疼,也没拿这当一回事情看,照样上班下班,到下午时,疼得厉害了些,便上东大街的铁皮房子药店里,买了几粒止疼片,吃了,也没在意,当晚倒也好了。待第二日早上,那袁经理一觉醒来,便觉得脸有点不是脸的味道,只那左牙根处火辣辣地疼,往镜子里一照,却就照出个怪相来,那左半边脸,肿了,跟谁拿大耳巴子扇过了似的。才这么望见自个儿的真相,那左耳根子又疼起来,疼法与平常的时候倒不一样,是拿一根锥子,又是锈了的,秃了头的锥子,硬往牙根里头钻,又钻又扭,却就叫人受不了。再看那袁经理时,已是抱住了半个脑袋,想要把自个的脑袋给扭下来当柴火烧了,那疼的样子也真叫人心焦。便是这样的情景,那袁经理自然上不得班了,便拿一块三五天也没洗的手帕,把嘴给捂住,往牙科医院瞧病去了。"

讲:"到了牙科医院,挂了号,在椅子上坐住了,便有个年轻的医生,望那样子像个实习的,来给他看病,那年轻的,只叫他张开嘴,便拿一根钢条,甚是尖利,趁他不防时,往他的牙根上一捅。或许是用力过了些,那根钢条便就一滑,险些把袁经理的腮帮子给捅了个窟窿。袁经理吃这一吓,身上出了一层透汗,那实习的年轻医生却说:'是个智齿,明天再来检查一回。'有人问了,要真是智齿一家伙拔了算了,何必再等一天,多遭一天的罪?这里头却有个讲究,那智齿得由它出了头了,才得拔掉;若已长了出来,却又发炎了,那就先得控制炎症,然后才能拔牙,这都有个讲究。事已至此,那袁经理上不得班,便打了个电话给公司里,交代了几件事,请了个假。"

讲:"这倒引出些事儿来,便是那袁经理打电话交代了几件事,请了个假,却叫人给听错了,传误了,直传道:袁经理已经请了假,借了一笔公款,带着他刚刚谈的未婚妻,到上海旅行结婚去了。恰正在这时,县商业局打电话来找袁经理,问袁经理国庆节的商品供应准备情况,公司里的人便跟商业局的人说:袁经理打电话请了假,说是往上海旅行结婚去了,又借了一笔公款。商业局的电话打过了之后,却又有人传误了道:那袁经理没来由长了个小牙,坚持要到上海去拔牙,却就叫商业局给撤了职,商业局刚才已经打电话来通知了。传了一气,却又传道:那袁经理原来是色狼,他借谈恋爱为名,跑到人家新近丧夫的中年妇女那里,动手动脚,至后来,倒把人家给糟蹋了,人家已经往法院去,要告他了。另一个消息却讲,那袁经理甚是反常,他已是个小老头了,却还长什么智齿,这不是反常是什么?却又有人传道:那袁经理已是叫公安局给逮去了,听讲过两天就搁北教场公审哪!便这般沸沸扬扬地传开了。"

讲:"却说那袁经理,这一日却就难过去。他打了针,吃了药,却是止不住疼,只是想死,一死了之,那牙还疼谁去?却又死不掉,半死不活的,受罪。建华、春和,要是没得过牙疼,你们就千万别得,那罪不是人受的。撕报纸、撕文件、持碗、骂人、干号,头撞墙,脚踢大石头,啪啪地扇自个儿耳巴子。袁经理受不住,便起身锁门往外头去,专拣人多事杂的地方逛荡,就想把他的牙给忘了。"

讲:"倒还真叫他给忘了一些,原来在一处地方,他听见几个闲人乱扯了几个故事,那故事就有意思,就叫他把牙疼给忘了一些。那故事道:从前有两个人,在一家酒馆里喝酒吹牛。一个叫张三一个叫李四。酒到了八九分,都吹自个的胆大,都讲别人的胆不如自个的大。那张三便道:'城东,乱葬岗子,新近埋了个女人,下身穿一条牛仔裤,俺今儿晚上三时三刻就能把那牛仔裤给你扒来,扒不来俺输你五十块钱。''好!一言为定!'到了晚上,那张三真去了,吭吭哧哧地挖,待挖透了,棺材盖撬开来,却听一声响,打里头坐起一个人来,直叫道:'配对儿、配对儿。'霎时便把那张三给吓死了。你道那坐起来的是谁?那便是李四。却又有一个故事,道:有一段时间,一家停尸房老发现死人的脸上有牙痕。院长便把老管理员找到办公室,问道:'夜里可发现有什么可疑的动静,可有人想破坏国家财产,破坏停尸房里的大好形势?'那老实巴交的管理员,认真回忆了三分二十秒,却就回忆不出来有这样的人,便照直讲了。那院长却不信,贴在管理员的耳朵边上道:'晚上你照旧查房,俺却躲在窗户外头看。'这计谋定了,到晚上,那院长便躲在停尸房的后窗外头,看见管理员进了停尸房,先拿手电照尸体的头,挨个照完之后,却突地扑过去,在一个老太太的脸上狠咬了一口,险些把那死干皮给撕下来。那院长望见了,当场便昏死了过去。"

李建华和张春和都听成了呆子。便在透不出气来时,那余广林又接续讲道:"那袁经理,听了人讲的这几个故事,时间倒好熬些,到了第二日,又到医院去看,又是那年轻的实习医生给看的,看过了,却不中不西地道:'你这颗牙长得无甚水平,没一点艺术价值和实用价值,你明天来,我给你拔了。'却就把袁经理气得个小半死,捂着脸便回了家。"

讲:"这事却又传成了离奇,挨到这天的下午,那袁经理正熬不下去,却就有办公室的一个秘书,叫小刘的,来了,道:'袁经理,听讲你要去拔牙,公司却就有不少议论,办公室的同志叫俺来讲给你听,也做个思想准备。'袁经理道:'都议论些什么?'小刘便拿出小本子道:'都议论:第一,听讲智齿是智慧的象征,拔掉以后,便没有智慧了,俺倒觉着这一条不碍事,便是没有智慧,也不打紧,你便照文件跟经验办事,也差不到哪块去。第二,听讲智齿长得顽固无比,跟牙床是长在一块的,而那牙床又是长在嘴里的,嘴又是长在头上的,故而拔牙也有连头拔掉的可能,这个倒有些怕人。第三,听讲拔牙的工具,都是生铁铸成的,先得由两个汉子,拿扳子把嘴撬开,再拿钢丝把铁钎固定在牙床上,由两个汉子抡锤猛击,才能挖出来。俺们议论了,这个俺们倒不怕,便从肉食门市部,调几个复员军人来,以备不时之需。'那袁经理听说,立时便昏死了过去。"

讲到这里,余广林伸手便去端水。张春和问道:"完了?"余广林道:"完了。"几个人哈哈尖笑。张春和道:"这故事还真不错,还有点现实意义。"李建华说:"这是个幽默故事,却就是广林讲得好。"张春和说:"广林是个故事篓子,其实如广林这样子有能力的,也该打科长再往主任上升了,也真该独当一面了,对不对?"李建华道:"那倒一点不假,广林精明能干,又在年富力强的时候,也该着干实事挑担子的时候了。"余广林道:"难呀。在基层更难。"

几个人闲扯了一时,正说着,外头人叫道:"老赵回来了!"几个人的眼光便都往门外去了。

第七回

门外却仍然是大雾,汹汹涌涌的。余广林跳起来往门外去,却才走到门口,正撞见赵宝林进来。进来了,便嚷道:"雾太大、雾太大,差点转迷了方向。"张春和道:"真的?"李建华道:"都讲你们是上西头杨庄避雾去了。"余广林道:"午饭吃过了吧?"赵宝林道:"吃了一点,现在却是饿穿了。"余广林抬腕看看表,惊叫道:"哟,已经快到八点了,虽说是夏令时,也不早了,俺通知他们开饭。"说着便出去了。

余广林出去了,赵宝林坐下来点了支烟,喝了口水。张春和压低了声道:"宝林,老实交代,你们俩上哪去了?"李建华也压低了声道:"宝林,你可瞒不了我们。"赵宝林笑着招架道:"岂敢、岂敢,我们真上西头杨庄避雾去了。"张春和道:"那我问你,避了多长时间?"赵宝林仍笑着招架:"这个,或许有两三个钟头吧,当时谁去看表来着,谁还想得着汇报。"李建华道:"好,就算你三个小时,那从上午到现在,怕十来个小时都有了,余下那时间呢?"赵宝林仍笑着道:"不是讲差点迷了路嘛,这样的大雾气。"张春和道:"你休想蒙混过关。"赵宝林做出一副苦相道:"我可是冤枉哪,我这回倒是跳进湾涧也洗不清啦。"张春和道:"你甭装。"正说着,余广林进来,道:"马上就开饭,今晚上宝林得猛吃一顿,吃饱了压压惊。"赵宝林道:"我可是真饿了。好好吃,好好吃。"四个人便都笑起来,笑处却不尽相同,只那外头的雾还不散。

这一晚上那还用说,席卷了一顿。四个人便在屋里,有坐的、有倚的、有躺的,河东河西地海吹,吹累了,这才睡去。睡到天明,睁开眼看时,那雾却已经散尽,太阳都出来了。几个人忙起来,洗漱了,吃早饭。吃早饭时,李建华道:"今个怕要热,太阳出得晴好,我们不如就走,到城里办事去,事办完了,下午就开路,在这里也把广林麻烦够了。"余广林说:"麻烦什么,平日想麻烦,你们还来不成哩。"余下的两个都讲:"那就今天上县城吧,今天天气怕要热,我们把事情办办,就回去了。下次再来。"

余广林也拗不过他们三个,便答应了。在走的时候,叫人抓了十几只麻鸭,道:"下午带到车站去,要是他们几位下午走,就带上。"几个人客气了一番,却也无所谓,因是自家养的。告别了余广林的弟弟、弟媳一班人以及李春兰及秀芳,四个人跳上自行车,前后相跟着往半个县县城里去。天却晴得漂亮。几个人到了县城,来在办公室里,那王主任、商主任都来见着。王主任、商主任道:"听讲你们昨天就到了,怎么来前也没打个招呼。"这三个人道:"也没什么特别要紧的事。昨天来时,王主任、商主任都不在,听讲耿书记和郭县长也都下乡了,我们就趁空到下边去看看乡镇企业,看看专业户,正巧余科长对下边又熟悉。"正说着,耿书记和郭县长都来了,大家互相都认识,便拉手、寒暄、叙谈。说道:"听讲三位昨天就到了,我们也不知道,招待不周,怎么事前不先打招呼来。"三人道:"也没有什么特别要紧的事,听讲耿书记和郭县长都下去了,我们也就请余科长带我们到下边转了转,平时也没有这个机会。"讲了一会话,又谈了正事,中午便在县政府招待所里吃了一顿便饭。

  这三个人事情办完了,便说下午要走。耿书记和郭县长说:"派个小车送一下吧。"这三个道:"也好。"其中一个道:"来时部里的车不在家,我们就图个随便。"说讲着车来了,三个人上了车,余广林对司机交代了几句。那车便往城外开去,开到一条街处,便有个人立在路边打手势,车往路边一靠,这才看清是余广林的亲弟,把十几只麻鸭送来了。几个人推脱不掉,只得收下了。车再开时,那余广林的弟弟便立在路边招手,直到倒车镜里见不着他为止。

结束

  李建华、赵宝林、张春和这三个人,一去不复返,眨眼便三五个月过去了,眨眼便一年又三五个月过去了。这期间余广林来过几次,他们三个却一直逮不到机会再到半个县去。三个人要是在一块,议论起那次到湾涧去,却就有许多话讲,都讲那是个好地方,都讲要是有机会,得再去玩一回,却就是逮不到机会。其中余广林来时,几个人请他吃饭,吃到七分酒时,那赵宝林半开玩笑道:"余、余主任,待有机会时,怎么也得再上湾涧去转玩一回。"余广林正起身上卫生间,听见他说,便道:"随时恭候。"便进去了。这边张春和压低了声,对赵宝林道:"我们三个里头,你的心情自然是最迫切的。"三个人哈哈一阵笑,笑意自然也不一样,那赵宝林因说不清楚,便笑得更有点味道。余广林打卫生间出来,并不知道他们在笑什么,便也跟着笑,笑道:"随时欢迎。"

这话便完了。下头还是喝酒,却是往十分酒里喝去了。

平 淡 日 子

　　大洪赶到沱河集上的时候,集上还没见太多的人,因为时辰尚早,早上聚合起来的雾气还没有散尽。

　　除去下雪下雨,大洪一年到头都忙。他是个瘸子,其实是两只脚都没有了,是小时候睡窝篮的时候,叫火给烧的。这地方的窝篮,是乡下人叫小孩子暖和过冬的一种简单东西,是拿柳条编成的一个平底篮子,三尺来长,一尺来高,上头有两个活动把子,拿绳拴住了,拴吊在屋梁上,离地也就二三尺高,正吊在火盆上,小孩——三五个月、五七个月的——睡在里头,由火盆在底下烤着,便能过了冬。

　　也有大意了的,如大洪便是如此。那会他也才五个多月,也在隆冬里,他大、他娘搁队里头开社员大会,火把火篮的一头烤着了,要不是金印他奶奶路过时瞧见了,他命也难保。命保住了,却把一双脚给截了。他个子却长得不低,上到小学,家里讲:"不上啦,学个手艺呗,往后能养活自个,大、娘也跟不了你一辈子。"便学了门手艺:修鞋补鞋。他手倒巧,买了台机子,钉了个木箱,又学会骑自行车,一天赶一个集,三个集轮流着赶,每个集每月交六块钱的税。哪天要是生意好了,打早上到小下午,也能挣个十来元小二十元;要是不咋样好,也就是三五元;哪天要是下雨下雪了,他也做不成手艺,要么就搁泗河庄里歇着,要么就上沱河他一个老表家歇一晚上。打两三年前的一日,他碰见一个打省里来的记者,他便立了个决定,决定憋足了劲挣几个钱,来办办自个的事,过几天好日子。那记者也是个和气人,三十来岁,戴一副眼镜,打泗河庄边的路上往沱河集去。大洪打后头骑了车子过来,见他一个人,像是城里来的,一步一步往沱河集走,便下了车,跟那人叙道:"俺瞧你便不像俺乡下人,走路也走不惯,你要会骑车子,你就带俺。"这自然是好事,那记者便带他去了沱河集,闲叙间便知了他是记者,那记者也便知了他的身世。记者问大洪道:"你怕还没结婚。"大洪讲:"这辈子不想啦。"记者说:"既然你会这个手艺,不如就好好干,攒几个钱,盖两间房子,找个对象,人也有个归头,不能靠父母一辈子。"大洪讲:"哪个跟俺?"记者讲:"你这条件倒真不好,不过你要是有个手艺,又有一把钱,说不准也就能找个疼你的。"打那以后,大洪便往两样事上想了去:一样是盖房子,大、娘也讲了,给他出个三分之二,一百块钱,大、娘出个六七十,他自个儿出个三四十;第二样是找对象结婚,要是有了钱,又有个手艺,人品也不差,兴许就能有哪个闺女跟他,叫他过上暖和日子。这倒不是讲他现今跟大、娘过就不暖和,也暖和,可人长到了时候,就想有自个儿的窝了,这也正常,人也就是这个样子。

　　大洪到集上的时候,人还没上多少,他搁老地方摆了家伙,又吹了几句口哨曲子。他出手艺的地方,是在美声五金家电商店的边上,这地方要是逢集时,便扯了个录音机出来,放在水泥地上,播琴书《杨门女将》,要么就播大鼓《说岳全传》,那录音机的前前后后、左左右右,便能蹲了百十号人。大洪在这地方,生意也便好,人来了,把鞋给他了,补丁、缝了、钉了,等着时耳朵就享福,免费听那大鼓书。那大鼓书、琴书,都是拿当地方言土话讲的,要是外地人,就听不甚习惯。要是本地人,就觉着亲近、亲切,心上就能起一样到家的感受,就觉着是在自个儿的一亩三分地上,安稳。

　　大洪也享福。咋样享福?他做一天手艺,要是搁别的地方,又坐又干活,也就累得不成样子了,搁这块,手艺做了,又免费听了大鼓琴书,又有这么多人陪着了。庄里赶集的,也喜欢凑个热闹,见这块人多，也来望望，听听，自然也跟大洪打一声招呼，讲几句闲话，这也叫大洪觉着日子过得快，过得有味，过得有些身份。

　　沱河集是个大集，原先逢集是一、三、六、八，便拿阴历讲了，是初一、初三、初六、初八。后来这里设了区公所，又通了大公路，场面便大了，买卖、人口也多了些，便又逢了小集，是二、四、五、七、九，也便是农历的初二、初四、初五、初七、初九，便是天天有集了。只这后列的几日，是小集，上人不甚多，卖肉、卖菜的也不多，商店倒是日日开门，医院也是日日上班，汽车站也是日日卖票，只那赶集的人比大集时少了五七成。

　　大洪赶沱河集，便是赶大集，大集人多生意好。余下的日子，二、五、七、九，便赶浍湾集，那也是大集，人也多，生意也好。一、四、七、九，他或许也赶园宅集的，那便是渡了浍水去，生意也好，那集也是大集，只是来得快散得也快，过午了就能回家，能多歇会儿。

　　日头出来了，把街跟摊子都照得亮堂。这会儿也才在雨水之后，节气还不甚暖，地气已有些往上来了。街跟公路便是一回事，人也走，东西也卖，来往的汽车也叫唤，甚是热闹。身后的录音机，正说到《杨门女将》里的那一段，叫杨排风大战辽将，正说到那辽将侮辱杨排风是个"烧锅攘灶的丫头"，把杨排风气得不轻那一段。或许因着今日天晴，人上得甚多，一街三两里地，人挤人，人挨人，嘈嘈杂杂，叫人心里甚是热乎。也怪不上别的，单讲这农村乡间，人住得分散，交通又不甚方便，热闹的地方又不是天天能遇上，人的日子便过得有些寒心。遇上这样的好日子、好集市，便是不买半分钱的东西，打集上走一遭，凑个热闹，听一段扬琴大鼓，碰上个把熟人讲几句闲话，也便是个满足，别样事比不了，代替不了，乡下人日子平淡哩。

　　人上得多，大洪的生意就好，手也轻闲不了，只埋头一股劲地干。乡下来的妇女，有个鞋啦包啦要修要补，上了集，讲好价，丢给大洪,不管认得认不得,自个儿便上集买东西去了,等买好东西,回来了,鞋啦包的也修好了,翻来覆去地看看,交了钱,事便完了。她们去的时候,长短任谁也把不定,兴许个把小时,兴许也就二三十分钟,因之大洪便赶忙修,不敢怠慢了,怕耽误人家,叫人家闲讲上两句,难受。他倒是个快手,耳朵眼子听书,手里忙住了不歇,这也能多挣两个。

晌午吃饭便是一杯白开水、两个烧饼。烧饼摊子就搁左手那块。因他三两天来做一回生意,做熟了,那烧饼铺子便免费给他一杯开水,由他喝去。他这里也快,立起来伸伸腰——他也还能立起来,也还能走两步——上茅厕去解手,回来啃两个烧饼,讲几句闲话,喝一杯开水,完了,又坐下接着干。要是搁天太冷的时候,他立起来的次数倒能多些,活活腰身,喘口气。他又不吃烟,又不吃酒,吃烟吃酒都是花钱的事,他这块赔不了,他要赔就是把房子、老婆给赔了,他赔不起,他干脆就不赔,也不吃烟,也不吃酒,哪怕最便宜的烟、最便宜的酒,哪怕是人家扔给他的。他怕吃了上瘾了,那就坏了大事了。

人家扔给他的烟,他不吃,也不糟蹋,能带家去,他就带家去,给大吃。大吃烟,也只吃那种两毛五一包的致富烟,烟是差些,能过瘾便行。大洪带家去的烟,却都是好些的,东海、百寿,隔上三月两月,还能有一根两根渡江烟,渡江是好烟,听人家讲,省城的人都吃,都讲是好烟,贵倒是贵些,三块五一包,够大洪干上几个钟头的。

赶到日头升在顶上,人也上到顶点了,开始往下掉了,人渐就稀了,开始往四面八方去了。家电商店也把机子收了,人慢慢就散了去了,没有不散的宴席,也没有不散的集,生意最好、人最多的时候也就要过去了。到这会儿,大洪一天里的大头也挣到手了,干完手头的活,眼见着人稀了去,也能喘口长气了,便喘口气,打腰里掏出挣了一天的票子,数数,看有多少,其实也是一种心情。数数钱心里头痛快。票子不少,看上去一大堆,其实是小票子多,一毛、两毛的多,农村到底还是没钱。花钱不利索,不痛快,数了,把一毛跟一毛的数在一块,两毛跟两毛的数在一块,五分跟五分的数在一块,五毛跟五毛的数在一块,这样一分,倒真不显着多了,总加起来,也就十来块钱。这还不少,忙活一天,也还挣了不少,心里头高兴,便又吹了几段口哨曲子。这之后便清闲了些,也有个把来修补的,或许就一个也没了,到这会儿,大洪便得收拾家伙,打算往家里头去了,明个还得赶浍湾集哩。便收拾了,都收拾在那个小木箱子里,再把小木箱放在车后座上,四下里闲看几眼,闲拉几句,闲听几声,要是没有能留住自个儿的人或事,大洪便骑上车子往泗河家里去了。

　　大洪骑的这车子,也破,也怪。怎么叫破?那便是没闸、没车瓦、没铃铛,只两个轱辘一个把,简单。怎么叫怪?便是没有脚踏板,只两个轴,他没有脚,就得这样才好骑,不然就把他给累死了。大洪学车子时,也不知摔过多少回,好歹学会了。这就帮了他的大忙,要是不会骑车子,他寸步难行,赶一趟沱河集,不得走十天十夜?现在倒快了。大洪的车子,也是买的便宜货,是城里人来沱河集卖的,才二十块钱。人家都讲:这种车子,都是小偷打城里偷了,拆拆弄弄,变了样了,拿到乡下便宜卖的。乡下人不管这些个,你能卖俺就能买,图个便宜实用。大洪便花了二十块钱,买了两只脚回来。

　　骑车出了集,天说晚不晚的,路上行人也不甚多了。大洪一路往家里去,破车子吱吱哽哽,票子搁怀里揣着,心里便有些指望。说想不想,说看不看,说听不听的,便离庄子近了。下车上了老现的渡船,讲几句话,眼望见河岸上庄子里烧锅做饭的烟时,还真有些个饿了、累了,便想:这一天又要到头啦。

农　　事

　　早上，大雾时浓时淡，泗河庄笼罩在雾的浓与淡里，很清静。沱洞和沱河湾都有些潮湿的味道。往沱河边去的路上，因为金印家和树彪家的房子夹住了路，所以路就显得很烦躁，并且突然往高里去了，到了最高处，望见的便是沱河。沱河到这里时很深陡，洞水也有些深了，但有些地方，在没下雨之前，倒不怎样深，人挽了裤腿，就能蹚过去。

　　两家的房子夹住的路的边上，有一块青石，像一块碑，上头也没有多余的字，只写道：泰山石。泗河庄跟泰山有些不沾边，也远得很，这块石头，这块石头上的字，是怎样来的，又怎样成个碑的样子，立在路边的，这都没几个人能讲得清楚。只讲搁民国时候，庄里出了个当官的，搁山东那地方做了个不小的官，赶那年回泗河庄上坟添土的时候，叫人采了块泰山的石头，洗成个碑，立在庄里，也是给本乡本土添了些荣光的意思。

　　上了高处，望见沱洞，也便望见一地的树。因是搁早上的雾气里，却望不清树是什么树，是柳、杨、楝、槐，还是果木树，倒不像果树，因为果树都比较矮，这里的树，雾里的树影子都较高。那也讲不清，搁大雾里头，矮的兴许就看成高的了，高的又兴许看成矮的了，准不了。也不像柳。因着什么呢？因着柳树发芽早些。要是打节气历法上讲，清明的时候，草木便都出了芽了，现在没到清明，只在春分前边，其实到了春分，春季也就过了一半了。那柳树却不甚一样，再就是那柳树长在水边上，发芽就更早些，搁惊蛰、雨水前后，土膏脉动，便有尽早发了芽的。"雨水"是雨水初来，是别了雪寒的一个节气,眼见着便能把地上的寒冷凉气都给泅化喽。柳便得节气之先,早些吐了芽来。实则这时候天还凉,冷暖不定,还有下着雪的时候哩,都难一概而定。

那不是果树,又不像是柳树,便是些什么树?是杨树?又不像。为什么不像?因为杨树在沱河这地方,长得甚高,有长十来米高的,且又在底下跟中间无多少横枝旁杈,因而望过去就利索得多,虽则搁雾里瞧不甚清爽,那感觉上却总有枝枝杈杈的感觉。不是杨树。也不是槐树。为什么不是槐树?因这里大多只栽了刺槐,刺槐也多植在河边堤上,而且那刺槐也都长得直挺,都长得老高,又都成群地发,成群地长,长成一片,直入到半天云里去,这又不像。那便是楝树了?

这倒怪事,哪就有成片成片栽楝树的?实则走过去看便知了。走过去一看,果就是楝树,楝树林,树都不算很高,枝枝杈杈的,却也都在一两人高矮。有个汉子,不高,四五十岁样子,光头,正搁楝树林子里,拿一根细竹竿,昂头踮脚地打树上的楝果子。树上的楝果子,这地方又叫楝枣子,是楝树的果实,自然是不能吃了,但埋在地里,过些时候便出了小楝苗,小楝苗能自个儿种,也能卖,只是卖不出甚好的价钱——楝树长得慢。

现时正是打楝枣子的时候。他便打得乒乓有声,只这乒乓声裹在雾气里,传不甚远,隔了一小截路,便听不甚清亮了。

打楝树林过去,便是老现家开的渡船,才走到的时候,正望见那小船打岸边往洞中央去。望去时,望不见什么人样,只望见一只船影子,上头有几个人影子,打雾中的洞里往那岸移。洞床深陡,望河里时,便是高高地俯视。隐约觉得船是到了那岸上,却望不清亮,只望见一团浓黑的东西,在水那岸,料定那便是船,却不见它动,便等着,等那船过来。

等着时,又到来一个人,二十五六岁的样子,娘们,却是树彪的女人。她手里头拎着个竹篾编成的平底篮子,篮子里还搁着一杆秤。她带秤干啥哩?原来有小半篮毛刀鱼,都是沱水跟沱湖湾里的产货,是她男人树彪一晚上劳作的结果。毛刀鱼都甚新鲜,里头夹杂着的小泥鳅跟刀鳅都还活挺,七扭八动的,叫人欢喜。

她立在岸上,望对岸,看能望出船来不,却望不出来,便咧开嗓门大喊:"俺爹,俺爹,船开过来呗。"这地方人喊爹,便是爷爷辈分的了,却也不一定是亲爹,都是本庄本姓的辈数。

喊过了,喊声也传过去了,却又挨了一时,那边才传了个声音过来,道:"等人哩。"

"那头有人哩?"

"有哩,就来哩。"

对喊声寂寂地便灭了,仍只剩着乡间僻壤里的寂静了。却又来了个娘们,看样子,还像个有些来头的,穿得也整齐干净,穿一双白球鞋,运动裤,裹了一条淡红颜色的毛线围巾,一看便知道是个不伸手薅草的角色——却也讲不定,或许是个走亲戚、走娘家的小娘们哩,那也打扮得干干净净的——过来了,跟树彪家的娘们却就是认得的,两人见了面就打招呼,都讲:"过河?""过河。"后头的话便讲:"过河卖鱼去呗?""卖几条小鱼,现时鱼不咋的。""上草沟卖去?""不值上草沟去一趟,过河就卖了。""那就搁庄里卖呗。""俺嫌丑,张不开嘴。""有啥哩,自个儿捞的。""俺搁庄里,倒就张不开嘴。"

讲过了,又讲,却是换了个问答,讲:"你结过婚了呗?""结过了,结过一两年了。""俺也不知个消息……""俺任谁都没讲,图个省事。""你这是上哪哩?""上北庄要钱,俺担的保,贷给北庄万小市家一万块钱,至现时他也没还上,搁信用社俺讲不过去,俺们信用社也都是看俺的面子才贷给他家一万块钱的。"

话讲到这块,却就见河那岸浓雾里,有一团黑影移动着了。

"是船过来啦。"树彪家的娘们有些欢欣鼓舞地讲。两人便瞅那浓雾里的河面。那浓雾里的河面,仍是不清亮,只望见河对岸有一团黑影,似就是船,渐把顺着的船摆横了,漂荡过来,这便是船过来了吧,八九不离十,现时河面上又没有别的什么响动,不是船又能是什么?!

　　船快要过来的时候,打河边上走过去一个人,也是打雾气里头出来,又往雾气里头去的,那个人也是个农民,也在五十岁左右,跟林子里打楝枣子的那个人年纪差不多,要大也大不到哪块去。他身上裹着个灰黑的棉袄,个子甚高,有一米八多,身板不甚胖,但看上去却比较结实,不弱;因着他的个头高,他的背就显得略有些驼。他肩上扛着一把铁锨,一戳一戳地打河岸上走过去。走过去时,望见那两个等船的娘们,便打了声招呼,讲了一句闲话,整个人便走过去了,走入雾里头去了。

　　走入雾里头去了,他却仍是存在着,没在雾里头消失掉。他是往沱湖边的滩地那块去的。他一个人走着时,脸上好像有点生气,也不知是跟哪个生的气,也许他就是这样一副面相,当不得真。他一直走到沱湖的滩地里,他是逐渐往下头走的,走到一定的时候,他离着湖边有水的地方就不远了。这时在他脚边的麦子地里,多多少少都汪了些水,是前几日下大雨时水漫上来淹的,其实现在在水底下,也还有不少麦苗,都叫水淹了。湖滩地就怕水上得早了,水上得早了,就不指望收了。

　　他打嘴里头嘟哝一句听不见的话,开始把锨竖下来,在麦子地边挖挖垒垒,做点小工作,以期把水挡回去。那样大的雾里,又是那样大的湖滩地里,时候又早,恐怕整个地方也就他一个忙得早,要是换个二十来岁的年轻猴子,也只当无所谓的事,不来做这挖挖垒垒的活,随它去呗,淹就淹了呗,淹个亩把半亩的,少收几百斤粮食,也就十块二十块钱的事,那样认真干啥?上外头去挣呗。可在四五十岁的农民来讲,脑筋就死,就认准地里的庄稼,叫人捉摸他不住。

那两个娘们过了河,打深陡的河底下,踩着拿锹挖出来的土礅子上了岸,便分开了,一个往北庄去了,一个往西庄去了。她们才分开,大雾就把她两个给吃了,吃得连个影子都不剩了。

那拎着鱼篮子的树彪家的娘们,往西庄去时,路倒不显得远,也就里把二里地。她挨到庄边的时候,天时也还早,有些人家的烟囱里,正冒着烟。也有个把两个人,有男的,也有娘们,在庄里庄外走动,总起来看,人数不多,因是大雾天,节气又没到,又没什么活计要起早干,因此人便不多。又或许是庄子散漫,地域又大,有个把两个人,也显不出来人多,倒更显了少的样子。

庄也有些规划,却是规划跟不规划混杂在一起的。先前盖房子,都散漫了盖,没什么规划,到后首,政府里抓得紧了,便有了些规划,要是再盖房子,得搁指定的地点,盖成一排,单调虽是单调了些,却省地,又集中。这便是规划跟不规划混杂在一起了。

树彪家的娘们,拎了鱼篮子,往庄里去了,却就是往这一排有规划的房子去的。她也没个什么目标,也没个什么打算,只想找一户不认得又不沾着亲带着故的人家,把她篮里她男人树彪劳作了一晚上的小半篮子毛刀鱼给卖了。她到第一家的时候,那家大门正敞着,她便站在门外头吆喝道:"要小鱼唄,晚上才捞上来的,毛刀鱼。"她喊的时候,雾还是大,大到她头发梢上都滴着水了。

什么是毛刀鱼哩?便是那种麦穗长的小杂鱼。也叫不出什么学名,只叫毛刀鱼,要是吃起来——拿当地的吃法——便有两种,一种是掐了肚子,倒搁锅里,放了油盐姜蒜,烧火煮去,刻把钟便烂了,连头连骨头都稀烂,味道也鲜,叫人吃了不忘;第二种便是掐了肚子,放搁碗里,撒上面,拿手搅拌,叫面把那些鱼都给裹了,而后再放搁锅里,拿油煎,煎成焦黄,也好吃,香脆,吃了也叫人再忘不掉。

便是这样的毛刀鱼,价钱却不甚贵。那树彪家的娘们喊过后,还真打屋里出来个人,也是娘们,四十来岁,才露出个头,便问:"卖什么的?""毛刀鱼,晚黑才捞上来,俺也不想往集上去啦,不多,随手卖了就算啦,家间事还多哩。"

那四十来岁的娘们,想买,便过来看。又出来个丫头,十五六岁的,看新鲜,也过来看。娘俩一起看,看时问道:"咋样卖?""便宜卖,小鱼不值什么钱,五毛钱一斤。""便宜些,俺就称个两斤,俺家晌午倒有个亲戚来,要多了俺们也吃不掉。""还咋样便宜哩?大娘,俺这鱼卖得还算个钱哩?""四毛一斤。"那丫头随口讲。"四毛八。"树彪家的娘们讲。生意便成了,便称了两斤。余下的便又卖了一家。不出半点钟,树彪家的娘们便拎了空篮子,兜里装了两块来钱,往沱河边上,坐老现的船过河回庄了。一天一地的雾仍是大,没有边际的样子。

打楝枣子的那个光头汉子,打了很有一段时间。他打楝枣子时,那些楝枣子先落在地上,落得零散,又蹦跶,因此散乱各处。他打一时得蹲下去捡一时,捡一时再立起来打一时。他捡的时候,不是约略地捡捡,也不是分胖瘦大小地捡。他捡时,把大小胖瘦的都捡了,把眼界里能望见的也都捡了,他还挪到眼界望不见的地方,哪怕发现了一个,也忙不迭地捡起来,丢到塑料口袋里去。

他的塑料口袋倒特别。怎样特别?便是口小肚大。怎样口小肚大?便是口叫针线给缝小了,因此便口小肚大,里头的东西不容易漏出来,安全。

打了约半口袋的时候,他便收了竹竿,不打了,把口袋拎着,往庄东的一处地方去了。庄东头原来就是他家,不依不靠,房前房后都植了树,那些树现时也都还没冒芽,却又都饱饱地现着些活样了。房左的大柳树底下拴了一头黄牛,毛皮都紫酱色,甚是好看,正卧在地上,很安详的模样。几只鸡倒是出来了,满地瞎跑,也不知能不能找到一口食吃。

卧牛的东边还有一小块菜地,里头种了些蒜苗之类的,其间有一处晒垡地,空着,那光头汉子便拎了口袋过去,又来回房屋和地里两趟,拿了锨来,把那一小块地都翻过来,翻熟了,又都敲打碎了,便做成沟子,仔细认真地把塑料口袋里的楝枣子倒进去。倒了一沟子,便扒土盖了,又倒了一沟子,又扒土盖了。也快,也就是五七沟子的事,便差不多要倒完了……

过河往北庄去的那个娘们,一去不复返,雾气又大,还真不知她上了哪块,做了些啥事情,讲了些啥话,看见了些啥东西,也不知她要钱可得手,可顺利。要是拿一般人的猜测,那要钱哪算什么好事,哪就能顺手了?只是不知她去了哪里,到了哪里。

那挖沟排水的大个子,挖了个把小时的沟,垒了个把小时的堰,也干得差不多了,却只是没有什么太好的效果,雾又不散,心里便没有多少好气,便罢了手,往回走了。

一路走一路发闷,走到庄东的时候,见那光头正搁地里种什么,便立住了,跟个硬木橛子样的,粗门大气地问:"种什么哩?""种楝枣子哩。"

便顿住了。才顿住一时,那裹棉袄的大个子,不知是打哪块冒火了,粗气大嗓地讲:"俺讲,俺这庄稼真也种不成哩。啥都往上硬,就俺这粮价不硬,一季粮食,还不够化肥农药钱,今年雨水又早,俺那滩地又给淹去一半,俺讲,俺这地真也种不得哩。"

那光头直起了身子,不急不快,不当一回事地回他道:"老鼠叫你种哩?"

大个子叫他一憋噎,半晌吭不出声来,过后便戳戳地走了。

雾还是没散,其实这时不晚。农事倒有点早了,快春分了。

下大雪的日子

外面下起了大雪。这是这一年冬天里的第一场大雪,也是第一场雪。刘继明和女儿待在家里。女儿这天不上课,老师都到市里听报告去了。刘继明这天不上班,所以他们待在家里很安心,有一种合法感。正在这时,从阴晦的天上,落了雪下来。

"下雪了,爸爸。"

"是的,下雪了。"

"真好!"

他们站在阳台打开的门里边,看零散的雪从天上恍惚地落下来。雪是多么好。特别是落雪的日子他们能待在家里,用欣赏的心情在看雪的落下,去倾听雪落下时的声响。他们希望雪能落下,能在地上厚厚地积上一层,但不知道能不能如愿。看了一小会儿,他们就各人回各人的屋里,做自己的事情去了。

女儿在做家庭作业。刘继明想从书架上寻一本关于雪的书来读。他立在书架边,他想,下雪了,真叫人安心。他的心立刻安静下来,在平时可不会这样,平时总是有各种杂乱的事情纠缠在心中。

心一安静下来,他就听见一本关于雪的书在书架里许多书中间的某一个位置上自语的声音——要是不安心时他就不可能听见——他侧耳倾听,他听见那本关于雪的书窸窸翻动的声音,有如一片雪落下时带起的微细的风惊动了另一片雪的声音。他想这是在哪一个冬天里落的雪?这些雪有没有它们的特殊的记号?有没有它们过去旅行的记忆?它们落在哪里?落在很冷的北方或者比较和暖的南方？它们在空中俯视这座城市吗？

他停止了刹那间的恍然。他循着书页的窸窸翻动，准确无误地从书架上抽出那本关于雪的书来，然后他爬进被窝。电热毯开得真暖和，太暖了。他在热暖的被窝里读这本关于雪的书，他真怕热暖的被窝把雪，把关于雪的这本书给融化了。

"爸爸，雪下得更大啦！真好！爸爸！"女儿在客厅里叫着。

……到了中午。女儿在客厅里叫着："爸爸，雪下得更大啦！真好！爸爸！"

到了下午，女儿在客厅里叫着："爸爸，我把作业写完啦！雪下得更大啦！真好！爸爸！"

到了傍晚，女儿在客厅里叫着："爸爸，妈妈该下班了吧？雪下得更大啦！真好！爸爸！"

他们聚在阳台的门里看外面飘落的大雪。那本关于雪的书静静地躺在热暖的电热毯上，被子的一角掀起着。

刘继明说："好吧，咱们到大雪里走走，看看妈妈回来了没有。"

"太好了！"女儿拍着手叫起来。他们裹住了自己，然后走到楼外去。

雪可真大呀！他们缩在衣服的包裹里，在街边行走。

那本关于雪的书，窸窸窣窣地说："雪可真大呀！"它说完了，也就融化了。

许多事物在世界上都不存在了。

对 岸 的 船

一道河,很宽,宽约一华里。其实是人工河。

挖河的时候,周围三省七县的许多人都来过,都是民工。住在芦席棚里,吃玉米面和红芋面窝窝头——在那时是好食粮。

还有不少学生,都是小孩,十二三岁、十四五六岁的样子,也来过,也是自愿,来唱歌,也帮着干活,也吃玉米面窝窝头,傍晚就走回城里去了。

沿河一二十里都没有桥,有几个渡口,有几只船,这是其中的一个。

来了几个农民,骑着破自行车,下了河堤,到了岸边。见船还在对岸,就扔了车子,歪在地上,望那船。也很悠闲。

冬天的太阳出来,照得人心里亮堂。这里没有风,歪在地上的人都很悠闲,嚼着草根,晒着太阳,望着对岸的船。

对岸的船泊在水天不惊之中。撑船的把一根篙子插在水里,坐在船尾往堤上看。堤上下来一个娘们,离得远,看不甚清,但知道是个娘们——花棉袄,这就错不了——那娘们正往堤下来,是来乘那只船的,那娘们上了船,船才能撑过来,这边的几个农民,才能上船过去。都看那娘们——农民和撑船的人——都看那娘们,那是怎样一片心情。能理解。船儿泊在岸边,不动。太阳似也不动。风也没有,几个农民歪在地上,破自行车也歪在地上,就像是啥也没想,就像是啥也没看——其实都一样:如果打对岸堤上下来一头牛,他们也还是这种姿势。

但那娘们似是下来了,打堤上下来了。来的恰就是个娘们,这就不同。不能假设,对不对?那娘们真就下来了。歪在地上的农民,河对岸船上那个撑船的,都等着她,都盯着她看,都指望她早早过来。

下午。

河两岸都没有人来,河两岸都干净了,只撑船的一个,觉着没事,往两岸看看,看从哪岸来人。要是对岸来人来多了,他就得把空船撑过去载那些人过来;要是这岸来人来多了,他就把这岸的人载过去。他似乎处于两难境地里。其实他不想这些,他只等人来,人来了,他立刻就能决定了。

水鸟呱地叫了一声。

撑船的人半迷糊着,歪在岸上的干草地里。篙在水里斜插着,船也半横着。

野渡似无人。有人。似无人。船自横。是人横的,是拿篙抵住的。要是自横的话,早就顺流下去了。岸上树枝丫动。是风吹的,没风,那是人摇的。没人,还是风。人没觉到罢了。风动枝动,似无人。有人。无人怎知枝动了?——对岸堤外刚翻上来一个赶集的娘们——是她瞧见了的!

带日轮的风景

在城市的一个街角,叶良突然碰到编辑东方琦。叶良和东方琦早已相识,但因为"业务(稿件)联系"少,所以他们的交往并不多。但他们认识。

他们是突然相遇的。两人都"哎"了一声,叶良连忙刹住自行车,在街边站住。东方琦是步行的,她个子不高,也不算漂亮,但女人味十足,也很善良。她笑着说:"哎呀,真巧,碰到你了,你在忙什么?"

"我最近在开会,乱七八糟,搞得头昏脑涨。"叶良说,"好长时间没见到你了,你在忙什么?"

"还是那些事,编稿、看稿、出差。我们那里现在经济效益不太好。"

"怎么不太好?你们一直可以的,你们一直赚大钱,福利也不错。"叶良说,"你们不可能亏损的。"

"今年不太好,"东方琦说,"账上欠了几十万了。"

"不可能吧。"叶良说,"不过你们也无所谓,你们大单位总是有办法的,听说你们去年还买了几套商品房呢。"

东方琦说:"是前年买的,去年才交付。今年的效益确实不怎么样。你们那还好吧?"

"一般。"叶良说,"干部有的我们都有,就是其他收入少一些。"

"但你还可以,你稿费不少。"

"靠稿费哪行?"叶良笑道,"那几个稿费,还没到手就预支掉了,靠稿费早饿死了。"

他们随便交谈。因为不经常见,所以他们有不少话题。在他们的后面,是街道、行人、汽车和低沉的喧哗声。在他们的斜上方,是一轮重影般的不强烈的发着橘黄颜色的太阳。单从城市的这些风景上,看不出是在什么季节里。

"像一个梦一样。"叶良在他的回忆录里写道。时光已经过去了几十年,那时有力地站在街边的腿上的肌肉现在已经老化,连跳一下也不可能了。"但那些偶然相遇的记忆却仍然新鲜,这也许就是人留恋生活的一种方式吧,真是奇怪极了。"他写完这几个字,就放下笔,穿上外套,拿了个小网袋装在口袋里,出门上街,慢慢地闲逛着走进菜市场,买了几棵新鲜的乌白菜。对老年人来说,青菜是很好的东西。适量的活动,也总是有益的。

斜上方是一轮重影般的不强烈的发着橘黄颜色的太阳,叶良没有注意这些,风景对老年人也许并不重要,因为他们的心力已经衰竭,他们没有多余的精力来注意这些带幻想意味的物件了。但带日轮的太阳仍在。

铁 皮 鸟

田野里全是鸟。真鸟,来回飞动的真鸟。

有一只是假的。是铁皮鸟,黑颜色,立在风向标的最上头。

风向标在城郊的一条河边。这附近的孩子,对铁皮鸟都熟视无睹了,城里来的孩子,却都新奇,都昂着脸看,不明白,或只是新奇,没别的。

那鸟是新奇:张着翅,转着圈子,一时快,一时慢。有时还往回转。上头又没有人,又没有别的东西动它,又没有绳牵着,又没有电线叫它转,它却就能转,由着自个儿的性子转,新奇不新奇?!

看过了,孩子就走了,回城里去了,下回往城郊来,还看。那鸟也还在转,一时快,一时慢,一时往回转了,没有人转它,又没有电线叫它转,真新奇!

它也不累,也不晕,有时旋转起来,连鸟形都看不清,真是个奇怪的东西。

看见它的孩子里头,有一个叫丁泳的,中学毕业后上了大学,大学毕业后又考了研究生,研究生毕业后又分在一家研究所里搞研究。他非常非常用功,拼命看书,写论文,结果后来累病了。累病了躺在床上他还是拼命干,夜里点灯熬油,白天手不离笔,眼不离书。他的妻子,跟他结婚才不到两年,长得非常非常漂亮,是他的老乡,也是看见铁皮鸟的那些孩子里的一个,她心里疼他,嘴里却抱怨他:"你就不能歇歇?身体是革命的本钱,没本钱你以后还怎么干?"

丁泳躺在床上,昂脸看着天花板,半自言自语地说:"我就像那个铁皮鸟,一刻不停地转。"

他的非常非常漂亮的妻子说:"让别人看起来,真不知道你是为什么转。"

他说:"因为有风呗。没风就不转了。"他妻子并不怎么明白,其实谁又明白他在胡诌些什么呢?他的非常非常漂亮的妻子,到时间就上班去了。

旅行的回忆

马车在土路上颠簸行走了大半天了。太阳逐渐偏西,归鸟都从后边飞过来,超过马车,飞往前面的一个地方去了。赶马车的老张说:"前头是林子,过了林子,就要到了。"

真快到林子了。前方眼力能见的地方,显出了一片浓颜色来,那就是林子吧。马车逐渐走近,林子里鸟吵的声音大了,听不出来是多少鸟在吵,只觉着整个林子都喧嚷不止。马车便走了进去。

林子里各种树都有,以刺槐居多。马车走进去时,光线就显得暗了些。路面却更宽坦,是半沙半淤的土质,叫许多车轮一轧,就显得平整了。四处也见不到一个人,林子里却很干净,可能是附近庄里的孩子,经常拿竹笆子来扫吧,碎枝落叶,都能当柴火烧,半大的孩子,平日里闲着无事,大人就会叫他们来扫,一半是玩,一半是干活了。

林子浩大,像是没有边际。马车吱吱地走。鸟吵声盖在头上。半晌,便见前头有一个人,看不清是什么人,立在路边上,也不动,像是在看这辆马车。马车越走越近,车上的人也越看清楚那是个老妇人,很老了,一脸皱纹,手里拿着一根细树枝,脚前脚后转着几只土母鸡。她身后的林子里,还有一间茅草屋,屋小,矮,门也矮,屋前屋后却都干净。她的眼跟着车看,很专注。车从她跟前过去时,她仍跟着看,同时打嘴里漏出一句话来道:"打哪块来?打集上来?"她讲这话时,叫人觉着她不是在问什么话,叫人觉着她是想讲几句话,不管跟什么人讲,只是想讲几句话罢了。

老张回她道:"打集上来。你也没上集瞧瞧去,今个来玩把戏哩,打河南那块来的把戏班子。"

话讲完了,车也过去了。那老妇人仍是那样专注的神情,跟着车看,又打嘴里漏出一句话来,道:"闲不出时候来。"讲完了,这事就完了。

那老妇人却仍盯着看,一动不动的,像是很奇怪。马车就走远了,走出好远,在能看见她的时候,她一直在看,跟着看。

林子里的路很长,像是走不完的样子。林子里的鸟叫,听起来铺天盖地的,但是在林子里听惯了,就能听出稀一段稠一段的,不均匀。

1992 年

十棵大树底下

记者刘康,这一日收拾了,打算往炉桥左近跑一趟。那里汇着一些河湖,又有大片的河滩洼地。坐火车打淮南线走时,走在炉桥左近,火车在甚高处,河滩洼地在甚低处。一眼望去,嫩草茸茸,牧童星点,甚是有味道。六七月里洪水泛滥,那滩上滩下,都不知淹了没有。要是淹了,又不知淹成什么样子了。

去的前一日傍晚,刘康往火车站去看了车次。那炉桥站,是个不很大的小站,快一点的车,搁那地方不停。便看好了一班慢车,早晨6点10分发车,到炉桥,再慢也就三个小时,才9点来钟,正好办事。看好了,便家去了。晚上看《德里克探长》。

第二日早晨5点半,刘康已来到火车站售票处。售票处人头寥寥。摸了张票子,伸手进去道:"6点10分,炉桥一张。"那里头是个小蒜头鼻子少妇,面色忧郁,轻声地回刘康道:"炉桥不卖。"刘康以为自个儿听错了,惊讶道:"6点10分,慢车。"少妇说:"水家湖分道。"刘康霎时明白过来,这趟车从水家湖往淮南方向去了,不走炉桥,自然不能卖票。这一刻,倒跌入了两难的境地,暗想道:好不容易起了一次早,也不能再回去了,再回去那今天就什么事也做不成了。不如先到水家湖,再由那转车去炉桥。反正到哪算哪,走着再说。如此想定了,便买了一张去水家湖的车票。

列车正点开出,到水家湖真是很早,夏令时才8点。随着人流出站,望见那水家湖是个新候车室,候车室外是拿水泥刚抹成的一大片平地。平地的一头,赫然醒目的是男、女两个厕所,再无他处,刘康心间暗想:水家湖倒真变了,这候车室,定是刚盖成不久的,连水泥石灰味也都还闻着呛人呢。便拎了小包,奔候车室一头的售票处,去看往炉桥的火车车次。

那水家湖除去合肥方向开来的车外,还有打淮南张楼往蚌埠方向去的车,却都不是时候,早晨一班走了,下一班得傍晚5点50。这倒叫人失望。刘康出了售票处,望见刚才车上下来的人都散尽了,散得甚快,便摸出包里的地图册来查看。地图册共两本,一本是软皮的,一本是硬皮的;软皮是1982年出的,硬皮是1972年出的,都是分县地图。那软皮的,靠现在时间近些,地名也详细些;那硬皮的,离现在远些,后修的路它都不标,看起来却醒目,一目了然,地势高低耸凹,都甚是直观,其间的地名,都作如此标法:卫东(代集)、反修(造甲店)、防修(卜店集)、东方红(姜兴集)、太阳升(耿巷集)、红星(早庙)、红光(观音寺)、红旗(九子集)、红镇(老人仓)、红集(郭集)、红店(西三十里店)、红卫兵(朱湾)、红河(天河集)、红山(高塘集)、红卫(能仁寺)、红塔(黑塔)、永红(吴家圩)、旭日(滩塘陆)、东升(李庄)、立新(范岗)、胜利(胡村)、向阳(桑涧子)等等。这两册地图的好处互相补充,因之便都带了。看了地图,知道有条乡间的公路,先往东去,到一个叫陆桥的地方;再折往北去,直抵炉桥。刘康便想了:现时乡间三轮私车都多,到哪里不是车来车去?不如先寻了汽车往炉桥去。虽说绕了些路,却也能望见一般时候绝望不见的地理、人物、风景来,不如先去寻汽车。

这般想了,便离了火车站,往大街上去。火车站的出口却甚是狭窄,一边是红砖的什么围墙,一边是新盖的一栋楼的台阶,那通道仅容两个人行走。那狭窄处,本已窄狭,却又有个好事的妇女,顶两尊罕见的大乳,于那狭窄处设了个书报摊。来来回回的旅客,途经那块,都是等车之辈,也没有多少心急的,有意无意,便瞟摊上的书刊。那妇女也奇,不立搁摊子后头,偏顶着一对罕见的巨乳,立搁摊头。窄处的人一走,便望见顶隆着汗衫的那一对巨乳,心间霎时都有几分荷尔蒙,结局便是:拿眼瞅书的人便多,狭窄处便挤拥——看书是假,"偷"乳是真——路人便都排队,一一慢行通过,既做了书的观看,又做了乳的观瞻与擦碰,真是飞来的额外收益。

好容易出了狭窄处,顶头撞见一溜小吃。刘康也是有些体验的,又知道那句老话叫"路搁嘴上",便打头一家问起,问道:"麻烦老师傅,往炉桥去搁哪块坐汽车?"那老师傅便是个炸油族旋子的,手也不停,嘴里答他道:"坐火车走。"刘康道:"火车,上午的走了,下午的太晚了。"那老师傅道:"那就去不了。"刘康道:"去不了?""不通汽车。""麻烦你了。""麻烦啥子。"刘康不信。过了几个摊子,离那老师傅远了些,他寻了一处又问:"麻烦大姐,请问往炉桥去,坐汽车搁哪块坐?"那大姐是个贴缸贴子的,手也不停,嘴里道:"坐火车去。""火车,上午的走了,下午的还没来,等车急死人。""那就打路口往南走,坐三轮。""有往炉桥去的?""有,多。""麻烦你了。""麻烦啥子。"往南去的那方向,与地图上乡村公路的方向,也甚是吻合。刘康心间高兴,多走了几步,离那大姐远了些,又寻了一处,开口问道:"麻烦老人家,请问往炉桥去,坐汽车搁哪块坐?"那老人家是个摆小摊卖茶杯的,茶杯都拿雀巢咖啡的瓶子做成,外头箍一圈塑料套,拎起来甚是方便。打地委书记到自然村村民小组长,现今都拎这个,开会参观,都甚是实用方便。那老人家道:"上哪个炉桥?"刘康这才想起,此地陆、鲁、炉不分,便道:"上定远县那个炉桥,不是长丰县这个陆桥。"那老人家道:"坐火车去。""火车,上午的走了,下午的还没到。""等呗。""等车急死人。""上街逛呗。""也不想逛街,累死人。""那你便打这路口往南去,去问那堆三轮,可有往炉桥方向去的。""听讲往炉桥去的三轮多。""那都往俺长丰县陆桥去,不上定远县炉桥。""麻烦你了。"

"麻烦啥子。"

　　刘康又信又不信,便起步往南行。行了三五百步,真见到一堆三轮车,相互挤搁路两边,有空车,有坐了人的。他人没到,那些手持摇把的,便迎了他喊道:"陆桥,陆桥,陆桥的上车走啦。""哪个陆桥?""长丰的陆桥。""有去定远炉桥的呗?"那些人都摇头,又七嘴八舌道:"坐火车去。""火车,上午的走了,下午的没到。""等呗。""等车急死人。""逛呗。""心里有事。""那就先到陆桥,再候拉沙的小四轮,上炉桥。""拉沙的小四轮,有呗?""有,你去等呗。"刘康看看表,才夏令时8点半,便想:走着再说呗。便上了车,却是搁车尾吊着的挡板上站。三轮便嘭嘭摇起来,出了城,往乡间去了。

　　乡间也真是大得没垠。刘康心间欣喜,他立搁车尾,正摊上望四方的野好风景。此时搁阳历八月里,八月十七号,立过秋已经十天了。天上有些薄云,那日头说出不出。倒是一地的夜露水,庄稼上白茬茬的,叫人一眼望上去,便觉出了乡间的秋意。路不甚好,忽高忽低,一上一下,又不甚平整。倒是那三轮嘭嘭嘭嘭,也不甚快,也不停,翻岗下洼,直往乡间的深里去。这会刘康再低头望车厢里坐的七八个人,大人小孩,都更显了乡村人的模样,神态都平静憨厚,跟车外的大野地,是一样的品质,便觉着奇特。那坐着的人里,有两三个青年,都呆了眼打车后空敞处望野地庄稼。那里头的一个少妇、一个姑娘,少妇把乳拎出来奶怀里的孩子。那乳呈黑蚕色,丰厚、朴素、实用,见不上半点花哨。那孩子两手抱住那丰厚的乳,小嘴撮着,边吃边玩,把那乳搓揉得乱滚。那少妇也不问他,也不看他,只做无事家常的态度,也呆了眼望车后的田、路。那姑娘倒有半点不自在的样子,望见少妇那乳跟那玩乳的孩子,忙把眼收了,转头也望车后的田、路,心思里倒不知想到哪个国度里去了。

三轮开了好一时,怕有半个小时了,还是无一人上车、下车。三轮便只顾往里开去。野地更大阔些了,旱粮地占了多数,景物风光也变化了些,有了甚多的酣浓的味道。正看着时,三轮嘎嘣便停了,车上下来几个人,开车的也下来了,道:"是陆桥了,你下来等一时呗,望拉沙的车过来,你便上去。"刘康这才知是到了,下了车,付了车钱,那三轮嘭嘭又开走了,下车的那几个人也走散了。这才望见陆桥这地方是个小集子,这是集子头,正冲着个三岔路口,路边停了几辆空三轮。岔路的夹子里搭了个棚子,拿大秋秸扎成的,下头置了个白冰柜,几个人闲坐搁冰柜四周——这几样物什之外,便又是庄稼野地了。

　　刘康来回看了一遭,心想往北去的那条路,便该是了。那路也是土大路,一望无际地往下头去了。往下头去的那地方,要是打地图上看,就觉着那地方该是洛河的洼滩地,倒想不出给人这样个深广的感觉。转了一时,渐就与四周的节奏合了拍,也有了悠悠的心情、亘古的状态。便过来在棚子下,寻一角椅子坐了,开口问身边一位等车农民样的人物,问道:"麻烦你上年纪人,请问往炉桥去是走这条路呗?"那上年纪人,手里卷了个蛇皮袋子,慈眉善目,听见刘康问了,便回他道:"上哪个炉桥?""上定远那个炉桥。""不通车。""有这条路,咋样便不通车?""路便是土路,过了河便是定远了,不好走。""听讲有拉沙的小四轮去,不知等到等不到。""那等不到,小四轮都是赶早去,赶早来,现时怕该回啦。"

　　两人正对讲着,那卖雪糕冷饮的,二十来岁,年轻人,倒也是个好事的,插进来道:"你包车去呗。""包什么车?""三轮。""那得多少钱?""不多,三五十块钱。""打这到炉桥行多少里?""二三十里呗。"刘康笑笑道:"贵了。""路不好走,走了你就知道了。"刘康又笑笑,道:"咋样不好走?""尽是湖岗洼地,且过了洛河,便是定远的地界了,路便不好走。"刘康又笑笑:"钱多了,回去不好报。"那年轻的咂咂嘴,道:"那你憨等什么哩? 你往炉桥走呗,走走等等,望见便车,你就上呗。"那上年纪人也道:"走呗,等啥哩? 二十几里地,有啥走头哩?"刘康又笑笑,暗想:真不如就走了去,便二三十里地,自个又无什么急事,这一路上或许还能见上什么风光。这等风光,要是不打当地步走,便一辈子也见不上。想完了,便站起来道:"那就步走了去呗。"棚子下的人,都是好事的,都道:"走呗走呗,有啥走头哩。"刘康得了这许多鼓励,心间甚是愉快,一一向在座各位点头致意后,便出了棚子,往向北的大路上去了。

土大路也真是坑坑洼洼,要是车,便不好走。走了三五十步,出了陆桥,前头望见的都是岗地,岗岗坡坡,有高有低,甚是阔大。又有了些高厚的味道:那远处都是往下头去的,便显出了球体的弧度来。地里净是做农活的人,三三两两,满眼都是。刘康直往前走,路渐又往下头去了,地理路形,顺势而去,走起来甚是舒畅,眼前也是望不见边的地貌风光。天上仍是薄云,日头时隐时现。走至一处地方,望见路边地里,有个光脊梁的老农,望去有七十来岁了,甚老,上下身都赤裸,当间只套个蓝布裤头,背有些驼,上下都叫日头给晒得黑红,正搁地里锄草,两手抱住个大锄头,搁地里一砍一砍的。那片地甚大,地又都干硬得成板,他一个人砍,还不知什么时候能砍完,便立了脚问道:"麻烦你老年人,请问上炉桥可打这路走?"那老年人住了手,半直了腰,望着刘康道:"哪个炉(陆)桥?""定远炉桥。""不下路,只顾走,到十棵大树底下,便到了。""请问你老年人,这路有多少里?""三十几里呗。几十里地,还搁住你走?!"刘康听了这话,心间甚是愉快,又道:"老年人,你锄什么哩?""锄绿豆。""绿豆咋才长这点大? 季候怕晚啦。""俺这是水下去撒的,多少能收两个。""这块也上水啦?""淹啦。""麻烦你老年人。""麻烦啥子。"两人讲完了,刘康又往前走。走了几百步,望见一个壮汉子,穿一件白布无袖汗衫,敞着怀,赤着腿,吆一头黄牛耕地。那地干得死硬,那牛吭吭哧哧不甚想走,那壮汉便骂那牛,道:"俺日你奶奶老祖宗八代都叫俺日透了!"刘康望见那个人、那头牛、那块地,便立了脚,嘴里道:"麻烦这位大哥,请问上炉桥可打这路走?"那壮汉听见刘康问,忙吭住牛,磨过头来,回刘康道:"哪个炉(陆)桥?""定远炉桥。""不下路,只顾走,到十棵大树底下,便到了。""还有多少里地?""十几里呗,抬腿便到。"刘康又道:"你这地现在翻了做什么?""种胡萝卜。""你这地也上水啦?""淹个精光。""麻烦你这位大哥。""麻烦啥子。"刘康又往前走。此时路直往下去了。农民都搁日头下干活,他们怕也都是惯了的,要是不惯,叫午时的日头一晒,那身上脸上便得花花地蜕一层皮下来。愈往下去时,地里便有一样植物,一块地一块地的,齐齐的茬子,焦黑,都往上坡方向倒。刘康初始望见时,想不出来是什么,愈往下走,愈多。及至望见那焦黑地里,一排蹲了五个大大小小的娘们,才立了脚,开口道:"麻烦请问了,上炉桥打这块走呗?"那几个劳作的娘们,都直起腰转过脸来望刘康。望时,其间一个中年的妇女回他道:"上哪个炉(陆)桥?""定远炉桥。""不下路,只顾走,到十棵大树底下,便到了。""还有多少里?""二十几里呗,难不住你走。"刘康又问:"你们手底下拔的啥子?""麦秆。"刘康这才恍然明了这是小麦,是叫水淹了的,都顺水上的方向倒,都焦黑。"拔它做啥子?""烧锅。""这还能烧锅?""净起烟,不起火,凑合着烧呗。""麻烦你这位大嫂。""麻烦啥子。"刘康又往下走。路渐与河滩连成一片,也讲不出哪块是路,哪块是滩。只那叫路的地方,多起些白灰,脚踏上去,一层干灰直淹了脚背。这会儿天上的日头似也有几分烈了,河滩上却风势畅顺,吹搁人身上脸上,起一层舒坦。远望那洼地平阔,苍茫遒劲。洼地滩间,有一片一片大水,颜色青白,时宽时窄,时接时断,绵延而往上、往下无尽地去了。其实那哪曾有半分断散?只因滩极阔大,水流曲折,才望着时断时连的。那洼子滩地,极悠极阔,水往上、往下忽肥忽瘦地去,也就无个限量定论。那往上流头去的,便是原野腹处,各方流水、各方物种、各方俗理,都分派搁水滩两边,那水稍稍带一些,也能叫沿水沿滩的各处地方丰厚、文化起来;那往下流头去的,便穿过淮南铁路,擦过炉桥镇,入了高塘湖,直下淮南煤电基地,跟淮水汇成一流了。刘康望见这一派涂抹,心里霎时宽宏起来,脚下也无个理数,直往下头去。渐走至洼地滩心,便见两座水泥平板桥,贴在滩底。那上流头来的水,到了这里,渐就瘦小,瘦成深绿颜色,瘦成三五十步的样子,打平板桥下平静而过。水过瘦处,便又泛滥开去,形成水不是水、湖不是湖的局面,叫人难以想象。那水却是分两股来的,打第一座平板桥往前走,也在滩底,走约二百步,便又是一座平板桥。打上流头来的水,到这块也瘦了,却瘦得发青,有青白之色,甚为厚道。刘康约略吃了一惊,抬眼往上流头望去,才知这青白之水,与刚才过来的那平板桥底下的深绿之水,非出一宗。两流之间有些浅浅的阻隔,由沙渚、浅洲隔开了,水相邻而不相交融。只到了下流头不远,才淡淡相吻、小心相合,却滞了行色,于那极坦极阔的洼地滩间,踯躅徜徉,蓄成水结。刘康立搁平板桥上,望得真切,心里感慨不已,便打肩上拿了包下来,放搁桥边。自个儿也搁桥边坐下,点了一根烟,边抽着边望水泽洼滩,便想着了那一个古句,道是:沧浪之水清兮,可以濯吾缨;沧浪之水浊兮,可以濯吾足。如此想着,便去了鞋,把两只脚放到清白之水里,略略拍打了几下。那水有小小的流速,又甚是朴厚,叫人的脚有贴切的感受。不禁眯了眼望那广大的地域。望着时,正有两只放钩收鱼的小盆划过来,一只盆上是个壮汉,赤身露体,只拿一片裤头遮了体;一只盆上是个姑娘,也甚是结实,胳膊脸都叫日头弄得发黑、发亮。那两只盆直划过来,划在了水边,便停住。那壮汉停得近些,那姑娘停得远些,停住了便低头弯腰收拾线钩什么的。刘康望见了,禁不住便问:"请问这位大哥,上炉桥可打这块走?""哪个炉(陆)桥?""定远炉桥。""一条路不下路,只顾走,到十棵大树底下,便到了。""那这河可是洛河?""正是洛河,南边这条叫洛河,北边这条叫青洛河,再往北还有个黄洛河,都不是打一块地方淌出来的。""怪不得便不一样。""那倒是。俺听庄里有年纪人讲,古时有两样东西,叫河图洛书的,便是搁俺们洛河左近得了仙气,才做出来的。"刘康惊讶道:"那可不得了。"又道,"那你家可是这左近的?"那姑娘锁着嘴,只顾呆了眼望刘康。那壮汉道:"俺家便是这上头十棵大树底下的。""咋样叫十棵大树底下的?""便是俺们这块一个地名。""那你家可淹了?""俺们庄都淹了。""那你家地可淹了?""俺们家地都淹得砸蛋。俺们原先便是半种地半逮鱼的,现时便全靠了逮鱼。""麻烦你这位大哥。""麻烦啥子。"两人讲完,那渔夫、渔姑划着盆子又往水当间去了,相都极朴厚。刘康熄了烟,脚打水里出来,穿了鞋往路上去。再走时便全是往上坡去了,那岗顶老远不近,望都望不见垠的样子。才走十几步,听得远远的四轮机子响。忙抬头望时,望见岗坡外翻上来一台小四轮机子,却是往长丰陆桥方向去的,怕就是陆桥那些人讲的机子。正望时,那后头接二连三又翻过来一二十部机子,遥遥地打岗坡上下来,扬起甚大的一层烟幕,也很是壮观宏伟,况又是搁乡野的深里。刘康脚下走不动,便立在路边,仰着脸望下坡的机队。那些小四轮机子都是红色,打岗上长驱而下,嘭嘭嘭的排气声搁水滩洼地里扩大叠加,遥遥无止。刘康立住了望,望了一刻两刻,那领头的机子已到了脸前。机上是两个人,一个司机,一个跟车的,都叫日头晒成紫虾。那拖厢里拉的是一种暗紫色的碎粉样的物件,却不是沙子。机子嘭嘭嘭地过去了,后头接连跟上,都到了洼地滩间的平板桥南北,却拖拖拉拉地都停住。机上那些人,有男的,也有女的,都是青壮年模样,呼呼隆隆打机上蹦下来,一个个脏头灰脸,都蹦起一块烟尘来。蹦搁地上后,便又都往水边去,拿那两道河里的水洗脸洗手巾洗脚。有那洗得慢的,便慢慢去洗刷;有那洗得快的,便去平板桥边吃烟。刘康呆望了他们,望搁这时候,便走过去,随口道:"你这都是打哪块来的?"那吃烟的几个人便回他道:"打磷肥厂来的。""这车上拉的什么?""拉的硫酸渣。""拉这硫酸渣做什么用?""做什么都成,打砖、捶地、铺路,都能用。""那又是往什么地方拉哩?""往陆桥南乡拉。""你这都住哪个乡哩?""俺们都住十棵大树底下那左近,俺们家那屋都叫水冲得个精光。""那现时住搁哪块哩?""搁棚子里。""这一车能卖几个钱?""块把两块钱。""麻烦你这几位。""麻烦啥子。"刘康离了平板桥,又走搁路上。路尽往岗坡上头去,时高时低,时陡时缓。走了一时,也望不见什么路了,什么滩了,路、滩你挤我靠,时时成了一体。刘康漫行而去,时候也还早,才响午十一二点。日头渐狠,晒搁身上脸上,辣辣的。刘康又走一时,望见前头地里有一汪水,水混浊泥污,水边有两棵指把粗的小树。沿水拿破网网了一圈,圈里圈了三十几只麻鸭跟两个七八十来岁的孩子,一是男孩,一是女孩。天象正搁午时,闷热渐起。那两个孩子,也没有什么地方去,也没有什么避日头的地方,便搁巴掌大的树荫底下耍。那破网圈里的地上,拿几根细棍,几把稻草,搭了一小片筷子高的平棚,能容下一二十只鸭子搁下头蹲。那些麻鸭,搁那一小汪混水里,怕也是圈了多少日了,把汪里汪外树左树右,都拉得屎腥尿臊。刘康便紧走几步,过去问道:"你这两位小老乡,你这鸭子可是自家养的?"那两个孩子抬起头来道:"便是自家养的。""养了做什么?是养了吃了,还是养了卖了?""养了生产自救。""你两个搁这块地方,前不巴村,后不巴店,吃什么?喝什么?""俺娘过了晌午给俺们送吃的来。"刘康讲了几句,那气味熏得他吸不了气,便打包里拿出个软包装饮料来,道:"这个插了管子便能喝,你两个尝尝。"那两个孩子忙接了,也不会讲声谢谢,也不会讲声客气话,只顾呆了眼望刘康。刘康便折身走了,又往上头去了。再往上头去时,地渐宽坦,路也渐平直,行道树也渐稠密,路两边现出了大块农田。刘康心想:都讲十棵大树底下,十棵大树底下,这怕是快到十棵大树底下了。却惊奇那路边的大块农田,因现时农田都分到户了,如这般大,一眼望不到边的农田,便很少见了。路边渐又多了些牛、羊、孩童。愈往前走,牛、羊、人、板车、自行车愈多,倒像是逢着了什么集日,都忙忙乱乱的。刘康一时给搞迷了,便住了脚,立搁一棵树荫底下,把包扔在了地下,举目四处再望,这才望出个子丑来。望见那牛、那羊,都拴在路边啃草,啃得咔啦咔啦的,跟三两年没吃过草的样。那些孩童,大多在六七岁至十二三岁之间,也有不少大些的姑娘,十四五岁、十六七岁的样子,都搁大田里割青草,都匆匆忙忙地割,割了便抱来路边,堆搁一堆。那青草堆边都扔着些蛇皮袋子,蛇皮袋子是装青草使的。一大堆青草边上,便有个更小点的孩秧子坐着玩,也做了看草的用处。那大田里望不见边都是野草,野草间稀稀零零长着些黄豆秧、芝麻秆。刘康看了更觉惊奇,暗想道:这是什么地方?为什么有这样大的田地?又为什么有这样杂杂沓沓的孩童做这样杂沓的事件?心想着,便挎了包,几步走入大田里去。那大田耕耙得倒很是细致,也无个边沿,野草茁茁地长成青葱无际。刘康寻见一个十四五岁的割草的丫头,开口道:"这位大妹子,你这割草做啥哩?"那丫头头脸也都叫日头晒成黢黑,头发上都淌着汗,听见刘康问了,抬头道:"喂牛呗。""你们这都是哪块来的?这左近也没见个庄子。""哪块来的都有。俺们打十棵大树底下来的。""这大田讲它是野地,它又不像野地;讲它是大田,又都长了野草,便是咋样回事?""这块便是青洛农场。再往前去,还有个黄洛农场。都叫水淹了的,也长不成什么庄稼,野草便疯长。""那你这一天割多少时候?""俺打天不亮来,直割到天黢黑。""那你一天能割多少斤?""俺一天能割好几百斤鲜草。""你家有几头牛、几只羊?""俺家就一头牛、两只羊。""那也够它几个吃的了。""它吃便搁这地里吃,俺割的草弄家里去晒,晒干了留它几个冬天吃。俺们那水大,牛草一斤都没收住,秋季又种不成什么庄稼。""麻烦你这位大妹子。""麻烦啥子。"刘康搁地里往前走。只见那一地人,都忙忙碌碌,似是抢那望不见的时间,情状甚是动人。往前一直走去,走出里把两里路,地里却就没有割草的孩童了,也见不上什么牛羊了,只隐约见一两个头戴草帽的大人,蹲搁地里、地头,不知做些什么。刘康心间又是一奇,望见路上一个半大女孩,骑着辆旧自行车,车后带了几蛇皮袋青草,正往北去,便过去捉住了,道:"请问你这位大妹子,这地里草长得甚高,你们咋不上这块割?"那个答道:"这块看住了,不给割。""麻烦你了。""麻烦啥子。"那半大女孩便上了车走了。刘康心想:这里头倒不知是什么缘故。又往前走,才走个三五百米,前头地势一洼,却现出个平淌河来,河水黄浊,水流极缓。一河岸都是青壮男女,都拿着大竹竿搁水里捞什么东西。那场景热热闹闹,也煞是壮观。刘康起脚走到水边,仔细望了一时,望见那河岸上,搁着无数个乡间的容器,有粪箕、草篮、搪瓷盆、畚箕、木桶等物,里头多多少少都盛了些颜色发暗的沙砾。那些青壮男女,也还有不少十二三岁、十三四岁的小孩子,都拿着一样物件,一根半粗的毛竹竿,一头绑着些黑乎乎的块状物,都搁水里戳来戳去。还有拿铁锨、竹篮,打河里往外捞沙子的,把沙捞搁岸上,便拿一样套搁手背上的木板什么做成的物件去搓。搓些时候,手里那物件便重厚了,便把那物件上的暗腥沙砾剥下来,剥搁粪箕子里头。那一河滩人,都拼命地干,也不讲多些话,都往死里干,身上都弄得跟猫猴子样,脏得不像个样子。刘康愈觉奇怪,又不知是做什么的,便寻了一个体力差些,正坐搁河滩上喘歇的中年农民,问道:"麻烦这位师傅,请问这叫什么河?"那中年农民一脸皱纹,脸晒得发黑,正吃一根不带嘴的孬烟。那烟烧出来拿鼻子一闻,便闻见一股烟油子味。他那小腿跟脚都叫水泡得脱皮红烂,脓胀拉拉的,还有些大块的紫红疙瘩。听见刘康问了,那中年农民回道:"叫黄洛河。""这些人都做什么的?戳来戳去?""捞铁砂的。""捞铁砂做什么?""卖钱。""卖给哪一个?""卖给铁厂。""卖给铁厂多少钱一斤?""毛把钱一斤。""那这块一个人一天能弄多少斤?""讲不准,好的能弄个三二十斤,孬的能弄个五七十来斤不错了,一天挣个块把两块钱,做个油盐钱。""这黄洛河原先便产铁砂?""原先不咋样产,上头发水,打山里冲下来的,冲到俺们这块。水淌得慢,水拖不动,便弃搁俺们这块。""你这都住哪块?""住十棵大树底下那左近,俺们也都是灾民,家都叫水给毁啦。""这块连半棵树也见不上,叫日头一晒一天,也受不住。""俺们也都是苦惯啦,那样多讲究。""麻烦你这位师傅。""麻烦啥子。"刘康打河沿走走望望,望了一气,打便桥上过去,便又往前头走了。

适才的一切,便都留搁后头了。

刘康离了黄洛河,上坡下坡地往前走。此时有一两点钟,刘康肚里也有些饥了,嘴也有些渴了,便打包里拿了饼干来吃,拿了软包装饮料来喝。吃喝了一气,觉得好多了,便又往前走。走着时,望见前头地势又高了,庄稼也是零零散散地长着了,便想:这怕是要到十棵大树底下了,到十棵大树底下也便要到炉桥了。想着,便往那高处去。才走到一半,便望见一溜庵棚,搁高地上顺势蜿蜒而去,再往四处一望,才望见高处的左边,是一片大水,那高地是当了堤埂使唤的。刘康一时不知这是到了什么地方了,便往那堤埂上去。上了堤埂,打近处望那些庵棚,望得更真切。那都是什么样的庵棚?大多是拿塑料布做成的,拿些木片竹竿,打地上圈起个半人高的弧形,上头拿塑料片蒙住了,便成个窝;又有拿几根竹片,搁凉床上弯几道箍子,再搁箍子上蒙几片塑料布,成个窝的。刘康走至堤埂上,望见堤埂最外的塑料棚子处,坐了一个老婆婆,年岁也有六七十了,正光了膀子,露着黑瘪的双乳,搁那块淘米,便过去道:"请问这位大娘,你现时淘米,怕是还没吃晌午饭。"那大娘望见刘康,张着无牙的嘴,一瘪一瘪地说:"俺们乡下没个啥早晚,早便早一时,晚便晚一时。"刘康又道:"你这都是哪块搬来住的?是搁哪块淹了的?"那大娘道:"俺们便是下头滩地上的,俺那房都叫水闷搁底下啦。""你家粮可抢出来啦?""地里头那小麦,叫水冲个精光,原先搁家里存的粮,倒抢出来几麻袋。""你家也没伤着人呗?""人倒没伤着,俺家出来早些,政府叫出来,俺家赶紧就跑出来了。""麻烦你大娘。""麻烦啥子。"刘康又往前走,埝堤上庵棚连庵棚,有时连走道都给挤掉了。刘康边走边望,望见一个三四十岁的男人、一个十二三岁的丫头,正蹲搁地上上钩饵。那些钩、线是一大堆,湿漉漉的,堆搁一块塑料片上。另有两大碗半红半紫的蚯蚓,还有两个大黄盆,黄盆上都拿泥抹出来一堵泥壁。上钩时,便把活缠乱扭的蚯蚓,直穿搁钩上。穿好时,便把钩线勒在泥壁里。那一黄盆圈子,都是活缠死扭的红紫蚯蚓,甚是叫人肉麻。刘康便上前问道:"请问这位大哥,这钩安好便要逮鱼呗?""便是逮鱼的家伙。""一天能逮多少斤?""哪能逮多少斤,三五斤,五七斤,撑死了。"刘康想:五七斤不知是什么样的鱼,要是三四块钱一斤的,那也可观。便问:"都逮着什么样鱼?""都逮指把长的刀条子和小指长的鳊鱼,没什么头绪,十棵大树那集又卖得贱。""卖得贱能卖多少钱一斤?""刀条子便是块把钱一斤,小鳊鱼便是几毛钱论堆抓。""你家怕也是滩地上叫水闷了的。""俺家那是'混合房',上半截是土、草,下半截是砖,水上到土墙,上半截给泡倒了。俺们那块现时才现出房顶。""麻烦你这位大哥。""麻烦啥子。"刘康辞了那人,又往前走,才走到塑料棚后首,便见一个箥箩,里头摊晒着一层半截小指长的鳊鱼。那些鱼甚不咋样,倒是上头哄哄地叮着一群红头蝇子,蝇子比鱼还多。刘康举手一轰,那些红头蝇子,有往起飞的,噪声甚大,甚是怨恨;有懒洋洋扑扇几下膀子的;有装不知道沉住气动都不动的。刘康暗想:也不怕叫人打死?又想:打死便打死搁鱼身上了,便不能是这样一种打法。一时没有主意,摇摇头又往前走。前头有一家人正搁塑料棚外吃饭,一个五十来岁的女人、两个十几岁的孩秧子,还有个头裹毛巾的二十来岁的娘们。那娘们气色不甚好,有几分浮肿,穿了长裤长褂,规规正正地坐搁一棵人把高的刺槐树的树凉荫里,吃得也有几分困难。刘康走近些,望见那一家人吃的是米饭咸萝卜干,便问道:"请问这位大婶,你家也是湖边滩地上的?也叫水给闷啦?"那五十来岁的女人,把嘴打碗上抬起来,对刘康道:"俺那地台子倒高些,水往下去,俺那屋地基露出来,俺们就家去住啦,住这块咋管?!""那你家损失怕也不大。""大不大俺现时倒讲不准,俺那门一锁俺都跑了,俺家里进了一人深水,怕没个囫囵物件啦。"刘康顿顿又讲:"大热的天,这位大嫂咋捂个头巾?怕身体不甚好。"那少妇有些苍白的样子,那五十来岁的,望了她一眼,叹一口气,叹道:"俺们这倒撵巧,俺儿媳妇正怀搁那几日,叫水一吓,吓出来了。夜间都喊水来啦水来啦,都爬起来跑,俺儿抱着孩子,搀着媳妇也往外跑,雨里水里跑搁堤埂上,才喘口气。天亮了,俺媳妇问俺儿:'孩哩?'俺儿说:'搁俺怀里头哩。'低头一看,怀里抱着个枕头。俺儿媳妇立时闭了气去。俺儿求人家的划盆,划到屋里一望,俺那孙孩叫水漂搁锅屋柴火上。淹倒没淹住他,硬叫冻死啦。"那少妇哇啦一声就哭,那五十来岁的女人,也吧嗒吧嗒抹眼。倒是她讲出来,讲给旁人听,心绪便能轻快些。刘康鼻子一酸,忙噎了口气回去,道:"这位大婶,这位大嫂,麻烦你两个了。""没有啥子。"刘康打包里摸出几个足球巧克力弹,塞给那两个孩子,便转身又往前走。走过几家塑料棚,望见埂堤下的小泥洼子里,有两只白架子猪,架子甚是大,长嘴长腿长身子,一望便知是哪地方来的良种猪。那两头猪,显出甚是无忧无虑的样子,有力地哼着,一时打泥洼里站起来,个子老高,搁草地里拱几嘴,搁泥洼边转半圈;一时又扑通一声倒搁泥洼里,猪一样地享福。那埂堤上一个塑料棚里,正爬出几个人,一个六十来岁的瘦老头、一个六十来岁的女人、一个十七八岁的女孩子、一个十一二岁的男孩子,手里都拿着一竹竿子,竹竿子的一头捆了一个铁丝钩子,手里还拎着蛇皮袋。他们爬出来就往埂堤下走,刘康见了觉着稀奇,便张嘴问道:"请问这位大爷,你们这是做什么去?"那一家子听见刘康的问话,前前后后便都站住了。那六十来岁的瘦老头,回刘康道:"俺们上湖里捞蚂蚁菜去。"刘康又指着竹竿道:"便是拿这铁丝钩子捞?""正是。""捞蚂蚁菜做什么?""捞蚂蚁菜喂猪。拿盐水煮透晒干,人也能吃。""这两头猪便是你家喂的吧?""俺家也就指望这两头猪啦,这两头猪还是外国种哩。俺们家上水时,俺这两头猪倒窜得快,先窜出来,没叫淹住。俺家房子粮食都叫水冲走啦。""那你家现时吃什么?""想点子凑呗,政府救济俺们几个,俺们腰里也还有几个。俺们再想想别的法子,糊弄着过呗。""你家那地,现时是搁水里头还是搁水外头?""现时还搁水里头。""那庄稼什么时候能种哩?""等水下去。""水什么时候能下去?""三两个月呗。""那你家就得糊弄到明年夏秋,才能收种粮食,也急人哩。""急?急又有什么用,俺们现时也不急。""这左近还有亲戚呗?""有两个,都搁岗地住,俺们也去借过两回了,再借也张不开嘴。""那倒是。麻烦这位大爷。""没有啥子。"刘康又往前走,走了几步,望见一个摊子,是拿一架凉床做成的。一架凉床,上头铺了张苇席,苇席上摆的尽是糕点烟酒。一个妇女,三十来岁,头发焦干,也没个油性,上身着一件男式背心,胸脯鼓得一大片,下身着一条花裤头,浑身上下都胖。那妇女一手玩着个半岁的孩子,一手拾掇几根青菜。凉床另一边,烧了一只煤球炉,上头一张锅,锅里头煮着什么,正冒热气。她跟她的这些物件,都搁一块塑料布底下。那塑料布拿四根竹竿撑着,大太阳底下,那热度也甚可以。刘康望见了,走过去望望,望了半刻,望出个规则来:那凉床上的物件,就没个中档、高档的,都是低档的便宜货。这倒容易理解:搁这块地方,也没半家子有余钱的。刘康望了一气,买了一盒火柴,顺口问道:"大嫂,你搁这块做生意,生意还好做呗?"那妇女一手忙事,一边答刘康道:"俺这哪叫做什么生意。俺原先倒是开个小店,上水时俺家拉了一车货出来,自个吃又舍不得,倒不如再做个摊子卖了,埂上人家也方便些。""埂上人家怕也没几个闲钱,你这倒都是日常货。""这倒讲不准啦,该有钱的照是大吃二喝,俺这块烟酒都卖得快;该哪个穷的,他到什么地方都穷。"刘康心里一震,也不知为什么,倒记着这话了。谢过大嫂,又顺着埂堤往前走。一路上望见那大大小小各式各样的塑料棚、帆布棚、泥草棚,都叫日头晒得发焦,那底下的人,都穿得甚少,都汗淋淋的。天候怕还得热些日子,这景象一时半会怕也换不了。刘康一路走,一路想,走了不短的时辰,过了五六百家棚子,才到一处宽敞些的地方。

  那宽敞些的地方,却就显得整齐些、干净些。靠北并挨着搭了几顶苍绿色的帐篷,那几顶帐篷各有名堂,第一顶挂了个红纸牌子,叫作:十棵大树底下乡灾区医疗卫生点。打帐篷的门外望去,那里头有几张凉床,有一张桌子,还有些药具什么的。有几个男男女女,坐搁桌边讲话。第二顶帐篷门口,挂了两个红纸牌,一个叫:十棵大树底下乡灾民点办公室;另一个叫:十棵大树底下村民委员会灾民点办公室。第三顶帐篷也有个名称叫:治安办公室。第四顶帐篷叫:救灾物资接收分发办公室。第五处是个土坯墙,里头砌着茶炉子。搁空场子上长了一棵甚大的椿树,椿树上挂了个高音喇叭,树底下拿木板钉了个宣传栏,上头贴了两条标语,一个叫:村民委员会是人民政府联系村民的纽带和桥梁;另一个叫:贯彻《村民委员会组织法》,推进农村民主政治建设。还贴了两大张红纸,是分发救灾物资的一览表。刘康看了几行,便起步往灾民点办公室去。那帐篷门有些矮小,刘康坑了头进去,望见里面有几架广播机子,有几个人。一个女孩子,二十来岁,长得不丑,还穿着条白裙子,搁这块地方也算是凤毛麟角;另几个男人,一个五十来岁,一个三十来岁,一个二十来岁,都是乡村干部的模样,穿得也整齐,各捧着一杯茶,一色的咖啡瓶。那几个人望见刘康进来,皆有些惊奇,一时也没反应过来,便都望住了刘康。刘康忙道:"对不住各位,打扰一下,我是往炉桥去的,经过这里,看看,这是我的证件。"那三十来岁的接过去看了,看仔细了,忙站起来,把证件递给五十来岁的人看,嘴里道:"刘记者,欢迎,欢迎,坐,坐。"那五十来岁的看了,又看仔细了,也忙站起来,跟刘康握手道:"刘记者,欢迎,欢迎,你坐,你坐。"那二十多岁的自然也赶忙站起来,搬凳倒水。那个二十来岁的女孩子,不知是做什么事好,望见那几个都站起来了,自个不好坐着,便拎了个茶瓶出去了。几个人搁桌边坐下,那三十多岁的掏出一包本地的烟来,取出一支送给刘康,道:"这位是乡里的耿乡长,这位是村里的宿会计。"耿乡长是那五十来岁的,宿会计是那二十来岁的。宿会计说:"这是俺们乡的安秘书。"耿乡长说:"刘记者这是往哪块去的?"刘康道:"我是往炉桥去的,正打这块过,顺便就过来看看。听讲这块水三两个月也下不去。"耿乡长说:"那至少得三两个月。俺们乡这些地方,洼,略上些水,滩地便淹了。今年水上得早、上得大,俺们乡叫水冲毁七百多间房子。这块是个灾民点,再往东去还有一个。""灾民点的吃住卫生事情很多吧?"耿乡长叹了口气:"不好干。"他秘书插言道:"搁基层啥都得管,吃饭拉屎都得管。"耿乡长说:"刘记者,这些话俺们不该对你讲,搁基层干难哩,上头动动嘴,底下跑断腿。就这,你一点照顾不到,人民来信就捅到上头去啦。俺比方说,拿发救灾物资来说吧,上回来了十吨蜂窝煤,望着数目不小,一到底下,人多户众,咋分?

不要钱的东西,哪个不想要? 都是灾民,家里的柴火都叫水冲个精光,便平均摊,按受灾人数,分到行政村;行政村再分到村民小组;村民小组再分到户,有一家摊一块的,有两家摊一块的,你咋样弄?""咋样有一家摊一块的,有两家摊一块的?""有那家里人口多,便一家摊一块;有那家里人口少,便两家摊一块。"刘康拿着本子、笔记了。那耿乡长又讲:"这样平均摊倒也不是法子。受灾跟受灾不一样,有灾受得重的,有灾受得轻的;有当水口的,有浸漫的,情况甚复杂。便讲有一家子,这回上水,他家房子都冲毁了,讲起来,这便叫重灾户了吧,你分粮食、分东西、分钱,咋能没有了他家? 却不知他家有个网鱼的技术,房子冲毁他也不要了,带两个孩子搁水口下网逮鱼。初上水时,那鱼都是鱼塘跑出来的,一天能逮一千多斤。拿到十棵大树底下,少讲也卖千把块钱,哪日也断不了吃酒吃肉。你再救济他,那还不是锦上添花? 再讲啦,他也不稀罕那几个粮食。"抽口烟耿乡长又讲:"平均摊不管,不平均摊也麻烦。俺再举个例子,俺们乡有户人家,有五个壮劳力,这回他家也上了水,也有点小损失。要讲不均摊,他家就没份了。他便讲啦,讲分东西不给俺,干活时找到俺啦,往后派工别跟俺讲。他这讲的也是实情,水过之后,复堤修路,都得派壮劳力,你分东西不给他,干活找他,哪就能张开口。"耿乡长抽一口烟,又讲:"困难很多,可俺们工作也不能不干。俺们的要求就是:政策再讲深一些,工作再做细一些,思想再做通一些,党员带头、干部带头,不跟群众争钱物。其实讲起来,灾区的党员、干部,同时也是灾民。但是对党员、干部,就要有严格的规定。这个村的书记,他家也上水了。上水的时候,他家上有母,下有小,全家只他一个壮劳力。他硬是不回家,搁外头指挥群众撤退。后首背一个老年人上船,他的腿叫一根木桩戳烂了,高烧发炎,这几日才好些,他家的粮食也都叫水泡出芽子了。还有一个党员,妇女主任,她家是土房,都叫水泡倒了。她也不顾家,一夜背了五个老年人上高台子,都是五保户。后首十几天十几夜,她喂水烧饭,侍候老人,沾也没沾家——她现时也没个家了,家叫泡倒了,她丈夫孩子都住搁埂子上。"耿乡长又讲:"俺们宿会计也是村里的。"他望宿会计一眼,刘康对宿会计点了下头。"这回他家房子上水,他那房子是才盖了打算结婚的,房子叫泡歪了,他也没顾上去家。""宿会计家现时住搁哪块?""就住搁堤埂子上。"宿会计讲:"刘记者打南边过来,怕还打俺那棚子边上走过。""是哪一家?""是顶南头那一家。""是那有个大娘的那一家?""正是,那个便是俺娘。""俺还跟她讲了几句话哩。"刘康把这些都搁本子上记了。记了一时,喝了些茶,抽了几根烟,天时已在下午四五点钟了,刘康便站起来告辞。耿乡长、安秘书、宿会计都站起来讲:"晚上搁这,吃口便饭。"刘康讲:"不啦,下午还得赶到炉桥。"几个乡村干部送刘康出去,拉着刘康的手讲:"下回来,多住两天。"刘康讲:"下回再来。"走到帐篷外,刘康讲:"到十棵大树底下,还有多远?"那几位乡村干部齐口同声地讲:"不远,几步路。"一齐送刘康,走了几步,耿乡长讲:"俺们这回可真是五湖四海了。"刘康讲:"咋叫五湖四海?"耿乡长讲:"你看,俺们住的帐篷是德国的,吃的大米是泰国的,吃的饼子是香港、广州的,打的针是科威特的,盖的毯子是巴基斯坦的,穿的衣服是北京、天津的,吃的大蒜、咸菜是山东的,这还不叫五湖四海?"几个人都笑。笑过了,也走搁堤边了。这会往西一望,望见宽展的水里,有个小孤台子,那台子上有高有低,高处的房子站搁水外头,低处的房子半截淹搁水里头。搭眼望去,有一处房子倒醒人眼目,那是四间一排的砖石楼板平房,因盖搁高处,房又盖得高,因之显眼。刘康随口问:"那是哪家的房子?"耿乡长说:"就是俺刚才讲的村书记家的。"刘康抬手望望表,讲:"没有时间了,要是有时间,很想去看看他哩。"耿乡长讲:"他现时还睡搁床上不能动,疼得咧嘴号。"又讲了几句话,刘康与几位村乡干部一一道了别,转身往北去了。

　　离了灾民点,地又宽荡无边了。刘康走了一时,望见路又渐往上去了,庄稼也又多了些了,树也多了些了,地势竟有些苍茫的味道了。时候已搁下午5点来钟。虽讲是夏令时,但季候却已立过秋了,热气便不再往上升,日头的焰气也不甚凶了,树也大了:一棵大楸树,枝繁叶茂,浓荫匝地,长搁田埂上。一切都是秋日的淳憨了。刘康觉着这季候和人事颇有些变化的奇怪意味。径直往前走,路都是往上头去的,也不知到了哪里,只管往前走。庄稼、植物和土地都熟厚。望见一个人来了,是牵着水牛的一个人。那个人把水牛牵到路边的水沟边,他就立住。刘康经过时问道:"你这牛往哪块牵?""往沟里牵。""往沟里牵做啥?""往沟里牵爽凉,牛舒坦。"那水牛便下到水里。刘康又问:"十棵大树底下还有多远?""过了前头那人便到。"刘康便往前走。路上尽铺了细沙,走起来很是好走。望见前头两个人,牵了两只大山羊,搁两棵大楸树底下歇歇。刘康上前问道:"你们这羊往哪块牵?""散放。""散放做啥?""散放羊长膘快,又省粮草。"那两只山羊便拖了绳往有草的地方吃草去了。刘康又问:"十棵大树底下还有多远?""过了前头那人便到。"刘康又往前走,走过一个荷花塘,望见三棵大楸树,塘里有三个人,正搁塘里捕鱼,便上前问道:"这鱼逮了做啥?""自家吃。""自家吃了做啥?""吃了再搞生产。"那鱼便扔鱼篓里了。刘康又问:"十棵大树底下还有多远?""过了前头那人便到。"刘康又往前走,走过一处庄子,庄子外头有四棵大楸树,甚是高大,庄里都是瓦房新屋,饭菜的香味也甚是浓烈。刘康望见有四个穿红着绿的小孩,正搁树底下耍玩,便上前问道:"你们这是做的什么游戏?"那四个小孩正玩在兴头上,也顾不得理他。刘康正左右为难,那四个小孩却发一声喊,争先恐后地往庄里跑去,直跑搁一大丛美

106

人蕉大红花后头不见了。刘康又往前走。走了一时,望见一队人马打岗子上下来,有人、有马、有驴、有牛,驴、马、牛都拉着一车一车的东西,有点浩浩荡荡的味道。刘康迎上前去问道:"请问各位老乡,这都拉的是什么东西?""拉的柴火、干牛粪,都是烧锅的家伙。""都往哪块拉?""往灾区拉。""哪个叫拉的?""乡里乡亲,俺们自愿的。要是哪个强逼俺拉,俺还偏不拉哩。""多少钱一斤?""屁钱不要一个,喝口水,认个乡邻,俺们便回啦。"人马过去,刘康又往前走。走了一时,望见几个大人小人,赶着一帮大驴小驴,搁路边草地散放。那驴群少讲也有三五十头,都是活勃勃、鲜亮亮的。刘康走上前问道:"请问各位老乡,这群驴毛色也不一样,大小也不一样,品性气色也不一样;有喜欢撒欢的,有喜欢独个吃草的,有神态憨厚的,有相貌机灵的,这怕不是一家的驴。"那几个大人小人道:"这驴都是灾区的,养不起,俺们先帮替养一阵,再送回去。"刘康讲:"是哪个叫帮养的?"那几个大人小人道:"俺们自个愿意的,俺们也有求人家的时候。要是哪个强逼俺养,俺还偏不养哩。"刘康又往前走,走了甚远,望见前头隐隐现了些大烟筒、楼房出来。又望见一个干部模样的,骑了个自行车过来,便冒昧地拦了那人,问道:"请问,到十棵大树底下还有多远?前头那怕就是了。"那干部模样的,平平静静地讲:"十棵大树底下,你已是走过了,前头那便是炉桥。"刘康谢了那人,又往前走,这才觉出路上已不甚洁净了,尘土甚多,喧嚣亦甚。他这会多少也累了、渴了,便想:赶紧到炉桥,弄个房间歇歇。脚底下不由就快了。

玉　美

一

先讲这泗水镇,也是两三年不来,那样便变了,变得杂沓,人也多了,挣钱挣饭吃的家伙也多了,路也多了,车也多了,跟往年倒是大不一样了。

泗水镇边原先有个庄子,叫卜井子,离泗水镇也就里把两里路远。搁两三年前,那倒是个挺纯的庄子,人也都一板一眼的,男人都搁自家地里头做活,女人都搁自个男人的被窝里睡觉,与别处也没什么两样。到两三年后,那镇也往外头扩大,庄也往外头扩大,离离拉拉,便有点想连搁一块的味道了。庄里头的人,也出出进进,有外边来庄里赁房住的,有庄里往外头搬家的,整个一样杂杂沓沓,却也不能讲就是坏事。

玉美原先也跟那庄子一样,愣不拉叽的,不知何物。早先那会,还搁"文化大革命"里头,庄里先下放来一批学生,是打上海来的,来了有十几个,那会玉美倒小,十来岁的样子,整日下湖割草,十斤鲜草能挣半个工分。活着活着,那帮上海学生招工的招工了,转队的转队了,又下来几个学生,却是本地的,有打泗州来的,有打宿县来的,有打灵璧、固镇来的。玉美也长得大了点,十七八岁,快二十了,身上也起了变化,也有避人的事了,也有些讲不清道不明的想法了。

那后来的一批学生里头,有两个是打泗州来的,一个姓戈,叫小戈,一个姓向,叫小向,也都在十八九岁的样子。那小戈家境一般,或许就是个泗州城里的市民家庭,来时也没带什么东西,只带了一床铺盖,连书都没带一本;那小向家也是个一般职员家庭,他老大,他底下还有弟弟。

玉美长到那会,长成个俊样子,叫年轻猴子望见了,口水都滋滋地往外冒。她大去得早,她娘又只她一个孩,便早扬了言:找个倒插门的来家里,待她老了,动不了了,也能有个端茶送水的。

那会儿还叫社员,还都搁一块干活,低头不见抬头见,今个不见明个见,年轻男女之间便容易有点朦朦胧胧的事。那两个下放学生,小戈跟那小向,却都对着玉美好,也不知是什么样的想法。日日赶吃过饭,小戈跟小向便各自来了,肩上扛着个锄,来操几句闲话,尔后便一堆去上工。锄豆子时,那两人也喜与玉美邻趟子,那便能讲着话,心里头有个着落。

过了冬日,到春日、夏日、秋日,晚上也是好时候,庄里的年轻猴子,都聚搁下放学生屋里,闲操。那玉美也来,都是几个小姐妹一块来,也有听收音机的,也有讲城里的事的,也有看破杂志的,也有做针线讲闲话的,真个是热热闹闹。

玉美却是对哪个好点?她对那两个都好,对小向却更好点。搁大蜀黍地里干活时,两人讲迷了,不觉天都晚了,出来大蜀黍地望时,人都走尽了,只剩他两个。那会人的思想都浅,忙就收拾了往庄里去。走搁半路上,玉美讲:"俺憋急啦,你替俺瞭着人哩。"两人往路边地里走走,那小向就站着瞭人,那玉美退了裤子就滋。却就不知青年男女火性大,由那声音、气味、呼吸,都引出些冲动来,如下坡的车、顺向的风,止都止不住,不觉间两人便胶搁在一起,如狼如虎,万物皆灭,那滋味可真讲不得。

打那往后,两人虽讲见面还都有几分羞答,却也频频做了不少次那样事,都是春门乍开,春水初泛,挡不住。那会又搁夏日里,人身上的衣裳都薄,方便,也不管搁哪块地方,便两人化作一人了。时日也快,转眼到了冬至,那玉美却就玩得大意,身上有了,这倒也是喜事,怕甚哩,那会知青跟当地姑娘合铺的,也不在少数哩。却就想不到,那年三省七县的农民挖新汴河,都跑出去老远,来回坐铁路上的闷罐子车。却是近年关那会,挖河的人都急着家去过,都坐了闷罐子车回来,车走搁半路上,起了大火,那车却不停,呼呼地直往前开,铁路下头的人望见了,都跟着跑,都狂喊:"失火啦!失火啦!"那车开得呼呼带风,火势愈猛,打野地里望时,那车便如一条火龙,把那闷罐子的车皮都烧得红了,噼啪有声,那里头人倒烧成个什么样?!有往下跳的,那样式便如一粒火丸弹搁地上,不是摔死,便是摔折,没一个囫囵的。

那小向也搁里头,待一庄人去看时,也认不甚出哪个是哪个了,男女倒还能分清,只要是那男的,都缩着腿,腿裆里夹着个黑乎乎的小鸡,那小鸡也都给烧得皮开肉绽,焦黑焦煳,全不是平时的鲜活样子。那车里女人少些,都是做饭烧火的,便都烧得光秃,奶子都烧塌烧煳了。玉美背地里哭到没有眼泪。肚里却还有小向的种。

死的死了,活的还得过。那玉美又是个舍不得肚里崽子心肠。却搁这时,也是才过了年,才入到春气里,那小戈对她仍好,也有大半是同情她,也是不知她跟小向的关系到哪一步了,更不知她肚里栽了小向的种。两人常搁一块。哪又能算计得住,那玉美又想找个孩子大,一来二去,两人又滚搁一处,做偷偷摸摸的快活事。那玉美虽讲心里还有血,却是个年轻的,禁不住春气的诱惑,且那人又去了,她还得往下走,还得老远地走,走到老处,这便也怨不得她。两人伸拳弄腿,肉肉相合,无有穷尽。正跟人种一样子,上辈去了,下辈来了,再下辈又来了,哪就能有个穷尽。玉美只讲肚里有了小戈的种,那小戈半信半疑,信在多数,心里也欢喜,只当玉美肚里是自个儿的种。

却也是玉美的手气不好。那小戈与她好了两月不到,正碰上个机会,招工上城里去了。走时两人口口肉肉,相交相合,讲尽了山盟海誓的话,却都禁拗不了环境的冲刷,玉美也是个有性子争强的娘们,不撕不闹,两人慢慢就断了。再过四五个月,那玉美上南乡单家桥她大姨家住了些日子,抱了个丫头家来,只讲是搁路上拾的,起名叫小丢,既合着捡拾的意思,又合着不叫她丢了的意思,这一家三口,便这样过着了,其实庄里庄外的人,哪个不明了真相。

搁那个时候,人的日子都凑合着过,有碗饭吃也就不思着啥了,也没甚门道,也没甚想头,也没甚胆量,也没甚眼界。过了些时日,玉美到底又是个年轻想过日子的,却就有那后庄的一个男人,开队里的手扶机子,叫大营的,性情欢活,长相又不丑,又喜欢跟女人讲讲笑笑,打打闹闹的,时常搁地里见了,便讲几句闲话,开几句玩笑,都透熟。惊蛰前后,天候有时能晴得灿烂,满天满地都出了亮色,人手也能伸得开了,野地里的荠菜也长出嫩嫩的叶子来了,玉美便拎了个小筐篮,里头搁一柄小铲,领了小丢,跟玩样的,往地里去。

野地都望不见边子,那风撩过来时,虽带着寒相,却是有几分春意在里头了。娘儿俩前后走动,也没有什么人打扰,也没什么车打扰,却就落得个心底舒坦。跑动一时,那小丢蓦地便不见了,才叫她娘心急,她便又打泗水支汊的小沟埂后头猫出来,对玉美妈呜一声,叫玉美心里焦焦地欢喜,便搂住小丢,如怕她跑走了样的,都坐搁春草正想冒尖的坡地上,歪七歪八地唱一首流行的歌曲,那歌子道:

红星闪闪,

放光辉。
红星灿灿,
暖人心。

　　也不知唱得对还是不对,嘴里就只顾唱起,为的是跟那春日的土野地配对,也不图个嗓子好坏,歌词对错,只图个心情。唱着时,玉美一时间便想着了几年前的小向,两人恩爱时那些话话语语,心里便一疼,忙搂住小丢道:"乖乖,小乖乖,长大也能守住娘呗。"小丢也会讲几句人话,也知道亲亲了,便土声嫩气地讲:"俺娘,俺娘哩,乖乖哩。"惹得玉美发笑,愈把小丢搂得紧了。

　　第二回又搁野地里挖荠菜,却就遇见那大营。正开了手扶机子,打河埂边上过。望见玉美娘俩,老远关了机子,喊:"那谁哩?小丢哩,过来叫大营叔叔亲亲哩。"吓得小丢往玉美怀里直钻。玉美忙搂紧小丢,佯装气了,骂道:"哪家狗汪汪叫,吓住俺小丢啦。"大营却就会调笑,回道:"你家狗哩,想钻你被窝哩。"玉美脸通红,肚里直扑腾,不知再咋样骂好。那大营调笑两句,又盯住玉美看一时,便摇了机子走路,直走出老远了,还叫玉美心神不定。

　　回了庄里,晚间娘仨便剁了荠菜包饺子吃。那野荠菜饺子香喷喷,青凌凌,甚是好吃,娘仨关了大门,围搁锅台边上吃,都吃成个肚子圆。才吃过,小丢耍玩一天,也是疲了,搁玉美怀里便睡了,玉美跟她娘,一路拾掇,一路讲些家常闲话。她娘又讲老话道:"再咋样讲,家间无个男人,日子只过成一半哩。"玉美讲:"那俺倒问啦,俺娘,你那会咋就不嫁哩?"玉美娘讲:"俺那会儿封建哩。"玉美讲:"俺也得碰上个像样的。"

　　娘儿俩的话便灭了。夜间玉美却是难过去,瞪着眼望漆黑,思前想后,啥都想过了,末了只对自个儿讲:"也就是苦命一根啦,碰不上个中意像样的,俺偏不凑合自个儿。俺倒活不出个人样来?"

眨眼世风大变,眩井子、卜水镇,都晃荡着了,地也分了,牲口也分了,都干自个儿的了。也不知过了多长时间,有人讲后庄大营跟人家伙开了机子跑运输赚了大钱啦,有人讲东庄景镇家承包窑厂家间垒了两层洋楼啦,有人讲庄里秀成几个上外头学了裁缝手艺,搁泗州城里租房子开裁缝铺啦,眼跟前见着的,也是这家那家推倒旧屋垒瓦房了。人人都望得眼红,玉美望一日,想一日,晚间跟娘闲话时,便讲:"这地也没什么种头,撒搁地里叫它长去呗,余下的时候,倒得想些个法子,现时种地又不来什么钱,小丢也日见着大了,都得拿钱供上,咱这房也老旧不成样了,也得拿钱来翻。"她娘讲:"又道俺讲啦,你要是认了个主,倒不叫你操半个心。"玉美讲:"现找也来不及,咱还得靠自个儿。"她娘便叹口气,道:"你个女人家,又能去做什么?咱又没什么本钱。"玉美讲:"俺这些日子也观望啦,现时做生意做买卖的多,客来客往,都得弄个吃喝,上泗水镇来去的,却又多是小生意买卖,吃喝也舍不上花千儿八百的。俺望见人家搁岔路口开的铺子,也就是家常便饭,那不就赚钱?"她娘讲:"那能赚几个?"玉美讲:"不赚哪个干?白干啦?"她娘讲:"要真能赚,咱也就能干。"玉美讲:"人家做的饭香,咱就不是拿手做的?"她娘讲:"那倒是,那也用不上几个本钱。"

隔日,玉美又上泗水镇去观望,那吃食玩意也真简单,却又是五花八门。只拿黄泥巴糊个锅腔子,上煮一锅稀饭,带手做几个馍,或炸几根油条,打家里拿几碟子小菜咸菜去,便成个吃食摊子了。也有做辣糊汤的,也有单下面条、下饺子给客人吃的,只要能做饭,这买卖便也能做了。这样望见时,心间却想:这地方做吃食的也多了些,你争俺抢,倒伤了和气,不如俺们另去找一处地方。这样想时,便搁泗水镇里镇外四下里转悠,却转在泗水的堤埂子上。堤埂子上的路也不是什么正儿八经的大路,只能跑个小四轮啥的,赶集、做活的人也有些,只这地方不算正经大路。玉美心间想:倒管它哩,先搁这块试试,离家又不甚远,不管劲俺再挪窝。心间一时兴奋,一路想一路往家间去,到了家里,欢天喜地跟娘讲了。娘讲:"你瞧着管就管,咱先试试,不管咱再挪窝,也赔不了三个两个。"这一晚一家还真高兴,拾掇这拾掇那,准备了两日,至第三日早上,真拉了个架子车,车上搁了小桌、条凳、锅腔子、碗筷家伙,趁早往堤上去了。

这倒叫什么做买卖的,也便是家里日常吃食跟做饭的家伙。天蒙蒙亮便搁堤埂上支了锅,等人来。日常不大注意的,现时专做了这买卖,心间就望人来,人来了,或许就能吃一碗两碗,这又是个家常便饭,又不值钱,庄稼人都不觉得咋样贵。那第一个吃食的来时,却是个什么人?是个要饭的,时不时能搁泗水镇上望见,也就是个要饭的专业户,一身破烂衣服,人倒不甚老,三十来岁的样子,搁哪个草垛子底下睡得迷迷糊糊,一眼眼屎。那专业户打堤上走时,望见玉美娘俩新开张个吃食摊子,他却就过来凑个热闹,拱一拱手讲:"恭喜恭喜,俺便来张头一口嘴,也能沾个喜。"玉美娘讲:"要饭的,你倒来凑什么热闹,俺们是第一回来开个吃食摊,也没什么大本钱。"那要饭的讲:"大娘,你恼啥哩,俺诚意来贺个喜,也算你开张了,你倒望见俺搁哪块吃饭掏过钱?"玉美听见他讲,心想:这是件喜事,哪就能多讲究了,便对娘讲:"俺娘,人家也讲得在理,俺们便开张呗。"那要饭的只顾讲好听的,稀里呼噜喝了两碗稀饭,吃了两个大馍,只当是件喜事,吃过拌拌嘴,心满意足地走了,往镇里去了。

日日便这般卖吃食,天蒙蒙亮支锅,至小晌午时便收摊子,税收费用都照交不误,人来人往也熟了不少,过三两个月又拉一车秫秸来搭了个草棚,固定了买卖,娘俩两头忙——又忙家里又忙饭铺,收入也还不少,又都是会过日子的,积蓄渐多,小丢也大了,上小学了,日子稳稳地往下过。

那个小丢,渐长大了,鲜活幼嫩,煞是讨人欢喜,搭眼望过去,她就不像个乡里的种,粉皮细肉,小鼻子大眼,见来人了,也不认生,有话讲话,有事做事,全不惧生。个头又长得蛮高,腿长胳膊长,人都讲小丢长大了是个高个,她底子搁那块,矮不了。上学放学,她一个人来了去了,有同学一块时,便是一路说笑,歌星样的嗓子,如是一个人,便蹦蹦跳跳,如一只小山羊羔子,欢实。搁学校里,老师叫她做个班长,班里有什么事,都叫她去做,老师也放心,她也能做好。皆大欢喜。

二

其实这也就是年把两年的事。

却说有一日晨间,镇上税务所的漆所长,领了两个穿制服的来吃早饭,那制服跟漆所长的,是一模一样,用不到说,也是税务的。玉美搭眼一望,立时便有半截傻了,原来那两人其中一个,正是小戈,人虽是老了些,又穿了一身板板正正的制服,又加上搁办公室里坐长了的那个味道,变有些变了,却是老底子、老样子,跑不出原先的框子外头去。玉美一时激动,讲不出话来,那小戈却是个大方的人了,眼盯住玉美望了一眼,笑嘻嘻地讲:"俺听漆所长讲你搁这块开了个小饭店,俺特意来望望,也吃顿早饭。"

漆所长几个都笑嘻嘻的,原本也都熟,便没有什么拘谨的事。漆所长讲:"广田现时是俺们局的股长啦,升官第一回,就跑到俺们这泗水镇来检查工作。"戈广田笑着推他道:"瞎扯,瞎扯,咱们都是老朋友,哪能谈上检查,往后你还得多帮着俺。"

说笑时,玉美也是搁边上,一边干活,一边赔着笑。初时心间不知道往哪里想去,待有了几分思路时,那几个人都吃过走了,也没好好讲几句话。这回事,倒把玉美的心境给搅破了,把年轻气盛时的那样遮遮藏藏的感情给搅起来了,一时半时静稳不下来。收了家伙时,端了盆衣裳往泗水边去,一则是要洗了衣裳,一则便是要寻了往日做过的半个梦来。

咋样讲是半个梦哩?却原来那梦的一半是小向的,另一半,才是小戈的,都如行云流水般,早已不知了去向。玉美搁水边上坐了一时,想着了往昔唱过的那支曲子,红星闪闪,放光辉;红星灿灿,暖人心。也不知歌词唱得是对是错,那时的心情,与现时的心情,竟然无甚大区别,只是现时的心情不能持久,眨眼便叫风刮走了。怕是现时人也年岁长了几岁,日子多磨了几圈,实在了。坐了一时,玉美端着衣裳,便顺路上坡下坡,往家间去了。

第二回来时,却是那戈广田一个人来的。他也就像随意溜达来的,来时也随便,搁板凳上坐下,道:"这些日子来泗水镇多了些,就听人家讲你搁这块开了个饭店,顺道就请漆所长带过来看看,往后有什么事,你找漆所长办就是啦,他就是俺,俺也就是他,不见外。"

那时也近了小晌午了,来往吃饭也不见几个人。玉美娘见了戈广田来,抹抹手,讲要家去拾掇,先便走了。第一回戈广田来过,晚上娘俩闲话时,也讲过的:"眨巴眼时日便过去了,都不是小人了,往后也都能帮着、用着,不要冷落了人家。"这都是打过日子的方向想的,跟好几年前男女相好不是一回事。初时玉美还有些手足无措,搭东摸西的,讲了几句话后,便觉随和了,真也是老大不小了,都拾弄口饭吃,脸面也都厚实了些。便也坐下来,手里闲弄着东西,两人讲些闲话。

玉美道:"你成家了呗,俺望见你这保养,也知你是个能享福的。"

戈广田道:"也是凑合一个。俺老婆却是个不能生的,这话讲了倒叫你笑话。她跟俺讲啦,叫俺上医院去抱一个,有那丢了的、扔了的、不要了的,抱一个家来养。俺倒是怕费那份事,便如今这般过着了。你讲两口大人又能有多少事、多少话讲。"

玉美听了,心里也不知是什么滋味,也不知该讲什么话。想着往年的事,她对那小向是全心全意,对小戈便有了些应付的想法掺杂搁里头,因之分手离别时也没有太多的计较。

现时却都不能说破,也不必就去说破了,况且死的死了,活的仍得想法子往前过。正涣散着,打外头蹦跳过来一个小丫头,八九岁,眉清目秀,聪明伶俐的样子,进来便喊:"俺娘,今个老师有事,先放了俺们的学了。"玉美讲:"家去呗,你奶搁家里头。"

那戈广田听见小丢那脆生生的嗓子,心间似是一震,待小丢又蹦跳出去时,便笑问玉美道:"这是哪个的孩?咋样喊你'娘'?"玉美也半笑不怒地道:"你讲是哪个的孩,打俺肚里出来的,又能是哪个的孩?"那戈广田听得明白,两人的感情倒像有几分贴近,便又说讲了一时。

打那之后,戈股长便常往玉美的饭棚来,来时便捎带些零星东西给小丢。小丢与他混熟了,便叫他"俺叔",爬搁他腿上,道:"俺戈叔,你带俺上泗州城里去一回呗,俺还没见过那城是啥样哩。"玉美讲:"瞎闹啥,你戈叔忙哩。"戈股长讲:"先问你娘她叫你去呗?"小丢转脸便问,道:"俺娘,你叫俺跟戈叔去呗,俺长到这样大,也没见过泗州城是啥样哩。"玉美讲:"瞎闹啥,你戈叔忙哩。赶明儿个叫你大营叔领你去。"戈股长问:"哪个大营?"玉美讲:"俺们后庄的,原先开手扶机子,你怕见面认得。"戈股长问:"可是那个喜欢说笑的?"玉美讲:"就是。"戈股长讲:"见面或许还能认得,就是一时想不起来脸面。"那小丢这会又闹:"俺娘,你净顾讲闲话,你叫俺去呗?"戈股长讲:"啥不叫去,赶哪天你不上学,俺便带你去。"小丢讲:"正好俺明个放假,俺们老师家里头出丧,学校又调不过来,便放俺们一天假,后天又是星期天。"戈股长讲:"俺便带你去,叫你娘找身衣服你换了。"玉美讲:"小孩子,不懂事!"却拗不过他两个,便找了身衣服,叫小丢换了,由戈股长带着,坐车往泗州去了。

那小戈却是个不顺的,他老婆不能生倒罢了,前年却得了一样病,也叫不出什么名字来,只是身上浮肿,上海、南京、合肥、武汉都去看了,也抓了不少点子药,只不见什么好转,一年里倒有半年搁家里睡觉,医药费不知花了多少,好在她单位是个国家机关,是县里的财政部门,医药费超了,年底一个报告,便报了。

她一个人搁家里睡,不是一天两天,天长日久,病入血脉,戈股长日日服侍她,渐也就俗了,不觉得是什么伤心严重的事了。她也不是一动不能动,能做些小事,做多些就喘,就得上床歇着去。歇得久了,好些事都想得明白,便觉得对不住戈股长,夜间捉了戈股长的手,轻声轻气便讲:"你上医院去抱一个,有那丢了的、扔了的、不要了的,抱一个家来,俺替你喂到能讲话走路,俺便是走了,你也好有个照应的。"又讲,"俺也讲不准啥时走,俺要真走了,你不如立马找一个新的,也不孤单。"戈股长讲:"什么话。"也上医院去过一回两回,哪就碰巧了真抱一个?

这一日戈股长家来,带来个小女孩,长相清秀,却就带着不少土气,也有几分发呆。戈股长老婆忙问:"这就是那小丢?"戈股长讲:"就是小丢,要跟俺来玩玩,俺就带来了。"他老婆盯住小丢看,眼里又有几分嫉妒,又有几分热切,忙就拉住小丢的手讲:"小丢,来玩玩呗,泗州你怕没来过,俺又是个病身子,明个叫你戈叔领你上街玩去。"这话间便亲切多了,那小丢也随和了些,当晚吃了,便安顿小丢搁一张小床上睡了。

那两日戈股长两口子便殷勤侍候小丢,买吃买喝,看电影逛街,临走又买了身新衣服。赶送回卜井子,整个人却就变了个样子,如半个城里孩子样了。那戈股长送了小丢便走了,只道是工作忙。玉美问小丢道:"你姨对你咋样哩?"小丢道:"俺姨是个病身子,搁床上睡了两三年啦,她对俺倒好,叫俺戈叔给俺买这买那,她也喜欢跟俺讲话。"玉美听了,心间一震,详细套了小丢的话,那小丢讲的,却多是皮毛。

当晚玉美跟她娘,倒就议了几句,议道:"这也不妥哩,小戈家里的,咋也没讲个不字,没问个来由,便能对小丢这样好?"玉美娘讲:"怕是人家不能生孩子,又是个卧病不起的,便对孩子好。"玉美讲:"那也不甚妥哩,算啥哩,不明不白的,叫人家笑话。"玉美娘讲:"也倒是。"话便先放下了。

玉美家生意仍是做,只是平稳,叫人心里踏实。那小丢也只是上学,上学下学,做功课念书。杂事也有,拖拖不断,也就是过日子的样。

下一回那戈股长又来时,玉美想狠下心来,不咋样搭理他,却一时拉不下脸面。却为什么? 一则因为戈广田大小是个股长,是个当官的;二则因了往年的一段个人私情,现时戈股长又有个拖累家室,都叫玉美一时扯不下脸面来。那小丢却只是跟他熟,见了时,便近前讲话说闹。那戈股长说:"明儿个又放假了,你姨也想你了,跟俺上泗州城里玩一回呗。"小丢到底是孩子,知道那城里有人买东西给她吃喝,又有新衣服给她穿,便闹着要去。玉美喝道:"不要闹人! 你戈叔一身的事,哪有空带你玩!"戈股长说:"俺有空,俺这回单来接小丢进城玩的,她姨也想她想得不行。"玉美听说,一时心又不忍,实则那小丢也不是戈广田的孩子,玉美哪就能说破道破,只讲:"你是大忙人,她姨又有病,哪能叫她去缠人。"戈股长讲:"也就是她姨想她想得不行,才叫俺来接一回。再者她姨也不定能活到哪天,她讲了话谁个就能憋住了不办。"玉美听了,心里不忍,忙讲:"那就去呗。"叫娘家去拾掇了一包豇豆,一包花生,叫戈股长带着。戈股长也不客气,带了东西,带了小丢,往城里去了。

搁城里又玩了两天。戈股长家里的一望小丢来了,欢喜得不行,忙打床上起来,跟小丢讲三讲四,又叫小丢背书给她听,又叫小丢讲学校里的事给她听。小丢跟她也能讲得来,两人讲了老久,也讲得不住,直到讲累了,她才歪搁床上歇气。

原来戈股长的老婆,这些日子身子又往不好里去,心间牵扯戈股长,又觉得亏了戈股长,因之想叫小丢,疼疼、爱爱,花几个钱,也真是把小丢当成小戈的种了,又望见小丢长得细皮嫩肉,心里是全信。那小丢一来,家间的空气也就不一样,嫩声嫩气,讲也讲个不停,叫家里充了活气,人心间也舒畅。厨间锅碗盆勺响时,也都有了个去头,家也像个家样了,只那小丢来了两日又得回去。

来了回去时,小丢她姨便叫买衣服,把小丢打扮得新崭崭,再送回卜井子去,两家人俱是欢喜。

那玉美心间却仍是不踏实,疙疙瘩瘩的。憋不住时,便对娘讲:"俺娘,俺思来想去的,俺就觉着这叫啥哩,亲不亲邻不邻的,叫人笑话。"她娘讲:"那也倒是,却又扯不了脸面,人家里有个卧床不起的,讲不准啥时候就去了,咱哪就能扯了脸面?"玉美讲:"就是,人家也是个遭了难的。"娘俩议不出个头绪来,议过了不议了,随它去了。

三

实则话长日子短。那后庄的大营,自打跟人家合伙买了机子跑运输,每日里镇上来镇上去,城里来城里去的,却是没忘了盯住玉美。他也就干了年把半年,便自个有了部机子,小四轮,靠住了打泗水镇码头上拉黄沙往各路去。他也就是个能干的,人家干一趟,他能干一趟半,自个儿上,自个儿下,自个儿开,夏日里敞着头,叫日头晒得比塘里的泥还黑,冬日里裹了件旧军大衣,脸上叫北风吹出一层糙皮。原先那价码还高些,一车黄沙能挣个十来块钱,一天来回跑四五趟,也能净落个五十不到四十多文。后首基建压缩,也影响到他,一车能挣个六七块钱,一天也能挣个二三十文,却都是辛苦钱,那日子讲好也好,讲不好就不是人受的。干了几年,手里头有一把了,便搁后庄的苇子塘边,起了三大间砖房,一个砖院,那砖房都是平顶,三米多高,边角墙拐都拿水泥抹了,甚是讲究。搁庄里,虽算不上是顶好的,却他家人少,又没娶妻生子,要是想接,房上立时便能再接一层,在乡里也算个引人眼目的了。

那大营也是说过两个的。第一个是他二舅做的中人,说的那一个,是个老实头,有一回上泗州城里赶集要去,两个女孩子一块,她却叫人骗去了,后首打山东来了一封信,信也不是她自个写的,是请人代写的,讲她叫人骗搁山东,卖给一家人,那家人在乡镇企业里,家间不愁吃不愁穿,又生了个小的,倒是那男人腿脚不好使,也将就了。后首又家来一回,还带了不少东西来。大营这边自然是断了。

第二个,倒是大营自个儿好上的。前头讲过,讲那泗水镇,原先也是个水旱码头,平平静静,后首只几年不见,倒是变了,变得杂沓,人也多了,挣钱吃饭的行当也多了,那卜井子,因跟泗水镇挨得紧,讲话间便相连不连的了,庄里的人,出出进进,有外头来庄里赁房住的,有庄里往外头搬的。外头来赁房住的,有几个打浙江小镇上来,来泗水镇做些眼镜、服装、包箱之类的生意,那伙人在六七个上下,有三四个男的,三四个女的,讲一口浙江普通话,要是他几个人私下里讲话,泗水镇这左近的人就没有听得懂的。

其中有一个丫头,二十来岁,叫虹霞,精精灵灵的,对大营倒甚是有点意思,早上出摊子,晚黑收摊子,见着大营开着机子过来了,小嘴便蜜甜甜地喊,喊出那种嗲里嗲气的味来,也叫人怪馋,喊道:

"大营哥,你送我一段吧。"大营也就送了。三送两送,送成个随便,也有打打闹闹的时候,也有扭扭捏捏的时候,只见他两个走得近乎,也讲不出别样的花絮。正搁此时,那虹霞几个去家里过春节,回来讲,虹霞搁家里结婚了,过了春节旁人都来了,单她没来。大营这边不安几日,也就稳了。到底是两个地方的。又无什么深情,过几日就淡了,也不咋样想了。

赶玉美家搁河埂上开了个饭摊子,那大营往来泗水镇,便有了一个去处,日日早上来吃一碗稀饭,讲几句闲话,瞟几个眉眼,吃过便走了,于那玉美的心里头,日日增添些痕迹。

转眼来在这一年,天象酷热,那玉美的亲娘,上泗水边擦脸,脚下一不留神,滑搁深水里淹死了。这却是奇怪事。那玉美抱住她娘的身子,哭得死去活来。家间又没个男人,南乡单家桥她大姨那块来了五六口子,却不能长住,倒是大营丢了生意,喊了几个相熟的,没日没夜相帮,把玉美娘葬了。这前前后后几十天,叫玉美伤透了心,也觉出了孤单,没个依靠,日思夜想。那戈广田也带了东西来看过她两回,也是他老婆的意思;那大营更不用说,只替她干这干那。待一年过去,也出了孝期了,心伤也略淡了,情感也稳平了,玉美左思右想,一口答应嫁给了大营。大营自然喜出望外,把自个儿的家里家外都花钱新弄了,弄成新房,玉美则把自个儿家的房子出租了,出租给外头来做生意的人住,月月收三四十块钱,自个的饭铺也不开了,一心只跟大营过日子。

那新房是啥样新房?也就是新床、新被、新家具、新电器,却都是大红大绿,喜气洋洋的味道。墙上张贴了各样画子,开财通吉,人生哲言,只图个花哨、喜床。其中便有这样一些字句,总题叫:酒色财气,内文道:

酒是穿肠毒药

色是刮骨钢刀
　　财是下山猛虎
　　气是惹事根苗
　　看来四字无用
　　不如一笔勾销

又道：

　　酒无不成礼仪
　　色无路断人稀
　　财无不成世界
　　气无反被人欺
　　看来四字有用
　　请君量体裁衣

　　这便是劝人好生生活的，是乡间的野墨文人，拿毛笔写在红纸上，又卖出来的。也有几分意思。那门上也是一副对子，倒是村间大营的一个晚辈，搁哪里望见，记住，待大营结合，来凑喜庆时，贴搁他门上的。对子道：

　　眼看淑女成佳妇
　　从此奇男已丈夫

　　不中不西的，只是喜庆。成亲时放了两盘五千响的大雷子，碎红落了一地，甚是热闹。这话少叙。那大营新得了玉美，日忙家外，夜忙家内，日子过得畅快，没二话说。

却说那戈广田,玉美跟大营结好时,他也来了,送了一百块钱喜礼。那大营与戈股长也是个熟的,也知道往昔的那些事和近时的一些事,都不甚往心里头去,况那戈股长又是个有身份的,大家关系也都甚好。

这一日戈广田又来在泗水镇后庄,见了玉美跟大营,闲叙了几句,说正事道:"大营,玉美,俺这回来,倒有件事情,想讲,又不好讲,倒不知你两个可叫俺讲?"大营讲:"戈股长,你这倒是外话啦,要真有事情叫俺帮着,俺哪就能讲半个不字。"玉美讲:"有啥事你就讲,俺跟大营又都不是外人。"那戈广田讲:"俺家里那位,你两个也是知道的,病病歪歪,也是老长时间了,日日睡搁家里,心绪便不咋样好。她那病也瞧不出来,也治不好,日见着便往重里去,便讲些悲观的言语,叫人心里发烦。倒是打那一回俺领了小丢家去,倒替她添了精神,要是隔些日子不见,她就赶俺来领。咋样讲她也是个女人,自个儿不能生了,对小丢倒是好得不行,寒暖冷热,都操着。前一日她又跟俺讲了,讲:'人家大营跟玉美倒是一对幸福的。她自个儿不能来贺着,便叫俺来贺着。'贺过了,家去了,她又讲:'你去跟玉美商量商量,她现时也是一家子了,小丢也大了些,带搁身边不甚方便,况且他俩年把半年的,也就要一个玩了,不如先把小丢接来,搁城里上学,也叫孩子受些好教育。'又叫俺讲清了:'小丢早早晚晚也还是你两个的孩子,你两个要是想了要了,早上要,响午送来,响午要,晚黑送来,半个不字不讲。'俺倒是怪她了,俺讲:'你这人倒有些自私,人家谁的孩谁都疼得不得,你叫小丢来了,人家倒不想?人家要是想了,伸手摸不着,人家那心偏不是肉长的?'这话倒把她讲哭了。俺被她逼不过,俺这趟便来试试,也不是勉强的事。"

那玉美听了,心间酸酸的,拿手绢抹住眼,一时讲不出话来。大营也讲不出什么,只讲:"小丢这孩子惹人欢喜,搁身边一会工夫见不上,心里就想得慌。"三个人闲说一会,玉美跟大营商讨了,大营讲:"还是你拿主意。"玉美便对戈广田讲:"俺心间是不愿叫小丢离了俺,大营也是不想叫小丢离了家,倒是嫂子那里叫人牵挂,她又对小丢好,又是个病身子,又是个不能生的,俺们便叫小丢先去,过十天半个月了,俺们想了,俺们再接家来住两天。小丢搁城里的吃用,俺们这块月月给她几十块钱,只为叫她姨舒心。"戈广田忙讲:"那就不必了,小丢去跟俺们住,一切吃用,俺们都亏不了她,过十天半个月,俺便送她来家住两天。"

这便讲定了。临走的时候——那小丢就是个城里的命,愿意往城里去——玉美给她带上衣什物,反反复复教她对城里的姨要懂事,要勤快。实则也不算甚大事,相距也就几十百十里,想见眨眼就见了。

那戈股长带了小丢进城,来在家里,她老婆见了,心间甚是欢喜,叫戈广田上街买鱼买肉,又叫在北屋里铺了张床,收拾成个小房间,叫小丢搁里头住,又叫戈广田上街买了两身新衣裳来给小丢穿,又叫戈广田拿私人面子去联系一家学校叫小丢去上学。忙忙碌碌,精神倒是好了不少,两腮也常见着笑容了,也想着起来活动活动了。

那小丢天生是个适应的,才十天半月,便成了个城里孩子模样,也不怕生,跟同学都混熟悉了,日日唱了歌子家来,唱了歌子上学,还能陪了她娘搁街边上散步。要是穿得花枝招展时,便如一只小蝴蝶,飞来飞去,也不知个烦恼,也不知个疲累,也不知个顾忌,便唱道:

说你呆,你很呆,
胡子一把像个小小孩。

说你呆,你不呆,
推你跌倒你又站起来。

这也不知是从什么地方学来的什么歌,只叫人觉着好笑。

起始的时候,隔了十天半月,那戈广田便带了小丢往泗水镇后庄去一趟,去见见玉美跟大营。见着时,玉美自然是疼得慌,拿好吃好喝的给她吃。那小丢的嘴到底是孩子嘴,已是吃习惯,吃馋了,对乡下的东西,倒不咋样能吃惯。玉美便觉着伤心,伤心一时,也就过去了,到底是自个生的。搁城里过好日子,做娘的哪就能不喜欢?来了几回,两家都累,都麻烦,小丢又上着学,来来回回也影响学业,玉美又看出来戈广田两口子是真疼小丢,便讲:"小丢现时也上学了,你也是忙人,嫂子身体又不好,往后也就少来两趟,俺跟大营要是想了,就上城里看她去,只望她不添多些麻烦。"戈广田讲:"她姨喜欢她,哪就有麻烦添。那俺往后就少来两趟,你两个要是想了,就上泗州城看小丢去。"讲过了,便带小丢往城里去了,一去不返,玉美想想,也不好就去城里看小丢,给人家添麻烦,况又跟戈广田以往有那种关系,他老婆要是不知还好,要是知了,自个这边没什么,倒不知人家咋样想,便没去。一直到学生放暑假,小丢才由戈广田送回来,搁泗水镇后庄玩了一二十天,又进城去了,那小丢也全是个离不了城市的孩子了。眨眼过了七八个月,玉美的肚皮显了,那戈广田带了小丢来泗水镇时,闲话间又讲:"小丢她娘这些日子眼见着不甚好,也不甚能吃,也不甚能喝,也不甚想起床、下床,时时只巴望着见了小丢,才能有几分笑脸。前几日又跟俺商量,叫俺来跟你两个讲,讲你两个眼见着又有了,她怕搁世上也不长了,想叫小丢过继了去,她也能有个安慰,小丢也能有个好教育,有个好日子过,又牵挂着俺,怕她自个儿撒手去了,俺一个搁世上,孤孤丁丁,没个日子过,俺便把这话转了来,不知你两个是甚样想法？"

　　玉美听了戈广田的话，难受得不行，眼泪巴巴地落，心也都是肉长的，将心比心，将人比人，与大营商议来商议去，又觉着往后小丢倒是有个好日子过，心里是疼孩子，便允了。由那戈广田打城里带了礼来，叫小丢跪下给玉美、大营磕了头，是不忘的说法。那小丢也便觉着好玩，便都磕了。由戈广田带到泗州城里，叫小丢称爸喊妈，又托公安局的熟悉的朋友把小丢户口转成城市的。那小丢对城里倒真是个适应，三口子过得甚是圆满，说不上半个"不"字来。

四

　　却说那玉美怀孕六月，正值暑热。那一天大营搁外头操劳一天，挣了一些钱，晚间与人在饭馆里吃饭，多喝了几盅，来在家间时，望见玉美裤头背心，白胳膊白腿的，一时兴起，又是多日歇闲，怕碰坏了玉美的身子，正熬得难受，便打后头搂住玉美，干那样事情。那玉美也不是不想的，只为了肚里的秧子，便推推脱脱，却推脱不掉。两人搁床上，一前一后，一上一下，那玉美说："大营，轻慢点个。"男人嘴里哼应着，身下哪就能制往，又是多喝几杯的，不禁猛烈了些，事毕那玉美的肚子就抽抽地跳，搁床上过了一夜，第二日早上便撑不住，上了医院，流产了。

　　那玉美跟大营都甚是懊悔，玉美骂大营什么，大营都低头听了。回了家间，却又正是褥热日子，盖多了些热，盖少了受凉，折折腾腾，那玉美身上便落了些病秧子。赶第二年再又怀孕时，没过上三五个月，嘟哝便又流了，保都保不住。那玉美身子也日渐不成形，不似往日好看了，瘦秧秧的，精神也不甚振，挨过两年，怀不上，去医院一检查，医生讲不能生了。

那阵子,大营新婚气顺,他又是个肯卖力干的,钱也挣得多些,日子也过得开心些,猛丁得了这个消息,两口子倒有几分想不开,道:"好好的咋就不能生了,怕是诊错了。"两口子不信,心间又无底。有一日,大营拉沙至梅花集,望见路旁电线杆子上贴了张广告,闲念了几句,那广告却就是个家传专治不孕、流产的广告,讲百治百好。大营看时,便动了心,想道:也不管它能治不能治,碍不住俺们试一回,有当无,或许就知道有病没有病,有治没有治,人家都讲偏方治大病。匆匆地开了机子又回了,回至家间,跟玉美讲:"玉美,俺搁梅花集上望见一个告示,讲家传秘方,专治你这样病,俺们倒不如去试试。"玉美讲:"那怕是野医师,人都讲野医师靠不住。"大营讲:"俺倒不管他靠得住靠不住,俺们便是去试一回,不管劲俺们再想别样法子。"玉美斗争了一会,讲:"那俺们便去试一回,不管劲俺们再想别样法子。"

下一回玉美便坐了大营的机子往梅花去。那机子是小四轮,拖斗里拉了沙子,蹲不住人,玉美便坐搁机头后轮的护瓦上,一路颠颠散散地去。

那泗水镇往梅花去的路,也不是什么好的路,是乡间拿碎石砂姜铺就的,甚是颠人。路只在乡间村庄之间走,实则是走在乡村的腹地了,那会又正在六月底七月初的时候,日头晒人,路上行人甚少,机子、汽车也甚少,几乎望不见一辆半辆。路两边植的杨树,都是春日新长出来的叶子,青葱一阵;风呼呼吹,将人的头发跟衣襟都吹出去老远,身上觉着利索。来时两人都戴了草帽的,大营戴的是甚旧甚破的一个草帽,脸跟身上都叫日头晒成黢黑,他那草帽掉去不少圈,戴搁头上,阻风小,倒不易叫风吹了去。玉美戴的却是个半新的,风只顾把草帽往后掀了去,她便得拿手扶住,一刻半刻也松不得。

那大营实实地把住方向盘,玉美口中焦渴,也不想讲什么话,只心间的心情,忽上忽下,拿不甚准,便想:俺这倒是哪代损了人,罚俺这回事情。到了梅花,先去卸了沙,又去那电线杆子处看了告示,记了地址,两人相跟着往集里的一家旅社找了去。

那旅社是个私家旅社,是一个旧院子,一排旧房子,那排房子都低凹,门也小,只望见半人高的旧砖墙上,挖了枪眼样的几个窟窿,便是房门。倒不知那个医生住搁哪间,便往院里一个揉衣服的大娘问了。问道:"俺请问大娘,此地有个专治妇女病的柴先生,住搁哪间房里?"那大娘抬头讲:"柴先生赶归仁集卖药去了,散了集便回来了。"大营问:"什么时候散集?"那大娘讲:"一时便散了,过午便回来了。"大营道个谢字,抬头望天,天已在晌午时了,肚里也饿了,便跟玉美讲:"玉美,俺们先去吃碗饭,再来。"玉美讲:"俺也饿了。"两人往集上饭馆里坐了,要了两样菜,都带荤,一样汤,六七个馍,吃了一顿。吃过了,又喝一气白开水,再往私家旅馆来,那柴先生已慢回了,正搁房里泡方便面吃。

那柴先生是什么样人?半截老头,望不出个样子来,下回搁哪块见了,断难认出他相貌来。人进了屋,恭敬道:"柴先生,回啦。"那柴先生也不起身,也不咋样,撩眼皮望了他俩一眼,道:"来瞧病的?坐吧。"两人小心坐了,这才望仔细那房间,那房间里是三个铺,都破破烂烂,屋里低洼,倒因之出了股霉味,地上都湿漉漉的。那柴先生的几个麻袋,眼望便知是各样草药,都架搁床头上,散乱得很。

赶两人上了机子,往泗水镇回时,手里多了几包草药,瞬间去了几十块钱。玉美到底是女人,心疼那钱,对大营道:"那柴先生也真是财迷,伸手便问俺们要钱,倒不知这几样药管症不管症。"大营嗡嗡地道:"先家去喝着再讲呗。"

便家去喝了。喝了九十日,那药便完了,也不知管症不管症,玉美跟大营,到这才知那柴先生是个能挣钱的。第一回去时,那柴先生讲,这病他包治好,却要时间,没有几十副药,见不出成效来。隔上十天半个月,便得上梅花去抓一回药,去送几十块钱,那柴先生只道每一回抓药,那药都不一样,只拿这样法子抓住人,又不显出收钱多。亲邻里有讲的,讲:"那先生还不知真假,要是个假货,几百块钱便白送了。"玉美家来跟大营讲:"大营,俺心间半点底也见不着,俺们是喝还是不喝?"大营讲:"随你。"玉美讲:"要再喝,也不知个真假,要不喝,又是花过几十块钱了。"大营讲:"那就再喝几回,望望动静。"便又上梅花抓了药,来家有一口没一口地喝。也不很指望一时半时便见了奇效了。眨眼倒又一年半载地过去了,也真不太指望了,由着它去了。

　　那小丢倒是一日一日长大,识的字也多了,城里的水也吃多了,便完完整整是个城里的小孩。那戈广田老婆,日日心里只记挂小丢,挨了两年,到底是病入膏肓,讲不行就不行,一伸腿去了,把小丢哭成个泪人儿,把戈股长也瘦下去一二十斤。玉美跟大营得了信,来城里行丧礼,见戈广田那个样子,心里都觉着不忍。那玉美更是个软肠子,陪着落了不少泪,又对小丢交代了,又替小丢花钱买了些东西,才回泗水镇后庄。

　　回了后庄,心间却又刻着了城里的那处伤情,倒不知那戈广田一个男人,带了小丢,是咋样过的日子。私下里又想了:这对戈广田倒是件好事,他便能再找一个,生儿育女,成个新家了;对小丢倒是另样,怕小丢搁城里,碍手碍脚,要是戈广田真找了,即便戈股长疼她,她后娘也望她不顺眼。便跟大营讲了,只讲放心不下,想往城里看小丢去,抽空便把小丢要回来。大营道:"随你。"到底不是他自个儿的孩子,便可有可无的。玉美便去了。

　　玉美去了一回,见那戈股长心正在伤处,不好多讲,便又回了。回了放心不下,过了些日子,估摸人家的伤情也过去了些,便又往泗州城里去。见着戈广田跟小丢,伤情已是淡了不少,便替他拾掇家,又瞅空跟戈广田讲:"小丢爸,俺跟大营思前想后地想了,俺觉着你也是个年轻的,死的死了,活的也还得往下过,倒不如你再找一个,成个家,生儿育女,也是后半辈子的大事。"戈广田摇头道:"这辈子不想啦。俺只想把小丢领大,俺便足啦。"玉美不好再讲,暗自叹了口气,便回了。

回了后庄,过了一月半月的,心里头又起浮躁,只觉有啥样事没办。其实便是不放心城里那小丢,便找个时候要去,那大营道:"你咋啦?"玉美讲:"没咋,俺只牵挂小丢,心里头起浮躁。"大营讲:"没咋就好。"玉美知大营心里有气,便不提这事,只搁心里憋着。

憋也憋不住,憋了几天,手间总是错事,不是掉了碗,便是掉了油瓶,心里只牵挂小丢,不知往后是什么样的事,怕小丢碍事,又怕小丢吃苦。实在憋不住了,晚间便对大营讲:"大营,俺心里只是牵挂小丢,怕小丢吃苦碍事,俺们要是去把小丢要回来,又怕伤了戈股长的心。"大营心里便烦,讲:"这个俺倒管不住。"翻身便往里了。玉美伤心,眼泪一下子涌出来,憋了一时,赌气道:"俺明个偏就去望望小丢,俺自个儿的孩子,俺不管哪个管。"又像是讲给大营听,又像是讲给自个儿听。大营听到了,却就是一肚子火,讲:"你去你去,你去跟那戈股长过,俺不挡你!"

两人当晚狠吵一架。玉美一夜睡不着,不由想:俺要是能生,便哪有这码事?第二日却没去泗州城,只安静了心思,搁家里做事。

那大营经了这许多事,有些心灰意冷,不想回家,便只顾去做拉沙的活,每日里打泗水码头拉了沙往梅花、归仁去,要是晚了,便住搁梅花、归仁的私家旅店里,一晚上一个铺一块五毛钱,他是图个心情。初始他不家来啦,玉美心里牵牵的,待他家来了,一时气话,实则打心里是疼他,讲:"不是不家来,咋又来啦,外头有人供吃供喝呗。"大营憋得一肚子火,便发作道:"老子的家,老子不来哪个来,你娘的!"玉美原讲是疼他,讲一句便罢了,倒想不到做到错处,一时别不过来,便闭了嘴不作声。那大营还是一肚子气,没放出来,望这也不顺眼,望那也不顺眼,玉美上了饭菜来给他吃,他不吃,一掀把桌子掀了,道:"老子搁外头就有人供吃供喝,你讲了,老子就做给你看看。"

两人三天两头吵,绝话都讲尽了,吵完了,也吵疲沓了,便不咋样吵了,那大营得闲便往庄里去,往泗水镇上去,会着些出体力活的要么搁一块吃酒划拳,要么搁一块打麻将打扑克赌钱,要么搁一块闲吹牛讲女人,只是不想家去,不想见玉美,只觉日子过得没意思。

大营过得烦闷,每日只想搁外头闲混。月影上来了,照得天地间发白,人声都嘈杂地搁屋里、搁饭馆酒铺里响。大营多喝了两杯,往后庄走的时候,便有些恍惚。正走着时,望见一个人,花褂子、高跟鞋,立搁路边,叫他:"大营哥。"大营嘴便问:"这哪个?面熟。"那丫头灿灿地笑道:"大营哥健忘啦。"大营一惊:"虹霞呗,打死俺也不敢讲是你,都讲你搁老家结婚啦。"那丫头灿灿地笑,笑道:"大营哥,听哪个瞎扯啦?那头家里倒是说了一个,疤瘌眼,结巴嘴,半聋子,抽屉里有半抽屉存折,一气我就上辽宁做了一年多买卖。辽宁那地是好,倒就是一个两个人,孤单,我心里头又想着哥,就往这块来啦,也不太想走啦。"

大营张口结舌讲不出半句话来,也变成个结巴嘴。那丫头仍灿灿地笑,小腔小腰地扭过来,甜言蜜语地灌:"大营哥,你是喝多啦,我来扶你回家啦。"大营由她扶着,小手软软,小脸香喷喷,小乳颤颤颠颠,不禁心慌耳热,结结巴巴地讲:"俺讲虹霞,俺也是结了婚啦,身子不自在啦。"那丫头仍灿灿地笑,香香喷喷地偎,甜甜蜜蜜地灌道:"大营哥,我都知啦,这泗水镇前庄后庄谁还不知啦?"大营心跳耳热,走搁一处黑影里,捧住那香喷喷小脸就啃。那丫头实则也是浙江乡间人,倒是搁外头跑多了,望去也便如城镇人一样,叫大营觉着甚是新鲜,大营跟她起了旧情,便又尝了她的鲜。

尝了第一回,便想第二回,有瘾,跟吸烟喝酒打麻将一样,况那虹霞又不是家食,日日见着、碰着,想吃便吃想喝便喝想用便用了,那虹霞是野食、野味,这一回吃了,下一回总也得想个法子才能吃上,便有味道搁里边。

那大营也是个能干、招女人欢喜的,一身力气,做事能趴倒身子。大营再往梅花送沙时,才出了镇,便见路边杨树底下,有个女人,短袖衫,薄布裙子,甚招眼、好看,细看时才看出那是虹霞,招着手道:"大营哥,大营哥,你捎俺去玩玩呗。"大营嘎叽停了机子,拿衣襟把机头后轮护瓦一抹,伸手拉了虹霞上来,道:"咋,今个不出摊子啦?"虹霞灿灿地拿眼勾住大营:"累啦,想歇一日,跟你上梅花去玩一天。"那大营知这不是什么样好事,又在大天白日的,不知讲什么,便踩了油门,叫机子蹦蹦地往前跑。那虹霞倒是个不避人的,转脸打肩膀上的小包里,摸出两个鲜红烂熟的笑脸桃子,塞一个搁大营嘴里,娇了声道:"大营哥,你倒不想我。"那光腿蹭着大营腰,大营拿手摸摸,滚圆烂熟,香酥无比,便不想别的了,单想那种好事,踩足油门便奔了梅花。

那一晚两人搁梅花的私家旅店里,便铺铺张张地玩了大半夜。

回至家来,对玉美自是厌烦。玉美三流两流,身子也不成形了,又日日喝着中药,自然无什么鲜意。那玉美对大营也是惯了,由着他上床就挺尸,自个儿搁灯底下拾拾弄弄,想不到别的地方去,只想着小丢,想小丢爷俩,没女人没娘,那日子不甚好过哩。想想就心焦,牵牵挂挂,一夜睡不好,第二日早起便对大营讲:"大营,晌午你又不家来,俺上城里去一趟,望望小丢。"大营一听,心间便起火,张口吼道:"你去!你滚去呗!去会你旧男人呗!滚去!

滚!"玉美也是惯了,咬了唇,不跟他争,略收拾了便往城里去了。

一路去,一路心事,及至见了小丢,心绪才好些,替她拾拾弄弄,那小丢也娘娘地喊,喊得玉美心间松快多了。戈广田见玉美的样子,到底是有些生活经验的,便讲玉美:"你心绪倒不像甚好的样子,搁家里怕有什么事吧?"那玉美也不愿讲,倒讲另一样话:"小丢爸,俺们思前想后地又想啦,俺觉着你到底是个年轻的,又有地位。死的死了,活的还得往下过,小丢搁你这块,倒是个牵累,不如你就再找一个,生儿育女,也了了心事。"那戈广田道:"玉美,俺也是跟你讲过的,俺一时半时也不想啦,俺只想把小丢领大,叫她有个好教育,成个城里人,往后或许能去上个大学,分个国家干部。俺便找也得找个对小丢好的,叫她立了字据,你倒放心不下,俺又不是她的后爸。"玉美一时无言相对,又替他爷俩收拾了,当日下午便回了泗水镇后庄。

五

那大营跟虹霞,正玩在兴头上,你调我笑,也有玩得大意的时候,虹霞肚里便起了点变化,叫大营心间又喜又惊又忧,乖乖蛋蛋地搂,胶黏搁一块,舍不得丢了。起始玉美见大营不顾家、不沾家,便只伤心;后首听了点风声,跟大营吵了一架,又顾面子,又护家,便实心实意地侍候他,弄吃弄喝,洗脸洗脚,家间万事都不叫大营操半分神,想要收他的心。那大营却只是烦她,与她吵翻。玉美便急了,又是个女人,没什么法子想,便叫相近的几个庄领家的娘们,趁大营上梅花时,去掀虹霞的摊子。那日也就搁上午八九点钟,几个娘们有些气哼哼的,相跟着来在泗水镇上。泗水镇上的个体百货市场,也是个不小的场面,一拉溜两排,几百个摊位,人也云集,打东到西,尽是人头。那虹霞的摊子,都卖的衣物之类,跟她几个同乡的,排在一块。那几个娘们,便是要掉虹霞的面子,一干人到了,也不讲三七二十一,一齐动手掀摊子,扯扔衣服。初始那虹霞跟邻近人等,都不知所以然,都闹成一愣,待虹霞反应过来,扑上去拉扯时,那摊子已掀翻了,衣物扔得满地,聚着的人中,也有瞎起哄的,也有趁便拾了衣物溜的,也有看热闹的。

初掀时,那几个娘们不讲半个字,只顾掀翻,待虹霞扑过来扯住时,那几个娘们也是逮住理了,劈头盖脸一顿揍,嘴里骂道:"叫你个小骚货不要脸,叫你个婊子不要脸!"虹霞同乡的几个,忙去把虹霞拉开,定睛看时,都是后庄的,那几个浙江人,因是外乡的,不愿闹事,便做和事佬,只搁中间劝。那虹霞原来也是个精明的,劈头盖脸叫那几个娘们撕了一气,被同乡拉搁一边,又听那几个娘们骂,才知是为什么事,站搁一边也不哭,也不喊,也不去护自个的衣物,只瞪了眼看。

那几个娘们掀了虹霞的摊子,口里又一迭声骂道:"骚婊子养的臭×,看你还敢不!""你个小卖×的,你的脸哪?你脸装你姐的个骚×里去啦!"那虹霞听她几个骂得凶,骂得难听,一转脸走了,找大营去了。

那一日大营正往梅花拉沙,虹霞搭了便车一口气到了梅花,找见大营,扑搁他身上便哭,大营忙道:"咋啦?哭啥哩?"虹霞哭得上气不接下气,哽哽咽咽道:"你家那个骚女人,叫人掀了摊子,扔了衣裳,当街骂,叫我脸往哪搁,您还不给我回家揍那骚女人去!"大营火冒三丈,当晚回家闷声不吭,插了门,返身揪住玉美,扑通一声摔搁地上,便往死里揍。那玉美原想,那虹霞跟大营叫几个娘们一闹,闹断了的,便做好菜好饭等大营晚上来家吃,晚间再哄他一气,却不料兜头便遭了一顿毒打,立时便气厥过去。待醒转来时,身上已被打得不成样子,那大营气汹汹道:"老子揍死你!老子揍死你!看你再敢沾虹霞一指头!"玉美便觉着自个儿死了,知那大营跟他那野货是铁了心了,反倒没半星眼泪,睡搁地上,心里头淌血,道:"揍死你偿命!"那大营一嘴绝话,道:"偿命老子也揍死你!老子叫你先死!老子离了你个臭×!"

玉美只搁心里头淌血。第二日睡搁床上,浑身痛楚,眼泪却是下来了,断不了线。这事自然是传得快,村里村邻的都来看玉美,村干部也来,来了讲:"熊大营!把他捆起来,送派出所!"行政村的书记,坐搁板凳上,闷吸了一支烟,站起来走了,直走在大路边上候大营。候了半个时辰,大营驾着机子来了,书记一挥手,将他停住,劈头盖脸道:"大营,你给老子下来!老子送你上公安局!打人犯法,打自个儿老婆,也犯法!"大营闷住头不讲半句话。书记也讲不出话。闷了一时,支书讲:"明个叫虹霞滚蛋!"讲完转身走了。

回至村里,找见大胖娘,讲:"大胖娘,你叫虹霞滚蛋,她搁俺庄里搅和得不安生。"那大胖娘转身就往家里去,到了家,见虹霞正搁家里睡觉,便对她讲:"虹霞,平日俺们也都不错,刚才书记来讲,叫你搬地方,俺也不好抗着,你便先搬个地方,上外地过些日子。"那虹霞听了,一时发蒙,到底是外地来的,租的房子,房东不叫住,也就没个法子,一时半时去找,也不简单,呜地便哭,大胖娘听不得哭,忙转脸出去了。

那虹霞哭了一气,又没有别的法子,收拾了几身衣物,锁了门,去找大营。大营听支书说时,也是半蒙了,丢了机子,急着往家里去找玉美算账。到了家时,玉美已不在家中,已打点了包袱,回卜井子了。大营扑扑通通砸了一气家什,砸累了,心里也静了些,便想:俺们这一时也不是个法子,俺倒不如先带了虹霞跑了,生米煮熟,过些日子便家来离婚。这样想时,心间有了个路子,也清醒了,便拿了存折钱款,锁了门,出去找着虹霞,两人上了机子,拉一车沙上梅花,打梅花那走了,也不知上哪块去了。远走了。

玉美回了卜井子,先搁邻家住了两日,又将租的房子收了一小间回来,自个儿进去住了。那几日庄邻亲近都来瞧她,都宽她心,怕她一时想不开寻了短见。亲近家还来了个十多岁的小丫头伴她,那小丫头也伶俐,有眼有心的,多少宽了玉美的心。

玉美那几日都半哭不哭,搁家里睡。一是娘去了,不在了,二是小丢搁城里,也叫她一时搂不住,想想便伤心。哭睡了几日,各样的想法也想了,只是不知该走哪样路,能走得通,走得好,心倒渐静了几分,又听知大营带那女人跑了,玉美也不存什么幻想了。这一日一大早,与亲近的讲了,讲上城里去望望小丢,便搭了车上泗州城了。一路上风光往车后去,玉美呆眼望着,不知往后是咋样一条生路。转眼到了城里,玉美搁钱买了几斤香蕉苹果,又问了一个带表的,知天时还早,现时往小丢家去,家间怕也没什么人,便搁街上闲走闲看,消磨时间。

闲走着时,走搁一处生僻地方,人倒多起来了,便如一个聚会才散了的,又多是女人、老年人,又猛听得一阵曲子传来,玉美也不当一回事,仍是往前走。走至一个大门口,猛丁那曲子又传来,听见了又像是唱歌,又像是唱泗州戏。无意间抬头望时,却望见那是个洋里洋气的大门,一时间心间想起,听人讲城里有个教堂,不少些娘们都去拜过教,往常也不曾留意的,现时倒都记起来了,脚不由便往里头抬。进了门,又见一个大礼拜堂,刚修好的样子,甚是光亮。里头零零散散聚了些人,聚成几堆,都是一般人的样子,又多是女人,如她一般的倒在多数,穿着也一般,都是一般家间的操劳女人,那曲子正是由她们里头发出来的。

玉美便怯怯地凑过去看、听。原来那聚的人中,有一个女人,也如玉美般上般下,三十多岁的样子,长得平平常常,穿的也是家常衣服,手间捧了个手抄用的本子,一脸深信不疑的样子,一句一句唱一种歌子,便是玉美刚才搁门口听见的那样曲调,她唱一句,那围聚的人跟着学一句,调子简单,又有些泗州戏的调子,容易听明白。

玉美一时便觉出了疲累,见四面都是板凳,便搁上面轻轻坐了,坐了片刻,也无人来问,也无人来管,便知这地方随便由人进来,耳边那唱的歌子倒听明白了,一阵一阵大。那歌子道:

> 主啊,受穷的主,
> 天上的荣耀你不享受,
> 降临人间替俺受苦,
> 吃的是穷家饭,
> 卧的是马槽铺,
> 寒风呼啸来人间,
> 主啊!你实实在在的苦!阿门!

玉美听时心里一酸,霎时泪流满面,想这曲子倒是唱给自个儿听的,不由自主也跟着唱起来,初时音小,泪如泉涌,后首音大,也无人注意她。唱了好一气,也觉着能记住了,心间也松快多了,才立起来出了教堂的大门,一路搁心里头悲切切地唱,一路便去了戈广田家。

戈广田爷俩都在家里,玉美见了小丢,忙搂搁怀里,一时讲不出话来。那戈广田见了她,倒吃一惊,惊道:"玉美,你咋黑瘦成这样,你咋啦?"玉美制住自个儿,讲:"没啥哩。"便接了戈广田的手,去厨间做饭做菜。那小丢来跟她讲这讲那,甚是亲热。饭菜做好,三人吃饭时,又讲些家常事,戈广田问到大营时,玉美再也憋不住,捂了脸便往厨间去,把戈广田跟小丢都吓得一跳,忙都去探问她。玉美定定气,叫戈广田支了小丢出去,便把来来去去都讲了。

讲完了,那戈广田也气得不行,气过了,闷坐一时,戈广田讲:

"玉美,俺也不瞒你,俺单位里头人,近些日子给俺介绍一个,俺也见过了,她也上俺家来过的,俺也算答应了。她也是个不能生的,来见着小丢时,也甚是喜欢。俺今个倒想了,俺便是想帮你,俺也帮不上你,你现今心伤得透,也就小丢一个骨肉,你要讲要,俺就把小丢给你,你要讲叫小丢搁城里得个好教育,俺也不是她的后爸,俺一分半点也亏不到她。"玉美含着泪听了,心间不是滋味,嘴里讲些模糊的话,坐到戈广田上班,由戈广田送到车站上车,那戈广田也是难言难道的心情。

玉美回到卜井子家中,大哭一场,哭过了,想:自个儿也真是苦命,倒不能叫小丢再随着自个儿,搁乡间受罪。想了两日,起身又往泗州城里去,又来在教堂门口。那日也不是礼拜日,玉美立搁门口待了半晌,便往戈广田家去,对戈广田讲:"俺也想明白啦,你也是小丢亲的,俺小丢便由着你去教她,只教她能有个出息,能考上个学,能成个国家干部。"戈广田讲:"俺也放心不下你哩。"玉美笑笑:"俺没啥哩,泗水镇上有个人,早先对俺也有几分想,这些时候也一遍两遍来看俺。俺回去便把往常的事给忘了。咋样讲,死的死了,去的去了,留下的还得往下头过,往好里过。"戈广田半信半疑,又望见她气色好些了,便放了点心。玉美又对小丢交代了,叫她放假就上卜井子住去,尔后便回了泗水镇卜井子。

过了一些时候,大营家来望见门锁得好好的,院里屋里也拾掇得齐齐整整,只少了玉美自身的物件。迟迟早早,两人便离了婚。那虹霞也是到了劲了,跟大营办了手续才三天,便生了个丫头,取名叫小霞,也是那虹霞的意见。那玉美哩,住搁卜井子,又操了往日的旧业,起了个饭铺,还雇了亲近家的那个小丫头。

六

这一日正搁八月里,天象还早,还不甚热,人身上倒觉舒坦。天才麻麻亮,玉美那饭铺便开了门,饭铺是一大间一小间,晨间卖些稀饭、油条、糖糕。

饭铺里已是十几个人,站站坐坐,稀里糊涂地吃。一边吃时,一边有讲的,讲道:"玉美,你做什么便跟旁人不一样,你这饭铺开了,别家饭铺便没什么生意了。"玉美讲:"俺这便宜。"

有吃的,有来的,有吃过了走的。这会便打庄里来个丫头,个头不小了,一副城里人的坯子,穿一条飘飘裙,来在饭铺前,讲:"俺娘,俺爸讲今个来接俺回城里上学的,咋没来?"玉美讲:"现时哪会来,你玩去呗。"那丫头便往泗水滩上跑去玩了。饭铺里的人瞧见,都讲:"小丢这丫头,活脱个城里人。"玉美心里甚是高兴,眼望着小丢的身形,嘴里倒讲:"俺昨个晚上,倒做个怪梦,梦见俺自个儿变成个小学生。"吃饭的人没什么事,便问:"咋就变成个小学生?"玉美也不搭理,只讲自个儿的,讲:"变成个小学生,在一个红土岗子底下,那岗子底下有一棵椿树,岗子上头刚叫雨浇过,现时又出了毒日头。"

内间一个人道:"不是梅花、重岗那左近的岗子呗?"玉美只不答理他们,有当无地往下讲,讲道:"毒日头一晒,岗上那水汽便哗哗地往上去。岗那边倒不知是什么地方。"这时打外头进来个大高个,也满结实,人相也甚厚实,进来便吃。吃饭的人里头,便有讲他的:"又来帮活呗?你这也不叫人动员。"一屋人哄哄地便笑,都笑得善。那大高个赔着笑,也不讲什么,只顾吃。那玉美接续了又讲:"岗那边倒真不知是什么地方,只望见一条路,打岗子这边底下往上头去,上到顶了,便又下去了,也不知是往什么地方去的。"

手里干着活,嘴里有当无地讲,也有听的,也有不听的。那玉美顾自讲:"一时便来了个娘们,小腔小腰,胳膊弯里挎个竹篮子,一扭一扭地往上去,上去时,便叫那弯嗞嗞的气,给弄得腰左腚右,扭得甚是不像样子,她渐就上到顶上,又轰隆一声下去,倒不知岗子那边是个什么地方。"

又讲:"又上去个娘们,也是个半老相了,拎着个包袱,一走一跌,上去时,便叫那气丝给弄得跟麻花样,眼见那半老相的不行了,她倒上到了顶,又下去了,你道那岗子后头便是个什么地方?"

吃饭的人中间,有半听不听的,随口回她道:"鬼知道。"

玉美也不搭理,接续又讲:"后首便是那小学生,背个书包,来在岗子底下,望见那几个娘们上去了,他便家来了。家来了睡觉,梦里便讲:'那座岗子是俺的哩。'他娘讲:'什么是你的?'后首那小学生便做成个大官,什么地方都是他的了。"

玉美这边讲完,时候也差不多了,那大高个立起来时,玉美讲:"这回就多买些,买个三五千斤,也省下回的事。"那大高个答应一声便出去走了。

日头出来,天转眼便热了。这年秋老虎厉害!

人　种

1

　　秋天行将结束的时候，濰浍平原上的树木开始大面积地落叶。但这时候的落叶，与往年相比，明显是晚了，大约晚了两个星的周期，也就是十多个日升日落。气候的显著变暖，使濰浍平原上活动的动物，也较往常有明显增加。在以往的这种时候，第一场暴风雪已经降临，大多数动物都开始在早已觅好的洞穴里待起来，开始了漫长的冬季生活，或者开始冬眠了。——这说明居住的这个地方正在变暖。

　　到黄昏，一阵带有些微肃杀之气的风，从北方吹袭而来，平原上顷刻间开始了一种单调的飒飒的落叶声。落叶的规模很大，嘈嘈切切，犹如一年一度的怪兽来临，声势雄厚，不可阻遏，十分怕人。所有大树都开始了大清除似的落叶，整个黄昏，整个混浠的天和地之间，整个因黄昏的微光还能略显出一些轮廓的东西，即刻充盈了肃杀的风声和滚动的树叶声。这种风声和落叶的声音已经在动物的血液里刻下了深深的印记，万劫不灭。每到此刻，这种印记为外界的肃杀所触动，所有动物都惊惧悚怵起来。一种不能抗拒的看不见的巨大的爪，裹挟着从北方突袭而至，躲避稍慢，即被葬身荒野，僵硬地死去；到第二年开春解冻时就将被大地销蚀净尽，片痕不留。

　　风势在逐渐加强，天地肃然，凉意更深更浓。天边的光还没有褪尽,地面上的一切:树木、草叶、水流、山冈,都还看得清清楚楚。但是在混沌了的天地之间,只有树叶落魄的滚动声和风刀在天空划过的声音,这种混乱的惊恐万状的声音使动物惊心动魄。连流水的声音也渐灭下去。

噢微微前倾上身,垂着毛绒浓厚的前肢,伸着眉骨吻骨突起的脑袋,呆立在滩水岸畔。鼻子嗅着空气中异常的味道,耳朵捕捉着北方来的声音。毛发渐竖,肌腱紧绷。它听到滩水流淌的声音正在逐渐地微弱暗哑下去,荒草和莽原里的其他声音也都在微弱暗哑下去。空气中一种不祥的东西在奔窜、翻卷着,一日千里地向南方推涌而去,大绝大灭。这和上一个白天完全是两样的。上一个白天断不如此! 季候真是到了?

2

上一个白天。

太阳暖晒。噢和同伴分吞了大半只板鹿以后,肚腹满饱,浑身血液和筋肉都膨胀起来。在那只肥大的板鹿倒下的一瞬间,噢第一个扑上去——噢的强壮、敏捷和凶野是它们都不能比的——用利齿切断了猎物的喉管。鲜血喷射而出,板鹿抽搐痉挛。噢把嘴咬住喷血的缺口,大口吸喝板鹿滚烫的鲜血。它撕吞了板鹿后腿上的一大块肉,鲜血淋漓。而后就离开了。

它蹒跚地往滩水边走。大部分时间它立起上身,用前肢拨开挡路的高大荒草。鹿血在它的肚腹中翻滚,冲入肌体,使它憋闷难熬。走到滩水不远处,对着斜上方大吼一声:

"噢——"

粗闷凶狠的吼声,把树丛间乱叫的飞禽惊成碎片,四散而灭。一只黑翅的硕鹰正往地面俯冲,被噢的闷吼惊住,又箭样地射返天际。这时噢瞅见滩水转弯处的水畔,有个叫哝的同伴正小心翼翼地用前肢拨开水面,把嘴凑上去汲水。

哝的叫声总是坚决而尖锐,所以它就叫哝。噢看见哝在汲水,重又粗闷地吼了一声,哝却连头都没回。噢歪着脑袋嗅着空气,空气暖洋洋的,连树叶都没怎么往下掉。噢蹒跚地走下河坡,从后边接近了哝。哝也许会理它的。但哝只顾用嘴吸水,哝刚才也在一块吞撕过板鹿的肉,但这个事实噢没有记起来。

噢在离哝五步远的地方站住。它开始用前肢拨打树枝,喉管里发出声响,想以此来吸引哝。哝回头看了一眼,然后哝摇晃着从浅水里回到岸上。它歪着毛色光滑的脑袋看太阳,看对岸的树木和茅草,又回头看用喉咙叫着的噢。

噢从树枝的遮挡下走出来,走到哝的身后。水畔没有树枝的阻拦,太阳晒得真暖和。哝也小声地叫了一声,叫声尖锐而短促。噢听到了它的叫声,讨好地凑过去,用前肢拍拍哝的左腮,用身子去蹭哝,然后转到哝的身后,亢奋地哼哼着并嗅哝的阴处。

哝看见了噢挺直的硬邦邦的东西,那东西通红并且不时跳动。哝又小声地叫了一声,龇了龇牙,然后蹒跚地沿水跑去。噢跟在哝的身后。在滩水转弯的地方,噢追上了哝,它用结实有力的上肢抱住哝的身体,在一块荒草甚少处,凶狠猛烈地和哝交配。第一次交配结束后,它们互相抚摸、拍打。过了一会,它们再一次猛烈地交配。

后来它们分手了。

3

噢嗅到了风势的更大变化。

四野动物的声音突然间沉寂下去。从北方猛袭而来的寒流正翻滚而至。噢身上的毛发更挺直森然地竖立起来。在离滩水不远的地方,高大的树木连成一片,树林间生长着粗壮的荒草,荒草在风里剧烈起伏着,树林里发出咔啦咔啦惊心动魄的折裂声。滩水被呼啸着席卷而至的寒风掀起来,直扑上岸,水上的大鸟歪斜着身子艰难地飞进芦苇丛里。滩水的对面也是无止境的森然的树林和翻卷的荒草,也有很多大鸟在挣扎着飞腾。但这些声音和动作很快都消失了,天地间陷入可怕的沉默之中,只滚滚南下的风刀切裂声无处不在。噢不知道附近还有没有伙伴。在这可怕的时刻里仍待在滩水边的,除了它,还有谁呢!噢咧开嘴,迎着乱来的风的巨棍,粗闷地吼叫:

"噢——"

树林、荒草、小岗、河流和天空,传来一些回响,声音粗鲁而且沉闷,但远不如平时那般有力、可怕、威严,也听不到同伴的回答,甚至连它熟悉的哝的声音也没有。夜幕快要降临了,噢恐惧无比,一车转身,连滚带爬地往洞穴奔去。荒草、树影、寒风和黑暗很快就把它粗糙的身影收拾干净。天、地完全黑下去了。北方来的寒风更加尖厉而紧张。树林发出可怕的碰撞和断裂声,树叶尽坠。天、地不再出现,整个一片沉闷而压抑的浓黑。北方的寒流扫荡着!

4

滩水岸边的洞穴。

噢靠近洞口蜷缩着。这是滩水一带十几个较大洞穴中的一个。滩水在许多地方都深深地切入地下,岸壁陡峭,水流湍急。河滩在有些地方较为宽阔,水势较缓。夏季河水暴涨,冲击岸壁,冲的许多地方凹了进去。汛期一过,灌木和荒草疯狂竞长,把凹处实实地封住。深秋以及漫长的冬季,水流渐浅渐无,凹洞就成为它们的洞穴,只留有一个很小的通口。

噢被夜冻醒。寒湿气在洞穴外徘徊。这是冬季降临的信号。噢的脑袋开始迟钝。噢往里边挪动,挤到唉和噘的身边。从小通口挤进来咄咄逼人的寒气。洞穴里一股腥臊味。唉的喉咙响了几响,但它没有反感噢的挨近,唉用上肢抱着它的小崽子。地上堆着厚厚的干草。噘对噢的靠近也没表示反感。那时,噘在春天第一次发情,与噢在沱水边相遇,被噢从后面搂住,猛烈地交配。但是后来,噘将崽子生下后,不知丢到哪里去了。

洞穴外的风啸声恐怖尖厉,空气越来越冷。噢和噘和唉紧紧地挤抱一起,还有十几个伙伴和五六个小崽子。洞穴里充满着的腥臊味,这使它们觉得暖和些。

5

天亮了,噢是被唉的小崽子弄醒的,唉的小崽子呀呀地爬叫,在噢的身边蹭来蹭去。噢把它推到一边,就挪到小通口边往外看。

整个滩水滩全白了,白得刺眼。滩水对岸的树林和荒草地也全白了。石片上的雪紧张地落到地上,毫不间断,地面上已经积了很厚的一层。噢短促地叫了一声,使身后起了骚动,噘和唉它们都碰碰撞撞地滚爬过来,挤在噢的身边往外看。噘的喉管里响了几响,唉用舌头在噢的脸上舔几下。它们挤在洞穴的小通口处向外面呆看了很长时间,这期间没有什么活物从洞外走过,也没有什么大鸟从滩水上飞过去。噘和唉它们又陆续爬回洞穴里去,紧搂在一起,瞪着眼漫无目的地待着。小崽子都钻在母亲的怀里,吸奶,或摸弄奶头。

噢仍待在小通口,呆呆地瞪着河滩。噘又从后边爬过来,用身子在噢的身上摩擦。噢还是呆愣愣地瞪着洞外,好像没看见噘。

很长时间过去了。噢觉得很饿,就转身爬回洞的深处,和嗷一起啃放在里面的麂大腿,这是早些时候啃剩的。麂腿很硬,啃起来很费劲。它们啃了一会,就把腿扔开了。噢暴躁起来,在洞穴内东碰西撞。过了一会,它安静下去,又爬到小通口附近,呆呆地瞪着外面。嗷和唉都睡了,天地万物呈现出可怖的寂静,深不可测。天完全黑了,河滩上风雪大作,寒冷彻骨。噢连忙从小通口处爬回来,搂着唉睡去。

6

雪下了好几个天亮天黑,滩水已经封冻,冰上的积雪和滩地上的积雪连成一片。滩水消失了。

噢它们的脑袋瓜越来越迟钝。天亮以后,噢大部分时间都待在小通口处,瞪着洞外,看有没有其他动物走过,或者水鸟和别的大鸟偶尔落在洞外。噢在春夏秋季所有的凶野和机敏,现在也越来越少,它现在变得呆愣,过很长时间才变换一下姿势。在它的机敏和凶野还没有完全消失的时候,有一次雪下得小了些,噢又守在洞口,嗷爬到它的身后,和它一起瞪着外面的雪地。一只惊慌失措的小脑袋突然出现在洞外。一只灰麂,被突如其来的暴风雪弄晕了。噢在眨眼间扑到它身上,又一口咬开了它的喉管。嗷也扑出去,一起吸喝小麂喉管里喷出来的滚热的鲜血。过后才把小麂拖进洞里,零零星星地撕吃了几天。吃饱之后,噢和嗷做了一次交配。这种亢奋的气氛一直持续到小麂被啃吃完。

但大部分时候天气都非常阴晦,狂风暴雪无休无止,风暴卷砸在滩水河滩上的声音森然而沉重。漫长的冬季已经持续了很长时间,噢它们的食物已经吃完,只剩下一些腿骨和肋骨。有一次噢折断一根灌木干枝在嘴里嚼,唉也折了一根在嘴里嚼。整个黑夜和大部分白天它们都紧搂在一起昏昏沉睡。洞外风雪弥漫,遮天蔽日。噢它们的头脑越来越迟钝,呼吸缓慢,外面的事情一无所知。

噢偶尔也会醒过来,迟钝的目光向小通口处望去,但目光里没有任何内容,又睡去了。整个世界都被暴风雪覆盖。小通口已经被积雪封住三分之二,只能看见外边的一小块天色,灰蒙蒙的,沉重而阴郁。天地一片死寂。

7

许久以后,终于有一天天晴了,太阳出来了。噢它们从昏睡中醒来,挤在小通口处向外看,不敢贸然出去。很长时间以后,噢才慢慢地爬出洞穴,噘和唉它们也都慢慢地爬出洞穴,挤在洞口附近不敢冒险。

一眼望去,白雪皑皑,没有一点杂色。不知积雪多深多厚。因为洞穴比滩地高得多,所以洞口的雪只有小腿深浅。唉的小崽子第一次见到雪,惊慌地尖叫着往唉的裆里钻。过了一会,它不再害怕,试着往洞外的雪里爬。噢一掌打得它嗷嗷叫着窜回唉的怀抱。噢知道,离开洞口不远,雪的厚实就有五个小崽子高。

噢和噘和唉和它们垂着前肢,倾着上身,伸着脑袋,站在洞口呆愣着。整个滩水已不复见,滩浍平原上只有雪的起伏不平。太阳和雪光射得它们眼睛发花,噘抓了把雪用鼻子嗅嗅又用眼睛看看,然后放进嘴里,吧嗒吧嗒地嚼。它们受了感染,也都用前肢抓雪,然后嗅,然后看,听着附近的动静,把雪放到嘴里,吧嗒吧嗒嚼。

这时,几只大鸟顺着河谷飞过来,小树般大小的翅膀飞得迟钝、缓慢。噢它们停止了咀嚼呆眼看。大鸟呀呀地叫着,打破了滩水两岸的沉寂。叫声刚过,从滩水对岸比较远的地方。传来凶猛混浊的吼声。噢它们警觉地竖起耳朵。这是剑齿虎的吼叫,噢判断出是在对岸较远的地方。剑齿虎在这样的季节是绝对不可能越过滩水的,那样会掉到雪窝里闷死。

大鸟慢腾腾地沿河谷消失之后,滩水河谷复又沉寂下来。这样的大鸟,在太阳照得最暖的时候,一共出现过三次。每过一次,都会引起剑齿虎和凶猛的食肉石龙的一两声猛吼。太阳往下偏时,一阵狂风席卷而来。太阳很快消失不见,暴风雪又来了。噢它们嗅出空气中异常的东西,连滚带爬逃回洞穴搂抱一起。它们听见暴风雪的脚步砸在河谷里的沉闷声音。

8

暴风雪更猛烈地呼啸起来。天和地搅在一起无法分辨。洞穴通口只剩下巴掌大的空隙。外面的积雪,大约有三个噢高。高大的树林也一半埋在雪里。风强劲猛烈,带来雪暴的酷寒。洞穴里,温暖的腥臊味更浓重了,那是因为雪漫洞口,气味不再能弥散出去。

9

暴风雪终于停止了。太阳矇矇眬眬地出现,温度在缓慢地起伏不定地上升。温度较高的时候,洞口的雪便凹陷下去。这样,就露出小半个洞口。

噢它们仍在昏睡。清爽的空气从外面流进来,洞里的腥臊味便减少许多。噢和唉搂抱在一起,唉的怀里还睡着它的崽子。欸从后边搂住噢。它们互相搂抱挤紧,度过了一个冬天。

阳光从洞口照进来,说明天气已经相当晴好。

又过了一些白天和一些黑夜。北方的寒风虽然还不时地肆虐,但毕竟已是尾声。风暴过去,天气更加晴朗。滩水两岸的色调轻快起来,大片的树林也从雪里钻出来,但四野还是白茫茫一片,没有多少杂色。大鸟和大鹰开始从林子里升到滩水河上空,沿着苍凉的河谷缓慢舒展地滑行,呱呱大叫。

洞口的积雪更快地消融下去,噢从睡眠中醒来,仍很迟钝,没什么反应。但大自然正在驱动着它,告诉它天气开始和暖,暴风雪的日子过去了。它离开嗷和唉,笨拙地爬到洞门。洞门的阳光照得它头晕目眩。它非常虚弱,四肢无力。当它把脸贴在地面的时候,听到地下传来流水的声音告诉它:正在化冰解冻。

嗷、唉它们都醒了,性急地在洞里爬来爬去。有时挤在洞口往外望,一望就是很长时间。一个冬天过去,有些同伴没能醒过来,它们早已僵直。噢它们费了不少时间,才把僵直的同伴从洞口推出去,待冰雪化后成为剑齿虎们的食物。

10

积雪终于从洞口完全消失。

河谷里却还是满满的,看不见滩水。滩水还掩盖在积雪下。

噢第一个爬出洞穴。

阳光照得它们发晕。

唉的小崽子现在只剩下一把骨头,小声小气地叫着,蜷在唉的怀里,噢它们也都瘦骨嶙峋。它们聚集在洞口处。初春的风仍有寒意。它们瑟瑟地蹲在洞外,呆望一个冬天都没能看到的景物。滩水上的积雪很明显地凹陷下去。

噢试着吼叫一声,粗闷但却微弱。

它们小心翼翼地蹚着积雪,在洞穴附近活动。

太阳照在身上很暖和,晒得皮毛发热。嗷和唉和唉的小崽子它们,都跟着噢。在春天,它们通常都紧紧地聚在一起活动,这样安全些,也是为了繁殖;夏天也许会分散些,但秋天又紧聚在一起。

它们试着往稍远的地方走。

走了很短一段路,它们发现周围的积雪仍然太厚。它们惧怕了,低声叫着,不敢再走。噢用前肢在雪堆里扒动,扒出一截发青的枝条,就放在嘴里嚼。它们都去扒发青的枝条,放在嘴里嚼。它们嚼发青的枝条嚼了好长时间,直到太阳往西偏,凉意袭上来,才仓皇爬回洞穴。

有一天太阳照在头上的时候,它们正带劲地嚼着树枝,突然从下边的河谷里传来轰隆一声巨响。它们都停止了咀嚼,竖起了耳朵。

原来滩水上有一大片积雪崩溃了,正缓慢地向下移动。接着,轰轰隆隆的巨响不断传来,整个滩水河床上的积雪陆续炸裂开来,并且向下移动。移动持续了一段时间。突然一股激流冲上积雪,积雪迅疾消融,激烈的春水随后奔腾而下,一日千里,声威浩荡无边,轰响声接二连三,一刻不停。两岸的动物吼叫着,噢它们也对着春水不住地吼叫。滩水两岸各种动物的吼叫此起彼伏,和春水奔腾、冰雪崩溃的巨大声响混合在一起,连绵不绝,响彻天地。春天来了!

11

河滩上的积雪也开始大量融化。

噢它们渐渐扩大了活动范围,身子仍然还虚弱,不能离开洞穴太远。它们的大部分时间就是集中在一起大量地嚼食积雪下发青的枝条,以补充一冬的亏损。它们拔枯草的茎叶,拔很大的植物根块,它们用喉管亢奋地叫着,围聚着争抢咀嚼。

噉在离洞穴较远的一片小灌木丛的积雪下面,发现了一只兔子尸体。尸体还冻得硬邦邦的。它用噉噉的叫声唤来了噢、唉和其他同伴。噉无法撕吃兔子的尸体,它太硬。噢用前肢抢过来,拿在脸前反复地看。噢突然大吼一声,把尸体抡起来,向露出地面的大石上猛摔。尸体被摔裂,肉翻出来,也是硬邦邦的。它们兴奋地撕啃着,很快就分吞净尽,只留下骨头。

天气越来越晴暖。它们吃兔肉和发青的枝条、根块,它们的体力渐渐恢复。

它们在阳光里吼叫,互相磨蹭和拍打。它们的叫声逐渐变得急躁。噢开始围着噉打转。它们在光秃秃但已经发青的树丛和枝条间追赶,粗闷地吼叫。在一片枯草地上,噢追上噉,从后面抱住,然后和它猛烈地交配。唉和呜也在交配。其他的同伴也都在追逐、交配。滩水两岸到处震响着动物交配前和交配后狂躁的吼声。

不久后,噢又用前肢抱住唉。唉轻声地吼叫,不让小崽子挨近。噢和唉交配,身体剧烈地耸动。

12

太阳离落地还有两棵树高,远方突然传来轰轰隆隆巨大的破裂和翻滚声。噢它们紧张地凝视远方,轰隆声不绝于耳。滩水开始汹涌起来,水涨上了滩水滩地。这是滩水的第二次春汛,带走了两岸大量积雪,水汽弥漫了整个河谷。轰隆的流水声不断,咆哮了一个黑夜。滩水两岸各种动物焦躁的吼声持续了一夜,它们骚动不安地等待日头的升起。

接下去就是晴好的转暖天气。荒草开始泛青,树的枝条也在转青,春天和暖的风一阵一阵吹过,荒野上枯黄的草晃动摇摆。

噢它们成群结队到荒原和树林里去,其他洞穴里的同类也经常与它们在河湾、灌木丛、荒草丛和树林里相遇,它们共同占据着滩浍平原这一大片地方。它们逐渐从冬季的衰弱里恢复过来,它们忙着追逐猎物,忙着在大荒原上逛游、晒太阳、交配,同时也随时警觉着凶兽的袭击。

噢和同伴们一起到滩水的水湾去。那里是奎水流进滩水的地方。噢跑在前面,它时而四肢着地,时而上身直立。它们跑得蹒跚而笨拙。

它们熟悉这些地方。滩水转了许多小弯,在奎水入滩水的地方却转了个大弯子。噢它们在上一个春天和秋天,在上上个春天和秋天,都到这里来过,来捉鱼吃。

它们来到河湾。从岸上看下去,奎水只剩下细细的一条,但在奎水入滩水的地方,河滩上却积了几个大水洼。这是春水下去后留下的。

噢低吼了一声。吼声在枯黄的荒草里碰撞、震荡、传播。它们都吼叫起来。吼声消失后,它们竖起耳朵听草丛和树林里的动静,用鼻子嗅空气中的味道。空气中什么也没有,只有春天暖洋洋的热气。

它们停止了观察和闻嗅,接二连三从岸上滚爬下去。水洼里的水并不深,也不太大,它们集中在一个水洼边,呆呆地瞪着水面。

水里的鱼受到了惊吓,游动起来。噢它们聚在水洼边,兴奋地叫着。噢伸出前肢在水里拨动几下,水有点凉。它们都把前肢伸在水里拨动。水里的鱼更加惊慌,窜动起来。噢禁不住鱼的引诱,跳到水里,狂野地在水里蹿蹦。它们都学着噢的样子,跳到水里狂野地蹿蹦。

水很快混浊了,水里的鱼开始蹦跳。嘴露出水面吸气。噢用前肢抓住一个,鱼很大,它抱都抱不住。它们聚拢过来,把鱼弄到干地上,围在一起,瞪着眼看大鱼蹦跳,时而用前肢拍打,时而用鼻子去嗅,过一会就大嚼起来。它们先嚼大鱼的脊梁,脊梁咬断时,大鱼的鳃仍一张一合。它们眨眼间就把大鱼的肉吃完了,只剩下鱼头和鱼骨,扔在干地上。吃了几条鱼以后,它们就躺在荒草里晒太阳。

它们吃了几次鱼以后,别的洞穴里的伙伴也被吸引了来。整个河湾都是它们的吼叫声,再凶猛的兽也不敢接近,不敢到这里来。

噢忽然听见岸上传来一阵熟悉的哝哝的叫声。噢抬起头来,昂着头,对天上大吼一声。哝和它的同伴都从岸上滚爬下来,跳进水里捉鱼吃。哝没有下水,它立在水边,对着噢叫了一声。

噢捉到一条鱼。它到了岸上,它们互相摸摸,拍打拍打,然后就一起大吃大嚼起来。

吃完之后,噢和哝在太阳晒得很暖的河滩上互相抚摸、拍打。这时嗷也在旁边吃鱼,它抬头看着它们,用喉管吼了一声,又低下头去吃鱼。噢已经从后面搂住哝,正在和哝交配。它们猛烈地撅动了一会,然后分开了,但是片刻之后它们又低吼着交配。后来,哝蹒跚地跑到河坡的荒草丛里晒太阳。嗷走过来,在噢的身上和腿处嗅了嗅,使劲甩甩脑袋,又去吃鱼了。

13

天气越来越干旱,树芽和草芽虽然已经长了出来,但干巴巴的没成色。

噢它们在森林的边缘活动,枯草大片大片地倒伏在地,连绵不绝。

噢不时用鼻子嗅嗅空气。空气太干了,空气里还有一股不安定的东西。噢、哝、嗷、唉、呜它们都躺在小山岗上的荒草丛里晒太阳。噢的嗅觉很灵敏,它很烦躁,不时用耳朵听荒原上的动静,用鼻子嗅空气中的气味。

有一些烟在远远的树林背后升起来。噢不安地叫着。小崽子们在地上爬得很有兴致。欧和呜正在交配。呼正围着哝打转,用鼻子闻哝的下部。

噢叫得很不安。一边叫,一边立起了上身,垂着上肢,伸着脑袋,上身前倾,呆望远处树林背后升起的烟。

它们都不知道那边发生了什么事。

过了不太长的时间,空气开始震荡起来,逐渐变热。从树林那边传来不安的叫声和骚动。小崽子们惊慌地叫着,钻进母的怀里。

只是在很短的时间里,浓烟就近了。火光从树林里直窜出来,在荒原的茅草上一掠而过。各种动物都从藏身之处仓皇逃窜。荒原上叫声嘈乱。噢它们一直往滩水边逃命。但风比它们跑得快,火跟着风跑,荒原上和森林里噼噼啪啪吓人地乱响。噢从滩水岸上滚到水里,它们连滚带爬地蹚过滩水,等它们喘息下来的时候,唉和许多同伴都不见了,许多小崽子也都不见了。大火在滩水对岸烧掉了一切可以烧掉的东西。荒原和森林变得光秃秃的,斑斑驳驳,焦黑一片。

这一个黑夜它们睡得极不安稳。好几百个同伴聚集在一起,从它们露宿的地方时时传出惊恐的尖叫,每一声尖叫都引起一阵骚动。滩水对岸明明灭灭的光亮和烧焦了一切的那种混合味道,随风吹来,使它们惊恐不安。

下一个日出的时候,它们已经聚集在河岸的荒草丛中,嗷嗷地恐惧地叫着,呆望对岸的情形。

对岸荒原上,有些地方还在冒烟,但森林庄严的形象已经消失,大部分地方都沉寂如死。没有任何行走奔窜的影子,连鸟都没有。

太阳升到了头顶。有一些大鹰飞到对岸的荒原上,消失在荒原的深处。凄惶的夜晚来临,它们拥挤搂抱在一起。森林里不时传来猛兽的吼叫声,使它们胆战心惊。

太阳再一次升起时,它们仍聚集在河岸的荒草里,惊恐地尖叫着,呆望对岸的一切。它们之中起了一些骚动和不宁。它们的身后就是森林和荒原。一些同伴渐渐离开了河岸,往森林的边缘走。那是完全陌生的地方。它们犹疑而惊慌地在森林周围打转,最后消失在树林和荒草里。

太阳往滩水的来处偏时,又有一群同伴,顺着滩水,往太阳将要掉下去的方向去。它们一直惊恐不安地瞪着对岸,一直惊恐地尖叫。

太阳又落下去。噢它们还是待在原来的地方。它们在荒草丛里爬来爬去,惶惶不安地尖叫,挤在一起,度过黑夜。

14

现在火和烟几乎完全绝灭了,对岸是死寂和焦黑。身后凶兽的吼叫使它们毛发竖直。

空气现在很宁静,很温热。噢把前肢伸到水里去。水还是往常那样,没有什么变化。噢就下到水里去。溅起的水星落在同伴的脸上和身上,它们都嗷嗷惊慌地叫起来。过了一会,噈、哝、唛、唔也陆续下到水里。

它们慢慢地爬到对岸。火已熄灭,烟已消失,空气和荒地也不烫了。它们呆呆地张嘴望着面目全非的荒原。大鹰成群地粗厉地嘎叫,向烧焦的荒原深处疾飞过去。

它们战战兢兢地爬到烧焦的荒原上,引颈四望。恐惧略有减轻,它们慢慢地向荒凉的焦野爬。荒原死寂。但大鹰的嘎叫声很快多起来,在烧焦的树桩边和焦地上啄食着。

噢它们蹒跚地走到一群大鹰的不远处。噢粗闷地狂吼一声。那群大鹰受到惊吓,轰的一声都飞起来,在低空盘旋,发出威胁性的唳叫。

噢它们走近地上的那个东西。原来是一头蛮牛,皮肉已经被大鹰啄开,散发着一股异样的香味。看到它们走近,低空盘旋着的大鹰,威胁性的叫声更紧密。有几只还凶猛地俯冲下来,吓得小崽子们尖叫起来。

噢它们感觉到大鹰的骚扰和威胁,一齐昂起头来,愤怒地对着大鹰吼叫,声音粗重可怖。大鹰们越盘越高,最后恋恋不舍地离去。

大鹰离去后,噢它们围在被烈火烤熟的蛮牛四周。裂开的皮肉里散发出来的香味,使它们饥肠难忍。但它们不敢贸然下口。如果是一头刚被咬杀的猎物,它们会毫不犹豫地猛扑上去,撕吞个精光。

它们呆看着。噢对天空狂吼一声,吼声在荒原上粗蛮地回荡。哝也对天空吼了一声。它们很不安。它们开始向荒原的更里面走。到处都是被烧焦的树木,被烧成灰的荒草。一个奔跑跳动的东西也看不到。

绞动的饥肠使它们重新回到蛮牛身边。它们围着蛮牛。噢坐到地上。噭、哝、哎它们也都焦躁不安地或坐,或站,或到处爬动,或引颈长吼。

噢的前肢在地面上碰到一块石片,石片不厚。它用前肢握住石片,小心翼翼地把石片放到牛的身上,去划焦黑的牛皮。

没有什么可怕的事情发生。噢又使劲划了一下,牛皮裂开了,露出半红半白的肉。同伴都盯着它看,没有一个发出半点声响。

过了一会,噢从划开的皮里撕下一块肉,放在嘴里嚼。肉的香味使它忘乎所以,它大吼一声,把一整块肉都吞下肚去。围着的同伴们一拥而上,很快把烧得半熟的牛撕开。它们非常亢奋地饱餐一顿,一眨眼间就把整个牛吃得一干二净。

它们吃得太满足了,它们兴奋得难以自禁,它们围在牛骨架周围乱吼乱跑,互相摩摸、拍打。噢这时发现同伴中有个新加入的,它叫哦,身子刚成熟。噢用头拱它,用前肢拍打它。哦很快就发情了,它轻轻地用喉管哼着,让噢猛烈地进入它的身体。狂欢一直进行到太阳偏西,它们这才回到濉水边的洞穴里睡觉,度过黑夜。

15

发现了新的可口的食物,噢它们的日子就过得很畅快了。

它们在烧焦的荒原游逛,哪里有鹰的起落和嘶叫,它们就奔到哪里,把愤怒的鹰赶走,抢吃烧得半熟的肉。冬天瘦下来的身子完全恢复了,它们的吼叫粗闷有力,可以吓跑最厉害的凶兽。它们没有重复以往春天食物贫乏的经历,小崽子们在充足的母奶哺育下,身体很快膨胀起来。

但烧熟的肉很快就难以找到了。即使偶尔找到,也已经腐烂发臭。草芽从草灰下面冒出来,树芽也从未烧透的树桩或树根部长出来。荒原变得一片青绿。天还是很干燥。有些地方,土地已经裂开了口子。

有一天傍晚,它们看见南方又升起了火光。火光离这里并不很远,偶尔还能听见很微弱的惊惧的叫声。它们不像上一次那么害怕了,而是很有兴致地呆望那隐隐的忽明忽暗移动的火光。

它们在洞穴里度过难眠不安的一夜。下一个日升,它们就向已经熄灭了火光但还冒烟的南方爬去。它们知道那里有香气熏人的肉食。

它们到了沱水岸边。

对岸还在冒烟。它们重又惊惧起来,呆立在岸边的焦树桩子里不敢过河。

它们饥饿难挨。犹疑了许久,噢带头渡过了沱水,沱水在这季节也很浅。它们来到了冒烟的土地上。

空气仍有些灼人,许多树桩都冒着烟,有些地方还冒着红红的火苗。它们看见火苗就惊惧地尖叫,远远避开。它们知道它的厉害。它们东张西望地在烧焦的土地上蹒跚行走,四处探望。

水淖渐多起来。

水淖边的草和树都烧成了黑灰。突然哦尖叫一声,狂奔回来,惊恐地低吼不停。它们慌张地紧聚在一起,往那个方向看。原来是一头无比巨大的动物,脑袋有一个洞穴那么大,身体有一条水那样长,那样粗。它被烧得皮开肉绽,扭曲弯转。它的头离水淖还有半棵树那样远。

噢它们呆立在原地,叫都叫不出来。哦伏在地上,只能用喉管短促地哼叫。很长时间过去,烧焦扭曲的动物形象已经深深印在脑袋里,它们才能挪动手脚,诚惶诚恐地向后退爬了一段,仓皇逃命。

天黑以前,它们找到一只烧焦的角羊,眨眼间就吞食完了。

四野的沉寂又让它们害怕起来。天上已经有了星星。它们到了洼地边,才看见大树仍在冒烟,并且噼噼啪啪的火星还在爆裂,烧过的木头发着红光。洼地的中央有一湾水,它们紧挤在洼地的一边,抵御夜风的袭击,呆望另一边冒烟发红的大树。它们知道水能挡住火。

星星全出来了,夜间的凉气越来越浓。洼地对面发红的大树上,突然蹿出几股火苗。噢瞪眼看着燃烧的火。它们觉得向火的那一面暖和一些。而且火也没有要伤害它们的样子。但它们睡得很不安稳。

夜深的时候,凉气陡然加重。风骤紧,把它们的毛发都吹竖起来。乌云一块一块地推挤而来,把星星全淹掉了。风把树干上的火吹得呼呼作响,噼啪乱炸。

噢它们更紧地搂在一起,不时发出惶恐的尖叫。

雨点砸下来,猛、凉、急。

一霎间它们浑身湿透。树上的火呼啦一声灭了,冒着很浓的烟。

雨很快又停了。夜风吹来,寒冷逼人,它们挤在一起抖索不停,夜风不停地吹,树上的烟一明一灭,呼啦一声又燃烧起来。

它们觉出还是向火的那一面暖和,小心地向火那边移动,移动得极慢。但终于在寒冷的驱使下,拐到洼地的另一边,在离火不太近的地方待下来。

火烧得更旺了。它们感到很暖和,身上淋湿的毛发渐渐冒出热气,很快就干了。它们守着火,熬过黑夜,一直到天色发亮。

开始的时候,它们还从附近找一些没烧完的树干,扔到火里去,让火烧得更旺,夜里更暖和。不久后,附近就没有什么树干了,天气也更加暖和,火就熄灭了。等火熄灭以后,噢在同伴的盯视下,战战兢兢地用前肢去摸火烧过的东西。火烧过的地方只剩下一点温热,过了一会,连温热也没有了,和别的东西一样了。

它们待在死了的火跟前,不安地叫了一会。后来它们习惯了,就安下心来,爬走到其他地方去了。

16

火的记忆渐渐远去。烧焦的地方重又长出草芽,树桩也发芽了。沱水两岸已经郁郁葱葱。侥幸活下来的动物和别的地方的动物,又都在这块地上蹿跳了。到处都是鸟的叫声和兽的吼叫,彻夜不绝。

噢它们在洼地里住了一些日子,就向更南的方向爬。

它们吃得更加丰满,个个躯体强健。

噢已经知道用利石切开兽的厚皮的方法。这比用牙撕咬要省劲得多。哦、�、咴、咹、呜它们也都会了。

有一回,它们在一个小土岗上追猎一只板鹿。噢用前肢握着一块利石。快接近板鹿的时候,噢伸出前肢去扑抓,却忘了还抓着一块利石,用力太猛,利石飞出去打在板鹿的眼角反弹开去。板鹿踉跄一下,猛地栽倒在草地上。噢猛扑过去,撕开了它的喉咙。

植物更茂盛地长起来,被火烧焦的痕迹几乎完全被抹掉,新鲜的树枝蹿上半空。葛藤缠来绕去,荒草乱哄哄地把地面封起来。

春雨连绵不绝地下。它们躲在陡壁的凹处,避开烂湿的雨,没精打采地耷拉着脑袋挤在一起。雨小的时候,它们就蹿到草丛或小树林里去追踪食草的小动物。它们经常吃树上的枝条。

树上的果实很少。小动物也不常出来。

噢蹲在一丛灌木下,竖起耳朵听周围的动静。雨滴打在树梢上汇集在一起往下掉,落在下层的树叶上,发出吧嗒吧嗒的声音。噢身上的毛发已经全湿了,有点发冷;前肢握着一块尖利的石片。

突然,前方不很远的一棵大树轻轻扭动了。是水边烧焦的那种动物!头像洞穴大,身子有一道水粗。噢连呼吸都停住了,一动不能动。

这时树林里响起脚踏树枝的沉重声音。一头食草的巨大动物非常笨重地走来,大脚一踩,一片树就倒了。

眨眼间,两个巨大的东西在树林里翻滚起来,吼声震天动地。瞬间,周围的树就折断在地上。

噢抖抖索索挣扎着逃回去。它们聚集在一起,惊恐地叫着,向更南边逃窜。

17

　　天气渐渐酷热起来。风已经灼热。夏季到了。这时噢它们已经接近浍水,在浍水的一个很小的支流边散漫地生活。太阳毒热,它们躺在树荫底下或洞穴里睡觉,清晨和傍晚才出去活动。

　　它们开始大量地吃一些植物枝干,吃植物的花和埋在土里的根。这些东西随处都可以采取,且又清凉爽口。

　　噢很烦躁,心烦意乱地对着树丛深处大吼几声。吼声穿不透闷热筑成的屏障。它闯入林中,猛力折断树枝,用身子猛撞树干,然后它筋疲力尽地垂下前肢,在树底下躺倒。

　　傍晚,热闷稍减,噢它们到小河里去饮水,并且在水里多泡些时候,让水把身上的热量带走一些。

　　水边有一些稀疏的巨大脚印,但已不新鲜。噢它们在水边的树丛里停下,用耳朵听附近的动静。没有危险后才拨开草丛,从树林里走出来,轮流到河边喝水。

　　一只巨大的鳞甲动物,张着血盆大口静待在浅水的草丛里。欤正用前肢在水面上拨水……噢它们听见哗啦一声水响和欤的尖叫,它们便不顾一切地转身逃跑,树枝不时被撞断,其间夹杂着惊恐短促的尖叫。逃远以后,它们才看见欤竟还活着并且逃了出来。欤的一只前肢被血淋淋地切掉一半,在地上不停地翻滚、尖叫。

　　噢对它吼。同伴也都对它吼。吼声在树林、在草丛里震荡。噢一边吼一边四处乱窜,其他同伴也都乱吼乱窜。过了一会,噢又对着欤猛吼,把欤引到一片腥绿的草丛边。噢疯狂地用前肢扯草,把草扯碎。它的同伴也都聚来,一边吼一边疯狂地扯草,把草扯得稀碎,然后把扯碎的草弄到欤的伤口上。

啾受伤以后,它们受到了很大的惊吓,急急地离开这里,往南方流窜。很快就到了浍水边。浍水很大,跟滩水差不多,或许还要大些。它们在浍水岸边的草丛里呆望对岸。河岸很陡,河床很深。

噢用前肢拍拍啾的背。啾的伤口还是不太好。但啾现在已经能吃比较多的东西了。它一路爬走,一路拼命摘食各种植物的叶、茎,所以伤口没有坏下去。

它们在浍水岸边待了一段时间就离开了,在一块草多的地方睡觉。夜里极闷极热,它们都睡得不安稳。

转天醒来,噢它们发现好几个同伴正在抽搐,嘴里吐着水,已经起不来了。它们惊惧万分,赶紧向北回奔。

它们离开浍水,一直往滩水的方向逃。

18

接下去,它们北归的速度迟缓了。天气酷热。大部分时间它们躲在凉爽的石洞里睡觉。

啾的伤口正在痊愈,它还是拼命咀嚼各种植物的茎叶。哝、噢等一些同伴的行动都不甚方便了。它们就减少了活动。

雨季还没有结束。大雨在隆隆不断的雷电声中又开始了连绵不绝的倾泻。

噢蹲在石洞口,向外面张望。洞外是纵横交错的植物,草几乎把大半个洞口都封锁起来。雨哗哗地落下,洞外的绿色变成苍苍茫茫的颜色,水汽弥漫。

噢和鸣和唏在雨中到洞外去。

唏是刚长成不久的同伴,性情活泼。它们被哗哗的雨水浇着,小心谨慎地在草丛和树林里走动。地上是厚厚一层树叶和积水。树叶正在腐烂,积水也漫过了足掌。越往前走,水越深,继而无法再走了。它们的石洞被大水包围了,它们有些惊慌地低吼起来。

突然唏在附近的草丛中短促地吼叫起来。噢和呜连忙奔爬过去。唏的前肢在水里乱抓乱摸,原来是一条大鱼,有前肢那样长。噢和呜一齐猛扑上去,把鱼按住。它们兴奋地低吼,瞪眼看着大鱼。大鱼还在竭力挣扎。噢用前掌在大鱼脑袋上猛拍一下,大鱼不动了。

接连几天,它们都到水里去捉鱼。大雨把它们淋得透湿,水逐渐涨上来,捉鱼处离石洞越来越近。它们捉了很多鱼,吃不完就扔在水里。它们不能出洞,雨势汹汹,水在地上滚流。可怕的闪电和炸雷经常在洞口外闪亮、爆炸,使它们心惊胆战。

它们知道闪和雷能把最大的树齐腰劈断,还能把树烧起来。闪电和炸雷时,它们立刻停住一切活动,惊恐得发不出声来。

噢、呜和呼待在离洞口不远的地方。洞外黑云低垂,压得它们喘不出气来。突然又打闪了。大雨中有个它们在春天看见的被烧焦的扭弯的巨大动物,不过天上这个是金红的。它威猛凶悍,在大雨里一闪而过,接着就传来它震耳欲聋的吼叫。

噘、哝、哦和小崽子们都躲在洞的里面。噢、呜、呼它们也蜷缩起来,等待天上的怒火平息。

呼比噢它们经过的日升日落要多。天上的怒火一来,呼的喉管里就发出一些咕噜声。呼低垂脑袋,它脑袋上的毛发已经不太光亮。噢它们诚惶诚恐地缩成一团,呆望天上的火光和怒吼。

水渐渐爬到了洞口,噢、呼、呜它们都往后退缩。哦、哝它们不时发出压低的尖叫。洞里不时发生骚乱和恐慌。呼像快要昏睡一样,垂着头,喉管里不停地发出有节奏的呼噜声。它们觉着这种呼噜声能使天上的怒火平息下去。

大水不停地往上爬,爬到它们的腿上。洞里洞外除了水声、雷声、雨声,其他一切都死了。噢它们哑然呆立,任水往上爬,一声不吭。

夜,沉闷、漆黑。只有无边界的大雨。

19

天亮了,雨渐渐停住。洞外迷蒙一片。洞里的水淹到噢它们的腿弯处。它们挤在一起呆望水,混浊的水面上浮着树叶和草梗。它们只能耐心地等大水退下去。洞口外的光线亮起来,云层裂开,太阳光射下来,照在水上,混浊的水显得亮了一些。

呼的喉管又咕噜起来,它们侧耳聆听。大水开始往下退,留下一层淤泥和草叶树叶。

太阳升到树梢上,热气开始蒸腾。噢它们走出石洞。毒热的太阳照得它们发虚。它们连忙避到树叶底下。苍茫大水的原野渐显出深不可测的烈热来。噢它们很快适应了,不自禁地直立起来,前肢下垂,伸长脑袋,对着荒野和树林大吼大叫,连小崽子也跟着吼叫。吼过之后,它们就侧耳听树林和荒原传来的回音。回音时大时小,时粗时细,时畅时闷。它们听到后,又禁不住吼叫起来。

随着大水的退去,到处都有大鱼在蹦跶。还有的大鱼被灌木网住,不能动弹。大水撇下它们退走了。

噢它们捉鱼的时候,大些的小崽子也跟着捉鱼。嗷、哝、哦它们也想要下到水里捉。这时呼的喉管里发出了一连串的咕噜声,噢、鸣它们吼叫着把嗷、哝它们赶回到干地上去。嗷、哝它们都怀着小崽子。

噢它们把捉到的大鱼抱到干地上来。它们一阵阵地吼叫,然后吞吃大鱼。这种活动一直持续到太阳从树梢上掉下去。

太阳一出来它们就在洞外活动。呼的喉管又咕噜起来了。它们盼望大水更快地退走,一直退到浍水、沱水和濉水里去。它们知道太阳也能把水抓走、抓干。

20

太阳又要升到头顶了,天气晴热。

噢它们待在大水退过的树木底下。

远处不时传来各种兽的吼叫。有的尖细,有的短促,有的暴烈粗闷。

夏季不多了。噢它们开始想滩水附近的老家。那里的洞穴肯定已经被大水淹没过了,每个夏季都是这样。

但是过了雨季,洞穴就会被灌木封住。洞穴里温暖而且干燥,寒风进不去,猛兽也难以侵袭。

噢对着北方粗闷地大吼一声。呜、呼、欧、哦、哝、唏它们也跟着大吼起来。吼声掺混在一起,粗鲁、威猛、震耳,附近的鸟鸣和兽叫顿时消失。

它们猛烈地吼叫一阵,离开山洞,一边采摘树上、草里的果实,一边围猎板鹿、角羊,一边捉鱼。缓缓地向沱水、滩水移动。

这天太阳升到头顶时,它们来到沱水岸边。它们一觉醒来,发现好几个同伴奄奄一息。现在它们来到沱水边,离滩水的老家就不远了。沱水仍然很大,水流很急,它们不容易过去,在沱水岸边来回爬走,暴躁地狂吼,一直奔跑到天黑,才在草丛里睡下。

整个荒原都在狂风的劲吹下,向一个方向倾斜。

噢它们穿行在草丛里。荒草长得有它们立起来那样高。

噢爬走在最前面。它们爬走得很急。中间是哦、欧、哝和小崽子们。后边是呜、唏它们。噢停下来,在荒草丛里立起,用鼻子嗅着风。呜、呼、欧它们也都用鼻子认真地嗅着风的气味。它们熟悉这些猛袭过来的风。风是从滩水上吹袭过来的。

太阳落下去之前,它们渡过了沱水,回到了沱水北岸的荒原上。春天被大火焚烧了的土地,重新长出的树林、草丛又茂密又高大。

它们不再急躁。初秋降临了,它们也回到了熟悉的荒原上。

它们嗅到了风中的一股浓香味。它们攀到一个小岗子上。浓香就是从下面岗坡上来的。岗坡上长满了一种树,树上结着发红的果实。树丛里有十几个陌生的同类,正大吃那些果实。

噢开始愤怒起来,粗野地狂吼一声,把前肢握着的一块利石飞出去,击中那一伙当中的一个。鲜血马上流出来。

那一伙立刻惊慌了。其中有两个粗壮些的,把小崽子们护到身后,并且对着岗上长吼起来。

它们的吼声极其粗闷,但仍然不及噢它们的吼叫震耳、粗野。噢它们已经冲下岗子。它们龇着牙对噢它们吼叫。它们的数量比噢它们少得多。吼叫失败后,它们就加入到噢的一群里来了。

现在它们这一群显得阵势很大。

噢起初对一个叫贝的新同伴很亲热。它们小心翼翼地互相嗅气味,互相轻轻地拍打。贝的身上和头上有柔软发亮的黑毛,两只眼睛闪闪发亮。它刚刚长成不久,身上散发着引人的气味。

贝它们的身上有浍水的味道。

噢不停地围着贝转。哦、哝、噉都对着噢吼叫,新来的同伴川和木也都对噢大声吼叫。哦还用前肢去拍贝的脑袋。贝对着哦吼叫。噢只好慢慢地离开贝,半躺在山坡的草里,看着贝的活动。

21

噢它们和川、木、贝它们逐渐熟悉起来。

荒原上到处是红花、黄花、白花、紫花,点缀在荒草、灌木丛里,点缀在水洼边、小溪岸上。很远的地方有猛兽的吼声。大鹰扑扇着巨大的翅膀,从天上慢慢地飞过去。噢它们离开了野果林,慢慢游逛。

它们在小溪流边看见几只肥硕的板鹿,正摇着小肥尾巴,把嘴伸到水里去喝水。

噢它们现在追杀猎物已经比较容易了。它们数量很多,从四面围困板鹿,四面八方的吼叫声使板鹿惊慌失措,无路可逃。它们猛力投击利石,现在川、木、贝它们也学会了投击石块。

它们把板鹿追逼到草地里,有一只板鹿被击中前腿,扑通一声栽倒。噢猛扑上去用牙齿切断了板鹿的喉咙。

另两只板鹿也栽倒在草地里。它们一边撕吞,一边兴奋得嗷嗷吼叫。噢跟着贝转了几圈之后,就蹒跚地跑到一棵楝树底下射了一泡水。春天噢经常这样做,楝树很硬。呼以前也是这样做的。

噢重新回到贝的身边。噢用脸颊在蹭贝,又用前肢拍贝的脑袋。贝也用脸颊蹭噢。噢低声吼叫起来,它从后面攀住贝,猛烈地进入它的身体。

贝哽哽地轻叫起来。

川它们在荒草丛中看着噢和贝。

贝是第一次尝到这种滋味。它们分开了一会,噢又来到贝的旁边,攀爬到贝的身下,猛烈地交配起来。

噢它们回到了上一个冬天居住的洞穴附近。它们在离洞穴不远的地方,嗅到了猛兽的气味,并且在地上看见了巨大的脚印。噢不安起来,它们的不安互相传递,很快传遍了整群。

噢它们的前肢里,都握着从山冈上捡来的尖利石块。它们停下来,垂着上肢,立起身,呆望洞穴的方向。

它们对着洞穴的方向猛烈吼叫。集合在一起的怒吼显出了巨大的威胁。它们一边怒吼,一边向洞穴移动。很快它们就看见洞穴的通口了。洞穴的附近长满了茂盛的灌木。灌木下方不远处,就是陡峭的河岸。滩水正在日渐一日地萎缩。

洞穴里没有动静。但在洞穴通口附近,散布着许多巨大的脚印。

噢的威胁的怒吼更加狂猛,粗闷凄厉。它们都在怒吼。噢开始用鼻子嗅周围的空气。猛兽的气味还在,噢知道猛兽现在不在里面,它怒吼着,像一只疯兽一样冲爬进洞穴。

洞穴果然是安全的。它们占据了洞穴。它们拥挤在洞穴的通口处,猛烈长吼。吼声响彻了滩水两岸,一直到太阳落尽。

刚入夜,洞穴外面就响起了猛兽的巨大吼声。吼声是由几个凶兽发出来的。是两只大的猛兽和一只小的猛兽发出的。噢扑爬到洞口处,向外面发出狂怒的吼叫,它的吼叫狂怒而且沉重。

川、鸣它们也簇拥在洞口,愤怒地向外狂吼。贝、哦它们都在洞里怒吼。

洞外猛兽的吼声时远时近。猛兽感觉到了洞里的强大力量,它们吼叫了一阵,就掉头离开了。

噢它们继续愤怒地狂吼。吼声在滩水两岸的静夜里,引发了一阵阵骚乱。各种野兽都感觉到了威胁。滩水两岸整夜都骚动不宁,许多野兽从睡梦里惊醒,不时发出一两声防御性的吼叫。

噢在小通口处待了一夜。

22

秋风更猛烈地袭击了滩浍平原。

各种野兽都在夏天和秋天吃得膘肥体壮,以便度过严酷寒冷的冬天。

秋草渐渐转变成苍绿,树叶也停止了生长。秋天像春天一样,水很快地退走,大鱼就留在洼坑里。

秋天的鱼比春天的鱼肥。噢它们发现洼坑里的大鱼非常多,脚随便踩在水里,就能踩住一条大鱼。

噢它们吃得很饱的时候,就从躺着的地方折下细枝条,来戳那些还在动的大鱼。枝条戳进大鱼的鳃,从大鱼的嘴里露出来。它们狂呼乱吼,拖着大鱼乱跑。接着它们就有意识地用枝条来穿鱼鳃。

它们用这样的办法带回洞穴很多大鱼。吃不掉时,它们就把大鱼扔在透风的地方,大鱼很快被风吹干了。

它们把吃不掉的肉带回洞穴。肉在洞里很快风干了。

噢它们的食物,比上一个冬天要多许多。它们简单的大脑里——特别是噢——已经装了不少新东西。

噢它们现在只在洞穴附近活动。天气随时都会变坏。但有时候,噢还是带着贝到较远些的滩水边去转悠,它们偶尔能带回来一只小兽,或几条鱼。它们现在都膘肥体壮,毛发长得很厚实,暖暖地盖在身上。

它们逐日变得安静了。

太阳刚偏西,噢和贝在草丛里,被一阵突然的凉风吹起来。它们看见天上散布了一些灰黑色的云块。凉风一阵比一阵吹得紧。

等它们匆忙奔逃到洞穴附近时,凉风又舒缓下来,最后止住了。天变得灰蒙蒙的。

噢在夜里醒来。贝正紧紧地挤在它身边。哦和呜也挤在它身边。噢觉得很凉。它挤紧贝。洞穴里的腥臊味和干鱼干肉、植物根块的气味,都变得浓厚了。

23

小通口处透进了光亮。噢它们从夜梦里醒来,噢爬走到洞穴通口处。它突然压低声粗闷地吼叫起来。贝、嗷、呜、哝、哦、川、呼、唏、木它们都爬挤到噢的身边。它们也都压低声吼叫起来。

外面下着大雪。这一个冬天突然间就降临了。树上的叶子还没有落完。大雪在滩水河滩上盖了厚厚一层。滩水对岸变成白茫茫一片。

滩水这岸和对岸有零星的野兽的惊讶吼叫声。噢它们都被冬天的迅速来临惊呆了。它们呆望着大雪和正在被大雪覆盖的滩水河滩。

风呼啸起来,雪停止了。风把积雪卷起来,送到天空中去。天更冷了。这是暴风和暴风雪的前奏。

噢它们呆看了很久。它们逐渐愤怒起来。冬天和暴风雪来得太突然了。它们低低地愤怒地吼叫起来,引起滩水两岸的一片怒吼声。

各种惊呆了的野兽都怒吼起来。

北风更猛烈了。大雪重又飘落在地上。呼、呜、嗷它们又回到洞穴的里边。

贝还留在噢的身边,紧挨着它。噢现在已经停止了吼叫,噢安静下来,和贝待在一起,从小通口望着滩水上的暴风雪的来临。

滩水两岸野兽的吼叫彻底消失了。

暴风雪持续着。

滩水看不见了。

黄枯的荒草和小灌木也看不见了。

暴风雪严密地封锁了整个滩浍平原。

死寂、寒冷、漫长的冬天开始了。突如其来地开始了。

大雪已经堵住了小半个通口。噢它们都沉沉大睡。洞穴里的腥臊味更加浓重。

噢低吼一声。它和贝搂抱在一起。它们都紧挤在一起昏睡。

噢动一下,又昏昏睡去。

暴风雪还在呼啸!

变形三题

大风和女人

太阳还在离最高的刺槐树梢上半竿子高的地方，大风突然起来了，极猛烈，像是有一个人疯了，破口大骂。这个人的脾气极暴躁。

天气还在酷热之中。这时从一个固定的略高于地表的位置扫视因大风而清朗的大平原，就能瞧见大平原上的一丝一缝都叫热浪给塞满了，像一个人的不消化的胃口，有些胀满塞滞的感觉。人在这种大气候里，也就难以愉快通畅起来了。

锄地和干别的活的农人，都如点点滴滴的尿星子，溅在田野的一些地方。大的田块全这一块是嫩绿，那一块是苍青。还有一些是斑斑点点的粉红——那是绿肥草，正在开花的时节，开过花它们的寿命也就告终了。

最远的地方，也就是在地球的背后，突然起了个云峰。云峰凝止不动时，就有风从整个地平线外推进而来，刹那间就横掠了整个平原。风的突兀的清扫，使无边无沿的大平原澄清并且开阔、开朗起来。但看上去那些星星点点的人却受不住，他们在风的推搡之下，脚不点地地往庄里狂奔。他们想要收住脚也不可能，风实在是太猛烈、太不近人情了，真厉害。

各种东西也都因为风的牵连而动摇，绝无定形。风这么持续地毫无缘由地刮，就有人受不了。就有三个女人，都肥肥硕硕的，她们跑动时,她们的半乳上下蹿蹦得很厉害,看上去很夸张。因而她们对风的推搡,对收不住脚的跑动,就受不住。她们竭力想要停下来。她们肥腴的胳膊前后乱划,以便保持平衡,增加阻力。她们的比小男人的腰还要粗壮的大腿,扑通扑通地落在地上。每落在地上一次,她们身上的肉都震颤、哆嗦一阵子。

她们都赤着脚、裸着腿。乡间的土路因为她们的跑动而扬起一股股白尘。扬起的白尘在广袤的绿颜色的平原上颇为显眼,但刹那间就被风带向不可知的远方去了。

她们抱住路边的几棵杨树的时候,一个披头散发的中年女人,气喘吁吁地道:

"宝义家里的,怕跑掉窝子哩。"

被唤作宝义家里的那个年轻女人,这会已经捂住肚子,蹲在地上了。另一个年轻女人,怕还是个没开瓶的,听见中年女人的话,脸腾地就红着了。其实跟她没联系,她只是还没尝过男人的滋味,因而听见这一类的话,身上就发潮。

三个女人,就这样尴尬地抱着树,站着,或是蹲着,不叫风吹走。好一时,风渐渐地平歇了些,那中年女人才敢松了树,过去扶住那蹲住的女人问:"掉不了羔哩?"

那年轻女人蹲了一时,也就慢慢站起,一头一脸的汗,讲:"不咋样闹啦。"她摸摸有些隆的肚子,"掉不了羔啦。"

风一平歇,立时又显出了太阳的辣热。但天地间似是清平多了。三个大小不等的女人,就索性往家里走。走了一截,那没开瓶的小女人,回过头去张望一眼,突兀兀地叫道:"那啥家伙哩?"

另两个女人被她这样一叫,都急急忙忙地回过头去,这才瞧见在无边沿的青葱的大蜀黍地后边,升着一炷烟。那一炷烟升得老高。升得老高了也还成一炷烟,不像要散掉的样子。三个女人都有点吃惊,都傻儿吧唧地张着肉乎乎的嘴,都摸不准那是啥家伙。

望了一气,望不出啥名堂来,她们就车转身,迈着肉墩墩的大粗腿,往庄里去了。

午　　睡

那不是啥家伙,那是一个庄子,唤作月亮滩庄的。庄子外头土路边上有一户人家,晌午起火早,就弄出浓浓的一炷烟来,污了天空。打老远的大蜀黍地那边看过去,猛不丁也会吃一吓,一时间悟不出那是啥家伙。

过了晌午,庄里陆续升起来的烟又陆续地灭了。空气叫阳光煮得滚沸。一两个在乡村土路上行走的人,眨眼间就逃遁到哪一家门楼底下或哪一棵大树底下,张着嘴喘去了。

土路边有几棵腰身粗的桑树,也遮下了好些树荫。树荫里放一张大床板,直接放在地上。有个女人,三四十岁,侧卧在床板上睡午觉。

那女人腿上没有衣服,两只脚不算太大,却肉滚滚的,惹人欢喜。她的两条腿,下面一条腿伸得很直;上面一条腿弯着,膝盖的里面贴在床板上。这种姿势很有些贱味,但是在乡村,就是习惯动作。习惯了也就不怪了。

她的两条腿,面盆口一样地粗实。打膝盖上头一点往下,腿的颜色黑红一些,是白日里干活叫日头搓弄成的,很健康。她的小腿肚子,像两个硕大的肉包子,又饱满又馋人。打膝盖上头一点往上,因为白日里干活穿着长裤头,太阳直接晒不到,故而白生生的,皮肉好嫩。

她的屁股上裹着个灰布裤头,裹得甚严实,在这附近,就瞧不出什么名堂了。她的上身赤裸干净,一律地白生生、肉乎乎。她的两只奶子,好大好白。因为她是侧卧在床板上的,因此那两只大奶子都往下垂搭,一只搭在她的胳膊上,另一只就搭在下面那只奶子上。

奶子的晕圈好重,紫蒙蒙一片。那两只奶子之间,有一小片凹处,已经积了一小洼汗水。她一头一脸都是汗,脸上红扑扑的,是出了汗以后的舒坦样子。她头发也剪得有些短,看上去凉快多了。

她的肚皮底下,四仰八叉地睡着一个孩子。孩子一身乌黑,三四岁,乡下孩子的样子。那孩子也是一头一脸的汗,他的小鸡鸡像刚发出来的蚕豆芽,勾勾的好短。他的一只脚蹬在那女人的奶头子底下。

蝉都晒死了,听不见一声叫。有个男人,也是三四十岁,浑身上下,只中间扎一块布。男人赤着脚,打屋里出来,往桑树底下走。

走在阳光下的时候,他看起来是要给晒煳了。他浑身的黑皮都紧缩起来。男人跑动了,一直跑到桑树的凉荫底下。他喘出一口长气,他身上的汗珠唰啦一声都会出来,就跟按了个开关似的。于是男人对着木床板上的大白奶子说:"茂华他娘,茂华他娘,吃饭啦,吃饭啦。"

那一对大白奶子并不理会男人的叫声。也许到这时男人才发现她们都睡得太死。这时就是打大路上来个不相干的男人捅了她一气,她一时半时也难醒转来。

男人有些失望,又有些手足无措,不知该怎么的好。他望望土大路,土大路上白光耀眼。他又讲:"茂华他娘,起啦,下晌午得下地干活哩。"

那半裸睡的女人,把眼皮动了一动。男人这才冒险穿过阳光地带,走回屋里去了。

女人真醒过来了。她拿手在脸上从上往下一抹,而后就坐起来,叫两只奶子硕大地悬挂着。她人也如那奶子一样,傻坐着发木。

空气打树叶子和庄稼叶子上走过去。叶子都发出滋拉拉的焦灼声。男人在屋里,正捧着一块饼啃,听见女人在外头讲了一句话,就把头探出去,看是什么事。

那女人翻翻眼,半醒不醒地又重复一遍道:"那谁哩?宝义。大晌午死热做啥哩?"

被唤作宝义的男人,偏头看过去,见有个老女人的身形,肩上扛了个笆斗,正往河滩下头去,眨了两眨眼就瞧不见了。

有敦厚体积感的土丘向无垠广阔的天穹猛然隆起

那个老女人扛着半笆斗粮食,下了河滩,沿着河滩上一条打野草里长出来的小路走。

河滩上小路两边的野草都青得茂盛,几近把小路封锁。那老女人光着脚,拖了开口的旧布鞋,一步步往前走。

老女人走动的时候,路边热辣辣的野草梢直烙她的脚皮腿皮,把她的脚皮腿皮烙麻。烙成木头。她都忍了。

她肩上扛着的半笆斗粮食,怕有二三十斤。亏她这么一把子年纪——有五十多岁了——还有这样的好身体,还能干这样重的活。她一只胳膊伸得老直,手抠住笆斗沿子,另一只手在下边,托住笆斗底。她的老脸叫那只胳膊和笆斗硬挤在中间,她的皮肤粗糙的老脸就变了形状,挤压成一道道深沟,沟里淌着她身体里流出来的汗液。汗液又打脖子上流下去,流得一身——她的纱布汗衫和旧灰布裤头,都叫汗水给浸弄湿了。要是她走近一些,就能嗅到她身上散发出来的噎人馊味。这老女人也真不成样子了。

沙滩上的路老远。有被惊动的青蛙,嘭的一声沉闷地跳入水和水草里去,那声音叫人想它是给煮弄熟了。

正机械地走着,一个愣头愣脑的声音,猛不丁在河对岸的树丛里喊:"那谁哩?"

老女人听见的这一声,在乡间是热切的表现。为着礼节的原因,她老大困难地止住了步子,把身子车转往河那岸去。这时她的被挤弄得不成样子的脸,也瞧不见对岸什么人、什么样的光景,只觉着一片热辣辣的光弥散在眼前。她就盲目地答道:

"俺哩。""是茂华他娘哩。你上哪里?""俺上前庄机面哩。""宝义哩?""上集称肉啦。"

讲完了,老女人就转身走自个的路。走了好远,翻到堤坡上,又往田地里走了一气。猛然看有个东西往面前挡住,一抬头,就见着一面土丘向无垠广阔的天穹里猛然隆起,横在跟前。这土丘是老走的,不值得稀罕。过了土丘,也就到有机面机子的那个庄了。土丘也不算怎样陡。撇开那老女人,拿眼去瞧那土丘,就能发现那土丘在平地上猛烈隆起,好有些突兀。那土丘结结实实,有很敦厚的体积感,叫人望一眼就忘不掉。

老女人颠一颠肩膀上的笆斗,吸一口气,就走到土丘上去了。她一走上去,就跟入了什么圈套样的,立时变成个屎橛子,显得丁丁点点的大——是因了跟土丘相比较的缘故。她脚下也是有一条路的。路边也长了好多好多的野草,但那野草跟河滩上的野草相比,就显得干巴多了。路面上都不太大的碎砂姜,灰灰白白干碴碴的,由此铺成了一条路的轮廓。

土丘上的路很有些弯曲,一直引到土丘的顶上去。其实土丘也不是很了不起的样子,但在平原上,就显得有些味道。毒太阳这会正全晒在土丘上,这一面又少风,因此那老女人扛着笆斗往上走,就走得摇摆欲坠。就觉着那老女人怕不是人:是人哪受过这样的罪?

正在这时,她竟走上去了,走到了土丘顶上,卸了肩上的重负,卸在地上,张大嘴吞了一大口太阳。汗猛地就出来了。老女人撩起纱布汗衫抹汗,她的还不算太瘪的奶子,就暴晒在炽烈的日头里了。

这时打她站的地方往下瞅,眼界真有些开朗。一大片望都望不见边的青庄稼地,间或蹲了些黑灰的房子在里头。老女人就是要往那些房里去的吧?

望了一时,喘过一阵子气。看不见的跟踪着老女人的目光暗自思忖:跟着老女人瞅,眼都瞅抽筋啦,可想而知老女人要累到哪里去了,是该着多歇会儿啦。才这么想着,那老女人出乎意料地弯下腰,把笆斗弄起来,弄到肩头上,好辛苦地往土丘下走去。常言说上坡容易下坡难,何况又是重载!目光有些酸湿湿的,镜头赶忙就转向别处去了。天地都热辣。

冬夜里的梦

　　上了车,找到自个的铺,把包甩上去,在靠窗的一个地方坐下来,她才觉着心里静了。
　　窗外就是这个城市,不过它现在是以站台来代替它的全部形象的。她从窗户里望出去,还有不少的人,都匆匆忙忙地往车厢奔跑。一个穿制服的站台工作人员,倒背着两手,站在安全线的后面,她长得很漂亮,也很年轻,二十一二岁的样子,她看着那些匆忙找车厢的拖三带四的旅客,脸上是一种习以为常的表情。
　　整个站台灯火辉煌。这是一班开往北京方向的快车,它正点发车的时间是二十一点二十分。这也许是这个省会城市一天里的最后的杂沓和喧嚣了,等这班车发走,在整个城市里,哪怕最不为人注意的角落,都不再可能聚集起这么多匆匆忙忙的人了,这其实也是这个城市里的最后的欢聚。车站女广播员软性的声音,在寒冬的站台上缓缓地扩散,使人感觉到一种卧室里的温馨气氛,而那卧室是有着加厚地毯、席梦思、鸭绒被、大彩电、录像机以及一大束暖色调的鲜艳的绢花的。
　　她听见自己的小羊皮暖靴的铜质后跟敲在地板上,发出嘎嘎的小巧而且清亮的声音……站台上的风真冷,但是没有雪花,雪花都被阻挡在站台的外面了,都被阻挡在两边有着粗实的梧桐树的古旧的街道上了,都被阻挡在高屋建筑窗外的半空中了。这是需要家和温暖的季节呀……现在她开始感觉到车厢里的暖意了。她开始感觉到小羊皮暖靴的特别的暖意了,她开始感觉到湖蓝色厚绒呢大衣的重量了。车厢里确实很暖和,她把目光从车窗外收进来。车厢里的混合的味道更加浓郁。有些旅客已经钻到自己的毯子里去了;有些在整理东西;有些默默地坐着,脸上是什么也没想的表情;有几个在靠窗的座位上吸烟;有一个男人拿着保温杯往车厢的一头走。

她想:我该上去了。她是中铺。她站起来的时候,车厢咣当一声。是开车了吧?她下意识地转脸往车窗外看。不错,站台在移动,进行曲的曲调在站台上由远而近又由近而远地嘹亮地响着,那个年轻漂亮的女工作人员,像历史一样被逐渐留在后面的越来越远的地方。黑暗愈来愈多了。她在自己的铺位上半躺着,她觉着毯子里很暖和,虽然并不比席梦思和鸭绒被更舒适。她听见车厢里的声音简单起来,偶尔的一点话语,也像是从比较远的地方跨过时空传来的。

铺位开始颠晃起来,她从蒙眬里猛然惊醒。列车已经进入夜间行驶,其实是深夜的行驶,站台上以及那个城市里的一切嘈杂声,都已经消失殆尽。现在是在哪儿呢?车窗外是暗白色的雪的反光,但看不见雪是在下还是已经停了。车厢里很安静,在这安静里只听见车轮加速的声音。

她重新回到自己的毯子里去。现在她把头半埋进去了。她想:那个女孩,那个年轻漂亮的站台上的女孩,她大概已经下班了吧?有人来接她吗?或者她回家了,她的闺房温暖而香,是青春女孩独有的,有着许多男孩极想知道却又无从知道的秘密,生理的以及心理的;或者她仍留在值班室里,炉火烧得很旺,茶很热,灯很白,几个人说着轻松的话?

她不知道,她又听见了自己的小羊皮靴的声音,那种声音也是令男孩们着迷的。那却已经是很久远的时候了,也许有十年,或者十五年了。但她确实是回家了,那时的天气还不到这个季节,暖意还十分明显,一片一片的树叶都有声有色地飘落,在空中旋转而不落下;她真的回家了……

"当我还在很小的时候,那是在初中一年级吧,我就给自己留下了'初恋'的印记。我也许天生是个情种。但这不是我的过错。这是上天的安排。"这是曲菲菲一厚摞日记本中的一小段记载。在熟人的圈子里,大家都叫她菲菲。她写道:"我爱这个世界,爱生活。"

"我真的爱,用心去爱。爱还需要什么方式方法吗?""我突然发现我进入了他的魅力圈。"

在曲菲菲从教育学院中文系毕业分到文化馆工作以后,她的日记本里就开始出现上述那一类句子。那一年她二十岁。二十岁的妙龄,胜过一切帝王的桂冠。"我喜爱文学,但只把它当作生活的一种丰富和点缀。""是文学给了我有害的因素。"她这样调侃地写道。"我要去上班了"或者"我要睡觉了"。看来曲菲菲总是在上班前或睡觉前记日记。她记得很多,很杂乱。她似乎对此有偏爱。

她有时这样写:"这小城市真脏,几乎每两天就要洗一次头。但如果习惯了,你会喜欢上、爱上这个小城市的。甚至爱上这个小城市的肮脏和灰尘,爱上这个地方的土语。"

她在另一次说:"他叫老李,非常一般的名和姓。"她在日记里并不怎么隐瞒什么,也许她认为私人日记是最安全的一种文字记载形式吧。接下去她写道:"他大约四十岁吧。我觉得他很完美。这可能有点夸张,但我的基本感觉是这样的。"

她另起一段又写:"朱建中来信了。"

她一半幽默一半奚落地写道:"他小子真混进了省城。还不是靠他的浑蛋爹。我会叫他发疯的。"她又开始分段了,"我对他的感觉总是一般,不好不坏的。我努力了几次,却不怎么能鼓起热情来。他是个好人。"她又像一般的扬扬得意的女孩那样沾沾自喜地自言自语:"我得吊着他点。""他好像有点傲气。""别以为我会求他。"

她好像是抿着笑嘴自我欣赏地写下这么一段话的:"我觉得我还可以,挺女性化的,我喜欢我自己。"

"这是不是一种自恋倾向?"她在另一个地方又写,"我今天看到一本杂志,上面有这个词。"她说,"我确实喜欢我自己,我很欣赏我自己。"她字迹潦草地写道,"如果一个女性对男性没有吸引力,那她是完美的吗?"她回答道,"她是不完美的。"

她啰啰唆唆地写了许多。在某一个地方她这样摸不着头脑地写道:"我的经历可能会很曲折,我可能很不幸。我有这种预感。我想到这一点就有些伤感,就有悲哀的感觉,我就更爱生活和这个世界。"她接着写。

"现在是秋天了,毕业都两个月了,我好像对社会生活很熟悉,很适应,很钟情,这都是我现在的真实感情。"她写道,"我把以前的日记本都放到下边的抽屉里去了,那都是过去。""我非常喜欢秋天。我也非常喜欢冬天、春天和夏天。但夏天太热了一点。但如果夏天能有一个多月的假,那我同样喜欢夏天。……我可以找个伴上海边或哪儿旅游去。那可太销魂了!"她夸张地说,"我将永远难忘。"

在随便的一个地方,她写道:"我该去上班了。外面天晴得多好。再见,我可爱的日记本。我该去上班了。我真的去了。"于是她离开了她的女孩子的迷人的梦幻世界。

文化馆坐落在一条干净的僻静的街道边。菲菲到的时候,只有周馆长一个人在他自己的办公室里翻报纸。文化馆的工作就是这样,比较松,在时间上要求得也不是那么紧。

"你早,馆长。"她走进馆长的办公室里说,"就你一个?"

"老李在他的画室里。"周馆长抬起头,他头发很稀。他一直在文化部门工作,后来当了十几年右派,在一个采石场干了近五年。他现在完全是个成熟的老好人,工作上安排得很周到,逢年过节文化馆的活动都会提前组织好的。"陈玉鹏和小谷还没来,他们今天上河东文化站吧?"

"他们好像没说起过。"她说。

她在馆长对面的椅子上坐下来,随手翻翻报纸。"美国又开始大选了,"她看着报纸说,"他们拼命花钱。"

"哦,"馆长把眼镜摘下来看另一张报纸,"全省文化局长会议今天结束。"他念了一句报纸上的标题,"不知道赵局长回来又有什么新精神。"他说,"菲菲,你现在工作起来习惯了吧?文化馆比较轻松的。""习惯。"她说,"我看看老李去,他还准备国庆的画展吧。"

"你去吧。"他说。

她就走出馆长办公室,走到院子里去。

院子里很暖和,院子的一角有两个厕所,一个男厕所,一个女厕所。在女厕所的边上,有个很窄的小巷,小巷的里边是一个更小的院子,有几间杂房,两间馆里放乱七八糟的东西,另有一小间,很小,十个平方米吧,就是老李的所谓画室。老李总像只老鼠,缩在他的画室里做白日梦。

菲菲从容地从院子里走过去,一直走进女厕所。女厕所也很干净。她蹲了一下,收拾好了走出来,走进小巷子里。

小巷不过一人宽,两边都是砖墙,砖是青灰色的,显得很老。小巷有四五米长。她走到尽头,就是那个很小的院子,三间面南的旧房。院子里有两棵树,一棵大泡桐,长势正旺;一棵柳树,老了些,老态龙钟的。这两棵树在小院的两头,遥遥相对。院子的地面上都铺着那种青灰色的砖,砖地上打扫得干干净净,靠东的那间小屋开着门。她喊了一声:"老李,你在吗?"

"我在。"一张略为发白的脸探出来。这张脸显出些病态,也许是常年待在屋里的缘故。"菲菲,是你,请进来吧。"

"我不打扰你吗?"

她走过去站在门边。他面前有个大画案,几乎把整个房间占去了二分之一,另一边靠墙有一张床。

案子上什么都有,画笔、宣纸、砚、颜料、书籍、画框、各种布条。他正把各种颜色、各种形状的布条贴到一块大画布上去。他的线衣拉在胳膊弯子上,看起来他兴致很高。他又在椅子上坐下去。"你进来坐吧。"他说,"我想加把劲今明天完成。"

她看他把布块布条贴到画布上去。"这是布贴画吗?""是的。""噢,这就是布贴画,"她说,"这挺有意思的。"

"你也可以试试。"他说,"其实并不难。但要搞好不容易。"

"大概什么事都这样,是吗?"她问。她说:"我站一会挺好的,我来看看你创作。"

"我非常喜欢我的这些玩意,"他说,"我经常待在这里,一天都不出去。"

"你不着急吗?"她看了泡桐树一眼,泡桐树上有个别的叶子开始黄了。

"不着急。"他嘿嘿地笑起来,眼睛仍盯着画布或手中的布块布条。他笑起来十分难得,能使曲菲菲产生一种莫可名状的情绪,她的感觉立刻就会产生被吸引的异样。他说:"有什么着急的呢?我喜欢我干的这种事。干这种事的过程就是享受。很有意思的。"

"你以前老这样吗?"

"你来文化馆工作以前吗?"他平平稳稳地说。他仍然干着手里的事。

"在我来以前,你也是每天待在这里吗?"她又问。

他抬起头来看她一眼。他的目光有些倦意,但那种兴奋和活力却是显而易见的。"大部分时间我都待在这间屋子里。"他说,"这里以前也是放乱七八糟的东西的仓库。里面脏死了,老鼠成群。"他歪着头看看画布,嘬了一下嘴,"我问,能腾出来吗?反正闲着没用。但是当时没有一个人给我个明确的答复。"

她换了一条腿站着。她靠在门框上看他的一个侧面。"那都是好几年以前的事了。"他说,"后来换了两位馆长,我也没达到目的。再后来,"他又歪了一下头看画布,他又嘬了一下嘴,"再后来大打灭鼠战争,我拉着保管上这儿来灭鼠,然后我就把钥匙扣下来了。"

"也就没人再问了?"

"大家都承认既成事实。反正这还是馆里的房子。"他拿起剪子剪一块布,又用手去撕,撕得离离拉拉的,"再说我正好不跟另外的人争新房子了。"

他又嘿嘿地笑起来。她的心开始晃荡起来,每次他笑的时候她都有这种感觉,一种刹那失去了自己的感觉。有几只麻雀在她背后的老柳树上叫起来。她换了一边门框靠着。

"这是一个少女吗?"她现在也开始歪着头看画布了,她发现一个颀长的少女正出现在画布上。

"现在是一个,"他又歪歪头看画布,看手里的布块布条,"这里将出现三个少女。拼贴画就是这样,拼贴画有一种很强烈的装饰效果。"他开始用手撕一块布。布很难撕,但他撕得很坚决,把布条撕成好几块。"背景是什么你能想出来吗?"

"那我要先知道这几个少女是干什么的。"她忽然觉得词汇贫乏了,她斟酌一下,脑海里冒出了一本书里的一些句子。她说:"她们代表了什么?"

"她们不完全代表什么。"他停了手,抬起头来看着曲菲菲,

"或者说,我并没有想充分,想明确。"他想了一下又说,"这背景是一架三环转车,你知道三环转车吗?""知道。"她把一只手卡到腰上,她的腿又直又长。她说:"上海江湾体育场就有,可惜我上次去没来得及上去。挺怕人的吧?"

"翻江倒海。"他说。他吁了一口气,他有些苍白,身体有些瘦弱,但并不特别瘦弱。他的身架其实还是挺大的,挺匀称的。她看着他的大而匀称的骨架。她忽然莫名其妙地笑起来:"我很喜欢看《美术报》,那报纸挺现代、挺活的。"她轻松地说,"我根本看不懂,能感受一下就行了。"她把目光转向柳树上去,又转回来,"我想不出来你这些想法、做法,还有议论,在文化馆里怎么会有人理解,有知音吗,在整个县城里?"

他重又把头抬起来看她。他看了她一下。他摇摇头。他又把目光移到画布上去。他的手又开始动起来。"我没留意过。"他笑起来,"我总是自我欣赏的。"

"你好像是个怪人。"她开始快活起来,"我刚到馆里就觉着你跟其他人不太一样。我这感觉没错吧?"

他也笑起来,并且是爽朗地开放地笑起来。他笑起来的时候确实十分有魅力。他一边笑一边说:"我很正常,我不过是喜欢独自待着罢了。"他又说,"我这人有点清高,你可别学我。"

"这不算什么不好的。你在文化馆好长时间了吧?"

"好长时间了。"他的手和目光都停顿了一下,手停在画布前,目光停在画布上。

"我以前在北大上学,我开始并不是学美术的,你想不到吧?我在大学里学的是物理。我后来回来了,从七十年代起我就在这里了。"他歪着头瞅瞅画布,又瞅瞅手里的布块,他那模样像瞅不清楚手里的东西似的。

他忽然说:"你喜欢种花养草吗?"

"种花养草?"她吃了一惊。当她弄明白他的问话之后,她才安定下来。"你说话跳跃真大。我还在想着你刚才的话哪。"她说,"我还不知道我喜欢不喜欢,我以前没种过。"

"我们有个花卉植物学会。"他说。她听着,一边用眼去瞅老柳树上的那几只喳喳叫着乱跳的麻雀。他说:"其实完全是我们一些爱好者自发组织起来的,我是秘书长。"

她看了他一眼,他眼睛盯在画布上。他伸了伸腰。"我们这也就是绿色和平组织,不过我们实在不能产生什么影响,一切都由政府统管。"他说,"国庆我们想搞个花展,我们在城建局的园林场有个小花圃,想去看看吗?"

她昂着头看看那些跳跃的雀儿。她说:"怎么不想去?太想了,最近能去吗?"

"当然能。"他说。他又伸直腰吁了一口气。他歪着头看看画布:"明天下午就能去,正好还要带两盆花回来。"

"很远吗?"她问。

"出了城再走三里路,就到了。咱们骑自行车去,很方便。"

"要跟馆长说吗?"她问。她突然发现那几只雀子全飞了,只剩下了老柳树。她说:"要请一下假吗?"

"无所谓。"他说,"我来跟他说吧,他也是我们的成员之一。时间长了你就知道了,文化馆松得很,想干事全靠自己。"

邮递员来了,曲菲菲收到了朱建中的一封信,是快件,这是曲菲菲在一个星期内收到的他的第三封信。

他要来。

他说:"你为什么老不写信给我?"他在信里显出一种受委屈的急切心情,"你一切都好吗,菲菲?我每天焦急地等你的信。我盼望你能答应我,使我幸福。"她看他的信时有一种扬扬自得的快活心情。"在学校里咱们不是有很深的了解了吗？我不愿意说那些被别人用滥了的词来赞美你,但我对你的深情你是知道的。"他说,"如果你同意的话,我想到你那里去一趟,你答应吗？盼你的来信！！！"

她笑起来了。她待在自己的办公室里。时间是上午近十一时。馆里静悄悄的,没有什么人。馆长可能还待在他自己的办公室里看报纸,在一般情况下,他总要坚持到下班才离开的。

她把门关起来,把自己关在屋子里不让任何人来打扰。她开始给朱建中写回信。她突然觉得应该给他写封回信了,她不能老吊着他,让他发急。她不知道他怎么样,她把握不了自己的判断能力。她觉着他还可以,不错,但她又隐隐约约有一种不完美的感觉。也许是天气好,她的心情好。她就写了一封回信,这信早晚是要写的。

她说:"你一切都好吧？到省城了,大城市了,还能想到这个小地方吗？"她忽然有点自卑的感觉,这感觉使她气恼,但她很快又平静下来。她站起来看看窗外,明媚的秋阳真好。她说:"随便你吧,有时间就来一趟,反正这里有你的好几位同学,大家都会欢迎你的。"

她写了将近两张纸,她不知道怎么拖拖拉拉写了这么多。朱建中确实是个不错的男孩,虽然已经不能说是男孩了,但对没结婚的男人又怎么称呼呢？他确实不错,但总感到有不满足的东西。她不知道在哪儿才能找出答案来。

她离开办公室,把信投到邮筒里去。不早了,该回家了。她踩着秋天明媚的阳光很有劲地走回家去了。

他们骑车到园林场的时候,才两点半钟多一点。园林场有个玻璃花房,花房里有不少花,花房外面也有不少花。这一带已经完全是农村风光了。西边有条河,河堤上种的全是树,成一条带子,蜿蜒而去。东南方有个小村庄,一片树遮着村庄,看过去就是一片树枝。园林场的东边是一条通县城的大土路。园林场里有几间旧瓦房,一群鸡在屋前屋后觅食,咯咯地叫。

花房里有个五十多岁的老头,老李喊他张师傅。他们看起来很熟悉。他们一到就往花房里钻。

"上次讲的那两盆,"老李兴致勃勃地东张西望,"选好了吧。我们这次带走。"他把手转向曲菲菲,"这是曲菲菲,新到我们馆里的。"

张师傅很热情。"好丫头,好丫头。"他说,"花选好啦,就带走吧。"

他们一起过去看那两盆菊花。老李说:"我以前在文化馆的那个院子里,也养了好多盆花,但是养不住,都让人偷走了。我后来就不在那里养了。"

"这叫什么名?"菲菲问。那是一盆淡紫色的花。

"叫'大重九',"张师傅说,"一盆有九大朵花,每一朵上有九九八十一片花瓣。"

"太漂亮了!"菲菲叫起来,"那这一盆呢?"

"国庆焰火。"张师傅说,"这都是随便起的名字。"

"颜色真好看,真鲜艳。"菲菲说,"色彩这么丰富。"

他们又去看别的花。花房里让秋阳晒得十分暖和。他们待在花房里有点昏昏欲睡。他们看了好多种花积植物。仙人鞭长得可真是太绝了。但她更喜欢肉叶秋海棠。老李说:"植物都是有感情的。你没看到那期杂志吧?"他说了一本杂志的名字,"他们做了一些试验,当有人去折断一株植物,或者将这株植物连根拔起时,周围其他的植物就会发出痛苦的'叫喊'。"他一边伏身去看那些植物,一边说,"当然,它们的'叫喊',人的耳朵是不能接收的。"

他去嗅一朵花。曲菲菲说:"真热。"张师傅在花房外的地里挖什么。曲菲菲说:"这园林场大吗?"

"还可以。"他说,"想去转转吗?反正已经来了,不妨转一圈,认识一下。"

她说:"去转转吧。"她把头发往后边弄弄,她的一头黑发披在肩上,但头发末端剪得很齐,是一种叫"清水挂面"的发型。"我最喜欢到处跑、到处转了,我总闲不住。"

他们低着头走出花房。张师傅说:"你们去转转。"

"去转转。"老李说,"她没来过这里。"

他们顺着花房侧面的一条小土路走去。

"这是阿根廷杨树苗。"他指着一块地上的树苗说,"'文革'前我在北大上学,那时候我没想过我还会回到这地方来。后来武斗开始了,有一天我走在街上,我后背挨了一棍,我受到了很大的伤害,你是不能想象的。"

"知道,那时我很小。"她扑闪着眼睛看他。他有点驼背,稍微有一点,但他的骨架很宽,他看起来还是蛮英俊的。好像不该叫他老李,他并不显得很老。但大家都这么叫,也许是尊敬吧,她想。她又说:"你在北京四年吗?"

"五年。"他说,"我本来应该在北京结婚的,但我最终又回到了家乡的这个小县城。这像是一场梦。"

"现在有一种说法,不知我会不会惹你不高兴。"她用眼睛看看他。他比她略高些,年龄大约比她大了一倍。

他说:"你说吧,"他嘿嘿地笑起来,"我觉得我不是那种心胸很窄的人。"

"我想也是这样。"她可爱地迷人地笑起来,"有人说如果没有那十年的动乱,也就不会有现在这样的思想解放和社会大进步,是这样吗?"

"这个我说不清楚。"他摇摇头,眯着眼往天上瞅,"也许都有道理。但对我个人来说,大概是命该如此。"

"你是宿命论者。"她说。

"每个人都有一点。"他们转到另一条路上去。前方有两棵大白杨树,在路边。

"空气真好!"他说。"阳光真好!"她大声说。

"真舒服,"她伸伸胳膊,"秋天太好了!"

她去捡地上的叶子。他捡起一块土坷垃,努力扔向那棵白杨树。在土坷垃落到树叶里的时候,有两只小黑点从树叶里面弹出来。原来是两只麻雀。

"两只麻雀,真可爱。"她叫起来。他们盯着天空中的那两个小黑点看。

它们可能是一对夫妻。它们升到空中,背景是淡蓝色的晴空。它们叽叽喳喳地在空中叫。

"两个小生命。"他昂脸望着天空,他说。

它们转了个弯,背景是耀眼的太阳。他们都把眼眯起来。那两只雀儿就从视线里消失了。

她说:"你差点伤害了它们。"

"我不是有意的。"他们都开心地大声笑。他说:"咱们该往回走了。"

他们从另外一条路走回花房。张师傅还在地里忙活着。他们把花盆放在自行车后架上,骑出了园林场。

两天后他们又一道去了园林场。

"咱们还可以钓一会鱼。"他说,"张师傅那儿有两副钓鱼竿,是很简单的那种,用细竹竿做成的。"

"你对那里太熟了。"他们骑着车子在郊区的大道上走,接着他们转到了土公路上。"有钓鱼的地方吗,那附近?"

"有。"他精神很好,"就是西边那条河,不太宽,从园林场的最西边流过去,一直往南流,再往东流。曲曲弯弯的。"

她看看他,他的脸色比在屋里看起来颜色好点,不那么苍白。她笑起来:"你真是太熟了,你怎么这么熟?"她显得很惊奇。

他说:"我以前经常到这儿来画画,"他看着两边田地里的东西说,"我骑着车子跑过,顺河跑过,一直跑出去几十里。这附近我全熟悉,夸张地说,是每一寸土地都熟悉,熟了就会产生感情,就忘不掉。你喜欢哪些人的诗?"

"这个,"她被问住了,"一下子还真不好回答,"她想了想,又说,"如果我说我喜欢我自己的呢?"

"你确实应该自信,"他说,"你有自信的条件和基础,所以你应该自信。"

"为什么?"她挺感兴趣地问,"我有什么条件和基础?"

"我最近看到一篇文章,文章谈的就是这方面的事,比如,你年轻潇洒,潇洒是现在流行的一个词,可能不能包括我的意思。"他说,"聪明,开朗,"他想想又说,"我绝不是当面恭维你,那样毫无意思,我只是想从一种知识的角度来看这个问题。"

"我知道,"她说,"我的自我感觉还可以。"

她说完就笑起来,她笑的时候显得很小,完全像个中学生。他注意到了这一点,他被感染了,他也笑起来。"我平常不怎么离开那间房子。"他说,"我好像养成了一种习惯,我觉得一个人的胸怀和眼光跟环境的空间大小是完全没有关系的。我只要有报纸、书籍、杂志、笔和颜料这些东西就行了。你喜欢什么?"

"我喜欢一个人躺在床上看各种书,"她说,"还喜欢干净。"

"那是女性的天性。"他说。他们都眯起眼往天上看,天上正有一些不知其名的鸟飞过去,飞得很散乱,也有些焦躁。毕竟已经是秋天了。他说:"有时我看东西是用绘画的眼光去看的。"他看着那些鸟,看着田野里的东西,快到十月了。"但我知道我在绘画上不会有什么了不起的成就的。我还喜欢许多东西,其实就是喜欢生活。"

她看着他点点头。他说:"我老想把自己关在一个什么地方,我喜欢的就是这种生活。每个人都喜欢自己的那种生活吧。"她又点点头。她觉得他有点……说不清楚的感觉。她说:"秋天真好。"

他们一齐向天空、田野这些地方看。农村秋天的意味比城市里浓烈得多了。稻儿都渐次黄去,终止于一片鲜黄。一把树叶在秋天明媚的阳光和明媚的大风里乱飘——那竟是一群雀子!

"秋天是最使人心情稳定的一个季节了。"他说,"我以前总想一个人待在屋里,这样的风景浪费了许多,没能好好感受感受。"

"那你就经常出来看看吧。"她笑着看着田野的风景。"看见那些房子了。"她叫起来,"到了。"

他们在花房外边下了车,把车子停住。

张师傅迎了出来。"老李啊。你们还用自行车带?都搞好啦。"

他们去看看那两盆花。"我们想去钓一会鱼,今天时间太早,菲菲又不熟悉这里。""我试试我能不能钓到。"她快活地叫起来,"太好玩了。"

张师傅把鱼竿拿给他们,他说:"挖几条红蚯蚓,鱼最爱吃的。"他拿着挖地的小铲子在压水井边的湿地里挖了几下,就挖出了十几条不粗不细的红蚯蚓,他用个小瓶装起来给他们。

"带上鱼篓吧。"张师傅又说。他们带上鱼篓,往西边的林子苗那边走。他们扛着鱼竿,拎着鱼篓,看起来还真像城里来的钓鱼人。

他们走了很远,阳光暖暖地晒着,田野上看不见几个人。他们看见苗圃地里有几个农村孩子坐在一起摔一副很脏很破的扑克。他们走过去的时候,那几个孩子抬头看着他们,又聚精会神地进入自己的境界里。孩子们的身边放着草箕,两个在旁边观战的男孩坐在草箕的把上。

他眯着眼仔细看他们。"应该要画点东西。"他说,"但是最近又有这么多事要办。""过了国庆节可能就轻松了。"她说,"到时候我陪你来,反正我没什么事。""那你平常干什么?你业余时间干什么?"

"写几首歪诗,给自己看的,"她用一种调皮的样子自娱地说,"我自己的事全是软任务,可以不搞,也可以全身心投入进去,全看自己的兴趣了。"

他们走出了园林场,苗子林外就是那条不大不小的河,河里生着许多杂草,河道曲曲弯弯的。

"太好啦,"她跳了一下,叫起来,"太开阔啦,我怎么以前不知道这儿。"

"其实就在你的鼻子底下,"他随便地说,"你没注意罢了。"

他开始给鱼钩装蚯蚓,她在旁边看着,他先把一条蚯蚓放在掌心,用另一只手掌去拍,在拍的时候两个掌心凹下去,利用拍的声音把蚯蚓震昏,然后再把蚯蚓装到鱼钩上去。

"我在哪儿钓?"她拍拍手说。

他递给她一根鱼竿。"随你挑个地方,"他说,"你觉着哪儿好就在哪儿钓。"

她很兴奋。她用两只手抱着鱼竿,在河畔半枯的草地上走。河坡上的草又枯又韧,厚厚的,但看起来又绝不像夏草那样充满危险。目光可以从草上面一直看到草下面的泥土上,泥土上有蚯蚓屎。远远地,可以看见有几只雪白的羊儿在河滩上走,有几个孩子在羊的附近玩,但那都比较远了。

"我怎么钓?"她喊起来。她在河边的一个高土坡上找到一处好地方,她想这是好地方。她喊过了就回头看他。他已经站到河边去了。他把钓钩扔到水里去。他转过脸来看她。"把钩扔到水里就行了。"他也喊起来。他们的声音在空荡荡的阳光普照的河滩上听起来很悦耳。

"行吗?"她把钩扔到水里去,她又喊。他们之间大概相距有四十米。

"你扔下去就行了。"他说,"在其他地方可能不行,在这地方行。"

"为什么?"她又喊,她的头发让一丝风吹动起来,她感觉到了那风。她愿意让那风来吹动她的额发,那样真舒服、真愉快。她还从没这样在野外待过。她的身子都轻快得要飘起来,阳光好像可以托住一切升到空中的东西,包括她的身体。她想。

"为什么?"他盯着鱼浮子看。"这儿野鱼多,要在城里、城附近可不行。"他叫道,"要在大城市,钓鱼得坐长途汽车。"

"噢,那简直是玩命。"她大声地开心地说。她觉得她整个身心都在这种暖洋洋的气氛中,在枯草、旷野中融化了,她以前从未有过类似的体验,从未有过对于大自然的这么贴近这么真切的认识和感触。

"我怎么知道有鱼?"她大声地叫着问,"鱼会不会把竿子拉下去?"她有些担心,话说过之后,她更担心了,她有些紧张地盯着浮在水上的鱼浮子。白色的浮子在青蓝色的水和颜色更深些的水草上,显得有些耀眼。

"浮子动的时候,"他叫道,"往下一动一动的时候,说明是鱼在吃了。你把鱼提上来就是了。"

"现在已经动了。"她又叫起来,她用两只手抱着鱼竿,盯着水里一点头一点头的浮子,"你能帮我一下吗?"

"我马上过去,"他说,"你拿着别动。"他把鱼竿插在土里,然后快步走过去。她叫了一声。她看了他一眼,她觉得他脸上因为阳光照晒的原因而有了一丝红晕。他快步走过去接过她手里的鱼竿。"这是条小鱼。"他说,他又把鱼竿递给她,"你往上甩一下,也许能钓上来一条。"

"那我就试试。"她重新站到水边,她脸上因为激动而泛起红晕,她紧张地问,"我甩吗?"

"好,往旁边甩,往这边,甩一下。"她把鱼竿往旁边甩一下,鱼竿一沉。"是条大鱼,真重。"她失口喊了起来。可惜不是条大鱼,是一条小毛鱼,在阳光下一亮,优美地划了一道弧线,落到草地上了。

他们走过去看那条小毛鱼。"真可惜,是条小的。我觉着鱼竿真重。"那条小毛鱼在地上挺着身蹦起来,它蹦了几下。"把它扔回去吧。"他说,"太小了。"她不愿意,她用两根纤细滑腻的手指头去碰碰它:"说不定能钓好多哪,张师傅会要的。"

他把小毛鱼放到鱼篓里去。她说:"我累了,你钓两个竿吧。"他说:"好,你可以随便躺一会。田野里的草地非常干净,又厚实又暖和。"他说,"要是能搬到田野里来住多好。"

"你愿意吗?"她看着天问。她开始坐到草地上去。太阳从斜对面照着她,暖和极了。

"我当然愿意。"他用两个竿子钓。他把两个竿子都扔在水里,他站在水边看,哪个浮子动了,他就去甩哪个竿子。"你大概对我不大了解。"他说。他看了看她。她正眯着眼看远处河对岸那几只雪白的羊。那几只羊正向这边移动。她看了看他。他说:"我后来就结婚了,但是我们之间完全谈不上什么共同语言,当然我不是说她不好。"她说:"我听馆里人说过。"

他看看她。她又眯着眼去看那几只羊,她用一只肘撑在草地上,身子斜歪在草地上,她突然看见了自己伸直的腿,腿长得又直又长又饱满。她不愿意破坏自己的这种发现和感觉。她看见那几只羊正在移近。他们还能隐约听见几个孩子的喊叫声和口哨声。他看着水里的浮子。他说:

"有时候许多事情都很难理解。"他说,"我觉着每个人都是悲剧,从某个角度看。当然他自己有时候不能感觉到。"她点了一下头。他弯下腰把一根竿子甩起来,一条鱼在空中很白很耀眼地划了一下。他把它放到鱼篓里去。

"她就是本地人。"他说,他又把竿子扔到水里去,"她父母很早就死掉了。"他又弯下腰拿起那根鱼竿甩了一下,空中又是白得耀眼的一闪。他说:"我们完全不知道是怎么结合到一起的,她非常善良,平时连句话也没有。她也没有文化。"

对岸那几只羊走得更近了,她动也不动地听他讲,看那些羊和那几个小孩走近。她听见那几个小孩吹着急促的口哨,雪白的羊儿一跳一跳的。在河这岸看得特别清楚。

"她给我生了个儿子。"他说,"她处处都精打细算,她完全是个过本分日子的良家妇女。"他有点忧郁地说出这些句子来。浮子又动了,但他却抬头去看那几只羊和那几个孩子。她看着急速乱动的浮子。她只是看着,她没说话。

"我们只在一块生活了两年,我就出来打游击了。"他说。那几只羊和那几个孩子在河对面走得更近,他们跑起来了。她看见离她坐的地方不远的草底下,有一些黑油子正从涧里探出胡须来。"我喜欢我儿子,"他说,"我永远不会跟她离婚的,她完完全全是个好人……可是人为什么一定要结婚呢?我对结婚抱着本能的厌恶。"

她不说话。那些孩子和那几只羊都到了河对面的草地上。那些孩子吹着短促的口哨,隔河看着他们。他说:"我儿子已经快要初中毕业了,她跟他相依为命。实际上她完全可以没有我,她只要我给她个儿子,她就有依靠,有盼头,也有生活的目的了。"他说:"我很少回家去。后来也就习惯了。"他弯腰拿起鱼竿甩了一下。空的。他又把它放到水里去。"她也习惯了,我也习惯了。"他说,"她完全不操心我在外面会怎么样,比如说,用一句很庸俗的话说,跟另外的女人好了。"那几个孩子都盯着河里看。看那些浮子。不知道他们能不能看清。那几只羊越走越远。

他说:"她完全不操心,我很感动,也很佩服,又觉得她这种状态很深奥。"他轻轻摇摇头。"她根本不把我在外头的事放在心上,她只要守着她儿子就行。也许她知道她管不了别人,也许她觉得她自己没有管别人的资格,也许她生来就有任其自然的本性,她完全不是因为相信我才不操这份心的,换另外一个男人,或者任何一个男人她都会这样的,她大概只要能守着儿子就行了。也许不是这样。"

他们听见一声尖利的但却带有浓郁乡土气息的口哨声。他们抬起头来,那几个孩子吹着口哨,撒腿去追那几只跑远的羊了。他弯下腰拿起竿子甩了一下,空的,他把钩悠到掌心上,他开始装蚯蚓。

"我真不明白她怎么能这样,"他说,"对任何事都泰然处之。"他站起来把钩扔到水里去。"大概因为她没有文化。"她看见那些黑油子正试探着想要爬出洞口。他抬起头来看着对岸,对岸只剩下阳光和草地了。还有几棵刺槐站在稍远些的地方。

"我在九道巷有个家,"他说,"那实际上就是她的家了,两间小瓦房,一间小厨房,跟一般的市民家庭没有什么两样,那种环境也是市民环境。我住在那里受不了。"他说:"我每个月把工资的三分之二交给她,我自己也够。我既不抽烟也不喝酒,我的应酬也极少,我不喜欢那样。我有时候有点稿酬、奖金、讲课费什么的。如果数目稍大点,我就给她,我儿子好像有个存折,"他看着河对岸,他看了一会,说,"她好像把剩下的钱都存在那个存折里。"

那几个孩子彻底跑远了,只能模模糊糊地看见一些白色和隐动的东西。他说:"我每月都回家看看,我交了钱就离开。她也不说什么,都习惯了。如果儿子在,儿子就喊一声爸爸,又做他的事去了。"

他说:"我在家里待得稍微长些,我就闷死了。喘不过气来。只有在我那间小房里,我的一切都才平静安宁下来,才能想各种事情……分居了以后,也许不到两年吧,我挨的那一棒又复发了,我真的感觉我不行了,但我很安心。"

她一动不动地斜倚在草地上。她看着他。她只能看见他的背和大半个侧面。他说完后就很轻松地嘿嘿地笑起来,他的这种独特的笑又吸引了她。她在心灵里感觉到有一湖蔚蓝色的水,或一条青蓝色的像面前这样的河,在她的心里,在血管里,在肌肉里和细嫩的皮肤下流动。她能感觉到自己处女的那种完美无缺的存在。田野里很安静。有一种遥远的声音在田野里响着。这种纯粹的田野的声音,不是任何生物或人造的东西发出来的。天高远而且蓝。在河岸后面的田野上,一排电线杆向远处延伸,他们似乎也能听见电线在微小的风中铮铮作响的声音。田地里和河滩草地上,是一种深入到骨子里的软酥酥的气氛。

国庆节前他们很忙了一阵子。老李果然跟馆长说了,把曲菲菲借到他们那儿帮忙。那一段时间整个国家都放假,小城里的人,文化生活并不丰富,就有许多人到文化馆来看画展,来看菊展,来参加音乐舞蹈联欢晚会,来参加猜谜活动。周馆长对这一套轻车熟路,指挥起来也得心应手。在那段时间里,通过许多活动、许多接触,曲菲菲对馆里的人和事都更加熟悉起来。表面上看,大家都差不多,就是有区别也不是很大,但她觉得老李在小城里是个例外,老李不应该在这样的小城生活,他如果出现在省会或其他中等城市,可能更自然、更谐调些。

国庆节以前,曲菲菲和老李又去了一次园林场。他们到得比较早。他们就上那条河边散步溜达去。

"我年轻时跟现在完全不一样,"他说,"我现在变得世故多了,有什么不顺眼的、看不惯的我也不讲。但那时候不行。"

"虽然不说,但我总觉着跟许多人格格不入,这样会出现悲剧的。"他说。他们沿着河滩慢慢地走。刺薛枯黄的叶缘,看上去很高雅,鞋踩上去再离开,它们又慢慢直起来。

他说:"这不一定就是我的悲剧。"他嘿嘿嘿地笑起来,他显得很轻松。"也可能是社会的悲剧,是那些大多数人的悲剧。我经常想逃离他们,躲开他们,躲到自己的一方小天地里去。"

"你不是有了自己的一方小天地了吗?"曲菲菲插了一句。他们慢慢地走到了河坡的最高处。野草现在都变得韧而黄了。

他说:"我还想逃得更远点,我觉得这个社会里有许多人都在变坏,我觉得不怎么适应。"他又说,"也许是因为我在小城里住的时间长了。"

"你讲的大概有道理吧?"她拿不准地说。

他又说:"我想在这附近弄间小房子。真的不骗你,我现在老这么想。想法真强烈。你看行吗?"

她想了想,说:"我一下子还说不准……你住这儿干吗?画画?你的生活怎么搞?"她看了他一眼,发现他的颜色比前些时候好多了,可能是经常出来活动的原因吧。

"对,我就住在这儿画画。"他说,他用手往四下里指了指,"你看这里阳光多充足,一点遮拦也没有,那几株树,曲曲折折的河,宽阔的河滩,我还可以骑车子到附近去,这些地方都非常迷人。"

他们又拐下河滩。一只野斑鸠扑地一声从他的脚边笨重地飞起来,飞向浓郁的天空。他们吃了一惊,明白过来之后他们哈哈大笑。他们昂起头眯着眼看阳光四射的天空,想找到那只鸟,但是什么也没找到。

"有时候我自己都觉着摸不准自己,"他说,"你想不出来吧,我还会看相,而且看得相当准,但在一般情况下我决不泄露手艺。你今年结婚吗?"他说,"农历。"她一愣,然后她咯咯咯地笑着跑起来,她在河滩上跌跌撞撞地跑着,笑着,然后她站住了,用两只胳膊搂着肚子。

等他走近了,她说:"上哪儿结婚去,朋友还没敲定哪,你能给我看看相,算个命吗?"

"当然可以。"他说。她把手伸出来,他看了她的手掌一眼,他不像一般的男孩子或男人给女孩子看相,捏着女孩子的手品味半天。他只是看了一眼,这使她有出乎意料的感觉。

"如果仅仅看手掌的纹路,那实在是低级的骗术。"他认真地说,"看相实际上包括了许多,我就是这么看的。"他说:"你结婚不会很迟的,你是有福之人,但你有时会身在福中不知福。有时你会发现自己卷入了困顿生活的旋涡而不能自拔,但当你走出来之后,你对那段生活将永难忘怀。"

她皱皱眉头,想把这些话记下来,但是思想集中不起来。他们就开始往张师傅的花房那边走了。

国庆节那几天天气不错,天一直晴得很好,天上经常连一丝云彩也没有,有时甚至连一缕风也没有。小城市的人在各种下里巴人的项目里,也玩得挺开心的。在小城市里,出门就碰见熟人,所以在各个地方玩,倒不如说大部分时间都耗在跟熟人的交谈中了。

画展和菊展都在文化馆,画展在那间比普通房大一些的画室里,菊展就在院子里。

十月一日从早晨开始,就陆陆续续有人往文化馆的院子里走,每年的传统如此,小城的人都习惯了。老李和曲菲菲还有一些工作人员待在画室、院子里和其他地方,照应着。曲菲菲很早就来了。今天她上身穿了一件牛仔褂,下身穿了一件牛仔裤,脚上蹬一双红色的中跟皮鞋,使她显得又洋派,又精悍漂亮。她的头发剪成了比较短的像男孩子的那种样式,但比男孩子长些,如果在更大些的城市,她肯定会剪得更短的,但在这里她得多留着点。

她脸上淡淡地上了点粉什么的,其实她的皮肤本来就比较白皙细腻,她上点粉有了另外一种味道,更成熟点或者更突出了女性的肉感。她走起来腿是直的,膝盖的弯曲是很小的,这种走法她是从电影上和生活中学来的,服装模特儿都是这么走的,有风度的女孩子,或者有教养的大城市里的姑娘也都应该是这么走的。膝盖一弯曲,就显得很丑。

她到文化馆的时候,周馆长、老李和另外一两个人已经在那儿了。老李就住在馆里他的画室里,周馆长碰到这些事肯定会早早来的,因为他是一馆之长。她进去的时候,老李和周馆长他们几个正在搬花盆。他们看见曲菲菲来了,都说:"哎呀,菲菲这身衣服,好看死啦,在哪买的?"

"在商店呗。"她走近他们,"怎么又搬啦?昨天不是摆好了吗?"

"换个花样。"周馆长说,"能干活吧?去把衣服脱了吧,别弄脏了。"

"这就是干活的衣裳。"她说着就去搬花盆。老李头上已经冒着汗珠了。老李说:"传吧,传起来快些。"

"好。"周馆长说,"传吧,传起来快,都要端住了噢。"

他们几个就排成一条队,一个传给一个,这样果然快多了。干了一小会,就把花传完,又重新摆好了。他们都去洗了手。周馆长说:"开门吧。"就有人去开门了。

人就陆陆续续进来了。

气氛很好,进来的人各取所好,大部分人是先看菊展,然后,有的人去阅览室看报纸杂志,有的人去下象棋或围棋,有的人去打扑克牌,有的人去玩麻将,有的人去打台球,有的人去看画展,有的人去猜谜语,有的人去看录像,等等。大院里人来人往,川流不息,很是热烈。

周馆长、老李他们这些人拉了几个长椅子在院子里,一方面坐着,看着菊花,一方面晒太阳,跟熟人朋友见面。其实秩序很好,小城的文化馆活动一贯是这样的,小痞子也不怎么在这样的地方胡闹。

"傅局长,你也来啦。"有个穿蓝中山装把两只手背在后头的中年人一进到院子里,周馆长就迎上去跟他打招呼。

"他们以前在一块劳动过。"老李对曲菲菲说,"改造思想。"

"那是难兄难弟了。"她看着他们笑嘻嘻地说。周馆长领着傅局长去看菊花,指指点点地说着听不见的话。

"我又来了位朋友。"老李指着一个正看花的人讲,"那一位,戴眼镜的,姓马,档案局的秘书,喜欢写字画画。"

老李和老马四目相对,他们亲热地打了招呼。老李说:"老马,这位是曲菲菲,新分到馆里来的。"又对曲菲菲说,"这位是马秘书。"

曲菲菲站起来跟马秘书打了招呼。老李说:"我们去看画了。"曲菲菲说:"你们去吧,我坐着晒太阳。"

长椅上只剩了曲菲菲一个人,她坐着晒太阳,很暖和很开心。许多人进进出出,大人带着小孩,几个姑娘或小男孩结成一伙,夫妻两个或其他的人,都用各种姿态去看花、评花、拨点花。曲菲菲正坐着,有个声音在后边说:"菲菲,你好。"

曲菲菲回头一看,是馆里负责青年文化活动的陈玉鹏。陈玉鹏长得不怎么样,大鼻子大眼的,但并不讨人厌,相反还有点男人气质,个头有一米七,身子看上去还显得不赘,不烦琐,还算利索。

他说着,就转到椅子前边来,在椅子上坐下了。

"你们今天没事?"曲菲菲说。

"现在没事,"他说,"晚上有事,晚上有舞会,你来吧?"

"我还没怎么学会跳舞。"她说,"跳得不行。"

"多操练操练就熟了。"他说,"来吧,我教教你,两场舞会,保你熟练。"

"好,那我就去。我还可以收收票什么的。"

"随你。想收票就收一会,想跳舞就跳一会。现在到跳舞的季节了,不热不冷的,正好。"

"你们以前经常办吗?"

"也不是经常办,但逢年过节一般都要搞一场两场的。"他说,"有一段时间搞营业性舞会,搞了几次,县政府就不准搞,就让停下来了。从那以后没再搞过。"

"晚上几点?"

"七点半开始,来看看吧,怎么样?你肯定会成为小城舞后的。"

"我哪行。"

他们哈哈大笑。他说:"我得办事去了,晚上见。""再见。"她说。他就站起来走掉了。

周馆长把傅局长送走,又回到菲菲身边。"刚才那位是财政局的傅局长,"他对曲菲菲说,"咱们要钱都找他,他是钱大头。"

"真的吗?"曲菲菲说。

"那还用讲。"他说,"我们俩是老关系了。打右派那会儿,我们在一起劳动改造过。他可给文化馆帮了不少忙。"

他又说:"跟财政局关系不处理好还行?"他对着自己摇了摇头,"菊展开过,就送几盆给他们,有几盆是傅局长看中了的。文化馆也难哪。"

过一会儿他又说:"你朋友不来啦?""他上北京出差了,正好过节的时候。"她突然笑起来,"还不一定是朋友哪,我也没打算谈朋友,等等再说嘛。"

"还等什么?等个更好的?"

她笑得更厉害。"不谈。以后也不谈。谁说人就一定要谈朋友要结婚啦?"

"男大当婚,女大当嫁嘛。"周馆长笑得眼都眯起来了,眼角都是皱纹。

"那也不急,三十岁以后再说。"

整个上午曲菲菲都过得非常愉快,心情非常好。

国庆节前老李和曲菲菲最后一次到园林场,是在中午刚过的时候。据天气预报说,有许多地区出现了旱情,但城市里的人对旱或涝的感受实在是微乎其微,他们只知道每天都晴得很好,太阳晒得很舒服,办什么事都方便,不像下雨的日子。

他们跟张师傅打了招呼之后,照例又往河滩那边走,天晴得太引诱人了,况且又是在田野上,在秋意最浓郁最明显的地方。

"鸟叫声真干净,"她看着一棵树的浓密的叶子,"一点杂音都没有。"她说,

"它在哪儿叫?你能看见吗?"

他看了看,仔细看了看,"看不见它。"他说,"或许它只是一团空气,一团精灵。""是秋天的精灵吗?"她叫起来,"真好听,天空真蓝。"

"能平心静气一点负担也没有地在这里住着,"他说,"那肯定好极了。什么负担也没有。"

"连责任也没有吗?"她歪着头问他。"责任?"他说,"你指的是什么呢？一个人,不给别人增加什么负担和麻烦;只对自己的生命负责,也就行了。每个人都这样,不是很好吗?"

"也许是。"她说,"咱们换个地方走走好吗？咱们往南走行吗？南边是什么?"

"再往南走,有一里多路,"他说,"我跟你说过的,就是那条河。那条河从我们这西边往南流,流到南边,再往东流,很漂亮的一条河。"

"这条河还没怎么被污染,"她说,"要是污染了,就没意思了。"

"要真污染了,也没什么办法。"他说,"为了赚钱,人会不顾一切的。其实这也很正常。"

他们开始往南拐弯。太阳稍稍偏西一些,他们基本上是对着太阳的,身上脸上都感觉暖烘烘的,真想在哪片半干的厚草地上躺下来,晒着太阳,随便说着些什么话题。

路边有一棵棠梨子树,看上去年岁不小了,枝干都疙疙瘩瘩扭来扭去的。他们站在树下昂头看看它,它并不高,却让人感觉到蕴藏了许多东西在里面。他拍了拍它的一个鼓突部位,他们又往前走。

前面有一些杨树苗,还有小片的黄杨苗。他说：

"前面的河滩很宽,我那次来看到草长得很好,"他说,"但是不适宜钓鱼。钓鱼的地方应该比较深陡,但那地方的河滩是慢慢伸到河水里去的,没有河堤。"

"我想象出来了。"她说。

他们往前一拐,在苗林前方的路边,有一间看上去挺笨重挺结实的半新草房。他叫起来。

"这哪儿来的草房?"他睁着眼睛看着它说,"我上次来时根本没看见它,肯定是后来盖的。"

草房是土坯的,土坯做得挺厚实、挺大。从外面看草房显得毛毛糙糙的,在草房的前后左右都是平坦的草地。草都黄软了,风把草梢吹得向一边去,再往前就是广阔的河滩了,远远地能看见一抹湖蓝色,那该是河水。

"真宽阔呀,色调太好啦,"她叫起来,"太抒情了,我还从没见过。"

"你在城市里待久了。"他说,"其实田野的内涵才是最丰富的,当然也是相对更原始的。"他说:"咱们先看看房子怎么样?我对这间房子很感兴趣。"

他们就去看房子。

房子并不高,从外面看,它也不过比一个人高一些,大约有两米,房顶离地面也不过两米五吧。"农村这样的房子很多,"他说,"这几年少多了。"他用手指头敲敲土坯上的麦秸断片,"门肯定在南边,咱们转到南边看。"

他们踏着黄软的秋草转到南边去。从大些的路上到这房子,有条依稀可辨的在草上踩出来的小路的痕迹。"来的人显然不多。"他看看脚下,她也跟着看。"如果经常有人来,痕迹会很明显的。"

他们转到南边。门果然在南边,门还没有一个人高,做工很粗糙,但挺结实的,没上油漆,完全是那种天然的纹路,纹路像一些具有抽象装饰意味的画,有一道虫蛀的蛀痕也留下来了,在木面上曲曲折折地走动。"真好啊。"她看着门大声说。

"大自然是最完美的。"

有个门扣子,但没有锁。他们推门进去,屋里有些暗,因为没有窗户。等眼睛适应了,他们才看清是一间十平方米左右的土坯草房,里面堆着一小抱草,看起来大概是谁随意丢下的。土坯墙在里面也很毛糙,地面保持了土地的原样,未加任何装饰,"太好了,"他有些激动地大声说,环顾四周,"这样的房子冬暖夏凉,是最适宜人类居住的。"

"我老是有一种梦想,想在类似的地方有个类似的住地,"他说,"这肯定是盖给看林子的人的房子,这样的房子大多数情况下都用不上,"他说,"我正好可以来当个护林员了。"

"你真来吗?"她看着他问。

"真想来,"他说,"真想有这样一个安安静静的地方。"

她说:"你怎么吃饭?"

"自己做哩,这有什么,"他嘿嘿嘿地笑起来,"要么跟张师傅一块吃,他们这儿人很少,平时谁也不来,都待在城里头,到活忙的时候才来加班。"他说,"这里会非常安静的。"

她看着他,受到了他的感染。他说:

"门外就是大草滩。"他们转过身去看平整的缓慢展开的大草滩。"人都能按照自己的意愿生活就好了。"他说,"我不想妨害任何人。我对那些钩心斗角完全厌倦了,那是无止境的无用功,实际上毫无用处。"

"你觉得怎么样?"他说,"咱们上草滩上走走吧。"

她说:"如果没有其他功利要求,这样完全可以。"她忽然想起这句话是在哪儿记住的,但是想不起来了,用在这里真合适,这样的表达以后永远不会忘记,永远成为自己思想的一个组成部分了。

"你说得很对,"他说,"我什么也不想多占有。"他忽然跑起来了,像个孩子一样,虽然跑得不太灵活,这是不经常锻炼的缘故,但仍然跑得让人感到活泼,像个孩子。曲菲菲惊讶地站住了,看着他的背影,想不到他会这样,在她的印象里,他是稳重老成体弱文静的。她看见广阔的大草滩上连一棵树一个人都没有,有几只雀儿从草丛里飞起来,飞入蓝天。草滩从她脚下,从草屋开始向河心缓慢地平坦地倾斜伸延下去,一直终止于那有天蓝色流水的地方。一个生命,在平坦开阔的大草滩上跑动着,显得轻小却有活力,他转过身来喊她:"菲菲,怎么愣着,草地上真柔软。"

她说:"我就去。"

她开始跑上草地,草地上广阔而轻松的那种气氛托住她。她跑得气喘吁吁。阳光照在身上真暖和,真暖和,暖洋洋的。天空一朵云也没有。"我早已过了浪漫的年龄了,但我一看见这样的草地,"他说,"看见农村的这种风光,我就……感觉年轻了。""而且不想把这感觉掩饰起来。"他说,"你朋友怎么没来?"

"他出差了。"她咯咯地笑起来,"不一定是朋友哪,以后的事谁知道会怎么发展。"她说,"有时候我觉得谈朋友或结婚是一种负担,负担就变成一种压力,人有太多的压力也许并不好。"

他说:"大概是吧。"她说:"这儿你来过好多次吗?"

"以前来过好多次,"他说,"但是没那房子。"他侧过身去看缓坡上的那间房子。那间房子很墩实地蹲在视界里最高的地方。他说:"我经常一个人躺在这里,面向天空,这样能突然回忆起以前完全忘掉的事情,很动情的事情,灵得很,"他说,"但必须心无杂念,你是不是试一下?"

她说:"那我就试一下。我能想起什么来吗?"

"我觉得肯定能。"他说,"你开始吧,这里非常安静的,不会有任何生命来打扰你,除去偶尔的鸟叫和微风。我上河边去洗个手,再找找有没有能钓鱼的地方,"他说,"除了草叶和秋风的窃窃私语,不会有任何打扰你的东西。"

她躺倒在地上。她看着他往河边走。河水还是远远的。她看着他走远。她忽然感觉自己的心安静下来了,皮肤的感觉是除了阳光的暖洋洋的抚摸,没有任何哪怕是微小的威胁。她想,这真是个安静美丽的地方。她看见爸爸和妈妈都走过来看她,他们都早去世了,是二姨把她带大的。

她动了动,身子略微侧向太阳,她把腿弯起来。她睁开眼看看大草滩、天空和阳光。那是她很小的时候,也许是在上幼儿园的时候,也许是小学一年级。

她感觉有两颗心,有三颗心在一起跳动。

她感到她回想起了一条鱼。她感到她不完全把它当作一条鱼来回忆,她似乎在寄托自己的某种感情,某种只能感觉到却难以明晰的一种潜在的感情。那是一条亮黑色的小鲫鱼,也是秋天,在十月中旬,在她过七岁生日的那天,妈妈把它买来,放在水盆里。

当她把它从盆里拿出来,放在掌心里看时,它好看极了。它的透明的"嘴唇",它的薄腹般的鳍,它的可爱的大眼睛,它浑身黑亮的光彩,它的微微扭摆的动作,都打动了儿童的心。她那时候就有点像男孩子一样顽皮,也不忸忸怩怩的。于是她趁妈妈不在,把它劫走了,养进一个大瓦罐中,藏在院角的一小堆杂什里。

那儿就成了儿童的另一个世界。那儿有她的乐趣,有她的幻想,有她的对小生命的热爱和同情。它吃着她的食物,在小得可怜的四壁间,摆着尾鳍游动,显得很孤独。

她脑海里出现一幅很明晰的画面,她觉得她失去了什么,她又觉得脑海里增加了点什么,她说不清楚。她想,在当时,当她离开它,去更广大的天地做别的更吸引人、更热闹的游戏的时候,它该在忍受着怎样的寂寞的折磨。

事实上它很快就失宠了,她在别的游戏里获得了新的欢乐。她几乎忘记了它,一个多月过去了,其间她只偶尔才去探望一番。

接着就入了十二月。

一个很冷的早晨。

她突然被来自心底的某种感应惊醒,心中觉到一种莫名的不安,好像萌发了一种怜情,随后她就想起了她那条小鱼,瓦罐里的黑色的小鲫鱼。她带着不祥的预感跑向它的居处,她叫了一声,她支起上身看到了河边的老李,他正在阳光明丽的河边走动,像在寻找什么东西。她想他在找什么呢?她想他在找那个位置吧,钓鱼的位置吧?

她带着不祥的预感跑向它的居处,那时还很早,人们恋着热被窝,只有老奶奶淘米煮饭的声音。天气晴冷。没有风。

啊……我的小瓦罐……我的小鲫鱼……

我黑色的小鲫鱼……她失声叫起来。它好像还活着,它在清蓝色的冰里,好像还游着……它的尾鳍稍稍扭向一边,它的温柔的眼睛……透明的唇吻它的娇小的身躯……

她捧着瓦罐痛哭失声,爸爸妈妈打她或者骂她,她也哭过,但那是因为怕疼或者委屈。她好像从来没这么真正伤心过,她哭得喘不过气,胸口发痛。

她感觉到自己已经深深地沉入某种精神状态中去了,她清晰地感到她重又体验了那一段生活,切切实实地重新体验了,这种心底的感应不知来自何方。那条小鲫鱼柔小的影子不时浮出记忆的水平线,然后又悄无声息地潜入,使她有一种怅然若失的感觉,对身边的一切,天空、草地、气氛阳光、远处的雀鸣,空气、流水的印象等等等等,油然而生起了一种无限的留恋和爱的情绪,她感到陷进了这种情绪之中难以自拔……

曲菲菲在铺位的一阵不规则的颠晃中又一次顿然醒来。我在哪儿?她睁开眼看见的是自己的湖蓝色厚绒呢大衣的肩部。车轮在减速,她能明显地感觉到车轮减速的那种惯性。她知道自己还在车上。那个下了班回家的站台上的年轻漂亮的女孩,现在也许正在她自己的香闺里做着秋天的或者春天的梦吧?车到哪儿了?

几点了？她不想动,她觉着保持刚才的睡姿,就一定能保留住刚才的那一长串梦,就能再看见十年前一个叫曲菲菲的含苞欲放的女孩,而不是一个家住在省城,有了一个孩子的叫曲菲菲的三十岁的妇女,虽然她还有少妇的风采。

车厢里的灯暗淡,也许还在深夜,也许已经接近黎明了,也许快到那小城了,也许还能在车窗里看见红日初升时的小城的站台以及其他风景。但她记不清火车到达小城的时间了。是在夜间？黎明？或者清晨？

车轮的声音又匀称起来。车轮在加速。卧铺车厢里显得很安静,有一些轻微的鼾声传来,稳定着车厢里的平衡与和谐。一束亮光从车窗外掠过了,又一束亮光从车窗外掠过了,又一束亮光从车窗外掠过了。这大概是哪一个小站吧？在这样的小站上,可能不会有穿着制服的、两手背在身后的、年轻漂亮的女孩吧？但小城那站会有。小城的火车站台上会有一个或者两个,年轻而且漂亮的女孩,穿着制服,倒背着双手站在安全线的后面,看着火车开进来,再开出去。

她重又闭上了眼睛,偶尔的亮光不再从车窗外掠过了。也许火车已经驶在冬天的原野里了。四面都是雪,白皑皑茫无际涯的雪,列车正驶往北方。也许已经过淮河了,淮河以北的雪可能更大,因为淮河以北就是北方了,北方的雪肯定更大、更厚实而且沉重。她想到这些,心里就稳当多了,她想:睡吧,天亮还早哪。她又想:何必想着天亮呢？也许小城的站台会在睡梦里走过去的,会在那一连串的片断的深秋的落叶里走过去的,但这又有什么不可以呢？为什么不呢？为什么去为站台上站着的不是年轻漂亮的女孩而失望和落空呢？睡吧。车厢里真暖和,真有点秋天的气味。车轮也转得更快了些。

一切都逐渐远去,淡去。站台、年轻漂亮的女孩,落着黄叶的秋天、清香淡雅的青春女孩的卧室、一棵树以及另一棵树、城市、土坯房、心境和小羊皮暖靴……一个小站一掠而过。什么也看不清。列车又驶在雪的原野里了。北方的雪确实更大、更厚、更真实、更值得看。一声遥远而瘦削的火车的鸣声从寒夜的前方的什么地方传来，转瞬就掠过车窗，消失在列车后尾的冰凉中了。车厢里却很暖和，连一口风都没有。

一 地 斑 斓

第一回

那一年深秋,在淮北的濉浍平原,有一个女孩——这家四个孩子里的第一个女孩——平平静静地出生了。出生后起名叫习桂芳,小名唤作芳子。

芳子出生的前一天,天正下着秋雨,时大时小,阴阴晦晦。打集子边上的大野地里望出去,就望见一片迷蒙,此浓彼淡,此淡彼浓,相互交替,摸不住规律。习桂芳家在邻乡邻村的一些亲戚,听到了芳子娘要生的消息,便集结成几拨人,大拨者十几个,小拨者三五七个,自带了红鸡蛋、馓子、油条、酥糖、红枣,都来草庙集,贺一个喜。那会芳子娘还没将芳子生下来,只在卫生所的那张粗木床上吃好面面条、白煮鸡蛋跟油条馓子,她的食量大得惊人,来贺她的娘们都正正经经地说这倒是好事,这便能攒住一大把力气,待生的时候,一努劲便下来了。

来的那些人,有来得早的,午间便由芳子的大接在家间,吃了喝了,过了午便回去了;有来得晚的,便走不及,芳子家就得留她们,住上一夜,待第二天,她们再守了芳子娘一个上午,给她架着势,若仍是没生,她们也便家去了。

且说这个晚上,习孝年家间大大小小留住了十几口子。晚饭后外头仍然秋雨霏霏,没有止息,秋寒却就在这雨蒙间,缘缘而至,叫人身上觉出了一层寒意来。习孝年打屋里出来,撑着一把褪了色的油布红伞,往南头的小旅店去,租几床被来。

屋外蒙黑一片,见不着一个半个行着的人,习孝年在水雾间,吧唧吧唧地跑。对这种小集子来说,野地间的寒气,能长驱直入,到达没有灯火的任何地方。习孝年的裤管已是湿尽了——芳子自然不知这些,她还没出世。

第二天早上天可就晴了,晴成一地斑斓。赶集的人跟下地的人,都能瞧得清亮。草庙其实是个甚小的集子,零零散散几百户人家,走几步便入了大野地,只一条打泗州城来的小公路,擦了集子边上过去,往苏北那老远去了,才带了些别样的东西来。

对那一日还有记性的人,便都能讲出这样的话来:那一日天早早便晴了,因是深秋,大野地便甚是耐看,滩水边上的柳子、杨槐、枝叶都往青黄里去,棠梨树叶却往紫绛里去了。河滩里的草,却是一派暗红,叫一道河谷都私下里暗红成一片深厚。人穿了鞋走过去,便觉出草喙硬硬地抵住了鞋底板,却不好赤脚上去,赤脚上去脚便得捐了几粒红色给河滩。

野地便是滩浍平原的野地了,这会地里没什么庄稼,只这一块那一块的早麦,露了青葱的芽头。他处却都是斑斓,有黄有红,有浓有烈,望去叫人眼里享福。地里走着的人,便也有几分闲散,都做不急不躁的动作,这里呆望几眼,那里愣瞅一时,心间便是一种舒坦。打年头到年尾,也便这几日,能有个闲散跟舒坦,便有不多望几眼、呆站一时的?

芳子便在这会出世了。却只顾吃睡,不哭出半声来。众人都觉出了些不一样,说讲了几声,也便过去了。芳子吃睡得好,似只有一个心思往大里去,也省事,大人便不问她,由着她长,她长大了些,时日便过得如飞一般快了。

眨眼便三四岁了,这会再看习桂芳,也只是个乡集孩子的模样,鼻涕拖得多长,过一时便一口吸进去,身上穿着哥哥穿旧的衣裳,满四里乱跑,脚脖子上却是一层尘灰。习孝年这会仍是草庙粮库的一个职员,家境不好不坏,粮食倒不怎样能吃完,粮票也方便,因之他家里的孩子,也有点区别于本乡土地全靠拨坷垃的农民——到底他也算上个公家人。

算上个公家人,便常有些公家事,又常有另一些公家人来。来了,习孝年便打了酒割了肉,做一番招待。肉尽管吃着,话也尽管讲着。那习孝年,却是个不会吃酒的角儿,半盅酒下去,脸便赤到了脖子,这倒有点提不上来情绪了,熟的客,都知道他,不用让,自个端盅便干了,生客就喝不尽兴。

在这样的时间,那习桂芳,正与几个般大的孩子,搁野地滩河滩耍玩。玩的是什么?玩的就是捉猫藏:由一个孩子捉,余下的都藏。讲定了时,那捉的孩子,便把眼捂起来,脸昂到天上去;藏的便轰一声作鸟兽散,有往树后头去的,有往堰拐角躲的,有往小沟里藏的,半个屁的工夫,便都失了影子。那捉的,手打脸上拿下来,便四处去找,找住一个,又捉住了,便由那被捉住的再捉。

习桂芳却全是个野孩子样的,撒丫子便奔了滩河滩一个凹处。那凹处正坐北朝南,又挡风,里头藏了,却是一身秋阳,晒得好暖心。

习桂芳便藏了,由那秋阳暖暖地晒去。不时却由那暖暖的秋阳抚睡了,待醒来时,秋阳仍是暖晒,那一帮孩子,却已是收了摊子了,见不上半个影子了。习桂芳打凹处出来,揉搓了眼睛,四下里张了张,只望见树、草、天、地,一派斑斓,似有一缸杂酱打翻了的,便迈了步,歪歪倒倒地往集上家里奔了去。

这会家间那酒也正喝在闷头上,见芳子奔了来,打别处来的那两个公家人,便逗着笑道:"丫头,你大不会吃酒,俺便与你喝两盅。"习桂芳耍玩了半天,正在渴时,二话不讲,端了一盅酒便喝了,她大喝住她也是晚了。那酒本不是什么好酒,习桂芳只觉着有点麻舌头,倒觉不出怎样难喝,便闹着要着又喝了两盅,只是没多少感觉。她大便在私下里讲:这丫头长大了倒是个能喝酒的。不想这话便叫他讲中了。

第二回

这一天,大路区中学新来了一位语文教师,三十岁左右,姓丁,听讲是有些来头的,人却有几分老实,话不很多,长相显得有些苍白、忧郁,却也秀气。第一回上课时,他先按手里头的花名单,点了一遍名,点在谁的头上,谁就站起来,叫老师认一认。点到一位女同学时,那女同学站了起来,个子不很高,身条健美,脸相机敏,两眼有神,半截眉毛,软腾腾的,又落落大方,很有些气质。无意间丁老师便记住了这个叫习桂芳的。待这一课下课,丁老师也没有多余的话,下了课便拿了书走了。

接连几日,上课下课,便觉出丁老师是个不爱多讲话的人,对人却不差,也热情,只是深厚。有时在哪里碰见了,便问答着一般的话,并不见着多少色彩。

"韩爱珍,你是哪个乡的?"

"俺是小梁乡的。"

"习桂芳,你是哪个乡的?"

"俺是草苫乡的,俺家就搁草庙集上。"下回碰见了,或许就能问答点别的话,也见不着多少色彩,只是这样的问答。

"韩爱珍,你家是姊妹几个?你是老几?"

"俺家是姊妹五个,三个女的,两个男的,俺是老二。丫头里俺倒是老大。"

"习桂芳,你家是姊妹几个?你是老几?"

"俺家是姊妹四个,三个男的,一个女的,俺是老小,俺上头是三个哥哥。"

又碰见了,或许又有点别的答问,也是没有多少色彩的。

"韩爱珍,星期六你往家里去?怕得走不近的路。"

"俺得走二十里地,天透黑了才得到。"

"习桂芳,星期六你往家里去,怕也得走不近的路。"

"俺得走十来里地,这个俺是走惯了的,又有俺们顺路的几个,也不算个啥。"

再碰见了,或许又有点别的问答,却也是没多少色彩的,便是简单的几句话。

"韩爱珍,你下学回家,便做啥子?"

"俺就喂猪带孩子,俺下头的都小。"

"习桂芳,你下学回家,便做啥子?"

"俺倒比韩爱珍清闲些,俺要么借本书看看,要么上新华家听曲子去,他搁路头开了个电器修理的门市,有些个破机子。"

私下里韩爱珍便讲:"这个丁老师,俺便不甚喜欢他,板板正正的,连个笑话也开不起来,见面便像个查户口的,一丁点味道也见不上。"习桂芳也是个不让人的,接上讲:"俺倒觉着丁老师是个老实有货的人,人也潇洒。"

再碰见了——这次倒只是习桂芳一个人,便又有了些问答,也见不着多少色彩。

"丁老师,俺听讲你家在泗州城里,却怎样一个人往乡下来,吃了一身苦?"

那丁老师笑笑,讲:"到哪不一样?在乡下能锻炼人呗,这地方倒不错。"

几句话便完了,下回再碰见,却又讲:"这里头也有些事道,讲不清楚。"

再下回便讲清楚了,讲:"这都是俺爸的意思,俺也只跟你一个人讲,你到外头别传了。俺爸放俺下来,便是要俺在下头转了干,再调回去。"习桂芳疑疑迟迟地问:"怎样偏到下头来转干?你爸便是讲一句话,在县里,不就转了?"丁老师讲:"这个你就不明白了。其实俺哪想往乡下头来?"话便灭了。这话倒也算有几分色彩。那丁老师一个人在乡下住着,心里头咋样讲也藏着些寂孤。

这大路区中学,是个高中,在这左近方圆,是个好的中学,校址在大路镇的外头,离镇上还有两里路,占了老大一片野地。在乡下地方,一般的学校,都是这般分布,空气跟环境,便是城里的学校绝不能比的。打草庙集往这大路学校来,只有十来里地,却是一地的风光,只要顺着滩河堆,一路便到了。

那习桂芳,来来往往地走这条路,每星期两回,一回是来了,一回是去了,却就把这条道儿走得烂熟。这一回又是星期六,习桂芳却是走得迟了,匆匆地打学校里出来,便到了滩河堆上。滩河堆离着平地,却就有几分高度,打滩河堆上走,堆上的景物野地,十个便能望见八九个,风又在不温不凉的时候。习桂芳脚上着了一双红色高帮的运动鞋——这鞋在这地方,倒有几分时髦,是习桂芳的大哥哥往泗州城里时,专替她买下的,也只她穿了好看——走得好轻快,一路便往草庙去了。

打路上走着时,习桂芳还完全是个学生的样子,半截学生头,一只肩上搭着书包,身段也柔韧有力,只那双大眼睛里,有着不少丰厚的含意,是入了青春期的那种女孩子,便如一头小母山羊,叫另一群里的公山羊碰着了一下子,那心绪便不一样。也才走了三两里地,那夕阳,便显出了老红来,是快要掉下去的样子了,习桂芳心间有些着急起来,便加快了步子,一路往回赶。

河堆上,隔三岔五的,便有些泡桐、杨、柳之类的树木,丰厚宽宽展展,正未有穷尽。也只在想一个心事的时间里,那到了尽头的夕阳,眨眼便下去了,河堆两边的晚凉气,便往上头来了,却有个声音,打后头叫道:"习桂芳,习桂芳,俺怕你一个人走晚路,不安全,便来送你一程。"

习桂芳听着了这声音,心间自然止不住那般跳动,也是一种喜悦的感觉,忙应了一声。两人便借了渐逼上来的夜气,走在一块,如一段柔水样地,一路往前走去。

走着时,便轻声说着话,外人倒是听不见一个字半个音,只当是河堆上的一棵大柳树上,一片柳叶碰着了另一片柳叶的声音,出不来一点猜疑。走路的速度自然便慢下来,慢成一种节奏,便是滩河流水的那种节奏,自古而来,长流不息,又不带着半点污染,甚是动情。约走了半个小时,前头那路上,便有一些杂沓,从夜色里传来。丁老师说:"来人了,这倒不好,俺们往河滩里的红麻地里,暂避一时吧。"两个人便下到河滩红麻地里,在一处坐好,也不说着半句话,只半偎着,听那杂沓的声音,由远而近。

原来却是一个放猪的,赶了十来头猪,打红麻地上头过去。天已是瞧不清亮了,倒不知那赶猪的,有多少本事,能让猪服帖了不乱跑。两个在红麻地里的人,又担了点心,怕哪头猪离了群,下到红麻地里头了,便要添了些麻烦了。

头顶上的那杂沓声,也一阵子便过去了。红麻地里的两个人,却无意就站起来。两个人仍是半偎着,也不讲着半句话,也不做半个小动作,却静在那里,听天上才出来的星星远行的声音,又听夜间的露水汽在红麻叶子上凝结的声音,又听滩水在流动时有一小粒水在一个人的脚印窝里汪住了的声音,又听秋虫在大野地的庄稼根子下头往地底下藏的声音,却只他们两个,连半点声音也没有。

天长日久,这事便没有一点不透露的。露虽则露了些,却仍是好事人的瞎猜疑,公开里不敢乱讲的,恰也在这时,那丁老师一个调令来了,便调到泗州城里,会老婆孩子去了。那调令也来得突兀,也正在学校将放寒假的时候,待学期结束了,丁老师才能走。

习桂芳此时已出落成个仪态万方的大闺女了,这样讲了:在乡下的小地方,出了这样长相、风采的,倒不多见。人见她时,只见她落落大方,眉眼有情,谈吐得体,虽还沾着不少乡下的土气,却显见着是快好坯子。

听得了丁老师要走的消息,习桂芳原已知他们俩不成,好在没出过什么大事,心间忍了疼爱,也去说点宽心的话给丁老师听。那丁老师反过来也拿宽心的话,讲给习桂芳听。两人一来一往,更显出了情真意切,惹得习桂芳私下里咬着被角哭过不知几个晚上。待走的那一日,两人讲定了的,那丁老师搭下午的车,往泗州城里去。走的时候,学校里的校长、老师、校工和还没回家的同学,几十口人,都往车站去送他。那时节正在冬日里,四野都叫大雪给漂白了,太阳一出来,雪有化的,就显露了黑土地。那几十口子人,送丁老师,一路往镇上的汽车站去。几十口子人走成一团,讲些很深的话,也显着那丁老师平日的人缘不错。

待上了车,挥过了手,车开了,那丁老师眼望着车窗外的乡景,倒有一种恋恋的情感,忽地涌上来,叫他眼眶子里头湿了。他没直接往泗州城里去,却在一处小地方,叫双沟的,下了车。

下了车,便往横向里的一道大沟埂子后边去。那大沟埂子边上,也是条上大路,在这种时节,却就没有几个人走。沟埂子的上上下下,都是刺槐树,现时树叶都落了,只显出了一片挺拔来。

打沟埂子边上转过去,在一处窝风的地方,就见着习桂芳,已是候在那块了。两个人见了,讲了几句无关轻重的话,习桂芳却就止不住眼泪,扑在丁老师身上便哭。哭了一气,两个人都说不出什么话来,只是偎着,叫风掠过他们两个。这会野地里就连半点声音也寻不着了。

待到了一定的时辰,那丁老师还得去赶进城的最末一班车,习桂芳便整理了衣饰,抹了脸,低了头,讲:"你走啦?"丁老师讲:"俺走啦。"习桂芳更低了声讲:"那俺也不送啦。"两人又站了一刻,那丁老师便一步步走了。习桂芳也没哭,也没看着他走,只低着头,看脚底下叫雪冻给冻醒了的土粒和干黄的枯草。等他走得没了影了,才打沟埂后头转出来,寻路往草庙去。也才走了三两里地,便觉得心里不是味儿,憋都憋不住,寻着路边一处避人的地方,号啕大哭,直哭到浑身酥麻,天也更黑尽了,才起来往家间去。

第三回

到这一年毕业班高考,习桂芳却就是个有志气的,考上了地区的师范专科学校中文科。习孝年一家,都喜得不成样子。学校里和班里的同学,都欢天喜地地送她,有那些暗地里单相思的,却都觉着没了指望,人家是往大地方上学去了,便也来送她,一时热闹。过了八月,习桂芳便由二哥伴着,往宿州的学校报到念书去了。

时光也快,眨眼间习桂芳便熟悉了师专校园的生活。宿州到底是大地方,人才多,文艺丰富,车来人往,叫习桂芳有几分眼花。打另一面讲,那习桂芳到底又是个聪明伶俐的,又有几分开朗,学什么像什么,过不了几日,歌也会了,舞也会了,普通话也能说了,便成了班里的文艺骨干、热门人物,在学校里,也能算得上个校花,心情自不待说。

班里还有个人物,叫万庆生的,他父亲是地区里的一个中层干部。这一年的仲秋郊游,由班里的团支部组织了,往陈胜吴广大泽乡起义的死鹿湖的野地里,去玩了一天。那会班里的同学也都还不甚熟悉,这自然是个好机会,能叫同学之间的感情,加得深些。

也不亏是仲秋丽日,濉浍平原天高云淡,气候甚是怡人。一班里的几十个青年男女,在秋草黄枯的坡地上,坐成了一个大圆圈,玩一种击鼓传花的把戏,鼓停时花落在谁手里,谁就得出个节目。那习桂芳,玩得正在开心时,却就觉得对面的一个地方,总就有一股灼热的眼光,烧在自个的脸上。便留意了,看出那个人来:穿得也像个人样,也白白净净的,也不甚油滑,也还有几分气质,便是同学里一个叫万庆生的,本地人,当下心就不怎么在击鼓传花上了。

待下个星期六舞会时,万庆生便来请习桂芳。那万庆生着一身银灰西装,配红领带、黑皮鞋、梳了头,看着干脆利落。习桂芳耳热心跳,自然不会拒绝。第一支曲子完时,那万庆生只讲了一句话道:"习桂芳,你跳得真好,你这种气质最适合跳舞了。"

习桂芳真个是受宠若惊,由万庆生送到座位上坐下,却就想着他那句话,心里甜丝丝的,气韵也上来了。她却又是个有想法的人,想着:谁知他是什么样人。却才过了一个曲子,那万庆生又来请她,跳的是个慢四。慢四最抒情,太年轻些的人不是太愿意跳的,习桂芳却就觉着那万庆生步步把她带在曲韵上,一瞬间便叫她如痴如醉成一片虚幻。在跳着时,全场的人,便一个都不剩了,只有那曲子柔缓地响,习桂芳便觉着自个那双小皮鞋,由那曲子垫着,一起一伏地滑往一个不知道的地方去——那地方全是秋天的落叶,落成一片厚实,脚在上面走时,便走出一种感觉来,挡都挡不住。

这一曲跳完时,习桂芳心里真说不出来的滋味,在座位上略坐一坐,便出了舞场,一个人跑在操场边上,她是不愿那感觉去了,她觉着要是再跳,都成多余,都会坏了情绪。便这样一个人在大操场上走,一边走一边想:自个这往后便往哪里去了?有一种感觉,便是觉着自个驾驭不了自个,心间有点惶惶的,充满了预感。

走完第五圈时,校园里的人已快要散尽了,只那些宿舍里的灯亮着。

下一次舞会时,万庆生又来请习桂芳跳。跳了两曲,那万庆生讲:"舞会结束,到操场上走走,好不好?"习桂芳听了这话,有心回绝,却强口答应了,心间是挡不住的那种想法。舞会散场,两人各寻了路,兜了一个圈子,在操场上见了,那万庆生说:"今年这天气真不赖。"话便开了头。两个人站成对面,讲着一些多余的话,讲到快熄灯,才分开了走回去。

过了些时日,万庆生私下里便约了习桂芳说:"你到我家里玩玩,今个晚上,也叫我爸我妈见识见识。"一句话把习桂芳心里说得甜蜜的,却故意装出不明白的样子问:"见识啥子?"万庆生说:"叫他们开开眼界呗。"习桂芳说:"我还真有点害怕。"万庆生说:"怕啥子?"习桂芳说:"怕他们……"万庆生说:"哪能,不可能的事情。"两个人讲定了,在这一日的晚上,便由万庆生骑着车子,带了习桂芳,往万庆生的家里去。

习桂芳坐在车后座上,靠着万庆生的后背,心里头又是说不出来的那种滋味,说:"还是有点害怕。"万庆生说:"有我,怕啥子?"过了大隅口,又往北骑了一段,大街上的灯剔亮,在街上走动的,多是少男少女,都像是恋中的人儿。那习桂芳望见一街的花花绿绿,景象是草庙跟泗州咋也没有的,胳膊便把万庆生揽得更紧,像是怕他跑了。又骑了一段,又往东一拐,入了一条宽巷。宽巷里灯光暗淡。万庆生说:"芳子。"习桂芳贴在他的后背上,以为他要讲什么话,忙答道:"哎。"自行车却就往一个大院里一拐,大院里却就是一幢幢宿舍楼。两个人下了车,把车停在一个门洞里,上了三楼,便是万庆生的家。

恰在这一晚上,万庆生的父母亲,都坐在客厅的沙发上,嗑瓜子看电视。见了习桂芳,都觉着不错。那习桂芳便是一个标准的东方女孩,瓜子脸,大眼睛,条子又好,腰身又柔韧,嘴儿也甜,进了门,便喊了一声:"大爷,大娘。"这都是濉浍平原这地方的称呼,意思是说被称呼的人,比自个的父母亲年岁大,年岁长,在实际上,那被称呼的,年岁倒不一定真比自个的父母亲年岁长多少,这都是尊敬。习桂芳坐下来,跟万庆生的父母,讲了一会话,也都还谈得亲切。讲谈一时,那万庆生的父母亲,也是能理解青年人的,便放了习桂芳,由万庆生带到自个的房间里,各自说着话去了。

原来那万庆生的家,是两室半一厅,一厅留着吃饭、来人、看电视,一室由万庆生父母住着,一室由万庆生住着,那半室,就做了万庆生父亲的书房。其实也谈不到什么书房,只因那万局长,平素里喜欢练几个毛笔字,便做了他练字的地方。

习桂芳进了万庆生的房间,左右看时,那万庆生的房间倒也布置得简净。万庆生去厨房泡了两杯茶来,回来时便把门锁了,又开了收录机,把音量调到不大不小,却就来挨坐到习桂芳的身边说:"咋样,不骗你吧,你也不怕了吧。"习桂芳说:"你爸你妈,对人都怪好的。"两人坐在一起,那感觉就不一样。说着话时,万庆生的胳膊就搂在习桂芳的腰上,脸也贴着脸,听那曲子响。

第二回,习桂芳来万庆生家吃了一顿晚饭。晚饭之后,拾掇干净了,万庆生和习桂芳又进到万庆生的房间里喝茶说话。门锁上之后,又把收录机开了,两个人搂抱在一起,不知说什么好。你来我去的,就做成了一片云雨,做成了一件开天辟地的大事。出了门仍由万庆生送习桂芳回学校去。两个人走在路上,都是一种永远的亲近,这时节也到快要放寒假的时候了。

到了这一年的寒假,这一对热恋的人儿,实是不愿意分开,整日厮守在一块,玩呀乐的,直到快要过春节了,习桂芳说:"我咋样也得家去一趟,"要么你跟我一块去一趟。两人商量了一会,习桂芳说:"那你就下回去,我家去就来。"由万庆生送她到汽车站,候她上了车,才回去。

这时节在淮北的濉浍平原,正是隆冬时候,大平原上萧萧条条的,只望见冬小麦的片片不很鲜艳的绿颜色。习桂芳坐在车上,脚冻得有些子难受。车到了泗州,买了往草庙去的车票,还得等三个小时,便随意举步在街上闲转。

冬阳微弱,正转悠时,却突地见一条背街里,走出一个人来,面孔苍白忧郁,正是大路中学时的丁老师。两人四目相对,都吃了一惊,双方都有点局促。还是那丁老师先开口说话,问道:"习桂芳,听讲你考到宿州师专去了,现在是放寒假吧?"习桂芳说:"是放寒假,俺现时是打宿州来,往家里去的。丁老师现在在哪里?"丁老师说:"还在中学里。"话讲开了,两人又觉着了自然的气氛,习桂芳打心里想:自个在外头见了些世面,现时看见丁老师,倒也不觉着他有什么土气,这真有点怪事。习桂芳又说:"丁老师家里都好吧?"丁老师说:"也还好。"说这话时,习桂芳便觉着他不是打心里头说出来的,是打嘴里头说出来的,又不好细问,略叙了一些,话又不能深又不能浅,只点到为止,两人便分了手,各往一头去,那习桂芳便往车站上车去了。

第四回

习桂芳到底是个有福的人,待毕业时,万庆生家已帮她联系好工作,留在宿州市,两人分在两个学校里当教师。而后便结了婚,习桂芳的父母亲,都往宿州来了一趟,热闹了一阵子,又由万局长找了部小车,载着习孝年夫妇和万庆生夫妇,一同往草庙乡下去,便称作女婿回门。

回门时,正当春季,四野繁盛。习孝年家间的亲朋,知道习家的闺女混好了,找了个大干部家里的,都打心里欢喜,都来热闹,都把话传得离奇。整个草庙集竟也是热闹了几日,鞭炮放了百十盘,亲朋也来了十几桌。其中还有不少习桂芳上中学时的同学,自成一桌,于席间吃饭闲谈时,偶谈到以前的老师,讲:有的干好了,有的干坏了,有的升校长了,有的家庭闹矛盾了。那丁老师,老婆却于年上病死了,现在他带着两个孩子过。习桂芳打别的桌过来,只听说个半截,心里却是咯噔一下子,也不便问,也没怎样往心间去,同学好友便都来贺着她,说笑个不止。

眨眼三几天过去,吃也吃过了,喝也喝过了,小两口又回了宿州,休整两天,便带足了钱,到苏、杭、沪去旅游了一圈,花掉两千多块钱,光彩照就照了十几卷。这结婚蜜月的气氛,延续的时间长,才眨巴眼,五六个月就过去了,人还跟在蜜月里一样。那万庆生的单位,恰巧又分了一小套住房给他,搬了家,整理了,安顿了,走上了生活的正轨。却才过了一年零几个月,习桂芳便生了个儿子,起名叫万宝宝。朋友来的时候,开玩笑开惯了的,就喊他叫万宝路。这名字听起来也不错,喊来喊去就喊成了万宝路,也就习惯了。

宝路长得可爱,一家人都疼他,眨眼间,他便长到三四岁,入了幼儿园。这期间的家庭便有些忙乱,由习桂芳到草庙那附近,找了个亲戚家的女孩子,唤作小画的,来做保姆,接送宝路,做饭洗衣服,习桂芳和万庆生都脱了手,清闲得多了。

这一天,正是万庆生跟习桂芳的结婚六周年纪念日,也是春天里的好日子,叫作五一节的。这一日又正是放假的日子,习桂芳上街买了菜,便要做一顿丰盛的,也是个庆贺。那一日宝路在家,跟小画玩,跟习桂芳玩,都玩得开心。却已经过了十二点,还没等到万庆生来。习桂芳便问小画道:"小画,你表姑夫走时,讲到哪里去了?"小画讲:"俺表姑夫走时,讲上一个人家办点事。"习桂芳又问道:"他可讲啥时候回来?"小画讲:"他讲过会就回来。"

又等了一时,习桂芳却就没有了耐心,心间因这一段时间的一些小事,却就有些疑惑,便对小画交代了,自个出门骑了车子,往万庆生的办公室去。

那万庆生的办公室,在学校的三楼上,在这种节假日里,安安静静的,没有人进出。习桂芳在楼下的拐角处,却就见着了万庆生的自行车,心里一沉,一下子,不知往下是吉是凶,便锁了车子,上三楼找去。

她却就长了个心眼,上楼时,只把脚步走得轻些。待上了三楼,间间办公室的门都锁得紧,也听不见什么动静,不知是为什么,习桂芳这时都有些害怕了,想转身回去,却又不愿意就这样了了,便轻步走在万庆生的办公室外头,侧了耳朵听。心间倒有点自责,觉着这不是什么厚道的事情,暗下里想:千万也不要听出有人在里头。才这样想着,里头却就传了声音出来,又正是万庆生的,也听不清楚,只觉出不是好事情。习桂芳顿然便一股火烧了,忍了忍,又要给万庆生留面子,抬起手去敲那门,喊道:"庆生,庆生。"里头却连半丝声音也没有,习桂芳又敲几声,说:"庆生,家里等你吃饭。"说完了,便噔噔噔地往楼下去,骑了车子回家了。

待万庆生回到家时,习桂芳正在卧室里抽泣,万庆生忙坐到她身边,问:"哭啥子?"习桂芳只不说话,哭得伤心,也不叫他挨她。那万庆生说:"谁惹你生气了?"习桂芳说:"你知道,你装啥子!"万庆生听了她的话,就有些不耐烦的样子,说:"你怎样想找我的事,我哪点得罪你了?"习桂芳说:"你上午在哪里?"万庆生说:"在一个朋友家。"习桂芳说:"在哪个朋友家?"万庆生站起来说:"你查户口来了?"习桂芳说:"你讲出来。"万庆生说:"就不讲。"习桂芳说:"不讲你心里就有鬼。"万庆生说:"有鬼又怎么样。有啥鬼?"习桂芳好伤心,说不出来,抽抽搭搭地就哭。

这一天就过不好,两个人都不理,万庆生便叫小画带了宝路上奶奶家玩去。一直到晚上,两个人还生气,习桂芳也不吃饭,早早便上了床。万庆生上床时,两人背对着,都不理。才睡到半夜时分,还是习桂芳忍不住,起来摇醒万庆生,说:"庆生,你讲,你上午跟谁在办公室?你说了我就原谅你了。"万庆生说:"我没到办公室去。"习桂芳说:"你车子在下头,我又听见你说话的声音了。"万庆生说:"那是不可能的,我没到办公室去。"习桂芳干气没有办法。

这以后日子便过得不和谐,吵闹生气的事也经常发生。习桂芳都忍了,讲:"庆生,以前的事就过去了,我都能原谅你,你还得想着这个家,想着宝路,把日子过好。"万庆生说:"那就全看你了。"习桂芳仍生气,说:"怎么全看我了?"万庆生说:"你管得也太宽了,鸡肠狗肚,谁也受不了。"习桂芳说:"我管你啥子了?"万庆生说:"你知道。"习桂芳说:"你真是个没良心的,那你说怎么办?"万庆生说:"随你的便。"

这往后的日子便是熬着了。习桂芳到底还在年轻的时候,心里有苦闷,便要找人说去。却就有上师专时同班的一个同学,也暗下里追过习桂芳,叫吴新年的,与习桂芳遇见了,交谈起来,触动了习桂芳的心弦。一回谈得生,二回谈得熟,交谈了几回,习桂芳便有些信赖着他了,倒不是觉着他人有什么了不起,只因他是个能交谈的人,使自个的苦闷有个出路,心情能好一些。

心绪不好,便想草庙的那个家,往草庙去的时候就多些。在往草庙去的一路上,眼望着路两边的庄稼树木、田畴村庄,真不知自个以后会在一条什么样的路上。到了家,娘还是娘,大还是大,哥还是哥,嫂还是嫂,脾性都还是那种脾性,心间的压力就轻些。

习桂芳便想:也就是凑合着了。却又想:自个年岁又不大,怕他什么,要散就散了,也比闷在一块,生气吵架强十倍八倍。又想:庆生也有许多好处,对自个也疼过爱过,却怎么就成这个状况,要是能变回五年前去,该有多好。又想:还是家好,丈夫孩子,暖暖和和的。想到这些,心间便是讲不出来的滋味。

那吴新年,这时对习桂芳,追得紧了。其实吴新年也是有妻有子的人,他妻子是个厉害的,虽疼他,他却时常受不了,有时吵了架,或打了架,他就三天两天不回去,住在一个朋友的宿舍里。他的那个朋友,是派驻在珠海的办事处的一个办事员,在珠海住的时间长,在宿州住的时间短,所以钥匙常年留了一把给吴新年。

吴新年在家里闹了气,就在朋友的宿舍里住,他的夫人,初始的时候,去找他,拉他回来,次数多了,就由他去,讲他:"有本事一辈子不回来,就死在外头。"吴新年还她:"你先死!"话就僵在这里了,先前的那种纯情,再难回来。那吴新年因是和习桂芳同病相怜,又一直倾慕着习桂芳,便追得紧了。习桂芳开始的时候,只跟他谈些生活的琐事,流露出了生活的不如意。那吴新年,有一天打个电话给习桂芳,说:"出来走走,在家里也怪闷的。"

习桂芳犹豫了一下,说:"这里还走不开,手里头作业还没改完。"也算是回绝了。下班回家时,骑着车子走在路上,想:其实又算个什么事呢? 说说话。这事也就过去了。又过了两天,到星期三下午,学习的时候,吴新年又打了个电话来,说:"晚上有个舞会,在基建局,你去吧?"习桂芳说:"几点?"吴新年说:"八点。"习桂芳想了一下,说:"可能去不了,正好孩子这几天不太舒服。"下班在路上,自个想,就去跳个舞又有啥子,不比在家里怄气吵架强? 我怎么就该老忍着让着他,便想到了万庆生。

怀了这样的心绪,晚上在家里,跟万庆生两个,为一点小事,便起了争吵,先由万庆生吵了,习桂芳便还口,两人便吵成了对骂,把父母祖宗都捎上了骂,继而又有了撕扯。夜间习桂芳带着宝路睡,想:这日子怎么过?

挨了几天,吴新年又打电话来,讲:"基建局又有舞会,去吧?"习桂芳很犹豫,想:去还是不去? 庆生不也常不在家吗? 便问:"几点的?"吴新年讲:"还是八点。"习桂芳犹犹豫豫地说:"这几天课太紧,到晚上就累了,也不想出去。"吴新年讲:"累了正好出来轻松一下,在家里更闷人。"一句话讲在习桂芳的痛处上,习桂芳咬咬牙忍了,说下次再去吧,把电话挂了,心里很乱,坐着想:有个好丈夫该多好。想着,心里的那个滋味便又出来了。

时序更迭,日子便如熬着一般。这一天两口子打了架之后,习桂芳在心间发了狠,你不仁我不义,也就是这一堆了。便打了个电话给吴新年,说:"下班没事吧,想出去走走。"吴新年说:"我在路口等你。"

下了班,习桂芳骑了车子走了,两人见了面,谈了点话,吴新年说:"朋友留了个住处给我,去坐坐,吃点东西。"习桂芳说:"好。"吴新年从街边顺手带了点卤菜。那住处却是在僻静巷内,两人进去了,锁了门。原来是个小单元,一应设施齐全,只是不大,小了点。吴新年说:"喝点酒吧,这里有点白酒,也有点葡萄酒。"习桂芳心间很闷,说了这会话,心情好了一点,却有点疲累了,说:"啥葡萄酒?"吴新年说:"萧县红葡萄酒。"习桂芳说:"那就喝一点。"

简单烧了点菜,两个人坐成了对面,吴新年说:"喝啥酒?"习桂芳说:"你喝白酒。"吴新年说:"你也喝点白酒。"习桂芳说:"我不会喝白酒。"吴新年说:"没事,口子酒,好酒。"习桂芳说:"我就喝一杯。"

喝了一杯,两个人讲些话,吴新年讲:"再喝一杯。"又喝一杯,又讲了些话。吴新年说:"再喝一杯,你能喝。"又喝了杯,又讲了些话,话却是多了,心跳也快了。吴新年说:"再喝一杯。"又喝了一杯,又讲了一些话。习桂芳说:"我给你倒酒。"吴新年说:"你也再来一杯。"又喝了,又讲了更多的话。吴新年说:"酒真是好东西。"习桂芳听了他的话,趴在桌子上就哭了。哭过了,两个人把一斤酒喝完了,就关了灯上床睡了。

习桂芳这是第一次夜里没回家,早晨起来,看见吴新年的眼泡睡得有点肿,心间就有些后悔,一边梳洗一边想:回去怎么讲?吴新年在床上说:"今晚还出来走走吧。"习桂芳说:"到时候我给你打电话。"到了家,万庆生大发雷霆,把锅都砸了,骂习桂芳:"你个婊子养的,不要脸的东西,你敢说出来,昨晚你上哪了!"习桂芳说:"你管不着。"说话的声音却不大。万庆生说:"你个狗养的臭货,骚不要脸的东西!"

半年以后两人离了,宝路跟了桂芳,叫习宝路,上幼儿园大班了。

第五回

离了之后,学校给了习桂芳一间房子,母子二人,安顿下来,那吴新年说:"桂芳,我也离,我也受够了,咱俩在一块过。"习桂芳这时的心里是说不出的滋味,听见吴新年说了,便轻声回道:"新年,离婚也不是轻松的事,能凑合,你还是凑合吧。"

这之后就跟吴新年断了,是她觉着不合适的,不是个能做靠山的。时日稍过,便有些熟人朋友,来给她搭桥牵线。习桂芳到底还是风风韵韵的少妇,一般人走在路上,都回头多看她两眼。

在牵了的线里头,有个叫胡松友的,三十多岁,是政府部门一个局里的干部,也有点小职务,是因着自个不能生育,叫老婆给离了的。又有一个文化馆里的干部,叫马天华的,四十多岁,会一些文艺的功夫,却有两个女孩,都在上中学的年龄,那马天华的老婆,是病逝的。又有一个教师,叫冯永奎的,三十四五岁,却是个独身没结过婚的,也不是结不了婚,是原先在写作上有天大的雄心,也发表过两三篇作品,便立誓在不成名时,不成家;眨眼便过了三十,决心便动摇了,便有意找一个,却一时又找不见理想的,耽误来耽误去,便到了三十四五岁。

那习桂芳,也还不到三十岁的时候,又是孤身一人在外,没有个靠山,便与宝路相依了,却并不孤单,追着她的人倒有不少。她把那一间房子,打中间隔了,隔成两小间,里外都铺了床,里间由她住了,外间由小画住了,宝路却就由小画带了睡,只在习桂芳晚上没事在家时,才带他睡一觉。要是草庙那块来了人,便也在外间睡了,小画则上里屋来,跟习桂芳住在一张床上,由此也活成了一样规律来,只讲自个的窝暖和。

习桂芳在草庙的家人,便时常有来往的,不是她娘来了,便是她哥来了,或是她嫂子来了,要办着点事,便也奔了习桂芳的小屋。人来人往,也叫习桂芳觉着不孤单。她娘家来人时,都带着土产来,也是有意给着她一些暖和,因此她家里的红芋粉条、绿豆、豇豆、花生、蒜头、干红辣椒,都吃不完。她娘来时,便跟她讲:"芳子,你再大了,也是娘的孩子,宿州这块,离家倒远些,要么就往泗州去了,上泗州找一个,靠得住的,离俺们草庙也近着些。"习桂芳说娘:"也没啥哩,俺在这块,有好些同学,人也都熟了。"便不讲了。那习桂芳到底是个有风韵的,也寂寞不了。

初始牵了线的那个,叫胡松友的,跟习桂芳见过几面,一次是在牵线人家里头,一次是在胡松友家里头,一次又是在胡松友家里头,还有一次也是在胡松友家里头。初见着时,习桂芳看过去,觉得这人长相倒也宽厚,脸上红润润的,个子也不算矮,总有一米七二七三的样子,心里有点动,却是拿不准主意。回到家里,想想,他是个不能生的,却就联想着了他的脸色,白胖胖,红润润,倒叫人想着了以往的太监,心里顿然便起了一层不舒服来。往好处想了,便想他是不能生的,必定疼着宝路,人看上去也厚道,不是个刁滑的,跟了他过日子,也就是个能过到底的了。这么犹豫不决时,中间人便打了电话来问她,下回还见不见;又说,那胡松友对她的印象,好到不知哪里去了,已跑了两次来,叫催着问她的态度。又拿私下里的声音说:那胡松友,也是个能过日子的,这几年间,自个省吃俭用,就有了七八千块钱,要是习桂芳答应了,家跟钱便由习桂芳支配着了。习桂芳听着电话,心间倒是一层感激,因有人巴结着,自然是好的事,也说明自个还是个有魅力的,却又有另一种感觉,也讲不清楚,便答应了中间人,讲再见一面。

再见一面时,便在胡松友家见了,中间人夫妇自然也去了。到了时——是晚上——那胡松友的家,却是个中套,两室半一厅,却比习桂芳原先住的那个小套,大了近二十个平方米。屋里的陈设,看起来也殷实,要是叫一般人看起来,这条件却就是上乘的好。

坐下了,那胡松友更是红润焕发,忙得不亦乐乎。中间人道:"你不必瞎忙乎了,你们上屋里谈去。"便推了他两个上屋里谈——中间人夫妇两个,只坐在客厅里,看二十寸的大彩电,嗑瓜子,闲拉呱。

谈过了,回家了,两个见面的人,却又是没约定下一回的事情。倒不是胡松友不肯约定,是那习桂芳,心间总就有些犹豫,故而没有松口。待回到了家,想了又想,只是拿不定主意,便去平日最要好的一个同事郭老师家里,两人私下里讲了这些话,讲:"他倒是条件不错,不知怎么的,我就拿不准主意。"郭老师笑道:"这事真不好说。要叫我讲,他条件也不错,你反正又是有宝路了,不生倒省你的事,"说着便笑,笑说,"我都是瞎说,具体情况也不了解,这主意还得你自个拿,要讲条件,他真是不错。"

习桂芳回到家,想想郭老师的话也有道理,便想:上哪去找十全十美的,就应了他吧。

第二日中间人打电话来,习桂芳一接着就说:"太麻烦了,也叫你们脱不了身。"中间人说:"没啥啦,胡松友又来问你态度了,你怎样打算?"习桂芳说:"我再跟他见一面,他人看上去,倒不错,就是了解得少。"中间人说:"多见面,了解不就多啦。"

这晚上由中间人送了去,送去了中间人便回了,留下他们两个谈。中间人心想:反正两个都是结过婚的,也没有不知道的事,便由他们去,说不定就成了。留下胡松友跟习桂芳在屋里,那胡松友似乎就有些紧张,有些拘谨——倒是他自个的家。习桂芳心间却是一派坦然,因着决心已经下了,别的事也就不担心了。

两个人说着些废话,也没有多少句,那胡松友便就没了话,只是嘟着嘴,脸白胖胖,红润润。习桂芳见了,心想:便由他去了。也找不出话茬来,也闭了嘴。见那胡松友,也不是个冒冒失失的家伙,也不是个精力旺盛的,心间却就冒了一些悲凉出来,想讲几句热辣辣的话,也讲不出口。闷坐了一会,便告辞了。

胡松友送出门来,一路上话也讲不出来,直到要分手了,才结结巴巴地讲:下回再见一次。习桂芳心里仍是那个滋味,有些悲凉。有心回绝了,却张口答应了。回到自个的家,想来想去想不出个结局来,暗自思忖:倒摸不住他到底是怎么样个人。总觉着不能如了自个的意了。又想:再去见了一回,再说吧。

下一回见面,又是在胡松友家。这一回习桂芳却是自个去了,穿着紧身流行的衣服,脸上也着了点淡妆,甚是引人遐想。由那胡松友迎着,迎在屋里。两人说了些话,那胡松友却又是紧张了,讲不上成句的话来,只是脸上红润润、白胖胖的。习桂芳此时倒是有了点心情,拿眼盯住他时,那眼神里便明显有些怂恿。那胡松友不是没望见,他是望见了,却出了一脑壳的汗珠子,拿手摁住太阳穴,半句一句地讲:"今个怎么头偏又疼了。"习桂芳听了他的话,站起来便告辞了。那胡松友送她出去,出了门,结结巴巴地又要约下一回,却叫习桂芳婉言回绝了。习桂芳上了车子,骑在路上,心间却就有点恶心,忙下了车,往路边蹲了,哇哇地干呕了几声,才觉着好一些,打那便再没跟那胡松友见过半次面。

便也在这前后,又有热心的,给习桂芳介绍了,是文化馆里的干部马天华。两人见了时,那马天华倒是个随和肯讲的人,又以他年岁长于习桂芳,有点老滋老味的,便是一点长者的身份。初次见了,两人却并不拘束,那马天华,尽吹些天南海北的事,又都是自个亲历的,叫习桂芳听了,心间暗自惊叹,那种尊敬的心情也有了点。快到中午时,马天华的两个丫头,都是大姑娘了,放学回来,如入无人之境,见有客人来,倒不知是什么人,都习以为常了,径自往自个的房里去。马天华道:"这是习阿姨,喊阿姨好。"那两个丫头,回头看了习桂芳一眼,见她是个年轻漂亮的,便参差不齐地喊了一声:"阿姨好。"便往屋里去了。

习桂芳的心间,倒小小地有了点压力,觉得自个一个女人,在这几个人跟前,就弱小到不知哪里去了,随后又否定了自个,咬牙想:自个到底是离了婚的,不能要求十全十美,先接触了再说吧。

第二回又去,那马天华又吹,天南海北,吹一些奇闻逸事,口若悬河,又都是自个亲历的。习桂芳听来却就没了昨日的新鲜感,时时发觉那马天华的话里,总有些昨天就听过的经验教训和哲理之类,便有点感觉,感觉那马天华,有些唠叨,又有些迂,嘴里却不便说出来,只是兴味大减。却在这时,那马天华,到底是个搞文艺的,便问习桂芳,会不会点乐器歌舞之类。习桂芳说也会一点。那马天华听她说了,心间顿时高兴,打屋里墙上摘了一把二胡出来讲:"我就喜欢这个。"便调了弦,拉了一段《二泉映月》。在拉的时候,两人自然都说不得话,都静心地拉、静心地听,在这个时候,各家都去上班了,宿舍区甚是安静。那马天华深深切切地拉,却就忘了一切,把那《二泉映月》拉成一片深沉,一片悲凉。习桂芳听着,心间甚是感动,有许多事情,便忆了出来。这一日因习桂芳怕再遇见那姊妹俩,稍早些便告辞了,由那马天华送到文化馆大门口。

只过了两日,两人又见了一面,见面时那马天华自然又是海吹一通,吹过了,突兀兀地便问习桂芳道:"你会不会唱歌?"习桂芳讲:"唱得不太好。"那马天华也不在意,也不品味习桂芳的话里意思,又问:"会不会唱戏?"习桂芳说:"也唱得不好。"马天华说:"泗州戏会不会?"习桂芳露齿笑道:"泗州戏也就是我家乡戏,能哼几声。"那笑却是迷人,只可惜马天华并不注意这个,只兴致勃勃道:"来一段,来一段。""来什么?""来一段《割猪草》。"习桂芳讲:"好。"马天华便坐好了,腰挺得板直,先拿二胡拉了一段过门。

那习桂芳,打生下来,便是个落落大方的角色,也不忸怩,张口便唱。原来在这文化馆的宿舍里,吹拉弹唱都不是违法的事,哪一个干部不是几个学生,一帮文艺朋友,所以习桂芳在这里张口唱了,却是再自然不过的事情。

却想不到习桂芳是个高音,音色圆润,唱起来甚是风采,唱道:
"小二子,大清早,上西坡去割猪草呀。"

这是头一句。这头一句才唱完,那马天华便如醉了的一般,大喊一声道:"好!"喊过了,仍拉他的过门,不曾耽误了,只一点与先前不同,便是把头脑摇晃起来,右脚掌在地上打着板子,整个一个戏戏痴痴的模样。那习桂芳听他喊了一声好,兴致更高,接续又唱道:

"东坡的日头照,西坡的猪草好哇。便扭扭身,望见来了一个,呀个嘿嘿梅呀么梅小巧呀。"

这一句里的拖腔却长,能见了人的真功夫。那习桂芳放开了去唱,却就唱得爽快,引得马天华连喝道:"好!好哇!"这一声喊,却就把习桂芳喊得扑哧一笑,便断了唱。马天华道:"好嗓子,好嗓子,你教书也是可惜了,可惜了。"临别时,又约了习桂芳,叫她隔日再来,喊喊嗓子。

习桂芳回到家里,想想,不明白发生了什么样的事。隔日她又去了,又唱了,唱时,却引来了几个人,都是文化馆的,其中一个便是馆长,都站在门外来听,听她唱完了,都喊一声"好"字,才推门进来。进来了,见习桂芳,俊俏可人,都讲她嗓子好,便问马天华:"她是哪里的,叫什么名字。"那马天华自然得意忘形,讲:"这位是习桂芳,我的一个学生,嗓音便是十里挑一也挑不出来。"喧哗完了,各位都坐下来,又请习桂芳唱。习桂芳便又唱了一段,唱成一片枣林杏枝,乡乡土土的,外人都体会不了那最深里的味道。

只那恋爱婚姻的事,却成次要,渐又淡化消失了,再没提起过。这倒也自然,没有勉强之意。

第六回

忙忙碌碌便又数月过去,习桂芳再见面的一个,也是熟人朋友介绍的,是个叫冯永奎的,没结过婚,也是个教师,只爱好写作,在地区的报纸上发表过几篇短文章。两个人由中间人介绍了,便约在公园里见面,这倒是冯永奎的建议。

上公园那天,是星期二的上午,却是在冬天,在寒假里。习桂芳原来想这个不见了,却禁不住中间人的说道:"去见见又不损失啥子,成了,就成了,不成,就不成;有当无地见见,就算是结识个熟人。"习桂芳禁不住这一说,又想人家中间人也是一腔热心,不好一口就回了,便应了下来。

去的时候,习桂芳由中间人陪着,就是她的同事郭老师夫妇;那冯永奎,由一个三十多岁的男子陪着。到公园见面时,少不了也得介绍陪伴的人,冯永奎便介绍那三十多岁的男子道:"这位是我中学同学吕建中,现在合肥工作,老家就是淮北人。"习桂芳看那吕建中时,心中不知为什么,怦然一动。那吕建中个子不算低,有一米七四七五左右,不太胖,脸面上有点苍白,又有点忧郁的样子。

听完冯永奎的介绍,各人都作了寒暄,郭老师夫妇和吕建中,原也是认识的,便退到别处去,留了习桂芳和冯永奎两个说话。

说了几句闲话,冯永奎道:"不如在公园里走走。"这时的公园里,本没有什么人,显得十分清静,正是说话的好地方,习桂芳说:"好。"两个人便分开了点距离,慢步往前走走。一边走,一边习桂芳轻声问道:"听说你是个爱好文艺的,发表过不少作品。"那冯永奎摇摇头,怀才不遇地说:"我的作品一般人都不能理解,我写得很深刻,是一种现代的派别,不知你看过《拂晓报》上的那首诗没有?"习桂芳摇摇头:"我的信息太闭塞。"冯永奎说:"那首诗一般人都理解不到深里去:这些融化的想象/浸润着春天的花朵/盛开在封闭的小院。"冯永奎突然抑扬顿挫地背诵起来,普通话却讲得并不好,有些走味,叫习桂芳想笑。冯永奎却是一副认真诚恳的样子,使习桂芳起了一些敬重。那冯永奎接续了背诵道:"那是宇宙的意识吗?/那是宇宙的海洋吗?那是夏天的一棵树吗?/那孩子的影子,/真聪明,/那都是融化了的想念呀!"

他的声音逐渐大了起来,便有一种号的趋势。习桂芳真有点担心,怕他的声音把不相干的人引来了。幸而他背诵完了,习桂芳连忙说:"我虽然不懂诗,但我觉得很不错的。你跟那个吕建中是同学,又是好朋友,他也是个喜欢文学的吧?"冯永奎说:"他倒不怎么迷,他日子过得舒服。"习桂芳说:"噢。"冯永奎又说:"我是个随便的人,你不一定习惯,不过我人倒不坏,就是迷文学迷得太深。"习桂芳说:"那就不能浅一点?"冯永奎说:"这是一个人的命。"习桂芳听他讲了这么重的话,心间咯噔一下,顿时便有了许多感触。两人往回走,与郭老师他们合在一块,又随便说讲了一时,便回去了。

待分了手,郭老师问习桂芳道:"你看怎么样?"习桂芳勉强笑笑,说:"人倒是好人,过日子,怕合不来。"郭老师也摇摇头,这事就算了。

等这天习桂芳回到家里,却就想:那吕建中怎么是个见过面的样子。一时又想不起来是在哪里见过的,挖空了心思,也想不出来。习桂芳便有点坐卧不宁,心想:初次见了一个男人,却就忘不掉了,就想着他了,这事怎么就这样怪?又不好去打听,只便从中听郭老师讲,那吕建中是个有家室的,生活也顺。习桂芳暗想:有没有家室,倒在其次。却并不因着那吕建中有家室而起什么妒意。只是觉着自个的念头奇怪,倒想不出原委来。

说讲时,半年又飞快地过去。这期间习桂芳又见过几个,都不能中了她的意,她也是累了,在宿州地方,靠她一个人撑持一个家,又是离婚几年还没谈朋友结婚的,日子就过得重。在心里头,却就忘不掉那个吕建中的形象,在行动上却又不想去找着他,去追着他,习桂芳自个只觉着有些奇怪,却就是想不出来为什么,在哪里见过。

她娘来了时,见到她,心疼疼地讲:"芳子,你倒是眼见着又黑瘦一些,俺讲了你也不听,俺倒不知咋样帮你好。"习桂芳讲:"我这里很好的,只是上课任务重些,有点累。"娘说:"累了就往草庙去住一段。"习桂芳说:"那不行,宝路上了学,不能耽误,再讲我请假,谁来代我的课?"娘自叹一口气,不讲了。习桂芳见她那样,安慰她,讲:"今年暑假,一放假就家去,在家里过一个月。"娘讲:"那倒好。"

这时真到了暑假。习桂芳说:"宝路,咱们上草庙玩去,玩够了再回来。"宝路跟小画都高兴得不行。习桂芳一边拾掇东西,一边想:都由它去吧,也太累了,先喘几天轻闲气再说。

把家交给郭老师代看着,三个人一路往汽车站去。上了汽车,车子跑到大平原上,一眼望去,葱葱茏茏的,甚是喜人。空气又新

241

鲜,阳光又好。习桂芳望见乡间的这些东西,脑瓜里的乱头绪,便渐都清爽了。想想自个已是三十岁了,时光倒跟昨日才在跟前似的。才这么想着,脑瓜里却哗啦一声,如开了一把锁样的,叫习桂芳的嘴里。"呀"了一小声,忙别了脸往窗外去了。她是想起了一个人儿,那人也是那样的个条子,也是不胖,也是脸上有些个苍白,有些个忧郁。习桂芳在车上,蓦地想起了这个人儿,心里头一紧,差点就哭出了声来。暗道:怪不着那吕建中有些面熟,却是脑瓜里藏着这个人儿。心中顿时开亮了,便嫌这车慢,又担着了几分心,怕这么多年过去了,人都得有个变故。

到了草庙,一家人都欢喜得不成样子,习桂芳给小画带了几大包吃食,又给了她几十块钱,叫她回家去过一阵子,又讲好了,过一些日子,十天半月的,带宝路上她家玩去。又给宝路安排了,先写作业,待作业写好了,就随他玩去,在草庙,跟他般大的孩子,一地都是的,又都会玩捉迷藏。

在家间只过了一日,习桂芳便骑了辆自行车,往小梁乡找中学时的同学韩爱珍。那韩爱珍,现时却就在小梁乡左近的一所小学里,做了个民办教师。习桂芳找到她家,老同学见了,自然是不一样的心情。午间便在韩爱珍家吃饭,吃饭时,习桂芳便问:"以前咱大路区中学的那些老师,现时都不知咋样了?"韩爱珍讲:"咋样了,也还是有的好了,有的差些,只那丁老师一人可怜。"习桂芳拿淡漠的口气说:"怎么可怜?那次回来听讲他家里过世了,他就再找一个也不难。"韩爱珍讲:"那倒是。偏他就没找,一个人,带两个孩子过,像是在等哪个样的。"习桂芳说:"那也真是的。"心里头却是一紧。

回草庙过了一晚上,到第二天早上,习桂芳说:"俺娘,俺带宝路上泗州城里玩一趟,到下午俺们也就家来了。"娘说:"你去。"母子两个,上了车,就往泗州城里去了。

到了泗州城里,习桂芳暗想:却上哪里找他去?就上中学找去。虽说都放了假,打听个人,也还能打听到。便访了问了,往中学去。找到泗州中学,见一个看门的,五六十岁,正坐在树底下乘凉,摇一把扇子,习桂芳便上前问了,问道:"请问大爷,有个丁老师,可在这学校里头?"那大爷说:"哪个丁老师?"习桂芳说:"丁文海老师。"那大爷说:"噢,丁文海老师,他就住在后院,最后头一排房子,最东头一家就是。"看了看习桂芳,随口又道:"你怕是他的学生?"习桂芳说:"俺就是他的学生。他不知在家不在家?"那大爷说:"那倒说不准,你先去看看,要是不在,就留个话,赶他家来了,俺传给他。"习桂芳讲:"好,俺就先去看看,要是他不在,俺就麻烦大爷传个话给他。"说罢,就跟宝路一块,往最后院找了去了。

找到了,那却是平房,房前有个小院,小院是拿竹色子夹成的,甚是幽静。小院里中间一条小道,小道两边都种了些蔬菜,整弄得干干净净。那平房也还是新房子,又都不太老,青砖青瓦,更显出些幽静和湿润来。只那丁老师不在家,家间也没有半个人影,门都锁着。

习桂芳跟宝路在后院等了一会,只是不见来人。便又回到前门,跟那看门的大爷说了,说赶丁老师家来,麻烦大爷跟他讲一声,讲他有个学生,叫习桂芳的,来看看他。别的也就没啥了,赶过两天,俺抽时间再来。那大爷讲:"你跟俺讲了,你就放心了。"习桂芳谢过大爷,跟宝路便出门往街里去了。

也才过了一天,习桂芳又带了宝路上泗州城了。她这次便暗地里想:好了歹了,反正也就这一回,俺就等他,看能不能就把他等到了。

车到泗州城,也才上午九点来钟。下了车,习桂芳给宝路买了根雪糕,母子两个径直去了学校。到学校大门口时,那看大门的大爷却不在,习桂芳正怕他看见,忙和宝路往最后院去了。

这时太阳已经升了老高,树上的蝉已开始嘶着了。那尽后院里,最东头那家小院里,却仍是阴凉。一个整菜的男人,穿着背心,不焦不躁地忙着,也是偶尔地抬起头来喘口气,便见着竹笆子夹成的院墙外头,有个少妇,带着个男孩,手扶着竹笆子,站着看他。那少妇长成个什么样子?个子不甚高,身条健美,脸相机敏,两眼有神,半截毛,软腾腾的,很有些气质。那男子一时便傻了,疑是在梦里,也讲不出话来,也站不起身来,四目相对,便如雕塑样地凝住了……

第七回

这一个暑假,习桂芳便如换了个人,只觉着时间过得飞样快。也才过了二十天,便把宝路留在外奶家,自个一个人,回了宿州的学校里,去办着调动的手续去了。

习桂芳一个学校的同事郭老师,听知了这件事,便来说:"桂芳,你这倒是真快,可得考虑好呀。"习桂芳拉她坐下,把这事的前因后果,细细地讲给她听,讲到最后,讲的讲成个泪人儿,听的也听成个泪人儿,那郭老师抹着泪道:"这便是你们有缘分,再过了十年、二十年,也还是你们两个成一对儿。"

各样的手续,办办弄弄,到了九十月份,才办完。这倒算快的,只因泗州那边有接收单位,又是打地区往县里去,又是不出一个系统的,又是成人之美的事,才能办得这样快。宝路却早些日子,便在泗州的小学里念着书了。

待搬家时,习桂芳也没太多的东西,打泗州那边来了一辆卡车,一车便拉了去。不咋想要的东西,拉到草庙去了,像样些的,便留在泗州城里。习桂芳跟车往泗州去的时候,闭着眼坐着,便想:那宿州城也大些,楼也新些,人也多些,还不如这一个家暖。想着,心间就是要哭的样子,忙就不想了。

习桂芳到了泗州,忙乱了不少日子,把个窝给拾掇暖了,把几个孩子,也都安顿得好了。因是这样的婚事,也不想太铺张,只请了些亲戚、同事、好友,坐了几桌。忙忙乱乱的,倒觉着日子过得香,也过得快。到女婿回门的日子,又在夜间商定了一件事,那习桂芳说:"俺便先回乡下等你。"

时序正在十月底下,淮北的濉浍平原,便在这个季节最好。田埂子上走着的农人,还有些在路上骑着不带车瓦的破自行车的年轻猴子。还有另外的田地上的人,都带了一点逍遥状。却在快入傍晚的时候,日头也还没落下去,也还在树梢子上头的时候,田地里便趋了静了,只成群的麻雀,在入了深秋的树梢间,吵嚷个不息。在这样的时候,打泗州城里来,往大路区去,在大路镇驻点的最后一班农客,一杠烟地开了来。到一个叫双沟的小地方,卸下一个男人,便又开走了。

那个男人,穿了一身新衣服,因着这一身新衣服,他走路的时候,倒有几分不自然,竟显出了半点忸怩来,其实看惯了,也就不怎样觉着了。

那个人下了车,便往横向里的一道大沟埝子后头去。也有头十年了,这地形却没变多少,只还是先前的那个大模样。沟埝子的上上下下,都是大碗口粗细的刺槐树,那些刺槐树,想必是砍过一茬的,现在眼见着的,都是后来又长起来的。那大沟埝子边上,还是那条土大路,到了这个时候,却就是没有人走。那个人便过去了,打沟埝子边上转过去,是那个窝风的地方,却就见着一辆自行车,扎在地上,原先大路中学里的那个女学生,俊俊俏俏的,也是成熟了的模样,候在那块了。

　　两个人见了面,都不说话,也说不出什么话来,却猛丁地扑搂在一块,哇哇地偎哭,哭成一团泪人儿。哭过了,两个人舍不得分开,使了劲地偎在一块,偎成一堆。催了一时,那个男人道:"俺们走呗。"便由那个男人,一手推着那辆自行车,一手搂着原先大路中学里的那个女学生。原来大路中学里的那个女学生,仍舍不得离开他,便仍偎在他身边,跟着他一步步地走到了土大路上。

　　到了土大路上,先前讲过了的:这会便是傍晚时分,土大路上也没个人走动,只他们一对儿。他们扯眼往四下野地里望时,便觉出天天地地之间,都甚是耐看,甚是享眼。潍水边上跟田畴上的柳子、槐、杨、棠梨,枝枝叶叶都往青黄紫绛里去,长着草的地方,颜色便往暗朱里去了,真个是一地斑斓,如有一缸杂酱打翻了样的。那两个人,偎着走。走得很是缓慢,很是有功夫的样子。走走停停看看,不觉天便想晚了。那个男的,便轻着声说:"俺们骑上车走呗。"见点了头了,两个人便分开,那男的先一条腿着地,把车子滑动起来,便上了车子。那原先大路中学里的女学生,跟着车子跑了几步,拿两手扶在男的腰上,一欠腔便也上去了。

　　乡间的土路,倒是不甚好走,那自行车,驮了一个人,在乡间的土路上,便走得有些歪。

　　走得歪晃,却也是走远了。再看时,只剩了一个黑点点,直走进一片的斑斓里去了。这时打老远的一个地方,过来一阵深秋里还带着点暖意的不大的风,把草梢、树梢、青麦梢跟别的一切带梢的东西的梢头,都抚得动起来了。这一动,便整个的斑斓的大地都动了,那便是一种痛快得发颤的样子,竟止歇个不住了……

花　大　姐

花　大　姐

在月亮滩庄都住上好些个月了,庄里的野孩子皮望见,也还要拉起队伍猛喊:

"花大姐,花肚皮,吹了灯,是俺的(di)。"

花大姐就是庄稼棵子里常爬常飞的那种小虫,叫瓢虫的那种,招人欢喜。因之庄里的野孩子就拿它来比新娘子,要是拿来比没开门的大闺女,那就有点邪味了。

孩子皮跟在后头号,胖妮也不羞恼。喊急了,她就拿出一副泼样子,骂道:"日你娘花大姐。"装出要追打的样子。

野孩子皮一哄而散。她正好走自个的路,直走到宝义娘留给宝义的那两间旧土屋跟前,把胳膊弯里的竹篮子卸下来,拿手在一棵臭椿树跟一棵木柱子之间拴系着的毛绳上一捋,再把竹篮里洗净的衣服晾上去。

家里的活都是胖妮的。倒不是胖妮怕着宝义,是因着胖妮闲不住,又撑着一股好胜的心情,咋讲也想着把这个她当的家给拾掇得像个样子。

早上打一睁眼,宝义就缠住她不放。因是新婚不久,又苦熬苦憋了二十八九年的,所以一时半时都歇不下来。跟几年吃不上肉一样,乍吃上三顿五顿,解不了馋。

胖妮就先打床上起来,和了一盆红芋面,烧起火,把死面贴在锅壁上。待锅里水大沸了,就熄了火,拾掇一篮子衣服,挎到小水溪里洗去。

待她家来时,宝义已离了家,出工上大田干活去了。

那会天已是相当炎热。到吃罢晚饭,星星早就出得齐整,庄里大人孩子都搬了凉床或凉席,在外头天底下睡。宝义跟他的娘们,擦了澡,也搬了凉床在外头的空场子上,凉着。宝义娘留下的这两间房子,在庄外头,离庄子不远不近,有半箭之距,相互能瞧见,能喊应,却又互不沾着边。入了晚夜,天还是热闷着,但前面的小水溪,咋也能送些水凉气跟草凉气来。

宝义跟他的娘们扎在一架凉床子上乘凉……渐就耐不住……两人忙就搬了凉床进屋……

才两个月,胖妮的肚皮就很像个样子了。宝义脸面上的疙疙瘩瘩少下去,平滑了许多。男人见面都讲:"宝义,你老婆行哩,脸都操平啦。"

老些的女人当他面就讲:"宝义,你家娘们那肚皮显得快哩,怕不是你的。"

宝义一概回道:"你懂个×哩!"

这都是玩笑话。天热,玩笑话也不多,但有了女人,宝义的日子就过得有些味道了。

原野背景前痉挛不安的旧土屋

一个男人,打一个小庄子里出来。

出来的时候,一个半老的女人——是罗圈腿,穿一条黑裤子——送他出来,跟在他屁股后头讲:"宝义哇,东西俺就收下啦,下回不许啦。"走了几步,又讲,"俺拾掇拾掇俺就去啦,误不了你家娘们的事。"

那个叫宝义的东西,二十八九岁,低着头,恭恭顺顺地听,一边点头哈腰地应酬,一边讲:"俺憋着心哩,俺们就候你哩,俺大娘。"

讲完了,翻来覆去地辞了,才转身走到庄子外头去。

走到了庄子外头,那老女人的最后一句,还响在耳朵边上:"俺就去啦,俺误不了你家娘们的事哩。"怀里头揣了这句话,急急地走,忽惊忽喜地,在田野上渐就走远了。

走远了也还在田原上。

两个庄子隔着也不是太远,也就三五里地。忽然就忆起年把两年前,打这块走上去,听见庄里人喊:"宝义哇,你娘叫日头给晒毁啦!"那撕心裂肺的声腔。叫宝义的男人心里顿觉沉重下去。待上到河埂上,瞧见在原野的大背景前蹲着的旧土屋,才缓缓地舒出一口气来。就打兜间掏出一盒一毛钱的纸卷烟,掐出一根,划了火点上,深吃一口——这才打算抬脚往桥头那边走。过了桥也就到家了。

今年天热得早,火打天上喷下来,把脊背烤成焦煳,热辣辣地疼。那土屋是旧了,显得斑驳,在热辣烘烤的原野背景前不安地痉挛、抽搐。叫宝义的男人打嘴上把烟卷抹下来,定定神瞧着灼眼的天空,他打闷热里听出了点什么东西。他张合了几下鼻翅,嗅空气里的味道,脚底下也动起来,到后来就变成小跑。过了桥,他娘们的喊叫声隐约就听得更明白些了,但田原是整个地软瘫着了。

过了桥,听见那喊声弱下去,又渐强起来。也有那种撕心裂肺的味道,整个不起眼的旧土屋都在那叫喊声里颤动扭曲了。

叫宝义的男人慌乱如一条狗,盲无目的地在原野上头跑动,在烈日底下血喘,活得受罪。近了那痉挛着的土屋,这才生发出一些活性来:该是下半夜明日才将的,现时咋就号着啦?在这样想着的一眨眼间,吸去大半的烟卷,就打他嘴角上坠下来,坠在荒葱葱的草丛里,冒出一缕青烟在滚沸的空气里,熄灭了。

于是叫宝义的男人扑进了自个的家门。

也就在这一刻,他娘们的没命的号声骤然弱下去。那男人扶住里屋的门框立着,等眼里的黑暗消去——里屋只一面小窗户,外头的光线又强得不成样子。黑暗渐就消去了,那男人一眼望见自个的娘们那洞开的门户,那团肉就滑落在肥硕健壮的大腿边。男人被这情形吓住,他的嘴也张成那惊慌的门户的样子。他瞅见自个的娘们把头歪着,苍白惨淡的样子。屋里夹杂着一股呛人热浊的血汗腥臊。男人误解了那些含义,他觉着自个肥硕丰厚的女人,正离了自个远去,正化成不断的一缕热浊,慢慢聚合飘起,打后小窗散逸而去,渐次消化在后窗外头痉挛着的暑热里。那外头痉挛了的空气里,就又响起了年把两年前撕心裂肺的号叫!

"宝义哇,你娘叫日头给晒毁啦——晒毁啦——"

男人的心,像是叫人给猛抽一板子,那板子上尽是扎扎拉拉的木刺。男人的心猛缩起来,瘫搁木门框边号啕大哭。

他娘们还能有点微弱的声响飘过来:

"宝义,号个熊你号。俺大娘哩?"

至了晌午,全月亮滩庄的老少爷们,都知道宝义家里添了个带把的。这到底是喜事。闲来无事的娘们聚搁一块,就讲:"热日子难熬哩。"意思是讲宝义家里的生得不是时候。话讲过了,就抹不去。宝义一家都热忙活,活受着罪。

垄沟把脚步引向杂乱的灌木丛

到这会,胖妮跟她儿子茂华都熬过来了。

是个黑哩咕叽的孩子。粗胳膊粗腿,粗头粗脑,望上去就知是他娘的模子倒出来的,跑不掉。

出庄的时候,有一群孩子,都赤脸露腚,滚在路边的尘灰里。

见着茂华跟他娘,就齐声号道:

"地主羔子,咬屎橛子,端尿罐子,擦擦眼子。地主羔子,咬屎橛子……"

胖妮一脸的恼,扬了手里的镰刀追过去骂:"擦你娘的×眼子,杂种日出来的东西!"那黑哩咕叽的孩子,也知道打地上拾羊屎蛋大的一块土坷垃,张手扔出去,嫩声嫩气地骂:"日你娘的×眼子。"

那帮野孩子一哄而散,惹起一片烟尘。眨眼又在稍远一处聚齐了,愈加不要命地齐声号:

"地主羔子,咬屎橛子,端尿罐子,日×眼子,日×眼子,日×眼子,日×眼子……"

胖妮扑哧地一笑:"日你妈的×眼子哩。"转身他娘俩就离了庄子,奔田原上去了。

渐次他娘俩也就走远了,倒也走得无牵无挂,悠悠闲闲。两对赤脚踏搁昏热的光照里,把光照的线搅得乱动。他们真就走远了。

这时田原上还没到一天里最热的时候。树上还有些鸟叫,矮庄稼地上头还有些雀子飞过去,叫油子还都伏在茂密的叶子底下嘶。田原上苍青青,如好些日子一样,天上连半点云彩都不留着。地上也见不着半点风,放个屁都能在身边臭半天。

在较高那些地方,那些刺槐树,那些柳子,那些臭椿树,那些楝,那些白杨泡桐,那些高贵的树和俗气的树都在夏日的酷暑里长得人模狗样,都有些疯长的味道。闷热看上去对它们还没有太大的坏处,有它们在,田原倒显了有生机的样子。

远远地,那两匹动物就走远了,直走入田原的腹地里去。他两个消失在一块洼荒地跟一块黄豆地的结合部,那里有一些起伏的沟埂跟小斜坡,还有一小片一小片杂乱的灌木。不能一眼就瞅见有人或有什么人在那块活动。

日头渐升上天。酷热猛增。蹲地上割草的茂华娘,发现儿不在身边,就立起来喊:

"茂华哇,茂华哇。茂华你上哪块啦?"

四野没一丁点回音,远远近近传出些青蛙憨厚的叫。宝义家里的有些发急。她转动脸四面瞅了去,见黄豆地头有十几垄红芋。红芋秧都长成墨绿,但在近午的烈日下,都显出了点蔫样。她瞧见那几根红芋秧蔓翻动了,忙掀动她肥厚的大脚掌奔过去。

垄沟里很是干。她瞧见有些裂翻翘的土片,叫什么东西给踩塌了,那些踩塌的地方还有些磕磕绊绊。她就知道了,她立起来,垄沟把她的脚步引向洼荒地里杂乱的灌木丛。那是些杂木,宝义家里的能认得的就荆条子。她走完垄沟,野草来迎她的赤脚掌,野草叫日头晒得温软。转过那些杂木,她就望见儿了。

儿把自个拉的一泡屎,滚了一身,在荆条丛子底下,正睡得香。

一群绿头苍蝇,轰一声炸开去。宝义家里的跟跄着退后了几步。而后抱了儿嘟嘟哝哝上水洼子里洗去了。

日头能晒死人。是妞也白不了。垄沟那左近现时是见不着半个人影子了。

一个人抽搐地、疯狂地扎根于足下的土地

胖妮生芳兰的时候,很是苦,生了两天一夜才把芳兰将下来。血淌了一床。

将下来的时候,宝义家里的只骂了一句:"这个孬种。"就晕过去了。

庄里来的接生大娘,忙着出来对宝义讲:"怕是不行啦,上公社请先生呗。"

庄里人都讲胖妮怕不行了。天又热,汗血淌得又多,怕真不

行了。

过了三五天,胖妮已经搁头上扎了白毛巾,搁腰眼上顶着个花瓷盆,上小水溪里洗尿布了。她的腿和脸和胳膊都还浮肿。她洗完尿布,回到房子跟前,往毛绳上搭尿布时,头很晕,她忙就蹲在地上了。

宝义在屋里瞧见她,紧忙出来扶她进去。胖妮捂住头讲:"茂华他大,你把尿布晒上。"

就脱了他的手,摁着太阳穴,自个走进屋里去了。

现在泥土上有她的五个身子:茂华、狗蛋、淑兰、芳兰和她自己。

锄地者被平原烧烤着的风景所淹没

在一分钟之前,远处的树都还能看得较为清晰。但是一分钟之后,那种影像已经叫烧烤着的风景淹没了。原先清晰的东西,现时叫天空昏黄色的炽焰熔化了,两物之间都模糊了界线。因而整个风景就一塌糊涂,整个风景就像是一笼统地给杂烩在平原这个大盘子里,相互搅扰,弄得一屎糟。

锄地的人,都在自个的位置上。

他们叫平原上烧烤的风景给淹没了。他们自个倒也成了烧烤的风景的一部分了。

有几个野孩子皮,搁野地里一棵树底下玩。他们赤身裸体,黑哩咕叽,满身脏土。一个小些的孩子——女孩子——不带把的——突然向着田原号啕大哭起来。她拼命直号,他妈的真刺耳,号死人啦!另外一个大点的男孩子,啪地给了她一个耳巴子,响脆脆的,叫道:"号!号!号丧啦你!"

那个小女孩,更加开阔地号哭,弄得不成样子。另几个孩子不再理她,玩自个的去了。那小女孩见了这种情形,就更加使劲地猛号,号得撕天裂地,但是另几个孩子跟听不见一样。过一会,那小女孩倒在树根上睡着了。

这时歇歇了。有个女人,打着快步往树底下走,走近了就嚷:"死丫头,号啥哩,号丧哩,你娘没死哩。"又嚷,"茂华,你干个熊哩,叫她号。"

搁烧烤着的风景里,这些活动着的东西,不知还能撑持多久。

笼罩着植物群的硫黄色的太阳

天正热的时节,队里没什么大活,就拉了一车子社员——大多是女人跟女孩子——上戈家庄的大洼荒地里割青草去。戈家庄也在月亮河边上,距月亮滩庄十五六里地。戈家庄的大洼荒地一眼望不见边,不是草就是水。

她们到了,就住在戈家庄庄头的几户人家里,晚上都打了地铺在堂屋的地上睡。堂屋的地上有跳蚤,咬得人乱抓,但都乏极了,也睡得香。

队里开手扶子送她们的,是个叫大癞的光棍汉。

大癞有三十四五岁,中等个,模样也还凑合,身上也结实。他在庄里自己有两小间房,人也算精明,吃喝不愁。在女人方面,听讲他跟前后左右庄的好几个女人好过,也干过那种事,但没叫人抓住过一回,因而都是传言。

他不是因为找不到女人才打光棍的。时常有些女人,在他跟前发点骚情,他能临场应付自如,玩笑开着,倒并不当真。大癞就是这样的一个东西。

到戈家庄已近午时了。借锅烧饭,吃过饭,女人们下洼割草,大癞就开了手扶机子,回庄拉柴、拉面、拉菜。他把她们送到洼荒地边上——回月亮滩庄的土路,正打洼荒地边上过——把她们卸下来,就开了机子走了。女人们就卷起裤腿,拎起镰刀,散进洼子里割起来——工分按草的重量记。

领头的是副队长永山。永山痛快,东跑跑,西颠颠,称个草,抽个烟的,消闲死了。也没有人嫉妒——人家是干部嘛。

在戈家庄的洼荒地里干了几日,女人们就都失去了刚来时的神采和精神,都显得疲沓不整。

倒是大癫隔两日往家里跑一趟,能调剂开,因之他跟往日一样,兴致好得很,跟女人玩笑也来劲。于是女人们都看好他,觉得他不在就更没劲头,就更提不起精神来。况且除去半正经的副队长永山,他就是这一堆女人里唯一能下种的东西。

大癫打月亮滩庄拉柴、拉菜回来,卸了车。要是早些,就开了手扶机子,上洼荒地接那些娘们去。那时就已是小傍晚了。

到洼荒地里,停了机子,副队长永山就来跟他吃烟、闲话,等那些女人收住了镰,陆陆续续地来。

远处上了黑影,女人们就打洼荒地的各处,陆陆续续地回来。软软奄奄地倒在机子上,讲一些骂人的话,看能不能把身上的疲沓泄掉一些。

机子上都坐满了,胖妮才打高高低低的草棵子里出来,往机子边走。

这时大癫已经把手扶机子摇起来了,看见胖妮走近来,就拍拍屁股下的坐垫,调调笑笑地讲:"茂华他娘,坐这哩。俺俩坐一块,暖和。"

一车人发出各样话声。胖妮扬了镰,讲:"你个小龟孙。"笑着,也就坐到垫子上去了。垫子上软,屁股蛋子舒服。

机子一颠,开在土路上,颠颠地走。

坐垫短,两个人挤得紧,胖妮一只手拽住身后的铁栏,那架势又像在搂大癫。车厢里的娘们讲:"胖妮,搂错啦。"

胖妮直号:"俺撕破你那臭×,再瞎讲!"

这一团哄笑就在初夜来到的蒙蒙黑暗里炸开去。田原里前不见村后也不见店,只听着手扶机子的嘭嘭声在一处地方隐隐地响。过一时机子就进庄了。

房东家的灯亮着。留下来的两个女人,已经把饭做成,正等她们。女人们略洗洗,就端碗吃饭。

饭是红芋面饼、大蜀黍面稀饭、炒豆角小菜。嗞嗞呀呀都吃得香。这会儿星也上来了,暑日的热闷气多少去了一些,女人们都觉着身上舒坦。饭就吃完了,撒泡尿,吹了灯,各人都躺在地铺上睡觉。门大开,凉快。放屁工夫,女人们都打着微鼾了。庄里也都静了。

睡觉的格局这样:一大间房子,女人都靠里睡,睡在地铺上;两个男人——副队长永山跟大癫,弄了两张凉床子,睡在冲门的地方。

又干了两日,女人们更感疲沓。睡到半夜,大癫听见有女人趿着鞋,踢踏踢踏的,打凉床子跟前出去,上外头尿尿去。他翻身也就出去了。这也是平常,半夜里睡得昏天黑地,谁知道谁去拉去尿了。

房东家这门前是一片空场子,空场子前头就是庄稼地,种了红麻,拉尿都在里头。因之大癫就往那里头走。

屋外较屋里凉快些。已有些露水下在植物叶子上了。大癫只趿了一双鞋,半腰里穿个短裤头,赤腿光身。走近红麻地,听听那女人的放水声渐弱下去。这时已瞅见那在夜光里发白的屁股,就扑上去抱住。

那白屁股一惊,睡意都吓没了。大癫一扑冲,把那女人扑冲在红麻地里。待他压住时,那女人才明白过来,就推着骂:"哪个狗养的,你娘喊哩!"

大癫也不答话,就压住,办事。

身下的女人又在他手指缝里骂:"狗日的大癫,你娘喊人哩!"

大癫还是不讲话,使劲压住、按住,疯了样地去办那件好事。他一有进展,身子底下的那女人也就不骂了,由着他去办。

大癫疯了一样地把那件好事给办成了。办成了之后,他爬起来,拿脚丫子找到踢蹬掉的鞋,提上裤头,走回屋里,倒在凉床上睡了。

第二日,大癫又要回月亮滩庄拉柴、拉菜。机子刚摇响,胖妮过来对他说:"大癫,俺家宝义早几日就讲要上公社卖猪,现时不知卖没卖。要是你碰上,就拿机子替他搭把手。"

大癫满脸堆笑,不要脸地连声讲:"茂华他娘,你放心,你放心,这事俺能办。"就开了机子走了。

这一日在洼荒地的草丛上,硫黄色的太阳还是晒得无比猛烈,跟昨日、前日,都没有两样。

滞重起伏的孤独原野

滞重起伏的平原,午时浸泡在热流里,显出了无援的热昏。

这会有一个人还蔫耷耷地在原野上走。这个女人是打北边过来的。她抬眼望见透熟的庄稼、林子、地形,就知道自个的居穴要到了。女人停下来打头上摘下污脏的白毛巾,在脖子和脸上抹擦。抹擦了几下,又把污脏的毛巾顶到头上去,把挎在左胳膊上的小竹篮,往上掸了掸,才又往前走。

女人是打集上来的,来来回回也有二十五里地了。她约莫四十岁,她的小竹篮子里放了一纸包粗盐,盐粒有奶头那样大;放了一包洋火;还放了一瓶煤油;放了一小块叠起来的蓝花布;放了一盒一毛钱的玉兔烟;放了一个小学生用的方格本。其余就没有什么了。

女人如挎着自个的命样,挎着这一小篮东西,匆匆地在正午的热流里,往家间奔。

待她奔远了瞧不见了时,仍只剩下滞重起伏的平原,浸在热流里。

劳 动 热 情

黄豆地就跟瓜园挨着。今个来黄豆地里干锄草活的人多,全队劳力半劳力差不多都来了,好几十口子,拖拖拉拉老长。

打庄里出来时,因为人多,外人瞧见就有些担心,怕这么些人拥到哪块去,就把哪块给弄成一塌糊涂了。但到了村西的大田里,几十口子人一拉散开,立时就显了稀拉来。西湖黄豆地片儿大,一扯眼望不见边。那几十口子人散在地里,就算不上啥了。

干到歇歇时,人都扔了锄,一呼隆集中到看瓜的棚子里。棚子边,拿话跟看瓜的良善闲操。良善三十八九岁,老实人,话不多。平时哪个也没闲劲单为上瓜地来,现在逮住一家伙,就都想啃几口瓜,尝尝队里的瓜是啥样味道,看能不能吃出个猫猴子蛋来。往常队里干部管得老紧!

七插八弄的,坐了一地人。老些的女人手里就干着家常的活路,捻麻绳、拽鞋底;年轻些的女人瞎讲乱攀。男人则这溜溜,那逛逛,想要找些俏食吃。良善眯着眼,带着些天生的笑意,坐在棚子边上,吃烟袋。有人就讲话了。自然也就有人接上了。有人这样讲:

"俺真没尝过队里的瓜味哩,馋死俺啦。"

"抱你家娘们啃呗,你家娘们肉厚。"

"俺倒想尝尝你家娘们的味,你家娘们味鲜哩。"

这时节,年轻些的男人,都散在瓜地边上,一边瞅,一边评议,一边弯下腰伸手拨弄。良善忙不软不硬地讲:"都别拾弄哩,干部瞧见了熊俺。"

是有两个干部,一个是队长良元,一个是会计春江,蹲在灌木丛后边的阴凉里闲操,没上瓜棚这边来。是怕来了为难?

日头像火炉,烘烤这一地的人、一地的庄稼。像这种日头,锄地最好,苗是苗,草是草,地里焦干,草锄下来就晒成草干了。这样的日头也把瓜晒得鲜甜。瓜秧子白日里都蔫奄奄的。到夜晚,露水下来了,瓜叶子都支棱着挺起来喝露水,因而瓜就鲜甜,瓜皮都鲜甜。

下午又上西湖锄黄豆。歇歇时,大伙也还是盯在瓜地边上不走。七嘴八舌地讲,七嘴八舌地接。有人这样讲:

"学军,扭俩甜瓜来啃,味道怕死甜。"

讲话的人是宝义。宝义没啥分量,因此在部队里混过两年的学军,一屁把他放出去好远。学军讲:"俺日你家属,你咋不扭哩!"

宝义叫学军给骂得一愣怔,知道他骂的不是好话,可又不知道他骂的是啥意思;想要回骂学军一句,又找不出对等的骂法。他就一哑。

那些知道"家属"是啥意思的人都哄堂大笑,都跟着学:"宝义,俺也日你家属,俺日哭你家属,宝义。"

讲着,都对胖妮笑,也"日"得更欢。胖妮就信心不足地骂:"叫宝义也日你家属哩。"都笑得更猛。

到第二日下午,队长良元跟会计春江在灌木丛底下蹲不住了,就过到瓜棚这边来,跟良善讲:"扭些菜瓜,叫大伙解个渴呗。"

瓜田里有西瓜、甜瓜跟菜瓜,菜瓜最次。就有三五个男人随了良善上瓜地里扭菜瓜去。

……瓜棚左右到处都甩着煞白的菜瓜种。……大伙又回到黄豆地里干活。干着,一个女人讲:"瓜棚后头小沟里,扔着老些西瓜皮哩。"

左右的讲:"你咋知道?"

那女人讲:"俺上小沟里尿尿瞧见的哩。"

左右的小声讲:"怕是干部带人来啃的哩,上头来人,干部尽往瓜地带。"

往后语都灭了。

突然在左右的一个地方,有人轰地叫道:"宝义,俺日你家属,你丢趟子给俺。"

猛然一地人都哄笑起来,都笑得跟跟跄跄,革命的劳动热情在盛夏的大地上滚动。

在读者面前沸腾不息的大蜀黍地

正在半晌午,宝义家里的擦着一片红叶大蜀黍地走过去。

道路逐渐接近那片大蜀黍地时,宝义家里的汗水已经湿透了衣衫。她感觉到那片火红的东西,正在面前烧起来,热的辐射直逼人的皮肤、汗毛。她随了道路的牵引直走过去,逐渐接近并且像是要投身于沸腾不息的大蜀黍地里。这会没有半点风,仅有的一星热风,也叫挡在大蜀黍地的那一边了。

进了庄,一个老女人赤裸了上身,坠着一对松乳,在一小片空地上翻晒粮食。见到有人过来,就讲:"是胖妮哩,走娘家啦?"

"嗯哪。"走出一身水渑的中年女人道,"晒小麦哪,俺三婶?"

"嗯哪。"

讲着话,就过去了。到了自个的娘家,见门敞着,就直走进去,打心里头甜生生地喊出一句:"俺娘。"

一个更老的女人,弓腰驼背,打厨屋里探出头,瞅见是胖妮,嘴里忙讲:"是胖妮哩,乖乖,坐下歇呗。"

宝义家里的在堂屋里放下篮子,找出条黑毛巾,去打来一盆井凉水,稀里哗啦地洗,又把毛巾伸在衣衫里头擦擦。擦完了,就进到厨间,帮娘干事。

厨间浓烟滚滚。宝义家里的定定神,就换了娘,和盆里的面。手里干着,嘴里问:

"俺爷哩?"

"上牛屋啦。"

又问:"捎信叫俺家来,啥事哩?"

老娘在灶下,拉着风箱,哎了一声。

吃晌午饭前,宝义家里的就过到隔壁二合家,对二合跟他的媳妇讲:"二合、彩云,俺爷、俺娘养活大了俺们,俺们咋样也讲点良心,免叫外人看俺们家笑话。"

二合自知理亏,吭吭哧哧地讲:"俺们还没顾上哩。"

宝义家里的讲:"俺爷、俺娘身子骨也还硬棒,惹不出多少事来。小打小敲的,你两个捎手就干完了,也算尽了一份孝心。"

二合嗯嗯地应答不出来。彩云在一旁讲:"俺姐,俺们能干的俺们不推哩,俺们都忙成四个蹄子乱翻,哪有闲手哩。"

宝义家里的不好多讲,到底是出了嫁的闺女,对弟媳妇不好过分了。又讲一时,返身回了娘家,三口人吃晌午饭。爷讲:"二合个东西不争气,耳朵根子软,净听娘们的,爷娘都不要啦。"

宝义家里的讲:"俺爷、俺娘,用不着气哩,分家过活也没啥大不了的事。小打小敲的你跟俺娘带手就干了;大些的活路,捎句话给俺,俺跟宝义、茂华来啦就干完啦,没啥大不了哩。"

娘讲:"也是这样理。"

吃罢饭,帮爷娘拾掇一气,宝义家里的就挽着篮子往回去了。这才刚过晌午,天还死热。宝义家里的打村道上走过去,猛听着后面的树底下,有几个野孩子皮扯破嗓子号:"花大姐,花肚皮,吹了灯,是俺的(di)。"心想这是哪来的狗崽子乱叫。回过头一瞧,才知道不是喊自个的。已经有个二十岁的小女人,红了脸,斥了那几个野孩子几声,转身往一家贴着红双喜的大门里去了。

宝义家里的忙转身走自个的路。出了庄子,手不由去头上摸摸,比起二十几年前,头发是又粗又干。宝义家里的有点忧伤,心里头火烧火燎,快步往回走。走到那片烧着的大蜀黍地边上,心里越是干渴,忙折了一枝杈梢,在嘴里咬嚼。这才多少好受点。

不规则的大蜀黍地在迅疾地退远

一辆板车在大太阳底下走,走得汗流浃背。

一个男人,看上去还嫩,下巴颏上扎了两三根毛,光着背,赤着腿,只穿一件裤头,卖力地拉着车,甩着步子走。一条暗蓝道子的脏湿毛巾,搭在他后背上,只盖住肩膀头子之间的那一部分。他脊背上晒得乌黑发亮,看样子是常干活的。

板车上有些物件,显着眼的是一柄粗笨的大黄伞。打住这样粗笨的大黄伞不易,因之车上的一个丫头——约莫二十岁——就把它斜扛在肩上,这样能省下老些劲。

车上还有个大半老的女人,约莫五十岁,跟那丫头挤在车上。那把大黄伞正好挡住她俩晒不见太阳。大半老的女人也是一头一脸的汗,不住地拿一条发着汗馊味的毛巾去擦抹。

板车上还有个布口袋跟一个大竹篮子。布口袋放在车子后头,鼓鼓囊囊,瞧不出来是啥名堂。大竹篮子里则是些日常的用品和几个脆黄皮的小甜瓜。一看样子这几个人是刚打集上回来的。

错不了,那架势。

与整个的大平原比较起来,它们这些物件就显得太小,微不足道,有它也可,无它也行。他们在一条白花花耀眼的土路上移动,前头望见几株大柳树,他们就减慢下来。看样子是想在那些树下做点歇息了。

大半老的女人讲:"狗蛋俺儿,歇息着呗,喘口气。"

拉车的那小嫩男汉应答了。车子进到树荫底下,他们就打竹篮里头拿出脆黄皮的小甜瓜来吃。两个女人——一老一少——坐在车上没下来,继续撑持着粗笨的大黄伞。这会那丫头突然惊惊乎乎地叫起来道:"俺娘,俺望见你头上有好些根白头发啦。"

胖妮讲:"傻丫头,惊惊乎乎,吓娘一跳。"

芳兰讲:"俺娘,那俺替你拔掉。"

娘儿俩,拔出来一根,胖妮就把手掌伸了,把那白头发黏在手掌心上。一会的工夫,那手掌心上歪歪斜斜地黏了七八根。

这一阵子,狗蛋已是把瓜啃尽了,也歇足了,站起来讲:"俺娘,俺们家走呗。"

胖妮讲:"那俺们就家走呗。"

板车又在白花花闪眼的土路上往前滚去。日光灼灼。远远地望见有庄子和浓树现了,狗蛋走得更快,渐而小跑着了。

胖妮跟芳兰在车上都颠得闭不上嘴。胖妮忙拿手扶住车框,讲:"累着,俺狗蛋儿,慢些个走。"

狗蛋跑得更欢。

车上的两个女人前仰后合,都笑得哈哈喘。

路边不规则的大蜀黍地,迅疾地退远。村子要到了。

扒堆的冬夜

　　扒堆靠坐在几麻袋棉花上,眼看着南窗透进来的光亮灰下去。
　　瞎忙活一天,他觉着乏。初冬了,日头一沉下去,凉气就上来。这是北房,不大,净放些米、面、柴、杂什啥的,梁上还挂着几串腌肉、干鱼,这些杂物混在一块,便叫屋里弥了一股杂拉子味道。扒堆叫淹搁这杂拉子味道里头,觉着暖暖的,便有些迷瞪。
　　娘搁南房喊:"扒堆。"
　　喊声便灭了。
　　扒堆也听见了。
　　扒堆懒懒地不想动,也不想回一声,娘那喊声便灭了。扒堆暖暖地靠坐在几麻袋棉花上。麻袋都撑得鼓胀胀、暄腾腾。扒堆袖着手,望那光亮灰下去,寒气浸上来。心里不知道想着了什么事,时来时去地又想着了分水张家村他那个对象。分水张家村离园宅集五六十里地,是他表婶替他说的,两人才见过两三回面。他那对象长了个俊相,能缝能裁的,又会溜个嘴片子,喊爷喊娘,把人心里哄得稀软。她就是有些个点腿,表婶讲是小时候学雷锋做好事,跌搁浅沟里跌的。出门送他时,她也不远送,只送到门口,鲜甜那嘴讲:"俺不送,您好生慢走。"话打她嘴里出来,便不是那样的,平常稀松的话,打她嘴出来,就跟车轴膏了油样,好使。她不送人,也是个讲头,是怕人家笑话她点腿。娘讲:"那有啥,现时哪有几个娘们儿拿锹弄锹的,人家嘴甜手巧,还挑拣啥哩。再讲现时乡下女的少,疤瘌麻子半个不剩。"扒堆老闷,心里头也不甚明了事理,就由它去了。那不像他自个的事。

南窗又灰了两分,扒堆望着那窗灰下去。窗外灰了,屋里头便黑了,黑得不见个人影。只望见自个儿的两眼还明亮,扑闪,扑闪。

娘又喊:"扒堆,扒堆,你死哪啦?"嗓门尖起来。

扒堆答应一声,慢慢站起来。

身上的热气往四外散了去。扒堆出了北房,走到院里。院里漆黑蒙蒙,原来天一黑就彻底黑了,不如春夏秋天,天一黑,是慢慢往黑里黑的,慢浸慢洇,性儿不急。却想不到冬日里这样子黑的。

扒堆进了南房,小妹坐搁灶前烧锅,哥在案板上拾掇,娘蹲着择菜。娘讲:"扒堆,你死哪啦?上场撮一粪箕柴火来。"扒堆老闷,也不吭声,扛了粪箕子便往门外去了。

园宅集是浍水边上的一个小集。扒堆出了南房,一脚踏入黑暗里来,便耸了肩,往街外麦场上去。那街也不像什么街样,下雨天叫人踩得稀烂,天晴了街上便高低不平,踩不巧便把脚脖子崴了。

寒气逼过来。原来对头来了个人,走动一团黑影,一晃一灭。走近了才望见那人手里拎着个酒瓶,嘴上衔着根香烟,不远不近地喊:"那谁?""俺。"

两人答对了,听音腔便知是哪个,是街拐头的李老九。李老九他真是兄弟九个,却都搁半道上死了,有发大水叫水淹死的,有车祸叫车轧死的,现时只剩了他一个。

答对了,一擦身便过去。"撮柴火去?""嗯哪。"街上路仍是黑,一上一下,眼却渐渐习惯了,只觉冬夜的寒凉气扑上,手脸渐又吹惯了,一路往街拐头去了。

出了街拐头,又一片浓黑压过来——却不是人了,是漫天的大野地。风也抽得紧。扒堆往右手一拐,上了一道小渠,小渠上平铺了两块水泥板,秋冬天旱,渠里早干了。

扒堆上了渠。野地里没个遮碍,风便野得很。听听渠顶响着窸窸窣窣的干麦草声,便知是有人。天漆黑蒙蒙,也瞧不见个东西来,只听出那是有人,便依了习性,开口道:"那谁?""俺。"

尖尖脆脆一个女孩子腔,原来是小春。便不知再讲什么,径直去了自个儿家的麦秸垛边,搁了粪箕,打垛子底下,一把一把扯那干草。手头扯着,耳间却听见隔邻那响声。想扯出个话头来,一时脑袋便装满了糨糊,理不出来。

麦秸秆香,扒堆抬头望望野地。野地漆黑,闪闪眨眨的一点星光,便是集上的,又或许是二里孙家的,那块离园宅集也便是二三里地,也在浍水边上,二三十户人家,一小半打鱼,一大半种地,卖鱼买货都得上园宅集来。

扯下的麦草堆起来,堆成一小堆。扒堆低了头扯,也不知扯了多少下,又抬头瞅黑野地,嘴只当是旁人的嘴,不知不觉便出来一句,讲:"俺明个早起上大柳巷。"

话不知是讲给自个儿听的,还是讲给旁人听的。话一出口,便叫寒风给吹了去,再也拣拾不回来。扒堆老闷,不知自个儿咋就这样。

隔邻那扯草声窸窣地响。黑漆蒙蒙里,小春那声腔不远不近地讲:"上大柳巷做啥?"

"上大柳巷卖黄花菜,那块儿卖得贵些。"

"你家地里收的?"

"嗯哪。"

扒堆心间依然很沉,也讲不准为什么,他前两天才满十八。他听见小春讲:

"咋去? 坐船?"

"不坐船,清官的机子上柳巷,顺捎俺。"

扒堆的心依然沉。他手里机械地扯着麦草。野地漆黑无界,麦草又干又香。他听见小春讲:"俺先走啦。"扒堆倒不想叫她走,一时又找不出话来。扒堆是老闷,话寡,便不吭声,由着小春走了。小春走时也没什么大声响,感觉她渐就走远了,走到渠顶水泥板上去了。扒堆吁出一口气,停了手,坑着头蹲了一会。干香的麦草裹住他,又叫一阵寒夜风给吹散了。扒堆身边堆着一大堆麦草,扯多了,他把多扯的麦草慢慢塞回垛子里去。

风猛了一些,寒气都上来了。一个肿胀的身形慢慢地上了渠顶了。

扒堆背着粪箕进了南房。他出去的时候,停电了,锅台上点着煤油灯。现在到年底了,供电指标都用尽了,差不多每晚都停电。停到十一二点,人都睡了,再来电。

案板旁边的黑影里,坐着一个人,是个男人,光亮不好,他又坐在暗影里,望不清他的面貌。他脚边摊着个大包,望那形状,是个城里人。他叉开腿坐着,戴了一副眼镜,又不像近视眼镜,像固镇街上卖的变色镜。他身上裹得很暖,衣服都贴得很紧的样子。

扒堆把柴火放下。娘讲:"扒堆,你领这位同志上后屋洗洗,把床给同志铺好,再领同志来吃饭。"

扒堆没吭声,打墙上摘了灯笼,擦根火柴点着,便领那同志出门往后屋去。这事他干惯了的。

出了门,贴墙便有个小泥巷往后屋去。那同志又冷又饿,又乏累了,手里拎着大包,跟在扒堆后头走,边走边讲:"这集上,只你一家旅社?"

扒堆讲:"嗯哪。"

寒风搁小泥巷里嗖嗖地走,天漆黑,灯笼里那一片光,昏昏的,照不见几步路。讲是后屋,倒并不在北屋后头,是街外头的另一处房子。那同志初来乍到,又是晚黑,摸不清路形,讲过一句话,便顾不上嘴,只顾着脚底下,别崴着,绊着,别踏了泥了。

走过几十步路,那小泥巷便不在了——因着房屋都走尽了。

两人入了一片林子,林是疏林,要是搁白日里看,就是一小片疏林,尽长着泡桐,泡桐也没有多少年岁,三五年的样子,有的得了风、水、肥分,长得壮了,有的得不见风、水、肥分,长得就差。要是黑天里看,又是第一回望见的,便觉得林子深厚,野地的风吹得又锋利,不知是个什么险恶地方。

那同志问:"这是什么地方?"

那同志又顾着嘴上,又顾着脚底下,话直打闪。扒堆是个老闷,话寡,不知咋样回他。扒堆家常熟路,搁林子里磨来拐去。扒堆依然心沉,真是一天里忙乏了,眼一沉,忙抬了眼往林子外望。那林子外更加漆黑一片,任啥也望不见,那里却就近了浍水、香涧湖了,都是洼沼地,夏里芦苇比人都高,水一大就满了。搁浍水左近,这样的洼沼地,拖拉几十里,浍水往哪块走,洼沼地便跟在哪块,直入了淮河才罢。洼沼地冬里那没串着芦根的,都种了小麦,麦芽子出得绿茵茵、齐崭崭。过了冬,过了春,至了夏,要是水不大,那麦便是一季好收成,要是水大,那麦便扔给水了,半粒也收不上来。扒堆抬头望了一眼,那里漆黑的一片,他却是个熟的,不望也知那处有几根草、几棵菜。抬脸时寒夜风一吹,便叫他醒过来。"到了。"扒堆讲。那同志打心里舒出一口气来。

左近散乱着一些人家,望那灯光都灰蒙蒙的,不是煤油灯,便是棉籽油灯,棉籽油熏人,气味又难闻。

进了院子,进了屋。看那屋,原来也是大房间,屋顶高,屋里有几分寒意。屋里铺了几张小木床,便是个旅店。那同志摇摇头,挑了张床,把包在床上扔了。扒堆打暖瓶里倒了热水,便坐搁靠灯的床上,呆望那同志洗脸洗脚,嘴里讲:"你打哪块来的?来做什么生意的?"

那同志三十旺岁,脸青得有劲,也不甚把扒堆放搁心底,从包里掏出毛巾、牙刷、茶缸、袜子、便鞋,道:"你看我是打哪块来,做什么生意的?"

扒堆坐搁床上,睡劲便到了。他睁睁眼,咧开嘴憨笑。扒堆的牙长得齐,又白,脸却黑,集上人都讲他这两样东西安错了一样。听口音,那同志是普通话口音,不是这当地人。扒堆咧嘴憨笑笑,厚厚道道地讲:"俺讲不出来。"

那同志已洗着脸了,热水热气腾腾,手脸沾了都舒坦。那同志洗得龇牙咧嘴,洗得咝咝响。边洗了边讲:"我从省城来的,来望这地形。"

扒堆讲:"望什么地形?"扒堆心底依然沉,倒有了几分警觉,夏天区里来过几回干部,搁南屋喝酒、吃饭,闲讲:"打浍水上架个桥,园宅集就管了,就发展了。"不知是不是来架桥的。

"来望浍水这块的地形。"那同志讲。

"搁俺们这块架桥呗?"

"桥先不架,先挖河。"

扒堆心底依然沉,嘴里半响不响地讲:"挖什么河?"

"挖浍河,香涧湖,来三十万人挖。"那同志把头、把脸都摇动着,身子低了,又高,高了,又低。"洗脚盆哩?""搁床底下。"哗啦一声水响,是脸盆里的水,倒搁脚盆里了。扒堆望见那同志一屁股坐搁床上,脱了汗袜子,两脚插搁热水里洗,洗得龇牙咧嘴的,舒坦。便张嘴又问:"不架桥啦?"

"先不架桥,先挖河,挖三年,来三十万人挖。"

扒堆半明不白地点点头。扒堆心间依然沉,想讲句把话,一时又找不出话头来。扒堆老闷,话寡。乡间都讲这样人实在,能过日子,护家。扒堆望见小春打渠顶上下来,扒堆老闷,没多些话,碰面便只打个招呼,道:"吃过了?""吃过了。"便过去了,你走你的,俺走俺的,各忙各的事去了。扒堆一路走一路怨自个儿不中用,找不出话头来。下回遇见了,好歹讲:"俺听讲二里孙家洪洋,过些日子要接你过门哩。""那还早。"便又过去了。走到麦秸垛子底下,拉扯着麦草,心间便发沉,麦草那干香气直扑。扒堆蹲了一时,站起来便回了。站起来时,头一沉,那同志讲:"小兄弟,你困狠啦,睡着啦?我这也快好啦,洗好咱们就吃饭去。"

扒堆抬起手抹抹脸,手上还有干麦秸味。打脸上,从上往下一呼噜,原来口水也下来了。扒堆抬眼望那同志,那同志正穿袜子,不再注意他,便哑巴哑巴嘴,不响不夜地道:"那床冲窗户,冷。"

那同志住了手,抬眼望望窗户,窗户上的玻璃,都是自个儿家裁的,狗啃样的,不齐整,风能进来。那人望见了,又望望扒堆,点点头,拎着包换个床。扒堆心间依然沉。

两人回到街上,进屋的饭菜都做好了。家常便饭:红芋稀饭、馍、红萝卜烧肉、白菜粉条。

扒堆娘讲:"家常便饭,你随口吃吧。"

那同志讲:"很好,很好,比饭馆饭好,账一块算呗。"

扒堆娘讲:"管。你吃呗。"。

吃了饭,摘了灯笼,两人一块又回了后屋,两人也都乏了,上床便睡。灯笼挂搁梁底下一个挂钩上,微小地晃。

天还一丝不亮,扒堆娘便起了,起来喊扒堆,小声喊:"扒堆,扒堆,起来走啦。"

又怕把旅客吵醒,更小声地喊:"扒堆,扒堆,起啦,走啦。"还拿手推他。

扒堆醒了,天冷,不想起。便起来了,穿了棉袄,球鞋。白色但洗黄了的球鞋。

外头漆黑。白花猫蜷搁他的被窝上叫,喵喵叫两声,把头又缩到肚皮底下去,还拿两爪子抱住头,呼呼噜噜地睡。

那同志也缩搁被窝里,虾样地睡。扒堆便出了门,往南屋去了。

屋外清寒,到底是季候了。

扒堆走搁泥巷里,醒过来了,心间充了一些奇想,与傍黑傍晚全是两样。

政府不准养狗,集上也没有什么狗叫,少数的几条,都叫寒凉封了口,都蜷缩搁狗窝草堆里困。扒堆深一脚浅一脚地走,走到南屋,南屋已亮着灯了,电灯来电了。扒堆望见那灯便觉着身上一暖。

进了南屋,娘正搁桌上拾掇——天亮集上便上人了,稀饭得尽早烧,油锅也得尽早热着。扒堆进了南屋,娘讲:"扒堆,你去呗,清官讲早走的。"

扒堆一边答应了,一边盛一碗稀饭,捧搁嘴上呼呼隆隆地喝。那稀饭是拿大米、豇豆、花生熬的,还没熬好,没熬到劲,米还是米,豆还是豆,却热乎,捧搁嘴上喝,肚皮都热。

娘讲:"卖了就家来。"

扒堆老闷,话寡,又嫌他娘啰唆。扒堆把稀饭呼隆完了,打墙拐角抓住蛇皮袋,扔搁肩上,出门往清官家去了。

清官家搁集里头。天时仍早,街两边也没有什么动静。一脚踩进清官家,清官早起了,正给机子上油。

扒堆嘴硬得打哆。天冷哪。扒堆讲:"清官。"清官讲:"扒堆。"扒堆插不上手,卸了蛇皮袋,立搁一边发愣。愣一时,找个话头讲:"清官,咱这要挖河咪。"清官讲:"哪讲的?"扒堆讲:"省里头来人讲的。"清官不搭茬,上好油,把桶扔搁墙拐角,哐当一声响,才接上讲:"那关俺什么事。上来走。"

嘭嘭嘭,手扶机子搁凌晨响得清凌凌。机子上了集街。机子一开,寒气砭骨。扒堆缩搁麻袋堆上,袖着手,嘴硬得掰不开。两人都说不起话,都做了哑巴。

机子打集上过,扒堆望见自家那屋里灯仍红亮,知道娘一直忙。那光亮渐就落搁后头了,落搁后头不近了,落搁后头老远了,落搁后头望不见了,原来已经出了集街了,朦胧里望见浓黑那渠了,浓黑里那渠渐又落搁后头了,落搁后头不近了,落搁后头老远了,落搁后头望不见了。扒堆耳朵冻得生疼,脚脖子也冻得生疼。早起这会风倒是息了,就是冷。机头前的灯,一跳一蹦。这路不好,也就没个出钱修的人。

黑漆漆的树影都往后退。渐退走了,渐退远了,退得望不见了。机子嘎嘣停住,油门也关了。不村不集的路边上,有一间小土房,土房靠路一面,开着一扇窗户。窗户拿木板关住,缝里却透了灯光出来。清官停了机子,二话也不讲,下了机子往屋后头去了。原来那屋门搁背路那面。

门样的东西吱哽响一声,吱哽又响一声。屋里似有些动静,讲了几声话,便都灭了。

扒堆坐搁车上候。路左是一小片林子,甚是稀疏的样子,黑夜里也望不见它浓黑,那样子是甚稀不过了。余下便都是野地麦田,望不见边的一片淡黑,跟天黑到一块去,也没个甚浓的地方,也没个甚淡的地方。天顶上有星。

候了老长时候。

屋里家有了动静,讲话声突地也大了。那门样的东西吱哽一响,便有个女人,蓬乱个头,拿手撮着袄襟子,打墙拐角露出个头,招呼扒堆:"赶忙上屋里头暖和暖和,歇会再走。"讲完了,那娘们儿便不见了。回屋了呗,外头冷,受不住。

其实天候还不到最冷的时候,天候还搁初冬里。扒堆下了车,拐到屋后头。那果然就是个木门。里头一股柴火味,暖腾腾的。清官坐搁小方桌边,就一碟腌白菜,呼哧呼哧地扒一碗红芋稀饭。那稀饭喷香,热气直扑。靠墙有个木床,床里头睡着个孩子,脸睡得红扑扑。床外那被都蹬散了,都搁脚头零放着。靠窗放一张屉桌,屉桌上摆一些香烟烧酒。原来是个小零店。

那女人趿拉着鞋,散着头发,搁锅台上忙,望见扒堆进来了,拿眼望望他是个什么样的,嘴里讲:"你坐呗。"扒堆搁床沿上坐了。那女人端着一碗红芋过来,"你吃呗。"扒堆想吃,又不知个客套,忙接了。那女人转身又去忙,忙清了,便上了床钻了被窝,靠搁床上望他两个吃。

吃过了,也没个二话。清官吸支烟,吸半半拉拉的,烟衔搁嘴上,讲:"走。"两人就出门上机子走。那女人下了床,插了门,把窗板拉开半个,露个头望他俩上了机子,摇了机子。

机子嘭一声开出去,那女人才把窗板关了,那窗里的光亮也望不见了。机子便开出去了。

这回清官来找扒堆讲话。

清官讲:"那女人是个寡妇,带个孩子过,可怜。"

扒堆身上暖和多了,他把自个儿往棉袄里头缩缩。清官讲:"那女人知道疼人。她那小窝又暖和。扒堆,说给你呗。"

扒堆老闷,话寡,不知道讲啥好,便咧开嘴笑,糊里糊涂地憨笑,道:"弄啥你,清官。"

清官也笑一声。笑过了,便不吭声,只顾开机子。

路途颠簸。扒堆想找个话头,讲两句话。又找不出话头,自个倒叫憋得难受。便闷了。

闷了一时。清官扑地吐了烟头,讲:"扒堆,家去别胡扯。胡扯俺掏你。"

扒堆老闷,又正想着别样事。想昨晚那同志,睡前半刻,靠搁床上,拿个本子嗞嗞啦啦写。写什么哩?扒堆倒头便睡了。

身上裹得紧,肚里又有食,暖和多了。

两人都不讲话,路途不短,路又不甚太好。

一拐头上了大公路,往东走了,路也好了,眨眼啥都变了。

机子挣扎着往快里跑,却就显着跑不快。清官的机子,上了这路,就显着陈了。

正跑着,东边天浅了,红了。路上车也多了,都比清官的机子跑得快。呼隆一声过去了,呼隆一声又过去了,连喇叭都不值一按。

日头出来了,原来是晴晴的一个天。呼隆一声又过去了,却是一辆票车,里头那人都坐得暖腾腾。

路边候车的女人,都变新、变俊了,扒堆傻傻地看着。呼隆一声又过去了。呼隆一声又过去了,眨眼啥都变了,原来是好好的一个天。

风又起了,老大不小。

扒堆靠搁北屋棉花包上,眼皮打沉,撑不起来。窗外渐又灰了,柳树条都直晃荡,直甩。

扒堆袖着手,睁开眼望望。窗外正往浓黑里去,屋里已显得黑黢黢了。屋里也没什么动静,风平浪稳,便泛出些暖意。扒堆望见有个人背了一包粉丝往分水张家去。扒堆去了,便替他那对象家翻菜园子地。那会日头有点个烘人,扒堆干得头上直冒热气。雀鸟都趁了好天,叫得泼辣辣的。

扒堆那对象,也不怕人,也不护脸,端着个小板凳,昂着头,点着腿,上屋后菜园地边坐住,晒日头,缝衣服,也跟扒堆讲两三句话。那光阴便如梦里的春时样的,叫人心里头热烘烘

听见外头哥开了腔,跟人讲话。哥讲:"清官,回啦。"

又有清官那吊儿郎当的声音讲:"才回,路上耽搁啦,家来就黑透啦。"还有嘎嘣脆吃食的声响。

"你那生意咋样?"

"不咋样。"

"得闲过来玩。"

"得闲过来玩。"

声响渐远渐灭了去。天底下便又复了适才的样子,该静的静,该歇息的歇息,都归搁自个儿的位上。娘却又搁南屋喊:"扒堆,扒堆。"

扒堆心间半懒,半声也不想回。娘又喊:"扒堆,扒堆,死哪啦你!"

扒堆揉揉眼,心沉沉,心懒懒,慢慢爬起来,出了北屋。

扒堆进了南屋,小妹搁锅底下烧锅,哥忙着案板上,娘拿手扒拉一堆菠菜。娘讲:"扒堆,死哪啦你!上场撮一粪箕柴火来。"

扒堆老闷,八棍打不出个屁来。扒堆把粪箕撂搁肩上,出门往街上去了。

外头天正往锅底下黑。扒堆缩头袖手走搁街上。园宅集搁这时候,人声尽稀了。园宅集到底是个小集。

扒堆一脚深一脚浅地走。天更往黑里去。寒气逼迎来,原来对头过来一团黑影,一晃一亮,走近才望见那是个人,手头拎着个酒瓶,嘴角衔着根烟,不远不近地喊:"那谁?""俺。"走近了,又讲:"扒堆哪。""嗯哪。"一擦身过去了。"撮柴火哪?""嗯哪。"便走离了。"你家住的那个干部走啦?""今个才走。"便走远了些。"咱这河啥时候挖?""今年不挖。"扒堆老闷,话懒,"就明年挖呗。"两人已是远得没个边了。

扒堆出了街拐头,迎面是漫天的漆黑。脚自然便往右手拐。右手一条便道。上了渠顶,又下了渠顶。野地里风刮得噼啪响。季候真是到了。

渠底下又是那样窸窸窣窣的干草声,便知是有人,便张口问:"那谁?"

"俺。"

扒堆便不讲什么,径直往自家麦秸垛跟前去。到了垛边,把粪箕打肩膀上卸下来,扔搁地上。伸了手,搁那垛底下,一把二把扯干麦草。

麦秸秆香。

扒堆想扯个话头出来。便真找出来了,嘴上喊喊地讲:"俺那回上大柳巷卖黄花菜,叫人坑过一回。"

"咋样叫人家坑了?"

"那人给俺张五十的,是假票子。"

隔邻那扯草声都住了。漫天野地只有那风的一种喘气声。

"那人是什么样人?"

"那人望上去倒是个人样,一身西装。"

"后首便咋样?"

"今个早上,俺哥又找给旁人啦。"

"找给什么人啦?"

"找给个贩鱼的啦。"

"俺的娘,吓死俺啦。俺还没见过那样个大票子。哪个发现的?"

"清官发现的。"

"清官那人倒是个见过场面的,就是不甚稳当,他娘们儿也享不上他什么福。"

扒堆听见路旁土房那门吱哽一响,原来是那小寡妇,掖了怀出来了,又进去了。讲了一句什么话,甚软。

麦秸秆香。风溜溜的,寒。

扒堆心依然沉。扒堆老闷,话寡,掏不出多些话来。

干麦草窸窣地响。野地跟没经过什么话时一样,老样子。扒堆听见小春讲:"扒堆,俺先走啦。"扒堆倒不想叫她走。扒堆心间空落落的。小春又讲:"俺明个不来撮柴火啦。明后个二里孙家孙洪洋开机子来接俺,俺一时半时就回不来啦。"

扒堆吭不出声来。小春便走了。

扒堆吐出一口气。他住了手,坐到扯下来的干麦草里。天黑漆漆一片,什么也望不见。扒堆坐搁干麦草里,暖烘烘的。麦草有火。扒堆心沉沉,懒懒的,半倚搁麦草里,听野地里的风响。

扒堆猛地惊醒。他慢慢翻身爬起来,把多扯的麦草重塞进垛子里去。

麦草秆香。扒堆依然心沉沉。他塞满粪箕子,肩起来往街里走。一路走,一路什么也想不出来。

晴　无　事

　　刘俊峰他们出公差在外面跑了一大圈,跑了近三十天,现在又回到自个儿的窝所在的这个城市。

　　一下火车,觉得亲得很。车站旁边铁皮搭盖的烟酒铺、老面孔的水果摊、不讲究卫生的面条小吃摊,都熟得很,虽然这段时间在外面见了世面,但狗不嫌家贫,还是觉得自个儿的地方好。出了站,赖广才说:"我先给单位打个电话,然后在家里休息几天。"刘俊峰想:应该这样。便也去打电话,给单位里打个招呼,这样办事就比较周到了。在附近旅社找了个电话,先给单位打,一打打通了,说:"王主任吗？我是俊峰呀,我们刚下火车。"王主任在电话里说:"小刘呀,你们回来啦,辛苦啦辛苦啦,先回家休息两天吧,家里有什么事处理处理。"刘俊峰得了这样的话,心里热热的,忙说:"好,王主任,我休息两天就去向你汇报。"挂了电话,刘俊峰又给爱人单位打电话。电话通了,是她单位里小马接的电话。"你找谁？""哪一位？小马吧？"小马听出来了:"刘俊峰吧,你出差回来啦,好,你等着,我去喊你那位。"转脸就去喊耿小凤,话筒里能听见她的别有意味的话:"小凤,接电话,你家俊峰回来啦,这下你行啦。"咕咕叽叽的闹声,电话又拿起来了:"俊峰吗,你现在在哪里？""我在车站,你早点回家噢,我累死了。""噢,你没吃早饭,我早点回去就是了。"刘俊峰想:我早饭吃过了呀。又想:她是说给她的同事们听的,女人的计谋多得很哪。讲完了,挂掉电话,刘俊峰坐了公交车回家了。

刘俊峰回到家,放下包裹之类,在屋里来回巡视一遍。才洗过脸,耿小凤风风火火赶回来,手里还提着一袋菜蔬肉食。进门问:"你们坐哪趟车来的?""坐101次特快来的,这次出差真累死了。""累死了,没带什么病回来吧?""没有没有,咱也没钱。""熊样子!"两人到底是二三十天没见面了的,又年轻些,说着说着就凑到一起,动手动脚的。"急死人了。"两人忙不迭到卧室去,过一会,耿小凤出来,说:"你在床上睡一会,做好饭喊你。"刘俊峰满足地靠在床上,心想:到底是家好。

儿子放学了,儿子上小学二年级。中午吃饭,一家三口喜气洋洋围在一起吃。刘俊峰开了瓶啤酒,边喝边讲:"人家南方真开放,人家夜市,到十二点人还满满的,天一黑,生活才刚刚开始。"耿小凤说:"晚上干什么?白天累了一天,晚上还有啥闲劲。"刘俊峰说:"那就错了,白天忙一天,晚上去逛逛商店,吃吃小吃,娱乐娱乐,生活才显得有意思,人也就不累了。"儿子吃好就玩去了。"听讲那边到处都是妓女。"耿小凤警惕地说,"你们没碰上吧?"刘俊峰说:"怎么没碰上,我们去的那天,看到报纸上登的,四川省的一个副县长,到那边去学习,也是四五个人一道,晚上那个副县长一个人,在公园碰见一个农村来的妓女,两人谈好了,五十块钱,又没地方去,就在树底下,一下子被公园的值勤人员发现了,送到派出所,先罚款一千块,他身上没带,通知一块来的送去了,又扣下身份证、工作证,给他县里打了电报。"耿小凤说:"活该!叫你们男人不正经!"刘俊峰说:"不是男人不正经,是女人太勾引人,大白天就拉客。有一天我跟张国宏走在街上,明明白白就看见两个跟我们一样的外地人,穿衣打扮也都是个干部的样子,跟两个女人挂上了,我们就在不远的地方看,那两个干部模样的外地人,讲了几句话,就跟那两个女人走了。""那也没有人问?公安局也不问?""谁知道问不问。""有没有人拉你们?""有一次,有个女人,也就二十来岁,脸上抹得花里胡哨,来问我们上哪去,把我们两个吓得跑了。"

吃过饭,离上班时间还有个把小时,儿子跑回来,拿东弄西,刘俊峰说:"小凤,叫儿子上学校吧。"耿小凤笑笑,说:"儿子,上学校去。"儿子把书包往身上一甩,蹦蹦跳跳地走了,走时小凤又叮咛一句:"儿子,放学就回家,过马路小心。"关了门,回头对刘俊峰讲:"你瘾还不小。"两人进了卧室,才有进展,门嘭嘭嘭被人敲响,两人一惊,不知是什么人,什么事,又不愿放下手里的活计,正犹豫间,外头门又敲响,一个声音在门外喊:"俊峰,我们知道你不在家,过半小时再来,找你有事。走啦。"噔噔噔真走了。屋里两人扑哧一笑,刘俊峰说:"是江宗武。"这句话说完,两人便不再说话,专心致志办事,事毕,两人下床,收拾一番,去了痕迹,耿小凤再梳洗打扮了,开门出去上班。

耿小凤前脚走,后脚江宗武和俞志庆就进来了。进门就讲:"哈哈,俊峰,听讲你回来了,我们可是够意思,没打扰你,在街拐角等着,见小凤过去了,我们才来。哎,这次出去不错吧,大开眼界吧?"刘俊峰拿烟倒茶,二人坐下,刘俊峰:"说那南方真开放得不得了,人对人也热乎,虽讲是想赚你的钱,那态度叫你心里头痛快。"江宗武讲:"听说那边妓女多,没碰上吧?""碰上过,有一回我跟张国宏几个一道上街……""哪个张国宏?"俞志庆讲:"卫生局的那个张国宏吧,听讲他这回要升副局长了。"刘俊峰讲:"就是卫生局的张国宏,我们几个一道上街,有几个女的上来就问,先生,要娱乐吧?张国宏问,什么娱乐?那几个女的说,什么娱乐都行,包你满意。"江宗武和俞志庆哈哈大笑:"怎么样,你们去了吧?"刘俊峰说:"哪能,后来就走了。不过我们亲眼看见有去的,有两个人,像外地干部,其中一个还戴着眼镜,要讲起来,味道跟张国宏差不多,那两人跟两个妓女讲好价钱,眼睁睁就看着他俩跟妓女过马路走了。"江宗武和俞志庆都听呆了,俞志庆说:"听讲那边骗子多。"刘俊峰说:"骗子也有,我们在那边就听说,有个香港人去理发,开头没问价钱,理好以后问多少钱,八百块,那也没有办法,开头没问价钱,就被敲了。"江宗武说:"要我就先问清了,超过两块钱,不理了,换地方。"俞志庆说:"他敲人也是看对象,看你不像有钱人,他也不敲你,敲也敲不出来,像咱们这样的,连肚皮都没有,他就不敲。"闲聊一会,转眼半个小时过去了,江宗武一看表,忙说:"志庆,咱们走吧,到上班时间了。俊峰,想给你说个事,晚上在天然居有个场子,去坐坐。"俞志庆说:"没大事,宗武家儿子上班了,请几个朋友聚聚,听说你回来了,非来找你不可。"江宗武笑说:"没大事,没大事,听你吹吹,小凤同意吧,早点回来就是。"刘俊峰也笑:"没问题,几点到?""七点整。""准时到。""那好,到时不来喊你了。""准时到。"说完两人便出门骑车上班去了。刘俊峰回屋关门,无有它事,上床睡觉。

一觉睡醒,才四点多钟。这一觉睡得好,刘俊峰觉得过瘾极了,在家里就有一种安定感,这是自个儿的一亩三分地。

睡醒了,他睁着眼,一时还不想起来,眼睁睁地看着窗外的阳光斜射在屋里,斜射在屋角的小书橱上,书橱里的书不多,有几本鲁迅的书,是书信日记类的,还有几本文学书、业务书、杂志。他想:不如起来,找点事干。

起来了,拾拾弄弄,忽然觉着厨房里有点空,原来是没菜了。刘俊峰想找事做,提了篮子出门就去了菜市场。

晚七时,刘俊峰准时来到天然居。

天然居是这城里的一个老牌号酒楼,清末时就有了,那时的天然居,既卖酒,又卖笑,日本鬼子侵略中国时,也保留了它,还安置了几个日本娘们儿在楼上,专供鬼子军官享受。楼外还有一副青石对联,叫:客上天然居,居然天上客。是民国时当地的一位书法家的字,刻在青石上的。

刘俊峰到时,江宗武正在楼下吸烟,看见了,忙说:"俊峰,上楼,左手,第二间。"刘俊峰说:"都来了呗?""差不多了,你先上去。"上了楼一看,原来都是认识的,一一都打了招呼,其中一人说:"俊峰,听讲你出了趟好差,到南方各地逛了一圈,有什么好新闻给咱们吹吹。"刘俊峰:"哪有什么好新闻,不过我以前没去过,这次去了就觉得新鲜。""听讲那边妓女不少,见了呗?""也见了几个,我们才到的那天,看见报纸上登的一个报道,讲内地有几个干部去开会学习,有个副县长,以前只听人家讲过,从没见过,这次去了,就想见见,晚上在公园里见了一个,农村来的,晚上也看不清模样,只觉得涂脂抹粉怪好看,他俩一个有心,一个有意,谈好价钱,就上公园树林里干,才干上,叫公园的人给抓住了,罚了钱,又打电话叫他县里去领人。"座中一人说:"哟,那边管得还怪严,你们没碰上呗?""咋没碰上,有一回我跟卫生局的张国宏几个人,在公园外头碰上两个,硬拉,吓得我们就跑,那要真拉去了可不得了,再讲谁知道她们后面还有什么人,听讲有不少都设了套,叫你钻,你一钻,就敲你。"一桌人又都听得呆了,刘俊峰讲:"我们在那边就听说,有个香港来的,上美发厅美发,开头没问价钱,坐下就理,理好了问多少钱,八百块,没办法,只好掏,开头没问清价钱,就被敲了。"座中一人说:"哟,那谁还敢去。"刘俊峰说:"有敢的,比如个体户,他又没个单位,又不怕敲,他身上只带个百十块钱,去了,玩了,要真敲了,也就一二百块钱,不在乎,要叫抓住了,他也没个单位,又不是党员,怕啥。还有一回,我们几个在街上走,眼睁睁看见两个干部模样的,跟两个妓女走了,那两个人跟咱们什么两样也没有,一样,胆也真大。"这时酒菜都上来了,人也齐了,大家一边吹,一边吃喝,又讲了不少南方的事。

刘俊峰心情好,喝得面红耳赤回到家。进了门,他仍然兴奋得很,耿小凤正睡在床上看电视等他,他洗了脸,点了一支烟,也上床看电视,嘴里话不断,说:"这日子过得不错。这次上南方去,看到那里夜市好,人一到晚上都上街吃小吃,咱们明天也上街吃吃小吃怎么样,很有意思。"耿小凤说:"你学得倒快。"刘俊峰说:"那才叫生活,不像咱们这里,天一黑就关灯睡觉,怪不得人口多。"

说了一会话,看了一会电视,两人说:"睡觉吧。"就关了灯睡觉。灯一关,屋里很黑,两人还断断续续有些话,有些动静,说:"都三十多了,还……""三十如虎,四十如狼。"动静了一会,才趋平静,刘俊峰忽然想起来,说:"哟,今天日记没记。"床上的另一个已折腾得乏了,嗯嗯呀呀地说:"明天再记。"刘俊峰也是困乏得很,躺了一会,咬牙睁眼,开了灯,摸过本子和笔,写完当天的日记。转脸看时,小凤已睡酣了。便关了灯,也睡了。

两天眨眼过去,心情舒畅得很。第三天刘俊峰去上班,先向王主任汇报了出差情况,王主任说:"辛苦了。听讲你们这次还碰到一些新奇的事。"刘俊峰说:"也没有多少新奇的事,有时在报上看到一点,有时也接触一两个。"王主任说:"卫生局的张国宏,也同你一道回来的吧?"刘俊峰说:"赖广才、熊大方,都是一道回来的,张国宏在那有个老同学,非要留他住几天,他没有一块回来。"王主任说:"好,你刚回来,先看看文件吧,咱们人大常委会过几天开会,县长要向人大汇报,材料叫袁军写了。你先看看文件、材料,过几天又要忙。"刘俊峰说:"好。"

从主任室出来,刘俊峰去机要室拿文件看。机要室的老郑正忙活着,往刚收到的文件上盖戳子,袁军和王余生都在,几个人一见刘俊峰进来了,都热热乎乎地招呼,问:"啥时候回来的?""前天。"刘俊峰说,"王主任叫先拿文件看看,熟悉熟悉。""听讲你们这次出去见着不少新奇的事,讲给咱们听听。""也没多少新奇事,南方城市,开放些,改革的步伐也快些,就看人家的服务态度,你一进店,服务员都干干净净,漂漂亮亮的,笑脸相迎,拿东拿西,也不嫌烦,你要真不买,人家还说:没关系,欢迎你下次再来。你也不好意思不买。那里有不少东西都公开了,大家习以为常,比如春药什么的,有一家柜台上就有个宣传牌,上头写:喷即灵,一喷就灵。什么时间长、快,什么的,大家习以为常,也不觉得惊奇。那里城市一到晚上都热闹得很,有地方玩。要是在咱们这地方,一到晚上,黑灯瞎火,外商来做生意就吓跑了。"袁军和王余生说:"听讲你们还碰到不少妓女,是真的吧?"刘俊峰心里咯噔一下:他们的消息怎么都这样快?心里这么一想,无形中就起了一层防范措施,完全是条件反射,知道一件事说多了,就会有相反的作用。心里如此想,嘴里说得就少,说:"也碰到过一两次,我们话也不敢说,就吓跑了。"又扯了些无关痛痒的事,讲了些物价、景观的话,刘俊峰就拿了文件回办公室,看了一上午。中午回家,心已离了南方,回到工作和生活的这个环境中来了。吃了饭,在床上睡一会,下午按时又去上班。

　　下午上班才坐下,值班室的小桑来送报纸,进屋坐下说:"刘秘书,听讲卫生局的张国宏叫派出所拘留了,今天上午商业局、计量局的几个人问我,我说不知道啊。"刘俊峰大吃一惊,忙问:"怎么回事?什么时候抓的?"小桑说:"你们不是一块上南方出差的吗?我还就想问问你,以后再有人来问,我就好回他话了。"刘俊峰莫名其妙,摸不着头脑,说:"刚回来没两天,他犯了什么事?我真不知道,我知道了还能不告诉你?"小桑讲:"刘秘书你平常喜欢开几句玩笑,这事是咋来咋去的,你倒跟咱说说,外面人都传,也不知是真是假。"刘俊峰愈加摸不着头脑,又怕小桑误解了,脸上诚恳得不得了,讲:"小桑,我真不知道你说的是哪回事,我哪次瞒过你的?"小桑半信半疑地看着他:"上午商业局、计量局几个人来办事,在值班室闲聊,聊到你们几个上南方,晚上在公园里玩妓女,叫派出所抓起来了,后来罚了款,打电报叫单位去领人,把你们几个领出来了,张国宏单位没去人,他现在还在那边。我一听,当场就讲,我们单位不可能,不然我还能一点不知道,再讲刘秘书你也不是那种人。卫生局的张国宏,咱就不知道了,所以就来问你,他不是跟你一道回来的吧?"刘俊峰又惊又气,忙定定神,稳稳情绪,讲:"那肯定是传错了,张国宏因为他有个老同学,十几年没见,一定要留他住几天。我,小桑你对我很熟悉了,一贯老老实实,作风正派,咱哪能去干那种事,咱沾也不沾,离得远远的。"小桑笑笑:"我就是知道你才来问你的。我当时就讲,刘秘书,不可能,我知道他,人家老老实实,工作又踏实,肯定是传错了。你这样一讲,再有人来问我,我就好回答他了。"

讲了几句,小桑丢下报纸走了。刘俊峰关了门,气得在屋里直走,这样的辩白也使他十分恼火。走到窗边,走到办公桌边,又走到门边,什么事都干不下去。他气也不是气小桑,人家也是好心,一般人私下里传,还不来告诉你呢,但又不知道该气谁。他气得低声直骂:"妈的!他妈的!操他妈的!"骂了一气,在椅子里坐下,从抽屉里拿出一支烟来抽,呼呼两口就抽去一半。烟进了肚,他慢慢冷下来,这时有人敲他门几下,喊:"俊峰,王主任叫你去一下。""哎!"刘俊峰忙答应了,站起来掐了烟,定定神,开门去了王主任办公室。

晚上下班回家,才放了包,小凤就过来讲:"俊峰,我对你说一件事,你别生气,我也是下午才听人讲的。"刘俊峰已有预感,便问:"什么事?"小凤说:"今天下午县工行的几个人到我们单位去,说听人讲你们几个到南方去参观学习,就你一个干净的,其他几个在街上玩女人,叫公安局抓起来了,每人罚款八百块钱,又打电报叫单位领人,另外两个领回来了,还有卫生局的一个姓张的,单位不去领,把他扣在那边了,问我是不是真的。我当时就说我不知道,我说你没跟我讲这些事,也没听说哪个单位去领人了。"刘俊峰说:"对,就这样讲,我今天下午也听我们值班室的小桑来跟我讲过,这都从哪传来的?"

刘俊峰在沙发上坐下,点了根烟抽。小凤去厨房一趟,出来问:"俊峰,你跟我说实话,张国宏没跟你们一道回来,到底出没出事?"刘俊峰说:"你连我都不相信,他现在有事没事我不敢保证,但在我们回来之前,他肯定没出事,也没叫公安局抓去,也没玩女人,这我还能不知道?"小凤说:"那怎么人家都传,连下面银行的都知道了。"刘俊峰笑笑,很快又收了笑,摇摇头:"这事有点讨厌,张国宏回来,还要怪我们哩,讲我们造他的谣。"小凤说:"你们又没造他的谣。"刘俊峰说:"那怎么能讲清楚,就我们几个人,我们三个先回来的,我们不讲谁能传。"小凤说:"也许是熊大方、赖广才传的呢。"刘俊峰说:"那不会,人家不是说除了我干净,其他几个都在街上玩女人。"小凤一愣,继而又说:"也许人家当我的面,不好说你也玩了。我还真拿不准你了,在那种情况下,钱又不贵,你不玩?"刘俊峰知道她是说着玩的,但也哭笑不得,说,"怎么可能,绝对不可能,我是有贼心没贼胆,绝对不可能的。"小凤去了厨房,听见他这句话,忙又出来:"好哇,你有贼心,有贼心就危险,条件一成熟,就会干坏事。"刘俊峰说:"不会,我有这么一个好老婆,够了。"小凤说:"那不一定,远水不解近渴。"刘俊峰心里轻松了许多,下午的震惊和气愤消散了不少,接上讲:"不,不,我又讲错了,本人是坚强的共产主义战士,绝对不沾染资产阶级病毒。"两人正笑,儿子过来讲:"好,你们偷笑什么!"刘俊峰讲:"写你的作业去。"儿子做个鬼脸去了。

晚上吃饭还讲这事。刘俊峰讲:"这事不对头,我们回来才两三天,拿我来说吧,也没说什么呀,怎么就传这么厉害?"小凤说:"你老讲妓女不妓女的,你觉着好玩,人家就传出去了。"刘俊峰说:"那也不会呀,我说过话的那几个人,我对你说过,你不会瞎传吧,我对江宗武和俞志庆说过,江宗武和俞志庆也不会瞎传吧,我在天然居吃饭的时候说过,那几个人都是很熟的,也不会瞎传呀。"小凤说:"江宗武和俞志庆不会瞎传,那几个人就不会啦?有些人虽然熟,但他心思你摸不准,你对他们都了解?"刘俊峰说:"虽不能讲都了解,但他们不可能传成那个样子。"讲了一会,吃了一会,刘俊峰说:"想想王主任上午的问话:听讲你们这次还碰到一些新奇的事,现在回过味来了,王主任肯定也听到传言了,这传得不得了。"过一会又说,"没事,没事,地方小,怪事多,传两天就过去了。"

饭罢,记日记,把今天的事跟心情都记上,而后看电视,关灯睡觉。

春日晴好。刘俊峰早上八时准点上班。八时半,农林局的越野吉普来了,驾驶员来找刘俊峰,说车到了,刘俊峰就去通知王主任,然后跟着王主任一起去农林局。

车开出县政府,王主任说:"小刘,你们这次收获还大吧?"刘俊峰谨慎道:"收获还不小,南方的改革开放,在我国是先走一步,步子快一些。"王主任说:"南方和我们这里,条件不同,起点也不一样,发展速度也有比较大的差距,所以要是拿南方的标准来套我们这里的情况,就不容易准确。再讲改革开放,经济发展了,收入增加了,各种观念也有了改变,但不可避免地,就会有一些不良的东西也同时进来。前几天我在报纸上看到,讲我们有个代表团,到日本去访问,访问期间,和日本女人纠来缠去,还使用什么激素,这些东西我们当然不能提倡、宣传。"刘俊峰说:"就是,南方沿海地区,离港澳很近,发展比较便利,我们这里是内地,经济基础较差,条件不一样。"王主任说:"你这次到南方去,看到一些新东西,有新经验,你写个文字材料,我们《政讯》上发一发,给大家鼓鼓劲,现在改革开放,步子就是要大一些。"刘俊峰说:"我回去就写。"

农林局在郊区,一个大院,刚盖起来的一栋新楼。一上楼,都是熟人,局里的几位副局长、股长都到了,大家见面,讲些闲话。讲过了,开会。开会时刘俊峰没有事,出去到办公室串门,办公室的几位办事人员,与他年龄都差不多,话题自然多些,见他来了,都热情招呼,其间一个小钱说:"哎,刘秘书,我们几个刚听来一个消息,正议论,你在政府里,消息快,你来给我们证实证实。"刘俊峰问:"什么消息?"小钱说:"听讲卫生局那个张国宏,最近到南方学习,带了几千块钱,有别人让他捎衣服、首饰的钱,有他老婆叫他买东西的钱。到了南方,他叫妓女勾住了,跟妓女上公园,在树林里干那种事。正进行着,来了几个男的,抓住他要送公安局,张国宏吓软了,那几个人讲,不送也行,交八百块钱,张国宏交了八百块钱。第二天晚上又去,在公园里叫公安局抓去了,罚了二千块钱,又打长途电话叫卫生局去领人,卫生局不去人,公安局就扣着他不放。"刘俊峰听得蛮认真,暗自里觉得这事危险了,不能随意说话、表态、确定,听过了讲:"这事我知道一些,那学习我也去参加了,不过在南方时倒没听讲他有这事,他的钱倒是叫小偷偷过一回,不多,二十几块钱。"小钱说:"哎哟,刘秘书,那你是权威了,你们一块的,听讲就他一个没回来。"刘俊峰想笑笑,却笑不出来,一时面部不知作何表情,斟酌一下说:"回来时他讲他有个老同学,十几年不见了,老同学硬拉他多住几天,他就留下了,不过现在差不多该回来了。"小钱又说:"南方咱们没去过,只看见报纸上宣传得厉害,不知到底是个什么样子,那里热闹吧?"刘俊峰说:"热闹是热闹,就是连阴雨天多些,我们在那住了二三十天,有十几天都是连阴雨,下得烦人。"小钱说:"连阴雨天在哪里都烦人,要在咱们这连阴雨,地都下烂了,人心里都下得不痛快。"刘俊峰说:"就是的。"

出来时候也不短了,刘俊峰告别一声,又回了会议室。

这一晚回到家,夫妻两个闲聊,不约而同又谈传言的事。刘俊峰说:"我真给搞愣了,农林局也都知道,还讲敲诈了八百块钱,不过这回是专对张国宏的,我当时也不好太过分,又不知人家说这个事是什么意思,是不是有意说的,小钱又是熟人,别当场驳了他的面子。对张国宏,咱也得说公道话,他这几天有什么事咱不敢讲,在一起那二三十天,他也是一板一眼,没出过什么事。"又讲,"在车上王主任那些话,其实也是在敲打我。"小凤有点紧张:"敲打你什么?"刘俊峰说:"你看,我昨天在机要室讲了几句春药的话,眨巴眼就传到王主任耳朵里去了,王主任可能有点看法,有点不同意见,其实我也没讲什么。"小凤说:"那你是跟哪几个讲的?"刘俊峰说:"那倒没什么,人家传语也不一定有什么坏意,也许就是随便说说,但领导的看法就不一定一样了。"小凤说:"你以后说话真得注意了。"又说,"我今天听到个更奇的。我今天到蔬菜门市部买鸡蛋,两个售货员闲着没事,就讲这个话题。讲卫生局有个干部,土包子,没见过世面,到南方住在旅馆里,刚住下,就有个女的打电话给他,问要不要按摩,他以为是旅社里免费的,想占小便宜,就说要,人家女的上来到他房间,就脱衣服干那种事,干到一半,派出所来查店,当场抓住,把女的放了,把他抓起来了,听说快要判刑了。我也不讲一句话,听她两个瞎吹,吹完了我就走了。"刘俊峰说:"这传得不得了。"小凤说:"还有哪,今天小马有个亲戚,在殡仪馆开车的,到我们单位,讲这个事,都是当新鲜讲的,也不讲你了,也不讲别人,都是讲张国宏的。讲卫生局有个姓张的干部,在南方花钱玩香港过来的女人。讲人家那边玩女人都是公开的,专门有玩女人的地方,还定了不少法律,不准侮辱妓女什么的,我听了直觉好笑。又讲张国宏是土包子,不会玩,玩得不对,触犯了什么规定,妓女不愿意了,要告他,张国宏不理她那一套,妓女一个电话就把公安局的人叫来了。我跟小马听得直笑,咱也没法替张国宏解释,也解释不清,张国宏想都想不到,屎盆子都往他头上扣,想都想不到。"

刘俊峰讲:"就是,想都想不到,梦都梦不到。"

吃饭时刘俊峰讲:"以后咱说话是得注意点,不能随便乱讲。不该讲的不讲,该讲的也得少讲。"

又说:"真不好解释,解释多了,人家想:你是他张国宏家什么人,这么替他卖力?咱又摸不准人家传话是什么意图,要是有意传的,你一解释,无形中就得罪人了,要是传话的跟张国宏有意见,你一解释,那还不恨死你?"

吃完饭刘俊峰说:"虽然话是这么讲,心里头也有些憋气。"

又说:"我后来没办法,就跟鲁迅学了一招,讲天气、阴雨天什么的。"

小凤说:"早点睡吧,累一天了。"

儿子先在自个的房里睡了。夫妻俩各自办完自己的事,略看看电视,没有好节目,也就关灯睡了。

床也并不响。

往后的一两天,仍有不少相关的人来讲些不相干的传言,或不相干的人来讲些相关的传言。刘俊峰已是疲沓了,都能一一应酬了去。有次在值班室闲聊,小桑说:"听讲卫生局真派人上南方去了,昨天上午走的,刘秘书,说不准那张国宏就是避了你们,在那边过过女人瘾哪,不然为啥到现在不回来。"袁军说:"现在什么事都难说,我前几天看杂志,上头登了一件事,讲有一年有一个国家选举总统,选举结果,在任的总统以六十万张选票获胜,另一个总统候选人说这是不可能的事情,因为选民总共才一万五千人,你看这怎么讲。"老郑说:"还有巧事,我也是前两天看报纸上的,讲有一个女人,听说她丈夫在外有外遇,一气之下,从三楼的窗户跳下去了,正好她丈夫从楼下走过,一下砸在她丈夫身上,把她丈夫砸得死死的,她自己一点事也没有,巧吧。"一屋子人都开心大笑。老郑讲:"要叫我说,南方那生活咱也不太习惯,觉得乱,像咱这样,日子不能讲很好,也安安稳稳的,你说,都有饭吃,一天一天往下过,有啥不好。"王余生说:"过了三十五岁,四十岁,人就想安稳了,没结婚时,都想上外头跑跑,拼拼,过了三十五岁,人就懒了。"刘俊峰说:"有时候不能比,咱县李拐子乡,人均年收入才四百块钱,也就是一顿饭的钱,能比?"小桑说:"四百块钱,怕连一顿饭都不够。"他打报纸堆里翻出一张广播电视报,"你看这上头登的,香港演员一年光拍片子就挣了三千多万块钱,还得了,要拿到咱们这来,人家一年挣的,就够咱们全县开支的了。"袁军讲:"我看看,我看看,拍一部片子就收入一千万港币,这收入也太高了点,要是给咱们,十几幢大楼都起来了,不合理,不合理。"正议论闲聊,江宗武来了,刘俊峰带他到办公室,坐下讲一两件正事,正事讲完,江宗武说:"哎,俊峰,这几天听不少人传说卫生局的张国宏在南边玩女人,叫扣起来了,那天俞志庆见我还讲:这个俊峰呀,不够朋友,这条特大新闻,对咱们守口如瓶。都传疯了,到底咋回事,你还对咱保密?"刘俊峰哭笑不得,摇摇头,苦笑说:"宗武,我什么时候对你、对志庆保过密,什么时候瞒过你俩?这事我真是不知道,至少我离开南边上火车前还没有这事,我咋能对你保密?这几天我也听多了,怎么传的都有,弄得我也疑疑惑惑,不相信自个儿了。"江宗武说:"那个张国宏,他怎么没跟你们一道回来?"刘俊峰说:"当时他讲他有个同学,十几年没见到了,硬要留他多住几天,他就没跟我们一块回来。"江宗武说:"那就很难讲了,不过这里头,恐怕有点问题。"

刘俊峰说:"什么问题?说实在的,我以前对张国宏也不是很了解,这次去南方,才熟了,我觉得他人还行,对他的其他方面,就知道得很少了。"江宗武说:"不是这方面,是别的方面,俞志庆那天不是讲,准备提他为副局长吗,要提没提,在这关口出这样的事,不是有点问题?"刘俊峰说:"这个因素有,但对他影响可能不大,他一回来,不就清楚了。"江宗武说:"那可不一定,真真假假,谁能保证?不管他不管他,这几天见志庆了呗?"刘俊峰说:"没见他面,他打过一回电话来,匆匆忙忙,屁也没放几个,讲他跑什么工厂,忙晕了。"江宗武说:"他小子,瞎忙。"

聊到十一点,正好上午也没大事,聊得差不多了,送江宗武才到楼梯,小桑在值班室喊:"刘秘书,电话。"刘俊峰讲:"宗武,不送你了。"江宗武说:"你忙去吧。"便下楼走了。

刘俊峰回到值班室接电话,一接,原来是熊大方打来的,熊大方在电话里哑着嗓子讲:"俊峰,上班啦,给你打过好几次电话,广才还讲找时间上你办公室坐坐,就是摸不到你人影,不是上郊区了,就是开会了。"熊大方原本就是个哑嗓子,噼噼啦啦的。刘俊峰讲:"一上班就忙,文件啦,材料啦,没办法,你也忙呗?"熊大方噼噼啦啦地讲:"也是穷忙。哎,俊峰,你这几天听到了呗,传咱们、传张国宏都传得不成样子,开头传咱们几个在南边玩女人,传得活灵活现,讲张国宏办了个证件上香港去玩了几回,讲我和广才玩女人叫人家敲了,打一顿又掏了八百块钱,讲你还勾了一个带上火车玩半路才下去。后来不传咱们仨了,光传张国宏了,讲他现时还扣在公安局,又检查出了梅毒大疮,他单位前天才开了介绍信,带了罚款去领人,都传得不成样子。"刘俊峰说:"听说了听说了,开头听了有点生气,后来觉得好笑,也无所谓了。"熊大方说:"就是,咱们是一块去,一块回来的,回来后咱们谁也没多说话,不知从哪里就传出这些事来了。不过,只有张国宏一个人没回来,他现在也不知是怎么回事了,现在的传言,又都集中在他身上,他回来别误解了咱们,说是咱们几个传了他的言,造了他的谣。"刘俊峰说:"咱们回来,谁也没多讲半句话,那些传言,实在跟咱们都没有关系,他要是回来了,咱们找个适当的机会解释一下就是了。"熊大方说:"恐怕难解释,越解释,怕越解释不清,他反而怪咱们。要么张国宏什么时候回来了,咱们仨一道先去看看他,你说呢?"刘俊峰说:"那行。"

放下电话,刘俊峰摇头苦笑。他觉得叫什么东西给网住了。

这一日下午才上班,小桑来找刘俊峰:"刘秘书,罗县长叫你去一下。"刘俊峰答应一声就去了。

罗县长是分管文、教、卫、计划生育的副县长,又是县委常委。刘俊峰进了他的办公室,罗县长说:"小刘,坐下吧,回来几天了吧。"刘俊峰说:"回来几天了。"罗县长说:"正好这几天我在地区开会,也没能听听你介绍情况。你们这次去南方,有收获吧?"刘俊峰说:"有收获,南方有不少新发展、新经验、新观念,有不少是我们缺少的。但是南方的条件和我们不一样,南方是沿海地区,离港、澳很近,经济基础也比较好,改革开放也早。"罗县长说:"嗯,嗯,你写个文字材料吧,把南方的经验在我们县里介绍介绍。"刘俊峰说:"我正在写,王主任说先在《政讯》上用一下。"又讲了一会别的。罗县长斟酌了语言、语气,说:"小刘,有一件事我还想问问你,向你了解一下,你在办公室工作,有很多事情你们都知道,有时候有些事情,比县长们知道得还早。"刘俊峰老老实实地坐听。罗县长说县里年初就打算调整几个局的领导班子,也物色了一些比较年轻的、有能力、有开拓精神的同志,打算充实到局级领导班子里去,这两天就要开会,把人选定下来。卫生局的张国宏,业务能力比较强,年龄也比较轻,考察时思想也比较过硬,这次也是调整对象之一,当然这都是设想,没有安排到岗,都是不算数的,即便是谈过话了,也还可以改变嘛。昨天在县委开会,卢书记说,下面有不少同志传言,说卫生局的张国宏在南方出事了,问我实际情况到底是怎么样的,昨天下午又有几位同志来向我反映,说社会上都传张国宏在那边出事了,作风有问题,被当地派出所拘留了,都讲得有情节、有细节、有时间、有地点。我打电话叫卫生局两个局长来,两个局长说,张国宏自到南方以后,只在开头的时候写过一封信回来,后来就没有消息了,一直到现在没回来。你们一起去的,他的情况你多少了解一些吧。"刘俊峰谨慎地说:"我们一块去的有五六个人,有两位同志提前回来了,我们有三个人稍后一起回来的,张国宏在那边有个同学,十几年没见面了,叫他多住几天,他就没跟我们一起回来。我们在那边的时候,没出这样的事情,公安局也没扣过我们的人,这点我能肯定。"罗县长说:"你们回来以后,张国宏在那边的情况,你们就不知道了吧?"刘俊峰说:"那就不知道了。"

晚上刘俊峰下班回到家,在家里闲话,把一天里的这些经历随便说了,末了说:"这情况我真搞不清了,张国宏在那边三天两头往家里写信,说是向单位汇报情况,张国宏做事还是蛮谨慎的,当然他是不是写给单位的,他的信我们也没看到,就不能肯定了,但他确实经常写信回来,临来的时候他还说要发快件向单位里讲一声,怎么他局里面讲只收到过他一封信,还是刚到南方时写来的,我给单位写的几封信,他们也都收到了。"小凤说:"是不是他没写?"刘俊峰说:"现在只有三种可能,一种可能是张国宏根本没写,或只写过一封,另一种可能就是卫生局收到了,但有人对他有意见,故意讲他没写信,再一种可能就是邮电局出毛病了,信没有送到,那就巧了,偏偏他的信就送不到。"

晚饭时刘俊峰又讲:"这传得确实快,真真假假,幸亏我没留在南方,不然也被传得不成样子了。"

小凤讲:"人家张国宏回来,你多少也去解释几句,免得他误解你。"

刘俊峰说:"这事比较棘手,那不叫做贼心虚吗？人家更容易误解。"

小凤说:"随你便。"

晚饭后,诸事做完,看一会电视,小凤说:"不早了,关灯睡觉吧。"说完率先睡了。

啪,灯关了,屋里屋外黑乎乎一片。两口子都睡了。

夜里下起了春雨,早晨起来,满世界都是水,雨时大时小。

刘俊峰穿着雨披,骑着自行车去上班,雨点打在雨披上,发出啪啪啪啪的响声,街上不少地方积了水,汽车开过去时,泥水溅得老远,行人纷纷躲避。

上午拟了个会议通知交给打字员后,刘俊峰就没事了,泡了杯茶,正想坐下来翻翻报纸,轻松轻松,值班室小桑伸头进来喊:"刘秘书,电话。"刘俊峰放下茶杯去接电话,喂了一声,话筒里说:"俊峰呀,我是大方,忙什么呀？"刘俊峰说:"才刚写完一个会议通知,刚完事。"熊大方说:"俊峰,对你说件事,今天早上上班,在街上碰见教委的一个熟人,他说听人说张国宏叫公安局的人给带回来了,说是那个人亲眼看见两个公安夹着他出站的,你看这话可信不可信？"刘俊峰沉吟一下说:"这个还真拿不准。"熊大方说:"这样吧俊峰,咱再多留意留意,果是张国宏真有事了,咱就不能再去向他解释了,要是他没有事,咱们就瞅个时间去看看,你讲呢？"刘俊峰说:"行。"

刘俊峰挂了电话,心想人间这事都真奇,真摸不透了,回到办公室才坐下,小桑又喊来了:"刘秘书,电话。"刘俊峰忙跳起来又去接电话,电话是小凤打来的,小凤说:"俊峰,告诉你一件事,我是刚听人讲的,告诉你叫你心中有个数,你听人讲了吧?"刘俊峰说:"什么事?"小凤说:"刚才二轻局来个人,在这闲扯,他说听人讲张国宏今天早上叫公安局押回来了,有人亲眼看见的,几个公安夹着他出的站,他还叫公安推了一把,身上弄得都是泥水,也不知是真是假,我告诉你一声,叫你知道知道。"刘俊峰说:"我刚才也听说了一点,刚才熊大方打了个电话给我。你在哪里打的电话?"小凤说:"我在办公室,现在就我一个人,他们都出去了。"刘俊峰说:"你别传了噢。"小凤说:"我怎么会传,我只告诉你一声,叫你心里有数。"又说了几句闲话,谈谈中午的菜谱,然后两人就把电话挂了。

刘俊峰心想:真是没法子了。回到办公室,什么也不去想,喝茶看报纸,外头雨声不断,一个上午就过去了。

雨天人待在屋里很舒服,人也愿意待在屋里。下午上班,县长都各开各的会去了,主任也开会去了,也没交代下来什么任务,刘俊峰干脆就躲在自己的办公室里看报纸,看得很投入。

看了很长时间,安安静静的,也没人打扰,也没有动静,心里有些奇怪,便起来伸个懒腰,上值班室走一趟。到了值班室,原来不少人正在值班室闲聊,听两个面孔不太可靠的人讲公安局带人的事。刘俊峰一听,又是这个,就站在旁边听了一会,听不出什么新鲜的,便拿了报纸,回自个儿的办公室了。回到办公室,加了点茶,埋头又看报纸,看到一篇文章,讲高跟鞋的发明。传说十五世纪的一个商人,经常出门做生意,他担心自己不在家的时候,他的年轻漂亮的妻子会到处乱跑,招蜂引蝶,把绿帽子戴在他头上,于是,他想到雨天鞋后跟沾上泥土垫高了不好走路的现象,从中受到启发,便给妻子设计定制了一双有很高后跟的皮鞋,以便约束妻子的行动。没想到妻子穿上这双高跟鞋感到十分新奇好玩,决定穿上它四处玩耍,显示别致,出出风头。她由女佣陪着,坐车乘船,出尽了风头,也导致了更多的风流韵事。她穿着高跟鞋在街上行走时,路人见了都觉得太美了,纷纷仿做,高跟鞋就流行开了。过了不知多少时候,刘俊峰恍然醒悟,抬头看时,窗外已黑蒙蒙了,连忙打点文件包回家。回家的一路上,不禁去注意路上行人的鞋子,看见有穿高跟鞋的,与以前看见时的感觉就不一样,觉得有一层深意在里头了。

这天晚上一家人才吃过饭,有人啪啪地敲门。小凤说:"儿子,开门去。"儿子开了门,进来一个人,刘俊峰一见,出乎意料,忙叫了声:"国宏。"站起来去迎他。小凤也觉意外,但与他不熟,打了声招呼,便上厨房收拾去了。

刘俊峰拿烟倒水,边忙边问:"国宏,什么时候回来的?"张国宏在沙发上坐下,人还是那样子,白白胖胖的,吸着一支烟,讲:"今天早上才到。"刘俊峰想讲:"在那玩得好吧?"话到嘴边,忙咽了回去,改口讲:"这里也是夜里才下的雨,一下雨,就不方便,泥泥水水的,我们是回来就忙,办公室琐事太多。"张国宏说:"就是,回来就得忙,想闲也闲不住,我们那卫生大检查活动又要开始了,一忙就得十天半个月。"刘俊峰说:"省里下个月还有个推广省柴灶的现场会在咱们县开,准备工作得先做好,又得先把材料整理出来,农林局和郊区也在忙这个事。"两人闲扯一会。儿子去了自个儿的房间,耿小凤忙清了,也上卧室关了门看电视去了,只留他俩在客厅里坐。

这时张国宏转了话题,把身子往刘俊峰那边倾了倾,压低些声音,讲:"俊峰,有件事想找你聊聊。这次在南方,对你印象最好,觉得你处人可靠,所以就想先跟你谈谈。"刘俊峰说:"客气啥子,在南方几十天,咱也都交了心了。"张国宏说:"就是,所以今天想来想去,还是先来找你。我上午才到家,没想到这段时间,传了这么多话,你可能也听说了,讲我在南边搞女人,讲我叫公安局抓起来了,这都哪来的事,想都想不到的。"刘俊峰说:"我也听讲了,都传得离奇,开头先传咱们几个在那边怎样怎样,后来又单传你在那边叫扣起来了,听到这些传言,都不沾谱,也怪气人,我还替你做过消毒工作,真是离奇得很。"张国宏说:"咱们在南方,你知道的,沾都不沾,谁敢沾那个?那也不是咱干的事。"刘俊峰说:"那我知道,咱们几个回来,哪个不清清白白的。不过这些传言真快,都想不到,今天上午还有人讲你叫公安局押回来了,一边一个穿警服的,还把你弄得一身泥水?"张国宏连连摇头苦笑:"这都哪扯哪,那两个警察,就是咱们县的,在车上碰到了,又都熟,不就一起下车,一起出站了,身上的泥水,也是有点,下着大雨,又没有雨伞雨衣,一跑,叭叭叭叭,身上还能少了泥水。"刘俊峰说:"我听了就觉好笑,你要真出事了,我们政府那边还能不知道?不可能的。"两人谈得似有点投机。张国宏又压低了声讲:"俊峰,这事我觉得蹊跷,你讲会是哪个传的呢?你是绝对不可能的,赖广才和熊大方,我跟他们也没多少瓜葛,以前认识,见面点头打招呼,这次在南方,也没什么对不住他们的地方,他们不会这样吧?"刘俊峰想了想,说:"回来后跟他们也没见过面,不过电话倒通了几回,还讲等你回来去看看你哪,我想大概不会吧。"张国宏说:"这事太气人了,不过我是身正不怕影子斜,流言自然就会散掉。俊峰,你那接触人多,碰上了还请你帮我消消毒。"刘俊峰说:"这个不用讲,我自然会做的,你也别把它当一回事,流言自然就过去了。"

又密密切切地谈了一会,张国宏告辞走了。刘俊峰送走张国宏回来,一边整理烟茶具,一边想:张国宏没把话讲完。这时倒困乏了,也就不再多想,记了日记便睡觉了。

阴雨天仍搞得人扫兴。春雨贵如油,春雨对农作物很好,但对上班的人来说,就会带来一系列不方便。

　　刘俊峰上午跟着王主任冒雨又跑了一趟农林局,折折腾腾的,裤腿弄得透湿。快十一点时,回到办公室,坐下来才泡了杯茶,小桑过来对他说:"刘秘书,卫生局那个张国宏,今天上午到办公室来了,先找了罗县长,在罗县长办公室坐了半个多小时,又找你,我说你跟王主任上农林局了,他又打电话给你,找到你了呗?"刘俊峰说:"没有,我们又到农科所走了一趟。"小桑讲:"看他那样子,找你还找得怪急。"刘俊峰说:"也不一定有什么急事,要真有急事,他还会打电话来。"

　　小桑回了值班室,刘俊峰坐下喝刚泡的茶,刚喝了一口,那边小桑喊:"刘秘书,电话。"刘俊峰起来去接电话,原来是熊大方打来的,熊大方仍是嚼嚼啦啦的嗓音,在电话里说:"俊峰,你上午不在吧,给你打了好几次电话都没找到你。"刘俊峰说:"上午我跟我们王主任去农林局了,刚刚回来。"熊大方说:"张国宏昨晚上我家来,讲传言的事,他去没去你家?"刘俊峰说:"他也到我家来了,坐了一会,讲讲传言的事,就走了。"熊大方说:"他好像仍觉得是咱们里头的哪个人做了手脚,不过他没有明说,我是感觉出来的,我当时就对他说,咱们三个,你,广才,我,咱们三个,都绝对不会干那种事,我说咱们原先还商定好他回来了去看他哪。"刘俊峰说:"我也是这样跟他说的,我说咱们三个人,都绝对不可能。"熊大方说:"看起来张国宏这人疑心有点重,我听广才讲他争官争得很认真的。他上午又打个电话来,叫咱们中午上滩河酒家吃饭,他请客,我问他是不是跟你讲好了,他说上午你不在办公室,等一会再跟你联系。你看怎么样?"刘俊峰说:"是什么项目?咱心中也无数。"熊大方说:"那还能有什么项目,肯定又是为传言的事。要不你等他给你联系了,再说。"刘俊峰说:"那好,咱们等一会再联系。时候也不早了,快下班了。"

搁了电话,回到办公室才坐下,小桑又喊:"刘秘书,接电话。"刘俊峰跳起来,到值班室一接,果然是张国宏的。张国宏十分热情,在电话里大声讲:"俊峰,上午我到你办公室去,办公室人讲你下农林局了。"刘俊峰说:"就是,一上班就去的,才刚刚回来。"张国宏说:"俊峰,咱们几个在南边关系都处得不错,回来也得加强联系呀。我今天中午想请你、赖广才、熊大方,咱们几个上滩河酒家吃个便饭,没别人,就咱们几个,十二点准时吃饭,你一定得到噢,我跟他们两个都讲好了。"刘俊峰说:"哟,太麻烦了,你刚回来,得好好休息休息。"张国宏说:"休息啥子,咱身体还可以。俊峰,你一定得到噢,说实话,咱们俩感情更深一些,这次主要想请你,你不到,就没意思了。"刘俊峰说:"哎呀,这太麻烦了,其实该我请你。"张国宏说:"你别客气,十二点准时到,等你噢!"刘俊峰不能再推辞,便说:"好,十二点,准时。"双方各自挂了电话。

挂断电话,刘俊峰给耿小凤打了个电话,讲张国宏中午在滩河酒家请客,不回去吃了。小凤说:"什么事?"刘俊峰说:"不知道什么事,去了再说呗。"小凤说:"几点回家?"刘俊峰说:"中午不一定回家了,吃过饭也差不多该上班了。"讲完,把话筒挂上,手还没离,电话铃又响了。刘俊峰就手拿起来:"——喂!"原来是熊大方,熊大方说:"俊峰,刚才张国宏又打电话来,说跟你讲好了,你去呗?"刘俊峰说:"去呗,推辞不掉。"熊大方说:"好,咱们滩河酒家见。"刘俊峰放下电话,看看表,十一点半不到,便又回到自个儿的办公室,喝茶,翻翻报纸,脑袋里偶尔闪出南方的画卷,那也都是过眼烟云,是很遥远的不现实、不真实的事了。

刘俊峰十二点过五分到滩河酒家。滩河酒家和天然居不同,滩河酒家是新落成不久的,坐落在闹市区,外表看起来豪华、新潮,在那一条街上是没有比的。

刘俊峰前脚到,熊大方后脚就到了。两人进厅,正碰见张国宏从楼上下来,见了他打招呼叫他们上去,说:"楼上雅座,三楼。"三人相衔而上,上了三楼,在航空座上坐下来。航空座原是坐四人的,现在只坐了三个,刘俊峰和熊大方坐一边,张国宏自个儿坐一边,有点不平衡。熊大方说:"赖广才迟到了,等一会罚他酒。"张国宏说:"赖广才不来了,他家有事,实在来不了。"这个话头就不能再提了。酒菜上席,三人端起来喝,一时不知讲什么好,因为平常能讲的话,现在不一定能讲,说不定讲出来就敏感,就讲得不好了。便讲些酒肉之类的话。刘俊峰讲:"这个地方的爆虾有点名气,在咱们这里是第一家了。"张国宏说:"爆虾不错,今天要了一盘子。"熊大方说:"那家伙可贵,十块钱一盘子吧?"话又完了,不好说,都觉得不对路子,别扭。

别扭了一会,酒也下去一些了,人脸上都热了,又砰砰碰了几杯,气氛才温一些。熊大方讲:"国宏,讲真的,你没回来,俊峰我们几个就讲好了,等你回来后去看看你,在馆子里请你一顿,给你压压气,也是叫你别误解了我们,那传言,跟我们几个,都无关,我们在各处听到了,都帮你消毒,你也别生气,过几天就过去了。"刘俊峰说:"就是,大方说得对,流言没有根,长久不了,你不要放在心上。"张国宏说:"要讲一点不气,也不可能,不放在心上,也不可能,不过已经这样了,就随它去,又不能一家一家去解释。不过,你们二位也不外,我觉着是有人在背后搞我,这传言是有人故意散布的,你看,县长、书记那里都知道了,这对我还能没有一点影响?"

熊大方和刘俊峰听了这话,心里不太舒服,但还是得维持着。熊大方说:"不要紧,这事弄清也不难,你一回来,一露面,人好好的,不缺胳膊不缺腿,那传言就不攻自灭了。"张国宏说:"这事,难说,有时你不攻,它还就灭不掉,赖广才今个没来,咱就不说了,你们二位,必要的时候,可得替我主持公道,这事你们二位最清楚。"

熊大方说:"没说的,没说的,实事求是,该什么样就什么样嘛。"刘俊峰说:"那是自然的,咱们还能讲假话害了朋友?这个你放心。"张国宏把酒杯端起来,说:"我先谢二位了。"一仰脖就把酒灌下去了。

其实这顿饭吃得别扭,没滋没味,又叫人累。散席后刘俊峰去上班,喝了五六杯茶。下午没什么事,坚持到四点来钟,刘俊峰给王余生、小桑打了招呼,说去修理自行车,就提前回家了。到家洗了脸上床睡觉,迷迷糊糊一觉醒来,天已经朦胧黑了,儿子老婆都回来了。便起床又洗了脸。小凤问:"中午吃得怎么样?"刘俊峰说:"别别扭扭,张国宏有话不说,其实他也难开口。"小凤问:"什么事难开口?"刘俊峰说:"还不是他提拔副局长的事。他遮遮掩掩怕提这个事,又明知对他有影响,这几天常委正开会研究人事,也够他急的。"小凤说:"那他找你有什么用?"刘俊峰说:"离县长们近。"小凤说:"你们也活得累。"刘俊峰说:"是累,没办法。"

第二天中午刘俊峰一家才吃过饭,张国宏来了,一进门,手里一个塑料袋落在桌上。"俊峰,正好街拐头有卖酥梨的,顺手就捎几个来。"小凤说:"看你看你,来玩就是,带东西做啥。"刘俊峰忙说:"哎哟哎哟,国宏你。"起身倒茶拿烟,两人又抽又喝,讲几句闲话。等老婆儿子都去了,屋里只剩他两个时,张国宏倾身低声说:"俊峰,我还得找你帮个忙。"刘俊峰说:"有事你尽管说,能办的咱还能不办?"张国宏说:"我还得先谢你,昨天我跟罗县长谈了,罗县长说你向他介绍过情况,他心中有数。"刘俊峰说:"该咋样就咋样,我还能往你头上扣屎盆子?国宏,你放心。"张国宏又谢了一声,说:"不过,俊峰,你知道的,县里原来考察过我,也打算在局里安排的,这几天正研究人事,就碰上这个倒霉事,其实我也不在乎安排不安排,可不管咋样,咱也得把身上弄得干干净净。你看俊峰,我还得请你帮个忙,南边我已挂了长途给我老同学,叫他想法给我写个证明来,证明你们走后,我在那边没有问题,咱们一块过的那二三十天,想请你跟熊大方、赖广才也写个文字证明,空口无凭,有个书面的,就有说服力了,往桌上一摆,口舌都不用费。我对你说俊峰,罗县长那里,也有这个意思,所以我就先来找你了。"刘俊峰挠挠头:"哟,这材料还没写过,况且咱们个人写,有没有什么用处?要是真有用处,反正实事求是,那就没什么不行吧。"张国宏忙说:"有用有用,你们几个是见证人,谁也没你们清楚,这事还得多拜托你。"刘俊峰说:"行,下午我跟他们俩联系上,商量商量,看他们俩同意不同意,他们俩要是同意,我们就抓紧时间弄个材料出来。"张国宏自然感激,连声说:"俊峰,咱们有情后补,有情后补。"

天已经转晴了,天上出着太阳,但要是待在屋里,就还觉得有点凉意。下午刘俊峰才到办公室,就被王主任支派到农林局去了。到农林局,有个局长还没到,趁这工夫,他摸着电话机给熊大方打个电话。电话一通,里头熊大方噼噼啦啦就讲:"俊峰,是你吧,我正找你哪,中午张国宏到我家,说跟你讲通了,请我们替他写个证明材料,咱们写还是不写?怎么写?这种材料还从来没写过啊。"刘俊峰说:"没办法,给他写一个吧,也算做件好事了,我现在在农林局,四点来钟大概能回办公室,干脆这样,大方,你写我签名,怎么样?"熊大方马上叫起来:"不行,不行啊俊峰,你别害我,这材料还真不知道怎么写,要不,你回办公室后,我上你那去,咱们议议。"刘俊峰没有别的办法,只好笑:"说,行,电话再联系。"

刘俊峰在农林局帮着搞材料,一直到四点三十才回办公室。电话联系了之后,熊大方骑车来了,一进门就说:"便宜广才了,叫他溜了。"刘俊峰说:"他真溜了?"熊大方说:"那还不是溜了,上次张国宏请吃饭,他没到,这次他又说他胃炎犯了。"刘俊峰说:"广才应该上次讲胃炎犯了,这次讲家里有事,才合拍,上次是吃嘛。他跟张国宏没什么吧?"熊大方说:"大概没什么。广才善于保护自己,碰到这类事,他都及时溜走。"刘俊峰说:"可惜咱们不好意思溜。"熊大方说:"做做好事。"

两个人在办公室坐下,烟茶都有,商量怎么写。熊大方拿了支笔,拿了张纸,说:"咱先给起个名字呗。"刘俊峰说:"起什么名字呢?"熊大方说:"你这笔杆子老秘书了,你起一个。"刘俊峰说:"这可是第一回,怎么着,要不叫'关于张国宏同志在南方期间没玩女人,没被公安局拘留罚款的证明'?"熊大方说:"切题是太切题了,我总觉得滑稽,这材料写的,对张国宏有什么好处?不如不写。"刘俊峰说:"那是,要不写咱们可轻松多了,咱们这一写,咱们就牵扯进去了,难。"熊大方说:"难。要不题目就这么样吧?"刘俊峰说:"咱们再想想,多出几个题目,挑拣挑拣。"熊大方说:要不多出几个题目,叫张国宏自己拣去。"刘俊峰说:"这办法好,就叫他自己拣去。"

两个人便专心想题目,想出来一个,讲出来,在纸上记一个。刘俊峰说:"要不叫'关于张国宏同志在南方参观学习期间的表现的证明'?"熊大方说:"要不叫'关于张国宏同志在南方拒腐蚀、永不沾的证明'。"刘俊峰说:"要不叫'关于张国宏同志在南方参观学习期间数次拒绝坏女人勾引、端正党风的事迹报告'。"熊大方说:"要不叫'关于张国宏同志在南方参观学习期间抗干扰、顶压力、勇斗坏女人的英雄事迹报告'。"刘俊峰说:"要不叫'关于张国宏同志在南方参观学习期间勇于为当地人民清除精神和物质垃圾的事迹报告'。"熊大方说:"要不叫'关于张国宏同志在南方参观学习期间不顾个人安危、勇于深入色穴的事迹报告'。"刘俊峰说:"要不叫'关于张国宏同志在南方参观学习期间一身正气、不为色相所惑、坐怀不乱、奋力揭批的模范事迹报告'。"熊大方说:"要不就简单些,叫'一身正气的张国宏同志'。"刘俊峰说:"也行。要不就叫'一身正气、坐怀不乱、勇斗色狼——记擒狼勇士张国宏'。"

熊大方说:"妓女不叫色狼吧,要不叫'色情勾引我不动,胸中自有定神丸——记拒色斗士张国宏'。"刘俊峰说:"要不换一样写法,叫'记抗色斗士张国宏——七遭色妓围堵而胸怀坦荡、笑斥群魔'。"熊大方说:"要不干脆叫'向抗色武士张国宏致敬!'。"两人想来想去,没有十分理想的,便都记下了,回头叫张国宏自己挑拣一个。

下面便是内容,正想着开头,电话铃在值班室叮叮响起来,刘俊峰抬手看看表,已是五点四十分了,这天是星期六,人都走得早些,值班室的人大约出去了,电话铃直响。刘俊峰站起来说:"现在谁还来电话。"熊大方讲:"说不定就是张国宏。"刘俊峰去接了电话,果然就是张国宏。张国宏说:"俊峰,我刚才去你家跑了一趟,你不在家,我想你就在办公室。"刘俊峰说:"熊大方也在,我们俩正在给你写证明。"张国宏说:"我马上过去一趟,晚上咱们上外头随便吃点,我现在就过去。"挂断电话,刘俊峰回到办公室,说:"果然是张国宏,他马上过来,今天晚上又交代了。"熊大方笑笑说:"他这饭吃起来,可真不是味道呀。"

星期天刘俊峰过得稍微舒坦些,这天也是晴天,两天完全过去了,天晴得有点过分,一点云彩都没有。早上刘俊峰起得有点晚,起来吃过饭,心情忽然好了,对老婆说:"小凤,咱们上街逛逛。"一家三口上街逛了一上午,又兴之所至看了一场电影,看完电影回家,已经快下午两点了,小凤搞饭,刘俊峰和儿子看电视。窗子都打开了,天晴得好,光线也就好,空气也好,有些新鲜。吃过中午饭,一家三口接着看电视《正大综艺》,直看到六点多钟。

小凤到厨房去弄晚饭,刘俊峰兴致好,跟到厨房去说:"小凤,一个人要想让你破财,最好用什么办法?"小凤说:"偷。"刘俊峰说:"不对,偷是雕虫小技,又不光明磊落。"小凤说:"那就抢?"刘俊峰说："那也不好,那是犯罪,划不来,再说万一被抢的人反抗了,那还不知谁抢谁哪。"小凤说："不偷不抢,那就骗。"刘俊峰说："不好,也不一定有效,有些人智商高,你骗不去的,说不定你小骗他大骗,你自以为骗了他,反而被他骗得鼻青脸肿。"小凤说："我不知道了。"刘俊峰说："不知道了吧,我告诉你,是叫货币贬值。你原来有五千块钱,放在家里,或者存在银行里,我既不上你家去拿,因为我根本不知道你家住哪里,我也没有必要知道,另外我也不上银行去冒领,那样风险大,容易被银行职员抓住。我叫货币贬值,你原先有五千块钱,我一贬值,你只剩下三千了,我再贬值,你没钱了。你也没办法,你不认得我,我又没偷没抢没骗,法律上没有哪条能管住我,我还合理合法。"小凤笑说："你能。"

星期天过去,星期一就有些忙,也是常理,星期一的事情一般都多些。

先是俞志庆打个电话来,说："俊峰,你的复印件我们收到了。"刘俊峰一惊："什么复印件,志庆?"俞志庆说："俊峰,你装什么装,你和熊大方写的材料,'关于我县卫生局张国宏同志在南方参观学习期间一身正气、端正党风的情况介绍',复印件,传达室送来十五份,书记人手一份,是不是你们写的?"刘俊峰哭笑不得:"咱们以后再谈,以后再谈。"俞志庆说："不过俊峰我告诉你,张国宏做晚了一步,他的事暂时搁浅了,他得等下回了。"刘俊峰觉得自己又有嫌疑,还是申辩不能,只好说："志庆,咱们抽时间再聊,我把情况告诉你。"

放了电话,才回办公室坐下,小桑来了,手里拿着两三张纸:"刘秘书,你们塞的吧,县长办公室一个房间一份,早上我开门打水,见一屋一个,都是复印件。"刘俊峰说："我看看。"接过来一看,材料确是他和熊大方写的,但题目是张国宏自个加上的,后面的"报书记、县长,送各部委办局",都是张国宏加的。看了以后,说:

"这证明材料,是我和熊大方写的,这复印、抄报我们就不知道了,可能是张国宏自己办的。"

正说着,电话又来了,是熊大方打来的,熊大方在电话里噼噼啦啦地说:"俊峰,你那看到了呗,咱县里到处是复印件,咱俩也成新闻人物啦,这个新闻人物也不好当哩。"刘俊峰说:"没想到,没想到。"熊大方说:"咱们上当啦。"刘俊峰说:"也没上啥大当,咱也是实事求是,就是给张国宏当了一回枪使,也是没办法。"熊大方说:"只好认了。我这里见了我的人,都问,我解释都嫌嘴少,干脆我躲了,今天我下去转转了,咱们再联系。""再联系。"

上午下午人见了刘俊峰,都问复印件的事,也有不少熟人打了电话来,跟刘俊峰聊这个。王主任恰巧这天不在,去开会了,刘俊峰觉得王主任不在,心里好些,压力小点。问的聊的人多了,刘俊峰觉得乏,但也有了些死猪不怕开水烫的厚皮味,问也能答两句,聊也能聊一会。中午连觉也没能睡,中午小凤也是跟他谈这个,谈得他困不起来。晚上下班回家,却很有些乏了,折腾应付了一天,够受。晚上吃饭,刘俊峰说:"今天也真热闹了一阵子。"小凤说:"过两天就过去了。"刘俊峰说:"我倒无所谓,这又不是坏事,当然也不是什么好事,随它去呗。"小凤说:"听讲又要调工资了,普调吧,一人一级,你们那文件来了没有?"刘俊峰说:"还没看到,调一级我们就增加几块钱,没多大意思。"小凤说:"哎,那也比不调强,不调你连这几块钱都拿不到哩。"

吃过饭,儿子写作业,睡觉。刘俊峰歪在床上看电视。看了一会,小凤忙完了也来上了床。看了一会电视,小凤先睡了。刘俊峰这时也乏得很了,眼睛都睁不开,就下床喝了口水,上床吸了支烟,把日记本拿出来,记当天的日记。眼睛实在是涩得很,也是这一天事务烦琐,纠结在一起,叫刘俊峰心里发黏,一时又理不开,吭哧了一会,抬头瞥见书橱里鲁迅的那几本书,拍拍脑袋,原谅了自己,拣个便宜的,学一回鲁迅,硬撑了眼皮,在日记本上写道:1992 年 4 月 18 日,晴无事。一边写了这几个字,脑袋里一边想,从明天开始不记了,形式主义,有什么意思,天天还得受一回罪,比吃屎还难。完成了当天的任务,忙关了灯缩进被窝里睡去。小凤觉出他进来了,迷迷糊糊讲:"你不太正常哩,这么多天了。"刘俊峰实在是累了,没兴致,连答话的兴致也没有,顾自就睡了。小凤转个身,顾自也睡了。两口子睡成个背靠背,都睡了。

那以后的半年里,机关也没有人再到南边去。要是去了,回来又能热闹一阵子,调剂调剂日子。

四阳与小晚

一

四阳上高中是在新桥中学上的。

那新桥中学是个老学校,打从"文革"以前,就年年有人考上全国重点高校。"文革"后恢复高考制度,又是年年榜上有名,这就提高了学校的威望,周围十里八方的农家子弟,都挤破了头想进新桥中学来。

四阳便上了。高一上过了,高二便分成文理班。四阳因对理化感点兴趣——也不是什么太大的兴趣——便报名上了理科班。

四阳的学习成绩,不差,却也不是顶好。到高考的时候,他也还有信心,并不紧张或是慌乱。他的性子不甚急,因之在家里庄里头,喊他四阳时,多少就带着点"四羊"的意思在里头。

这一年就没考上。

没考上也不打紧。他家里的父母两个,哥姐三个,妹,叫作小拽的,有十来口子。父母都是好脾性,也开化,也不强求啥子,听说四阳没考上,便不多讲,只讲:"随他。"

拿现时乡下的眼光看,四阳家过得也还可以:有几间瓦房,有一挂半新半旧的手扶拖拉机,其余的也都跟别家相当。四阳的两个哥哥,都已成了家立了业,家间住不下,便搬在路北那场边去了。

那四阳没考上大学,虽然家间不讲啥子,他自个儿却就是面子上薄,觉着过不去,没脸。那新桥中学就搁淮河边上,离蚌埠、五河、泗州、固镇、临淮关、大柳巷、小柳巷,都不算远。原先有码头,现时客轮都叫汽车挤死了,不通了,只落得一片水景,还是耐看。四阳便仍持了住校时的习惯,往淮河边上去走一走。

这时再走,心情与在校时便完全不一样。在校时大家也都不见分晓,也都抱着八九十的希望,现时那希望却是落空了,又是自个儿骑上车子打马家湾来,似有一股吊唁的味儿,又似是偷偷摸摸的,不正当。在淮河边待了一阵,忙就走了,心间想,这也死不了心,就再复习一年。

下了决心,家去跟父母讲了。讲时,心情就不怎样的,还有点火冒冒的,倒像是父母没使尽气力样的。他大就答应了,暗下里盘算钱的事。

什么钱?原来高考落榜了再复习,也还有些条件,得多少分数以上的,才能在哪个学校复习。四阳便去五河县一中复习了,一年交七百块钱,其余的自备。

这笔钱数目不在少数,家间也拿出来了。四阳在五河县中学又复习了一年,又考了试,又落了榜,家里人仍不讲他啥子,只讲:"随他。"

四阳回了马家湾,心灰灰的,脸上无光,见不得人。久而久之,心里的疙瘩愈磨愈平,便下地干活了。搁马家湾这块地方,地倒不少,一人一亩八分,要是再加上浍河洼滩地,一人也能有两三亩的样子。

四阳也不是打城里来的,也不是没干过活,起始的时候,只觉着不习惯,又觉着没程没途的,心里头有点绝望。每一回跟着大、娘往地里头去,正是耕麦种的时节,家里头喂着的一头黄牛,牵了,慢慢往地里去,庄里人见上,都是熟脸,便玩笑道:"四阳,本分啦?"咋叫本分啦?便等于讲:"又干老本行啦?"其实四阳个年轻猴子,历史还不如干活人的一截屎棍子长,哪就有啥老本行?这便是讲四阳又回了乡间,操持了父业了。四阳便"嗯哪"一声完事,心间却不是滋味。

那会正搁九十月里,常言道:九月白露又秋分,种了麦子稻收进。这自然讲的是阴历。阳历九月,秋阳仍是和暖,气候也稳定,人心里都踏实些。四阳随着大、娘搁地里头忙活,眼望着秋雁一阵地往南去了,河洼里的芦花都灰白了,飞了,秋水也渐老了,浍水里摆渡的那小船也渐大了,杨树上的叶子也都有了飘零之意了,心间不知咋的,竟陡地升上些孩子样的委屈来。暗想:自个也有天大的抱负,也有地大的理想,也做过无数好看的梦,咋样到头来,还是一场考试下来便栽了,还是回到自个儿这日子里头来了。心里头又有些悲壮,又有些不平,又有些不甘,真是讲不出来的复杂。赶后首只想:考不取的又不是俺一个,考上的又有几个?搁学校时成绩也不定比俺强,只是叫他碰上题了,罢了,就这也得过出个样子来。

如此这般想了,身上倒来了些精神。在家间干了一气活,干到秋底下,就闲住了。恰在这时,他本庄有个在皇家寺区里当部长的亲戚,打区里家来,见了四阳,便讲:"你念了十几年书,往家间来种地倒是屈了。听讲县里要收些治安员,分派在各乡里,要真收了,俺帮你留意些。"

马家湾只是个小庄子,才二三十户人家,都姓马。那个部长,怕是这庄里出的最高级别的大官了,那四阳,搁庄里倒也是个顶有学问的。因这庄子里没出过大学中专生,四阳便是顶有学问里的一个,又因着他能拿着高分到县一中去复习一年,因之他搁顶有学问的几个里,又是顶顶有学问、文凭最高级的一个。

赶到第二年春上,才过了春节。马部长派人来通知四阳,叫他赶紧往区里去。四阳便赶紧往区里去了。到了皇家寺区里,那马部长讲:"已把你的名字报上去了。明个早上,赶紧带了文凭、考试成绩,往县里报名体检去,余下的事俺便替你做了。"

体检也检不出啥来,四阳身体倒是健康。体检完了,又等了二三十天,马部长又派人来讲:"四阳,你给弄上啦。这叫聘用,分你到浍湾乡治安办公室。你明个就上浍湾乡治安办报到去。乡武装部长姓麦,叫麦部长。"

第二日上午,四阳骑上脚踏车去了,报了到,一切完事。那浍湾乡治安办公室有两大间房子,里头搁了四张大床,能睡八个人,还搁了一个大的铁皮保险柜,里头放档案文件之类,现时他们有五个人住着。

这年头乡下也还算太平,因此他们这几个就没有什么太要紧的事。乡政府里头的杂事,倒很不少,秘书、部长、乡长、书记,都支使他们去办。渐就跟乡里头的人也都熟了,也算有些身份了。

这期间四阳经沱北乡一个亲戚的介绍,跟沱北乡单家桥一个叫小晚的姑娘对上了象。两人相见了相识了,都觉着还中意。恰在这时,四阳搁皇家寺区有个中学同学,叫永川的,来浍湾乡走亲戚,见着四阳,问四阳道:"听讲你说了对象,怕要结婚了。"四阳也不隐瞒:"初见了两面,咱现时还能有啥指盼?结婚了事。你咋样?"他那同学永川讲:"俺倒不急,俺想往市里、省里去走一趟。俺就不信那日子都该是城里人过的,俺天生就是拨坷垃的命。"四阳讲:"那你现时也不讲对象结婚啦?"永川讲:"结啥婚,要结上城里结去,找个城里的女人。尝尝。"又讲:"你也真死心塌地啦?"四阳讲:"咱没机会。"

四阳听了永川的话,受到了不小的震动,却又觉着永川只是瞎说。永川搁学校里头,成绩倒不咋样,只是喜欢凑两句歪诗,作篇把文章,想象力也还丰富。

赶到这年秋季里,四阳跟小晚结了婚,小晚便搬在马家湾路北场边那两间房里去住。其实,说他们这一家子人口多,也不是真多。三个男人结了婚成了家,搬出去单住了。那三阳也嫁出去,嫁给泗川北乡的一个庄稼汉子去了,只小拽还搁学校里念书。他们这几家子,除三阳外,都住搁马家湾,吃是吃自家的,住也是住自家的,收入也是自家的;只是伙了一个场,伙了一台半新不旧的手扶机子。种地的时候也相帮着,干完为止,这其实也就是松散的"联邦制",却能解决不少问题。

那小晚嫁过来后,四阳仍在乡里头"混"。咋讲"混"哩?这倒是四阳家里小晚的用词。那小晚原先也看好他是个乡政府的人,面子上好看。嫁过来之后,住的是旧房子,心里就不怎样痛快——现时人家结婚,哪还有住旧房子不盖新瓦房的?要是手头没票子,借钱也得弄三间新的——她就怪他:"俺觉着你也不是个没甚本事的,倒就弄了个狗窝给老婆住,手里头也没三个两个的,你搁乡里混,面子上也不甚光彩。"四阳便讲:"那怕啥,咱现时还没碰见机会。"

过一年,离马家湾三四里地那块,引了一条方便公路,是打蚌埠市通往五河县的大公路上引过来的,一直往园宅乡去了。虽是土公路,却方便了几十个庄子、几个乡。因之人来人去,愈见热闹,时不时也还能见上三五辆卡车、小车的走过去。四阳打那块走过两回,心间便起了点子,暗想:这倒能干,不如试试。便去找村主任、支书,正碰上村主任跟支书来乡里开会。四阳趁便请他们两个上馆子里吃了一顿,又拉了乡里的秘书来。讲到支书、村主任松口时,第二日四阳又各买了两条烟,递给他们,这事倒也省心,便就成了。

怎么成了?原来就是搁土公路、大公路的交叉口,盖一间简易房,搭一个秫秸棚,修车打气,卖烟卖粮卖馍馍稀饭。

那交叉口却是古怪,两边有两道大沟,只东边一小块空地,能搭窝盖圈。因四阳动嘴早,那地便叫他占了,起了棚子草屋,跟小晚道:"先就搬上那住去,那是小金窝子。"小晚道:"漫野湖里,怪怕人哩。不如你也辞了公差,俺们一块住去,也便攒足了劲多挣几个。"

四阳半晌犹豫,心间定不下来。公差到底是公差,虽讲拿钱不多,又是聘用,却到底不一样,有几分权势在里头,踟躇数日,春节逼近又移过。这一日请了皇家寺区的本庄亲戚马部长来家里吃饭,席间议到这事。那马部长说:"辞了也好。各区乡财政紧张,说不准哪时就得精减人员,你们聘用的,自然就在头里开刀。倒不如先在那里好生挣两个,有钱好办事。"四阳真就辞了治安办的公事。

那四阳跟他老婆小晚,打在岔路口安顿下来,便进了不少瓜子烟糖来卖。搁棚子底下放一张大凉席,权当了货架,把货都摆搁上头。却都是低档货,最好的烟也只是"渡江",私价卖三块六一盒,最好的酒也只是明光出的"明光大曲",私价卖到六块钱一瓶,最好的果子便是麻酥,私价卖到两块五一斤,不收半两粮票,现时粮票搁乡下也疲软,打不起精神来。早上起来——得早起,赶车的人多——支了锅,烧两锅稀饭,熘几十个馍馍,赶早来坐车的,都能吃上口热饭。四阳又花带些时日,学会了修自行车——至现时,他那学生面皮,已是叫狗吃了,喂了家后的猪了——搁路边修着自行车,边修边学,长进倒也快,一般的毛病都难不住他。

他那修车的生意也就好,为啥?因着现时乡间哪家没有一部两部自行车,庄里人出门,都骑了车子,哪还有步行的?他那别样的生意,也都好,四阳这地方,他是独家经营,他不好谁好?要是搁不阴不雨的日子,搁他那棚子底下,路边上,却就齐齐整整排了几十辆甚或百十辆自行车。便是乡下人骑车子到了,把车存在他这块,每辆交五分钱,坐上汽车进城了,或上蚌埠,或上五河。赶回来时,交上车牌,骑上车便走,也呈了一样潇洒出来。

一岁未尽,那四阳一家真还就有了起色,又扒草屋,起了三间大瓦房,生意更红起来。他老婆小晚也争气,那秋还没有走尽,就给他添了个小子,肥嘟嘟的,大脸,便起名叫大爬。一家人都喜得屁叭的。也是,一个人,一家人,要钱有钱,要后有后,那就是日子过顺了。

二

却就过了年把,那小晚的肚里又有了。四阳讲:"要是个闺女就行了,俺们就圆满了。"

现时搁乡里头,准生两胎,但生过两胎之后,男女哪一方就得去结扎一个,不能再生了,再生法律就得往身上治。小晚听了四阳的话,讲:"要真是个闺女,俺们就有一个去扎上。两个,一男一女,也就完事啦。"四阳讲:"俺们到时候再讲,到哪个庄,讲哪句话。"

生下来,却又是个小子,起名叫二爬。四阳与小晚,却都有些不尽兴,小子固然好,却是少了个闺女,也不是个圆满。心间不觉都想再生一个,却是咋样个办法,能把上下左右的都混过去?支书、村主任来吃酒时,也都讲:"四阳,俺讲吧,这计划生育可是国策,任何人例不了外,今年县里又来了规定,讲哪个地方突破了此例,哪个地方的领导,就吃不了兜着走,不如你俩就去一个,上区里扎了。咱们都好讲话。"四阳讲:"这个俺倒是商议过。这是国家大事,俺们哪能就破坏了。俺倒听人家讲了,讲不结扎也行,不结扎就跟公家签个保证,每年上区里打一针,也能叫女人不生。"便由四阳跟村里签了个保证,要是违反了保证,自然有国法制裁。

原来那区医院里有个医生,是四阳一个同学的哥哥。四阳早先便拎了些酒货去问过了,那孟医生道:"这都是进口药,现时还国产不出来,有效率在99%以上,也有个别漏网的。"四阳道:"那漏网的便咋样办?"孟医生道:"打过这一针后,隔三个月,再打另一种针,就把这漏网给补了。这后一针,却也是99%,两样加起来,便比较保险,一千个人里头,或许就能漏出一个下来,或许一万个人里头,也漏不出一个下来,这都看碰巧不碰巧,医学上的事,哪就能保证百分之百,就是结扎了,也还有生的。"

四阳得了这话,自然搁脑袋里打晃。家来问小晚:"咱还想要不想要?"小晚讲:"想要,咱再来个闺女,就齐备了。再讲咱又不是养不起,罚不起。"四阳讲:"那俺就去攻攻孟医生,他那话里已是留了话头了,单等俺们去攻他。"。

那阵子正遇上计划生育事紧,孟医生那里一时便攻不下来,一时他也不松口,却又留着话头,把四阳给牵连着。又恰在这时,大爬那里却现出事情来了。原来大爬已是一岁多些了,按理数讲,该立起来挪走了,他却就是站不起来。过路喝茶等车的,都讲了:"怕得赶紧上医院瞧,听讲有个叫软骨病的,有能治好有治不好的。要是治晚了,能治好的也治不好了。"

四阳夫妻俩吓了一跳,初始也不当着一回事,只道小孩到两三岁不会走路的也有,听人讲了,心间就吓了一跳,忙带了大爬,上区医院去了一趟。区医院里的医生,也都还认真,却就是设备差些。

夫妻俩忙又赶车上县医院。县医院的医生也认真,却就是厉害些。捏捏弄弄,又拍了片子,又问了祖宗三代,折腾到下午老晚了,才有个结果给他们,叫什么:先天性骨质软化综合征。小晚立时便吓哭了。

到了家里,先按医生开的药方治着,每日里还上乡卫生所打针,却不见好。乡下的条件到底差些,天又渐热了,生意也时忙时紧,四阳跟小晚也多少顾不上大爬,由着他搁地上爬来爬去自个儿玩。到八月份里,夫妻俩商议了,带了钱,上省里医院再去治。

上合肥时,天正在秋老虎里。背井离乡的不容易。三口人都糟弄得不成样子。又家来打针吃药,却也按不了时。久而久之,四阳小晚两口子,也就有些疲沓了。心里想或不想,都多少有些念头:钱也花了不少,心也到了。治好治不好,就在天了。便由着大爬自个儿玩去、爬去。

那大爬却渐又长成个大脑袋瓜子,脸盘吃得老大,俩眼也长得不平常,又大又深,叫人猜不出个深浅来。他那嘴却也长得大了,吃食时,就似个无底洞,进去了便不见了。哭时也怪,便是长号,如什么野兽样的,却是不会讲话。小晚日日侍候他,便有些烦了。无意间漏出气话来道:"倒不如把你扔了。"四阳讲:"瞎讲!"小晚也不讲了,到底是自个儿的儿,气话过去了,心里头便疼了。却又烦他,便由着他去。

到两岁半上,四阳跟小晚夫妻两个,已在大爬身上花了不少的钱财,他那病却是无望了,小晚每日里洗他、弄他,过不上一天松快日子,又眼见着二爬四处里跑了,伶伶俐俐的,讨人欢喜,便更嫌大爬。夜间便对四阳讲:"俺也是侍候够了,要是一辈子都这样,俺就连想都不敢想。俺们倒不如送他个好人家,他也能过上个好日子,甚或能学个一文半字的,将来也有个指靠。"

讲着就掉出了眼泪。四阳也不吱声。

隔些日子,两人又捡出这个话头。小晚讲:"孟医生那块俺们一时也攻不下来,俺们给大爬找了个好人家……"讲着又掉了眼泪。四阳心也动了,又商议了几回,两口子挑了个晴日子,给大爬洗了弄了,吃饱喝足了,穿了新衣裳,小晚也背着人哭够了,两口子便趁早赶早班过路车上了固镇县城。——却为啥上固镇城?因这里跟固镇是两个县的地界,熟人少,不易找回来;又因着固镇县跟四阳的地界是临边的地方,离着不远,还有个想头、看头、盼头;又因着固镇县是个县城,叫人抱走了,大爬便能过上好日子。

搁固镇县汽车站下了车。两口子到了这地方。不知深浅,心里有些发颤,不知该打哪里下手。脚下不由便出了汽车站。

要是外人看起来,便连半点疑心也起不起来,只当他们是两口子抱着孩子出门来办事逛街,又都穿得干干净净,规规整整的。四阳两口子漫无目的地在街边上走,心里片刻间又舍不得,又看那孩子滴溜着两眼乱看,也是个天真的样子,心间又不忍了,漫转一时,四阳道:"俺们不如家去。"两人坐了车,又回到家里,只说是带孩子上街去转玩了一遭。

回到家里,杂事一忙乱,那孩子又叫四阳两口子烦厌。到一个月以后,两口子又下了决心,还往固镇县去,把他给送了。

便又挑了个晴日子,那季节却已在半冬里,天气寒冷。便给大爬穿了新棉袄棉裤,新棉鞋棉帽,脸上裹了围巾,往固镇县去了。

四阳小晚两口子,到了固镇县,也不出汽车站,只在车站停车的院子里逗留。四阳两口子这回是下了决心,暗下里便商议了:"候车室里寒冷,又没几个人,便不如留在院子里,又晒着太阳,人又多。"讲完了。两个人只当是等车的旅客,坐在能照见太阳的墙旮旯里。

坐了半刻,小晚起身便走了,出了院子,也无人注意,旅客都只顾等车,留心不到这回事。又坐了半刻,四阳也起身走了,出了院子,也无人注意,旅客你来我去,哪就留心了这回事。

赶过了一时,那大爬哇地便长号起来,起始旅客都不在意,待他哭了一时,四围的闲人才道:"这孩子没人看哩。"便都围过来瞧。围了一时,只不见人来管他,便有那有经验的,讲:"这孩子给扔啦。"

等车的人都闲住了无事,又有那农村妇女热心善良的,都来看他,讲他。看时,便有那有经验的,讲:"这孩子怕是有什么病,叫大、娘给扔了的。"有那农村妇女,便近前去问话,他只是不搭理,兀自惊恐地望住了众人。

大爬在众人的围观里,号号停停,停停号号。便到了下午,日头减弱,寒气逼来。这会却是那个在汽车站院子里打扫卫生的一个男人,五十多岁,长得瘪头缩脑,又老又黑,过来把大爬夹在胳肢窝底下,跟夹个包袱或什么别的东西样的,也不讲半句话,往汽车站外头便走。围观的人都立在后头看他,看他那架势,却就像要把那孩子给夹着扔掉样的,又有常坐车的,道:"这老头无儿无子,怕是想留啦。"

那老头出了院子,便叫立搁路对面商店拐角里的四阳跟小晚发现了。两人不敢露面,便远远地跟了,直跟到郊区,见那老头夹了大爬,往几间草屋里去了,两人才搭车回家。

那小晚说哭不哭,也红了一路眼。赶到了家,见了二爬,心绪多少就好些个。人家既已是收留了,自然也就待大爬赖不了。想想哭哭,哭哭想想,时候一长,生意一紧,这事渐就淡忘了,只跟旁人道:"大爬叫人偷去了,那下手的倒像个蛮子,搁这块候了两个钟点。"时日一长,也真就淡了些,四阳跟小晚找了门道,收回了保证书,又生了一胎,还真是个闺女。小晚讲:"俺们扎了吧。"四阳讲:"急啥哩,上哪个庄,讲哪句话,到时候再讲。"这时候的四阳,已搁乡间扎了根了,原先那张学生脸,早撕了喂狗了。现时他就得担着个家里,老婆孩子,哪样不得他操持?

根　　套

　　根套一出来便觉着悠闲,不愁吃不愁住,虽讲风雨里干着个铲刀磨剪的买卖,又脏又贱,要是叫别样人瞧见了,觉着受不了那份讨饭的罪,他却是惯了,有乐有趣,就觉着悠闲。

　　一路上来在省城。几个人住的那地方,是在省城的郊区,郊区处有一个庄子,现时跟城市已半连不连的,牵扯在一块了,因之也算省城的一部分。这地方临水,有个小码头,却是有点脏乱,一日里有两班小客船,打外头来,也有两班小客船,打这里去,上船下船的都是农民,肩扛手拎,有菜类、鱼类、鸡鸭类,来买来卖,才给这地方增加点活气。

　　根套几个租的一间房子,是一户菜农家的披屋,原先是这家的锅屋,现时租给他们几个,每月收二十块钱,地下拿稻草铺了个通铺,四个人早出晚归,有时晚间也有不归的,搁哪块干活干晚了,找个避风挡雨的地方,混一夜——却得暖天,天太冷了,人就受不住,出门又不带被的絮的。这庄子各样人都有,外地来租屋的也多,因之杂乱。有收破烂酒瓶罐头瓶的,有做小买卖的,有做卤菜的,有打鞋掌修包的,有贩水果的,有开小饭铺卖包子汤的,有蹬三轮拉货的,有卖眼镜假枪的……大都是早出晚归。

　　这地方偏荒,又不是什么重要地方,因此引不起省城的注意,有点任其发展的味道,路都坑坑洼洼,垃圾也多些,建房也乱些。搁临路的地方,半年前后的,搭了个小柴棚,天热时,四面有三面通气,凉快些,天冷时,通气的两面都挡上,只留着面路的一面。有个四十多岁的女人,四十五六的样子,也是半乡下人的坯子,却白白胖胖,要是搁热天,只穿了裤头,看那女人身子时,那女人腿也粗实,也白胖胖的,腚也不小,奶头子也不小,也还不耷拉,撑搁短袖衫里,也还叫人有几分想着。那女人原先不知打哪块来,来了之后,便搁那新搭的棚子里卖稀饭包子。她的家伙也简便,一个案子,两个板凳。一个炉子,一口锅。赶早来了,卖稀饭包子给上船下船的人吃,也有庄里的住户来吃的,吃完她就闲了,只把锅搁炉子上热,有零散的来吃,到小晌午她就收家伙,至小下午了,她又来出一回家伙,又卖稀饭包子,还卖给上船下船的吃,快餐,吃起来省事,也有庄里的来吃,省事省钱,至晚间,也有早一时的,也有晚一时的,便又收了家伙,往庄里的一处地方去了。

她住的那个地方,却也是租的一间披屋,也是两三个人合租的。另两个女人,却就是外地来做裁缝的,为着省钱,三个人合租,却有两张床。那两个小女人一张,她一个人一张。

她的住处,离根套他几个的住处,就是前后房,离着不远,二三十步的样子。初始不认得,根套晚间家来,望见路边开了个棚子食铺,便进去吃包子,喝碗稀饭,一听那女人讲话,根套便讲:"你是哪块人?淮北人呗?"那女人一听他口音,知是遇见老乡了,忙讲:"俺家搁老濉河边上,大哥也是那块人呗。"根套讲:"俺是沱河边单家桥人。早先咋没见你人来?"那女人讲:"早先俺不搁这块,俺搁南门那块。"便认得了,也知那女人姓刘,便称呼她"刘嫂",也是个尊称。

认得了,相关那女人的话,也便多了些,自打她那小吃棚子开张,左近这庄里租房住的外来汉、单身汉,便都喜往那棚子里去,去吃点便饭,坐坐聊聊,瞅瞅那女人的大肥腚,龇着牙讲些狗恋秧子的话,叫心里头舒坦些。根套一间屋里,有个打河湾子来的同乡,也是五十岁上下了,姓关,叫大老关的,却是个欢脾气,几个人要是打外头忙活一天家来,都上那"刘嫂"的棚子底下吃点喝点去,那时便到小傍黑了,船走的走了,来的来了,上下船的杂人也减了,庄里的几个外来单身汉子,都聚在这块。大老关便与那女人调笑道:"俺今个打一处地方,望见几句诗,俺往常也识过几个字的,那诗念起来便笑人,又是打的一个谜,猜一样东西。"内中一人便问:"是个甚样诗?猜什么东西?写搁哪块的?"这棚子底下都是濉浍平原上的,却是一口淮北腔,侉得掉渣,这几个却自觉着暖意。那大老关道:"写搁哪块的,这个俺倒不讲,俺倒想叫刘嫂来猜。"内中一人道:"她猜不到,你又没跟她嘀咕过。"另一个讲:"你咋知道他两个没嘀咕过,倒偏是刘嫂能猜到,便叫她猜。"第三人道:"今日大老关怕能出个好诗,只叫刘嫂一人猜。"那刘嫂道:"狗嘴里哪能吐出象牙来。"大老关道:"狗嘴便是狗嘴,俺只叫你猜。"那刘嫂道:"写搁大楼里头。"大老关道:"这不好讲,便讲不对,没猜住。"一窝男人都鬼叽叽地笑。又猜:"写搁火车站里头。""不对。"又猜:"写搁百货大楼里头。"大老关道:"沾上边了。百货大楼也老大哩,便问搁百货大楼里的什么地方。"刘嫂又猜,猜了几处都不对,便有些装气,讲:"俺猜不住,你个死老关,你玩俺哩。"大老关讲:"你再猜,离得近了。"又猜了两处,又猜不住,一窝人都鬼叽叽地笑,都哄老关道:"她猜不住,你讲,你讲。"老关便讲:"搁百货大楼的茅厕里头。"

一窝人哄地便笑,都笑得弓腰折背的,那刘嫂便骂一句,给了大老关一拳。打过了,内中一人又道:"是什么诗,念出来听听,还叫刘嫂猜,这下刘嫂一准能猜住。念出来听听。"那大老关便念道:"高高山下一道沟,一年四季水长流,不见尼姑来洗澡,只见和尚来洗头。"他一念完,一窝人便疯了样笑,叫刘嫂:"你猜,你猜,这回一准你就猜住了,你自个便有。"那刘嫂一时还没反应过来,不知他讲的是什么。想:是自个儿有的?自个儿有的他们几个不也有?一时间还不知该怎样猜,那窝人却直嚷着哄道:"刘嫂,你猜,你一准便能猜住,你自个带着哩,俺们都没有,又不好用你的。"那刘嫂一时间便明了过来,扑上去撕大老关的臭嘴。这般闹腾,便直到刘嫂收家伙。

赶回到住屋里头,几个人也不甚想睡,便讲那刘嫂的事。大老关却是个知道的,道:"那刘嫂家搁老濉河边上,二十来岁时,男人死了,她也没个孩子,没孩子便是个受罪的料,婆家待她便不咋样,叫她有气受。她年轻时便有几分颜色,人也有几分泼辣,守住自个的门,后首便跟了婆家庄里一个光棍的,跑了出来。先搁宿县混了一阵子,她两个夫不夫,妻不妻,只在一块吃饭睡觉,后首又上涡阳、利辛混了一阵子,他那个野汉子,也不是个正经过日子的,也能挣两个钱,钱却也出得快,又吃又喝又赌,隔些时候也做些嫖事。她便心伤,却又回不去家,年岁渐又大了些,想家去也没个去处,也没个由头,她婆家那块是死活去不得了,她娘家也是回不得了,到底她也是嫁出去的,又没个正经男人,哪就有脸回去,便死了心跟她野汉子混。后首又来在省城,她那野汉子四处里做个买卖,搁南门郊区庄子里租了一间房子过。她那野汉子四下里做买卖,兴许十天半月也不家来一回,也不给她半个钱花,她也是无法,便自个出了个摊子,卖几个包子,卖几碗汤,天长日久,她也不是老到哪块去,也就守不住,便半开门半关门,留着一个半个男人,叫日子过得滋润些。她那野汉子家来,起先知道了,便照死里擂她,后来便不甚太管,只把她那里当个窑子,想那钻洞打眼的事了,便回来忙活忙活,要是搁外头有洞掏了,便又一月两月不家来,好歹他两个也不是个有证有明的,拴不住,政府也管不了,他两个又没半个孩子。至后来,她那野汉子却是不知上哪块去了,也不见半个人影子,也有年把不来了。她咬碎牙往肚里咽,又回不去濉河老家,便换了一处地方,搬在这块来。她搭搁人家屋山头的棚子,月月也得给那家五块钱,倒也是个不容易的。"

一屋里的另一个道："原来她却是个守不住的,大老关你咋就明了得清爽?"根套讲:"你怕是跟她有两下子。"大老关鬼叽叽一笑,道:"俺前头讲啦,她也是个半开半关的,你几个要舍得钱,便拿十块,也就放你进去一回。"都听得兴起。另一个道:"便咋样交钱?"大老关老手,便道:"你几个跟她也是熟了,便得晌午,上她屋里,讲两句闲话,拿十块钱给她,她那门自动便开。"另一个道:"晚上咋样不行?"大老关道:"你不瞧见啦,她一屋里住三个,还有两个小的,晌午午不回来,晚黑却就来住,不甚方便。"另一个道:"便是三个都卖,不是更方便?"大老关道:"那两个小的,倒叫你要不起。"另一个道:"她两个要多少?"大老关道:"那还不得百儿八十,人家倒是个玩儿,哪就稀罕俺们这半截老头的几个钱。"另一个道:"这倒是个鲜事,根套就是个合适的,你闲了八九十来年了,倒不如去开一壶。"几个人都轰轰地笑。根套道:"闲过劲了,打不动了。"一直说到老晚,才都呼呼地睡去。自然也有睡不着的。

他们几个白日里出去,都是一跑一天,有时候也能一跑两三天才得回来。根套来了几年,也都是熟了,也有些老主顾,那些饭店、菜馆,都知道他手艺好,磨出来的刀,又快又不去钢火,因之五天十天的,他就能转一圈,这样便省了他的盲目乱找,他的生意也便有进头。

这几日根套干得却就是个不安心,也不知是为什么,心里头讲不出是个什么原委。这一日晌午早早便回住处,打刘嫂那棚子过时,见刘嫂的家伙已是没了,心间便不知是什么指望,一路进了屋,却见那另两位都搁屋里头,见根套进来了,都鬼叽叽地发笑,讲:"根套,俺们今个都去清了肠子,那味道怪足,你也去放放水。洗把脸,换件衣裳,也开个荤。"根套脸立时便红,慌慌地讲:"俺闲过劲啦,闲过劲啦。"那两个讲:"你还真得去,俺们都是有家有室的,搁外头十年九不遇玩一回,也算不上啥样事,俺们家去也就忘啦,你却是个光身子,也不犯法。俺们便引你去一回。"根套忙又推脱,心里却又不是死了心的,实则自个儿晌午回来,便有些讲不清的意思。推脱不过,当真便洗了把脸,由那两个嘻哈地推着,过到那刘嫂的屋间来。

其实他这两处屋子,前头讲的,也就一前一后,不远,方便。过来后,见那刘嫂正蹲搁炉子边上洗菜,见他三个来了,她抬眼望一眼,也不惊不乍,也不喜不怒,只不当一回事,洗自个儿的菜。其间一个讲:"刘嫂,俺们又给你送钱来啦,俺们这位,倒是个老实头,他家属去了八九十来年啦,他也是个十年八年没开过荤的,你得好生待他哩。"那刘嫂也不答话,只顾洗自个的菜。那两个讲完了,嘻嘻哈哈地笑,边笑边就往外走,啪地把门给关了,留他两个在屋里。

这事却快,也只三两分钟,根套便红光满面地逃至自个的屋里,虽讲他已是五十的人了,却是个常年干活不歇的,身子劲梆。一来二去,便与那刘嫂次数多了,两人也便有话讲着了。那刘嫂有十句话能讲个五六句给根套听了,念他是个老实头不油滑的,对他却就有几分相信,时常也少收他两个。便跟根套闲扯道:"俺讲现时的日子都不比往常了,俺那地方也不吃半粒粗粮了呗?"根套讲:"现时哪家还吃粗粮,都是好米好面,你怕是有老些年没家去过。"刘嫂讲:"俺大前年倒是往俺娘家去过一回,那一回俺娘过世,俺得了信息,往家间去时,已是晚了,俺娘走了。俺那会倒是哭了个黑天黑地,俺再讲有几年几岁,俺娘也还是俺娘,俺娘打小便不甚疼俺,因着俺是个丫头片子,又是个老二,上不上,下不下,俺娘对俺倒不是怎样偏着。也便怪事,俺娘过世俺往家里头哭着时,俺一时便觉着没个什么依柱了。这咋样讲哩,俺这一二十年,也没依柱俺娘,也没咋样往家间去过,咋样现时便觉着没个依柱哩?俺那会一时便觉着俺的来路断啦,咋样讲俺也是搁俺娘跟前长大的,俺娘到底也是俺的个亲娘,不疼不疼的也是自个儿生的,也有那个情分在,俺又是搁滩水那块长大的,对那块也有个八九成熟悉,现时俺娘去了,俺便再咋样能往哪块地方去?俺那次回去便哭了个黑天黑地,俺是觉着断了自个儿的后路啦。"

根套讲:"那倒也不是。你现如今搁这省城里头混,不也就混了个样出来,俺们倒讲啦,要是跟那些大干部比,俺们便不是个人样子,要是跟那顶差的乡下人比,俺们又是个吃干饭的,叫作比上不足比下有余。"刘嫂笑道:"你这老头嘴也能讲。你身子倒是挺硬朗的。"根套讲:"乡下人凭啥哩?就凭个没灾没病,有碗饭吃。"刘嫂又笑道:"你也还老不正经哩。"这话便叫根套心里痒抓抓的,熬耐不住。两人之间竟一时半会的有两句风言流雨,也是个自在在里头。

又讲:"打俺那块往北去,有一道野水,听俺上头的人讲,那便是黄河古道的一个小水岔子,俺丫头那会,那水便已荒了,河滩也野,河埂子都半废了。俺丫头那会,日日便往那块割草去,背着个粪箕子,半块磨刀石,也是北石,撂把镰刀搁粪箕子里头,俺们也是几个丫头一块的,搁废河埂上,疯玩半日,抓几把草垫垫粪箕子,便往庄里家里回了,俺们那哪叫干活,便是半玩呗。打俺记事那会起,俺们庄便有个爷辈的,偏会讲古,俺们时不时地便听他讲一回古。讲老早那会,有两家子,住成邻居,东边一家子种了一棵西瓜,瓜秧子拖搁西家院子里头,却又搁西家院子里头,结住个大西瓜。到瓜熟了时候,那两家便争住了。东家讲,瓜是他家种的,那瓜自然便是他家的;西家讲,那瓜结搁他家院里,那瓜自然便是他家的;两家都争,就争不出个道道来,便往衙门打了一回官司,都讲那瓜是自个的。县官弄不清爽,便由那两家人领着,率了千军万马,去那瓜处看。到了那处,偏就逢上喝雷闪电,下着了暴雨。那一处正无藏身的去处,喝雷闪电却又止不住,县官便命了人,把那瓜起了个小口,掏尽了瓜瓤,人马尽都钻到里边去避雨,进去时便又把那小口给封了。雨便无个止歇,下到发水,水便把那瓜给冲了,翻翻滚滚直冲入一道水里去。那水也是老水,便是俺们庄北那黄河古道的水岔子。那瓜冲入里去时,正有一条小参鲦子,指头长短粗细,饿了几日,望见那瓜,一口便吞了下去。吞下去时,天倒也放晴了,水边上有几个娘们,正刷鞋洗衣服,那几个娘们,倒也是骚叽叽的,正讲一个大闺女,蹲搁野地的桑树棵子里,胡扯了一泡尿,叫一个过路的男人望见了,那大闺女身上倒不来了,却是怀上了。正讲着时,当中的一个娘们,拿鞋舀水时,鞋里头白条子一闪,却原来是个白参鲦子,就手便扔搁岸上边了。你讲倒是巧,那岸上正有一只猫,叫春那会叫上了,现时正歪搁地上晒太阳,望见那白参鲦子,一口便吞了,你讲那事倒怪是不怪,那瓜有多大,那鱼有多大,那娘们的鞋有多大,那猫肚子又有多大。"

根套讲:"这是讲娘们肚子大哩,你便是个千军万马,也不如娘们肚子大,也是打娘们肚里出来哩。"那刘嫂笑道:"那倒是,哪个帝王将相,他不得打那臊烘烘地方出来,他哪躲去?"

隔几日又讲:"俺讲根套大哥,你到底也是个比俺长几岁的,俺倒跟你讲俺们乡里的一回事。俺怕你还能记住,又或许你家离俺那块远了些,你也不知道这回事,俺便讲给你听。"根套吃着烟讲:"什么事?"那刘嫂讲:"俺那乡里有一个人,男人,却是生得粗野,野劲大,至二十啷当岁时,便娶了个对象,却是个瘦弱的,个头又矮,身上又无什么菜。过了些时候,那两口子便白日黑里吵架打架,那女的自然打不过那汉子,便叫汉子给打跑了,也不愿往家里去了,后来两人便离了婚。离婚后,那汉子又娶了一房,却是个粗大的,比他块头不小,是个叫他受不住的,过了些时日,那两口子便又白日黑里地吵打,打得不可开交,那汉子搁外头还糟蹋那女人,讲她是个歇不住的,那女人又受不住,又叫他给打跑了。后首两人又离了婚,那汉子却又找了一个,这回却是个不大不小的,合着他的意了,又叫他给搞大了,却不想生小的时候,难产,死了,小人死了,大人也死了,你道惨是不惨?"根套讲:"那几个便咋样走了?"刘嫂嗔他道:"你也真是个只管往里走的。那第一个女人,个头矮,瘦小,那汉子粗大,她哪就能受得住?他又哪能过了瘾头?还不是女人受气走了。那第二个女人,却又叫他吃不住劲,却又是女人命苦,又是叫他给气骂走了。那第三个女人,到底是可了他的意了,却又是替他生小的,难产死了,便是女人连命都赔上了,你讲苦不苦?"根套讲:"哪就有这样的事,这倒是你吃腊条子屙粪箕子——肚里编的。"刘嫂讲:"这你倒不信啦。俺也不跟你抬杠。"这两人说说闹闹的,倒显出了不少随便来。那根套却是不务正业,往外头去干手艺,也去得少了。

这一晚屋里几个正都聚齐,都上了床,各吃了烟,一时睡不着,便讲些闲话。大老关道:"俺倒讲啦,这城里人,也真不是个东西,俺昨个搁东路口车站边上干活,便有两个候车的,也都穿得一模二样的,一男一女,也不是什么夫妻,也是搁车站碰上的,倒像两个相好的,正站搁俺边上讲话,也不防着俺。那男的讲:'你这几日做啥来?'那女的讲:'俺可闲屁得啦,俺男人出差十天半个月,俺一个人搁家里,晚上搁床上也睡不沉,也无人替俺掏下水道,日子便不好过。'你望这便叫什么话,听得俺搁肚里笑,后首那两个人便一路上车了,也不知那男的可替她掏了下水道。"

几个人听得轰轰大笑,笑过了,当中一个道:"你还讲哩,有一回俺搁车上,也有两个城里人,也都穿得板板整整的,都是挤车的,那男人倒不知是有意无意,把那丫头挤疼了,那丫头又打不过他。便讲那男的:'你咋样站哩,三条腿也站不稳。'咋讲三条腿哩?便是加了那一根东西,便讲得一堆人都笑。那男的倒也回她:'俺讲不倒你,你两张嘴,横一张,竖一张,俺讲不倒你。'你讲这叫什么话,也便是城里人瞎编出来的。"

几个人轰轰地又笑。笑过了,又讲一时,话头却扯在根套身上,内中一个道:"根套,你这些日子,衣裳也干净些啦,胡子也光啦,日日便想粘住那刘嫂,你怕是过足瘾啦。也怪不上你,你也是十年八年没沾过荤啦。"根套讲:"你几个倒不是一样?"大老关讲:"俺们苦挣这俩钱,倒叫那娘们掏了不少,也是她的本事。"另一个道:"俺那日望见根套与那刘嫂,拉得甚是热火,俺倒觉着,你根套也是个没老婆的,现时也不好找啦,她刘嫂也是个无男人的,又都是俺们家乡人,叫她搁外头胡日摆,俺们乡间脸上也无光,俺倒觉着,你两个要是能成一对,那倒是件好事情。"

几个人都叫他讲的话弄成一愣,倒是大老关先叫道:"这馊主意出得倒好,俺们便先讲定啦,俺们几个,要是根套有这门心思,俺们再不能沾那刘嫂半根指头。俺们还得去跟那刘嫂讲,单问她愿不愿意,她也没处找这件好事去,她也便有个窝钻啦。"另一个道:"俺们单先问根套愿不愿意。"

这便把根套弄得哑口无言,讲不出话来,吭哧了半天,自然是愿意,却讲:"人家搁城里头过惯了,倒不知人家可有那门子思忖。"大老关讲:"俺们便先问她一声,俺们这会便喊她起来问,她要是不愿意,俺们打今个起就不搭理她半句。俺不知道她上哪能找这个好啦。"讲着,真就蹿起来了,根套忙讲:"不管不管,怕人家一句话给顶住了。"内中一个道:"根套,你叫他去。叫他去问一声,便明了啦。"

便由着大老关去问。几个人都等搁屋里,等得心急。便听见大老关铜钟大嗓地去喊门,又讲了一些听不见的话,却快,转脸便回来了,几个人都望着他,他却讲:"你看,却晚了半步,她今个晚上,往南门去啦,听讲是她那个野汉子回来,托人捎信叫她去,她便去了,才走。"几个人一听,都觉得没味,心绪也上不来了,胡乱捣几句笑话,便都睡了。自然又有人睡不着。

接续几日,那刘嫂也没回来,也没出摊子,问她屋里那两个小的时,那两个小的只讲不知道,走时没说个准话。这边根套便觉着无味,便舍了念头,天麻亮便扛了条凳出门,直转到天黑才家来,虽讲嘴上不讲那事,晚间一回来,倒就想听见个刘嫂的消息。过了十天半月,那刘嫂东西都在,人却一直不见回来。这会天也往凉处去了,几个人晚间讲话,讲:"又要过年啦,再转转,也便得往家间去啦。"这话讲过了,又过去几日,过年又近了些,天也又凉了些,便议定回去的日子。那根套却就是个没精神的,这一日早上起来,出去干活,干到晚间,也不甚想回去,又离住屋远了些,便搁那家食堂的看火棚子里,跟一个看火的老头,也是熟悉的,合住了一晚上。

那看火的老头,也不甚老,也只在五十上下,也是淮北那乡间过来的。那老头的一个表侄,搁省城这里包了一间公司,叫他来看大门,后首他那表侄换了单位,却没有看大门的事情做,便托了朋友,叫他上这食堂来烧火,做厨子的下手。他两个住了一夜,倒只睡了小半夜,只吃着烟闲拉,拉一些无关痛痒的乡旮旯话。那老头讲:"俺搁这块,不知咋样倒有点干够啦,俺再扯巴几年,就想歇啦,就想往家间回啦,人到老了,便觉出老窝香,搁外头吃鱼吃肉,也不如搁家间啃几块红芋面窝窝头,这自然便是老话。"根套讲:"俺听讲你家乡间也没有多些人了。"那老头讲:"俺闺女都出门啦,俺也还有几个侄子替俺种着地,俺要是往家里去,俺有地,倒饿不死俺。话讲到底啦,俺要是真老到不能动啦,俺侄子也不管俺啦,俺就不信共产党也不管俺,敬老院也不留俺,倒叫俺一个人死搁野湖地里。"根套讲:"那倒不是,现时你也攒几个钱啦,腰里也别着几个啦,便是出钱雇个侍候的,也能有口热水喝。"那老头讲:"那倒有样。车到山头自有路,俺只讲回去,便有俺的法子,倒是不能留搁省城,有灾有病的,哪就有人来喂你一口。"根套讲:"这倒不假。"讲到半夜,两人才睡。第二日早早起来,根套自去串门找活,一窜又是一天,也挣了几个,窜到晚间,又是不想往住屋里去,便又去找烧火那老头,讲:"过两日俺也就回去啦,过了年,俺还能来挣几个月,挣到清明,往家里去,替老祖上添添坟,活路也多了些,一时半时怕就脱不开身,来不了省城。"话讲完了,到半夜才睡,睡到第二日早上,早早便起来,又去串门找活,又挣了几个钱,挨到晚上,离住屋也近了,便搁街上吃了一口饭,慢慢地往住屋逛了去。

到住屋时天已是黑了,才进了门,那屋里的三个,都齐齐地扭过脸来瞅他,瞅得他发愣,讲:"都瞅俺咋哩?"那几个人才愣过神来,讲:"这几日你溜上哪啦,叫俺们大家伙替你发急,倒有一桩好事等住你哩,你便得请俺们几个喝一顿喜酒。"根套听了,心间咯噔一声,忙问:"啥样好事,你几个倒憋住俺难受。"大老关道:"那刘嫂家来啦,俺们也去讲啦,她哇啦一声便喊,倒把俺们怕了一跳。"根套忙又问:"后来咋样?"内中一个道:"咋样?出口便允啦,只讲再跟你会会,你倒是不来,也把人家给急住啦。"大老关道:"这回倒把俺们几个的钱省下啦,俺们讲好啦,打今个起,俺们再不敢沾刘嫂半根脚趾盖子,再不敢讲刘嫂半句荤话。俺们也得望个风头。快去请刘嫂来会会。"

说讲着,内中一个便去喊了刘嫂来。那刘嫂听见根套来了,也是喜出望外,忙就过来了,见过面,倒有几分羞答,却又都是过来人,便由着屋里的几个人说两句笑话。说过了,那刘嫂跟他几个也是熟透了,对那几个说:"你几个不是讲过两日走的?俺便叫你几个先走一天,俺跟根套大哥商讨几日,再定个事。要是不变了,俺们再请你几个吃酒。"那几个人都摇头道:"遭撵了,遭撵了,这便是做的什么好事。也罢,俺们几个今夜间便走,赶那班慢车走,留你两个慢慢磨。"嬉笑一阵,那几个真扛了家伙,卷了铺盖走了。留下根套刘嫂两个,那刘嫂讲:"她两个已睡下啦,俺也不过去啦。"便搁屋里拾拾弄弄,讲:"根套,你咋讲哩?"根套讲:"俺不咋讲哩。"刘嫂讲:"俺跟你回哩,俺回啦俺再也不讲出来啦。"根套讲:"搁乡下过一辈子啦?"刘嫂讲:"搁乡下还有小半辈子过。"根套讲:"不如城里哩。"刘嫂讲:"这块不是自个儿的窝哩。"根套讲:"俺怕讲不准哩。"刘嫂讲:"俺们要真成啦,俺也不许你出来啦,出来往哪使钱?往女人身上使钱?"直讲得根套傻笑,嘴都合不上。

挨一时,根套讲:"那几日你上哪啦?听讲你那汉子叫你上南门啦。"刘嫂叹了口气,讲:"俺倒是讲不清啦,他叫俺上河南永城去,俺半犹半豫的,他也不叫俺来收拾家伙,硬拉着俺就往车上去,俺到了宿县大营,俺死活便不走啦,好容易俺才脱了他,又往省城这块来啦,俺咋想也想往家间去,找个窝喘喘。"讲话时,已在半夜了。外头有点起风,天怕是想往冷里去了。刘嫂讲:"俺也不走啦,根套大哥,你也不讲个留是不留,倒叫俺不好办。"根套讲:"俺们这能成呗?"刘嫂讲:"俺们这不就成啦。"又把根套讲得傻笑,笑得嘴都合不上。

过了两日,这边琐琐杂杂的,完了,两人相跟着,也去赶夜里头那趟慢车,一路往淮北的沱河边上去。慢车人稀,又在半夜,人更少,有座。慢车虽讲慢些,却没有什么急事,要什么快,只搁路上慢腾腾晃着呗,啥时候到都管,现时真是不急啦,早到迟到,总归还是个到,晃着呗。天候是凉啦,年也快到啦。

1993 年

青 麦 原 野

第一部分

　　导致我进入 X 的精神世界的,完全是一次偶然的机会。其时我正在省立大学做助教,那几年我们的教研室开课很少,所以我上讲台的机会自然不多。这对我今后的职称评定可能不是件好事。在这种情况下,我就自定了研究课题,打算在两年的时间里搞出一本三十万字的研究专著来,争取一炮轰响,为我以后的事业上的进展奠定一个良好的基础。

　　目标既定,我立刻感觉到了单身青年教师的那种优越性,我完全可以自成一体,与任何不相干的人或事断绝关系,一心一意地扑在自己的事情上。这样的平安日子很快过去了两个月。

　　其时正是初春,暖气乍到,春风动人。但夜间的凉意仍不可低估,脚还时时被冻得发疼呢。但春天毕竟是到了,春风到处走动,带来暖烘烘的清新的迷幻气息,杨柳都在枝条上长出了芽苞,在白日里,即使是在图书馆最偏僻的角落,也能感觉到从百叶窗外渗游进来的春意。雾蒙蒙的细微的春雨也开始飘洒了,这种雾似的春雨对人的行动没有多少妨碍,但却使校园里的各种植物都青翠起来、新鲜起来。草都萌着芽儿了,浅绿和嫩黄此淡彼深。在阅览室、图书室以及校园里,人的心境都很明朗而且开阔,读书的气氛很浓又很清新,我就在这样的环境里延伸着我的探求的触角。

那种好的心境和奋发向上的精神境界是难以描摹的,在读书和摘录到略感疲劳的时候,我就拿着一本书,走出图书馆,走出阅览室,在校园里做悠然浓厚的散步。微细的春雨如梦一般滋润着天地万物,杏花已经开了,在校园最北边靠近池塘的地方。虽然有着霏霏薄薄的细微的春雨,但这时却是连伞也用不着打的,我觉着这样更舒服、更畅快、更能叫人思绪活跃。

杏花春雨的季节,心情真是容易好起来的。但杏花春雨的日子毕竟很短暂,人也就格外珍惜这样的日子。我漫步在毛毛细雨的草地上,想着以后的事情。草地上的嫩草叶子渐渐就把我的裤角给弄湿了。

有一柄花伞突然在前边的几棵小树间一晃。我站住了。我想,假如从我到那个女孩子之间的距离是我一生将要走过的路,假如那柄花伞以及伞下的女孩是我的理想,那么我一定会兴致勃勃想方设法走完这段路的。

有人在春雨飘飘的前方等你,你是幸福的。

我做了这些想法之后,便漫步而去,从那柄小花伞跟前走过,我的目光偶与那伞下的姑娘的目光对接时,我的心就猛跳起来,我记住了那姑娘的目光。

三天后,当我在图书馆的一个僻静的角落里翻阅校刊时,我惊讶地发现,我三天前的感触和细微的经历,已经有人在三十年前感触和经历过了。这个人我们大家都不陌生,他叫 X。我想起来了,X 曾经在这座高校读过书,毕业后留校干了两年助教就去北部的潍洧平原工作了,他能在校刊上留下一些踪迹,那是十分自然的事情。我注意了一下校刊的日期,我发现 X 的这篇短文是在大学毕业再到潍洧平原工作以后写来并且发表的,这一点从文内也可以看出来。我立刻对 X 产生了浓厚的兴趣,我抄录了 X 这篇短文的

全文,以备查考。他的文章是这样的:

毛毛雨

　　有时候心情特别好,在各个方面都感觉很轻松,对社会的许多丑陋也看得不那么重了,这是很奇怪的。假如这时候正好是春天,是开着杏花、下着霏霏薄薄的丝丝春雨的四月,就会走到春雨里去,连伞也不打。

　　杏花春雨的季节,心情是容易好起来的,但杏花春雨的日子毕竟很短暂,人也就格外珍惜这样的季节。

　　五年前的一个春天,我就是怀着这样的心情,漫步在毛毛细雨的草地上的。

　　那时正在大学里学习,也正在想着毕业后的人生的路。草地上的嫩草叶子渐渐就把我的裤脚给弄湿了。

　　有一柄花伞突然在前边的几棵小树间一晃。我站住了。

　　我想:假如从我到那个女孩子之间的距离是我一生将要走过的路,假如这柄花伞以及伞下的姑娘,是我的理想,那么我一定会兴致勃勃想方设法走完这段路的。

　　有人在春雨飘飘的前方等你,你是幸福的。

我感觉到 X 征服人心的办法是奇妙无比的,因为他微妙地说出了你想到的或者想到了却没有十分明朗的东西,并且能够恰如其分地选择某种语言载体表达出来,这种表达自然是独属他一人的。X 的这篇短文立刻就勾起了我对他的浓厚兴趣,说心里话,我以前曾无数次地看到过他的印在各种报纸杂志上的姓名,对他敬佩得无以复加,但他还从没有像这一次这样离我这么近过。这种神奇的作用当然也勾起了我的旺盛的好奇心。我立刻去找我熟悉的一位图书馆的负责人,我想,既然 X 曾在这里读过书,那么他的母校肯定会留有他的更多的东西。我相信这一点。

我的猜测很快就得到了证实。我去找的那位图书馆负责人是位年龄在五十岁上下的慈祥女性。以前在学生借书室每天借出还进工作最忙的时候,她总是在那里同年轻的书籍登记小姐一起忙碌,态度极为和蔼,操一口十分地道的柔和的北京话,皮肤又细软又白皙,能让人想象出她在做姑娘时的迷人风采。所以她给人的印象是温暖、关心和母亲式的慈祥。当然,我就认识了她,但并不了解她。可想而知,像我这样结识她的大学生,会有多少,虽然我留校成为青年教师使我们接触的机会更多一些。

我去她办公室的那天,潇潇春雨刚刚在昨天午夜前后停住。我一般在夜间工作时,都只能在零点以后才离开书桌,到校园里散散步,然后回到卧室就寝。当我从我的精神世界里脱身而出的时候,有一种淡淡的轻柔的失落感悄悄地逼近我,我恍惚了一下,才知道是耳边听惯了的春雨声,已在不经意间消失了。我走出我的工作室,走到校园的空地上,听着学生宿舍或别的什么地方偶尔传来的轻微的声响,我清晰地感觉到了我自己的青春流动的过程,感觉到了大自然向我走来的轻松但却自信的跫音。我站在春雨初霁的沁凉如水的春的午夜里,心间有一种莫名的鼓动,真叫人难以忘怀。我去她办公室的时候,春天的太阳早已出来了,她的办公室有一面极大的落地窗,青底素花的窗帘已经拉开,两扇窗扉已经打开,春风徐来,暖气溢面,阳光灿烂。坐在她的办公室里真是一种极好的享受,能立刻给人一种生活着是美好的强烈感受。

这是一次有着极其意外的收获的拜访,我想不到她竟会对X的生平和X的文字那样熟悉,并且有独到的理解。当天下午,我就在馆方的特许下,开始在图书馆里翻阅、摘抄、研究馆藏的整整两书架X的著作、笔记、文稿及有关X的研究资料。人有时候会着迷,会陷得很深。我现在就是这样。我开始认识并且理解 X,一步一步地深入,由疯狂的崇拜到切实的明晰的理解。至于我原来定下来的研究课题,我现在根本不愿意去想它。

指引我找到 X 的精神世界的那位图书馆负责人姓方,我总是称她为方老师。在我的印象里,我刚考入这所高等学府的时候,我似乎就在校园里见过她,她的那种慈祥的、恬淡的、娴静端庄的风格是使人一见而留有印象的主要原因。我对她似乎有一种天生的信赖感。在热情地工作了一段时间之后,有一天上午,我从阅览室出来,心中仍兴奋不已,就顺便拐进了她的办公室,想向她倾诉一下我的兴奋和发现。

她正坐在办公桌后边抄写什么,见到我进来,她就停止了工作,请我坐到办公桌旁边的椅子上去。她自己则微微向后靠去,靠在椅背上,用一种很轻松、很放松的姿势,面带微笑地倾听我的发现和兴奋。

我们的侧面就是那面极大的落地窗。窗外的一株白玉兰已经开放了,花朵硕大而洁白,极其素雅高尚。春天的阳光从窗外充沛地涌进来,给室内带来了最舒适的温暖和幻觉。我在这种环境下觉得控制不住我的思路,我也许一直在滔滔不绝地倾倒我在书架上和报刊里的发现。我看她的时候,发现她一直在微笑着注意听我的讲话,那种微笑带着鼓励和感兴趣的性质。在我的讲话有间歇的时候,她也许会轻轻地插进来一句:

"是的,X 所涉足的那块土地,确实是迷人而且丰富的,这从他的作品中可以看出来。"

或者说:

"有时间你可以到我家里去一趟,我女儿对这些也有兴趣。但她并不专门研究这个。"

我听到她说话的声音像阳光一样温柔和明朗。她的发音字字清晰,音量适中。我离开她的办公室,走到校园的草地上,我觉得我从来没有像今年的春天这么精神焕发过,我发现春天在我的眼里已经成为最美好、最踏实而且富有创造性的季节了。我以前对于春天的发现从来没有这样明确和深刻过,我的心脏在春天里的跳动是强有力的,它的嘭嘭的声音和春天的其他声音一样,都是发展的,朝气蓬勃的,具有某种原始的完整完美性。这种兴奋的状况可以一直持续到深夜,持续到那支笔在稿纸上酸涩了,持续到我漫步在深夜的校园的通道上。在深夜里,我抬头望着星光闪烁的蓝天,各种开阔的开放性的想法都在我春季的脑海里萌芽了。我发现我所处的位置是一个永远的春天,是一个永远的激动人心的季节,是没有止境的。夜里我躺在床上睡得并不安稳,我梦到的也是这个永远的春天。

这之后又下了一场春雨。也是淅淅沥沥,不大不小,时紧时松的春雨。我又在春雨里漫步在校园中,春雨飘洒,淡雾轻轻。我走到春雨蒙蒙的草地上,让草叶上的水滴打湿我的裤脚,我觉着这样好舒服、好温情,能激发人美好的憧憬和回忆。我在草地间的小径上漫步,雾蒙蒙的牛毛春雨,飘洒在我的头发上、脸颊上和衣服上,真清爽。路边草丛里的野蔷薇已经开放了,有好几种颜色,花儿不大,经常开成一片一片的,有时散缀在草地里。这时我又看见了前方的几棵小树。小树已经发着青青的芽了,在雾一样的毛毛春雨里,泅出了几团粉绿。我又看见了那柄花伞,那柄花伞鲜艳而且大方。我慢慢走过去,校园的小路边、草地上……这里那里的有着年轻的身影。我立在草地里,我在春雨蒙蒙的草地里,沉浸于 X 的文学境界中,我这时已经做出了决定,我开始轻松起来,这一时期常有的兴奋和激动又来到我的身上,我觉得生活的这一部分——春雨飘洒的这一部分,像X笔下的境界一样,是极美的一节抒情诗,像海涅的某些诗一样,有着高雅的韵律和节奏,缓慢地、丰盛地、深情地向前推进。我缓步向前走去,我的眼里是那柄鲜艳的年轻姑娘的花伞。我想这柄花伞不会是我上次碰见的那个姑娘的吧。我听见柳丝鸟在雨雾的深处里悠长的叫声的余韵。柳丝鸟是三月里飞到校园的树丛间来的,我在三月里听见柳丝鸟的叫声时,我的心就开始了微微的颤动,我的目光火热起来,灼人而且明亮,我自己能感觉到这一点,我从别的人——特别是姑娘——的目光里,更明显地感觉到了这一点。我走近了那柄花伞。像雨滴滴在蘑菇上使蘑菇晃动起来一样,花伞晃动起来,伞下的姑娘转过脸来看了我一眼。我的心猛跳起来,我记得这姑娘明亮、澄澈而且火热的眼睛。我们的目光碰撞了,我的心像春风那样,猛烈地鼓荡起来⋯⋯

现在我已经做出了决定,我想我至少应该找到方老师,请她帮我参谋一下,另外或许她还能提供对我有帮助的线索。午饭后略为休息,我就按照她告诉我的楼号,到她家里去。

方老师的家在校园宿舍区最靠东的一栋楼里。楼前楼后都十分干净,也十分幽静。靠墙处的三五株杏树正在开花,花朵微红,在毛毛雾气中若浓若淡,如中国画里的大写意,朦胧意境,使人心醉神迷。

方老师的家在二楼,我敲了门,里面就响起了脚步声,门打开了,来开门的竟是我在校园的春雨中见过的花伞下的姑娘。不过她现在已经不同于在校园里的装束了,她穿着一双红绒拖鞋,下身是质地看上去很好的淡色宽松便裤,上身穿着大图案的蝙蝠式羊毛衫,披肩长发用一根纯红真丝带束在脑后,看上去年轻貌美,随意大方,充满了朝气。

我说明来意,她用眼睛微笑着,说一口温软好听的普通话,让我到屋里。我立刻发现这是一个充满了温情的、感觉丰满而细腻的家庭。各种家庭用品都放在一个十分恰当的位置,数量也适度,没有花哨和充塞的感觉。她把我让到客厅里,她说:"我妈到友谊宾馆参加学术会去了,也许明天下午能回来。"我环顾四周,淡青色的大窗帘,淡色的沙发,以及其他素雅的摆设,都产生一种叫人心情平静沉稳的效果。在这样的环境里,人就安静下来了,人就稳定在现实里,明白自己所处的合理的位置。虚火都静静地消退,一杯清茗捧在手里,用清晰的语言清清亮亮地表述自己清晰明朗的思路,一双大而明亮的眼睛静静地专心地听着语言的表述。楼内楼外都很幽静,没有多余的杂音来破坏这种清晰和宁静。我告诉她我想沿着 X 在几十年前的一个春天走过的路线再走一趟。我从 X 那一阶段的一些作品里找到了 X 当年行走的痕迹,那些地方可能都是真实存在的,我在地图上可以找到其中的一部分。我对她说,我从 X 的这些作品里,可以明显地感受到他对潍浍平原那片辽阔土地的无限深情,那种深情是发自骨髓的,是从远祖的血液里遗传下来的,是一种动物的原始的对土地的深情。我告诉她,我说我对 X 的实践本能有一种天然的探索欲望,他的一切我都想去发现,去探索究竟,好像有一种看不见的像春天来临春风劲歌劲舞因此而万物争春那样的强大的自然力量推动着我。我说,我想明天就走,坐汽车走,我迫切地感到我一时半刻也不能等了。我说我不知道方老师是否能够提供些什么给我一注意事项、线索,等等等等——因为她长期在图书馆工作,又经历了 X 成名的那些时期。

她坐在我对面的沙发上,静静地认真地听着我说。我现在已经知道了她的名字,她的名字叫帆。我听到她介绍她的名字时,我就感觉到我正在被一种强大的外力推动着启航。我感觉到兜满了春风的帆是那样的有力;船在春水上滑行起来,像一支梭在水面上擦过。两岸都是沙滩,好大好阔好平坦。梭在水面上一掠而过,春水却并不惊动;堤外油菜花的香气弥散在河滩上和水面上,那香气是无止境的,潇洒而且浓艳。

我叙述我的设想和打算,我表达着我亲身去感受的强烈愿望。她坐在我对面的沙发上不时点头回应。淡青色的大窗帘这时是拉开的,我发现方老师喜欢这种大的窗户或窗帘,她在图书馆里的办公室已经给我留下了很深的印象,不过这些也许都是巧合。窗外仍然雾蒙蒙的,偶尔雾气渐散,便能看见如丝的密雨纷纷飘洒。白玉兰开了,杏花也开了,季节对花事来说显得恰切而且两相情愿。我听见柳丝鸟的叫声从窗外的雨丝中一声声传来,带着那种润泽的水色,圆满而且湿润。那明亮、有神、温情而且怀春的目光有时会使窗外的雨丝停住,天空渐亮,显出了远远近近的春景。春景如烟,春风似虎,柳丝都在如虎的春风中向一边倾倒。春风的情意竟有这样大的魅力吗?雾气便又缓缓地聚合而来,雨丝重又挥洒,远近都朦胧浓淡,若隐若现,若有若无,我告别了帆的轻盈脚步的送别,走到室外,置身于潇潇春雨中,帆家中的那种温软气息仍然在我的血液中弥散。我漫步在春雨里。校园中这里那里都是年轻人的身影。我想,我该远行了。春天也许正是这样的一个季节。

第二部分

现在我站在潍浍大平原的这个地方。这个十字路口只有一个卖茶水、香烟和杂食的茅草棚子。一个上了年纪的女人坐在门口的土坯上望着我。

汽车开走了。我知道这个地方叫十字路。

我买了一些杂食放在背包里,便闯入冬麦田里的一条土路,往原野的深处去了。

天气晴好。我发现春风焦灼而且猛烈,这是潍浍平原给我的第一个印象。与其他地方比起来,滩浍平原的春风更加撩人和势不可挡,有一种一往无前的势头。我想起了我在方老师家时,和帆相对而坐时对春风的那种幻觉,我觉得那种对春风的幻觉在滩浍平原、在这里,已经被印证了,被证明了。这可能就是我的渴望所在。春景如烟,春风如虎。大平原上所能见到的一切,都在如烈虎的春风中向一边倾倒。春风的魅力真是太大了,没有什么能脱逃它的掳掠和挟持。我在春风的推动下,脚不能点地地在无际的大原野上狂奔。我听见柳丝鸟的婉转悠长的叫声,那些叫声在麦棵子间,在柳丝上,在蓝天中,在很远的和很近的地方。我又想起了校园里的柳丝鸟的叫声,想起了方老师屋外的柳丝鸟的叫声,那里的柳丝鸟一定是从滩浍大平原上飞去的,不过那里的柳丝鸟的叫声是多么的稀疏呀,也完全没有大平原上火烧火燎的声势。

风势稍弱的时候,我的脚步慢了下来。我闻到了春风的裹挟里有杏花的阵香。我想这肯定不是一树两树杏花所能奉献的香气,这必定有一片、两片或三片杏林在青麦原野的某个地方,也许在滩水汊子的某个转弯处,也许在村边,也许在更远些的地方。当我在X的文字里读到这些片断的时候,我就从书页上嗅到了杏花的那种略含苦气的淡香。杏花的香气是耐闻的,比那些表面的香气更内在,更有魅力而且持续。杏花的那种香气能停留在你的嗅觉上,久久不会散去。现在我真的闻到成片林子的杏花的香气了,跟X文字的描述毫无二致,因此我觉得对这种香气、对这种野景很熟悉。我停下来嗅着空中的杏花香气的流动,聆听柳丝鸟或远或近或高或低或大或小的鸣叫声。这时春风又猛,把我推向如梦的春光明媚的原野的深处去,我感觉我的心在春色如织的大平原上航行了,我感觉到兜满了春风的帆是那样的有力。

晚上我歇息在一个叫沙滩的小村里。这叫沙滩的小村与X那年来到时并无太大的区别。村子不大,也许只有二三十户人家。

我歇息的这家有一对年过半百的夫妇,儿子儿媳和一个小男孩。屋外就是麦田,麦田一直延续到望不见边的地方去。在农村,晚上睡觉一直都是很早的,我们吃过晚饭,坐在煤油灯下说了一会话,天色就显得很深了。我被主人领到偏房里,和那小男孩睡在一张大木床上。小男孩约十岁上下,对我很感兴趣的样子。我们睡在床上,他问我许多互不沾边的问题。但他到底是孩子,很快就睡去了。我也睡去了,奔波了一天,身体也真疲乏了。但我却在夜的深处醒来。这夜的深处却并不是那种孤单的、凄冷的深夜。也许到底是春夜了,也许到底是农村的春夜,有着许多和谐的、和暖的气氛。也不用点灯,或许外头晴空万里、星光灿烂。我能蒙眬地瞧见屋里的摆设和窗棂外的微微的亮光。村庄显然在睡觉——是村庄的主人在睡觉,其他都醒着。我披衣下床,开了门走到院里。我知道厕所在院角,那是一个收拾得很干净的地方,但我没到厕所去。我并不是想去解手的。我走到门外边,立在星光下,昂脸看去,果然晴空万里,星光灿烂。那些灿烂的星光都在我的瞳仁里燃烧,渐渐烧成一片扭动的白炽。柳丝鸟在朦胧的星光里也时常发出悠长的带有春风吹掠过的情景的鸣叫声;这次它们可能是在村后的萌芽的刺槐林里叫的;这次它们可能是从更远些的滩水汊子边的水草里叫的;这次它们可能是从开始拔节的茂密翠绿的麦丛里叫的;这次它们可能是飞在星光灿烂的夜空里叫的……我又闻到了杏花的阵阵香气,这次我却分辨不出这阵阵的杏花的香气是从哪里来的。是从麦田里?河堤上?村后的林子里?隔壁人家的院子里?我从 X 的文章里知道,他那时到滩浍平原来,也是在这种时候,这种季节,他也是宿在这个叫沙滩的村子里的,他也在夜间醒来,走到星光灿烂的夜空下,他也是闻到了这样的杏花的香气,听到了这样的柳丝鸟的鸣叫声的。

我回到屋里睡下,许久才睡着。第二天我离开沙滩,走出村庄,由春风的帆推送着,往原野和春天的更深处去。

原野更加广袤无边了,冬麦更绿。我在猛烈的春风的摇动下走向更远的地方。原野有了一点小小的起伏,这种起伏是难以察觉并且是浩渺无边的。我听见柳丝鸟的叫声被葱绿的麦野过滤了,杏花的香气也被掺上了更多的冬麦的鲜嫩气息,因此我想到了原野的难以察觉的浩渺无边的微微起伏。我走完了这些起伏,走到了 X 曾经走到过的地方;原野稍微地低下去一些,仍然是一望无际的青葱的麦野,一道野水在青麦原野里蜿蜒地流动,一只旧了的木竹渔船在水湾处等着我。我走下去,走近水边,走上木船,坐在船头阳光充沛的地方。船便启动了,老者和他的孙女像平日一样默默地用篙撑着船,让船在弯曲的水里慢慢行走。他们没有张帆,大概没有这个必要,因为在这稍稍低下去的地方风并不很大。

春色和暖。野地里有不少野花开放了,丁丁的野花在水岸边摇曳,柳丝鸟在前面的野花丛里启动升空,在它的身后拖曳着那悠长清丽的鸣叫声。水极清澄,却并不宽,水道只在四米宽左右。竹木渔船在春水里缓缓航行,那老者便坐下去,点了一袋烟吃起来,眯着眼望野地里的春景,那十五六岁的女孩子,全然是一副农家姑娘的模样,皮肤黑黑的,赤着脚,有一下没一下地撑篙。半晌,便向野地里号一声,惊起那些落在麦棵子里和野草野花丛里的柳丝鸟,让它们飞在蓝天上歌唱。这时已近正午,我发现葱绿的冬麦田,澄蓝色的天空和温暖的太阳都正处在沸腾的发作边缘之中,它们的发作是缓慢而且迷人的。风景已经沸腾起来,沸腾成一片更加明亮、明丽的风景。我想起在城市里沿着极长的下坡道顺坡而下的情景:自行车的车闸并不刹上,夜风徐徐,路上行人甚少,柏油路面宽阔而且平坦,车愈行愈快,风声在耳畔呼啸,这时如果因为胆怯而不断刹车,那种快感就全然消失了。我这时像听见了下坡道的呼啸的风声一样,听见了青麦原野里风景沸腾的声音,并且看见了它们沸腾着的景象。要知道现在正是午时,又正在仲春,一切条件都是具备的,一切条件都相吻合。木竹小船仍然缓缓而行,那爷孙俩仍然安详。我看见野地里的青葱的冬麦和一些孤单的树,都像澄明的天空那样抽搐而且痉挛起来,缓缓的坡地都在发作而且痉挛。我们的船就在这样的沸腾的风景里走。野水如带,我想起了X的描述。我知道各种沸腾很快就会中止并且平静下来的,它们果然就中止并且平静下来了。木竹的渔船跟着野水转了个陡弯,大片的嫩草地、野花地和冬麦田都出现在两岸,在它们中间是一间麦草苫成的小泥屋。我在一块平坦处下了船,木竹的渔船便又缓缓撑去。我走向那间小泥屋。阳光灿烂,我推开秫秸扎成的门,屋内一切如旧:泥坯桌,泥坯凳,秫秸扎成的床,床上铺着麦秸,以及泥坯垒成的灶、锅台。与X的描述绝无两样。我放下行装,在门槛处坐下来,用我的嘴唇吹着简单的口哨。我看见广袤无边的青麦的原野里,果实正从青麦的根部沿着麦秆爬上麦梢的尽头,植物的季节正在提前,土地恐怕早就成熟温热起来了,青麦和别的庄稼、别的植物在这无边的早熟的、诚恳而温厚的原野上,便呈现一种麦季的风景和麦季的欲望。麦季会超前降临的,麦季的颜色已经在青麦的原野腹地发酵并且膨胀起来了,我能感觉到它们发酵的张力和膨胀的温热。柳丝鸟重新出现在麦原上空、野水上空和一切有绿色和青蓝色的地方,它们突然飞来,数量很大,叫人有一种它们是突然从土地的颗粒中成批制造而产生的感觉,我很快就恢复了对原野事物的距离感,我知道这些柳丝鸟是一直在春天的阳光里歌吟、鸣叫并且飞上飞下的。我记起有一年我在淮河北边的一个小镇上度过的日子,那时还是初春,比现在更早些,雪还没有融尽,人都还穿着棉袄;那时一片越冬的树叶飘落,柳丝鸟就早已飞出,在初春的水晶样的天空中,叫着,唧唧地唧唧地叫着。还没能唱出仲春这样的歌喉,它们唧唧地唧唧地叫着,真高呀!天空清爽,清爽得叫人兴奋。兴奋得使人发抖,它们却高得让人看不见,只见几粒小黑点,碧空中几粒小黑点在嘹亮地歌唱,歌唱老不停。那时我还真拿不准它们是不是柳丝鸟,柳丝鸟能在初春的融冰的日子,在水晶样的碧空中,飞到水晶样的碧空中鸣叫吗——像屋檐融雪嘀嘀嗒嗒落在青石板上,老不停老不停?我坐在门槛上,这些想法都联系起来了,现在我知道,初春时的那种高空的小黑点的鸣叫,它们就是柳丝鸟在清唱,那是错不了的。我站起来,打开我的背包,把杂食和快餐面都拿出来,摆在泥坯桌上。充沛的阳光从打开的秫秸门外蜂拥而入,造成了极温暖的环境。麦草小屋里干燥而且明亮。我从背包里拿出搪瓷茶缸,走出泥坯小屋,往野水边走去。地上的草都毛茸茸的,冒出青芽儿来了,我忽然发现我脚下的草地洇着浅淡的红色,这是红草地!我怎么忽略了 X 关于这红草地的描述了呢?我蹲下来细看那些草芽,不错。它们正在冒出青嫩的芽儿来,但青芽内里的那种深红色,已经开始显露出来了,等它们长起来,长成成年草的时候,这水岸两边无疑就会是无边的红草连天的红草地了。我听见了红草地里嫩芽的牙牙学语声。我重又立起,走到野水边,从里面舀了大半瓷缸清水。这野河极其清澈并且没有河滩,河床是直接从原野上切开的。我回到泥坯小屋里,把方便面袋子撕开,把面块倒在瓷缸里。我突然觉得我不应该在屋子里烧开这缸水,在这样的季节,我不应该把这泥坯小屋弄得烟雾弥漫,弄得我在屋里待不住,眼睛流着泪却睁不开,大声咳嗽不止,我可以在屋外烧开这缸水的。我这样想着便来到了屋外,我看见在屋外的一个地方,有几块半截的土坯摆在那里,土坯摆成了一个灶圈的形状,灶圈里有柴火的灰烬。我知道这是 X 使用过的。我把茶缸放在灶圈上,转身往泥坯小屋的后面走去。麦原无边,柳丝鸟在忽高忽低的地方盘旋着叫着飞翔着,阳光散漫,原野里到处都有大片的青葱麦叶的反光。我抬起头来,看见在稍高的那个地方,一丛树正聚生在一起抽枝发芽,那丛树也许有五棵,也许有七棵,X描述过它们,具体的数目我却记不清了,但它们肯定是奇数,是单数,它们生长在很少有树到处是草是青麦的原野,显出了一种奇妙的暗示。我在青麦地垄上走着,也许走了五分钟,也许走了十分钟。我走近了它们,它们都是刺槐,是滩浍平原特有的树种。它们聚生在一起,在它们的根部,有着厚厚的树叶的腐殖物和一些干枯的树枝。它们中间最粗壮的已经有小盆口那样粗细了。它们总共是三十五株,这也是个单数,从X那时到现在,它们已经使自己的数量增加了好几倍,但仍然保持着单数的规律。我在那株最粗壮的刺槐树干上,看见了刀刻的X字母和姓名,它的形状和报刊上X的签名没有什么两样。我掏出我的小刀,在字母X的下面,刻上了我的姓氏的汉语拼音的第一个字母,刻完之后我拾起了一抱干枝,回到泥坯小屋前,在灶圈里点燃了它们。

烟和火便升起来了。它们升在蔚蓝色的晴空中,成一柱形,然后到了一定的高度便突然向一边倾倒,散去。我知道这是春风的召唤。我昂头看着柴烟上升和扩散的轨迹,这时我发现我以前曾经想透彻了的东西都如这烟一样纷纷上升并且成熟剥落了,它们散落在我目力所及和目力不及的地方。我坐在草地的灶圈边,听着柴烟上升的噼啪声,听着茶缸里水的语言和呢喃,我感觉我内心深处的寒意和狭闷都随青烟散去。我吃了方便面和杂食。日光渐渐褪去,西天潮红,春风已不是午时的那种狂劲了,野水草地更有了温厚的情意。我倚着泥坯小屋,面向西天,看晚霞尽烧,柳丝如烟如雾。柳丝鸟在近晚的浓厚气氛里重又飞在青麦田上鸣叫,叫声不断,如轻涛拍岸。我便觉着疲了,便倚着泥坯小屋睡去了。第二日我醒来时,野水里的那竹木小渔船又来接我。我上了渔船,随意地坐在船头,听着那女孩子竹篙插在水里的轻小的声音。天气仍如昨日一般,晴好无比。野水蛇行,五七步一弯,七九步一转,九曲十折，道不尽其间的妙处。青麦原野仍在无际涯中。小船走在春水里，悄寂无声。日渐近午，狂劲的春风携来了一丝香气。我嗅出了这是杏花的气味。我突然又嗅到了杏花的气味——杏花的香气是那样淡泊，并且含着一点点苦意——它们来在我的身边，使我从心底涌上了一层喜悦和温厚的情感。我不知道我在这个春天里怎么对杏花如此敏感和欣喜。我立起来，站在船头。野水渐瘦又渐宽，杏花的气味似乎更浓了，迤逦而来。原野渐开，野水驶入一处坦地，两岸红光四起，原来都是杏树。我下了船，我知道 X 的那次行程快要结束了，我的这次行程也快要结束了。我心里很踏实。我走入杏林里去。远远地看见了一角帐篷，蜜蜂嗡嗡地飞，柳丝鸟在叫。我往前走去。帐篷更近了。我看见养蜂人斜倚在帐篷外的棉被上看一本很厚的书，一团团蜜蜂嗡嗡地飞来飞去地忙。我站在杏花下看他们。他们是从哪里来的？是什么时候来的？在很近的地方有村庄吗？他们在野外怎样生活？他看的是什么书？他们有我这样的幸福感、追索的目标、等待和急迫的感觉吗？他们人际关系怎么样？他们在晚间听见什么？柳丝鸟的叫声？杏花的略苦的气味？潇潇春雨的日子？他们有没有书信的来往和要求？他们下一个月的这个时候在哪里？还在这杏林里吗？那时杏花已经败了，但桃花早开了，梨花也开了，他们在哪一片林子里？他们这样在野外一辈子吗？他们到底是怎样一回事呢？我坐到了地上，听着蜜蜂的嗡嗡的声音，听着春风的劲歌劲舞。我已经感觉到了春风里夹杂着的另外一些东西，是村镇里或者公路上或者人身上的某些东西。我知道我的这次行程即将结束，我已经横穿了青麦原野的腹地，现在我已经来到青麦原野的这一头了。我从背包里拿出一沓 X 文章的剪报，翻到了其中的一页。我看见 X 在几十年前的这一日这样写道：从杏林里一直走出去，就能走到一个小镇；这次刻骨铭心的旅程就要结束了，我不知道还有什么能比你所深爱

348

的土地对你有更大的吸引力和感染力。我倾听着书页里的声音,我发现我正分毫不差地重复着X的心灵路程。我愿意这样,我觉着我已经没有必要在自己的日记本里留下任何多余的记录了。我整理好背包,站起来,沿着书页上写明的路线,在春风的推动下,在杏林里一直往前走去。

傍晚的时候,我走到了小镇——这有更多的人的地方。

第三部分

春雨还在校园里飘洒着。我又回到这校园的熟悉的环境中来了。晚饭后我斜倚在床上却没有丝毫睡意。室外已经有了零星的屋檐滴水声了,这是那些毛毛细雨不停地飘洒的结果。我听见夜空里传来一声柳丝鸟悠长并且湿润的叫声。我穿衣起床,开门走到室外。校园并不十分安静,宿舍楼、阅览室和教学大楼都灯火通明,还没到下晚自习的时候呢,但我能听到朦胧中树枝高处的水滴掉落在低处的树叶上的声响。柳树和梧桐树的树叶可能已经长成了,春风会使它们卷折在一起的芽片展开并且丰润的。又一声柳丝鸟的鸣叫传来。我走到飘着毛毛雨的夜空下,循着那柳丝鸟的悠长湿润的余韵走去。甬道潮湿,但没有泥也没有水。杏花的淡苦的香气隐约飘来,又缓缓飘去。夜空中看不见星星,因为毛毛细雨在飘洒。我看不到星光灿烂的景象。路灯光透过树枝和树叶散发着淡红的光,有水的树枝或树叶或树干,都多多少少地反射着光亮,使春雨飘洒的夜更加幽静迷人。我又听见一声柳丝鸟的鸣叫。这时我站在荷花池的岸边,柳丝鸟悠长而湿润的鸣叫声是从池对岸的夜色中传出来的。我立在池岸边犹豫,我不知道柳丝鸟在召唤我做什么,我不知道过了荷花池还得走多远才能找到柳丝鸟。我立在春雨里,春雨细微,春雨落在头发上和脖颈里,细细柔柔的,好舒服。我拿不定主意。但柳丝鸟不叫了,夜色里只传来水滴从高处落在低处物件上的嘀嗒声。我站在春雨里,站了许久许久。但柳丝鸟不叫了。杏花的苦香气也隐匿了。我犹豫不决,在春雨里站了很久……

第二天我到图书馆的时候,在大厅里碰见了拿着几本书往办公室走的方老师。我叫了她一声。她略带惊讶地说:"你回来了?这么快。有收获吗?"我说:"收获太大了,不实地走一趟,不可能对X、对X的作品有透彻的理解。"她说:"真是这样?来我办公室谈谈怎么样?"我说:"好。"就去了她的办公室。

她办公室的大窗帘仍像往常一样大开着,落地窗外雾气朦胧。白玉兰已经凋零了,但其他植物的绿色却浓了许多。我开始兴奋起来,我谈到了我的行程,我的所见所闻,泥坯屋、木竹的小渔船、野水、杏林等等等等。她坐在她办公室边的位子上,专注地听我说。她的问话比以前要多,她有时打断我的话问:"你是在十字路下车的吗?""那泥坯小屋还在不在?不可能吧,几十年了。""刺槐树上的刻字还在吗?""杏林在开花吗?"我告诉她我所看到、听到、嗅到的一切。我讲起来就兴奋不已。我偶尔也惊讶她对X的这些遗痕有这样的兴趣,并且有着很细微的了解,我想也许因为她在图书馆工作的时间长了,不期然就变成了专家了吧。

眨眼间就到了下班的时间,我们没有谈完,她要我有时间到她家里去,她很想详细地听听我的见闻,她说她也许能在资料方面给我新的帮助。我当然愿意,告辞了之后我就回宿舍了。

隔了一天我到方老师家里去。我敲了门,来开门的仍然是她的女儿——帆。那是晚饭后不久的事情。不知道为什么,当我从帆那里知道方老师去看一个朋友不在家时,我心里产生了一种期待着的事情实现了的感觉。我不知道这是为什么。难道我在心底里是想来见帆,和帆交谈而不是来见方老师,和方老师交谈吗?

我走进客厅。我们仍相对而坐。这时的谈话自然离不开我的潍浍平原之行。我发现帆的热烈、明亮、清澈的眼睛里,满含着对我的话题的兴趣。我发现她的眼睛有如潍浍平原麦野深处的那道野水,内涵丰富且极具生命的活力。生命的活力在春季就被检验了,被认证了。生命的活力也是在春天被激活的吧——如麦原深处的那道野水,鲜亮而且充盈着幻觉。我又兴奋起来,我谈着潍浍平原的灿烂的星空,富于幻想的泥坯小屋和那里的一切。室外渐静,偶尔的嘀嗒声粒粒清晰,杏花的苦香气似乎已经淡去——也许杏花正在败落,也许在夜晚它们不再打开它们的花瓣,让香气泄露在外面,也许杏子已经落座,也许它们都正在睡去……我们重新听见水滴的落声里夹着柳丝鸟的一声或两声抒情,柳丝鸟总是在这样的时刻、这样的心境里来告诉我们春天的秘密和童话。我们的话语渐轻下去,这样正与春夜的梦幻境界相吻合。我们都只是春梦的一部分,是春梦所孕育的。我们嗅着那幻觉深处所蕴藏着的杏花的气味,听着水滴落下的嘀嗒声,听着如梦的柳丝鸟的一声或两声轻吟,我感觉我们正走向一条杏林所围拥的小径,那小径和杏林是几年前或十几年前或几十年前就开始形成并注定了的,我们似乎喜欢这样的小径,它使我们温馨、自在并且互相渴望。我们似乎拥有了它。

春雨还在飘落,我又走到校园里,桃花已经替代杏花而开了。桃红柳绿。唯柳丝鸟的鸣声依旧,春雨似也依旧。春雨濡人。我走在校园的草径上,雾雾蒙蒙的春雨,如点如线,飘忽不定。我漫步而去,渐入佳境。我听见柳丝鸟在桃林柳林里的一声啼鸣。我想起潍浍平原的麦野,我觉着那种粗犷与细腻已经融入了我的血液,我往前走去,雨雾渐浓渐淡,又渐淡渐浓。在春雾渐开的时候,我看见前面的小树林里,有一柄花伞在轻动。我知道那是谁。我走过去,和花伞下的姑娘相视而笑。我们一起漫步。我告诉帆,说我真想到滩浍平原上去。我说我会要求到那里去工作的,我正加紧准备我需要的有关 X 和滩浍平原的资料,我每天都发疯一样地工作。

帆听了我的话,惊讶地张大眼睛望着我。我们站住了。她说你只是这样说说的是吧?我说我是这样想的。我们不再谈论这个问题。我们觉得春天真好,除了使人难以入眠之外,春天一切都好。有时交谈真是多余,刚才的交谈于是成为过去,我们继续在飘洒的春雨里漫步。我时时看见她的明亮的、清澈的、热辣辣的大眼睛,我觉着春天和姑娘和明丽的大眼睛,永远都会是这样,永远都只能是这样。

也只有在这种时候——我真切地感觉到——在微雨的春季里,在听得桃花的绯汛、少女重又缤纷的时候,把一种还不完全明朗的思绪说出口的时候,才感到所有的春雨都在临界的情绪上立住,数季的青涩都在一瞬间红透,一切陌生的体温都在更陌生的一侧奔流,这种组合真是天衣无缝,是人工所无法企及的。

接着我们到野外去郊游了。我不再提去滩浍平原工作的事了,但我知道我的心已经有一半留在那里了,我的准备工作一刻也没有放松,我急切地要把准备工作做完。

去郊游踏青时我们带了许多好的吃食,有各种罐头和熟食。当天气放晴的时候我们躺在郊外的油菜地里或草坡上,我们用太阳帽遮住脸让太阳晒在身上,真暖和。我们在向阳的山坡上能做许多梦。

我们梦见有一湾溪水,流过无声的山林和有声的山林。在无声的山林里,只有这溪的汩汩声像一个看不见的钟摆,数着寂静的岁月;而在有风的山林里,被枝条扯细的风弹着松和柳的竖琴,柳丝鸟的鸣叫,在讲述山林草创时期的传说。我们梦着山、林、鸟、溪,我们都知道,谁也拒绝不了溪流和柳丝鸟的邀请。那么就去吧,去乘那只用竹木做成的小渔船,把猛烈的春风的野帆,张起来吧。

在这样的日子里。我们的梦和幻觉多起来了,这也许就是人的生活周期。我看见在我的面前出现一湾暮春的新苇,我选了一根,要做一支苇笛,在苇丛中吹出若有若无的寻觅的曲子。我看见那一叶帆在新苇深处的苇梢上静悄悄地航行。这时我的发烧的手指接触了那新苇的苇笛,转瞬间它就变成一管竹笛,紫红油亮,吹出粗犷的震人耳膜的乐音来,收息不住……我顺着这变调的流向走去,我看见在野地里站着那个乡村女子,我与她对话,只看见她的张合的嘴动,却听不见她的声音。我走近她,她一边说话,一边打手势,看上去她很急切,要告诉我什么,让我明白什么。我显示了我手中的竹笛,她失望地停下来,犹豫着,然后慢慢地走开了。

我醒过来,猜那哑谜。我想,心曲也许是难以交流的。但我们毕竟有共同的地方,有足印重叠在一条草径。我又想,这毕竟是梦。

到了四月中旬,我正式向系里提出了请调报告。我要到滩浍平原去,我实在无法控制这种愿望。我每天争分夺秒地查抄检阅资料,我近乎冲动地发奋工作,每天都沉浸在发现和探索的兴奋与快感中。我们还能经常到郊外去,经常去感受赤裸裸的那种阳光和风的漂洗。这时还在四月,我想起了 X 关于滩浍平原四月里的大风沙的描述。我想象不出来四月里的那种大风沙会在无边的青麦原野上怎样盛行起来,也许他所写的并不是在有着漫天的青麦原野的地方吧？在那些地方风沙会使青麦原野变得粗糙和老成起来的。我和帆在郊外骑车而行。风确实强劲了许多，也粗糙了些，但仍然是温软和可亲近的。我感觉出了我的很大的不满足，我开始觉得这种风是那样的没劲，没有血性，没有欲望和性别。我在记忆里能听到X的四月的大风沙的啸声。那是北方型的大风沙。他火热刚烈席卷绵延不尽雄性的高高低低的旷野，那旷野也是我所熟悉的。于是我听到到处都爆发撕裂的、痛快淋漓的以及深深进入的绝唱和绝响。实际上在这种时候，校园里的野蔷薇已经全部开放了，它们在校园的各处开放，它们在春天的这种时候，开得很乱，很任性，叫人捉摸不定，那种蔷薇色的花香也星星点点地四散乱撞，叫人忘不掉。

我们骑行在郊外，我想着这些，我感觉在我的血液里已经印有X的抹不掉的印记了，这种印记的发作是持续性的，似乎没有间断。我真的感觉到了春季的演变、深入和丰满，我觉得春季在这种绝响和绝唱里才叫春季，那是独属潍浍平原的。那种浩渺无边和难以包容的大麦野。这时我立刻就强烈地感受到了这种季节蔷薇色的北方大风沙强有力的诱拐，这诱拐是难以抗拒的，这甚至就是纯粹男性的生理性的绝唱和绝响。

我们不怎么谈论我要求到潍浍平原工作这件事。我发现方老师也不主动提及。不期然春雨又飘洒下来，校园里湿漉漉的，好清新。我在方老师家里吃晚饭，我们都随意地喝了点葡萄酒，校园的春夜真安静，方老师的家则又安静又温暖，处处透露出可人的气息。方老师和帆的厨房手艺也十分素雅。菜肴并不庞杂，每一盘里都呈现出黑白对比的习惯。我记不清是在什么时候了，是在吃第几道菜的时候了，我们听见往厨间走的方老师，似乎是不经意地留下的一句话："小僧侣，你挑了一条困难的道路。"我和帆都停止了咀嚼,我们四目相对,我不知道该说什么好。我听见青麦原野里那些广阔无边的柳丝鸟的聚合与扩散,如虎的春风正扑向每一丛柔韧的植物,野水如常,遥远的地方仿佛有狼烟升起,一些不知其名的声音正在逐步侵入……帆朝我做了个怪脸,把头凑近我,压低声说:"小僧侣,你挑了一条困难的道路,没有人能救你。"我说:"你能救我。"帆说:"我救不了你。"帆说:"我妈没能救我爸,所以我也救不了你。"我感到了一种震撼。我听见外头柳丝鸟的叫声趋向激烈了,我看见那成片飞来麦野的鸟群,它们的叫声铺天盖地,不可阻挡。我说:"他留在了滩浍平原?"帆说:"他把自己留给了滩浍平原,我妈没能救他。"我听见她的压低的声音里带着一丝怅然,我听见我问她,我说:"实际上我完全重复了他的经历,你是他的女儿?"我听见帆的声音从素色的墙纸之间缓缓荡来,我听见她说:"实际上你正在重复他的经历,"她说,"我是他的女儿,我妈没能救他,他不属于哪一个人,他生而属于一片土地。"

我听见方老师的脚步声正从厨间响过来。我和帆相视而笑,我们不担忧什么,事物自有它自己的发展规律。我们轻松地吃菜,呷着酒,说着话,听着似雾的春雨在室外春夜里呢喃的声音。

校园里晚自习下课的铃声响过以后,我和帆会在校园里逗留的。我们在小树林里拥吻,或者在草地的小径上并肩漫步。春夜自有它的梦呓的声音。我们在一条路上可以来来回回地走上一个小时、两个小时。有时我们发现爱神都已经困倦而眠了,水面上起着似浓似淡的一层雾气,雾气渐近又渐远,渐浓了又渐淡,渐奔涌又渐平稳,难以把握。我们望着它们,心里就有一种依傍着的感觉。我们依在一起,走走停停,停停走走,似雾气浮云。我对帆说:"你能救我,我既属于滩浍平原,又属于你。"帆枕在我的肩上,声音如梦如幻,她说:"你本就没什么错处,怎么还会要别人来救你?"

我听着春夜的心跳,觉得春夜的氛围是一种虚构的真实,是艺术真实。也许要到很晚,我才送帆回家,走在略显幽暗的楼梯上。我们在门外再次拥吻,再次聆听对方的心跳。而后她轻轻开了门,我们依依不舍地分手。缠绵再三,我转身离开,听见门在身后极轻微地关上的声音。大麦野风景和帆的唇温塞满了我的脑海。我走到校园里,走到我们刚刚拥抱过的小径上,一个人反反复复地走,无穷无尽地走。这时桃花已经开了,而杏花才败尽,桃花杏花的味道掺杂起来,就有了一种新的体会。我觉得这时所有的春雨都重复了我曾经历过的那种感受:所有的春雨都正在我临界的情绪上立住,而数季的青涩也都在一瞬间红透。突然春夜里有了第一声蛙鸣,我觉得我的胸部已经成熟了,我聆听着方老师的提醒:"小僧侣,你挑了一条困难的道路,没有人能救你。"我觉得我已经从竹木的小渔船上站起来了——我们到彼岸了。

春天快要走完了,我加紧工作,我留在校园里和城市里的时间已经很少了。我加紧查阅资料,加紧恋爱,加紧收拾我的行囊,好在一个人总是最简单的,没有多余的物件。每天的每一分钟、每一秒钟,我都迫切地想起那荒寂的十字路,想起野水、成片地鸣着的柳丝鸟、杏林、刺槐树、泥坯小屋以及一个叫沙滩的小村庄。

我能感觉到我的身体在猛烈的春风的吹操中的摆动,那种季节性的猛烈的风吹在人身上,就如同吹在一年一度的植物和庄稼上一样,使生命复活并且萌芽。我能感觉到这种萌芽,因为这萌芽是不可抵挡的。时间越来越少,我的心情也越来越迫切。帆每天都和我守在一起,我们讲很少的话,大多数时间我们以眼神、以接触来表达我们的感情和愿望。和她在一起的时候,我能读到她心跳的语言。有两次,我们在校园里走到黎明。我们依傍着,在许多条小路上反反复复地走,在太累的时候,她就倒在我的怀里,休息片刻,不说半句话。我们一直走到黎明,走到一个早起锻炼身体的人从另一条路上跑过。

  在另一个夜晚,我们仍然在校园里的小径上漫步,从夜一直走到黎明。春天在夜晚也能给人以一定的暖意,各种花的味道都来了又去,盛了又衰,杏花、桃花、油菜花、杜鹃花、玉兰花以及其他各种各样的花,每一种花都在春光里留下它们开放的痕迹。我们体验到了这些花盛衰的历程。有时在近午夜的时候,我们偶尔能看见一个或另一个略显颓废或略显恍惚的身影在校园里晃荡,我们不太关心别的人和别的事,我们按照我们自己的惯性,在校园的小径上反反复复来来回回地走,一直走到黎明。我们很少说话,我们只是紧紧依偎着,以接触和休息来表达各自的感情。走到筋疲力尽时,我们就站住,她倒在我的怀里,我们紧紧拥抱,我听着她喃喃呓语,我知道我的心上人已经疲累至极了,但我们的精神依然亢奋,我听着她的含糊不清的呓语,我知道命运正把我们载向何方,命运的猛烈的风正在把我们推向何方,我们只需升起帆或落下帆就可以了。这时我就感到了踏实,因为我已经有了帆,因此我感到了踏实,我可以自由地航行了,不管在哪里,不管是在大麦野里,还是在野水之上、春风之下。

  春天真的走完了。我的行装也已经收拾停当。我在方老师家里吃饭的时候,不知道为什么,我们都感到特别轻松,大家谈笑风生,气氛很好。我走的时候,她们到车站送我,后来方老师就先走了,留下我和帆在一起。我们待在候车室的一个角落里等车。我看见她的眼泪落下来,我没有安慰她或者说别的什么,我也没对着她看,我坐得很直,很硬朗。我觉得也有泪珠从我的眼窝里流出来了。我仍没动;我们俩都很漂亮而且年轻,这是我们所自豪的,这就够了。因此我们又轻松快活起来,眼泪已经在脸颊上干去了,只留有淡淡的痕迹。我嗅到了无际的青麦原野的那种气味,野水以及炊烟的气味,柳丝鸟又叫了,我该上车了。拉拉手我们告别,拉拉手再见吧,我心上的人儿。我们暗暗地拉着手,向剪票口走去。

一道门把我们分开。我看见那片原野在我面前铺展开来,我一步就走了上去,风来迎我了。

门外的一切都渐次遥远。青麦原野的鸟鸣渐浓渐密……

尾声

新生命出世的那个早晨,我在千里之外听见了她的第一声啼哭,那啼哭是从酥嫩的胸腔里发出来的,因而具有强烈的感染力。我放下手中的物件,站起来,走到门边,极目远眺,想使我的目力一千次地越过浩渺无边的原野,降临我的亲骨肉的身边,去传达给她来到人世间的最初的问候和情谊,这种最初的和最诚恳的亲情会使她像花朵一样成长并且开放,鲜艳夺目,璀璨无比。

我久久地在门边伫立,倾听这世界给我的新的温暖。而后我回到小屋里,背上挎包,重又走出小屋,往野水边去了。

泥坯小屋仍是那样不起眼和旧陋。竹木的渔船正泊在岸边,野水如碧空。我上了船,那船便撑离岸畔,往前走去。

这又是一个春天。春去了,夏去了,秋去了,冬去了,春天又来了。冬麦都返青并且拔高着,一望无际。猛烈的春风吹过,葱绿的野地便一片一片燃烧并且扭曲着,柳丝鸟仍然一如既往地唱着,当然它们不是前年的,可能也不是去年的那些鸟儿了,但它们的叫声却一样的兴奋和热烈。有些地方落着春雨,也许在校园里就是这样,在校园里春雨如雾,柳丝都在摇曳,野蔷薇含苞待放,杏花早已绯红或者粉白了。但在野地里春光却最好,春光细腻却又粗犷剽悍。竹木的小渔船渐驶渐深,直驶入春野的最深处去了,更浓的绿色便涌来封了船走过的一路,船痕和水痕便不留着一丝一点的迹象了。只那泥坯的小屋还蹲在原处,或许还有人来访它。咿呀的船声早听不见了。

持续的春风,野着吹。没有边沿。

青春期日记

有一阵子我很为钱的事烦恼。家里的收入每月不够开销,副食品价格高,粮食又调了价,大米每斤四毛八,富强粉一块多,水果也不便宜,西瓜三毛多钱一斤,葡萄一块多,虽然每种物品看起来都还不算太贵,比如你一个月内只吃大米,那也就几十块钱,但这些东西加在一起,和百多元钱的工资一比较,那就受不了了。再说每个月的固定开支也不少。存放自行车,每月五块钱,水电费,二十多块。再加上孩子的开支,那可不得了。孩子一天一瓶酸奶,一个月十几块钱。每天早晨在学校吃一顿饭,十几块钱,每天五毛钱的零食钱,十几块钱,经常不断的捐款、筹资等,每月也得十几块钱,书本、课外书籍等费用,每月又得十几块钱,这还不包括一次性投资比如电子琴之类,七折八扣,剩下吃饭的钱都所剩无几了。别再提什么娱乐、应酬、享受之类,一提到它们,我忍不住就想拔出手枪来(假如我有的话)。

同时我又是个暂时还没找到挣钱门路的人。我留恋平安宁静的大锅饭生活,这生活有最起码的保障,有比较稳固的位置、观念和对比,等级制度也不算分明。虽然生活清苦些,但有安全感,也有坐而论道、等着看别人笑话的雅兴。因此我一直牢牢地吸附在固有的社会形体上,一边发发牢骚,一边煞有介事地慢慢往下过。

但是从今年初夏开始我总是得到一些令我烦躁的消息。有一次在一个熟人那里听一个南方来的人狂侃,那人肯定地说海口、深圳他们炒股票,哪个没有十万八万;又有一次偶尔听人说内地去的一个人去了才半个多月,就当上了一个分公司的经理,手里玩着一百多万,坐飞机到处飞;又有一次到一个县里去,县里的人说他们那地方手里有几十万的人都不太能数过来了;甚至一个南边的顺口溜这样说:一万元,不算数,三五万,困难户,十多万,才起步,一二百万不算富,过了千万才凑和。我听了这些以后回到家觉得很惨,我自觉着我还不是个智力低下应该在三十多岁就被时代大潮所淘汰的人吧,我怎么就比他们少挣那么多而且很可能在三五年内就会被划归有革命条件的那一拨人里去? 我很苦恼。妻子倒看出来了,她问我:"你怎么了,像谁少你二百吊钱似的。"我没理她。但三天后我告诉了她,我说:"我得想个法子挣点钱去,不然作为户主我惭愧得很。"她说:"你想什么法子挣钱?"我说:"我先去试探一次,包河公园不是有狗市吗,那里每到星期天都有不少小摊卖旧杂志,咱家还有不少各编辑部寄赠的文学杂志,我拿去卖一次试试。"妻子嫣然一笑,她知道我是个大孩子,我愿怎么玩就怎么玩去。她很宽仁。

星期天我果然去了。包河公园有一个大树林子,每到星期天人声喧嚷,有买狗卖狗的,有买猫卖猫的,有买鱼(金鱼)卖鱼的,有买鸽卖鸽的,有买卖旧杂志、古玩、花草、小吃、字画、水果的,热闹非凡。我好不容易才装成老于此道的样子在一个石凳旁边把摊子摆出来。居然立刻有人光临,是个戴眼镜的看起来比我还呆的书呆子,但他也只翻了两翻就走了。过了十分钟,前面一个摆摊子的年轻人过来了,蹲下翻我的杂志并且对我说:"你这些杂志不好卖,干脆一把兑给我,你也省事。"我很有些恼火,因为他竟然一眼就看出我不是干这个的。我说:"兑给你多少钱一本?"他说:"你说个价。"我心很慌,因为我还根本不知道旧杂志的行情。我说:"你说个价,你说。"他说:"每本两毛。"我平静地说:"那算了,算了。"其实我心里窝火得很,他妈的每本两毛老子当废纸卖了。老子在这里不要卖多,一上午只卖五本,就把一天的伙食费挣回来了。

　　但我想得太乐观,大半个上午倒是有十几位令我感激的顾客来翻看过,但没有一个出血的。我开始不踏实了,前面那摆摊子的年轻人坐在自行车后架上不时看我这里一眼,他还不死心想吃我这块肥肉呢,但我现在对他倒不怎么反感了,反而觉得他是解除我的尴尬的一条退路了。到上午十一点钟人开始减少的时候,他又过来了对我说:"怎么样,兑给我吧。"我说:"每本两毛那绝对不行,反正我也无所谓,我是出来玩玩的,卖不掉再拿回去。"他说:"每本三毛。"我装作犹豫的样子,然后说:"好,给你吧。"

　　我拿到了七八块钱,心里并不高兴,我买了一瓶软管汽水在石凳上坐下看着狗市,狗市上的人一到中午呼啦都走尽了,走得一个人也没有。我喝着汽水想着今天的失败,心里直发愁,要是三五年以后别人都真的有钱了而只有我们一家穷困潦倒,那日子可怎么往下混呢。我眼睛盯着地上的一个东西发呆。地上都是人走后留下来的垃圾,太阳已经在正顶上了,一日里最热的时候就要到了。我喝完汽水扔了软管站起来打算回家去,但是我突然发现我刚才直着眼瞪了半天的东西并不是什么垃圾,而是一个红皮小本,我对文字的东西一直很敏感,我连忙走过去把它拾起来翻看。哈,原来是个日记本,很有些旧了,封面是硬皮的,中间印着一个人的像,下面一行字是:向门合同志学习。上面是毛泽东的一段话:成千成万的先烈,为着人民的利益,在我们的前头英勇地牺牲了,让我们高举起他们的旗帜,踏着他们的血迹前进吧!我肯定这是一本比较早的日记,门合的事迹是怎么回事,我已经记不起来了,但名字还有些熟悉。我顿时对这本日记产生了兴趣,其实这也是窥人隐私的一种潜意识的流露。我看看四面没人,急忙把日记本装进我来时装杂志的尼龙布袋里,然后骑车绕到包河边一片十分阴凉安静的地方,坐在地上翻看起来。

看了几篇之后,我就进入了日记写作的那个年代了,七十年代,那可是久违了,现在看起来直想发笑,觉着不可信,半信半疑。并且我知道了日记的主人是个中学生。我一页一页往下看,看得把时间和烦恼都忘了。看了一小半之后,我爬起来去买了一包烟,我平常是不吸烟的,但兴奋的时候就想吸一两根,老毛病了。我一边吸烟一边看别人的日记,心里真有一种说不出来的混合的滋味。

3月27日 阴

今天数学课上"面积和地积",这堂课给了我们一个非常好的教育。

上课的时候,先请蔡明同学给我们讲了他的家史,接着王老师又给我们讲了陈占武叔叔的家史。陈占武叔叔的家史可真苦啊!课堂里静极了,只能听见同学们的哭声,和王老师沉痛的声音,怎么能不叫人痛苦,怎么能不叫人悲伤。陈占武叔叔一家在旧社会被逼得家破人亡,生离死别,他的奶奶被地主摔进沟里,断了胳膊,后来烂了,到夏天,生了很多蛆,最后死去了……忽然雄壮的歌声压住了王老师的声音,歌声里唱出了陈占武叔叔的仇,也唱出了全中国人民在旧社会受的苦……歌声高亢、激昂、雄壮、有力,压倒了一切,共产党来了,毛主席来了,陈占武叔叔翻身得救了,中华人民共和国成立后的幸福日子,怎能说完呢!最后,王老师放下家史,说:同学们,你们生在红旗下,长在甜水里,是多么幸福啊!但你们千万不要忘记过去啊,忘记过去就意味着背叛,我们庄严地宣誓:决不忘记过去,永远跟着毛主席前进,前进!……

你说,这堂课怎么能不叫我感动!

4月5日　多云

前天,装了一角钱在身上,不知怎么搞的就丢了,丢在哪里也不知道。

一角钱是小事,但这却表现出自己警惕性不高,没有把它放在心上,如果美帝、苏修侵犯我国,你却把枪丢了,那不就等于自己被消灭了吗?

如果平时失去了警惕性,战争的时候就要失败!

毛主席语录:

提高警惕,保卫祖国,要准备打仗。

5月18日　多云

今天下午去拉练。一路上,大家高呼毛主席语录,下定决心,不怕牺牲,排除万难,去争取胜利。走了十几里路,来到新汴河北岸,遇到了敌人的铁丝网。连长下达了作战命令,我们立刻卧倒在地。我们是爆破组的,卧倒后,立刻就向铁丝网爬去。因为没有锻炼,爬了一会就累了。但是这难不倒我们,中国人连死都不怕,还怕困难吗?我们有战无不胜的毛泽东思想,什么困难都能战胜。最后,在我们的努力下剪断了铁丝网(草绳),爆破了敌指挥部,胜利地完成了任务。

(伟大的领袖毛主席万岁!)

5月22日　晴　大姐日记摘抄

今天是大好晴天,我到同学家去玩。她家院子里有个地洞,我们做了一个有趣的游戏,把一只猫,一只狗,一头猪,同时放到三米深的地道里。猫最机灵,我们刚把它放下去,它就跳(爬)出来了。狗和猪跳不出来,在地道里急得汪、汪、汪、吱、吱、吱地乱叫。我看它们急得很,就用一根绳拴着一只筐放到地道里去。狗真聪明,我的筐刚沾着地,它就跳到筐里来了。猪真笨,它自己爬不上来,也不往筐里跳。我把狗提上来,猪在下面急得更狠了,简直像一只没头的苍蝇。看到这只猪,使我很快联想到苏修社会帝国主义,苏修就是一只走投无路的笨猪,它干的一切勾当,都是搬起石头砸自己的脚,终究逃脱不了失败的命运。我正想得出神,忽然被一阵笑声打断了,我往地道里一看,那只猪正往墙上撞呢。哈哈,我也忍不住笑了。

打倒美帝!

打倒苏修!

9月4日　小雨

今天中午放学回来,帮助邻居修电线去了,回到家二姐说这是"献勤子"。我这是为人民服务,如果把为人民服务说成是"献勤子",那么,这个"勤子"献得好,革命需要这样的"献勤子",人民需要这样的"献勤子",社会主义建设需要这样的"献勤子"。

我要学习雷锋,甘心情愿,做一个为人民利益"献勤子"的人,为了祖国,为了人民,为了革命,"献勤子"到底。

10月16日　多云

正像王老师说的那样,和女同学打闹的现象像传染病一样在班里盛行起来。本来,不和女同学划界限是对的,但是,班里的事未免太过分了吧,尤其是宣传队的,下课乱不说,上课也乱,挤鼻子弄眼,递眼色,打手势,课也听不进去,这些事,如果以后,不改正,我们班非完全丧失革命的战斗力不可!

日记本较厚,记载了日记主人大约一年的生活和学习情况,从日记里看,日记的主人还是个很不错的中学生呢,他单纯,朝气蓬勃,一心向上,家庭教育好。我合了日记本看包河里的水,水有些发绿,水面上有些小虫子飞来飞去,正午的天真热起来了,风早已变小,几乎吹不到身上来。我在脑袋里胡思乱想,我想:日记本的主人到现在也该有三十多岁了,他现在是在做什么呢? 他有可能是个党政官员,一身正气,廉洁奉公;他还有可能是个教师,除了教书之外喜欢在家里摆弄些花草,虽然收入不很饱满,但他心里倒平静;他还可能是哪个企业的技术员,工作之余在郊区一家乡镇企业里做点事,收入比本职工作还高;他还可能上深圳、海南去了,发了,在香港买了一幢海滨别墅,整天有些靓女出出进进,他住大陆的总统套房是从来不问价的(每晚两千五百美元以上);但他也可能像我一样混砸了,整天为三五十块钱发愁,偶尔偷偷摸摸从家里抠点东西上狗市换几个零用钱,即将被归入有革命潜力的一类人中去。嗨!这么一想,我觉着他像我,甚至就是我的可能性太大了,这大概是我没体验过别的富裕的角色,所以想象力枯萎,只能把他想象成我的缘故。嗨! 我觉着他一定就是我,没错,他的日子一定和我的日子一样愁的时候多,他决不会比我好到哪里去的,他不可能不是我的陪伴。这时我想见见他,我迫切地想和他打个照面,看看他是不是有一副没肉的瘦瘦的骨架,有一副戴着眼镜总是低头在地上找钱的面孔。我跳起来飞身上车箭一般骑到狗市。狗市人迹罕见,我站在石凳旁边四面张望,我希望失主能尽快找来。我把日记本拿在手里,很显眼。突然有一个人走过来……但是又过去了。不像,太胖了点。突然又有一个人走过来……但太矮了点,也过去了。我一直等到下午一点,天太热了,狗市已经不再有人来了,我才垂头丧气地回家。回到家里我把上午碰到的事告诉妻子,妻子说:"你呀,真傻,这是上帝在启发你,上帝给了你一次赚钱的机会,你这观念还是不改呀。"我不明白,痴呆地望着她,她说:"你好好反省反省。"说完上班去了。我一个人待在家里反省,我吸了一口烟想:现在人不都拿中学生来挣钱吗?什么"中学生之恋""情窦初开的……"等等,都可以满足人的旺盛的求知欲,那我为什么不能抄几页这个日记到编辑部去换几个钱用,这多省事,虽然内容不黄,但题目很重要,有导向性,而且可以满足人的一部分怀旧感。可以干!我一阵兴奋,跳起来伏到桌边就抄。抄了几行我停住了,到底是新手,心里不踏实。我想,其实可以先弄几段不荤不素的,投到编辑部看看,只要读者认可,我就可以拣刺激的整盘端上,提高价码,狠捞一笔。我把日记本在手里掂量掂量,对不起了,兄弟,挣钱要紧哪。

下一个星期天,我又去了狗市。这时我已俨然老手,低头找钱的意识愈加浓厚。上帝还会再给我机会的,不是吗?!我相信我自己的这句格言:在市场上转久了,就总能拾到几枚硬币!

有太阳炙烤的焦黄色天空

砂姜河滩上的毒热晌午

赤焰千里的烈日,打堤上的树枝丫巴里漏下去,漏在一个男人撅着的屁股上。有土蓝色的旧布,褪在腿弯子处,那些旧布当然就是一个男人的裤子。

男人二十六七岁,一脸的枣疙瘩,上身穿一件白背心,白背心已经发黄发灰了,现时又弄了好些尘土跟枯叶在上头,更不像样子。一堤都是树,是淮河北边到处都长的刺槐树。这些树长得极茂,在堤上蜿蜿蜒蜒而去,毫不扭怩羞涩,远远地瞧过去,泼泼辣辣的一堤青葱。

树长得较密。树下都长着野草。野草不算太茂密也不算太不茂密。因为在树下的缘故,野草都一律地有些嫩青,显不出老绿来。那二十六七岁的男人,就用一种奇怪的姿势,伏在野草丛里。

他身子右边平放着一柄锄,他的右手因此就撑扶在锄上,时而用力时而不用力;他的右腿直直地伸着,左腿弯曲,借以把身体支起或放下。他的旧蓝布裤头褪在腿弯处,从后上方看过去,就看见那不白的屁股,一动一动的,很紧张。他的左手伏在地上,使脖子能尽量昂起来,脖子昂起来了,头脸也就尽量地高。头脸都对着河堤下的砂姜河滩。那两只眼也尽量地向外伸,仿佛在努力地要从外边抓什么回来。

太阳炙烤着,没有什么能躲开,在河湾的砂姜河滩上更是如此,再说又正在晌午。

河湾处是相当大的一片弧形砂姜河滩。月亮河水在这里切开了地球,陡然转了个弯子,往东南流去。地表下面的砂姜于是就疙疙瘩瘩地露出来。

河堤在这里就有些被动,像一个被搞怀孕的粗女人,肚子挺得好大,而后那小腹的线条也就因了堤树的缘故,呈青绿色,也就往东南延伸了去。

整块的砂姜一般有尿罐那样大,大些的有猪食盆那样大,再大些的就有光腚孩子那样大。最大的一块立在村头场边上,如一间草房,只是疙里疙瘩,左边伸个车杠出来,右边伸个牛头出来,前后上下伸些个板凳、锅台、树桩、奶子之类出来,无有定形。庄里的牛、羊和人时常就拴在、坐在、蹲在、躺在那些突出上,把好多好的不好的时光扔给了它。

太阳炙烤,天空焦黄了。打堤上望下去,好阔好亮。月亮河水汨汨地流向下头去。在那些叫汛期的水和野日头冲洗、照晒得发白的河滩砂姜上,有两个人,头上各顶着两张大蓖麻叶子,正打砂姜河滩上往清凌凌的水里去。她们的短褂头扔在砂姜河滩的两柄锄头旁。她们都穿着暗花布的裤头,上身是自家缝的碎花背心。她们赤着脚在河滩上走,脚让砂姜烙着、硌着,所以都夸着胳膊、扭着腰、曲着腿走,走成壁画上的舞姿,走得好贱。她们在明晃晃的太阳底下走,太阳成焦黄色、砂姜河滩成灰白色、蓖麻叶子成蔫绿色、衣服成暗彩色、肉身子成土馍色,在宽阔的砂姜河滩上走,倒也显出了活气和泼辣。

堤上草丛里的男人眼勾勾地瞅着她们的肉身子,屁股向着草地一挺一撅的,嘴里发出不规则的简单、粗鲁的喉吟声。近近远远蝉的焦渴的呻吟你起来我下去,显出原野的干燥和闷热来。

那两个人——因着蓖麻叶的遮盖,瞧不见脸,但显见是年轻女人——走到水边,就拣一块大些的平整些的砂锻,站上去,又蹲下去,拿手往身上撩水。打她们的后面瞧,就只能瞧见她们宽大的暗花裤头和肉滚滚的小背心。她们相对着咯啦咯啦地讲了一些浑蛋话,在远处,在堤上,都是听不清亮的,甚至听不见一点声音来……突然传来水的一声轰响和女人的一声尖叫,是一个疯疯癫癫的女人草率地直跳到水里去了,她跳进去之后就叽叽喳喳地往另一个年轻女人的身上泼水,她们杂乱的夸张叫声和水的浑蛋声音,刹那把太阳炙烤下的砂姜河湾搞得混浊不堪。那堤上草丛里作弊的男人被这些声音弄得一亢奋,他就发出了绝望的很大的呻吟声,他的屁股也就直抵向草地去,坚持地抵住了,片刻又松弛下来。他就像被人一刀杀了一样,把身体和脸都埋到草丛里,喘息去了。

河水里的那两个年轻女人毫不知情。她们只是在蓖麻叶子下边向四周张望,防着有男人过来瞅见了她们。她们洗了不长的时间就湿淋淋地打水里出来,走到砂姜河滩上,拎起锄头,锄头上搭着裻头,小心翼翼地走过砂姜河滩,从另一处地方上了河堤,往村子的方向去了。

砂姜河滩上的女人味和水迹眨眼间也就荡然无存了。太阳烤得好辣。空气又热又重。疲软的宝义猛地打幻梦里醒过来,发现裤头还褪在腿上,出了一身臊汗,忙抬起头脸瞧堤下的砂姜河滩。砂姜河滩已是空荡荡的,没有一丝人迹了。他心里有些泄劲的念头,就立起来,拉上裤头,瞧瞧草丛里那些稀软的液体,浑身没一丁点劲。瞧瞧天老响午了,娘怕还在家里等他吃饭,就拎起锄头,无精打采地往堤下去了。

好端端的天,突然起了雷暴子

好端端的天,前一秒钟还是赤日千里的,现在突然打西天的庄稼地里头,升起来好浓的一道乌云。家家都在做晌午饭,家里有老娘有闲手的怕已经端起饭碗了。有一条土路打村子边上通过去,焦干发白,走一趟就是一脸尘土。路边上有一个大场,场边上有一块巨大的砂姜疙瘩,现时日头毒热,场上和砂姜疙瘩边上没有人,也没有牲畜。场边的草都晒蔫了,耷拉着。打这儿顺着土路再朝南走,有一座小河,河上有一道老古桥,桥上没有栏杆,桥面也不算窄,能走下一辆大拖拉机。

水唤作小水,是流在月亮河里的。桥下水里到处都长着苇子,青青拉拉的,长了一河筒子。小水蜿蜿蜒蜒地往东去,一河筒子青拉拉的苇子也曲曲折折地往东去,煞是爽人。在桥东边、水北边,离庄子半箭之遥,立着两间土房。土房门前是一小块发白的硬平地,硬平地上摊着一小片黄灿灿的麦粒子,毒热的太阳一晒,那些麦粒更显出了橙黄色。硬平地的东南沿上,站着一棵香椿树,香椿树下蹲着个小板凳,小板凳旁边躺着一把小笤帚。现在小板凳和小笤帚都暴晒在日头里,原先小板凳和小板凳上坐的人,怕都在香椿树的树荫凉下。这人上哪块去了?

西天庄稼地里头的乌云,放屁的工夫就升上来了,升到老远老远的庄稼地里的庄稼梢头上了。村子叫太阳晒得有些晕乎,各类声响也闷哑得多。破土房里突然伸出一个老女人的头,"嗷嗷"地对着硬平地上的麦粒子叫一气,就又把头收回去了。麦怕就这个老女人看的。这样毒热的晌午也没有雀鸟来啄了。

四处还是一个劲地往闷里去。树叶子和苇子梢都纹丝儿不动,像是给黏稠闷热的空气粘住了。破土房上的烟囱里冒出来的灰黑色的烟愈加少,渐次也就熄尽了。老女人有些急毛毛地打门里走出来,走到大太阳底下,觑着眼往头顶上的天空瞅。头顶上的天空完全是不像样子了。天皮叫大毒日头给烤成焦煳、焦黄,滋滋啦啦地往一堆缩,缩成老母猪皮一个样子了。像这样的毒热日子,再潮的麦,一个日头也就保干啦。然而西天上的气候有些个不对劲。老女人吸了吸鼻翼,拿她活了几十年的鼻子嗅着闷热的空气。"怕是起雷暴子啦,"她突然扯开失去了弹性的嗓子嘶哑地无目的地喊道,"宝义,宝义,宝义儿啦。"在她发声的时候,她脸上和眼角的皱皮都急遽地操作,扯开或挤成一堆;她脸上的老人斑也都显出了新的含义,并且略微有些斑斑斓斓了;她脖子上和胸脯奶子上松弛的完全失去了弹性和光泽的皮肤也因为脸部的急遽牵动而扯动。她光着上身,下身穿一条旧蓝布裤子,裤腿卷到膝盖弯上,脚上趿着一双没有后跟的破黑皮鞋,从哪个方面看,她都是个老女人了,少说也有五十多近六十了。她的喊声也完全没有弹性了,虽然她做了最大的努力,但那喊声走不多远也就栽到不知什么地方去了。

没有谁回答她。她的喊叫显然是徒劳的。她好像打内心里明白了这一点,赶忙就颠起小脚跑回屋里去了。

鸡们猛然在屋后的一丛荆条底下惊叫起来,而后又平静了。老女人再出来的时候,黑细的胳膊和黑瘦的手里,看不清是拿着还是抱着一个不算小的簸箕。没有一丁点风,空气和村庄都肃穆得有些做作了。老女人嘴里嘟哝着,颠颠地往摊开来晒的小麦那里跑。与上回出来时不同的是,她的头上顶着个很脏很旧的白毛巾,离着稍近些,就能嗅到一股浓烈的酸馊味道。

庄子里突地有个男人扯开嗓子号起来:"起雷暴子咧,各家收小麦咧。"

这是会计春江的声音。他的一只眼珠坏了,发灰发白。他的娘们比他小十岁,替他生了四个崽子,现时还有几分吸引力,长相蛮俊。

会计春江号丧般地号了几声,把整个吃着晌饭歇着晌午的庄子都搅起来了,搅得人仰马翻,一塌糊涂。一庄子人都里里外外地跑,大吆小喝地往屋里头拾东西、收小麦。这些杂声传到离庄子有半箭之遥的小屋的时候,那老女人已经收进了一簸箕小麦到屋里,又颠出来了。

云真的长起来了,好快。风突然动了,霎时间变成疯狂。它从西边的庄稼地上一掠而过,又掠过一大片菜丛,又掠过土路,这时它就带着许多浊尘了,黄黄浊浊地从土屋前后一擦而过,掠过村庄而去。老女人正跪在地上往簸箕里扒麦,风推得她往前一扑,就推成嘴啃泥的架势,她的干瘦的屁股撅得老高。

这时她就挣扎着要起来,却挣扎不起来。一只手突地从后边伸过来拉住她,这只手粗糙,骨节也大而无当,有些畸形,这只手一边伸过来,一边粗糙地喊了一声:"娘哎。"老女人知道是宝义儿家来了,就歪坐在麦粒子上了。那男人果然就是在堤上草丛里做着奇怪动作的男人。

硬平地上干净了,一个雷也就很近地炸开来,香椿树上震掉了一笸斗青叶。

淡紫色玉米地

平原上的大蜀黍地就跟平原样的,没有边子。人投进去了,听不见响,就让大蜀黍地给消化掉了,等再拉出来时,人就不成样子了,身上脸上一个血道一个血道的,衣衫也湿巴巴的,透出一股子呕出来的胃酸酒菜的味道,不像个样子。

早晨雾才散尽,打叶子的二三十个劳力半劳力,就打庄子里来到大蜀黍地边上了。会计春江讲:"这片地怕三日也打不尽哩。"到了地边,你一个我一个的,就把随身带来的毛绳、草箕扔在地头上,一人去占了五六趟子,就噼噼啪啪地往里打。大蜀黍这会儿已经长成一人多高了,靠下边的叶子不增加什么营养,多了又挡风,于是就打了喂牲口,人老几辈子都是这样干的。

　　昨日下了场雨,夜间又有点露水,地和庄稼棵子上多少都有些潮气。男男女女的,大部分都赤了脚,挽着裤腿。起始你我之间还离得近,都讲着话,讲着讲着,就不讲了,离得远了,逐渐就瞧不见了,大蜀黍地是没有边地大哩。

　　打较为高远的地方往下瞧,就瞧见嫩青色的海一样的大蜀黍地中央,有一道浅浅的痕迹,要是不在意,也就瞧不出来了,也不会往心里去。那其实是两个庄的地界,在地面上也就是一道浅浅的小窄沟,惹不起人的多少好奇心。

　　太阳愈升愈高,大蜀黍地里的潮气开始蒸腾了。它们蒸腾得很快,散发出去得却慢。因为没有什么风,再加上大蜀黍叶子的遮挡和阻碍,那些从地里蒸发出来的蒙蒙的水汽,经愈来愈毒热的太阳的照射,就在大蜀黍地里幻化成了淡紫的颜色,既让人感到闷热,又让人感到扑朔迷离。嫩青色的大蜀黍地就这样被淡紫色的雾气缠绕和填充着,做着夏天的迷迷昏昏的梦。

　　宝义觉得天实在是不早了,怕也快到晌午了,该收工了。上一次到大蜀黍地外头喘歇喝水的时候,他就把自个的小裈脱了扔在自个打的叶子堆上了。小裈儿又湿又脏,上头还粘着好些蚜子虫,叫人腻歪。

　　宝义想到这里就停住了,把手里打下来的叶子放在附近刚堆起来的一个叶子堆上去,又走回来,一屁股在地上坐下,喘了一口浊气。

　　这时除去一条旧蓝布裤头,浑身都是赤裸着了。其实他这时觉得旧蓝布裤头也是多余,想把它脱下来扔了,但他没那样做,没敢那样做,他怕叫独眼会计春江瞧见了,要他的好看。他把那些蚜子虫在皮肤上拍死的时候,蚜子虫的苍绿色的尸体就奇形怪状地留在他的皮肤上,使他的身上显得花哨和污浊。大蜀黍地里难得有半丝风,又蒸又闷。他昂起脸来往天上瞅瞅,阳光打叶隙里漏射下来,太阳都快直了。怕真到晌午了,宝义这么想。

大蜀黍地里还是不歇气地响着沉闷的噼啪的打叶子的声音,声音都远,那是人隔得远的缘故。宝义闷闷地坐在地上,打腿裆里掏出那东西,半真半玩地往一棵大蜀黍根子上滋了一泡尿,又闷下去了。

这时有一个女人,是邻庄粪堆儿张庄的,二十五六岁的样子,小号叫胖妮的,在邻近的大蜀黍地里打叶子,这会叫尿给憋急了,就一个人,鬼鬼祟祟地上界沟里来撒尿,情况就发生了变化。

胖妮上界沟来撒尿那会,太阳就当顶了,除去些噼啪的较远的打大蜀黍叶子的声音,整个田地里没有多少响动。而且噼啪的打叶子的声音又是作为一种背景音存在的,与周围的现实融不到一块去。也就是讲,那背景音与周围的现实之间好像也隔着一道界沟,这两者虽然同时存在着,但互相并不搭界,各自独立在各自的界限内。

胖妮委实是胖了些。她穿了一件白颜色的无袖衫,白颜色的无袖衫上尿黄斑斑,那是汗渍弄成的,因此确切地讲,那已经不能叫作白颜色的无袖衫了。她的中部穿了一条暗红色的裤腿略为长些的布裤头,裤腿虽说是长一些,但到底也是裤头,裤腿也只是遮到了三分之一的大腿。她的脚上和身上的其他部分就没有什么遮饰了,在那时的乡间夏季,好多干活的乡村女人都是这种短打扮的,也不足为奇。

她打大蜀黍地里下到界沟里来的时候,她的两只手已经揑在裤头的上沿上了,看那种架势,她憋得有些急了。她要是能找到适当的地方,她就会迫不及待地把裤头往下一褪,哗啦啦地把肚里头的东西倒出来。

她果真也就这么做了。她到了界沟里,界沟里实际上在两边的大蜀黍棵子的封锁和逼近之下,只剩了点细线,曲曲弯弯的,不知通到什么地方去了。界沟全长着荒草,草荒荒的,挺旺。胖妮下到界沟的荒草里,四下里略一张望,就褪了裤头,蹲下去,发出了一阵夸张的虚张声势的泼水声。

泼水声在正急的时候戛然而止,胖妮慌慌张张地站起来,把褪到大腿弯的暗红色的布裤头使劲往上提,因为她听见了大蜀黍叶子嘎嘣脆的折断声。在她站起来使劲提裤头的时候,大蜀黍地里响起了一阵慌乱的折断大蜀黍叶子的声音,接着就响起扑嗒一闷声,怕是个什么东西叫大蜀黍根子给绊倒了,有个人哎哟叫了一声。

要是在普通的娘们,口是心非地骂两句,遮掩遮掩,也就过去了。胖妮可不,胖妮打那哎哟声里听出了点名堂,就过去瞧,瞧是不是他。她这是越过界沟了。不过界沟不界沟的也不是什么了不起的玩意,过去也就过去了。她钻进大蜀黍地里,瞧见宝义正打地上翻过来,虽说跟她听出来的一样,她心里还是一喜。这女人可泼着哩。她眼珠子一转,就扑过去撕着宝义的裤头,骂道:"好你个宝义,你偷看俺尿尿哩,俺饶不了你哩。"

骂声虽有些怒气,声音却不大。宝义叫她扯住了裤头子,张口结舌地讲不出整句的话来。她接着一连声地胡搅道:"俺叫你看哩,俺叫你看哩,俺叫你看尽了哩,往后还叫俺咋嫁人哩?俺得叫你赔俺哩,俺这就喊人啦。宝义你个不要脸的东西,你把俺给看尽啦。"

两个人撕撕扯扯的,就都见了皮肉。虽说在两个庄住着,谁见谁不认识哩?那女人又压着声泼骂道:"好你个宝义不要脸的东西,你想要糟蹋俺哩?这往后还叫俺咋见人哩?俺轻饶不了你个东西,俺给你糟蹋,俺给你糟蹋,俺看你个不要脸的东西就不是好人。"

这时候也就讲不大清了,两个人扯扯拉拉地滚在一起,那女人使出泼劲,用两个爪子在宝义身上不深不浅、不长不短地抓出一些血印子来。两个人身上都穿得少,又都扯上扯下的,因此皮肉也就你挨我碰的。那女人不歇气地又骂道:"好你个宝义不要脸的东西,你糟蹋俺啦,你叫俺往后咋活哩?好你个狗养的东西,俺叫你糟蹋,俺叫你糟蹋,俺死活就是你的人啦。俺就死给你看啦,俺就一头撞死给你看啦,不要脸的宝义,你把俺给糟蹋啦,你叫俺往后咋活哩?"

宝义怕真给她吓住了。宝义平素也叫七老八少的给吓唬怕了,这时就哇啦一声号出来了,一边号,一边冤冤屈屈地讲:"俺没糟蹋你哩,你赖俺你不得好死哩。"

胖妮给他弄得一愣怔,她想不到宝义是个泥捏的货,忙拿肥嘟嘟的肉手捂住宝义的嘴,压低着声讲:"不知道你是个孬种哩。"又讲,"俺也舍不得叫你倒霉哩。"打地上坐起来,拿手抹抹脸,心里头有点酸溜溜的,又讲,"不管咋样讲,俺也叫你看去啦,俺也就是你的人啦。"

宝义讲:"俺没敢看上哩。"

胖妮讲:"没看上是你没本事哩,那就下回再看上呗。"

这样讲着,声音就渐渐地压低了下去。叫人家听去了,或是把人家给引来了,就成讲不清的事了。

太阳正烈着,越是晌午了就越起不了什么风,大蜀黍地纹丝儿不动,空气死热死闷的。遥遥地看过去,就听见有一个半个干哑了的声音,在大蜀黍地里的哪一个地方,闷鼓一样地喊:"晌午啦,收工啦,家去呗。"喘了一口气,又喊,"晌午啦,收工啦,家去呗。"又喘了一口气,又喊,"晌午啦,收工啦,家去呗。"声音就息了。

过了不到尿泡尿的时间,就有人打大蜀黍地里,抱了一抱大蜀黍叶子,钻出来了。钻出来就死骂:"这天,热死人哩,热死人哩。"

骂着,就动手把毛绳儿扯开,把打下来的大蜀黍叶子垛上去,垛好了,再把绳扯起来,穿成活扣,死命地煞,用脚蹬着煞,煞紧了,就系成死扣,而后站直了深呼吸,呼吸了一会,就憋足了劲把大蜀黍叶子捆撅到身上,一颠一颠地颠到背上,往庄里去了。

被弄得不像样子的人,被陆陆续续地打大蜀黍地里拉出来,他们也就一个一个地撅着大蜀黍叶子捆往庄里去了。这都是命哩,庄里的人也都信这命,一日一日地这样干下去,总有着盼头哩。在地里的人快要走完了的时候,田野就热昏过去了。田野上没有什么东西还动着。这时在田野里头,就只剩了一句话还在重复:"俺叫你看去啦,俺也就是你的人啦。"这话像是打田野的胸腔里发出来的最后一句话,又像是中了暑的田野讲的一句口头语,昏昏沉沉的,不甚清晰,但也错不了。这最后一句话讲完了,田野里就真的没有多少声响了。

原野上的七棵树

在晚秋庄稼还没怎么长起来的时节,原野上的七棵树就看得很清亮。那七棵树都是刺槐树,有二三十个年头,都有尿罐口那样粗细了,在长着矮庄稼的平原上显得有些突出和招摇。

那七棵树排成半弧、半月形,不过这半月也显得太大了点,漓漓拉拉的有三五十步。在每年的四五月份,每一棵刺槐树的左近,都突突兀兀地冒出些新芽子,那些芽子要是不遭到什么横祸,就长得快,就长成一棵棵新树。但是到每年的十一二月份,那些新长成的刺槐树,就隔三隔五地被斫了去,因此每年长了斫,斫了长,倒也不多留下些啥,长来斫去的还是那七棵刺槐树戳在原地。

说不准那七棵老刺槐是哪家的,有一些传言,但谁也不能把它当真喽,因此历来队里的人就把它们当队上的。这也不成个问题,啥不是队上的？连人都是队上的哩。

到大太阳出来炙烤天空的时候,那几棵树下就铺上了好大好大片的凉荫。原野上又旷荡,风总归有些,因之树荫凉下就凉爽得多。在左近干活的人,到歇歇子的时光,就无一例外一窝蜂似的给吸到树荫凉下,吃烟、喝凉水、闲聊,或是放倒了身子,鼻孔冲着老天爷,睡个半截觉。那滋味!

打老远的地方瞭过去,那七棵老刺槐底下,乱七八糟地搁着不少人,有二十来个,大部分都斜歪着、半倚着、横卧着,有几个离得近些的,是两个男人跟三个女人,就讲着话儿,你一句我一句的,没啥准头,但离远了听不甚清楚。使劲想听,把耳朵支棱疼了,也还是听不清楚,是因为离得远了些,也是因为那几个人说话的声音小了些。过了不一刻,那几个人说话的声音大起来一些了,是一个穿纱布汗衫的女人引起来的。那个半老的女人正对着这边坐着,透过经纬稀疏的纱布汗衫,依稀能瞅见她胸脯上松弛塌瘪的两挂乳房。那半老的女人张大了嘴讲:

"俺听人家讲就是这样子。俺听人家讲那晚上天也死热,她搬了一挂凉床子就在堂屋里歇,半夜里就叫看场的男人沾上身啦。"

一个半躺着的男人将信将疑地讲:"这个俺倒不信,俺想着不能这样简便。"

那半老的女人又讲:"也是她有贼心。再讲二十五六的大姑娘,错三差四地嫁不出去,怕也是急眼啦,就认啦。"

另一个男人接上问:"怎么的就认啦?"

那半老的女人讲:"场上那男人摸去的时光,也就半夜啦,她也就睡成一摊泥啦。俺听粪堆儿张庄的人都这样讲。"

远远地也就听见男人喉结咽唾沫的声音。那半老的瘪乳的女人讲:"场上那男人得了手了,她才醒过来,吭了几吭,没叫唤出来,也就搂住了场上那男人的光身子,也就认啦。"

第一个男人还是将信将疑地问:"就认啦？宝义也就认啦？"

那半老的女人不紧不慢地讲:"宝义使的可就是剩货啦。"

第一个男人还是有些将信将疑地问:"不是原瓶装的啦?"

半老的女人讲:"开封啦。"

那两个男人和另几个女人都"噢"了一声,显出了恍然大悟的神情。过了一时,第二个男人讲:"也难为宝义啦。"

另一个女人接过来讲:"也对得起宝义啦,他上哪找去？"

"也是。"众人都程度不同地点点头,表示了一致的意思。

到这时,他们的声音又渐渐小下去了,咋样竖起耳朵听,也听不真切,听不连贯。是因为离着远了些,也是因为那几个人讲话的声音小了些,神秘了些。耳朵都竖疼了,干脆就不听了,叫他们自个讲给自个听去。就把耳朵收起来了。土地上只剩下了热风景。还有那几个心思不怎么正经的闲聊的男人和女人。

三个男人

晌午了,打大蜀黍地里钻出来的人,一人背着一个老大老大的大蜀黍叶捆子,撅着腚往庄里去了。

大蜀黍地外边还剩两个男人,一个是会计春江,一个是下放学生小许。他们打看上去无边无沿的大蜀黍地里钻出来,把打下来的大蜀黍叶子打成捆,他们就打算回去了。

昨日下了一场暴雨,雨不算怎样大,到现在,地差不多又要起尘了,太阳烈着哩。但到底还有些湿气,湿气蒸得人好闷。他们两个刚讲要喘一口气就走,这时打斜插过去的大路上走来一个人,是叫老尚的一个人,也背着个白布口袋,头上戴了顶旧草帽,手里头提了一杆烟袋。打老远瞧见了会计春江跟下放学生小许,他就喊:"会计会计,俺有话跟你讲哩。"

会计春江就回道:"啥事哩?急啥哩?打哪块来哩?"

"打城里来哩。"老尚讲。讲着,也快走到近前了,一头一脸都是汗。又讲:"队长叫俺捎话给你哩。"

"捎啥话哩?"

下放学生小许讲:"你急啥哩?吃袋烟喘喘再讲,不迟哩。"

老尚讲:"这天,热坏人哩。"又讲,"队长良元讲,叫你快带个人,送二三百斤花生上城里,讲燃料公司程经理急要哩。"

"真急哩?"

"真急哩。"

会计春江有些嘟哝,讲:"急抓急挠,俺找哪个送哩?天死热。"他这样一嘟哝,他的那只坏眼球就有些变颜色。老尚讲:"就叫宝义送哩,他独棍一根,没牵没挂,讲走就走啦。"

会计春江讲:"倒也是。上城里,怕还能弄一顿猪肉吃吃。"又讲,"宝义还没出来哩。他的小褂还在他的叶子堆上。"

这样一讲,三个男人就都往大蜀黍地里瞅,往大蜀黍地里听。偌大个大蜀黍地,苍苍茫茫的,啥也听不见,啥也瞅不见。会计春江就瞪起眼珠子喊:"宝义,宝义哇,家去喽。"

他的声音才一出去,就叫温热的大蜀黍地给吞吃了,半点渣渣也留不下,喊了几声,他们也就不喊了。他们把叶子捆扔在大太阳底下晒去,他们就缩在路边的柳树荫里,吃着烟,半醒半睡地唠,等宝义出来。

太阳没有边地明亮,晃眼,把地上的东西都晒得喘不过气,一时半会地喘不过气来。

三个男人,都光了脊梁坐在地上或是倚在树干上,皮肤都往外出汗。他们吃着烟,都有些迷糊。下放学生小许讲:"俺们就睡一时。"

他们讲:"俺们就睡一时。"

都不讲话了,都闭着眼睛了。会计春江猛不丁地又讲:"宝义怕难说上娘们啦,出身不好,又二十六七啦,怕难啦。"

说着竟叹了口气。另两个没发话。他们就呼儿咳呀地睡过去了。虽说是天热,但觉睡起来总是香的,再说又是在大田地里。

燃料公司的程经理要一些花生

在宝义家去拿一块死面饼子的空当,保管员已经把三麻袋花生装好,又在独轮车上捆扎好了。

宝义娘讲:"饭生哩。"宝义讲:"俺拿块饼垫垫,俺跟会计上城里吃哩。"话语间也掩不住一些得意的神情。虽说上午打大蜀黍叶子又累又闷,身上没一丝丝劲,但到底是年轻,再讲会计又许了愿,讲到城里吃饭的。

眨巴眼的工夫,他们就上路了。

路上起了尘土,白花花的太阳光照上去,晃眼。宝义把腰跟屁股扭来扭去的,推着独轮车在前头走。会计春江戴了顶草帽子,肩上搭了个空白布口袋,跟着车辙印子走。走了不长一段路,两个人的脖脖子上,就都蒙着厚厚的一层尘土了。

打月亮河上过去,他们瞧见远处的河滩上,有十几只蚂蚱子蹦跶蹦跶的,又喳喳地叫,会计春江就讲:"俺们歇一气呗,天也死热的。"讲着讲着就推到了树荫凉下。

宝义应了一声,把独轮车放稳了,把襻打脖颈子后边拿下来,而后就打土桥上下到河滩去。这块的河滩比起湾子里的河滩要小得多了,河滩上横七竖八地长着一些野草。宝义打野草棵子里走过去,野草扫在他的脚背上,他觉着野草好温热,热辣辣地灼人。他就走到水边,蹲下了,拿两只手按成凹子,打河里舀水来喝。河水到底是清爽,喝下去五脏六腑都清净了。喝足了,他就上了河堤,跟会计春江坐成斜线,燃上一根烟吃起来了。

吃起烟来了,天又毒热,岁月就像走得慢了些。两个人就讲话,讲一些差三错四的胡话。讲完了话,他们又起来走。宝义在前头,扭得裤头都湿尽了,会计春江在后头,跟着车辙走,他们的影子都缩在脚旁边。他们一直走到城里去了。他们在一排房子那里拐了个弯,打视线里消失了。

他们再次出现的时候,是在一个小院的门口。独轮车一到,就打房里出来两个人,一个是队长良元,一个是燃料公司程经理。他们也没讲多少客套话,就指挥宝义把车上那三袋花生卸下来,搬运到一间放杂什的房子里去了。

搬完了,洗了把脸,灌了一杯凉茶,点了一根烟,才抽一大口,会计春江就打堂尾里出来,把宝义拉到一边,讲:"事完啦,上街吃顿饭就回呗,下午还有活哩。"讲着,就打另一只手里拿出一斤粮票跟五毛钱,放到这一只手里,顿了一下,就把钱跟粮票塞给了宝义。

宝义喜得关不上嘴,讲:"那俺先回啦。"跟队长良元和公司程经理打了招呼,推了车子到街上去了。

五毛钱跟一斤粮票,能吃啥呢?能吃五个大馍跟一碗杂烩汤哩。宝义打饭馆跟前走,咽着唾沫,舍不得去花手心里的东西。磨蹭了一会,就磨蹭出了城,往月亮河的方向去了。

他的影子跟车子的影子都还缩在脚脖子和车轮子左近,只是稍微往车边拉长了些。他闷着头走,一直走到月亮河边上,他就扔了车子,下到河滩上,在水边蹲着捧了几捧水吃了,又上到河堤树下,坐着吃了一根烟,歇足了,才往庄里去。

往庄里去还有三四里地哩。心里老想着手心里的五毛钱跟一斤粮票,脚上也就来劲,走得快,一直往自家的门里去了。

日头已焦着了。

像倭瓜样愣头愣脑地上粪堆儿张庄行礼的宝义呀

宝义跟着五奶奶出了庄子,走到一片黄豆地的田埂子上的时候,他们就看见一条狗跟着他们,好像有什么目的,他们的心里就多少有点不痛快起来。

这时天还早,太阳刚刚打青纱帐后边爬上来,地上的水汽还没散尽。满脸枣疙瘩的宝义,正正规规地穿了一件粗白布长袖褂子和一件粗蓝布长裤子,扣子都扣得严整,于是他整个人走起来都显得很硬很僵。

他的手里提了老大一块猪腿肉,怕有十来斤,猪肉上贴着一块红纸。肉是好肉,但这样的天气怕也放不了许久。他们想抄近道儿走,早些时候走到粪堆儿张庄去,因此他们下了乡间的土大路,走到黄豆地的田埂子上去了。这时他们就看见那只跟着他们的狗了。

那狗是一条半大的花狗,甚瘦,身上有着些明显的不长毛的疤子,因此看起来就不叫人高兴。它远远地也许是嗅到了肉的味儿,就加快步子赶过来,在黄豆地和地埂子里做曲线运动。五奶奶讲:"是条癞子狗哩。"宝义听了五奶奶的话,就弯腰抠起一块硬土坷垃,转身砸去,正打中那狗的瘦狗头,那狗就汪汪地哀鸣着逃得不见影子了。

宝义讲:"这肉怕不能久放哩。"

五奶奶讲:"瞎讲哩,宝义,瞎讲哩。"

宝义闭了嘴,不讲了,眼眯眯地瞅东边天上的日头。日头耀眼,身上有了些热气,脚下的步子也就快了。

在田原上,现在还没有人走这么远——两个庄子的人,这会怕都只在庄子就近的地方干活,还没有人到距离两个庄子差不多远的地方来。一个男人,有点猥琐和愣愣呆呆的架势,跟在一个有些老了的女人后头走,看上去走得有些愚蠢,有些痴呆的味道,或许他是不常出门的。

瞧见庄子了。这时那老女人已经把大襟褂子解开了,那男人一头一脸都是汗,手指头叫捆猪肉的麻绳给勒出一道深沟。猪肉上的红纸可想而知地掉了颜色,显然那红纸是廉价货,是公家写标语都不用的货。红颜色在白茬茬的猪肉上染成血拉拉的一片,那老女人回头瞧见了,就咧开嘴笑,露出一口善良的黄牙,说:"是好兆头哩。"她指的是猪肉染成了红颜色这样的事情。

那男人听见她说,就木然地低头去看,显然他什么也不懂,什么也不明白,但他习惯地咧开嘴,皮肉都不笑地咧开嘴笑了一下,这样已经使那老女人满足了。她就说:"进庄啦,长着点眼,嘴甜着些。"她瞧见他木然地点了头,就回过头去,拿手扣齐了扣子,然后昂首挺胸地走进庄子里去了。

这时庄子的有些房子跟前有人瞧见了二人,他们发现进庄的这两个人有些奇怪,他们看见有一个并不出众的老了些的女人——在老了些的女人里也不算出众的老了些的女人——有点过分地昂首阔步地进了村,这使人想起电影里的一声喊:"鬼子进庄啦!"在她的身后,有个猥琐而且点头哈腰的半截倭瓜,手里拎着一挂猪肉,如狗一样跟在她身后走,跟她形成鲜明的对比,而且显出了她的做作。但是立时又有人认出了那两个人,于是大家都认出了那两个人,而且这些认出他们的人和他们之间,咋样也能找出拐来弯去的亲戚关系。一路嘴忙着打招呼,他们就到了一户人家。

这户人家不在庄子的中间,在偏处的地方,房子也有些破。那两个人到了房门口的时候,他们的身后已经跟了有一个排的人了,大多数是小孩,另一些就是年轻些的妞跟小伙子。那么多人跟在后头,都紧闭着嘴,从那些大大小小形形色色的眼睛里,看不出那些人在想什么,那些眼睛都深奥、冷漠而且木然。

那些人紧跟在他们身后,使他们感到脊梁骨冷飕飕的。狗一样的男人突然打了个寒战,他回过头来,毫无目的地咧开嘴笑了一声,那种胆怯的冷笑没有起到任何作用,紧跟在后面的数十只眼睛都茫然地挖他,想要从他身上找到自己想要的东西。

他们终于进了门槛。进门槛的时候,五奶奶就扬起嗓子,喊一声:"他婶,在家呗?"

接应着这话,就打屋里出来一个女人,五十岁的样子,小个子,瘦巴巴的,一副病样。出来了,见到五奶奶,就装作惊讶地讲:"五奶奶哩,咋得闲上俺家来哩?"

"俺带个人来哩。"

讲着,就闪过身去,把那狗一样跟在后头的男人暴露在小个子女人跟前,嘴上讲:"这是你婶哩。"

那男人一愣怔,就有些木讷,冒出一头汗来。后边跟着的人堵了一门,都哑着,木然地盯他。他也就终于喊出来了:"俺婶,俺来孝敬你老一回哩。"

这还算是人话。里里外外的人都喘出一口气来,门外也起了一些小小的骚动,那是对一个人的评价,不管怎样讲,庄里人也有庄里人的眼光跟看法。小个子女人听了这句话,就松了些,抬手抹去一头的细汗珠,接去了那一挂猪肉,张罗着让五奶奶跟宝义坐下,吃茶,又转脸向里间屋吆喊一声道:"胖妮,出来见客哩。"

随着她的吆喊,就有个胖墩墩的大姑娘,鼓着胸脯子,迫不及待地打里间屋出来,也不羞涩,就直着眼珠瞧来的客。众人都盯住她,瞧她的表现,那样多的眼光烧她,她也不甚有感觉。胖妮娘讲:"敬烟哩,是你五奶奶。"

众人这会儿才瞧见胖妮手里已经握了包烟,听见她娘讲了,就用粗墩墩的两根手指掐出来一支,用两只手捧住,捧到五奶奶跟

386

前,叫了一声:"五奶奶。"五奶奶忙就立起来,"哎"地应答一声,把烟接过去夹在手指里,却不坐下。胖妮娘跟上又讲:"点火哩。"众人这才又发现胖妮的手里还握了一盒火柴,不紧不慢地划着了,也拿两只手捧住,捧到五奶奶跟前,把烟点着,才摇了几摇,将残梗儿扔了。

众人都哑了看。看那狗一样的男人时,那狗一样的男人已是一头一脸一身的大汗。又听见一声喊:"敬烟哩,是你宝义哥。"那胖妮敬烟前却掩不住心里的煎熬,先热辣辣地刺了宝义一眼,宝义已是胳膊腿都哆嗦了,划两支火柴,才把烟点上,点上了烟,就把头钻到裤裆里抽去。众人都叽叽地笑。也有笑出大声来的,胖妮娘也说不上来什么。

抽了不到两根烟,外头人堆后头传来一声喊,堆在门口的人都扭脖子往后瞅,瞅着,又纷纷乱乱地让开一条道。一个五十来岁的男人,背有点驼,挑着两小筐菜瓜,咧着嘴过来了,在门槛上停住,向屋里打个招呼,就抽了扁担,将前面的一个筐搬进屋里去,又回过头,将后头的那只筐往人堆里一提。人堆霎时就起了大骚动,不论男的女的、大的小的,都来抢那一筐瓜,抢得人仰马翻。

太阳偏西的时候,打庄子里出来的两个人走到田野里,都把怀敞开来。一个老女人,嘴里喋喋不休地昂首挺胸地在前头走,跟在她屁股后头的那个男人,像个狗样地张着嘴哈啦哈啦地喘气,手里提着一个竹篮子,竹篮子里是一篮子青花皮的菜瓜。

两个人一股劲地走,走得义无反顾。走了好大一气,他们就奔田野里的一棵小柳树底下去了。他们在小柳树的小树荫凉里坐下后,就打竹篮子里拿出青花皮的菜瓜,咔嚓咔嚓地咬。咬完了四个菜瓜,他们又坐了一气,就立起来奔月亮河湾去了。

混浊焦黄的田原变成了一片嫩蓝

  花生地的边上有一道小沟,小沟的两岸叫野草给封着,有点水,人就感觉好过一些。

  也是巧,下午上花生地来干活的人,头上都顶着一块白毛巾,白毛巾有旧的,有稍新些的,还有破的。多数人都把毛巾顶在头上,防止太阳直截了当地晒煳了脑袋壳。有少数的戴着草帽子,就把毛巾搭在草帽檐上,那样恐怕更凉快些。也难说清,白毛巾在野地里一小片,真显眼。

  花生秧子都耷拉着,地皮上都焦煳着,赤着的脚都烙麻了,也就不惧烙了,前一秒钟锄下来的草,后一秒钟恰巧看到时,那草已经晒干巴了,只剩着几根草骨头,没一丁点血肉了。这样的天锄草最好,虽说人受些罪。

  人们被晒成了牵头鸭子,都立稳了步子,一脚前一脚后地弓着腰。那穿纱布汗衫的半老女人又讲:"俺就知道宝义上粪堆儿张庄那胖妮家里行礼啦,俺还知道是宝义在大蜀黍地里把人家给看去啦,人家就不依他啦。"

  旁边的人把汗珠子抹在干地上,就问:"人家怎么不依他啦?"

  "怎么不依他啦?"那半老的女人讲。那半老的女人纱布汗衫里的瘪奶头子,在太阳光里头也能瞧得一头一脸的,却是没什么瞧头。她又讲:"人家二十五六的大闺女,人家叫他瞧去啦,人家死活也就是他宝义的人啦。"

  "宝义怕是白捡个便宜货哩。"有人插上一句。

  又有人又插上一句:"人家胖妮也就有脸有面啦。"

  四旁的人都恍然醒悟,跟刚睡个午觉起来一样,大家都叫这句话给弄得青头紫脸的,一时半晌讲不出合适的话题来,就闷住了,在手上使劲。

小傍晚歇晌的时候,大伙都扔下锄,上草沟里捧水洗头洗脸去。走到沟里,踩着野草,捧了一捧水浇在脑袋瓜上,跟鸭子一样地把头乱甩,把水滴子甩了去,再抬起头来瞧,刚才还是混浊焦煳一片的田原,现时就有些嫩蓝的味道了,怕真是把毒日头熬过去啦。男人就盘在草埂子上,拿废报纸裁成的纸片片卷烟吃,火一点着,就烧去一半。女人就往远些的大蜀黍地里走,去涮涮阴沟肠子。

瞧着她们有人往那里去了,有的男人就喊:"防备些哩,叫人家看去啦,就走不掉啦。"

远远的女人把话扔回来讲:"你嫂子也叫人看去啦。"又更正了讲:"你嫂子叫你给看去啦。"又进一步地讲:"你嫂子都替你下一窝啦,在你家猪圈里头哩。"

那些浪笑跟着就汹涌而来,叫男人们招架不住,心里倒是都快活一些。这一日眼见也就熬过去啦,到晚间,日子怕就能好过些。都痴呆着。叫毒太阳弄成混浊焦煳的田原,在他们的期待的眼仁里,更变成了一片嫩蓝,好鲜亮,都死呆着,也不怎样讲话了,都叫太阳晒着后脊梁,这一日也就快熬过去啦。

马车突然变成了一个小黑点

晌午才过没多久,马车就拉着重载往庄外头的大路上去了。

车上都是小麦,是今年新收成的小麦。跟在车上的人都是上午就留在庄子里装车的,都没下地干活。上午天短,再磨蹭磨蹭,装好车,也就到小晌午了。七八个汉子装这辆车,不跟玩儿似的,很快也就干完了。干完了,各人上自个儿家里吃了一口东西,垫垫肚子,就打算跟车走了。有四个人跟车走,由副队长永山带着。永山在庄子里辈分不低,虽说才三十出头,喊他表叔、表老爷也大有人在。

　　这时节在大田里干活的人都家来了,人多嘴杂,步子也杂,因此整个庄子立时给人一种杂杂拉拉的感觉。又磨蹭了一会,人都上齐了,马车正要走,队长良元站到路上喊起来了。他喊道:"永山,永山哪,公社广播,叫各生产队的'地富反坏右',下午集中到公社学习,你走在庄头,把宝义娘也捎上吧。"

　　车上有人讲:"宝义娘腰扭闪啦,怕还没好利索。"

　　"这茬倒给忘啦。"队长良元讲,"那就捎带上宝义,叫他先干活,活干完了再去学习。"

　　永山讲:"那行。"

　　车就走动了,一直奔庄头的旧石桥去了。烈日当空,在这种时候出去,又是重载,可真是不把马当马了。到了石桥附近,马车停在树荫里,副队长永山就扯破嗓喊:"宝义,宝义,上公社哩。"

　　喊了一会,才有个老女人,是宝义娘,把头从屋里伸出来,伸在巨大的阳光下,气力不济地道:"宝义撑不住困,睡啦。"

　　"睡了就喊起来,上公社哩。"

　　"啥事哩?"

　　"上粮站交公粮,完了还得参加公社学习班哩。"

　　那头迟迟钝钝地就缩回去了。马儿在树荫底下有一下没一下地摇尾巴、弹耳朵。有好一时了,马车上的人都等老了,宝义才不情愿地打屋里出来。他有些迷迷糊糊,光着脊梁,赤着脚腿,身上只穿了一件旧蓝布裤头。走到大太阳底下,他迷迷糊糊又站住了,站在焦黄色丝丝颤动的阳光的沸腾之中,打树荫下的马车上望过去,他站得有些捉摸不定,有些飘忽不定。组成他的那些物质的结构大约不很稳定,他似乎随时都可能在焦黄色啦啦作响的阳光的沸腾里蒸发掉,从副队长永山的视野里消失掉,只留下旧蓝布裤头任意地遗落在他原先站立过的地方。

他嘟嘟囔囔地讲:"俺困死啦,俺不想去哩,俺困死啦。"

副队长永山讲:"不管哩,队长良元讲你一定得去哩。还有你的学习班哩。"

车上有等急了的,就讲:"宝义,你磨蹭个熊哩!"

好歹也就上车了。马车就走起来了。过了旧石桥就进到田原里了。田原里无遮无拦的沸腾的阳光就使他们模糊起来了,使他们变形、夸张起来了,叫看着他们走的人眼花头晕起来了。

这时看着他们走的人正倚在旧土屋的信门板上,是那个老女人宝义娘。她的视线穿过灼热的空气时,她的湿漉漉的目光就像带水的铁器遇到了火一样,嗞嗞啦啦地响起来,迅疾地蒸发出水蒸气,并且扩散消失在大气中了。她感到那灼热的空气灼伤了她的目光,使她的头晕眩起来了,她赶忙闭上眼睛,用另一只手扶到门板上。在这很短的响午的片刻,她闭着眼,听着灼热空气里喑哑的马铃声,她的心突然像铁烙了一样疼起来。那马车是直奔庄里来的,那也是个吉日,天色也好,她也是心跳耳热头晕的。当赤红色的头巾叫人掀掉时,周围响起了一片啧啧之声,他们看见在赤红的头巾里面,是个白粉脸的小女人,看上去就叫人眼馋。当日晚上宝义大(爸)就叫她见了红,那可是一晚上都没歇着哪。

就这么一丁点时间,再睁开眼时,马车在她的眼里已经变成了一个小黑点,马车已经在灼热的空气里跑出去这么远。宝义娘叹了一口气,挪动小脚,打门扇旁消失了。

在那老女人打门扇旁消失的那一瞬间,副队长永山指着天讲:"天就要炽白啦。"

天果然就炽白了,是温度在一天里最高的时候的样子,刹那间人就有些受不住,就觉得皮肤上有好多好多小孔往肉里钻干热气。田原四周一片脱水的声音,咔咔啦啦的。应成蔫搭搭地摇摇鞭子讲："马怕受不住哩。"永山讲："也就快到啦。"真的在视野里，就瞧见烙人眼光的公社粮站的红瓦屋顶了。

心里就有盼头，都有了盼头，包括那三匹马。人都望着公社的房屋，一寸一寸地近了。上了大公路，应成跳到车下，一手带住缰绳，一手举着鞭子，吆喝着转了个弯，打粮站的大门里进去，就在一大片水泥坪场边停住了。

车上的人乱七八糟地蹦下来，蹦了一地，蹦得叫人心烦。水泥坪场一边有十几棵老大的白杨树，有两辆马车，几匹马车和十几个汉子待在那里，场上摊着一大片小麦，黄灿灿的叫人眼花。副队长永山讲："先卸了马，牵树荫凉下喘着去，俺找站上的人来。"

讲着他就走了。应成讲："宝义，卸哨马哩，愣呆个熊啦你。"

宝义回道："你愣呆个熊啦。"声音不敢大，怕应成揍他。说着讲着，几个人就卸了马，牵到树荫凉底下，喘着去了。人跟马都喘。望见靠房的地方有个压水井，人就都奔压水井去，拿水扑脸，拿嘴去死饮，都饮满一肚子，又打车上把桶取来，压上水，给马饮去。

刚喘过气来，副队长永山跟站上的人就来了，几个人坐在树荫凉下，不想动，都瞧着那个人的举动。那个人在马车跟前站了有放半个闷屁的工夫，张合着嘴皮子，跟永山讲了不上两句话，就甩膀子走了。永山就喊："都过来啦，卸车。"

几个人便都半睡半醒地过去，都光着脊梁，光着腿，只留着裆间的一块布捆在身上。宝义嘟嘟囔囔地讲："俺肚里没一口食哩。"应成就讲："先凑合着呗。饿了喝口凉水压压。"宝义讲："凉水塞牙哩。"说着，大伙也就干起来了。

粮站很大，好大好大的场子，水泥坪场也只占了好大的场子的三分之一，水泥坪场光秃秃地叫太阳直晒，人赤脚上不去，上去就把脚给烫熟啦。打树荫底下出来，拿笆斗盛麦往水泥地上倒，晒晒再过磅进仓，这是粮站的老规矩，才干了一趟，大汗就淋漓地下来了,都瞧着天讲:"叫人死哩。"

这时,在离水泥坪场较远的那些树下,有几个女人已经把眼光集中到那几个在大太阳底下干活的人身上了。有个尖嘴猴腮的三十来岁的娘们,惊惊乍乍地讲:"胖妮,那是宝义哩。"

这几个女人怕是那两辆马车一伙的。另一个女人,一屁股坐在地上,把两根大粗腿裂得老开,像是怕人家近视了瞧不清楚她裆里的货色,接上尖嘴猴腮娘们的话讲:"不错,胖妮,那是宝义哩,软里吧唧,往后你怕吃不足荤哩。"

叫胖妮的那个娘们,坐在一棵大树边上,靠着大树,听见那两个娘们的话,脸通红,只是眼直勾勾地勾在那几个在大太阳底下卖命的男人身上,并不曾有一秒钟离开,嘴里就讲:"要真那样,俺倒省去好些事哩。"

第二个娘们又讲:"到那会俺想你就熬不住啦,男人不吃肉,怕也熬不住哩。"

第一个娘们接上讲:"俺觉着你讲这个话,是有经验哩,你男人原先跟头牛一样,现时只剩下半边牛架子,怕是吃肉吃多啦。"

第二个娘们抬手就打:"俺把你这只臊嘴撕叉,看你男人还受住受不住。"

讲着,就乱闹。那个叫胖妮的女人,却只紧盯着大太阳底下干活的那几个男人,眼都不眨。看了好一时,那伙男人干完了扔了笆斗回树荫底下喘气喝凉水去了,她才把眼光收回来,闭上眼打盹。树上的鸟都不叫。

大蜀黍地里的老农妇

一群上工的人儿,像不叫原野重视的破烂,在那种叫路的发白的东西上癫癫狂狂地走,走得叫原野烦躁。不知道这种动物在这样酷烈的天气里,有什么理由勉强地活着。活着又现世,又受罪。

那些活动着的现世的破烂,钻进闷热的大蜀黍地里的时候,对着天夸张地叫唤几声,但是焦黄色的天空正在热肿起来,那种浮肿的亮色看上去叫人感到害怕。田原打外表看是干净多了,庄稼、树林、田地、土坡,都是不怎么动的,不怎么动的东西就给人比较干净的感觉。但,田原正如一个被闷住的大锅,外头加着温,里头的东西就逐渐地给蒸熟了,那被蒸煮的味道怕也不怎么好受。

在大蜀黍地里,也许过了一刻,也许过了好长时间,有一个娘们讲道:"宝义娘,你腰怕还没好利索,干不下,就勉强不得。"

果然有两个女人,隔着两趟子大蜀黍,讲着话。这就说明这伙人进到大蜀黍地里来,时间还不算长,如果时间长了,你看她,她看你,都看不见了,离着远了。说话的娘们是个矮胖墩儿,肉乎乎的,看见了也能叫人起不少欲望。听话的娘们是个老女人,穿着薄纱布汗衫,瘦巴巴的,弓着腰,看上去好艰难,看上去就感觉她快不行了,叫人提着心吊着胆。

宝义娘答道:"俺在家闲着也是闲着,俺出去挣两个工分,到秋上宝义怕也想娶亲啦。"

她讲的话干生生的,话音里连点水分也没有,听上去叫人感到口渴。她一边讲,一边连胳膊带身子上去拉大蜀黍叶子,要是年轻力壮的娘们,伸手一拉,也就拉下来了。

肉头娘们又讲:"俺瞧你干成一把柴啦,俺听俺老婆婆讲,那会你家里讲不上成千成万的,粮食吃不尽倒也是真的,你哪干过这种活哩。"

那老女人看上去也没叫这样的话深深触动,但看上去她的表情就有些变化。宝义娘讲:"那倒是真的。"又讲:"那是剥削哩。新中国成立后他大(爸)不在啦,也是俺一把屎一把尿把宝义拉扯大啦,俺慢慢也就惯啦。"

肉头娘们讲:"女人不易哩。"

那老女人就闭上嘴不吭声了,使劲拉大蜀黍叶子,在怀里也抱了一抱。大蜀黍叶子上的蚜虫粘腻腻地爬了她一身,浑身的汗,好难受。干了好一会,那肉头娘们偏头瞧瞧,又讲:"宝义娘,你面色不好哩,干不下,就家去呗,俺跟会计讲哩。"

那老女人终于挺不住了,一屁股坐在大蜀黍根子上,死喘,浑身都冒出大汗珠子。歇了一时,爬起来讲:"应成家里的,俺烦着你跟会计讲一声,俺先家去啦。"

应成家里的讲:"先去呗。柳树下头有井拔凉水,饮一气,就好些个。"

那老女人气短地讲:"那倒是。"就抱着打下来的大蜀黍叶子,歪歪倒倒地,顺着垄沟往大蜀黍地外头去了。

走到外头,一头一脸的毒太阳。老女人有些支撑不住的样子,扔了大蜀黍叶子,歪歪斜斜地扑在柳树下的水桶边,哗啦哗啦地饮了一气,就倒在地上喘了。

急流般的道路从遥远的地平线向村庄奔腾而来

烟炕房怕是村子里最高的地方了。清晨队长良元打麦场后边走过去的时候,就瞧见烟炕房的一个角角,叫昨日晚上的雷雨暴风给掀起来了。他站住想了一想,这时阳光就打他的头发梢上涮到他的胳膊上和大腿上了。在他站住不动的那一小段时间里,他就像个泥捏的土货,瞧过去就能闻到一股浓郁的土味,他也就像已经永远地站在那里了一样,风雨还没有剥蚀尽的化石的最外一层。

他已经决定了,在他立住了想一想的时候,他已经决定了。于是吃过早饭,就有几个男人来修补这烟炕房。

烟炕房确是这庄子里最高的地方了。有两个男人趴在房顶上安芭子、上泥、上草,还有几个男人在下头和泥弄草,还有个男人在竖起来的耙上传草传泥。

干了一上午。到晌午了,他们就家去吃饭。在庄里头干活总是舒坦的。大部分男人回到家找个地方睡觉,一直睡到饭好,才爬起来吃。

上午快干到晌午的时候,有个站在房顶上的男人讲:"今个天不对劲哩,浑身难受哩。"

他们都赤身露体地干,只腰间别了一块布,裹住那个不要脸的东西。又一个在房顶上的男人讲:"天都烤煳啦,可是不得了啦。"

下头有个男人接上讲:"熬熬就熬过去啦。啥事不是熬过去的哪。"

众人齐声道:"这倒是实话,该死×朝上。"

晌午歇足了,那帮男人又凑在烟炕房干活,再用一个下午,也就修补好了。

天死热。光脊梁的男人们身上都晒出一层油来。大家都闷着头干。忽然房上有个男人,惊乍地讲:"今个真怪事,咋搞的,好多条毛道都奔庄里来啦。"

房顶上的几个男人都住了手,昂起头来瞧。因烟炕房是庄里最高的地方,所以他们在房顶上,就能把附近的田原都瞧得个八九不离十。在庄子的四面八方,有好多条大大小小的毛道儿,这会就跟发大水一样的,打老远的地方,打庄稼地里,打树丛子里,打河滩底下,打好多好多地方,都急急慌慌地往庄子里奔,白花花的,照人的眼睛。

田原上也没有多少活动的物件,只有一小堆青货,怕是大蜀黍叶子啥的,一晃一晃地,沿着一条毛绳道往庄子的方向挪。几个人的眼睛都对住了那一小堆青货瞅,看能不能瞅出个所以然来。

瞅了一时,瞅不出个所以然来,他们又把心思回到活路上来。

泥抹齐了,就苦草,这时那干活不踏实的就讲,"青货没了哩。"

由他这句话引着,房上的几个人就抬头在原先看见的那地点找,许是离得远了些,一下子还没找见。但心里都有个谱:要是活动着的一堆青货,就是再远着些,一抬眼也就瞅见了,那堆青货怕是歇住了。这么一想,他们果然就找到了那堆歇着的青货。那堆青货歇在黄豆地边上,一动不动,也有点小怪事,那就是黄豆地边上没啥树荫,在黄豆地边上歇,怕也歇不长哩,硬晒就把人给晒跑啦。几个人又埋下头干活。

房修齐了,这时天也轻快些了,日头有些往大蜀黍地里头扑了。房上的几个人收拾了,正打算下去,那干活不踏实的又讲:"老长时日啦,那堆青货咋还没动静哩?"

房上的几个男人叫他这句话拴住,都伸着头去瞅老远的那堆青货。瞅了一时,他们觉着身子底下的烟炕房,叫那些像水一样往庄里奔的毛绳道给搅弄得乱晃,这样的感觉弄得他们心神不定。有一个讲:"怕是去拉屎啦。"另一个讲:"俺在这高处,也没闻着一星一点屎臭气哩。"众人道:"这也是理。"

再瞅了一时,眼窝子瞅酸了,他们就下去了。当梯子用的耙也搬开了。今个的日子怕差不多就这样过去啦。

一条米黄色的砂姜小径通向一片斜坡的顶部

不管怎样讲,天是轻快些啦,粘巴巴的汗虽止不住地出,但晌午那会,就少到不知哪里去啦。一些乌七八糟的鸟也就趁机在这里那里叫着了。

那曾像烧热了的铁丝一样痉挛、弯曲着的臭椿树、苦楝树,以及曾像苍绿色的火苗一样疲惫地燃烧着的杞柳丛和荆条丛,现在开始缓和下来了,它们的痉挛和疯狂也平稳一些了。满地的黄豆棵子都因为被炙烤过而耷拉着叶片,干软软的,也许傍晚和夜间的微爽微润的风能使它们好起来一点。

还是远远的镜头:无穷无尽的高高低低的庄稼地里头,有一个男人,二十六七岁的样子,空着手,有些跌跌爬爬地往前走。乍一看,吓得心里一跳,想这男人怕是怎么啦,出什么事啦?定住眼珠子再仔细瞅瞅,才发现那男人就是那副德行,就是那种二锅头的味道,就是那样欠揍的架势。心里也就不奇了,叹出一口气,叫胸口的压力小些,别把肋条子给气断啦,那个东西就是那样的种哩。再看那男人,也就感觉那男人自然多啦。

太阳也还是晃眼,虽说威力是下去了一点。那男人怕也是个不正经的东西。他走到一条平坦的干沟里,就立住了,抄起左手一掏,打旧蓝布裤头里掏出个玩意来,搓了几搓,搓得好利索,好顺当,搓过了,就把那梢头翘到天上去,霎时就有一股水扬起来,扬起老高,划了个大弧才落到地上去。

那男人看上去便好得意,像占了谁的便宜。水弧灭下去之后,他抄家伙的左手突然猛摇,跟得了鸡爪子疯似的,像是发狠要把手里的家伙给摇昏了。摇了老大一气,他手里捏着的家伙已经把头耷拉着了,他才罢休,才粗鲁地一把把它塞进旧蓝布裤头里去,这事才算完。

但那男人还是没挪步走。那男人昂起脸来往天上地下看了一气,没大没小地想:今年的热气怕就过去啦,怕再也没有这样的热日子啦,在他抬起头来四下里看一看的时候,凡是有眼珠子的东西都能瞧见,他是长了满脸的疙瘩的。他的脸确乎如月亮河的砂姜河滩,高高低低,凸凸凹凹的,不成什么样子。冒着热气泡泡的日子怕就要过去啦,他脸上的疙疙瘩瘩或许能随着热日子的消退而消退的。

时日的流逝的声音现在能听得清楚了一些。时日的流逝的声音在太阳炙烤着焦黄色天空的日子里,是退隐到热幕的最深的地方去了。这时有一条米黄色的砂姜的小道出现在田原上,那米黄色的砂姜小道是通向一片斜坡的顶部上去的,到了斜坡的顶部,就能瞧见小水跟那座连通庄子的旧石桥了,就能瞧见小水那边的庄子了。那个男人像狗一样地走到了米黄色的砂姜小径上,他咧着嘴表示了一点什么——就是一条真的狗,闻到了家里狗食盆的味道,也得"汪汪"地叫两声哩。

米黄色的砂姜小道上零零碎碎地长着些野草,有好些人打这上头走,也踩不绝那些野草,也是怪事。现时那长疙瘩的男人又打上头走过去一回。他一口气爬到斜坡的顶上。

像在等着他似的,他的头冒上来,他的脖子冒上来,他的肚皮冒上来,他的大小腿冒上来,他的脚才刚一冒上来,就有一个人,立在旧石桥上,扯破嗓子对他嘶喊一声:"宝义,你娘毁啦——"

那扯破嗓子的一声嘶喊,在热气正在消退下去的田原上,叫人不能相信是人在喊叫,倒像是一个人,在热气正在消退下去的时候,有些清爽地赶着牛出了庄,到了田地上,心里头有些舒坦,就扯破嗓子对牛吆了一声一样。那吆声虽然是在平原上,倒也能连绵不绝,回旋往复,传出老远去。

"宝义,你娘叫日头给晒毁啦——!"

刚冒上来的那男人就站住了,毫无缘由地,愣愣地,他转过头去瞧瞧日头,瞧瞧日头正在把焦黄色的天空给烤煳成什么样子了。可这会日头正在衰落下去,天上有了些淡青的颜色,那淡青的颜色叫人一下子拿不准主意,叫才打热日子里出来的人不能轻信。于是那男人又正过头来,凡是长着眼睛的,都瞧见他一脸的枣疙瘩里头,一对眼睛有些发直,发木。那声音断断续续地还响着:"宝义,你娘叫日头给晒毁啦——!"

热日子就跟着这句话过去了。

香港火爆片　美国警匪片

1

朱响接到刘兴天的电话时,起初有点犹豫,后来想想还是答应去了。

接电话前的二十分钟,朱响还待在投影厅里看香港的一个火爆动作片,片名叫《赌侠》,是几个有名的港星演的,讲一个叫赌豪的和一个叫赌圣的,在赌场里赢钱跟玩儿样的。赌侠是赢钱专家,赌圣有特异功能,两人合作,为了神圣的道德感而欺骗性地赢钱。那个叫赌圣的,曾经有一段时间,因为违反了一个戒律而丧失了特异功能,他很苦恼,他的伙伴赌侠也很苦恼,他们连连失败,连连失算,脸都输青了,丢人丢得连观众都失去了信心。最后,在一场决战的前夕,赌圣碰到了他迷恋着却一直不能得手的姑娘,如此这般,实情一讲,救场如救火,姑娘性感地献上了自己的肉身,就这么一下,赌圣完全恢复了特异功能。在大决战中,他一发功,监视器哗啦碎成数片,骰子的点数也被他随心所欲地控制着。坏人恼羞成怒,招来冷面杀手,经过激烈的枪战,赌侠和赌圣终于获得全胜。看这个片子的时候,朱响觉得身心都很投入,虽然知道全是假的,却愿意往那套子里钻。从录像厅出来,才十一点,下午还有两个很棒的片子,朱响决定下午再来看,看个痛快。他在街上消闲地慢慢往回逛,在街头看了一会儿测字算命的,看了一会儿自行车存放给钱不给钱的争执,看了一会儿掉价倾销内裤的抢买抢卖,才回到家里,电话铃就响了。

2

朱响到的时候,刘兴天的老婆正从厨房往客厅的桌上端凉菜,见了朱响,她把菜往朱响跟前一送:"你到底来了,刘兴天还怕你走过了呢,不是讲你从长沙上广州吗?"朱响接过菜盘子,瞅瞅盘子里的内容,咂巴咂巴嘴说:"嗯,好吃。好看。"又抬起头来对丁大姐说,"原先是打算今天走的,因为还有点事没办完,所以今天走不成了。反正过几天准走,这一趟啥都准备好了,从思想到物质。"丁大姐说:"听刘兴天讲你这趟上广州是自费呢,你去了就不打算回来了吧?""那还说不准,混好了就在那边混混,混不好再回来,先过去看看再说。"丁大姐说:"那绍惠跟孩子就留在这儿了?不跟你过去?"朱响说:"这都哪跟哪的事咪,要是我在那边混好了,自然就来接她们娘儿俩过去,那都好说。"丁大姐笑道:"也讲不准的,保不住在那头另找一个年轻的。"朱响也笑了,道:"那还真保不准,环境一变,人就容易变,这例子多得很,到那时候我就劝绍惠改嫁。"丁大姐哈哈地笑:"你们这些人哪!"又正了色道,"昨晚我还对刘兴天讲,你们报纸停了,你们暂时又不分下去,又都不老,得找点事情做,老玩那哪行。刘兴天讲,人生最宝贵的莫过于自由了,平常想争取还得付出流血牺牲的代价呢。咱这光明正大,不上班,工资奖金照发,上哪儿找这好事去。你听听,他还一嘴的理呢。"朱响说:"他说得对呀,人世哪还有比自由更好的东西?不过要是自由加上金钱,那就更完美了。"丁大姐嗔道:"你们这哥儿几个,一路货!"

两人在外面正说着,刘兴天打屋里出来了。刘兴天这住处是老平房,不成套,住房和客厅在一边,厨房在另一边。刘兴天出来就说:"朱响,听见你在外头说话,就知道你来了。"朱响说:"你叫谁来谁还敢不来。"刘兴天说:"还当你走了呢,打个电话试试吧。一试,你没走,咱哥儿几个又聚齐了,也算给你送个行。"朱响说:"送啥行,又不是上天涯海角不回来了。说真的,咱们前些天不才狠狠地聚过两回,你今天这又是啥项目?"刘兴天说:"没啥项目,一方面给你送个行,另一方面有个朋友,原先也是咱们这地方的,中学时的同学,前两年上海南了,这趟回来,操办操办婚事,天把就回海口,正好在街上碰到,拉他俩来坐坐;再一方面是咱们在一块玩玩,先华还没到,和根他们几个都到了。来来,上屋里我给你们介绍介绍,你不是要去南方吗?正好你们聊聊。"朱响说:"我那哪是正式去,随便观望观望罢了。"

朱响随了刘兴天进屋,屋里的沙发上除了和根外,还坐着两个人。一个男的,长相十分丑恶,看上去比兴天还显老些,但衣饰打扮却真有一副商贾的派头,老板鞋,西服领带,叫朱响看了并不十分舒服;另有一个女的,坐在老板旁边,唇红齿白的,扎一个软绵绵的独辫子,看上去也就二十五六岁的年纪,人长得还蛮漂亮的。刘兴天从旁介绍说:"朱响,给你介绍一下,这两位是罗长立、杨帆夫妇。"又对那对夫妇讲,"这位是朱响,都是老朋友了。"三个人握了手,握手时罗长立很是谦恭,朱响对他印象好多了。几个人都坐下,和根说:"朱响,你不是要从长沙去广州的吗?怎么,没走掉?"朱响说:"没走掉,事情没办完。"罗长立在旁插话说:"怎么,你要去广州公干?"朱响说:"不是公干,是私干。广州我还一次也没去过,正好现在没事,想去看看。"和根说:"长立你不太清楚,我们报社,前几年因为布局的原因,被停掉了,其实我们那报挺好的。报纸一停,我们这批人都没事了,就这么不上不下的,也不用上班,工资奖金照拿。"罗长立说:"你们也不申请复刊,再办一份报纸?"朱响说:"申请啊,年年申请,现在批得严。不过这样倒好.咱们各人干各人的事去,反正不少咱一分钱。"罗长立说:"要在海南,早把你们炒了。"刘兴天说:"哎,这就是社会主义的优越性,你总得给碗饭吃,撑不着饿不死。"和根说:"我们这纯粹是一帮蛀虫,社会主义的蛀虫。你讲,社会主义江山再牢固,叫咱们这样一帮人一蛀,还不蛀空,倒掉?但我们也不是成心蛀的,你不给活干,咱们自个又不好主动去找活干,只好这么干靠着,两败俱伤。"他们的话惹得杨帆直笑。杨帆的一对大眼睛笑眯眯地直看着刚认识的几个男人,她属于那种女人:既有分寸感又落落大方、敢想敢干的女人,有点冷艳。朱响从眼光的一刹那的触碰中,能感觉到这些,这也是一种发现,男女之间的本能。朱响接上说:"要叫我说,中国的改革开放不改到咱们这帮人头上,那改革就不能算彻底。咱们也不是不愿意改,咱们也苦恼。你瞧瞧,这么大个人,天天在家闲着,咱们倒希望加快改革步伐,多点选择性,大家都改,都没指靠,都得自个儿去抢饭吃,那就公平竞争了。"和根说:"哎哎哎,咱们话扯远了。朱响,你不是要上广州吗?你人生地不熟的,正好长立在这里,你不咨询咨询?"罗长立说:"广州咱差点,要是上海口,那没说的。吃住都不让你烦神,玩个十天半月没问题。"杨帆说:"怎么不上深圳、海南,偏上广州?"朱响说:"我的这个想法很笼统,也有点矛盾。怎么说呢,咱这报不是停了年把两年了吗,在家闲也闲急了,又都传南方沿海开放地区,怎么怎么样,开放到什么样,钱怎么好挣,都这么说,可我还没去过,连南方的边都没沾过,就想去看看,还是自费。不知为什么,别的地方不想去,就想去广州,先看看再说,看能不能转变转变观念,实现人生的一大突破。"说得几个人又笑几声,笑声里杨帆说:"你上那边一去三二十天怕难回来,你家夫人就放你去?"和根说:"没事没事,他夫人从来不管他,对他放手得很。"罗长立说:"自费这就有点难,那边开销大。"刘兴天说:"有没有便宜的旅馆?关键是住,住的钱省下了,别的钱就能承受。拿吃来说吧,你去又不是去享受,好的吃不起,你吃面条,方便面,汽水,饿不死人就行。"杨帆说:"长立刚去时,吃住也都低档,那也不是大方的时候。"和根说:"对,对,没必要,没必要。"罗长立说:"我刚去的时候,也在广州混过一段,那时倒有便宜旅社,在越秀公园里,是公园办的,一晚上六七块钱,这就不算贵了吧。住的也还不算太差,又能逛公园,门票都不用买了,再说那里交通也方便。"朱响说:"下了车怎么走?"罗长立说:"下车一问就问到了,离车站不远。"朱响说:"越秀公园,记住了,记住了。"杨帆看着他说:"要是记不住,你走时给我们打个电话,我那电话是119、110。"和根说:"敢情是火警、盗警啊!"杨帆说:"你只管拨就是了。"刘兴天说:"报警要不要收费?"杨帆说:"看长立的面子,免了。"

3

前些天他们狠狠地聚过的第一回,也是由刘兴天的一个电话引起的。刘兴天来电话说:"朱响,和根约咱们今天下午去玩呢,你去不去?"朱响说:"去,反正在家没事,在家里闲长了还没事找老婆斗气。几点到?"刘兴天说:"吃过中午饭,一点半准时到。"朱响说:"不见不散。"

吃过饭,跟绍惠告了假,朱响就骑了车子奔和根家了。

和根家老远,在城的西北角,离朱响家少说也有十里地。朱响吭哧吭哧地骑到了,一看,兴天和先华都正站在和根家楼下的草地里,跟一对傻鸟样的,傻等呢。朱响说:"怎么,和根不在家?不是他约的吗,他又上哪儿啦?"先华说:"也许出去办什么事了,咱们再等一会儿。"三个人站在草地上吸烟。秋阳正好,这样的天气是玩麻将的最佳时机,不冷不热,上场,宠辱皆忘。朱响说:"我那天看报纸,有一篇文章讲,英国人说麻将是中国人最好的体育运动。"

刘兴天说:"此话有点道理,要是有个小灾小病,一上麻将桌,马上就好了。人的精神还有个移情转换的问题,你要闷在家里,吃药睡觉,病就越睡越重,没有十天半个月好不利索。"先华说:"身体乏累,情绪低落时,这是最好的药方,一场麻将打下来,一了百了,精神又饱满了,情绪也不低落了。赢了不用说,自然让你高兴、兴奋;输了呢,也激发你的斗志,去发奋干事。"兴天说:"听讲公安局现在正在抓赌,抓住了,不管三七二十一,在场的人每人一千五到三千,罚款。这真有点扫兴了。"朱响说:"那要是一家人,亲朋好友吃过饭在一块玩玩,也抓?"刘兴天说:"抓,只要有牌,抓住就罚,包括在旁边看的;看的罚一千,少点;在屋里睡觉的,也罚,你提供赌博场所;家庭成员,包括儿童,只要满一米二,就罚,减半罚,半票优待。"先华说:"罚款有提成,再说奖金也跟罚款挂钩。"朱响说:"扫兴,扫兴,这是治标不治本。不去找原因,直接弄结果,哪能根治得了。再说也惹人反感,人家要是偶尔玩一次,你抓了就三千五千地罚,人家也不服。"刘兴天说:"不服也可以,先交了钱随你怎么不服去,都行。"

　　三个人闲聊了近一个小时,和根还没回来。大家说,不能等了,再等就把大好时光都等完了,这也耽误挣钱呀。那上哪儿?不能散,散了太可惜了,上潘传继家,那也是他们的一个老据点。商量好了就走,三个人骑上车子飞一样地往潘传继家赶。潘传继家离和根家不近,总也有五六里地。三人到了楼下,锁了车子,气喘吁吁地爬上了七楼,一敲门,潘传继的儿子出来了,刘兴天问:"你爸呢?"小潘说:"我爸中午没回来。"朱响说:"没回来吃饭?"小潘说:"没回来吃饭。"三个人被一缸凉水兜头泼得扫兴透了。转身下楼,在楼下商量,朱响说:"公安局不会上军分区大院抓人吧?"先华说:"你是讲上周伟家干去,走。他家最安静,又安全。"说去就去,三个人上了车又往军分区骑。军分区在市内,离潘传继家已经不是太远了。刘兴天说:"潘传继现在肯定已经在哪里坐上了。"朱响说:"那很可能的。"进了军分区大院,拐到宿舍楼。先华先下的车,后面两人都讲:"先华,你代劳代劳,他要是不在家,我们就不爬了。"先华无可奈何进了门洞。过了一小会儿,他不下来,也没喊他们上去,朱响说:"不行了,肯定不在家。"正说着,先华下来了,两手一摊:"没人。"三个人一时抓瞎,都站在原地没主意。朱响说:"咋办?"先华说:"干脆再跑两家,一家甘怀明,一家庄林方,没落脚的地方咱们就散。"都同意。这时看看表,已经四点了,三人飞身上车,抓紧往甘怀明家赶去。

大城市的太阳往西边偏去了不少,但仍然温暖照人,把城市里的一切都抚弄得自自在在的。城的路边有不少五十年代栽的梧桐树,在梧桐树下骑行,对秋意的感受就更强烈一些。甘怀明在一所学校里当教师,到甘怀明家大院门口时,正赶上甘怀明推着车子往外走,三个人连忙下了车。刘兴天说:"哎,怀明,上哪去?"甘怀明紧忙停住:"嗨,你早来一步我就不出去了,刚刚答应去一个朋友家聚会,太不巧了。"先华说:"遗憾。"朱响说:"只好放你走。"甘怀明说:"咱们下回再聚,你们也早联系,我刚才正急得坐不住。"讲了几句话,兵分两路,他们仨直扑庄林方家,脚下蹬得飞快,穿街走巷,很快也就到了。

庄林方在家,答应一声,把他们三个接进去。先坐下抽支烟,喝口茶,聊几句。朱响说:"林方,听讲你们报明年要出八版了,是真的吧?"庄林方说:"出八版是定下来的了,这也是趋势,明年全国的报纸竞争肯定激烈,有一番好戏看。"刘兴天说:"新闻出版是改革开放的晴雨表,这个一活跃起来就好看了。"先华说:"咱们也去你们报社吧,混口饭吃,也给改革开放加一分热。"庄林方说:"我要当了总编,就把你们几个都搞来,但现在咱说了不算呀。你们那报就一点希望也没有了?"朱响说:"到现在为止还没头绪。"

刘兴天说:"咱们也苦恼哎,不上不下,就跟以前人讲的一个笑话一样,块把钱买个木瓜,吃吧,不好吃,扔了吧,可惜。再说咱们这内地改革开放得又慢两拍,吃铁饭碗的观念在咱们身上又特别顽固,在党的旗帜下都几十年了,也都算老党员了,还舍不得偏离社会主义方向。"说得几个人都嘻嘻哈哈地笑。先华说:"这观念问题,说起来简单,改起来不简单。其实钱谁不想去挣,但咱们,说心里话,还是想干本行,这本行干了几十年,丢了还真有点不甘心。"朱响说:"要真有挣大钱的机会,那也会去。像报纸上登的,歌星唱几支歌,拿一万多块钱,也叫人眼红,水涨船高。叫咱们去摆地摊,不是不能摆,是看不上那几个辛苦钱,让你狠挣你能挣几个?咱们还得搞点大手笔,发挥国家栋梁的作用。"说完大家又笑。

笑过了,庄林方说:"想玩呗?"先华说:"来了就是想玩的。"庄林方说:"想玩早点来呀,咱们抓紧时间摸,老婆下班就得散,儿子今年高三,咱帮不了他什么忙,就不能耽误他。"朱响说:"夫人什么时候下班?"庄林方说:"六点半下班,七点到家。"刘兴天说:"废话不说了,赶快架起来玩,六点五十分结束。"四个人都站起来,铺桌子的铺桌子,拿麻将的拿麻将,立刻就投入进去,四大皆空,忘了一切。

4

朋友聚会,心诚为上。不知是真能喝还是吓唬人,罗长立作深沉状,一上酒桌,就嫌杯子小,叫丁大姐拿碗来。

朱响几个面面相觑。先华敲敲筷子说:"眼见为实,到底是海南来的,确实不一样。"朱响说:"长立,你别吓唬人好不好,咱哥儿几个胆都小,禁不住吓。"和根说:"我有心脏病,医院开的诊断证明我上哪儿都带着。"说着就满口袋乱翻,翻出一张纸,展开来煞有介事地念:"麻雀多鞭酒,配料为:麻雀及各雄性动物之鞭及大米酒。哟,错了,这是说明书。"忙又塞回袋里去。丁大姐和杨帆都捂着嘴笑得发傻。丁大姐说:"都半晌不夜的大人了,还得你老婆多管教。"和根一拍胸脯说:"哎,丁大姐,当着众人的面,你可不能这么糟蹋我。我也有自尊心,咱啥时候不是骑在她头上作威作福?"朱响插嘴说:"那可真是的,这么大棵白菜,还要粪来浇(教)?"

杨帆笑得脸通红。丁大姐真拿了小碗来,都坐下了,兴天往小碗里倒酒。和根脸转了正经,说:"兴天,咱这就根据具体情况了,我还得拿这小盅喝。你给长立倒酒,他酒量你也清楚。"兴天讲:"清楚清楚。"先华说:"半斤以上。"兴天说:"喝快了,半斤,慢慢喝,再加个三二两没事。现在是不是又增加了,不知道。"和根说:"那你们几个拼吧,拼个你死我活。"罗长立说:"兴天,给我上碗,今天见面高兴,舍命陪君子。"大家总觉得这句话有些过时,再加上本地话海南腔呢,不伦不类,有些做假、贴胸毛的感觉。杨帆在一边说:"你逗啥能,别喝醉了。"她的脸蛋让人看熟了,更觉得迷人、冷艳,是个有主见的"冷面杀手"、勾魂枪。这样的女人,对另样的男人,有吸引力;这样的女人在公众场合,也是大家共同保护的对象。几个人都在心里暗自叹息。罗长立听了她的话,立时不尴不尬地顺竿子爬,道:"没事啦,有夫人您在,我还能醉吗? 我喝不完你代劳啦。"杨帆莫可名状地耸耸肩。朱响起了一身鸡皮疙瘩。和根说:"长立,你这可是当场给我们难看,你是欺负咱们几个没带夫人的。哎哎,今天公平竞争,杨帆,你今天暂时不归长立承包,你今天优化组合。"朱响觉得对面杨帆脸上的眼睛亮亮地一闪。刘兴天说:"不讲了,不讲了,开喝开喝。"

才喝到一半,罗长立的面色就有些不对,不发红,倒发白。兴天说:"大家喝慢点噢,别急,慢慢喝,菜都还没上。"几个人看罗长立的脸色,是有点发白,心情便都松弛了,就像一个潜在的对手,突然快要消失了,大家的竞争威胁感顿时消散,反过来倒能柔和体慰一番。但也不好直说,以免失礼。朱响说:"还有什么菜没上来?"丁大姐说:"兴天现炒现卖,刚从外面学的一个回来,叫李鸿章大杂烩,还闷在锅里,谁知道是什么玩意?"罗长立说:"嫂子,这就是你的不对了,你端上来,咱们瞧瞧。"他向朱响、和根和先华挤挤眼,"可以说,这世界虽然复杂,但还没有人类不认识的东西,你那菜还能不是中国的?"罗长立话有些多了,也勉强。他现在说话的时候,总有些挤眉弄眼,又像话里藏着大家都明白,只有一个人不知道的什么戏谑;他的眼神加面容像波诡云谲而又光芒万丈的天气,飘忽不定,使人猜不透摸不着。和根说:"那不用说,是中国菜。兴天他两口子都是中国人,中国人还能做出外国菜?不可能!"先华说:"丁大姐,你就端上来叫咱们见识见识呗。"丁大姐说:"上哪儿端去,还没好哪,还葱是葱、姜是姜哪。这样,你们慢慢喝,我再看看去。"她站起来上厨房了。杨帆说:"长立,你别喝了。"罗长立低着头,手在嘴上抹抹。大家都看出来他喝多了。兴天说:"长立,你要不要喝点热茶,解酒。"朱响也说:"喝点热茶解酒。"和根说:"长立喝猛了。"先华说:"长立喝倒真能喝,就是今天喝猛了。"罗长立只摇头不说话,低着头,拿手捂着嘴。兴天说:"让他歇歇,今天他喝猛了。"

　　杨帆起来找个杯子去倒热茶,她站起来走出去时,大家也都瞥见了的,她穿着一件雪青的厚呢料长裙,黑皮的高跟鞋儿,露出的半截小腿(有肉色长筒袜)结实有力,个儿修长,绝不是那种拖沓的姑娘。她出去上厨房了,屋里的几个男人东倒西歪地吸着烟,闲聊。不知怎么的,和根讲起一个人打呼噜的事情来,讲的是重工业局的一个人,打呼噜出名,重量级选手,水平高,有穿透力。选手姓雷。有一次雷选手出差到桂林,和另外一个人住一个房间。第一个晚上,雷选手睡得特香,早晨起来,看见那人瘦了一圈,很奇怪,问那人道："同志,你怎么了,是不是病了?"那人连说:"没事,没事,很好,很好。"第二天晚上又睡,那人抢先睡着,没想到也是个重量级的,鼾声撕心裂肺,把雷选手折腾得一晚上没睡。他两个自然是一比一打平。还有一次,雷选手出差南京,夜里鼾声如雷;他同室的一位,各种办法都用尽了,敲床、咳嗽、吹口哨,均无效。那人忍无可忍,起床把雷选手推醒,哀求道:"同志,现在都下半夜了,你让我睡一会儿,我一早还得去赶火车。"雷选手连忙起来:"哎哟,对不起,对不起,打扰你休息了。这样吧,我在沙发上坐坐,你先睡,你睡着了,我再睡。"同室说:"好,谢谢你了。"同室去卫生间解手,解手回来才放倒,沙发那边已经鼾声大作了。再有一次,雷选手出差广州,当时改革开放才刚刚兴起,有些香港的中学生第一次到内地来,来看看内地是什么样子,内地人是什么样子的人,他们都分散了和内地旅客住在一起。雷选手也碰上一个,住了一夜,那位中学生当然一夜未睡。第二天中学生们聚到一块交流对内地人的印象,一夜未睡的中学生感慨地说:"内地人,真厉害!"

说到这里,罗长立许是想笑,但却笑反应了,直呕。大家一看不得了,赶忙都站起来。刘兴天说:"长立,上外头吧。"罗长立不能活动,一活动就不得了,他直摆手。正在这时丁大姐和杨帆都进来了,丁姐手里端着一盆吃的东西,端来放在桌上,一看大家的阵势,再一看罗长立的模样,明白了,有心不上这盆菜,但既然端上来了,怎么再好端下去呢,只好放在桌上,嘴里说:"叫长立上外头歇歇,长立真喝多了。"罗长立那边还嘴硬,头低在桌子下边,嗡嗡的声音从底下传过来:"嫂子,你放心,没有事。"杨帆说:"你看你。"她说话的口气很克制,心理上控制得不错,说完了,她就上外面绞了个热毛巾,进来给了罗长立。

5

和庄林方他们分手才二十四小时,刘兴天又打电话来了,问朱响愿不愿意去写一篇报告文学稿。

朱响还在筹划他的广州之行,朱响说:"那我什么时候能去广州?"刘兴天说:"广州早几天晚几天有什么关系,还不是你自己说了算,又不是什么任务。再说,你先挣一笔钱再去,底气也足些。"朱响说:"什么档次?少了不干,少了有啥意思,吭哧吭哧累死了,也不过一二百块钱。"刘兴天说:"这次绝对可以,洪涛把什么都联系好了,县里也有人接应,吃、住、行统包了,千字给咱们五十块钱。一人写一到两个企业,一个企业写一万字左右,两个企业两万字,拿千把块钱花花,怎么样?再说缺了你也没多大意思了,又是三缺一。"朱响问:"和根、先华都去?"刘兴天说:"先华去不了了,他父亲生病。你一个,我一个,和根一个,再加上洪涛,洪涛也是个玩家,咱们四个人去,晚上还能凑起来摸几圈,又玩了,钱又挣了,怎么样,去吧?"朱响被他说得心动,但又怕时间太长,就又问了一句:"大概得多长时间?"刘兴天说:"五六天差不多了,采访还不容易?写起来也简单,光写好不写坏就是了,人家出钱,咱唱赞歌,最多最多一个星期。"朱响说:"那边出书也没问题吧?别咱们写了,最后书出不来,咱们就做无用功了。"刘兴天说:"这个你放心,那边都和出版社谈好了,咱只管写,写好一手交钱,一手交稿,到最后它真出不来也跟咱们没关系,咱就是交稿拿钱。"朱响说:"好,就听你的。"刘兴天说:"那就明早上九点半,长途汽车站门口等着。"朱响说:"准时到。"

夜里朱响做了个梦,梦见自己发了财,带了个女孩子回来。发财的事很奇怪,朱响走在一条熟悉的街上,突然发现地上有个提包,他好像预感到了提包将给他的命运带来什么,趁着没人注意,他拾起来就走。其实在生活里朱响和绍惠也议论过拾钱包的事,朱响说过:"要是真拾到几万块钱,别人不找来,我也不会主动去还,我就用上帝赏赐的这些钱去为上帝干成一件事业。"朱响拾了提包到没人的地方打开来一看,里面有二十多万元人民币,他一下子就发了财了。他带了个女孩子回家,不知怎么的他竟然和那个女孩子在一起睡了,肉体的感觉十分真实、温暖。朱响突然醒了。绍惠迷迷糊糊地说:"睡觉也不老实。"说完爬起来上卫生间去了。朱响翻身又睡,想把好梦接上,按照一般的规律,梦断了就接不上了,但这次朱响一睡着,梦立刻就接上了,还是发财和带女孩子回家的事,都那么真实、激动人心,以致醒来时心还怦怦直跳。奇怪,他在梦中玩偷情冒险的游戏,这已不是第一次。

朱响醒来时身边已经空了,家里很静,他看看床头柜上的表,原来已经八点了,家里人都走了,怪不得这么安静。朱响躺在床上,有一种空落落的感觉。他穿了衣服下床,解了小便,刷了牙洗了脸,把锅里的稀饭放到炉子上去热。窗外的汽车喇叭声不时响起。朱响走到阳台上往下看。天气很好,太阳早出来了,朱响家的住宅楼临街,因此街面的嘈杂和热闹总能传染给他。楼下的汽车排成一串,慢慢地往前挪动,车型和颜色不断变幻着。从上面往下看汽车,和在路边看到的汽车完全不一样。从上往下看,汽车是个长方形或两头呈弧形的平面,乍一看去,叫人觉得惊奇,惊奇这长方形的平面怎么还能走动,还能响,还能出人进人。

但是现在朱响自己已经没有惊奇的感觉了,因为看多了,不以为奇了。

朱响伏在阳台栏杆上,毫无表情、毫无思想地看着嘈杂繁忙的街面,心情平静。

等他们已经聚在车站了,才知道县城那边打电话来,叫暂时别过去。几个人把洪涛好一顿"训",洪涛一迭声的"错了"。知错就改,反正已经聚齐了,再散未免浪费,便杀到洪涛家,玩了一天。

6

罗长立出酒是在十三点正式开始的。当时大家很无聊,李鸿章大杂烩还热气腾腾地摆在桌上,但谁有胃口去吃呢?这时刘兴天家里北墙上的石英挂钟突然当当地响了起来,原来是下午一点了,外面的日影真是有点斜了。罗长立内部的酝酿组合现在也已经到了临界点,就在挂钟的第一声响中,他向着依然丰盛的饭桌哇地吐了一口。

在座的几个人不由自主都跳将起来,七嘴八舌地说:"快拿杯子来,快拿杯子来。"都手忙脚乱地想要帮助他。其实是大家都觉得恶心,站起来忙乱忙乱,能减少注目的焦点,以免把自己也引吐了。丁大姐自然最知道家中物件的位置,她转身就拿了个透明的大玻璃杯递给杨帆,杨帆又转手把大玻璃杯递给罗长立。

朱响他们都站在桌子边上,又不好意思离开,那样太不礼貌,呕吐虽然很脏,但不能说出来,也不能表现出来,谁没有困难和需要帮助的时候呢。大家都站着,只有罗长立一人坐在桌边,往玻璃杯里呕吐。他呕吐出来的,不是平常醉酒人呕吐的稀薄物,也不是刚进食的半成品,他呕吐的都是灰白花花的半固体软物。他也不是喷吐,而是一口一口从容不迫地挤出来,联想起刚才他在饭桌上不停地夹吃的模样,就觉得他的浪费太大了。现在他的呕吐在数量上叫人惊奇。他不间断地呕着,然后把半固体的秽物吐到玻璃杯中去,很不幸,大玻璃杯又是透明的,吐出物在其中很快将固体物沉到下面,液体浮到上面,从玻璃外面看,里面酷似盛了一杯刚从绞肉机绞出来的五花肉肉馅。丁大姐和杨帆首先支撑不住了,扭头跑出去了。朱响说:"吐出来就好了。"在这句话的掩护下,他很从容地夹着烟卷离开了餐桌。跟在他后面出来的,是和根和先华。他们走到室外,站在太阳光底下,看对面的楼和一棵叶子半枯的梧桐树。

一只很大的花猫在墙角躺着晒太阳,还有两只小猫偎在它身边,眯着眼打呼噜,都懒懒的。厨房的尖顶上落下来一只瓦灰色的鸽子,昂着头,咕咕地叫。猫们并没有被咕咕的鸽叫声吸引,它们懒得眼都睁不开。对面三楼上的一扇窗户打开了,先华说:"哪个去解手?"朱响说:"我没有。"和根说:"我去。"他们俩相跟着往院里的厕所去了。朱响拉了个小板凳,挨着猫们,靠墙根坐下。两个女人进进出出地忙着,朱响也不管她们的事,半眯着眼,靠在墙上,吸着烟晒太阳。

杨帆出来了,在朱响跟前停住说:"真对不起,叫你们都没吃好。"朱响连忙直起身说:"吃好了,都吃好了,谁没有这样的时候?"杨帆看着他,她的眼睫毛像有些小说里描写的大兴安岭的小白桦树,虽然朱响从未去过东北,也从未亲眼见过小白桦树的风采,但他就是这么个感觉。杨帆点了点头,转一个话题说:"长立今天真喝醉了,歇一会儿回家。我想请你跟我们一道走一趟,不然他栽倒在路上,我弄不动他。"朱响说:"行,我陪你们回去就是。"杨帆满意地抿嘴笑笑,反身回屋里去了。

7

洪涛、刘兴天、和根、朱响他们四个在车站见面时,也没马上离开去洪涛家,而是洪涛检讨过了和根接着检讨,说那天约好去玩扑个空的事。朱响说:"那天你到底上哪儿了?我觉得有点奇怪,要是没有十万火急的事,你肯定不会扔下咱们几个不管的。"刘兴天说:"什么事,还是调动的事呗?"和根说:"操,还是调动的事,正好那天中午老林来通知我,叫我马上跟他一块上钟局长家去,说钟要跟我谈谈,我没办法,拔腿就跟老林走了。"刘兴天说:"能理解,能理解,这是大事,但怎么不跟咱们之中的哪一个打个电话,叫咱们干等。"和根说:"我原来想去去就来,跟钟局长见一面,行就行,不行就罢,时间不会长,不耽误咱们玩;可没想到,一去就是两三个小时,连打电话的机会都没有。再说那时候你们都在外头,我往哪儿给你们打电话去?"朱响说:"跟你谈两三个小时?也真能谈,都谈什么?"和根说:"谈话哪有两三个小时,去了又等他,等他到了他又净是事,断断续续,谈话时间倒不长,半小时不到,拜拜了。"

这时洪涛插不上嘴,就讲去打个电话,转身找公用电话去了,刘兴天他仨就在原地说话,等洪涛。朱响说:"谈的结果怎么样?能过去吗?"和根说:"现在还没确定,但估计差不多,老林说最近两天他再跟我联系。其实他们那里也有点着急,他们的内刊号已经弄到手了,想让我早点过去干活。再说现在都啥时候了,都快年底了,他们那稿子什么的还没半点头绪哪。"刘兴天说:"和根走了好,早就该走了。咱们现在虽然舒服、痛快,但总觉得是浪费时光,对不起列祖列宗,小康式的社会主义要靠咱们大家干,老这么闲着,真不是件事。"和根说:"不是讲咱们又在申请出报吗?不过直接申请公开发行,有一定的困难。"朱响说:"困难哪。我前几天听谁说的,省委宣传部专门就办报办刊的事请示北京,北京答复说,现在别的都能放开,就是新闻出版放不开,也不是放不开,是没到放开的时候,到了放开的时候,自然而然、顺理成章地就放开了。"刘兴天说:"其实要是从个人挣钱上来讲,干点什么事都比干这行挣钱。昨天丁乔芬她们单位的一个朋友上我的家来,包里带了一个笑佛,是电子感应什么的,好玩,一晃它,它就前仰后合地笑,笑得特傻,不但小孩喜欢,大人见了也喜欢。问她在哪儿买的,她说是别人出差在福建的一个县里买的,十二块钱,就是那个县的产品,买回来到咱们这下车一看,车站有个福建来的旅客摆摊子卖,每个二十块,这利润怎么样?哎,咱们这城里还没怎么见到吧,新产品,我跟丁乔芬说了,咱们也做一回买卖,先打个长途电话上那个厂问问,估计出厂价最多六块,去一趟,带几百件回来,第二职业,上街一摆,一地的笑佛,都哈哈地笑得前仰后合,肯定好卖。"朱响说:"那你还不赶快去。"刘兴天说:"先得打电话问问,再就是准备点钱,再就是手头这几件事得忙完,所以咱这就不像做生意的样子。人家做生意的,碰见什么信息,当机立断,不顾一切就去干了。咱们这不行,还顾三顾四的,不过这一次要是真拿稳了,就去干一次。"和根说:"到底是什么样的东西?"刘兴天说:"就是个笑佛,弥勒佛,听说还有笑布袋、笑娃娃什么的,我也讲不清楚,咱们看看车站这附近还有没有卖的。"几个人略微转了转,没见到有卖笑佛的,又回到原地等洪涛。洪涛一个电话打了四十分钟,近十点了才回来。

8

朱响在墙根下晒太阳待的半刻钟,差点叫他迷糊过去。四面楼房高屋,半点风都透不进来。秋阳暖匼匼的,厨房房脊上的鸽子还没飞走,它昂首挺胸,时而咕咕叫两声。猫们都睡得死去活来,直庹庹的。对面三楼打开的窗户里,隐着个人。看那头形发型,是个女孩子,她不停地动,一会儿来了,一会儿去了,一会儿手抬高了,一会儿弯下腰去干什么了,那窗户里肯定是最日常人家的日常生活了。朱响在这日常生活的气氛里待得昏昏欲睡,真觉得日子就该永远这么往下过。才这样想着,屋里起了些响动,几个人都出来了,罗长立脸色仍是发白,模样倒显得比正常时好点,柔和点,不那样丑恶了。杨帆在旁边扶着他,他还不要人扶,要一个人走,走时有点跌跌撞撞的。丁大姐和刘兴天都跟了出来,丁大姐说:"能不能走?不能走就在这睡一会儿再走。"罗长立说:"没——事,能——走,能——走。"杨帆说:"叫他回家睡去,他明天上午坐飞机走,还得拾掇拾掇。"朱响忙站起来,刘兴天说:"朱响,劳驾你送送,杨帆一个人怕不行。"朱响说:"行,我送。"刘兴天又拉着朱响到一边,悄声说:"送过你还得回来,咱们这三缺一,差你就没戏了。"朱响笑笑:"噢,你们是看我路费不够,想赞助我。行,没问题,等我。"

三人各上了自行车,说快不慢地往杨帆他们家骑。路上他们过了一座桥,叫逍遥桥,桥上是两个大半圆,造型很是讲究,过桥的时候,朱响说:"我家是从这往北走。"他们却是往南转了,原来杨帆他们家是往南走。过了桥是河畔花园,这里热闹非凡,干什么的都有。没想到罗长立车技还不赖,一路上没出什么大问题,顺顺当当到家了。

9

朱响他们四人一夜鏖战,到第二天早晨四点多钟才收手。三个人出门各自散了,朱响一个人骑车往家走。

天地间起了秋雾,好大好浓的秋雾,把整个城市都盖了。照朱响往常的经验,这时候的街上人迹稀少,大路笔直,路灯通亮,人在这种时候独自骑行,另有一番体会。虽说凌晨时候人少些,走的次数多了,也能撞见一些平时撞不见的事。白天不准进城的过路货车,这时都像疯了一样从城市里直穿出去,速度快得惊人,城市路面好,光照好,开起来恐怕比高速公路都带劲。那些找游食的出租车、摩托车也还有,都三三两两停在十字路口,或者在街上闲逛。

摩托手都戴着头盔或拿着头盔,东张西望的,看能不能碰上一笔生意挣个十块八块。看上去他们像是在玩儿,轻松得很,潇洒透了,朱响觉得有时候他们能逛遍整座城市去找一桩两桩生意。有一回朱响散场半夜十二点多回家,车子坏了,他步行走的。看上去他也像在穿越整个城市,他很久没有这样步行走路了,所以走得很带劲,皮鞋的铁掌,后跟敲在人行道的人造花石上,当当地响。在十字路口,几个停在路中间的摩托手发现了他,他们像猎手发现了猎物一样紧紧地盯上来。他们隔着奶白色的栅栏轮番向朱响进攻,试图敲开他的"金"门。一会儿这辆摩托上前了,一会儿那辆摩托又落后了,真有点把朱响捧晕了。开头他们先问:"喂,老板,上哪儿去?"朱响乐得有个说话的:"回家。""送你回去,上来吧。""到逍遥桥多少钱?""谈什么钱不钱,上来吧老板,好说。""你大概总得有个价。""不多,十五块。""算了。十五块我打的了。"算了就算了,但过一会儿又跟上来几辆。"嗨,老板,公交车早没了,啥时候能走到家。""散步呗。"摩托们一溜烟地往前面冲去,他们像战斗机一样勇猛,在前面的一个地方折回来,又跟着朱响走:"嗨,老板,十块,十块怎么样?""上来吧!"到最后还剩下一位,他可真有耐心,他慢慢骑着车陪朱响走,跟朱响讲些不三不四的闲话。陪了两个街口,都快到逍遥桥了,他最后一次说:"五块,上吧。"朱响真正地诚恳起来,隔着栅栏对他说:"实话告诉你,今晚上输得只剩五毛钱了,下次赢了,准坐你的车,大家分享。"摩托手按一声喇叭:"拜拜了朋友,祝你好运!"一溜烟儿地窜走了。

十多年以前,朱响也这样步行过,也在这个城市里、这条街上。那时朱响还在念大学,是二年级还是三年级,他记不住了。那一次他从外地回来,下车时已是凌晨四点多钟了,街上冷冷清清,出租车之类的根本还没出现在社会上,况且即使有,朱响也不会去坐的,一方面是没那么多钱,另一方面他正好有了一次步行穿过城市的机会,他不会放弃的。那时他可是年轻多了,才二十多岁,心火多得没处使。他在灯火通明却半个人影都没有的大街上阔步前进,穿城而过,何等的豪迈昂扬。走了一个多小时才走到学校,走得浑身发热冒汗,痛快极了!

朱响半夜三更在街上,还碰到别的一些也都是平常不太容易见到的事。有一回半夜两三点钟了,一个五十岁左右的女人,听口音是江浙一带的,站在人行道上,对着路边的一栋宿舍楼高声叫骂:"小骚×,你勾引我家男人,你跟我家男人上海南、上广州,叫我家男人干你的小骚×,我家男人说你的小骚×肥,说你的小骚×嫩,你个卖×的,你出来,你个骚婊子!"奇怪的是那栋楼上漆黑一片,没有一丁点灯光,没有一扇窗户亮着,也没有一个人答话,不知道她对着黑黝黝那幢楼是骂谁的。更奇怪的是时候这么晚了,她的叫骂竟然还吸引了一二十位听众和观众,有五六个骑自行车的,都把脚蹬在马路沿儿上,全神贯注地听。有三四个可能是去赶夜车的旅客,他们索性把包放在地上,蹲下了沉住气地观赏,一饱耳福。有两个摩托手骑在摩托上东张西望地往观众里看,希望能拉到生意。还有一对男女,单独隐在树影下听,他们在暗处,从明处看不见他们的手和嘴在干什么,这叫骂对他们来说就是黄色录像,也够刺激的。另外还有几位,连临时身份也不太容易判明。朱响自然也停在路边听了看了一会儿。叫骂的女人不知疲倦,对着黑寂的楼房骂个不歇,骂声在夜空中飞荡。

雾越来越大,街上的灯光昏黄朦胧,十几步远就看不清了。朱响不敢骑快,怕跟对面突然闯来的什么东西相撞。他慢慢地骑着,过了逍遥桥,经过沿河的十字街时,发现这里还是特别的热闹,小吃摊热气腾腾,一个接着一个,板车和带筐篮的自行车散乱地停了一片。看那些吃客大多都像乡下老哥,他们有的吃好了拉着重重的板车走了,有的刚到,正要了一碗面呼呼啦啦地吃。朱响受到感染,也下了车,要一碗面来吃。摊主是个三十多岁的女人,干事麻利。临走时朱响问:"老板,他们这么多人进进出出的,在干什么?"女老板说:"批发。菜啦、水果啦,都在这里批发,夜里批发了,早上就到菜市卖去了。"朱响对钱感兴趣,又问:"卖一斤能挣多少钱?"女老板说:"看啥样东西,小苹果,五毛钱一斤,你卖去吧,卖七毛也行,八毛也行,九毛也行,能卖掉就行。"朱响说:"这么容易?"女老板说:"这有啥难,不睡懒觉就行了。"朱响说:"赶明儿个我也来干这行,挣几个钱养家糊口。"女老板看看他说:"你干不来这个,看你就像个吃皇粮的。"朱响说:"那不敢说,铁饭碗说砸就砸,到时候啥都能干,糊口要紧。"反正白天没事,可以尽情地睡觉,朱响跟女老板侃了好一会儿才走。

10

朱响的一串钥匙落在杨帆家里了,他先给119、110挂了电话,然后就骑车子去拿。

杨帆早等好了给朱响开门。她今天不知怎么的,好像是特意化了妆的,黛眉红唇,越看越漂亮了。朱响进门就说:"你真把长立给送走啦?你们新婚宴尔,就能舍得?"杨帆笑着说:"那有什么舍不得,无所谓的,他要走就走,我也拦不住他。"朱响说:"我的钥匙在吗?"杨帆穿着一双很花的丝绣拖鞋,在大红地毯上悄无声息地软绵绵地走。刚进来的时候,朱响就把皮鞋脱掉,换了一双绒拖鞋,穿着绒拖鞋在房里走着好舒服。杨帆去冲了一杯什么来,放在茶几上,看着朱响说:"钥匙怎么会不在?我还把它收起来了呢,怕长立看见,盘问是谁的。你不是有意丢在这儿的吧,今天又找理由来一趟。"朱响说:"怎么会?它什么时候掉的,我一点都不知道。"杨帆说:"我看见这串钥匙,就想可能是你的,也希望是你的,不然也不好意思邀你来玩。"朱响说："那有什么不好意思,长立不在家,有什么事你尽管说就是。"杨帆说："你不要破坏别人的家庭噢。"两个人都笑,朱响说："家庭不是破坏的,也不是捏合的,该怎么样就会怎么样。"杨帆说："是吗?"

朱响这一次来,才顾得上认真看杨帆家里的摆设造型氛围之类。她这套房本来就不大,一室一小厅,一个厨房一个卫生间,室外有个小阳台,阳台上放了一盆青冬。房间里的气氛很神秘,也特别温暖,叫人心定,厚重的大窗帘拉开了一半,阳光洒入,各种电器也应有尽有,彩电旁边放着录放机,席梦思上放着一架很大的耳机,这一切都使朱响有了初恋时的感觉,但他很快就摆脱开来了。

这次见面他们找到了一个共同的新兴的爱好:看录像。他们都是以前从来不看但现在特别上瘾的发烧友。朱响随便说了一句:"找个时间带你看录像去。"朱响说这话时感到自己特别脸厚,特别无耻,特别卑鄙堕落。他以前对这套把戏是特别不屑一顾的,没想到自个也无师自通地用上了。

杨帆说："你还用找时间呀?你不有的是时间,你们又不上班。"

朱响说："哎,那也得找,虽然不上班,但忙忙碌碌的,事还不少呢。"

杨帆撩了他一眼,抿着嘴笑了个不露齿的。

朱响在阳台上发呆。

11

朱响家靠北还有个阳台,是通厨房的,他们家这栋楼有点斜,所以到下午四五点钟的时候,西偏的太阳就能照到北边的这个阳台上。

北边的阳台下方有个小巷,小巷的另一边住的都是没拆迁的平房户,他们的家被朱响这栋楼挡得半点阳光都见不到,所以他们的脾气都不太好,经常对着楼上破口大骂,也不知道是骂什么人,哪一家的,总之就是破口大骂,性器官做爱什么的全都骂出来,骂有人往下扔东西、倒垃圾。楼上的人这耳朵进那耳朵出,无人搭理。发泄发泄,楼下的人就能安静两天。

朱响要是在家的话,五点钟左右正是没事的时候,绍惠还没下班,孩子还没放学,看书吧看得无聊,想出去转转吧又太晚了,去看电影录像又太早了,烧饭吧也不是时候,买菜吧,等到了菜市人家也该收摊了。大多数这时候朱响只能跑到楼下的小店旁边买一两份报纸来看,要么就趴在北面的阳台上往小巷子里瞎瞅,瞅着什么算什么,瞅不着也无所谓。

买报纸回来看大多也在北面的阳台上看,因为北面的阳台傍晚有太阳,秋天的太阳金贵,晒在人身上暖,阳台上又没有什么风,看看报纸是一种享受。看报纸或观风景都在五点左右,这时按钟点就有个卖馓子的小贩,吆喝着进了小巷,从西头吆喝到东头,再从东头吆喝到西头,然后出了巷子走掉完事。小贩的吆喝声有规律:"卖馓子咧,馓子——!"吆喝得别致,在小巷的很多声音里,比如卖煤球的,卖酒酿的,自行车铃声,孩子的哭叫声,等等这些乱糟糟的声音里,突出出来,很得人心。开始朱响还不太在意,接连几个晚上听了,就有印象了,有时就趴到阳台上往下看,看那是个什么样的人物。其实很平常,因为是从上面俯视的,又比较高,所以大致上只能看见他的头顶,完全就是个普通人的头顶,再细看看,更像个从乡下来的年轻人的头顶,没有多少特点。因为几乎每天在大致相当的时候听见他的吆喝,倒觉得成了一种规律,要是哪天在家,到时候听不见了他的吆喝声,朱响就觉得心头发烦。当然也不一定是因为他的吆喝不吆喝,但他哪天不吆喝了,朱响确实就觉得心里不平衡,觉得少了样事情没办完,这一天过得不对,他还会特意去趴在阳台上往下面东西左右地瞅瞅。这时候那个小贩一定不知道,他哪一天不做生意,这世界就会因为他而变化。比如拿朱响来说,他这一天没听到小贩的吆喝声,他心里头烦,就上电影院买了张电影票看电影,但这张电影票假如朱响不烦不看电影的话,本来应该是另一个人买的,那另一个人没买上电影票就上饭馆喝酒去了,喝酒又喝多了在街上滚到汽车轮子底下了。汽车轧死他司机驾车逃走,整个公安局都动员起来去追堵肇事车,结果堵了两天才堵到,时间长了,晚报登了一篇指责文章,文章激起了公愤,许多人要求撤换公安局负责人,公安局负责人赶紧去找上面的一个关系,上面的关系就把事情压下来了。但上面的关系有个对立面,抓住这件事大做文章,把此案捅给了某大新闻单位的内参,内参登出后一位分管首长签字说:不得姑息;但另一位首长是"上面的关系"的关系,签字说:下不为例。分歧反映到国际社会,比如美国,美国人吃饱了喜欢多管闲事,参院众院纷纷表决……这些连锁反应卖馓子的小贩哪能想到,他只管卖他的用荤油炸的馓子。

朱响在阳台上胡七八糟地想,心里头乱糟糟的。

12

杨帆打电话叫朱响从她那儿走一趟。朱响到的时候,杨帆刚洗好头,头上湿漉漉、油腻腻的,飘散着一股特别好闻的味道。朱响说:"这是什么?"杨帆说:"绿丹兰摩丝,味道怎么样?"朱响说:"味道特别好,像一种什么水果。"杨帆说:"青杏。"朱响说:"有点像。但不是青杏的味道,是别的水果,那种,比较小的,核大,吃起来——"杨帆说:"杨梅。"朱响说:"也不是杨梅,比较接近了。"杨帆说:"李子。"朱响说:"对,就是李子。"

不知怎么的,朱响又和杨帆在一起了。杨帆笑着说:"广州你不去了吧?要我说,你堕落了呢。"朱响一刹那间很惊奇她这么说,但惊奇立刻就过去了,他从杏子、李子的味道中飘浮出来,他觉得和杨帆在一起很随便很轻松,但又决不流俗。朱响说:"去,怎么不去,这一阵子忙完了就去,我们那儿又写了办报的申请。"杨帆说:"这次怎么样?能批下来吧?"朱响说:"谁知道,就是批了,钱也是个问题。不过只要有刊号,一切都好办,就是倒手把刊号卖了,也能发一笔财。"杨帆说:"好像你们几个也不关心。"朱响说:"不关心。现在机会多,东方不亮西方亮。凭咱们几个现在都还不太老,混口饭吃那没问题。再说现在有不少人都在申请私人出版社和同仁刊物,到那时候开放的步子大了,我们就更有机会了。其实也很简单,你抓住机会出一本畅销书,十几万几十万就到手了,不是神秘的事。"杨帆说:"发了财你可别不认得我了噢。"朱响说:"到时候拉你一起干。"杨帆说:"做你的私人秘书行不行?"朱响说:"行,不过咱们又得以工作为重。"杨帆说:"随你。"

13

夫妻吵架应该在白天,在夜晚,在吃饭的时候,或者在任何别的时间,唯独不应该在凌晨,不应该在凌晨五六点钟。但朱响恰恰在凌晨五六点钟和绍惠干了一架。

起因实在很琐碎。朱响在睡梦中对一个女人很恨,就用胳膊肘尽力地去捣了她一拐。绍惠"哎哟"叫了一声,朱响立刻醒来,他的胳膊肘捣在一个实实在在的物体上的时候,他的意识里也清醒地知道:不对头了。

因为朱响是狠狠地捣的,所以这一下子不轻,竟把绍惠捣哭了。绍惠蜷在被窝里,可以想象,她哭得那么伤心、委屈、可怜巴巴。两个人都很明白,都是完全醒了的。朱响知道自己的不对,但又不耐烦对绍惠认错,就嗫嗫嚅嚅:"我又不是有意的,睡吧,别哭了,睡吧。"说完转个身,把背对着绍惠,闭了眼想再睡。

绍惠的哭声一时断不了,绍惠边哭边说:"你真狠心,你想把我致残,你才下这样的毒手,我早就知道你不是个好东西!"朱响心里很烦,听到绍惠讲这样的话,突然觉得她很俗气,这感觉不知怎么的,这样强烈,强烈到朱响真想下手把她打一顿,才能解了心头一时的气恨。但他忍住了,只说:"别哭了,半夜三更,人家还不知道怎么回事!"口气里当然没有一点安慰和亲情。绍惠更伤心,还是哭,一边哭一边嘟哝。朱响睡也睡不成,睡意早跑了,静也静不下来,心里烦得不得了,一时火起,腾地坐起来,骂道:"哭个熊哭,你家又没死人!"络惠也不示弱,眼泪一抹,回骂道:"你家死人了,你爸死了你妈死了,你一家子都死了!你骂我我也会骂你!你这个无情无义的东西,天天吃饱了在家闲疯了,你这个没出息的东西!"朱响被绍惠骂得怒火中烧,也被她骂得恼羞成怒,嘴里骂道:"我×,滚你的!"抬腿一脚,活活把绍惠从床上蹬到床下,摔得吧唧一声。

人的本能吧,绍惠被蹬出去的时候,哭声刹车般地停了,她的手一路抓住一切经过的东西,想借助外部的物件,产生阻力,使身体停下来。她把被子带到了地上,把枕巾带到了地上,把茶几上的花瓶带到了地上——花瓶是塑料的,还不会摔碎,把茶几上的钢笔和书也带到了地上,一时间空中纷纷扬扬,物体都像长了腿一样,匆匆都离开了原来的位置,随绍惠落难而去。绍惠刹那落在地上的时候,摔得腔子里吭叽一声,这在平时场合是很失礼的声响,但在这时却顾不上也无法止住了。朱响听到这吭叽的一声,骨子里就起了一种歉疚,但他心中的怒火仍未熄灭,他跳起来,骂骂咧咧地去拿了一根烟,划亮火柴,哧的一声点着,然后靠到床上猛吸

425

起来。

火柴划亮时,朱响眼睛的余光里只看见床的另一边,有一些飘起的头发慢慢地升起来,又慢慢地落下去,又慢慢地升起来,又慢慢地落下去,越开越低,直至消失,火柴的光也就熄灭了。从另一边的床下传来绍惠委屈至极的啜泣声,这时的绍惠,半句话都说不出来,也完全没有说的必要了,只能伤心至极失望至极地嘤嘤地哭,然后她在黑暗中啜泣着爬起来,抱了一床被,到孩子屋里,咣的一声把门锁死了。

朱响在床上吸着烟,心里有一种悲哀的揪心的酸痛,不知道为什么,他也想哭,放声地大哭一场。他狠狠地吸着烟,眼泪在眼眶里转动。他把眼睛转向窗户,窗外白蒙蒙的,不知是天快亮了呢,还是天上起了大雾了。偶尔有汽车从楼下开过去,引擎很响地来了,近了,又远去。抽完一支烟,朱响重新回到被窝里,他像个失去了母爱的小男孩儿一样地蜷缩着,手脚都冰凉。

14

秋天里的最后一个星期三的上午,朱响偶尔在逍遥桥边碰到杨帆,正好两人都没事,就闲聊了一会儿。

桥上车来人往好不热闹,但也很是嘈杂。太阳把城市晒得像一块松软的奶油蛋糕,甜腻腻的,这时要是从天上飘下来一打欧洲小妖女,挽住路边男人的胳膊逛到公园里去,那也肯定是能理解、不让人惊奇的事,因为天气太好了,简直好得有点不恰当、过分并且炫耀。

他们闲聊时不知不觉就走了几步走到了河畔公园,他们漫无目的地走走,或停停、看看,他们在一棵塔松下停住。塔松的一边是河,另一边是一群耍猴的,再一边蹲着两个算命的瞎子。算命的瞎子没什么生意，都默默地若有所见地"看"着前方。杨帆说："哎，朱响，你想不想听我说说罗长立我们俩的事，我们俩结婚还真有戏剧性呢。"朱响说："听听呗，可能很有意思。"杨帆说："其实罗长立开头并不是跟我好的，开始他是跟我的一个同学好的。哎哟，我真不知道怎么跟你说，我那个同学对他怎么就那么好，对他都崇拜疯了。"朱响说："怎么崇拜疯了？"朱响其实并不觉得罗长立怎么的，喝口酒就醉，长相又丑恶，说话浅薄得很，也许腰里别着一把花纸头，就叫女人发疯。杨帆说："她就是对他发疯，跟我见了面开口必谈罗长立怎么好，怎么像男人。她什么都依着他，能为他送命，下油锅上刀山，迷他迷得一塌糊涂。"瞎子们还各有一面小锣，他们待了一会儿，想起了小锣，就过半分钟敲一响。朱响的眼光在小锣、瞎子和杨帆漂亮的脸蛋上转移，他一会儿看小锣，一会儿看瞎子，一会儿看杨帆漂亮的脸蛋，但他一直在听，一边听一边点头，表示他听得很认真。在他的目光转移到她的一双青春朝气的大眼睛上的一刹那，他甚至能感觉到自己的目光带有强奸性，他只好不情愿地赶忙移开，并且顺势点点头，喉管里嗯一声。杨帆说："她什么都跟我说，不管什么。我们俩从上中学就好，一直好到工作。你看她对我说什么噢，她把罗长立第一次跟她睡觉的事都告诉我了，第二天早上专门跑来告诉我，说得热泪盈眶的。不管怎么说，我那时候还是个女孩儿，听了心里头不知是什么滋味，怪难受的。"朱响心里也不知道是什么滋味，甚至有一刻他觉得有点腻烦，后悔自己卷到这些无聊的琐事里来了。他觉得有些累，但他还是做成很有兴趣的样子，点着头，嗯着。杨帆说："她讲得好详细哎，开头怎么样，后来怎么样，讲的时候痛哭流涕，说爱死他了，爱死他了，为他死都行。我都觉着奇怪了，爱情在他们俩身上空前绝后地出现了，值吗？你说值吗？"朱响说："那谁知道，人就这么回事。"杨帆歪歪头，认真地看着朱响，然后她兴致勃勃地又讲："奇怪的还在后头哪。有一次她非让我去见见罗长立,我见过了当时也不觉得他有什么,只觉得他长相不怎么的,其他印象就不深了。但是第二天她跑来对我说,说罗长立在她跟前一个劲地夸我气质高雅,风度典范,我肚子都笑疼了。后来听她说多了就听木了,也不觉着有什么新鲜了。但是紧接着她又来对我说,说罗长立在跟她干那种事的时候,总是叫我的名字,总是叫她装成我,她一点也不生气,我倒气得不轻。"朱响突然觉得杨帆平静了,一点也不激动或者冷淡,相反她就是平静,这使朱响感觉她确实很高雅,真是奇怪的感觉。杨帆说:"后来她又跑来恳求我,说罗长立想我都想疯了,要跟我睡觉,她恳求我一定去陪陪她的罗长立。我不答应她就死缠活扯,哭得泪汪汪的。她对这事太热心了,简直热心得奇怪,她非要安排我们俩在一块,她一定得让罗长立满意她才安心,她一遍又一遍地讲她的安排,讲得我脸都没地方放。"朱响说:"你后来就同意了?"杨帆说:"不同意没办法。再说也奇怪得很,我对罗长立当时也不反感,不知是不是真的有什么想法,当时一点都不知道,就觉得反正就这么回事,早晚都得这样,就换了衣服跟她去了,你说有没有意思?"朱响说:"真有意思。"朱响觉得他现在要是想的话……杨帆说:"哎,后来我们三个人还处得挺好呢,罗长立和我结婚,还征求她的同意,我们才结婚的。其实现在无所谓了,我现在也不觉得罗长立是能干出什么大事的人了,我也不想到海南去,以后怎么着还很难说呢。我现在就是每个月叫他给我寄两千块钱来,他的事我就不管了,也管不着,鞭长莫及。"朱响说:"他应该一次性地给你一笔钱。"杨帆说:"给了,结婚时他一次性地给了我五万块钱。够了,存着慢慢花呗。"朱响说:"那差不多是够了。这就行了,你自由了。"杨帆说:"我也不想要太多的钱,这就不错了,我很满足了。"

瞎子跟前来了个抽签的。朱响觉得下身有些发黏,小肚子也有些胀疼。他们又聊了好一会儿,才分手。

428

15

早上起来朱响二话不说,打点了包裹,揣上家里仅有的三百五十块钱(这也是才发没几天的工资),在孩子和绍惠的眼皮子底下咣地带上门走出去了。绍惠和孩子都没说半句话,其实这时说话无异于挑起新的战争。朱响出门的时候,火气还很大,他心里的念头是:哼,你们不要再想见到老子了,老子在外头混好了认都不认得你们,以后咱们干净了,彼此没关系。上午还有一班长途汽车去长沙,九点开,第二天早晨到,到了长沙以后,再转火车去广州,就很方便了。朱响觉得一身轻,在小吃摊上吃了碗面条,吃面条的时候他开始盘算钱的问题了。银行里存的一千五百块钱,本来就是打算朱响去广州时带上的,但出来的时候急,取钱麻烦,朱响又是气出来的,所以没办法从容地去取钱。现在他买了票,花掉五十三元,还剩三百元,手头就紧些了。朱响突然想起了罗长立,到广州要是走投无路了,就去敲罗长立,人还不就这么回事,走到哪步说哪步。

朱响只吃了一碗面条,然后他在车站附近逛了一会儿,买了三袋面包留着路上吃,他知道路上的饭特贵,不能吃。逛到八点四十分,他去了车站。八点五十检票上车,他的座位靠后,几乎就是最后了,没想到去长沙的人还这么多。朱响坐下来就安心了。他静静地坐着,心里不知是什么滋味,既不兴奋、激动,也不悲壮,也不伤感,他就是静静的心情,像木了似的。车开出了车站,街两边熟悉的景观一一闪过,朱响摸出一根烟来吸,这时他开始有了一种孤独的感觉,有一种背水临渊的感觉,一切都真的像是要从头开始了,世界大约很大,哪儿容不下一个男儿呢?但几十年生命的背景却是抹不去了,它们会永远跟定你,随你到天涯海角,宇宙星空,你可以抛弃家庭、朋友和一切,但你不可能抛弃自己的历史以及以往的一切酸甜苦辣咸,不可能,不可能了。朱响一口接一口地吸着烟,车窗外的街道仍然在不停地闪过,快要到郊区的高速公路口了。

16

杨帆和朱响是星期四下午三点进的录像厅,这时间朱响记得很清楚,因为将近中午时厅办公室来电话,通知第二天上午九点准时开会,有重要事情,搞得挺神秘的,给朱响留下了印象。另外,当天的报纸上说,国外什么人发起的,今天是情人节,在欧美的许多地方,情人们都会想尽办法聚到一起,享受甜蜜的爱情之乐,那些还没有情人的,也会走上大街、公园、咖啡厅、娱乐场合,寻找情人或者一夜情人,因为另据传说,在今天享受到情人之乐的人,就获得了吉祥和如意。据报道,今天在欧美街头,男人去亲吻一个他并不认识的女人时,女人不得生气或愤慨,相反她得迎合男人,即使她并不情愿,她也得做出心花怒放的样子,以便为节日增添一种甜蜜蜜的情调。当时讲到这则新闻时,朱响还对杨帆说:"咱们国家要是也提倡这个节日就好了。"杨帆说:"这纯粹是为男人们的快乐专设的合法机会。"朱响说:"哎,这也是文明的表现吧。我爱人人,人人爱我,有一种友爱的气氛,总不是坏事吧?"

他们去的那家豪华投影厅,门票一块五,比一般的投影厅要贵一些,但里面也确实舒适一些。投影厅在二楼,他们进去的时候,先得经过一个很长的走廊,走廊两边开了些商铺,朱响说:"杨帆,你最喜欢吃什么?"杨帆说:"我最喜欢潮州的龙虾味鲜和台湾的野凤梨。"商铺里都有,朱响掏钱各买了两袋,自己象征性地开了一袋龙虾味鲜,其余的都归了杨帆。

他们边吃边进了一楼大厅,一楼大厅里琳琅满目地摆满了电子游戏机,一进去,那种嘀嘀嗒嗒的像情报中心一样的嘈杂声就把他们封起来了。杨帆说:"我特别喜欢这样的地方,这样的地方叫人把什么都忘掉,净想着玩。"这次他们看到了一个新奇的玩意,叫情人游戏机。游戏机里编出了一些爱情故事,真正叫爱情的游戏了:有一批漂亮的小姐,分别住在不同的地方,有的住在山里,有的住在海里,有的住在宫殿里,有的住在热带森林里,有的住在豺狼虎豹集中的地方,有的住在深宅大院里;有一个人,年轻人,也很英俊,要上那些地方去找小姐。他如果想接近小姐,就必须排除许多障碍,其中包括:武士、卫兵、沼泽、毒蛇猛兽、洪水、飓风、电子监视系统、雷区、毒气,等等。大部分情况下小伙子总是失败的,失败的时候游戏机里就传出长长的一声叹息:唉! 也有成功的时候,成功来到的时候,一位小姐:可能是白人姑娘,也可能是黑人姑娘,也可能是黄种人姑娘,穿着牛仔装,或者穿飘曳的长裙,或者穿新潮风格的时装,这一切玩游戏者事先可以选择——以上这些小姐中的一位就会翩翩出现,与小伙子共隐于帐帏暗示浓厚的背景中去,游戏机也会同时发出一阵哈哈的理解性的笑声。

朱响看的时候脑袋瓜开了小差。他突然想起前两天在一个地方看到的一篇短文章,文章说有一所小学组织小学生去参观长城,要求是参观回来后写一篇关于长城的作文。参观回来后老师布置写作文,其中有一个孩子,成绩本来就不怎么样,写作文就更费劲了,吭哧到下课交了卷上来,纸上只写了一句话:"长城呀长城,真他妈的长!"朱响想起来就笑,杨帆碰碰他:"哎,你笑什么?"朱响说:"好玩。"他指指游戏机。杨帆说:"什么好玩,他只差一步就找到那个姑娘了,只差一步。"朱响说:"就是这样才有意思,列宁不是说了,有意思的是过程,不是结果。"杨帆说:"哗!"

也许在一楼待的时间长了些,他们在二楼只看了一个半片子就离开了,一个片子是香港的火爆功夫片,半个片子是美国的警匪片。二楼投影厅里有些黑暗,而且看上去都是人头,给人的感觉是爆满。他们适应了好一会儿才找到墙拐角的一个位置坐下,他们坐得很舒服,简直就有了一种在自己的小窝里一样的感觉,至少朱响在一刹那是这么感觉的。他们坐定了之后,看见的第一个场面和听到的第一段对话是这样的:

某夜总会。

高脚酒杯。几个性感的小姐围着一个大亨式的男人,那男人的胡须像两把手术刀。

一个肉弹型的小姐跷着丰厚的大粗腿坐在男人的怀里,娇滴滴地问:

"老板,你贵姓呀?"

老板说:"姓焦。"

小姐们都假模假式地把手指儿在鼻子跟前一挥:"哪有这个姓呀。"

老板哈哈哈哈地大笑。

观众们也都哈哈哈哈地大笑,朱响和杨帆也笑。杨帆笑的时候保持着女孩儿的形象,她一边轻轻地笑,一边用两根细细的标致的手指,把野凤梨送到嘴里去。观众的笑声都是会心的而且是发泄性的笑声。到出来的时候,他们都两手空空了,吃的东西都吃完了。

从一楼的游戏厅走过时,他们又看见了情人游戏机。杨帆说:"哎,朱响,假设你到了一个女孩子的房间里,你想得到这个女孩儿,但是这个女孩儿的男朋友对女孩儿很有吸引力,他很有钱,脖子里夹着大哥大说话,怀里揣着美元港币,手底下有几个大公司,住着豪华的别墅,你在这些方面都比不过他,但是你到了这个女孩儿的房间,你又特别想得到这个女孩儿,你用什么办法?"

朱响说:"用暴力!"

17

朱响坐的车在郊区的洗车场附近抛了锚,两个师傅努力了一个多小时,最后他们宣布车走不了了,乘客们可以坐郊区车进城,然后退票、换票都可以。

乘客们炸成一窝蜂,不骂的很少,骂过了他们又都赶往停靠站,乘郊区车进城了。

朱响本来就没准备这样走的,现在冷下来,更觉得没把握,也没意义,只好去退了票回家。

到了家里,他脸凉得像个冷面杀手。可绍惠竟无事般地正带着孩子吃饭,他心里顿时又起了一股火。他把包扔在地上,进卧室点起一根烟来抽。没想到他一转身时,绍惠正靠在门框上看他,两人的目光意外地一撞,不由得都扑哧笑出声来。绍惠说:"不是赌气走了吗?上哪儿去了?"朱响说:"上广州去了。"绍惠说:"这么快又回来啦?"朱响说:"车坏了,要不是车坏了,你们就再也见不到我了。"绍惠说:"我们也不想再见到你了,你这么凶。"说着眼泪唰地下来了,扑到朱响怀里。朱响搂着她,拍了她一会儿,两人和好了。绍惠擦擦眼泪说:"没吃饭吧,锅里还给你留着菜呢。"朱响说:"我也饿了。"绍惠说:"还是家好吧,在外头谁能这么疼你,想着你。"朱响说:"哎,女孩子们都会欢迎我的。"绍惠说:"她们不过是暂时利用你罢了。"两人一齐到了客厅,孩子只顾自己吃饭、抢菜,对他们的闹剧熟视无睹。孩子知道他们总是闹着玩的,过一会儿又总会和好的,不当一回事了。

18

八点半朱响就到小会议室了,没想到人来得都比较早,会议室里已经嘈嘈杂杂都是人了。朱响跟这个讲几句话,跟那个打声招呼,虽然在一个单位,但大家都在忙自个的事,有些人见面也不太经常。最后朱响仍跟刘兴天、和根、先华几个坐到了一起。朱响说:"今天什么会,弄得挺神秘的。"先华说:"你真不知道还是假不知道?"朱响说:"知道是小狗,我净忙些别的事。"和根说:"忙什么事?"朱响说:"也就是别的事。"兴天说:"不是跟小情人约会吧?你要坦白交代,我们那天还看见你和杨帆站在桥上说话来。"朱响赶忙说:"没事,大家都没事了,我们那是碰巧碰上的。"和根说:"碰巧?怎么碰那么巧?我怎么就跟她不能碰巧?"朱响说:"那是因为你没去碰。"和根说:"看看,坦白交代了吧。怎么样?小妞可以吧?"朱响说:"什么可以?不懂。"先华说:"占了便宜卖乖,你跟她有没有一手?别怕,咱们不抢你的,都是朋友。"朱响说:"我怕啥我怕?你抢那不是抢我的,我不心疼,有人心疼。"先华说:"谁?罗长立?罗长立恐怕也无所谓,他在那边还能不走私?再说天高皇帝远,他也管不着,也不知道。"刘兴天说:"哎,别的倒不说,朱响找到一条发财门路,咱们现在不正好处于发财的淡季吗?你干脆叫杨帆倒贴。罗长立大概给她不少,她倒贴给你,咱哥儿几个也沾沾光,你可别忘了咱们。"朱响说:"行,要真有人倒贴,你们上我那吃去。"

黄片子放过,朱响正经又问:"哎,今天到底是什么会,弄得神秘兮兮的,叫一定到会。"和根说:"大概咱们报纸出不成了,刊号没批下来。"先华说:"他们这都是一群脓包,连个刊号都弄不到手。不过不出报咱们落个痛快,有啥不好。"刘兴天说:"收入少些。"朱响说:"自个想法挣呗。"转而想起那天在车站讲的话,就问刘兴天:"兴天,你说上福建去的,怎么不去了?"刘兴天说:"去,开过会就去。你们几个都不去,只好我一个人去了。"朱响说:"我想上广州去,也就是近期了,不能跟你一块去。和根呢,和根现在哪里都去不成,他得在家里等消息,说拜拜就拜拜了。先华呢,先华没事的,怎么不去挣两个?"先华说:"不用说了,我老婆比我还操心,热情地替我找单位呢,她这么热心,我再撒手走了,她多伤心,女人得哄,我这就得在家里哄哄她,增进夫妻感情。"朱响说:"先华,你才真是玩女人的老手,佩服,佩服。"和根说:"先华你们两口子这样,叫咱们心里都酸溜溜的了。"兴天说:"先华你们俩怎么能不白头偕老,你们今年准得诺贝尔夫妻奖。"先华说:"奖金多少?名不名的无所谓,先看财大财小。"和根说:"先华,你老婆操持你往哪里去?"先华说:"我跟你们说,你们千万别传了,你们别害我。其实这也是没影子毛的事,她有个亲戚在工艺美术进出口公司,她想把我往那里拾弄。"兴天说:"改行了,其实改行也无所谓,能挣钱就行。"朱响说:"改行就改行,只要有机会发财就行,发了财你再想干什么都容易。"和根说:"听单位的名字,就像个能发财的地方。工艺美术,现在这个时髦,生意也都大,进出口,这里头门道多了。你老婆真不错,真不错。"先华说:"现在还难说,难说。"和根说:"朱响你说要去广州,也是想干什么吧?不会就去旅游观光的。"朱响说:"真没有具体目标,就是想去看看。"兴天说:"那边机会多,去了再说也是个好办法。"先华说:"去了叫杨帆给你出个介绍信,上罗长立的公司抠一笔过来,发点小财。"和根说:"要么就叫罗长立出一笔钱,你跟杨帆合开一家子公司,你们两个配合得肯定好,真的,这不是什么不可能的事。现在社会这么开放,什么事都可能发生的,罗长立也不一定不愿意,对他也有好处嘛。再说你跟杨帆其实又没什么,他也不能无缘无故怀疑。"兴天说:"要么你就学电影上的,去吃白食,上罗长立那当食客去,高兴了就敲他一笔,再高兴了就再敲他一笔,他要是不给就公布照片,发布新闻,叫他难看。"朱响说:"你们这都是香港火爆片呢,还是美国警匪片?"兴天说:"朱响,说真的,我给你提供一条信息。前几天什么时候吧,广州的《南方周末》上有一个招聘记者的广告,你不如找来看看,那上头的意思我也没完全弄明白,就是说要招聘记者,但不包调动,不迁户口,可能是临时性的,月薪还不低,一两千块钱,你去试试,聘上了一边干着一边找别的事,找别的机会,一两千块钱你自己的生活费够了吧。"和根说:"这倒是个办法,你来回路费,在广州的吃住都解决了。"朱响说:"几号的报纸?"兴天说:"就是前几天的,五天以内吧,你上图书馆翻翻去。"

19

散会以后朱响直接去图书馆翻《南方周末》,一翻就翻到了,内容和兴天说的差不多,但也还是不完全明白。也许南方的广告就是这样,这是南方的现实,南方人一看就懂了。不包调动,不迁户口,就是给他们写文章就是了。写文章拿稿费,那怎么还有薪水?不过值得一试,以便解决吃住行的开销。朱响复印了一份揣在口袋里,顺路又去车站看了车次和时间。

20

会议九点半才开始,厅里分管的樊副厅长来参加了会议。因为是内部的会,大家都熟,所以开起来压力不大,但又因为樊副厅长参加了,大家不知道会后的连锁反应会怎样,所以又都很认真。

会议由原来的老总赵老总主持,赵老总先介绍情况,说经过数次努力,因为方方面面的原因,办报纸的前景看起来不太光明,至少暂时不太光明,所以今天召开全体人员会议,大家谈谈看法、想法,今后怎么办,有什么新路子,等等,大家谈,随便谈。

既然是大家谈,随便谈,又是大家关心的事情,牵扯到每个人的一二三四,所以发言不像有些会,冷场,要点名,现在是一个接一个发言。

蔡术说:"今天开这个会,我觉得很有必要。其实这会早就应该开了。报纸停出,已经很长时间了,数次申请,都未能有理想的结果,这虽然不是我们说了算数的,但我们总应该有更多的对策。比如我们可以先积极申请内刊号,先办内刊,积累条件了再申请正式刊号,或者等国家在新闻出版方面的限制有松动了,再办公开发行的报纸。另外我注意到,现在内刊报纸可以上市零售,当然邮局征订不可能,但零售就可以产生很大的社会影响,在经济上也可以解决很多问题。我的意见是,编辑部不要打散,先申请内刊号,等待机会。"

乔连荣说:"现在办报、办刊,都不容易。今年下半年社会上扩版改版已成风气,明年的报纸大战,抢稿大战,新闻大战必不可免,到时候肯定会有一番血战,厮杀。我们经过数次努力,没能拿到刊号,所以我想,至少明年不可能再办报纸。那么既然这样,我们就得面对现实,不能在一根绳上吊死这么多人,也不能像这两年这样,把大家都养起来等刊号,等批复。其实我们的路子很多,咱们机关临街的那一面墙,就可以投资改造改造,要么租出去,要么咱们自己干,成立个文化公司什么的。拉几个过去,优化组合,和厅里签个合同,每年上交多少,指标多少,放手让大家去拼,去搏,这样既发挥了个人才能,又为咱们的大集体、为国家创造了财富,何乐而不为呢?"

刘兴天说:"已经等了不短的时间了,大家都闲着,老这么闲着也确实不是办法,连自己的老婆都讲,你们这不成了寄生虫?拿着工资在家玩。其实咱们也苦恼,咱们这么大的人,正是干事的好时候,这么荒废了,也觉着不是个事。但这个现实摆在这里,那边在努力争取刊号,我们这边又不能去找第二职业。找第二职业,现在松点了,两个月以前都还不合法,那么怎么办呢?只好拿工资在家等刊号,变成了社会主义的蛀虫。现在情况明朗了,刊号暂时没指望,报纸办不成,我觉着啊,就放手让大家想法子去,你能调走,到更能发挥自己专长的岗位上去,你就调走,咱们也不要阻挡,因为咱们现在没有阻拦的条件。你能干什么,你就去干什么,实在不想去联系,去调动,觉着在什么岗位都拧的,建议厅里适当安排,让大家各得其所,物尽其用。但话说回来,要是能办报纸,自然最好,这工作熟门熟路,也弄得有感情了,轻易还不愿意放弃。"

会上百分之九十五的人都发了言,有长有短。大致上就是办报、不办报、办别的,等等,一直开到十二点多,真还有点热烈。最后,樊副厅长总结发言,说:"能办报最好,大家需要一个适合大家的工作环境,厅里需要一个窗口,社会需要一份精神食粮。但许多事情不是我们能做主的,要牵扯到方方面面,厅里还将为刊号的事情去做努力,这是一个方面。另一个方面,大家总是闲在家里,不是个办法,不符合改革开放的总体要求,也不符合大家的经济发展要求。怎么办?我们再研究,认真慎重地研究,找出最佳方案来,公之于众。但也有可能,为了长远的打算,大部分同志还要再等待一段时间,但这个等待就是积极的、激战前的等待了。大家可能会暂时委屈,发挥不了光和热,但是不要紧,这都是暂时的,不会永远等待下去。"

散会后刘兴天说:"除了和根、先华他们,我们为革命再等待下去吧。"朱响说:"等待就是胜利。"蔡术插进来说:"胜利是属于等待的。"先华说:"想想还是不调的好,这么好的地方,上哪找去。"

刘兴天说:"咱们都真的堕落了。"和根说:"都是老党员了,痛心哪。"

21

朱响这次真决定去广州了。当天晚上略微收拾一下。第二天早上吃过饭才打算再拾掇拾掇,电话响了,一接,是洪涛打来的。早上就打电话来的,这真叫史无前例了。

洪涛说他有个朋友从海南来,想在一块玩玩,三缺一,就差朱响一个了,叫朱响救急。朱响说:"我差不多得去广州了。"洪涛说:"今天不走吧?"朱响说:"今天不走。"洪涛说:"那不就得了,你来,我介绍你们认识认识,说不定对你有帮助呢。"朱响觉得朋友的面子重要,反正这也是今后一段时间里的最后一次了,做个纪念吧,就答应了。那边还都叮嘱:"你马上来。"朱响说:"放下电话我就赶到。"洪涛说:"等你了,雷打不动。"朱响说:"等着吧。"

朱响真的放下电话就去了。路上骑得风快,身上都发热要冒汗了。到了洪涛住处,还没来得及敲门,就看见门拉手上塞着个信封,信封上明明白白写着:朱响先生启。朱响就启了,把里面的信拿出来看,原来那位海南客一时兴起又要走了,洪涛没法,打电话给朱响,朱响已经出来,电话没人接。洪涛送海南客上车站了。信里叫朱响一定原谅,另外又附了海南客的姓名和地址,叫朱响上海南找他去。朱响哭笑不得,把信塞在口袋里,掏出笔在信封上写了:信已取走,再联系,朱响。把信封仍塞在原处,转身下楼,一边下一边想:怎么都是海南,要是有广州的多可心意,难道上天真要安排我去找罗长立?怪!怪!怪!

朱响一天都处于虚假的兴奋之中。晚上朱响才睡着又突然醒来,莫名其妙,又没做什么可怕的或者激动人心的梦,突然醒来了,就再无睡的心情。

朱响去解了个手,又喝了几口热水,在阳台上站了半分钟。他回到卧室里的时候,一眼看见了绍惠熟睡的脸,不知怎么的,他深沉地看着这张脸,心里升腾起壮烈的感觉。他傻站了一会儿。后来他上了床关了灯,睁着眼在黑暗里干躺了很久。

22

杨帆给朱响打了个电话来,电话里的她还是平时的那种腔调。杨帆说:"哎,朱响,你打电话来了吧?"朱响说:"你怎么知道的?我打电话好长时间都没人接。"杨帆说:"我当然知道,凭感觉,怎么样?"朱响说:"厉害呀。"杨帆说:"你决定去广州了吧,祝你好运!"朱响说:"这次真要去了,这两天忙着收拾收拾,到那边你有没有事要办?"杨帆说:"没事。你去不去海口找罗长立呀?"朱响说:"那可说不准,也许去也许不去,看那边的情况了,要是去海口就去看他。"杨帆说:"有什么事叫他帮你办。你别看他有几个臭钱,对你们这几位,他还挺崇拜的,他自个没这方面的本事,他就想有几个这方面的朋友。"朱响说:"你怎么知道我要走的?又是凭感觉。你肯定是听刘兴天谁说的。我还想了,电话打不通,等拾掇得差不多了,就上你那儿去告诉你一声。"杨帆说:"这次不是凭感觉,我碰见丁大姐了,听她说的。哎,你什么时候回来呀?"朱响说:"玩腻了就回来。"杨帆说:"那还真有腻的时候呀?你怎么走?"朱响说:"坐飞机没有钱,反正是去玩的,就坐汽车先到长沙,或者武汉,再坐火车过去。"杨帆说:"走前有时间再来看我,没时间就算了,也许你走时我会到车站送你的,祝你走运发财哪!"朱响笑笑说:"谢了,但愿发财,不发财也没关系,只要有几个好朋友就行了。走之前我可能会去看你的。"杨帆说:"那好,有时间我请你去看录像。我觉得咱们也该有进展了。"朱响说:"进展早该有了,但不一定非得要实质性的。不过录像还是我请你看。"杨帆说:"好,这话别忘了。"说完以后,她在电话里擤了好几下鼻子。朱响说:"怎么,你感冒了吗?"过了一会儿电话里的声音才传来,杨帆说:"我鼻塞。"这之后他们暧昧地沉默了好几秒钟,才一言难尽地把电话挂断。

23

刘兴天来电话,说他要上福建去了,回来再联系。他真的要去做那笔生意了。

不过有一天他们好像在街上见过一个小摊上有卖的了。但刘兴天说还不晚,他下决心要去做那笔生意了。

秋

队长良元找人装车的时候,已经是下午三四点钟了。他先找车。

车正在庄南头拉胜元家废了的旧墙框子。旧墙框子土能当肥料,敲打碎了,直接拉到地里撒开,就能长粮食——啥东西跟人混长了,都能当肥料使。良元找到庄南头,跟车的几个人正斜歪在废墙墙根看马发情。右梢马是队里去年才买的小母马,一身黑,皮毛光滑得像黑缎子似的,辕马在它的屁股后头,闻到它的气味,看见它翅尾扭腰欠腚的,就耐不住地带着一整个车,非常壮观地往小母马身上爬。那时正在歇歇子,看见它爬了,大家也不觉着是件坏事,一来它两个身架都还长得可以,比较配对;二来要真爬成了,给队上添个小马驹,连配种的钱也不用出,不是好事吗;三来也是个乐子,大家闲了没事干,看了开开心。

正在这时,队长良元来了。

良元说:"你们这干啥来?"赶车的宁元说:"小母马发情,给它配种。"学东接着说:"良元叔,你看你来得可巧,刚进去就叫你看见了,你看你有眼福吧。"良元说:"俺看不看不要紧,你看了晚上家去就熬不住了,一个人难受。"这边说着话,那边咣当一声,原来是辕马过足了瘾,带了车咣当一声从小母马身上下来了。学东说:"得叫小母马跑跑。"良元说:"跑过了上仓库拉两千斤小麦,上公社粮站。"学东说:"这都啥时候啦。"良元说:"公社才通知。"学东说:"俺三个人也不够。"良元说:"再给你找两个妇女。"说完就走了。学东把小母马卸了套,在空地上遛了几圈,没叫它撒尿,宁元和下乡知青陈军上车把装好的半车墙土都掀下去。都拾掇好了,马车就去了队里的仓库。

良元派来的两个妇女,一个是春梅,一个是小产娘,都还能干,她两个已经在仓库等着了,保管员也把磅秤推出来了。保管员说:"春梅,你家去一趟,叫你娘先贴几个死面饼,你几个带着晚黑吃,等会你从队里约十斤小麦。"春梅说:"俺家也不知可有好面了。"保管员说:"没有先借着。"春梅往家里去了,余下的几个人,圈折子的圈折子,挖麦的挖麦,过磅的过磅。马也都老实了,兴头都过去了。正干着,咣咣几声锣响,有几个人打仓库边的路上过去。几个人住了手看,原来是不认得的四五个人,走在前头的那个,模样精瘦,肩上扛了根棒,边走边喊道:"俺是河东队的,俺叫邵大千,俺破坏绿化。"他喊过了,紧跟在他后头的一个,五十来岁,提了一面小锣,接了他的音喊:"俺是老好人,见了坏人坏事不检举,大家不要向俺学习。"跟着就是咣的一声锣响。他俩后边跟了两个持枪民兵,弄麦的几个人都不认得。宁元讲:"那是哪几个?都是河东大队的呗?"学东讲:"那俩民兵怕是公社民兵,你望那架势,正正规规的。"几个人眼望着他们咣咣地过去了,才又弯下腰来干活。麦粒干燥,麦香清淡,却也混了些土尘味在里边。秋阳正往仓库的西头偏去。几个人齐伙劲干就快,马车很快装起来了,马都更严肃,凭经验它们知道这回是重载,不比在胜元家拉墙土,那是玩意活。

学东他们干这活也有经验,知道往公社粮站送麦,又得排队又得过磅,又得入库,一两个小时哪能回来。装好车,大伙便都往自个儿的家里去,拿一两件旧衣裳,防夜里冷,顺捎也跟家里人打声招呼,讲跟车上公社了,晚黑不家来吃饭。一应琐事都办完了,该撒的撒了,该喝水的也喝过了,春梅家死面饼也贴好带来了,又都回到仓库旁,都上了马车,一声吆喝,三匹马拉了车,往公社去了。

马车出了庄过了小桥,前头快望见大队部了。大队部离庄有半里来地,离前庄也有半里来地,孤零零的一排房子,有小卖部卫生所啥的,平常人没事都上那玩去。马车晃晃悠悠地走,现时人坐在马车上,比平地高出不少,再看平地原野时,就能望出秋天的不少痕迹来。小桥下的水流也清瘦了不少,水草根根可见,都有晕眩状,是秋阳的温和的假象把它们弄成这样子的。车上的人不出体力,现在都把厚衣服披上。过小桥的时候,桥那头走过来一个中年妇女,看见马车,她就在桥边上停住,等马车。马车到了,原来是胜元家里的,两个眼泡通红。学东讲:"你咋啦?"胜元家里的嘴唇发瑟,扶着马车帮,跟着走了几步,紧张地小声讲:"毛主席去世啦……"学东讲:"胡球扯个熊你,胡球扯俺抽你。"说着扬了扬鞭子。胜元家里的仍紧张地小声讲:"真的。"她松了手,瑟缩地站在路边,孤零零瘦单单的一个人,叫人望着可怜。她立在路边一直望着马车,直到马车走得较远了,她才磕磕绊绊地往庄里去。

大家都惊呆了,相信吧,这是不能叫人相信的事情;不相信吧,这样大的事,吓死她也不敢胡编乱说。马车走到大队部旁边,有一个人急匆匆地从大队部出来,原来是队长良元,良元的脸铁青难看,眼眶通红,他一眼看见马车过来了,就紧忙几步走到马车跟前,扶着马车帮子跟着走,嘴里对车上的人讲:"刚才广播了,咱们的伟大领袖毛主席,夜里零点七分逝世了。"他抽了一口气讲,"你们去下了粮食就回来,不要乱议乱编。"说完他就匆匆地往庄里去了。

马车摇摇晃晃地顺路走,路都是土路,乡下的路,不是土路又能是什么路;路都发白;马车摇摇晃晃地顺路走,车上的人都眼泪吧嗒的。车到了庄前了,从庄边上过去。前庄现时还是那个前庄,却叫人觉着不是原先的味道,庄里略微走着的几个人,半声言语都没有,静得叫人寒心。马都坑着头走,渐渐走过了前庄,走在野地

444

里了,前头骑自行车的人,快到近前的时候,那人却下来了,立在路边,候马车过去。那人是个干部身份的样子,却并不认得,不知是哪个队、哪个公社的。马车过去的时候,他抬头望了一眼,叹了口气,又骑上车子走了。马车孤孤单单地在干白的土路上走,老远一处才有个庄子,干秋活的人也都在老远的地里。秋风掠过,天瘦高苍劲,野地里的树比着夏天来看,也都苍劲多了,早落的叶子,已经旋着打树上掉下来了。

马车到了公社,停在公社粮站的大院里,学东去联络,余下的人就坐在车上、水泥台阶上等。

太阳已经落到屋子后边去了。陈军觉得胃很难受,扎扎地疼,也许是坐在车上迎风吹,没扣衣裳扣子冻着了。坐了一会,学东来讲:"叫咱把麦子卸在场上。"几个人便先卸了马,拉去拴在树底下歇着,又去借了木锨来,把车上的粮食都卸在水泥场上。粮站先有个人来看了看,又抓把麦子走了,学东也跟了去。这几个人又在地上坐了。陈军胃疼得坐不住,怕叫别人看出来不舒服,他就在粮站里四处走动,走在各处有灯光的屋里,看见里头有人忙活,也不知是忙什么的,不觉天就黑透了,回到几个人跟前,学东恰巧回来,手里端着个土黑瓷碗,讲:"咱先吃饭,人家都忙得顾不上俺。"这时院里的灯都亮了。男男女女四五个人在灯下围成一圈,看那碗里的东西,却是半碗辣椒酱,鲜红。宁元说:"行,这家伙下饭。"陈军的胃抽抽地疼,不知是咋的了今天。春梅打包里拿出一摞死面饼,饼已经冰凉发硬,一人拿一块,抹了辣椒酱就吃。吃完了轮着去压水井喝一气凉水,马也都牵来饮了。

到夜里九点钟才有人给他们过磅进仓。他们进的这个仓是临时的一个仓,跳板十几米长,五六米高。两个妇女在车下头装笸斗过磅,三个男人扛了往仓里倒。陈军胃疼得直出冷汗,第一笸斗他简直扛不下去,他觉得马上就要栽下去死了。咬着牙上去,出了一身汗。他们一鼓作气把两千斤小麦都入了仓,套上马车,空车往庄里奔。秋夜凉凉的,陈军的胃却好了。马在夜色里一路都跑得很快。

他们回到庄里,全庄人都没睡觉,都聚在队屋里外开会。庄里沉重得很,他们到的时候,队长良元正布置任务,第一项是把庄里的地富反坏集中起来,从明天早上开始,由专人看管,统一到地里干活;第二项是民兵都得做准备,保不准大队、公社和县里就有任务下达,要随时能够出动;第三项是全队抓紧秋收,把地里熟了的庄稼收回来,把该耕该耙的地都耕耙好,该下肥的也下好肥,做好种小麦的准备,打阳历上讲,现在正是九月上旬末尾了;第四项是从这会儿起,任何人不准唱歌,不准办喜事,不准放炮,不准穿鲜艳衣服,不准穿红衣服,没有大事,最好穿白衣或者青素衣,每个人都要戴黑纱,不准铺张浪费大吃大喝,最好不要乱串门走亲戚,大家要多听广播,不准传小道消息。学东、宁元、陈军他们在会场找个地方坐下。没有比这次开会秩序再好的了,以往开会,不是你放屁就是他出洋相,要么就是逗逗笑话,队长的话大伙听了也打半个折扣,有时故意提问题刁难他,有时男女间还讲些荤话干些荤事,惹得大伙笑疼肚皮。这次会,不管男的女的,老的少的,神情都很严肃,听了队长的安排,没有说半声不字的。会开到十二点多散会,大伙一散了去,庄里立时安静了来,没有一个人大声大气地说话或吵吵嚷嚷的。

队长良元、副队长永山和会计春江几个人,散会后留在陈军的屋里没走。陈军的住处就是队屋里的一小间。他们几个都闷了头吸烟,也没有多余的话讲。陈军打开了收音机,收音机里一遍一遍地放哀乐,一遍一遍地放《告全党全军全国人民书》,大家心里都坠得受不住。陈军关了收音机,大伙还是半句话都讲不出来,都把头埋在裤裆里吸烟。末了,都叹了口气,爬起来走了。

第二天,陈军管了一天地富反坏。打早上天麻花亮,庄里的地富反坏就接二连三来陈军这报到。昨晚开会,地富反坏一概不准参加,也不准外出,都在家里窝着,但他们通过各种途径也都知道了。陈军准备了一个小本子,上头写上年、月、日,来一个,就在当天的日期下签个名,有不会签名的,就蘸上红墨水,压个手印。庄里的地富反坏,只有不到二十人,不是老头子,就是老婆子,没有多少战斗力。因为公社的报纸还没有来,陈军就先带他们学习《红旗》杂志上的毛主席语录和毛主席最新指示。陈军随手拣了几段,他念一句,地富反坏跟着念一句。

十几个四类分子里边,有一个地主叫新广元,他家在新中国成立前有十几杆枪,新广元也玩过枪,不过那些年他还小,十五六岁。有一回,他调皮捣蛋上熘炕房的屋檐底下掏麻雀蛋,捅了一窝马蜂,蜇得他鼻青脸肿,在床上睡了半年多才好利索,差点没要了他的小命。正好那时候穷人翻身解放,他父亲叫一些公私兼顾的当地人给镇压了,地主的帽子一直戴在他头上没摘下来。也是他命孬,他叫马蜂蜇了以后,虽然好了,却留下一脸大疤癞,看上去凶顽,再加上他是玩过枪的地主,又加上平时打老婆恶得很,所以他一点人缘都没有,大家都觉得他太凶恶,比起那些小脚的富农婆之类人物来,他是庄里第一号随时准备进攻社会主义的阶级敌人。他老婆是他家的童养媳,指腹为婚,结婚后被他欺负得到家了,拳打脚踢是常事,要是在贫下中农家里发生这种事,大小队干部早管上门去了,在他地主分子新广元家,队里的人就睁只眼闭只眼随他去。他老婆也怪,由他打骂得厉害,遇见什么事还疼着他护着他,其实也不怪,他老婆的娘家也是地主,这就叫鱼找鱼,虾找虾,乌龟单找大王八。

吃过早饭后,地富反坏又到陈军这来集合,由陈军带他们上地里干活去。他们十几个人,大多都拿了粪耙子,也有带绳的,以便往回背庄稼。他们零零散散地出了庄,往西北湖地里去。西北湖地离庄不近,在新汴河堤下头。太阳已升得高了,他们到了地方,原来是一块晚茬大蜀黍地,地孬,种得晚,离庄又远些,管理不太好,地里的大蜀黍都稀拉精松。陈军交代了任务,老弱病残们就在地里散开,扬起粪耙子干起来。他们把大蜀黍连根砍倒,再背回去,背不完的来车拉。

干了不到一个钟点,太阳已经升得老高了,虽说是在秋日里,但太阳也还晒得人淌汗发热。陈军正要叫他们坐下歇会,从庄的方向来了辆自行车,快到跟前才看清是队长良元。良元下了车,和陈军在地头蹲下,陈军讲:"上哪儿?上城?"两人点了烟吸。良元讲:"上城,县里开三干会,咱大队张书记正拉稀,叫俺顶他一回,把会议精神带回来。"陈军讲:"都快晌午啦,到了也晚了吧?"良元讲:"不晚,下午开,俺先上几处地方走走。"正吸着烟说话,那边地埂子后头气冲冲冒个人出来,望见陈军先打个招呼:"领人来西北湖干活啦?"来人是在地里看庄稼的单身汉大癞。陈军说:"嗯哪。"大癞转脸对着队长良元,大喝小吃道:"队长,婊子养的不知是哪家的死小猪,跑地里来糟蹋庄稼,俺非逮住它不可!"说着就上地头摸四类分子带来的绳子。良元立马表态:"逮!逮住打死!不管哪家的,出了事俺担着!"大癞气哼哼地拎了根绳跑走了。

两人继续说话。蹲在地头望见地富反坏都有一下没一下地在地里干。良元说:"都还老实呗?"陈军说:"都老实。"良元说:"有不老实的给俺训,该扣他工分的就扣他工分。四类分子这会心里都高兴着哩。"陈军说:"他高兴也是瞎高兴。"吸了两根烟,良元爬起来骑上车走了,歪歪倒倒地骑上汴河堤,在树影里不见了。陈军抬头望望天,真不早了,就吆喝地里的四类分子歇歇。

上午没干完,下午又上西北湖地,人才撒到地里,大癞就过来找陈军讲话。两人吃了一根烟,陈军讲:"上午小猪逮住了呗?"大癞笑了:"是队长家的,放了。""咋放啦?""那有啥咪?干部不讲阶级斗争、不讲原则的也多咪。上年地主宝义家翻屋,干部去喝酒,划拳一伸手:俩好不错;咋讲咪?咱跟干部学。"陈军讲:"你个大癞!"

下午干活没干一顿饭的工夫,新广元哼哼着捂住肚子蹲在地上了,陈军过去问:"你咋啦,新广元?"新广元半死不活地哼哼:"俺肚子疼。"陈军说:"怕是拉肚子,上沟里屙泡屎去。"新广元佝偻着走了。才走了五六步,地里有娘们喊:"往下风头去。上风头一屙,地里哪还能蹲人?"新广元忙又佝偻了腰往下风头的沟里去。地里的人偷偷捂嘴笑,但没有一个敢笑出声的。

新广元去屙了一会,不见回来。陈军怕他搞破坏,拎了粪耙子去看。一到沟沿,看见新广元还蹲在地上屙,半条沟都臭,陈军给憋得倒噎了一口气,张嘴讲:"新广元,还没屙好,下午不想干活了?"新广元愁眉苦脸地说:"俺肚子难受。"陈军说:"快点屙!"憋住一口气,转身离开沟沿,走出去老远才痛快地大口呼吸起来。这会地里的四类分子早已干得无精打采了,陈军对他们无计,摆摆手说:"歇歇,歇歇喽。"自个率先找路边一块有草的地方,放倒身子仰面望天去了。晚上收工他们也略早些,天才刚黑他们就进庄了,老弱病残的,一人背了一捆大蜀黍,到场上交了,各自回家去。

队长良元晚上回来得晚。许是会散得迟,他又蹬车子往家赶,先上书记家汇报会议精神,再回月亮滩庄来,回来就不早了。

他回来先叫副队长永山满庄里喊"开紧急社员大会",交代过了他赶紧家去吃碗饭、吃块饼。副队长永山吃饭也才吃了大半,摸块饼子就出去了,从庄东头喊起:"吃过饭都上队屋,开紧急社员大会,不准带小孩,不准有人,哪家有了人,叫民兵去抓起来!"直喊到庄西头。庄里有吃饭早的,已经睡下了,忙不迭都穿衣服爬起来。庄西头宁元问:"啥紧急会议?"永山说:"去了就知道了。"又打庄西头磨回来喊:"四类分子都上仓库院里集合,不准有人,哪家有了人,叫民兵把他捆起来!"直吆喝到东头,又交代了两个民兵上仓库院里看着去。

要在平时,社员也不当真,都吊儿郎当,隔三岔五地来一两个,三五顿饭的工夫也到不齐。现在就不同了,都来得快,挤在屋里、院里小声说话。

人到齐了,队长良元站在院子当间讲话,还叫复员军人学军带两个民兵在队屋院门口看着,一是防止阶级敌人破坏,二是不叫人随便出去。院里放了一张小方桌,桌上有个罩子灯,良元站着讲:"今天下午在县里开三干会。三干会就是县、公社、大队三级干部大会,要是加上生产队这一级,就叫四干会。县委书记、县革委主任都出来,会场人都哭得呜哇的。会上反复强调,伟大领袖毛主席逝世期间,一定要抓好阶级斗争,地富反坏右都要控制起来,不准他们乱说乱动,要加强无产阶级专政,注意阶级斗争新动向。党中央决定,九月十八号下午三点召开伟大领袖毛主席的追悼大会,各地都要组织收听,各地都要组织分会场,县里要组织有三万人参加的分会场,地区要组织有十万人参加的分会场,没有条件组织分会场的,都要组织收听。地富反坏右都要集中起来学习,互相揭发批判,各公社、大队、生产队都要有人连夜值班放哨,庄里要组织民兵巡逻,县城里要组织民兵护厂、护校、护城。县里特别强调,在这期间,严禁大声喧闹,严禁办喜事,严禁请客吃饭喝酒划拳,严禁穿红花衣裳,严禁娱乐唱歌、吹拉弹唱,严禁打扑克牌,严禁放鞭炮,严禁传播小道消息——哪个传就把哪个抓起来,无产阶级专政是严肃的,严禁无事串街走巷、串门走户——小毛娘,像你平常那样就不行,严禁干一切不利于当前革命形势的事情,公社要在小礼堂设灵堂,俺们等候公社的通知,集体参加吊唁。"

良元说完这段话,停住了,坐下,从衣袋里摸出一根烟卷,凑到罩子灯上点着。一院子人都不讲半句话,都低着头,良元也不讲话,点了烟,坐在条凳上,他的旁边,一边坐着副队长永山,一边坐着会计春江,还有几个班子成员都坐在桌子边上,大家都抿着嘴坐着,脸上都发木。静坐了有五六分钟,良元站起来又讲:"还有一件事,县里叫各单位提高警惕,江苏地震台预报,从今天夜里凌晨两点十五分起,二十四小时里,苏北扬州一带,将有大震来到,可能要影响到咱们县,今天晚上大家睡觉都警惕些,不要睡得过死,一有动静,就往外跑,家里有防震庵棚的,就在防震庵棚里睡。"良元的这段话讲完,社员都议论起来,有的说:"准不准?要准俺就在外头熬一夜,俺睡觉死,人打俺都打不醒。"有的说:"俺碰见事就慌,半夜黑灯瞎火的,俺往哪跑。"有的说:"半夜插门上锁的,俺家老的老、小的小,老小一大窝,哪能跑彻。"队长良元说:"大伙都别吵嚷了,叫小陈给大伙讲讲注意事项,小陈那有书。"陈军讲:"书俺也不知扔哪去了。"又站起来讲:"地震发作快,不知啥时候就来了,大伙晚上睡觉,门都不要插得太死。"良元讲:"咱村夜里有人巡逻。"陈军讲:"地震一来,赶紧就往外跑,不要拿东拿西,妇女先抱孩子,抱上孩子就往外跑,跑到没有建筑物的地方。"有个妇女问:"啥叫建筑物?"永山训道:"建筑物就是房子。乱插个熊你!"陈军讲:"建筑物就是房子,离房子至少要有十米远。地震来了,要是来不及往外跑,就钻床底,钻床底要拣结实的床,钻木床。"永山训道:"凉床你钻个熊钻,房子倒了一家伙就砸塌了!"陈军说:"凉床不能钻,要是没有木床,就钻大桌子,大桌子也得结实,不结实就砸塌了,要是没有大桌子,又没有木床,就钻凉床,要趴在下头,胸脯不要贴着地。"宁元讲:"胸脯贴地怕熊?"陈军讲:"胸脯贴地就把内脏震坏了。"永山讲:"别乱球插!"陈军讲:"地震都是一阵一阵的,这一阵一停,赶紧爬起来往外头跑。"永山训道:"别死球趴着!"有个妇女讲:"听说地震时人都跑不动。"永山训道:"跑不动死你个×去,叫你别球插你偏球插!"陈军讲:"要是叫房子砸在里头,得喊人,过一会喊一声,过一会喊一声,别哭,一哭就没劲了,外头人也不知道你在哪个地方,也不能救你。"永山训道:"哭有球用,您喊:救命、救命,外头人才知道去救你。"陈军讲完坐下了,永山讲:"都听见了噢,你自家不警惕,砸住了,还是你自家疼。"班子的几个人又凑了凑,具体安排了,再没啥事了,就散了会。

  这晚上陈军跟良元两个在庄里转了一圈,转到老兴元家时,老兴元家的老母猪正在猪圈里下窝子。陈军讲:"猪下窝子俺还没见过。"队长良元讲:"你看看。"自己一个人往东庄头去了。

  老兴元家的猪圈靠庄边上,外头就是庄稼地,他家的一条大黄狗在猪圈外头摇尾巴。猪圈很大,里头又干燥又干净,猪圈里挂着一个玻璃做的煤油灯,老兴元搬个小板凳坐在猪圈里,板凳旁边放着一根小棍。

  陈军先是靠在猪圈墙上。靠了一会,母猪只是哼哼,有时还一憋气一憋气的。老兴元说:"你进来呗。"陈军说:"不进去了,进去碍你事。"老兴元讲:"那你坐在墙上呗。"陈军一欠腔,坐到墙上了。猪圈很矮,陈军坐在墙上,把两只脚也放上去,觉得很舒服。庄里有些咳嗽声传来,除此之外,夜就显得很静了。夜静得叫人激动。陈军说:"猪怀孕要几天?"老兴元说:"头一窝要一百一十五天左右,以后就是一百一十三天了。""小猪将下来就能吃奶呗?""将下来就吃奶,馋着哩。"陈军说:"小猪将下来有多大?"老兴元说:"将下来不大,吱吱叫。"陈军说:"那你旁边放根棍做啥?"这时母猪哼了一声,动了一下,老兴元忙去看猪,没回陈军的话。原来是将了,老母猪一憋气,屁股底下滑出个粉红颜色的肉蛋蛋。陈军很惊奇。过了半个多小时,小猪都将下来了,有九个,挤成一窝。

接生完了,老兴元擦过手,出了猪圈,扯扯陈军,两人走得离猪圈远些,就蹲下吃烟。老兴元说:"猪通人性哩,哪家要去卖猪,咋咋呼呼找板车,对别人讲要去卖猪,叫猪听去了,它就死不吃食,你拽都拽不动它。老母猪下窝子,它自个儿不知道,就把小猪咬死了,俺就拿一根小棍,它一咬,俺就往它嘴上打,它就醒了。可嘴上不能讲,讲时叫它听去了,它偏咬,把小猪都咬坏。"

陈军第一回听见这番道理,惊得嘴张了半天。两人吸了一会烟,陈军爬起来往家里去。夜色中,路两边的咳嗽声不时传来。秋夜清凉甘甜。陈军走到庄头,往田野里看了一会。田野静静地睡在秋夜的怀抱里。陈军在路边的一个石磙子上坐下来,石磙子冰凉。陈军坐着往夜色里的田地看,田地是很深很深的样子。下半夜了,秋夜的露水正往一块聚,石磙子已经发潮了。陈军又坐了一会,庄里还有人没睡,庄里不知哪个讲了一声:"队长呗?""嗯哪。""还没睡?""睡不着。有啥情况呗?""啥情况也没有。"对话灭了。刚才的话都跟没讲过的一样,叫人记不起来。虽说已是下半夜,陈军倒一点不困。他又点了根烟吸。看见田野上头新现出一颗亮星,熠熠地闪。不知那星是谁。看了一时,那星渐隐了去,原来是起了秋雾了,秋雾一时浓一时淡,扑在脸面上,脸面能觉出那浓淡。庄里传来的咳嗽声都黏滞得很。陈军丢了烟头,回到屋里,开开门,上床睡了。

因为心里有事,陈军早早就醒了。天才麻花亮,雾气很重。陈军出门经过队长良元家时,看见良元正打屋里往外走,便打个招呼,讲:"俺上县城走一趟,早饭就回来。"良元讲:"你去。"陈军出了庄往北河堤去了。

路上的草梢上都是水珠,雾气扑扑地来,脸上清凉爽快。远远地望见雾里浓黑了,知道那是汴河堤上的树。一步步上了汴河埂,上去了,又往河滩里下,一条沙土的宽路直引了陈军往渡口来。渡口上有一间土房子,又粗又矮,走近了才望见个半老的老头,正蹲在门框子里,拿大拇指往烟袋锅里按烟末子。来得近了,老头抬眼望望,平平常常地讲:"来啦?""来啦。""进城?""进城。"老头是没睡醒的样子,眼上毛屎老重,滚成疙瘩,把眼皮都巴糊住了。陈军在门口也蹲了,摸出烟卷来抽,递一根给老头,自个儿一根,老头望望烟牌子,字不认得,但知道是"砀梨牌",放在耳朵根子上夹住了,张嘴讲:"俺昨晚上听见鸡叫,忙爬起来望,望见一匹黄狼子,正咬住鸡脖子往外拖,见俺出来了,黄狼子拔腿跑了,俺撵了一气没撵上,回头拎了鸡,上灯底下一望,鸡脖子叫咬断了,鸡断气了,俺闭不上眼,守着鸡吃烟,吃到天麻花亮,俺爬起来把鸡给煺了,哪,光身子鸡搁案板上哩。"陈军爬起来去看,那房矮小,非得低头屈脖才得进去。陈军进去了。案板上正放了那只断脖的光身子鸡。陈军打屋里出来,老头讲:"俺们走呗。"把烟袋在嘴里含了,两人上船。

　　河面老宽,新汴河是人工河,挖了好些年才挖成。船到河心里,影影绰绰望见上头不远处,泊了两条木船,船上也像是没什么动静。船到对岸,陈军下船上岸往路上去,翻过河埂,有两条路,一条大些、直些,自然就远些,一条在沟底上上下下,小路,近些。陈军走小路,下到沟里,两肩上都是庄稼。上上下下,不多时就进了城。

　　城里这会儿才半醒过来,街上有几个人。陈军注意了城里的气氛,只觉得沉静得有些揪心。陈军觉得胸膛很庄严、很悲壮!他一直走到城中心的十字路口。这里平时是最热闹的地方,现在还早,人不太多,有几个买菜的,有几个锻炼身体的,有打扫卫生的。陈军在城里走了一遭,各地方都看到了,然后去了县邮电局,县邮电局有他一个远房亲戚,在分拣科当干部。到了亲戚家,人都才刚起来,正在门口刷牙。陈军喊了一声:"大哥。"大哥抬头望见是他,忙漱了口,说:"陈军,十几天没上城了。"陈军说:"没捞到出来,乡下这会正忙。"大哥讲:"这几日都讲地震地震的,你也不家去看看?"陈军说:"正想回去看看咪。"大嫂这时也出来了,打个招呼道:"啥时候回去?听讲宿县那边都紧张得很哩。"陈军说:"早了也回不去,想十八号早上,打你这骑辆自行车回去,候汽车不保险。"大哥说:"你来骑就是啦。"大嫂说:"啥时想骑,你就来推。"又说:"饭好了,坐下吃饭,吃过饭你办你的事去。"陈军说:"没啥事办。"在大哥家吃过饭,陈军赶紧又回了月亮滩庄。

这天没发生地震,也没有要发生地震的迹象。社员在地里干活的时候,都议论这件事,都不知道会不会发生地震,二十四小时还没过去,谁知道会有什么变化。

到晚上六点多,各家屋里的有线广播小喇叭,突然都嗡嗡地响了起来,仔细听才能听出点头绪,原来是公社的紧急通知。通知说:地区抗震指挥部刚刚发来紧急通知,今晚八点起,四十八小时之内,将有地震发生,命令全体居民搬到室外,不准待在屋里,机关工作人员一律在防震棚里办公,工厂一律停工,商店一律关门,在外面搭棚售货。

紧急通知播送到第三遍时,良元和永山分别急匆匆地跑到队屋来了。见到陈军,队长良元讲:"咱们几个分头上庄东庄西喊去,一个人也不准留在屋里。"讲完了,三个人分别跑到庄子里,大吃大喝大喊,叫社员都出来,半个都不准留在屋里。这时不少社员也听到广播了,正忙手忙脚地往外抬东西,猪、鸡、狗都乱叫,吵哄哄的。忙乱了一两个钟头,庄里才渐渐安静下来。不少人家的陈年大床都搬出来了,一家几个孩子挤在上头睡,猪和鸡都在床边上,猪拿绳拴了，鸡拿筐装了，一些人家连破烂棉絮都搬出来了。大家都坐在或睡在外头，半晌不夜地讲几句话，等待地震的到来。

良元又巡视了一遍，到八点了，各家也都弄过饭吃过了，房里差不多不剩半个人了，良元才往家里走。走过队屋时，看见陈军搬了个凉床在外头空地上，正跟会计春江坐着讲话，便也过去蹲了，讲："今年也怪，啥事都碰在一块了。"春江讲："刚才大队张书记来，没找见你，叫俺传达一家伙。"良元讲："传达啥？"春江讲："传达公社指示，公社讲，咱们这个地方的地震，可能还不小，公社要求各大小队做好充分准备，一定要在外面搭防震庵棚，不准在屋里睡觉，各大小队都要有人日夜值班，地震一到，就在广播里吹号报警，值班的听到后，马上撞钟敲锣，一村钟响，别的村也立刻撞钟敲锣。假如碰到阴雨天，广播线路不通，或者有些边远地区广播达不到，自行车和拖拉机又不能送信，怎么办？公社找了几匹马，正在练骑，打算送信用。各大队都要成立保卫组，救护组。"良元讲："咱庄有巡逻的就行了，看见哪个在屋里睡，就拉出来，在外头睡不要紧，地震来了，震几家伙，死不了人。"正说着，永山和巡逻民兵学东跑了来，气气地说："队长，四类分子新广元睡在屋里头，死活不肯出来。"几个人一听，都觉得事情有些严重，是阶级斗争的新动向，唰啦都站起来了，良元讲："走，看看去！"

五六个人一拉溜唰唰唰唰奔了新广元家。新广元家在庄中间，房是草房，破破烂烂。到了新广元家，几个人低头都进了门，他家门也没关，进去以后黑灯瞎火，啥也看不见，队长良元闷着声说："新广元，新广元！"房间一头发出些响动，新广元病歪歪的声音传了过来："哪个？啥事呀？"永山厉声说："不要装蒜，赶快把灯点着。"这边学东刺啦一声划着了火柴，光亮一出来，就看见新广元睡在床上，正伸出一只胳膊在箱板上摸火柴，他的眼叫光刺得直迷糊，他老婆睡在里头，正忙着穿外面的厚衣服。

学东把灯点着。良元严肃地说:"新广元,人家都上外头睡了,咋就你特殊,千呼万唤都不出去!"新广元有气无力地说:"队长,俺拉肚子。"会计春江讲:"叫你上外头睡是为你好,轰隆一家伙砸死了,怪你还是怪队里?你安的啥心!"永山讲:"俺看你想破坏大好的革命形势!"新广元坑着头闷不作声,看起来有些犟,他老婆也不知做什么好,想劝他又不敢劝。这边几个人也不讲话了,气氛顿时很僵。僵了一会,良元的火气也顶到脑门子,他嘴一抖,一挥手说:"开批判会,阶级敌人还猖獗得很哩。"

几个人唰唰唰出了屋,永山和学东、陈军去通知社员来开会,会计春江家去找大汽灯。十几分钟后,会场就在新广元家门口布置好了,社员也都来齐了。良元站在灯底下说:"咱们今天开个批判会,批判地主分子新子元破坏革命大好形势的企图。新广元,你安的什么心?公社三番五次通知,不准留一个人在屋里,咱队里也吆喝了半天,你赖在屋里就是不出来,你想干什么?嗯?"春江讲:"你想向革命群众示威吗?"永山说:"咋拉咋讲你都不出来,你还想顽抗到底?!"陈军说:"新广元一点不老实,昨天就说拉肚子,蹲在沟里屙屎,半天不出来,抗拒劳动改造!"永山说:"秀芝,你讲讲。"秀芝也是个基干民兵,听见点她的名,就说:"阶级敌人猖狂向无产阶级进攻,咱们坚决不答应!一万个不答应!"良元说:"这是阶级斗争的新动向!阶级敌人还把眼睛睁得很大,暗中窥视方向,以求一逞,俺们要随时提高革命的警惕性!"永山说:"新广元,你还有什么话说?"新广元低着头,蚊子一样地说:"俺不老实,俺猖狂向无产阶级专政进攻,必定碰得头破血流。"永山说:"宁元,你再讲讲。"宁元正在人堆里吃烟,被永山突然一点,弄得一愣,吭吭哧哧讲不出话来。人堆中有些娘们捂着嘴笑。永山严肃地说:"不准笑!宁元,你住在他家隔壁,他睡在屋里,你知道不知道?"宁元吭吭哧哧地讲:"知道。"永山说:"知道你为啥不斗争?"宁元结结巴巴地讲："俺,俺睡死啦。"小产娘讲："睡死了你咋还知道?"又有些娘们捂了嘴笑,都不敢笑出声,笑一下子忙就收敛住。宁元答不出来。学东说："你原来不是小钢炮吗?俺看现在是小闷炮!"良元说："你想搞阶级调和,做老好人!"春梅说："俺们革命群众一千个不答应,一万个不答应!"永山说："谈谈你的活思想。"宁元低着头说："俺阶级立场不坚定,见到坏人坏事不敢斗争,想做老好人,这是阶级斗争的新动向。"会计春江说："欢迎你重新回到革命队伍里来。"

批判会继续进行,大家踊跃发言。趁大家发言的时候,班子几个人商量好了一二三条,等批判得差不多了,新广元已经臭不可闻了,良元站起来说："今天的批判会暂时开到这里,宣布几条措施,第一,四类分子新广元必须在外面睡觉;第二,四类分子新广元明天必须参加劳动,不准请假;第三,四类分子新广元向干部汇报一次活思想。"又讲了一些地震方面的事,才散会。

天气一直都是好天气,正是秋高气爽的时候。大批促大干,地里的庄稼也收得很快。地震到第二天下午还没来。良元到公社开了一次会,回来说,公社正在布置灵堂,有些大队也设了灵堂,过几天,等候公社的通知,全队人员要到公社去吊唁。春江到城里去了一趟,回来说,城里的商店绝大多数都关了门,有些店门口摆了小摊子,卖些香烟、糖、酒、盐,工厂差不多都停工了,城里到处都是防震庵子,机关里的人都在传达防震文件,组织抗震学习,良元、永山、春江几个人碰了几次头,进一步落实防震抗震措施。社员家有条件的,都在门前空地上搭了草庵子,没条件的就拿凉席在床上架个拱形棚,或者就在树底下睡。

这天下午还发生了一件事,社员上地里干活的时候,发现有几只野老鼠搬家,大老鼠带着小老鼠,突突突打路上跑过去了。经过学习文件,大家都了解了一些地震情况,知道动物有异常变化,可能是地震的前兆,良元立即决定,大家回村保家,把该拿的东西都拿出来,人一个也不准留在屋里,牛、猪都牵到外头拴,又派了春江到大队和公社报告。公社接到报告后,在广播里广播说,月亮滩庄发现了异常情况,老鼠大搬家,可能是地震前兆,各村顿时都忙得鸡飞狗跳。

这天晚上,陈军在院里放了张方桌,点了一盏煤油灯,到夜深人静的时候,把《毛泽东选集》第一卷的最后一篇文章读完了。

他是从二月五号立春这天开始通读《毛选》第一卷的。因为农活多,没有多少闲空,所以到今天才读完。读完后,陈军整理整理思路,又写了会读书笔记,才收拾起书、本、笔,到凉床上去睡觉。

天快亮的时候,哗哗地下起了雨。雨很急,霎时把庄子浇得很混乱,一片哭爹喊娘的声音。家里有小庵棚的,都在庵棚里继续睡觉,没有庵棚睡在外面的,都急忙搬了凉床子躲进屋里。幸好这时天马上就要亮了,差不多该起来干活了,要是在半夜里下起了雨,人们回到屋子里睡,地震一来,跑都跑不掉,听说唐山地震就是下大雨的时候发生的。

这一天没有什么事情,也不能下地干活,雨时大时小。队长良元和会计春江在陈军屋里坐了两个多小时,良元歪在床上吸烟,春江蹲在门扇子旁边,陈军坐在小方桌上。吸烟多了,把嘴都吸苦了,烟叶子孬,又是拿报纸卷成的喇叭烟,一股子报纸味。坐着坐着,三个人迷迷糊糊都睡着了,这一阵事多,都乏得很。

秋雨哗哗地下,一时大些,一时小些,间或还飘些雾毛子,飘得没个边没个际的。整个大平原都罩在秋雨雾毛子里了。

院里跑进来一只小花猪,一点点大,还不知道好歹对错,进了院先哼哼着,东拱一嘴西拱一嘴,拱到开着的房门边时,看见春江靠在门肩上打盹,就停了哼,站直了,考虑该咋样办。站了几秒,决定了,就伸出猪嘴去拱春江的裤裆,把春江哎哟一声拱醒了。小猪吓得一掉头蹿老远,直蹿出院外去了。

良元和陈军都被春江哎哟醒了,睁开眼,这才发现雨已经停了,也不知几点了,估摸还不到吃晌午饭的时候。良元讲:"拾掇拾掇就该种麦啦,地里收得差不多了吧?"春江说:"差不多了,天晴就能种麦啦。"良元讲:"咱们往地里头望望。"

三人赤了脚,把鞋都留在屋里,吧嗒吧嗒地踩进了泥地。秋雨刚刚浇淋过的泥土地,略略有些烂。人一走到外头,就觉得闷气一点都没有了,人都好舒畅。脚下踩着的泥水,因为是秋雨泡的,有一些凉意。

他们走出庄子,走到庄外的田地里。天上的云彩还有些厚,有点发黑,地里的高秆庄稼差不多都收尽了,有些收得离离拉拉的,或者只收了一大半,剩下一小半,也不太碍眼了。汴河堤上的树,都清清亮亮地显出来了。地也耕翻不少了。春江讲:"今秋雨水怕少不了,旱了一夏了。"良元讲:"下点雨也好,只要不做成连阴天。"在地里吧嗒吧嗒转了一大圈,脚上弄得都是泥,转到过了正晌午,三个人才往庄里来。

晚上八点整,广播喇叭里又播出了一个通知,接到地区的通知,戒备令解除,但各生产队仍要提高警惕,以防地震的突然袭击。这则通知一广播,庄里又忙乱了一阵子,睡在外头的人都纷纷把东西往家里搬,把鸡往鸡窝里塞,把猪往猪圈里赶,忙乱了好一阵子,才平息下来。

地震的事慢慢过去了,秋收秋种正在忙的时候。

九月十七日,是各大队、生产队按规定时间到公社灵堂吊唁的日子。原来说是八点钟集合统一排队去公社的,在乡下本来也没个钟,没个表,时间都是大估摸,以往乡下的早饭,八点恐怕还正在锅里煮着,但九月十七这天,早早地各家都吃过饭了,也没叫队长、会计吆喝,才七点多,各家的劳力,都穿得齐齐整整,左臂佩着黑纱,胸前戴着白花,来队屋跟前集合了。原先的要求是,各队的男女劳力都要参加,年龄大的或者身体支持不了的,可以不参加,一个是考虑人数太多时间不够,吊唁不完;再一个考虑是各队到公社都要走一程子路,多则二三十里,少则七八或五六里,年岁大的,身体弱的跟不上,拖拖拉拉不整齐,不好管理;第三个考虑是年岁大的、身体弱的,在悲痛之中若支持不住,公社医院条件差,不一定能抢救。但是到集合时,那些年岁大的,从旧社会过来的,身体弱的,还有连牙都不剩几颗的拄着棍的五保户,都来了。会计春江说:"你们都回去,咱们这是去给伟大领袖毛主席吊唁,你们再倒下了,咱们抬不了你们。"胜元家老头讲:"俺们不叫你抬,俺们也活够了,毛主席都一撒手去了,俺们还活得滋滋润润的做啥。"说完,嘿了一声,一跺脚,一低头,眼泪就下来了。老五保山元气得嘴发紫,手发抖,瑟瑟地拿手里拄的棍指着春江讲:"妈拉个×春江,你好了疮疤忘了疼,俺给地主扛活那会儿,要不是俺省口粮食给你娘俩,你球毛都不剩半根了,你不叫俺去,俺就搁你身上碰死!"春江惹不起他们,忙去跟良元商量,良元也没法,良元讲:"叫学东套车,拉他们几个去,再派几个人跟着,进灵堂不行了,赶忙架他们出来。"挑了几个人,有子女媳侄的叫子女媳侄跟一个,五保的由队里派个人跟着。

来的男人都穿了蓝中山装,基本上都是粗布的,哔叽什么的极少,就这些衣服,平常也还都压在箱子底下舍不得拿出来穿呢。女人大都穿黑裤子,白褂子,平时这两种衣服女人就常穿,要是下地干活,不是蓝就是黑,料子都很一般,像春梅那一件的确良花褂子,还是托陈军回宿县,在宿县跑了好几天,在军分区托一个熟人才买到的一块料子。女人除了黑裤子白褂子外,脚上还都穿了白鞋,白鞋都是女人自个的手工,原先有的,就手就穿上了,原先没有的,公社通知了吊唁以后,她们都起早贪黑地赶做,软帮软底,都赶在十七号之前做好了,还有不少妇女给家里的男人每人都做了一双,连小孩子也穿上了白鞋,这都是女人的心情和手工。

队屋外头黑压压的一片人,都是黑白两色,哪个人都不多讲半句闲话,多做半个小动作,也不像平常那样,站没个站相,坐没个坐姿东扭西歪的,这会大伙都齐刷刷地站着。时候还早,会计春江说:"良元,要么咱早些去,路上拖拖拉拉也就差不多了。"良元说:"好。"决定了,良元就转向大伙说:"咱们这回上公社,给伟大领袖毛主席吊唁,人人都得遵守纪律,有哪个犯了纪律,给咱月亮滩丢人,回来就没他的好日子过,一切行动听指挥,到公社人家都安排好了,叫咱咋样咱咋样,咱去几个人,回来几个人,一个不准多,一个不准少!"

讲完就上路了。马车拉了些老头老婆子在前头走,马脖子上和车上都扎了白花,还由春梅和秀芝架了一朵大白花坐在车头前。后头一个庄的成年人都跟着。

队伍走到前庄时,看见前庄黑压压的一庄人,也都集中在队屋跟前了,他们队大,也都是黑衣白鞋。走到前庄小学校时,小学校的旗杆上降了半旗,旗杆顶上是一朵白花,苍白苍白。过了前庄,就走在野地里了。走到拐弯的地方,看见前庄的队伍跟上来,也是领头一个大白花,由两个女青年架着,后头黑压压跟了一二百口子。再往前走,离公社近时,各条路上就都望见人了,都是一队一队的,黑衣白鞋,队伍前架着大白花,打各条路上往公社汇。快到公社时,看见公社那里已是人山人海了,各条路上都走的是人。正走着,公社有个民兵,持着枪,过来问是哪个队的,学东讲是月亮滩的,持枪民兵讲:"你们原地待命,公社都有安排,按秩序进公社。"

月亮滩的停下来,后头跟着的前庄的队伍也停下来。路上来的吊唁队伍越来越多,公社大,有十来万人口,成年劳力少说也得有两三万,都集中起来,就显得不得了的多。

等了老大一气,没啥动静。良元说:"叫大伙都坐下吧,歇一时。"大伙都在路上坐下了。这天天也阴阴的,不热,也没下雨。来的都是贫下中农,地富反坏右都集中起来学习了。等到十点多钟,忽然前面的队伍站起来了,刚才那个持枪民兵过来喊:"都起来,跟上,一个挨一个走,不准说话,要严肃,安静!"大伙慌忙都站起来,车上年岁大的也都下了车,排在队伍的前头。队伍往前走了,大伙一个挨一个跟上。平常到公社小礼堂,这段路也就是半分钟一分钟的事,现在慢慢往前挪,直挪了半个小时才看见礼堂的墙和门。

一到这地方,气氛完全不同。礼堂是一个门进,一个门出,进去的虽然也是高矮胖瘦不齐,也不像城里人那种模样,但都还正正规规的;出来时就不一样了,出来时都鼻子一把泪一把,都东倒西歪跌跌绊绊,号天叫地。年岁大些的女人和老头,都哭得死去活来,得由人架着走。还有些老头和老婆子,在进出门之间的空地上,坐着哭号,有哭得气都短了的,有直向灵堂跪着磕头半晌都不起来的。几个背着枪的民兵拉了他们半天都拉不走。

一队一队地往里进。轮到良元这个队时,有个公社干部拿着一张纸,声音低沉地宣布灵堂纪律:"进门后不准大声喧哗,不准乱走乱跑,听从工作人员的指挥。现在脱帽。"戴帽子的都把帽子摘下来在手里拿着,然后由一个民兵把队伍带进去。

这时人心里已经很难过了,也有些紧张。大家排着队进去,里面的气氛非常肃穆。公社的干部都是轮流守灵的,灵堂正中放着加了黑边的毛主席像,四面摆着盆松、松枝、仙人掌、仙人鞭、仙人球、花圈等物。上面挂着一个横幅：伟大的领袖和导师毛主席永垂不朽！守灵的公社干部眼眶都是通红，说起话来都是哭音。大家进了灵堂，一抬眼看见毛主席微笑的面容，这个人大伙都太熟悉了，天天"见面"，几十年来如一日，现在突然加了黑框，不在了，想到这一点，大伙鼻子一酸，哇啦就哭出来了，大伙哇哇地都哭，都直抹眼泪。

　　这时哀乐响起来了，大伙都受不住这样的哀乐，不管男女老少，哇啦哇啦都号啕大哭起来，守灵的公社干部面对着毛主席微笑的遗像，哭着说："一鞠躬。"大伙哇哇地哭着，鞠了一躬，灵堂里的哀乐撕心裂肺，老太婆哗啦坐倒一片，都捶胸顿足手拍着地哭得死去活来，公社干部哭得话也讲不出来，遗像旁边持枪民兵都哭得哇哇的。"二鞠躬。"大伙又鞠了一躬，灵堂里都哭得透不过气了。"三鞠躬。"又都大哭着鞠了一躬。前头哭倒的老头老太婆听见鞠躬了，翻身起来，对着毛主席像就跪下磕头，头都磕破了，旁边跟着的儿、女、儿媳妇或者队里指派的人，一边痛哭一边去拉，拉不起来自个儿也坐倒了，都哭成一团。三分钟后好不容易才架着拉着都出来了，老山元、老兴元几个上年岁的，死活都不愿走，直往灵堂里扑，手脚乱抓乱蹬。"毛主席，你不能走哇，不能扔下我们不管哇！"都哭得换不上气来。良元讲："俺们先回，学东你几个留下，一定要把人平安带回庄。"

　　回庄的路上，陈军对良元说："队长，俺想明个回宿县一趟，参加地区的追悼会，也看看家里的地震情况，天把就回来。"良元说："你去。"回到庄里，陈军进屋就哭，哭了一会，上床蒙头就睡，晚上饭都没吃。十八号早上天还没亮，他就拾掇了个小黄包，到新汴河边敲开小屋的门，渡过河，进了城，推了自行车，一路往宿县骑了去。

　　出城的时候天也才麻花亮。到宿县有一百多里路。陈军臂上佩着黑纱,胸前别了白花,又在自行车把上扎了一朵白花。出了城,大公路上人、车都还少,陈军年轻气盛,心间又火急,憋住劲往西骑。骑到界沟,望见路边有人出摊子卖油条了,便下了车,把车扎在摊子边,去摊子上买几根油条啃。那油条个大形泡,四分钱一两粮票一根。吃着时,听见卖油条那个半老的妇女讲:"今早上打宿县过来的司机讲,宿县地震了,可死了不少人啦。"陈军一听,血都凝了,半老的妇女又讲:"夜里头震的,一个都没跑出来。"陈军二话没说,三两口塞了油条,上车就骑。路上人车渐多,他也不管,只把车蹬得风快,他那车是邮电局投递员的车,结实,又好骑,他舍了命地骑,眼都骑红了。

路上那些骑车的、步行的,见他一个结结实实、黑红脸膛的年轻猴子,铃铛摇得响不断,骑疯了,都赶紧给他让路,前头一辆大拖拉机,也叫他超过去了。

那辆拖拉机的驾驶员,也是个年轻猴子,见陈军的自行车超了他,不服气,嘀嘀地按着喇叭,开足了马力,跟后头就撵。陈军扭头望望,嘴里骂一句道:"俺日你娘!"上身伏下,脚底下猛蹬,在路上直蹿了去。

一个猛骑,一个穷追,路边劳作的人,或是小摊小店里的人,都直着眼望,年轻些的都站起来喝彩:"噢,噢,加油!加油!"

陈军得了鼓舞,心里又压根儿没把孬种拖拉机放在眼里,猛蹬一气,就把拖拉机甩到后边去了。他脚底下也还不松劲,大店、三铺、二铺都过去了,渐来在沱河边——过了沱河就快进城了——眼里望见的人,都还如往常一样,房屋也都还整齐,心想:哪里有地震?过了河,东张西望,一切如故,才知那半老的女人是传错了话了,要是汇报给公安局,公安局非得把她给抓起来,造谣惑众,是什么用心!

心一松下来,觉着有些累了,就下车在路边的茶摊上坐下,花一分钱喝一碗茶。歇了好一会,那辆孬种拖拉机歪歪倒倒地开过来了。陈军也不拿正眼看他,心里也瞧不起他。拖拉机嘀嘀地对陈军叫了两声,一溜烟过去了,灰尘扑了陈军一身。

陈军歇过劲来,上了车往城里去了。

城里有些乱,人也都匆匆忙忙的,过来过去,没有闲人。满眼尽是黑纱、白花,墙上都是白纸写了黑字的标语。陈军一路东张西望,觉得气氛比乡下、比县城里悲壮、紧张得多了,胸中不禁肃然起来。过了地区革委会大院,猛地听见有人喊他:"陈军,陈军!"四下里一看,见是沈鹏飞站在路边,正向他摆手。陈军忙下了车,推到路边,说:"鹏飞大哥,你咋站在这里?"沈鹏飞还是那个样子,瘦瘦弱弱的,只是脸上比原来更苍白,两只凹坑眼也显得更大了。沈鹏飞的身架本来很宽大,但身体不好,他的长相有点像欧洲人,讲一口慢条斯理却不标准的北京话,在这城里是别具一格的人物。陈军走到路边,沈鹏飞说:"你咋现在来啦?"陈军说:"来参加毛主席追悼大会。"沈鹏飞说:"还没到家吗?"陈军说:"刚进城。"沈鹏飞说:"快回家,十点半就集合入场了,我正怕身体支持不了,咱俩一块去。"陈军说:"好,我来找你。"沈鹏飞说:"现在九点半不到,你十点半以前准时到我住处来,我等你。"陈军说:"好。"两人告别,陈军飞身上车,往家里赶去。

陈军和沈鹏飞认识,是在陈军上高中的时候。那时沈鹏飞正在实施自己的培养、造就一批追随者的计划。沈鹏飞是搞理论的,三十多岁,以前在北京上过大学。他一直是单身一人,住在单位的办公室里。有一段时间办公室紧张,单位就给他在一个小招待所里租了一间房子,他一直住到现在。他的方案规定,要从高中和初中学生里,寻找一些身体好、成绩好的男同学,逐渐和他们认识、熟悉,结成友谊,用自己的言论去影响他们,使他们形成和自己一样的世界观和宇宙观,日后成为中国社会的一种力量。基于此种计划,他结识了一些中学老师,从中学老师那里了解到一些同学的情况。他经常在一些学校的操场出现,温文尔雅的,替同学们捡个球,当个公道人,不少同学对他印象都很好,都和他熟识了,他就有选择地和一些同学谈时事,谈马恩列斯毛的理论,并且邀请同学到他的住处去玩。陈军就是被邀请的同学之一。

陈军第一次去沈鹏飞处,立刻被沈鹏飞的书、报、刊和他的言论、规划吸引住了。沈鹏飞住的房间不大,在小招待所后边,要拐好几个弯才能到。沈鹏飞的房间里放了一张木床,床是放在屋子中间的,床的里面拉了一块布帘,陈军到里面参观过,里面有两只旧皮箱,成堆的报纸、杂志和简单的生活用品,布帘外面靠床头,有个书架,里头整整齐齐地摆了些精装的可能还是老版本的马、恩、列、斯的著作,毛主席的著作单独放了一格,另外还有不少学习材料、时事讲话等新近书籍。沈鹏飞的房里没有书桌,不知他写文章是在哪里写的。

那天,沈鹏飞正歪在床上看一本杂志,陈军到了之后,先好奇地由沈鹏飞指点着参观了帘前帘后,然后沈鹏飞要求他坐在屋里唯一的一个小板凳上,开始布道。陈军觉得他的北京话非常好听,坐在那里不知不觉就被吸引住了。

沈鹏飞说着说着突然搓起脚丫子来,他的脚有些地方发嫩发红,可能是脚气。他搓脚时就忘了说话,嘴里只哼哼啊啊的,搓了一会,他突然龇牙咧嘴起来,嘴里发出咝咝的吸气声,可能是一种痛快的表现。他问陈军:"你在学校里,喜欢哪门课?"陈军说:"现在哪门课都不喜欢,就想投入火热的斗争生活里去。"沈鹏飞说:"这就对了,就要有大无畏的斗争精神。但是理论也要掌握,没有一定的理论基础,斗争起来就减少了力量。"

下一次再去的时候,沈鹏飞正在脚盆里洗脚,手仍搓着脚丫子,搓得龇牙咧嘴的。陈军就在地上一屁股坐了,微暗中,听着沈鹏飞云山雾罩般的高谈阔论。他的双眼在这时候闪烁着炯炯光亮。他又搓起脚丫子来。陈军下放时,沈鹏飞送了一个日记本给陈军,陈军每次从乡下回来,都到沈鹏飞这里看看,谈谈农村的情况,吸取一点理论的营养。

陈军回到家时,家里一个人也没有,父母和姐姐大概都到单位去了,宿舍大院里盖满了防震庵棚。陈军在邻居家放了包,把自行车锁在门口,然后跑步到沈鹏飞住的招待所。

沈鹏飞在等他,正认认真真地把黑纱戴在左臂上,把白花别在胸前。戴好、别好了,又叫陈军检查一遍,两人才一齐出门,往沈鹏飞的单位去。

现在街上到处都是队伍了,一队一队的,有工人,有农民,有干部,有学生,有城市居民,每一个人都佩着黑纱,戴着白花,每一个队伍前面,都由两个人架着大白花,这些队伍都是往城北的人民广场去的。沈鹏飞带着陈军来到单位大院里,单位正在排队,沈鹏飞和陈军在队里站了,有一个领导模样的人,问沈鹏飞:"这个人是谁?"沈鹏飞说:"他叫陈军,是地区革委会陈广汉的儿子,在农村插队,今天特地回来参加毛主席追悼大会的。"那个人不再问了。排好队,由一朵大白花带头,队伍出了院子,走上大街。

大街上人山人海,现在差不多快到十一点了。人流都向城北的人民广场涌去。沈鹏飞他们这支队伍开始走得还比较快,但走着走着就走不动了,到处都是人,不是白就是黑。这一天天气也比较阴,总像是要下雨的样子。秋天到这个时候,要是再下一两场雨,天气就会比较凉了。

这时从队伍前头传过话来,说他们单位这个口的,都到齐了,现在原地待命,听候统一指挥。大家都站在队伍里,不敢乱跑乱动,怕突然队伍走了,就再也找不到、跟不上了。他们这个队伍旁边,有一个厕所,许多人都来解手。领导看到这种情况,就叫队伍统统往前压缩,以免被解手的人冲成两段。等了一会,有几个穿白衣、戴黑纱的人,手里拿着铁皮做的喇叭,来指挥人群,叫人群、队伍都靠边站,街中间留出通道来。大家都很听指挥,通道很快留出来了,后面的队伍一队一队地从通道中走过去,靠边站的队伍也都没有半句怨言,都静静地站着,等待统一安排。

大约等到十一点五十分,他们这支队伍开始进场了,大家都集中精力,一个挨一个往前走。刚才传过话来:不准随意说话,不准随便跑动,不准拉开距离,不准陌生人进入队伍,严防阶级敌人趁机破坏。所以大家都很守规矩。

前头的道路很畅通,道路两边还有很多队伍在原地待命,中间留出一条通道来。走了一会,走到青年桥上了。到了这个地方,秩序更好,这里没有原地待命的队伍。从大桥的南端开始,一直到进入会场的这一段道路,有二三百米,两边齐刷刷各站了两排中学生,中学生都是身披白褂,臂佩黑纱,胸戴白花,他们列队肃立,一动不动,庄严得很。

沈鹏飞和陈军走成一排,他们走过了中学生夹成的道路,走进广场。广场的地上用石灰画成很多方形和长方形的框框,框框里用石灰写着字,哪个哪个口,哪个哪个学校,哪个哪个工厂。广场里有人带队,进来一队,就由指挥的人带到指定的地点去。广场里已经坐了不少人,都坐成一块一块的,很整齐,衣服也一律的白。广场的四周,每隔两三步,就立正站着一个持枪民兵,民兵有男有女,也都是白褂子,臂佩黑纱,胸前别着白花,他们庄严地挺立着,一动都不动,宛若雕像。会场的四周摆满了花圈,形成花圈的围墙。广场周围每隔二十米,就有一个高音喇叭,高音喇叭不断地播送注意事项:不准随便走动,不准大声喧哗,要听从会场工作人员的指挥,已经进入会场的人可以坐下来休息,等等。会场正北的主席台上,中央是伟大领袖毛主席的遗像,两边摆满了鲜花,主席台上方的黑色挽幛上,排列着三个用黑布做成的花,沈鹏飞小声对陈军说:"当中的那朵花,用了一千五百尺布。"

偌大的会场上没有一个人吸烟,也没有一个人大声说话。太阳出来了,很快又被云层盖住。会场里的人越进越多,但秩序井然,一点也不乱。这个广场,全部进满据说可以容纳八九万人。沈鹏飞、陈军他们都席地而坐,等着下午的追悼会开始。

到下午两点二十分左右,会场全都坐满了,黑压压的都是人。为了保持会场的秩序,民兵不再准人随意进出会场。沈鹏飞他们在会场里已经坐了两个小时了,离他们排队集合,已经有三个多小时了。陈军看见沈鹏飞脸色很苍白,就问他:"你不要紧吧?"沈鹏飞说:"能坚持住,一定要坚持!"听他的口气,他的决心是很大的。他随身带了一小包人丹,送给陈军几粒,陈军不要,他自己就含了几粒在嘴里。

将近下午两点四十分,人们都紧张起来,几万人的会场鸦雀无声,人们都在等待着一个最不能接受的时刻的到来,这时整个城市,整个天地间都安静了,没有半点声响。两点五十分,广播里传来大会指挥人员的命令:全体起立,脱帽。将近十万人唰地都站起来了,起来之后都笔挺挺地立着,没有人再发出半点声音,非常庄严,只有广播里中央人民广播电台的男播音员的声音在响。

下午三点整,嘀、嘀、嘀……当最后一声鸣笛刚落音,东边火车站里所有的机车都同时拉响了汽笛,汽笛声尖锐又震耳,城里的汽车和公路上的一切汽车、拖拉机也同时鸣响了汽笛,北关电厂的大汽笛也尖锐地拉响了。几十只高音大喇叭里响着悲壮的哀乐,哀乐重重地撞击着人们的心脏,没有一个人曾经经历过这样一个万民一心的巨大的悲痛时刻,近十万人里迸发出揪心揪肝的啜泣和痛哭声。

沈鹏飞猛地抓住陈军的胳膊,靠在陈军身上,又滑坐到地上去。陈军想用手去拉他,他紧咬着嘴唇摆了摆手。突然在前面的人丛中,一个人咕咚倒了下去。哀乐在天空、大地上滚滚地震动着,会场里不时有人咕咚一声摔倒下去,但谁也顾不上他们,十万人都在号啕大哭,会场边的民兵哭得枪都拿不住。

追悼大会进行了一个小时,北京半小时,当地半小时。这一个小时里人们始终垂手肃立、泣声不断。哀乐过后,医务人员开始往外抬昏倒的人。在追悼大会进行期间,会场里昏倒的人没有间断过,一会这边倒下一个,一会那边倒下一个。到下午四点钟,追悼会结束,人们开始有秩序地退场。历时一个小时,会场上的人才走完。

陈军陪沈鹏飞回到小招待所后,看沈鹏飞没有事,就回家了。

父母和姐姐都回来了,他们的眼睛都哭得通红。大家见了面也没多说话,母亲到厨房去烧晚饭,他们各自默默地干自己的事情。父亲说:"你打算什么时候回去?"陈军说:"明天一早就回去。"母亲从厨房里出来说:"既然回来了,就多住几天,不要急着回去。"陈军说:"俺只跟队里请了一天假。"

晚饭时突然下起了大雨,还夹带着雷鸣电闪。大雨一直下个不停。陈军躺在床上,外面漆黑一片,只有哗哗的大雨直落而下的声音和院中大柳树枝条抖动的声音。陈军渴望着到农村去,到他独立生活和工作的地方去,他已经长大成人了,社会好像就要发生什么大的变动,他的年轻的心敏感地激动地跳荡着,他要投身到火热的激荡的生活中去!

大雨下了一夜。到第二天早晨,雨仍然没有减弱的趋势。母亲说:"今天走不掉就不要走了,在家里多住一天。"陈军没说话,只是烦躁地望着落雨的天。

471

父母和姐姐都上班去了,陈军想去看看留在城里的同学,但雨下得太大,出不去。中午母亲回来的时候,雨开始减小了,但天气凉意很重。母亲又说:"今天就别走了,在家多住两天。"母亲真希望儿子在家多住几天。陈军说:"不住了,雨一停就走。"他觉得母亲有些失望,又补充一句说:"俺在队里只请了一两天假,队里忙。"吃午饭的时候,父亲问:"你在那干得怎么样?"陈军很尊敬父亲,但他不想回答父亲这样的提问,他已经成人了,独立生活了。母亲说:"军儿还用说,他一直能吃苦,又肯干。"

吃过饭雨真停了,虽然天还阴得很,但陈军决定立刻就走。母亲打算给他带点东西,带来带去不好带。这时来了几个人向父亲汇报事情,陈军说:"俺妈,你别忙了,俺啥也不带。"母亲说:"东西也都不好带。"出门时塞了十块钱给陈军,说:"军儿,经常写信来家。"陈军说:"知道了。"骑上车出了大院。

出了大院陈军先没急着回去,他先骑了车在城里转一圈,看看有什么变化。城里到处都是地震庵子,大街小巷空地到处都是,连环城河下边的绿化带也都搭了庵子。转过一圈之后,陈军又骑车去沈鹏飞住的小招待所,和沈鹏飞道个别。

小招待所还是雨前的样子,但没抹水泥的地方都泡着雨水。陈军拐到后院去,后院静得很,招待所经常住不满,人很少。过小花池,陈军像往常一样,到了沈鹏飞的房门口,就伸手去敲门。他的手才抬起来,就止住了,原来房门锁着。陈军有点遗憾,想了想,觉得还是留下条子给沈鹏飞好些,跟他道个别。就从包里掏出圆珠笔和纸,坐到花池上,简短地写了两句话:

鹏飞大哥:

您好!我回乡下去了。毛主席逝世了,我心里非常悲痛,但我决心化悲痛为力量,继承毛主席的遗志,永远捍卫毛主席的革命路线!

您的身体好了吧?身体是革命的本钱,您要注意锻炼身体,把身体锻炼得健健康康,向着共产主义理想飞奔!

此致

革命的敬礼!

小弟:陈军上

1976 年 9 月 19 日

信写好了,陈军站起来走到门边,把信插在门缝里。他正想离开,忽然觉得这样不太安全,要是别人走过,顺手就能取走,况且不知道沈鹏飞什么时候能回来。陈军干脆把信塞到屋里去,沈鹏飞回来后,一开门就能看到。

事情办完,陈军推车离开,下午还有一百多里要骑,回到月亮滩庄,可能也快要黑了。

小招待所里依然安安静静。陈军走到前头的登记处,登记处有两个服务员,正坐在一起打毛线,看见陈军推车走过,就抬起头来看他。其中一个忽然说:"你找哪个?可是找 27 号?"沈鹏飞的住处就是 27 号。陈军说:"就是找 27 号的,他上哪去了?"那个服务员讲:"他走了。"陈军不知道再讲什么话,就向她俩笑了一下,推车出了招待所的门。

快到上班时间了,街上的人逐渐多起来,人们大多都是步行的。陈军出了门,突然觉得服务员的话和服务员的态度,有点不对劲。他锁了车子,回到登记处说:"刚才俺没问清楚,27 号上哪了?""走了!""上哪去了?啥时候回来?"那两个服务员都张着眼看他,其中的一个说:"回不来了,走了就是死了,昨晚上喝了半瓶农药,早上隔壁旅客来换房,说农药味呛人,不愿住,俺们旅社主任去一看,才知道出事了,公安局都来过了,你是他什么人,看你经常来的。"陈军惊得目瞪口呆,一下子蒙了,半句话也讲不出来。他支吾了两句,出门开了车子,骑上就走,也不知是咋样出的城,路上的人都看他。到了公路上,他弓着腰,死命地往前蹬,什么车他都不让,哪个敢惹老子! 一直骑过了大店,他的速度才慢下来,一边骑,一边想:这不可能! 完全不可能! 但事实归事实,不相信也不行。他慢慢安静下来,心里充满了悲壮。

雨后的秋野凉爽而清新。经过前一段的猛骑,陈军有点累了,骑到界沟,他下车买一碗茶喝,又坐在茶摊上吸了一支烟。路上有两个人拉了一架车刚起出来的红芋走过去,陈军呆呆地看着他们,半天都回不过神来。

到县城送车子时,大哥说:"这样快就回来了,家里头都好呗?"陈军说:"家里头都好。"大哥说:"宿县那边地震情况咋样?都传得邪乎。"陈军说:"跟咱们这边差不多,街上都是地震庵子。"大哥说:"你下乡可需要啥东西? 需要就从这拿。"陈军说:"啥也不要,俺那都有。"说完话站起来就要回月亮滩去。大哥说:"晚黑在这吃饭,明早上回去。"陈军说:"不啦,俺就请两天假,庄里事还多,俺回去了。"

一路踩着烂泥,吧唧吧唧上了新汴河堤。昨天一夜大雨,再加上今天上午下了一上午,雨水使新汴河水猛涨起来,整个河滩都灌满了,黄浊的河水携着泥沙,带着秋天的枯叶,卷起阵阵水沫,腾起滚滚浊浪,直往东边流去。河滩里的庄稼,不用说都淹没了,河滩里的树也都淹了有小半米深。船肯定还在对岸,现在两岸离开得很远了,陈军影影绰绰看见对岸堤上有几个人坐着,他把手卷在嘴上喊:"喂,喂,过河啦,过河啦!"对岸那几个人没有动静,不知是没听见,还是不愿意撑船过来。天也不早了,有五六点钟了吧。

喊了一时,对岸那几个人还是没有动静。陈军不喊了,脱了鞋子、褂子和长裤,用书包带扎紧,只留一个裤头,呱唧呱唧走到水里去。秋水透骨凉,陈军打个寒噤,继续往里走。河滩上的水并不深,只齐小腿肚子。走到原先的河床边上,河水就不一样,浊浪滚滚,急急匆匆,波浪也更大些。陈军顺着河床边往上流头走,这样要是游过去的话,大致就正好被冲到对岸的小屋附近。

陈军走得差不多了,再抬起头看对岸堤上的那几个人。那几个人还是没有动静,但好像都在看河里的他。在乡下,哪个也没有这样的胆子,这样的水性,一个人从这样的水里凫过去。陈军把衣物举在头上,慢慢下到深水里去,脚一踩空,他就游起来。浊水直把他往下游冲,他游得很有力,使劲冲刺。他在水里觉得畅快极了,这些天使不出来的劲,现在都能使出来了。他被急流冲下去好几十米,正好在小屋附近踩到了滩地。小屋的地基打得高,水只淹到墙根底下。陈军半秒钟也没停,站起来就蹚着水往堤岸上走。

堤岸上的那几个人现在都看得清楚一些了。他们仍旧坐在地上没动,但眼睛一直惊慌地盯着水里的人看。陈军板着脸上了堤,那几个人一直盯着他看,眼神里有些怕。他们大概是这西边程家庄的。渡上那老头儿也不知上哪去了,船也不知上哪去了。陈军铁青着脸打他们跟前过去,他这时真希望他们里头的一个突然讲一句什么废话,那样的话他马上就会发作起来,不分青红皂白把他们几个鸟人痛揍一顿。

那几个人半句话也没讲,只是目迎着他过来,又目送他过去。陈军下了堤,才走了三五十步,就看见队长良元和庄里的一些社员,正在红芋地头坐着歇歇子。队长良元说:"回来啦。"陈军说:"回来啦。"春梅、秀芝几个看见陈军这样,都惊惊地叫:"你咋?凫过来的?"陈军说:"船过不去,没法。"这时,一阵秋风掠过,陈军起了半身鸡皮疙瘩。队长讲:"宿县的形势咋样?"陈军说:"昨天下午开了伟大领袖毛主席的追悼会,中央半小时、地区半小时。"说着,也在地头坐下来。"天不早了,咋还不收工?"良元说:"等学东马车来,把起了的红芋拉回去。"

点上一根烟吸,才吸到一小半,那边马车就过来了。

表 扬 稿

1

我第一次去给企业写报告文学,是应一位朋友的紧急邀请。那是大约半年前一个仲春的下午,我正在单位参加党员整顿学习,我那朋友的电话打到单位来了。他劈头就说:"喂,在干什么哪?"我说:"没干什么,我们单位整顿学习,已经进行一个星期了。"他说:"什么党员整顿学习?整党?"叫不叫整党我没把握,因为现在这个词不怎么太提了,提到"整"字,大家都容易敏感,我想了想自作主张地说:"也可以这么说吧,反正你怎么说都行,那是你的事。"我知道我这个朋友的思想一直不怎么纯洁,世界观一直就没太端正过,从上小学偷同学的铅笔开始,他的路子好像从来就没正过。上初中的时候他每天躲避早操,上高中时他早恋,下放农村时他偷过贫下中农的鸭子,回城后他又把他对象搞得怀孕了七个月才结婚的。后来跳舞流行他是第一批下的舞池,麻将时兴他又第一批学会了搓麻,全民经商时他全国各地去倒腾钢材和摩托,海南开发时他跨海去窜溜过一阵子。这两年他稍微老实了一点,但我所说的"老实",只是说他折腾的声势小了些,依他这种秉性的人,是不可能哲人般地沉默下去的,他总有旺盛的精力需要发泄,发泄的方式和渠道可能会有所改变,但他的"人性"已经定型了。说实在的,对他我不能要求太高,正因为如此,有段时间我们成了"麻友",隔三岔五就能在某地碰面并且激战一场。就我的接触来看,当然，你不能说他不够朋友，他看起来有点爽气，也许这是经常东奔西走的人的共性。

果然和我对他的评价相吻合，他在电话那头说了："怎么现在还整党？这要叫南边的人听见了，简直就觉得滑稽。好了，跟你说真的，这次得请你紧急帮个忙，你一定得帮，不能推辞。"

我不知道他的"忙"是好事还是坏事，反正学习很枯燥，我愿意借助这个电话来调剂调剂，就说："你说吧，到底是什么事？"他的声音一下子变得诚恳起来，他说，他经手编了一本企业的报告文学集，四十万字，和出版社的合同已经签过了，六月初发稿，八月出书，九月开首发会，十月送北京，十一月大概就能拿一个什么奖（大概是一个出钱的什么奖），十二月出国（由出国的经理和厂长们携带）。我说："这规模和构思真够宏大的。"我是在心里说的，因为他连续地说着，我没有插嘴的机会。我说："这不挺好的吗？"他说："好是好，但是到现在了，还有四家没有完成，我快急疯了。"我说："唔？"他说："所以请老兄一定帮个忙，去帮我写一个，只写一个，其余的我再想办法。"

说心里话，我现在巴不得能有一件事情来帮我解脱。我天生不会在整顿学习这一类思辨和抽象性极强的会议上，淋漓尽致地发挥，但却偏偏遇到了这样一件事。我为难地说："你知道我的，我从来不给企业写报告文学，我还说过这样的话：给企业写报告文学的都是我精神上的敌人……"他说："知道知道，不过那是两年前的事了，又是在特别的情况下，现在一切都变了。你很轻松的，你去个人就行，吃、住都安排得好好的，采访有人陪，有车接送，你写个万把字，千字一百元，比你干什么不强？"我说："钱不钱的无所谓，主要是我们这里走不开，不准随便请假，这种会，你知道的，很严肃。"他说："没关系，都是革命工作嘛，我从上面给你弄个通知，要么我让上面的人给你们单位头头挂个电话，你来回的车费我都给你报。"在这几句话的时间里,我已经大致盘算了一下我应得的收入,说实在的,这笔飞来的横财对我有吸引力,因为如果没有这件事,那么我今后的一个星期的时间,也只能在空谈泛论里流掉。我还是有点犹豫,因为我对这件突如其来的事情一点准备也没有,心里一点底也没有。我说:"你真的一定要我去啊?"他立即说:"那当然,非你莫属。"这就是说好听话的效果,我并非不能识破他,但我心里挺高兴的,我说:"那好吧,我答应你一次,不过你要先给我请掉假才成。"他说:"包在我身上。"他真能大包大揽。我说:"什么时候动身?"他说:"明天,明天早上。"我说:"啊?!"

搁下电话,我像没事人似的,又回到会议室里我的座位上坐下了。半小时后,办公室里的非党同志来喊我们头头听电话。我不知道这是不是和我有关的电话,但我无意中却坐得更像无事人的样子了。头头开了门,招手要我出去。我麻利地跳起来出去了,我走到会议室外边,头儿把我拉到一边,压低声,用略带神秘的神态说:"×××(上面的单位)要抽你去写一篇稿子,还急得很,叫你明天就去,你和×××(上面的单位的一个头头)联系一下吧。"我这时只好装傻了,我说:"什么事这样急?"说着我就到办公室去打电话,我胡乱地按了几个号码,当我挂断的时候,外面有电话打进来了。我摘下听筒,我的那位朋友在某个地方说:"喂,你们头跟你讲了吧。"我说:"讲了,刚讲。"他说:"拜托你明天辛苦一趟了。我马上就给那边打长途,叫他们给你安排好,上车站去接你。"我说:"那我只好去一趟了。"

挂断电话我想:这家伙还真牛×,不过他还真把我侍候得心里头怪舒服的。另外,我还想:人里头的不少事情,有时候你装孙子都办不成,有时候好事硬找你。真不公平。

2

第二天早晨,我打点了一个小包,准时乘车到 A 市去。A 市是个县级市,说大不大,说小也不小,可就是没有火车,坐汽车要坐差不多一天才能到。

坐在车上,我不住地浮想联翩。说心里话,这是我第一次干这种事情,虽然我并不很喜欢,但毕竟有一种新鲜感,从另一个方面讲,我既然接受了,它就变成了一项任务,人都有又快又好地完成任务的心理,再说它的经济效益又是那么可观。

车到 A 市时,天差不多都要黑了。来车站接我的是公司的一位股长,很年轻,比我还小,脸面白白净净的,三十岁左右。他一认出我来就上来抢我的小包。他的动作很突然,也很有效,我的小包马上就转到他手里了。说实话,我吓了一跳,过了三四秒钟,我才反应过来,知道他不是歹意。他看着我乐呵呵地笑着说:"你跟电话里讲的一样,我一眼就认出来了,走吧,走吧。"我说:"请问你贵姓?"他说:"我姓刘。"我说:"是刘股长吧。"他说:"是的,是的。"三下五除二,他把我推到一辆老式的北京吉普里。我们就到某条街的招待所里住下了。

晚饭就是刘股长陪着我在招待所的餐厅吃的。吃饭前和吃饭时,他声明并且解释了无数次,说因为掌握不住汽车到站的钟点,马经理和古经理(古副经理),都只好下班回家了,一切事务都由他来负责,并且我在 A 市 B 公司的采访、生活和一切活动,都由他来负责,有什么事只管跟他说,有什么想法、要求,不要客气,只要能办到,他一定会尽力去办的。

真的,刘股长不是那种讨人烦的人,虽然他的话很多,我觉得他几乎就不受"言多必失"的古训的制约,他是那种天生就炉火纯青的人。也可以说,他是一个很好的合作伙伴,特别又因为他年岁比我略小,到一个陌生的地方办事,碰到这样一个灵活而有分寸感的接待者,我觉得这是事业成功的一半,甚至是大半。

于是我说:"我想尽快、尽多地了解公司的情况,请你找一些这方面的文字材料和数字给我。"他侧着白白净净的脸面听我说话,看他的表情,他是认真而负责的,他也没有多少倦怠相,他的精力大约一直比较充沛。我的话并没有停下来,我不歇气地说:"我还想尽快跟马经理、古副经理见个面,根据写作的要求,我想尽快地、详细地了解马经理的经历,他的奋斗和成功,我还想抓紧到基层单位跑跑,实地感受一下,开几个座谈会。"

说到这里,我几乎都累了。要是在平时,我不会一下子提这么多要求和希望的,但刚刚我喝了几杯啤酒,再加上我有点任性,在感觉比较好的时候,我就会希望以我自己的方式来进行工作。有时候我有工作狂倾向。

我的话才说完,我觉得刘股长真有点神,他没吭声,就打开随身带着的一个有夹层的公文包,从里面拿出来厚厚的一大摞材料。他把材料堆在我面前的桌子上,用一种胜券在握的,或者说是近乎"表功"的神态,神采奕奕地看着我。我叫道:"太好了,我今天夜里就把它们看完。"然后我把材料推到一边,胳膊肘伏到桌子上。我说:"马经理一般晚上都干什么呢?"

刘股长轻松地笑了起来,他说:"你吃饱没有?"我说:"饱了。"他最后夹了一筷子肚丝放进嘴里,边嚼边站起来。"咱们到马经理家去吧,不远。"我们从餐厅的小卖部跟前走过时,他要了两包红塔山塞在我的口袋里。"记账。"他说。我对这些条条框框都不怎么懂,因为我从没这样接待过人,我们单位有没有记账的地方,我不知道同时也不怎么想知道(再说,我还没有知道的条件)。但好歹我总得客气一声。说实在的,我真有点感动了。

481

平常我决不会用自己的钱,买红塔山或者阿诗玛抽的,那样的话,跟败家子还有什么两样?再说,我的"自由资金"也很有限,它是根据我的实际收入,按百分比从老婆那里提取的,我哪能糟蹋!

刘股长说:"别客气,别客气。"他打了一个"请"的手势,我什么都不能再说了,不过我觉得我已经把对公司的感激之情,化入了我即将开始的采访行动之中了。我们转弯抹角地到了马经理家。马经理面相很善,也很热情,刘股长介绍后,他就上来,用两只手握住我的手,用劲拍着,握着,表示欢迎,又说辛苦了辛苦了。他的看上去是饱经风霜的老伴把水端上来之后,我们都已经在客厅的沙发上坐定。马经理把脸转向刘股长,用平和的却又是不容置疑的声调问:"蔡作家的住宿都安排好了吧?"刘股长恰到好处地在沙发里坐着。"安排好了,安排好了。"我们俩差不多同时这么说。马经理又问:"住在哪里的?""住在招待所里。"马经理依然用平静的口吻说:"哪能住招待所,换到宾馆去,你等一会就去办一下。"

说实在的,在这种情况下,我觉得我的价值得到了某种程度的体现,我的人格也似乎有所凸现,闪耀了一点光辉。我掏出本子和笔,开始正儿八经地问这问那,从马经理他家的祖上三代,一直到他的童年,他年轻恋爱,他参加工作,他早上几点吃早饭,他属什么的,他领导别人的感受,他业余是种花还是遛鸟,他往后的打算,等等。总之,只要是能想起来的,我都问了,但回过头来再想想,这些问题还不是别人都问过、写过数不清多少回的问题,但我觉着挺新鲜的,我也挺有热情。

其实时间不长,到我知道他跟这个老伴是二婚时,我觉着他有点累了,而我也几乎无话可说了。我和刘股长回到招待所,打点了行李之后,我们就迁徙到这个城市里最好的一家宾馆去。刘股长给我包了一个房间(因为我要看材料、整理材料,要静),有洗澡间、地毯、电话、大彩电。不论怎么说,这是A市最高档的宾馆了。说心里话,我没料到会是这样。我本来是准备来吃苦的,突击一下就走的。夜里,当我洗了热水澡之后,躺在席梦思床上,吸着"记账"来的红塔山,或故作沉思状地在房间里来回遛两圈的时候,突然我觉得我成熟多了。是的,成熟多了。并且我还有了一种挤进了生活中的感觉,我预感到,我这趟没有白来。是的,没有白来。我严肃认真地对自己说。

3

第二天早晨,责任心使我醒得很早。我洗了脸,刷了牙,然后站在宾馆大院里看一棚一架的牵牛花。牵牛花的枝枝叶叶上,露痕点点,像是夜里被一张看不见的大嘴吻遍了似的,它们都半醒半睡。说老实话,我觉得这是有生以来,我遇见的最美好的清晨之一。

刘股长七时整准时来到宾馆,并陪我吃了早饭。早饭后我们来到B公司,B公司已经开始了有条不紊的工作。我们一进经理办公室,马经理就站起来,用近乎张开双臂的姿态欢迎我,并且把办公室里的古副经理、罗副书记等等一干人,都介绍给了我。大家热情洋溢地握了手,在沙发上坐下来之后,马经理说:"蔡作家,你看你是怎样安排的,我们尽力配合你。"我说:"公司的情况,我昨天夜里已经看了材料,跟马经理也见过面谈过了。我想,今天上午还是想听听你们各位的介绍,然后请马经理、古经理、罗书记你们几位,给我安排三五个基层单位,我去采访采访。"

一屋的人都在认真地听我发言,刘股长和古经理,还掏出小本子,不时地往上记录什么,我一边说,一边就有了一种奇异的感觉。我在任何地方开会时,都从来不做什么记录,除非是迫不得已。我总是对记录和记录者产生抵触情绪。但是现在不了,现在我觉得这是尊重人的一种很正当、很有意义的方式。面对记录者,我把话说得更明确、简洁、有条理、有水平。

我的发言完了。马经理看看在座的各位,然后他清清嗓子,用一种节奏稍慢、近乎悲壮的声调,很正式地说:"蔡作家的安排,我认为非常紧凑,也非常合理。蔡作家抓工作抓得很紧,昨天晚上刚到,我们就谈了一晚上,他又连夜把材料看完了。"说到这里,他顿了一顿,然后转换一种口气说,"我看这样吧,公司现在正忙,我走不开,罗书记又要到地区开会,古经理,你就带着小刘,配合蔡作家,做好服务工作,用我们最好的条件来满足蔡作家采访的需要。"

听了他的话,真的,我没有办法不努力工作了。一方面,凭良心说,我不能对不起人家的好意,如果别人主动地给了你一寸好处和尊重,那么你就得用相应的甚至双倍的表示来回报,这是起码的做人道德;另一方面,我也有点担心,担心他们给我的尊重和照顾太多了,而我却无法回报。再说,我的脾气就是这样的,到什么地方,做什么事,都忙得不得了,也就是说很投入,拼命地想一口气就干完,干完就走人,去投入下一项工作之中。我确实有点紧迫感,觉得要做的事情太多,趁年轻的时候不多做一些,那是要后悔的。我最大的毛病可能就是:不能心安理得地坐下来悠闲享受一番。

马经理布置完了之后,我们就离开了经理办公室,到会议室开座谈会。参加会议的人员,都是他们指定和安排的,带头的是古经理和罗书记,还有办公室主任、人秘股股长、计财股股长、业务股股长、直属分公司经理、郊区分公司经理、直属门市部主任、纪检委书记(他们这单位还设了纪检委,这是我没有想到的,可见这是个正规单位)、工会副主席(他们这还有工会,不过这是应该有的),这也就算不少了吧,也算济济一堂了,再加上刘股长呢,他是非参加不可的。

说实在的,我显得很认真,也像很有经验的样子,我也很沉着稳健。大家坐在会议室桌旁,我一一询问了他们的姓名,并且记在本子上。姓名和职务都要求绝对准确,该正的就是正的,该副的就是副的,姓名是哪一个字,都问得很清楚,不可马虎大意。正在逐一盘查的时候,门外有人大叫:"C镇分公司盖经理来了。"古经理说:"来得正好,叫他来参会,明天还得上他那去哪。"盖经理风风火火地进来了,原来也是个年轻人,三十岁左右,长相虽有些粗大,性格却有些斯文。不知怎么的,我看见他就觉得顺眼,我也说不清这是为什么。

查完户口,会场就安静下来。古经理说:"蔡作家,你看,咱们先谈什么。"我说:"先谈谈马经理和咱们公司的发展吧。"我现在也"咱们,咱们"的了,以示不外,这是我十年前就学会了的。会场慢慢就热乎起来了。像我们通常熟知的那样,马经理在新中国成立初期还很年轻,比会议室里所有的人都年轻,但那时他虽然年轻,革命的积极性却很高,参加宣传队,挨村挨户地跑,又唱歌又跳舞,我当然可以想象,唱的歌曲,其中就有"解放区的天是明朗的天"。我用提示性的语调插问道:"那时候是不是唱'解放区的天是明朗的天'?"他们谁也不能回答出来,不能肯定地回答出来,因为除了古经理之外,在座的各位差不多都是新中国成立后才出生的,但是同时谁也不能加以否定,他们既然没有肯定的权利,同时也就失去了否定的权利。最有发言权的也许就是古经理了,但他比马经理小,小五到七岁的样子,那时也不过十来岁,十岁左右,记不住多少事的。可是古经理没有被难住,他有了五十多年的生活经验,应该能够体会一个人话中的含义的。古经理回答说:"那时候不唱这样的革命歌曲,又能唱什么哪?"我微笑着点头,并把这句歌词记在本子上,这是个很有时代感的细节,我不会让它轻易溜走的。

后来,大家接着说:马经理参加了工作,开始在乡里做文书,后来到县工业局,又到了县医药局和二轻局,又到了土地局和商业局。

大凡成功的人物,不管他是企业家,还是什么,都有坚定的理想和坚韧不拔的拼搏精神,马经理当然也不能例外。马经理在很小的时候,偶然看到一份苏联画报,画报介绍了苏联人民的生活,使年轻的马经理对有电灯、电话、楼房的生活产生了很大的兴趣,从那时起,他就决心把自己的一生投入社会主义的经济建设中去,但是众所周知,当时不正常的政治生活熄灭了多少人的青春和抱负,就因为提了一条改变工作态度的小意见,马经理被打进了学习班。在学习班里,他失望过灰心过,但最后他振作了,他坚信我们国家会有大建设的日子,我们国家会有大发展的那一天。在学习班里,马经理开始学习经济理论著作,开始读书、思考,在暴雨到来之前,他喜欢站在空旷的田野里,倾听声声炸雷在云层里爆裂。社会主义大建设的春天来到了!十一届三中全会犹如劲吹的东风,刮散了马经理心灵上的阴云。他激动万分,决心大干一场。他向县委打了报告,坚决要求到 B 公司来,B 公司当时由于人事关系复杂,生产经营陷入了瘫痪,马经理上任后,先从组织、人事方面开刀,精简了机构,切除了肿瘤,组建了新的领导班子,提拔了一批年轻肯干的新人,公司的面貌焕然一新,当年产值和利税就超过了历史最高水平。

我插言问:"当时,新组建的班子都有哪些人?"

古经理说:"你看,经理、书记是马经理,副书记是罗书记,副经理有我。还有一位已经去世了,癌症。"

我心里有数,公司的干部都是马经理提拔的,他是这里的绝对权威,这样就保证了他的设想和计划的实施,这是必要的。另外,对于我的采访来说,这种状况,也是非常必要的。

4

中午我们下了馆子。还是那辆北京吉普,把我、马经理、古经理、罗书记和办公室主任载了来,刘股长早到了一步,酒菜什么的他都已经定好了,我们到的时候,他正站在门外等我们。

吃饭的时候,他们轮流向我敬酒。马经理说:"我身体不好,从来不沾酒。"古经理他们几个,立即为他作证,说他六七年没沾酒了。出门在外,说心里话,我也很怕酒,而且我知道下午的日程安排很紧凑,要在附近跑两到三个基层单位,如果喝多了,一觉就睡过去了,那可不好。我正要顺着马经理的话应和几句,不料他的话并没讲完,而只是中间有个稍长的停顿罢了。他已经把酒杯端了起来,接着说:"但是今天蔡作家来了,为了欢迎你,我破个例,敬你一杯。"说实在的,马经理的举止端正大方,绝不是那种很流俗、很浅薄的人物。我觉着他很可爱。我端起酒杯和他碰了一响,我说:"我来的时候,就听说 B 公司有三好,一是有一个好的、权威能干的主要领导,二是有一个好的、团结奋斗的领导班子,三是有一个好的、高速发展的经济效益,这次来了,果然名不虚传。"我这一套话说得蛮真诚、蛮得体的,要是在平常,我可能会因此而发笑,但现在我觉得这是真话。我接着认真地说:"这可不是我编出来的,省局的同志都是这么说的。马经理,谢谢你的关照,干。"

我说的所谓省局的人,就是我的那位朋友。其实他并不是省局的人,他只是个想给企业编书挣钱的人。但是谁又会去查检好话的来路呢。真是,我发现我有些变坏了。但这是必要的变"坏",谁也不会对酒桌上的话,太过认真的,我和马经理干了杯。吃了一筷子菜以后,古经理又端起了酒杯。古经理说:"蔡作家从省城到我们公司来帮助工作,实在很辛苦,我敬你一杯。"这时我的酒杯已经被坐在我斜对面的刘股长加满了,我连忙端起来说:"哪里哪里,辛苦的是古经理,从业务上说,古经理有了近四十年的业务经验,公司的发展和效益的提高,古经理功不可没。"满座皆欢。我和古经理又干了一满杯。我这时有点兴奋,一方面是酒,一方面是气氛和心情,再一方面是人到这种场合时的条件反射。但我知道,这种兴奋不一定是好事,因为人一兴奋起来,就可能变成另一个人,而且什么话都可能说出来。我还没来得及把第二筷菜嚼烂咽下,罗书记的酒杯又端起来了。罗书记说:"蔡作家,我敬你一杯,以前我们这里也有记者、作家来采访过,但是像你这样平易近人、扎扎实实的,我是第一个见到,我很佩服。"我被他说得有点担当不起,同时,我也有些感动,我连忙端起酒杯,我说:"我来公司的第一天(指的是昨天晚上),马经理就告诉我,说他在公司离了两个人,公司马上就要垮掉,一个是管业务的古经理,一个是管政工、人事的罗书记,这话我信了。"

不管怎么说,这种一箭双雕的话,我不知道我是怎样想到并且说出来的,像写作一样,我把它归作灵感的闪耀。这是人在某种关键时刻,对自身潜力的应急挖掘,同时也是一种保护措施。我又喝了一杯。往后我和办公室主任,和刘股长,和驾驶员,都各喝了一杯。这套礼节过去后,我们之间胡乱又干了许多杯,干光一瓶酒之后,大家都有点心乱神迷的时候,我们离开了酒家。现在已经过了上班的时间了,因此马经理、罗书记和办公室主任直接去上班,我和古经理、刘股长直接去郊区分公司和直属分公司。分手的时候,马经理他们都劝我回去休息休息再去,我说:"不休息了。"我们乘车到了郊区分公司,那里的人都等好了,会议室、茶杯、香烟什么的,都准备得有模有样的。两小时后,我们又驱车到了直属分公司,采访过后,我们就在直属分公司吃晚饭,他们厨房里的师傅做的炖蹄膀,真是好吃极了,那味道也怪极了。听说是放了中药的。

5

又是一个美好的早晨。早饭后车来了,今天开始下乡采访,我们第一站先到 C 镇,坐在北京吉普里的,仍然是古经理、刘股长和我。

汽车在开花和返青的田野里疾驶。一个又一个村子,都被我们丢到后面去了。老式吉普虽然有些颠,窗门什么的也不太能关住尘灰,但它泼辣,管它什么样的路,一蹿就上去了。人坐在里面颠来颠去,却也别有一番情趣。对我来说,这简直就是春游,别提心里多舒坦啦。

车早早到了 C 镇,C 镇分公司在镇中心,镇街上的人不少,吉普鸣着喇叭,好不容易才开到分公司的大院里。车才一停稳,在县里见过的盖经理就带领八个人迎了上来,大家在办公室里坐定,我被让在办公室中间一个显著的位子上,茶也上来了,烟也上来了,闲聊了几句,古经理话题一转,说:"小盖,昨天对你交代过了的,咱们的蔡作家要来采访采访你们。蔡作家时间抓得非常紧,前天晚上刚来,他就采访了咱们的马经理,昨天上午在公司里谈过以后,下午又采访了直属分公司和郊区分公司。今天上午到你这里,做重点采访,下午还要去 D 区分公司,时间来得及,还想从 E 镇分公司看看,蔡作家明天就想动笔整理材料了,小盖,你看看,咱们抓紧时间吧。"

古经理这一下子把我的事情说全了,这样挺好的,单刀直入,能省去不少麻烦和应酬。盖经理脸一沉,正经起来,人都是这样的,以示对对方的尊重。像马经理一样,盖经理用悲壮的低声说:"昨天从县里回来,我们开了个小会,布置了这件事。蔡作家亲临我们分公司指导我们的工作,我代表分公司全体职工,表示热烈的欢迎。"我赶忙说:"哪里哪里,我在县里,马经理、古经理都说了,C镇分公司工作做得好,叫我一定来看看。"盖经理说:"我们做得还很不够,我现在就向大家做个汇报。"

盖经理开始介绍分公司的基本情况,成立的年月,历年的产值、利税、现有职工人数、业务扩展的范围、固定资产、班子变动,起伏兴衰,等等等等。说实话,这些都是老一套了,比较乏味,但确实又是必需的,不能遗漏,也不能出错,可以说,这是基本功。

这一类的情况很快就"汇报"完了,我也都记完了。盖经理似乎不知道往下该说什么,我停了笔,抬起头来说:"盖经理,基本情况差不多就这么多了,我听古经理说,你们从创业到现在,经历了很多的波折,吃了很多苦,在这方面能不能谈一些具体的事例?"盖经理听了我的话,立刻活跃了一些,在郊区分公司和直属分公司都是这种情况,谈数字和班子、发展等情况,大家都有点枯涩,一谈稀奇古怪的事情,劲头就来了。盖经理面有喜色地站起来说:"要说事例,那还不少,我把他们几个都喊来。"

转脸就来了几个人,有的年纪很轻,有的年岁略大,但都是一脸的饱经风霜。来的几个人都似乎是主力军,一身的生猛气息。听了盖经理的转述后,一个年岁较大的说:"这方面的事情多啦。有一回我坐车到贵州的一个县去……"我说:"请问你尊姓大名?"盖经理说:"他叫孟富财,姓孟的孟,财富的富,财富的财。"我记下了他的姓名。孟富财接着说:"坐的是汽车,在山里盘来盘去的。开到晚黑,都快到了,前头突然有人喊,汽车失火了。我站起来往前头一看,驾驶员旁边浓烟乱翻,火苗腾一下蹿起来了。"我相信,这故事盖经理他们不知听过多少回了,因为他们都随时跟着补充,七嘴八舌的。我记得飞快,尽量把原来的词句都记上,我盘算这些都是既难得又省事的好材料,决不能轻易放过。孟富财说:"驾驶员浑蛋吧,他下车跑了,车门开不开,车上的旅客都乱喊乱挤,我还算不糊涂的,抢先就从车窗里跳出来了。旅客跳的跳,砸的砸,有的跳出来腿就摔拐了,有的摔得鼻青脸肿,要不是从南边开来一辆小车,车上下来几个人把车门打开,就要死人了。人才刚下完,车就烧起来了。"

我一丝不苟地记下来了。孟富财刚说完,另一个业务员又说了他亲历的一件事。盖经理介绍说,他叫孟伟良。又是个姓孟的!孟伟良说,有一次他到皖南的一个城市去,那个城市小偷多,小偷出名。他带了个包,包里有进货的一笔钱,七千多块。在公共汽车上,他被小偷盯上了。两个小偷,前后夹击他,他换不了地方,也下不了车。小偷夺他的包,他死也不放,小偷打他,他嗷嗷叫,车里一个问的都没有。我停下笔说:"这哪是小偷,这是明抢了。"古经理说:"这就是强盗。"孟伟良接着说,小偷往死里打他,他一个人,人生地不熟,为了保住包里的钱物,他跪下来求小偷,说他娘生病住医院,他是从外地赶来看娘最后一眼的。他被打得口鼻流血,趴在地上装死,但两只手还紧紧地抱住单位的七千块钱。后来幸亏到了终点站,终点有个治安办公室,小偷害怕,才放了他。

大家都讲完了,我也记完了,材料确实很丰富。我合了本子抬起头来,古经理看看表,说:"今天早,才十点钟不到。"盖经理说:"饭我已经叫人去准备了,你们休息休息。"我把本子和笔收了起来,古经理问我:"蔡作家,你看呢?"我说:"盖经理这里事迹很感人的,不过时间太早,还空两个小时没事做了。"古经理说:"那咱们上 D 区分公司吧,在那里吃饭也行,时间也充裕了。"我说:"行。"盖经理在旁边反对了,盖经理伸出两只手说:"不行不行,你们来一趟不容易,蔡作家来一趟更不容易,你们一定得吃了饭再走。"我们已经站起来了,刘股长说:"蔡作家已经跟大家见了面了,以后咱们再请他来。"古经理说:"你的心意蔡作家领了,他的时间宝贵,咱们不能耽误。"

盖经理无奈,只好送我们上车。上车时,我们俩又握了手。我这时想,在我的报告文学里,我得好好把这个盖经理和他的分公司写一下,当然,重点还是马经理和整个 B 公司,这一点我是不能弄混的。我们上了车开到了 D 区分公司,D 区分公司的经理也不过三十五六岁,姓卫,也很精明能干。下了车在办公室一坐好,老一套,古经理把开场白又说了一遍,说完之后,古经理挥挥手说:"去,把业务员都找来讲故事。"我心里直想笑,我想:这个古经理,摸透了我采访的规律了。业务员们很快聚合到办公室里,大家开始讲故事。卫经理说,分公司刚建立的时候,人很少,只有两三个人,资金困难,经营额也小,进货出货都用自行车驮带。有一回从县城进货回来,路上刚下过雨,又烂又滑,啪啦一声摔倒了,那一个月的工资就都没发。

有个叫祁顺利的业务员说,他冬天骑自行车送货,脸冻烂得家里人都不认识了。我说:"你家不在这镇上?"祁顺利说:"开始不在,前两年才调来。"坐在角落里的一个业务员,想插嘴说话,说话前先报自家姓名,说:"我叫毛斌,毛泽东的毛,文武斌。"听他这么一介绍,大家都有点发笑。毛斌说:"刚开始那都是单身一人在这里苦干。坐火车,我趴在座位底下睡过两天两夜,车到站时我身子弓着,伸不直了。有一阵子竞争激烈,咱们这和 Z 县邻边,两家都争取客户,我们半夜就起床,板车上拉了货,摸黑走一二十里,到人家屋檐下等着去,就那还赔,赔就赔,主要是为了留住客户。"古经理这时插话说:"开始他们这里都是肩挑手提,最好的交通工具是板车,最快的交通工具是自行车,都是一身泥一身水摸爬滚打出来的。"

我一边听,一边记,一边点头。这时我想:得来点今昔对比了,我需要这方面的材料。我这样想好了之后,等古经理话一落音,我就接上说:"现在完全不一样了,你看这个大院子,还有汽车。"卫经理说:"完全不一样了,我们现在有两部货车,有五间门市部,有两间大仓库,有一幢宿舍小楼,流动资金将近三十万元,职工家属都团聚了。"古经理说:"要不我们到院里看看。"

我说:"看看。"我们走到院里,是个水泥大院,老大一片,靠北有两间大仓库,仓库里堆满了货物,有几个工人正在里头挪东抬西的。院子的中间,用砖石砌起来一个围台,围台里圈着一棵古树。看完仓库,我们走到围台下边。我说:"哟,这棵树有年头了。"古经理、刘股长和卫经理他们都和我一起看。原来是一棵古槐,中间空了一部分,身上还缠了些枸杞藤条。卫经理说:"这棵古槐,早八代就长在这里了,逢年过节,附近还有不少人到这里来烧香。"说着他用手拨拉拨拉围台里的残香白灰。"都说这棵树灵气。"刘股长接上说,"你们这不就先发啦。"卫经理笑着道:"都是这么说的。"在一起闲聊一会,大家都有点随便了,中午吃饭的时候,他们还找我划了拳,大家在一块热热闹闹的,我觉得真有点像兄弟、哥们了。

6

时间过得飞快,下午我们不但去了E镇分公司,还顺带去了F镇的分公司。我很高兴,因为我发现今天一天的收获真不小,这样的话,我明天就可以动笔写了,材料差不多都齐了,够我用的了。

返城的路上,我把我的想法对古经理和刘股长谈了。我说:"古经理,刘股长,这两天辛苦你们了,现在材料收集了不少,该跑的也差不多都跑了,明天,我想就在宾馆整理整理材料,需要什么,也好随时再找。"古经理说:"蔡作家时间抓得真紧,行,你看该怎么办就怎么办。需要我们做什么事,你招呼一声就是了。"

到县城天还没黑,找了一家饭馆吃了顿便饭。说实话,奔波了一天,大家都挺累的,车把我送到宾馆后,他们就回去了。我回到房间里,像电影里的某些镜头一样,先甩掉脚上的鞋,然后叭地打开电视机,至于电视里演的什么节目,我暂时还顾不上去研究它。我又扒掉了外套,把外套和身上沉重的东西都卸掉后,我进入卫生间,打开水龙头放洗澡水。热水哗哗地流出来,在卫生间里制造了一层水雾,这时我已经回到床边,我坐到席梦思上,边脱身上所有的衣服,边留意电视里的图像和声音。现在我变得全裸了,按照惯例,我随意地欣赏了一下我的肢体,然后我就走进卫生间,把自己泡在略微发烫的、令人心旷神怡的热水中了。

说实在的,我知道我的幸福生活是谁给的。在以前的三十多年里,我曾经受到过很多传统的、正直的道德教育,我们以前也反复地学过一篇课文,题目叫:吃水不忘掘井人。这种观念在我们,或者至少是我的脑海里,已经形成了一种固定的判断和观念,换句话说,这也就是为什么大家都评价我能够热情待人的根本原因。我泡在热水里,身体舒服得吱吱发响,现在我想给家里打个长途电话了。我伸手从浴缸侧上方的墙壁上,摘下挂式电话。我躺在浴缸里按下了一连串的电话号码,然后就把听筒搭在耳朵上等对方的回音。

我老婆来接了。她的第一句话就是:"你在哪里?"我知道她问的是我在一个具体的什么地方,比如说:哪家宾馆啦或者别的什么。我说:"我在浴缸里。"说这话时,我虽然尽力压抑住激动和兴奋,但老实说,我特别有一种混上来了的感觉,有一种底气充足,内心踏实,生活有望的感觉。但我到底又是一个对生活持严肃态度的人,我知道,人越是得意和满足时,就越是离隐藏的危险近了,这种时候一定要收敛起笑容,更加努力地去奋斗。我擦干身体,穿好内衣,在桌子边坐了下来。我现在情绪饱满,正好适于工作。另外,我也想以我的特殊的效率和速度,给他们,马经理、古经理、刘股长,以及所有有关的人士,以一个意外的惊奇。

可以想象我在这些动力的驱策之下的亢奋劲头。我按照我的设想,开始写我的第一篇报告文学。虽然我以前从未在这方面实践过,也极少有兴趣看这方面的书籍或文章,但通过这两天多的接触和采访,我有了一个信条,就是在我的文章里,决不能对不起马经理、古经理、刘股长、盖经理、卫经理和这里的所有人,哪怕写得夸张和虚构一点(无伤大雅的虚构),至少我得对得起这间包房、昨天和今天的包车、宴请、香烟等等。这有点像一个良心问题。

第二天上午,我正坐在桌子旁边赶稿子,刘股长来了。他一进门就把一条阿诗玛烟放在床上。我连忙说:"这是干什么?"他说:"开始写啦,辛苦辛苦。"他在沙发上坐下来,我也不好再说什么,我用宾馆的茶叶给他泡了杯茶,然后在另一个沙发上坐下来。我说:"我想先把初稿整理出来,给马经理他们看看,该补充的补充,该修改的修改,要是回去再整理,需要什么材料,就不这样容易了。"刘股长说:"是,是。今天上午,马经理和古经理原打算来宾馆看你的,又考虑到你写稿子需要安静,就不来了。另外,马经理说了,公司每天给你二十块钱的伙食补助,免得大家来打扰你,反正有什么事,你打个电话,我就来了。"我只能说:"谢谢,谢谢。"

接下来的这一天,我写了九千九百字,加上昨晚上写的,有一万三千字了。我想,多写点也无妨,多抄一个事例上去,就可以多挣几十块钱。我觉得,这钱挣得太容易了一点。但这是好事。

第三天上午,稿子延长到了一万八千字。我兴犹未尽地打住了它,我笑着对自己说:"心不要太黑。"我打个电话给刘股长,问他几位经理,特别是马经理在不在?他说在。我说:"稿子写完了,想请经理和书记看一下,我马上就过去。"刘股长说:"派车去接你,你等着。"

我等在宾馆里。车来了,还是那辆车,可是驾驶员却换了一个。车把我接到公司。我一进经理室,马经理和古经理都慌忙站起来迎我。我把稿子拿出来,放到桌上,我说:"这是初稿,匆匆忙忙的,想请马经理、古经理看一下,主要看事实和数字有没有错的、不准的地方,我在这里改起来方便,回去就麻烦了。"

马经理和古经理都半惊半喜地看着我。马经理说:"蔡作家的办事效率真高。"古经理对马经理说:"真是的,咱这来过不少记者、作家,数蔡作家作风正、文风好。"刘股长从旁说:"蔡作家人品好。"

我相信他们说的都是真话,从他们说话前思考的时间长短上,我能看得出来。

7

以上就是我第一次给企业写报告文学的简单经过。

大约半年后,也就是八月下旬,我的那位朋友第四次打电话来约我去写报告文学。他在电话里说:"喂,老兄,帮个忙。"我说:"又帮什么忙?是不是好事?"他说:"好事。"说着,他在电话里不文明地、放肆地、毫无节制地、无所顾忌地大笑起来,笑声震得我耳朵直嗡。我连忙把听筒拿远一些,等他笑完。这时我已经大致知道是什么事情了。在这几秒钟里,我一闪念地想:你怎么肯定我会去?你怎么肯定我会接受你的雇用?但是我心里明白,我不会拒绝的,像世界上的其他许多事情一样,这玩意儿也会上瘾,所不同的只是:这玩意看起来是好事,对哪一方都有好处,只要你参加进来。

我冷冷地说:"你笑完了?"他说:"笑完了,笑笑真痛快,长寿。"我说:"什么时候?"他轻松地说:"明天早晨。那边一切都安排好了,吃住行。还是老规矩,千字百元,不过这次每篇都不长,五到七千字,一人写三四个企业。另外,这次你们更舒服了,你们四个人去,正好够一桌。"我说:"都有哪些人?"他说:"都是你熟悉的,老孔、老朱、老陆,他们几位,闲时麻瘾比我还大。"确实,他们都是我熟悉的,称他们老什么老什么的,主要是方便,其实他们比我大不了多少,十来岁的样子,常见面,都算是朋友。挂断电话,我随便收拾了一个小包,晚上老婆给我定了响铃,这样第二天就不会误车了。

在这之前,我还分别到F市和G县采访过。这自然都是我那位黄姓朋友特邀的。在不到半年的时间里,我四度出山,可见我在一定程度上,被这项活动迷住了。另外,玩了几次以后,渐渐玩熟了,有一种得心应手的感觉,这对我参加这项活动,也是一种很大的推动。

干这种事情一般总是在早晨出发的。我们乘坐的还是汽车,因为像到A市一样,到H县也只通汽车,不通火车,更不要说轮船、飞机什么的了。

四个人在一起,时间很容易打发掉,说完第五个话题的时候,目的地已经到了。下了车,也有个三十岁左右的年轻人接住我们,他姓方,在县里的一个文化部门工作,看上去机灵能干。

小方接到我们之后,说了一些客气话,就直接引我们到宾馆去了。我们住的房间已经定好,在二楼的最里头,两间,门对着门,又安静,又安全。服务员给开了门,小方说:"四位老师,一间房里住两个人,都有空调、卫生间和电话,你们看怎么住?"四个人都说:"随便。"就近的两个人走进一间里去,我和老陆住到了一起。放

497

下东西,小方到餐厅去安排午饭,我们四个人聚在老朱和老孔的房间里说话。老陆说:"我是临时被拉来的,大黄也没跟我讲清楚,咱们这到底是怎么回事?"老朱说:"怎么回事?目标很明确,咱们就是来挣钱的,千字百元,就冲这个来的。"老陆说:"这个我知道,没钱咱哪能干,可我对这个来龙去脉……"老孔说:"来龙去脉谁知道?大蔡,你可知道?"我说:"咱们这就是被雇用的,来了就干活,干完活就走人,也省心。"老朱说:"你管他什么来龙去脉,他指哪咱打哪,别想那么多。"

我突然觉得老陆有点犯傻,傻不拉叽的。吃过饭睡了个午觉后,小方又来了。大家都到我和老陆的房里坐定,小方说:"各位老师都睡好了,我现在向各位老师介绍一下企业的情况。这次咱们要写的企业,总共是十四个,大致上,一人分担三个,剩下的两个,有哪位老师愿意写,哪位老师就写,要是没有人写,我就去写,但是我这个水平和各位老师都不能比了,我也不一定能写好。"老朱说:"小方,你不要客气,咱们认识了,就都是朋友了,不要客气。"老孔接上说:"我们这次来,当然,一方面是写报告文学,这是主要的,另一方面,我们平常工作也挺累的,几个朋友聚到一起,也想轻松轻松,我们认识你也很高兴,大家在一起随便一点。"我说:"咱们主要是在一起散散心,交交朋友,咱们认识了,就不要见外了。"老陆也说:"就是,就是。"

小方笑笑,他显得轻松了不少,他说:"我能有幸结识你们这几位老师,说真话,我感到很幸运。"他顿了顿又说:"那些企业,我都已经联系、安排好了,从明天上午开始,轮到采访哪个企业,哪个企业就来车接,今天下午,各位老师就休息休息。看看这样安排行不行?"老朱说:"这样安排还行吧。"大家都说:"行。"老孔笑笑说:"小方,天气有点热,我们的娱乐活动你考虑了没有?"小方这时也不拘束了,感觉上都近了。小方说:"天气热,各位老师都辛苦,我已经到果品门市部,叫他们给我留几十斤苹果、香蕉什么的,晚上就送来。"老孔笑说:"水果当然也需要一点,不过那不是主要的。"这时大家有点开心,老朱说:"你是叫小方猜谜呀。"小方想了想,一时还没摸住头脑,嘴里试探着说:"要不每晚去看场电影。"老陆马上反对:"现在电影没看头,看了就要睡觉。"小方说:"要么就到咖啡馆坐坐,唱唱卡拉OK,汽车站旁边才开了一家。"老朱说:"我对那个可没有兴趣,再说要唱卡拉OK,省城条件比你这里好多了吧。"小方又想了想,说:"各位老师,是不是要找几个女孩子,来陪你们说说话呀?"四个人都哈哈大笑,老孔说:"我们的胆子还没有那么大,再说,"他拍拍衣服口袋,"这里也瘪了一些。"小方说:"那我真想不出来了。"老朱说:"这么聪明的小伙子,你想想,我们这除了大蔡略微年轻些,别的都是半截小老头了,家庭都还比较美满,因此不敢去玩女人,事业都还不上不下的,因此不会去拼命,经济收入不多,但都很固定、很牢靠,因此不想再下海,我们的爱好,不就是朋友在一起聊聊天,打打麻将,找点小刺激,也是一种轻松和娱乐,你说是不是?"小方恍然大悟,说:"这个容易,这个容易,我马上就给你们找来。"

半小时以后,楼下一声车笛响,离开的小方又回到了宾馆,他和另外一个人(可能是驾驶员),抬来了一筐水果,他还带来了一条阿诗玛香烟、几个信封的企业材料,最后,也是最重要的,还有麻将牌。

看到麻将牌,老朱和老孔都坐不住了,说:"正好下午没事,咱们就用这种方式休息吧。"小方也很知趣,把香烟拆开来,一人扔了两包,然后说:"我还有事没办完,我去办了,不打扰你们了。"

小方离去后,四个人把门一关,空调开大点,桌子拉好,战斗起来。下午成绩最差的,就数老陆了。老陆说他有点心神不定。到六点半钟,小方来喊大家吃饭。说实在的,这时候,大家都没心思吃饭,但又不好不吃。就穿衣出门,到餐厅里去吃饭。吃饭前,小方说:"喝点酒吧。"老朱说:"不喝了吧。"他大概还想着晚上的战斗。老孔说:"要么就喝点啤酒,少喝一点。"我和老陆都可喝可不喝。

晚饭后继续战斗。这可正应了我那位黄姓朋友的一句话:你们四个正好一桌。真是不多不少,正好一桌。桌上时日短,很快就到夜里十一点多了。老陆说:"我们打到几点呀?明天还有事。"老孔说:"最迟两点结束。"这时间还不算太晚,因为天气比较热,要是没有空调的人家,或者看电视,那也得十二点左右才能睡觉。说完话,大家起来解解手,活动活动,洗了一些水果放在身边吃,又开始了紧张的工作。

这一晚上到凌晨三点多钟才睡,成绩还是老陆差。早上七点起来,大家都还算有精神。吃过早饭,企业的车来了,陆续把我们四个人接走。临走之前大家约好:中午都回来吃饭,不在外头吃。在外头吃饭累人,又得应酬,又得喝酒,又得说无数的废话,回来吃饭还可以睡个午觉。

8

来接我的是一辆波兰车和一位办公室主任。办公室主任姓宋,说一口带江浙口音的普通话。听他说话,我有些奇怪,就问:"你是江浙那一带的人吧?"他说:"我是浙江嘉兴人。"我说:"怎么到这里来了?"他说:"我们浙江人哪里都去的。"说实在的,我不太喜欢这种接人待物的说话方式。但是宋主任却突然兀自嘿嘿地笑了起来,并且从前排座位上回过头来说:"其实我老家就是这里的,小时候跟我姑妈到嘉兴住到十九岁,上山下乡时又回来的。"我说:"原来是这样,那后来就没回去?"他说:"我父母都在这里,就不回去了,在这里结了婚,成了家,生了小孩。"我说:"嘉兴我去过的,不过只是路过,停的时间不长,那里挺富的,农村有不少两三层楼的房子。"

闲聊几句的工夫,车子就进厂了。厂长听见汽车的声音,知道我们到了,就出来迎接。到了他的办公室,我把烟拿出来,甩了一支给他,他连忙又甩了一支给我,点着之后,我说:"刘厂长,这次采访的事,小方都跟你说了吧?"刘厂长说:"说了,说了,我们积极配合就是。"我说:"我们一共来了四个人,这次时间比较紧,在你们厂,只有半天的时间,你看,能不能请刘厂长把别的工作,都暂时放一放,就咱们俩,谈两个小时。"刘厂长说:"行。别的事我安排人去做。"我又说:"中午我不在这里吃饭,一方面是不给你添麻烦,另一方面,我们那里都安排好了。"刘厂长认真地听着我说。根据我的经验,在一般的情况下,我知道这些精明能干的厂长(或经理)们在想什么,他们总得对情谊(如果还谈得到情谊的话)有所表示,如果不能用宴请的方式表示,那么就会用别的方式……来补偿。

刘厂长看着我说:"蔡作家太忙了,那就下次再请你吧。"我说:"下次再来。"其实我们都知道不可能有下次。我说:"咱们找个安静的地方谈吧,你办公室吵不吵?"刘厂长说:"这里不安静,咱们到对面房间谈。"我们来到对面房间坐下,刘厂长出去下又回来了。我把本子和笔拿出来。按照惯例,我先问厂里的基本情况,人员、设备、产值、利税、福利、奖状、荣誉、销量、质量、今昔对比、发展规划。这些大多都是数字,看起来名目繁多。其实并不复杂。一般单位领导的小本本上和脑袋瓜子里,都有,而且八九不离十,二十分钟就谈完了,不会碰到任何困难。

基本情况谈完了,我转变话题,又燃起一支烟。刘厂长说:"蔡作家吸烟很凶的。"我说:"我一天两包烟。"我说:"刘厂长,请你谈谈你的经历,也就是你走过的路。"刘厂长抓抓头皮,说:"这个还真不好谈。"我说:"随便谈,谈谈你经历中印象最深的事,你吃过什么大苦吧?"这样提问题实在有些不雅观,甚至有些拙劣,但对许多文化并不高的企业领导来说,这几乎是唯一有效而且有益的提法。如果他确实受过大苦大难(或者他自认为是大苦大难),他平常有什么合适而且正当的机会,向有价值的对象诉说呢,那么他现在就有了一个最佳的机会。当然,大苦大难相对来说总是较少的,但只要他回答了这个问题,不管他回答的内容是怎样的,都会成为我描述和渲染的口实。而他们又一定会回答这个问题,这是对人的最起码的礼貌了。这就是进行这类采访的技巧之一,肯定是万发万中的。

  刘厂长沉吟了一下,开始告诉我他印象最深的事。他就是本地人,六十年代下放农村,和同时下放的姐姐在农村相依为命。两人住在村外的两间旧土坯房里,用自己的劳动,捞工分养活自己。家里比较穷,没有多余的力量来支持他们,姐弟俩就到附近的荒坡上砍草到集上卖,挣几个零钱,买油盐酱醋。当时天已经冷了,每天天还不亮,姐姐就烧好面汤,贴好面饼,喊他起来吃,连个菜都没有。吃过了,他们把剩下的面饼装在布包里,就拿着镰刀和草绳,摸黑到二十里外的荒坡去砍草。那时候年龄还小,才只有十七八岁,十七八岁的孩子哪有不贪睡的,睡得迷迷糊糊爬起来走黑路,一迷瞪,就跌到路边的深沟里去了,跌得头破血流(刘厂长把头发扒开,露出伤疤给我看了)。到了荒坡上,就开始砍草,一砍一天,砍到天黑,姐弟俩就把草捆起来,一趟一趟地运到附近的一户农民家(在好心的农民家暂时存放的),然后再摸黑回到自己的两间土坯房。土坯房已经很旧了,到处都漏雨,那时候队里穷,拿不出钱来盖新的,姐弟俩也没有能力去修,只好用树枝顶住歪裂的土墙。有一天姐弟俩被大雨挡在荒坡附近的农民家,第二天回去一看,房子已经被大雨淋倒了,姐弟俩抱头痛哭,要是昨晚回来的话,姐弟俩就都被砸死在底下了。

我说:"这就是你后来发奋的动力吧。"当然,刘厂长不能说不是。他点点头。我把我自己的这句话记在本子上。我又燃起了一支烟。烟雾在房间里缭绕。说实话,今天上午我烟抽多了,抽得不太舒服,但我只能用这种办法来提示刘厂长,并且加深他的印象。我现在开始往外吐烟,也就是说,我抽烟的时候,并不把烟吸进去,而是到了嘴里就吐出来,从此来制造房间里的烟尘效果。

我说:"我理解你为什么能干得这么好了。"我看看表,十一点多了,采访时间差不多正好两个小时。我收拾了东西站起来说:"刘厂长,我需要的材料差不多都有了,我们还要住几天,少什么我再来麻烦你。"刘厂长也站起来说:"你真不能在这吃饭?"我说:"以后再来,大家都熟了。"我们走出房间,来到走廊里,刘厂长急步走到办公室外,向里面招招手。宋主任从办公室里走出来,手里拿着一个用报纸包住的长方形的东西。刘厂长接过来送给我说:"带几包烟回去抽。我就不送了,让宋主任送你。"我说:"刘厂长太客气了。"宋主任陪我上了波兰车,和刘厂长招过手后,车子就开向了宾馆。用报纸包住的东西躺在我身边的座位上。不用看,我知道那里面至少有两条"阿诗玛"或者"红塔山"。我这时有点困了,睡眠太少了。我想,老朱他们不知回去没有。

9

上午大家似乎都有收获,老陆可能少些,因为他回来得最晚,大家都看到了,他手里头拿的东西很少。

午餐大家吃得高高兴兴的。老朱说:"困了。"老孔说:"我上午眼皮子好容易才撑起来。"我们都说:"困了,中午得好好睡它一觉。"大家呼呼地灌了几瓶啤酒。小方笑着说："你们昨晚到几点钟才睡？"老孔说："两三点钟。"小方说："你们正好四个人够手，要是三缺一，我就来给你们凑手了。"老朱说："小方，干脆咱们就这样，咱们来，像昨天说的，一方面是采访，一方面是休息、放松，咱们不能在家累，出来再拼命，那就活不成了。"我们几个都点头说："对，对。"老朱接着说："小方，干脆就这样，咱们来个半天工作制，半天采访，半天休息、娱乐，你看行不行？"老孔说："这是个好办法，咱们确实不能太累了，身体要紧，你看现在死的那些中年作家，知识分子，一个接一个死，都是累死的，工作要紧，但要是早死了，那就什么工作都再也干不成了。"我和老陆都说："对噢，对噢。"老朱问小方："你说呢？"小方说："我没有意见，没有意见，各位老师觉着怎么好，就怎么办。"老孔说："我已经跟那个厂讲好了，下午不去了，他们也不来车接了，老朱你哪？"老朱说："我那个差不多了，还有几个数字，打电话叫厂里送来就行了。"老孔说："大蔡你哪？"我说："我那个厂完了。"我的意思是说采访完了。老孔说："老陆你怎么样？"老陆说："我那个厂下午还来车接。"老朱说："休息，休息，老陆，你别玩命，你玩命叫我们在旁边看着都难受。"老陆说："我跟厂里都讲好了。"老孔说："叫小方下午给厂里挂个电话，叫他们下午不要来了。"小方说："行，我下午给厂里挂个电话，你们好好休息就是了。"老孔换了个话题："小方，听说你们这附近还有个好看的地方。"小方说："孔老师讲的是大王庙吧？"老孔说："就是大王庙，我好几年以前到这里来，就想去看看，但是到现在也没能去。"我说："那里还值得看一看。"老陆说："大蔡肯定去过。"我说："那也有好几年了。"小方说："各位老师要是想去，咱们就抽半天时间，带个车去玩玩。"这又不是坏事，因此大家都说"行"。

午饭结束，大家急着回去睡觉，确实都困了。关上门，我到卫生间洗了个澡,出来时看见老陆躺在床上,还撑着眼皮捧一沓材料在看。我说:"老陆,还不睡呀?"老陆说:"就睡,就睡。"

我倒头就睡了,空调房间,多舒服呀,不冬不夏的。至于老陆是什么时候睡的,那我可不知道。

10

我们这几位,除了我之外,麻瘾都大,都是重量级的。我是次重量级。下午我还没主动睁眼,就被老朱和老孔喊醒了。老朱喊道:"起来喽,起来喽,时间很紧呀!"老孔道:"别耽误我们挣钱呀。"我睁眼一看,老陆也起来了,正往卫生间去洗脸。我说:"什么叫瘾? 这就叫瘾吧?"

两点半战斗正式开始,千里迢迢的,跑到这么个地方来搓麻将,想想,真是人生的一大快事。时日倏忽,眨眼又到了晚饭时刻,下午的战斗,老孔和老陆战绩不佳,老陆一个劲地讲:"精神疲惫,精神疲惫。"老孔则说:"输赢还难定,晚上还有一场哪。"

晚饭后小方走了,我们四人继续战斗。开头还能听到汽车声和人声什么的——这个宾馆外面不远,就是一条街——后来就一点也听不到了,一方面是进入了境界,另一方面是夜真深了,汽车不跑,人也不太走动了。到下一点,老陆说:"咱们几点结束?"老朱说:"不超过三点。"老孔说:"我发现老陆在外面和在家里不一样。"老陆问:"怎么不一样?"老孔说:"你在家里时,从来不问几点的,几点都行。怎么现在老问几点结束?"老朱说:"是不是因为手气不好呀?"老陆辩解说:"哪里哪里,主要是因为明天还有事。要是没事,怎么玩我都奉陪。"老孔说:"不是明天了,是今天,现在都一点多了,还不是今天。"

说完继续工作,一直工作到凌晨三点多近四点,大家才散场睡觉。这一晚依然是老陆做贡献。大家倒头就睡。早上七点,小方来喊人吃早饭,都还在床上睡着。吃过早饭,略坐一会儿,企业的车来了,陆续把大家接走。接我的车,这次是一辆国产的什么车,车子鲜红,像个胖头鱼。到了厂里,厂长正在接待一位外地来客,他匆匆出来跟我握过手,说:"蔡作家,欢迎欢迎,请你先在我办公室坐一下,我马上就好。"我说:"你先忙,先忙。"

我在厂长室坐下,有一个人来给我递烟倒茶寒暄。说了一会闲话,我的困劲上来了,说话时直想打盹,嘴重得都抬不动。为了掩饰我的困态,也为了不睡着,我只好站起来,四处看厂长室墙上挂着的锦旗、奖状什么的。我一边看,还一边以示尊重地轻念出声,同时嘴里不断发出"啧啧""嗨""哟"的惊叹声。过了一会,厂长匆匆忙忙地进来了,他一边抱歉,一边埋怨琐事多,一边拆开一包烟给我烟吸。我们俩在椅子上坐定,我说:"周厂长,采访的事你已经知道了。"周厂长说:"小方给我说了。"我接着说:"这次我们一共来了四个同志,大家分头采访,咱们厂的情况我看了些材料,但是很不全面,你是老厂长了,这个厂就是你干起来的,所以想和你谈谈。不过这次采访,时间很紧,我在厂里只有两个小时的时间,中午还要赶回去吃饭。"周厂长说:"中午在我们这里吃。"我说:"不用了,我们那里都安排好了,以后再来吧。"他无法做出明确表示,我继续说:"你办公室安静吧?"周厂长说:"安静,我跟他们打过招呼,叫他们不要来打扰。"这时我已经拿出了本子和笔,我说:"周厂长,我们厂现在一共有多少职工?"

这就是采访开始了,周厂长像背书似的向我介绍了厂里的基本情况,内容不外利税、固定资产、年人均利润率、产值、福利、设想、技术人员比例、产品销售范围、各级奖励、产品质量、职工收入等等。我说:"咱们这领导班子的情况是什么样的呢?"他说:"领导班子很团结,可以这么说,我们这个班子自建立以来,没有出现过小人才干的事情,大家都是眼往工作上看,心往工作上想,劲往工作上使的。"我说:"作为领导班子的主要负责人,你的领导才干是大家公认的,来的时候,你们厂办的小夏还对我说,周厂长的话在厂里,有绝对的号召力。"周厂长谦虚道:"哪里。"我接着说:"那周厂长你的经历是怎么样的?你碰到过哪些比较大的坎坷?"周厂长一时抓瞎:"这个……"我说:"就说说你的亲身经历就行了。"周厂长说:"这个行。"

周厂长说,他就是城关人,很早就开始了学徒的工作,开始是在饮食服务公司,在公司下属的一个浴池当服务员。当了两年,他不满足,虽然各种工作都做得很好,但学不到技术,心里有点"花",就想去学擦背的,学擦背有技术,有讲究,同时还得学中医、穴位,还得学按摩。他下功夫,跑遍了全城的澡堂子,看老师傅怎么干的,他文化不高,是硬看、硬记、硬学的。功夫不负有心人,短短两年,他就成了小城里这一行的拔尖人才,大家都来找他擦背,连……(他说了当时县里一些大官的名字,我没来得及记,我怕我一问就打断了他的话头)都来找他擦背,他的老主顾最多。在那期间,他还成了优秀团员,还受到公司的表扬。

后来,他调到了人民饭店工作。人民饭店现在还在,就离汽车站不远。那时候他才二十多一点。我说:"你那时候恋爱结婚了吧?"说实在的,我这话并不是非问不可,主要是想闹个小插曲,有点色彩。周厂长说:"那时候刚谈,还没有结婚。"我说:"你对象是哪里的?"他说:"就是人民饭店的。"我又问:"她叫什么名字?"周厂说:"她叫贺翠侠。"我说:"是哪几个字?"周厂长说:"贺就是贺龙的贺,翠是上面两个习字,下面一个卒字,侠是单人旁的侠。"我点点头,表示记下了。周厂长接着说,调到了人民饭店工作,人民饭店也是饮食服务公司的一个下属单位,他刚去的时候,当服务员,端盘子送碗,不嫌脏,不嫌累,干得好,经常受到领导和同事的表扬。干着干着,他又不满足了,想学技术,领导看他聪明肯学,不怕吃苦受累,就调他去干白案,白案就是做面食、素点。他肯学、肯钻,跑遍全城求师拜艺,东偷一点,西摸一点,技术有了很大的进展。这样干了两年,领导又调他去做红案,红案就是肉食类,得砍剁烹炸。他又学迷了,天天琢磨,在家里操着刀练。练了两年,又学到不少本事,正在这时,他现在的这个厂筹建,他就调到这个厂来了。

我说:"这个厂初建的时候,比现在小得多吧,设备也很简陋吧?"周厂长激烈地说:"那时候小多了,只到现在的一半大,还在一片荒郊野地里,当时,这四面都是野草,蚊虫咬死人。设备也都是五十年代的,简单得很,有些还是土机子。我是看着这个厂一点点发展起来的,它哪一点变化我不知道?那完全不一样了。"我合了本子,站起来走到窗户跟前,往厂房那边看。我说:"周厂长,现在能去参观参观吧?"周厂长站起来说:"能参观,能参观。"我看看表,十一点了,时间差不多了。我跟着周厂长出了办公室,到厂办的时候,他又喊了小夏跟着,我们三个一起往车间走去。

车间里轰轰隆隆响,各个车间我们都转了转。工人看见我们来了,并不太感兴趣,有的抬头看看,有的头都不抬,这都很正常。另外,对我来说,也是如此,这样的车间参观多了,看不出个所以然来,只是感受一下罢了。

到了成品车间,这里有点意思了,许多花花绿绿的高级毛巾被、豪华床罩摆在那里,做工又精细又讲究。我简直是直扑过去的,嘴里赞不绝口:"周厂长,我信了!像你们这样漂亮、讲究的产品,不要说在本省、国内畅销,就是出口到欧美、日本、中东,也没说的。挡不住,谁也挡不住!真是太漂亮、太豪华了,我在省城也还没怎么见过哪!我信了!"周厂长也眉开眼笑的,他说:"我们宣传不够啊。今后这方面的工作得加强了。"

我同意他的看法。

11

我带回宾馆的东西,数量多,面积大,很难逃过老朱他们的眼睛。老朱过来看看说:"大蔡,今天你的收获最大,我们其他几位也都有一点,这样吧,咱们下午就赌你这个豪华床罩,豪华毛巾被也行,你要是输了,这就归我们了。"我说:"随你。"

午饭后大家自然又栽到床上大睡。不睡受不住,眼皮根本睁不开。这一觉睡得香甜,幸福,睡的时间也长一些,睁眼看表时,已经三点多了,心里很满足,把枕头斜竖起来,靠着床发呆醒困。

老陆却从卫生间出来了,手里还拿着一卷材料。我说:"老陆,怎么你没睡?"老陆回到床上,也斜靠着,说:"睡了,不睡哪能受住,我醒得比你早点。"我说:"老朱老孔他们俩也不起早了。"老陆看看我,想说什么,却又没说出来,欲言又止的样子,我也不好主动问他。

下午四点开始工作,中间只停了个晚饭的时间。工作一直持续到第二天早晨五点,这时天已经朦胧亮了,大家赶紧上床打个盹。这时最大的愿望,就是小方不来,车不来,谁都不来打搅,一直睡到开午饭。但是才刚迷糊着,小方就来喊吃饭了,眼不想睁,更不想起来。小方在外头又喊了,好不容易才爬起来,卫生间洗把脸,回到床头一看,已经七点半了,这是起得最晚的一天。

这天来接我的车,是一辆蓝色的客货两用车。看见这辆车,不知怎么的,我就有点感觉。车一直往郊外开,房屋都已经断了,前方路边出现一个围墙围住的院落。车直开进去,院里有一些水泥池子,还有一股刺鼻的味道,几排平房盖在一进院的地方。

来接我的就驾驶员一个人,下了车,他就领我到厂长室去。厂长不在办公室,驾驶员对我说:"你先坐坐,我去找。"他出去找了,我就在厂办室里东看看,西望望,又点了根烟抽。这时驾驶员领着厂长来了,驾驶员说:"谷厂长,这就是蔡作家。"说完他就退了。

我连忙站起来和谷厂长握手。谷厂长人长得瘦精精的,但并不是那种精瘦猴精的人,他四十多岁,五十不到的样子,看起来有点沉着。他递了根烟给我,我们各自坐下了。我一如既往地说:"谷厂长,我这次来采访,情况你都知道了。"他点点头说:"知道了,知道了。"我接着刚才的话说:"我们这次一共来了四个人,我们分头采访,已经两三天了。咱们厂的情况,我看了一些材料,又听小方介绍了一些,但是很不全面,所以这次来跟你见个面,想听你亲自谈谈。"我停顿了一下,看看他的反应,他好像没什么明确的反应,只是专心地听着,并且不表明态度地习惯性地嗯着、点着头。我接着说:"听小方说,咱们这个厂,原来是亏损单位,生产的磷肥没有销路,但从你上任以后,情况就完全改变了,我想听你谈谈这方面的情况。你办公室里安静,没人打扰吧?"他说:"不要紧,不要紧。"我不知道他说的不要紧是什么意思,是没有人来打扰呢,还是不怕别人来打扰呢? 我觉得我被憋噎了一下。我顺顺气又说:"谷厂长,我们这次出来时间比较紧,我在这里只有两个小时的时间,中午还得赶回去吃饭,那边都已经安排好了。"我自作多情地说了以上的话以后,我发现谷厂长仍然在不置可否地嗯着、点着头,不表什么明确的态度,说实话,我这时情绪已经冷了一半了,我说:"谷厂长,请你谈谈厂里的基本情况。"

谷厂长说:"好,我讲讲厂里的主要情况。"他说:"这个厂属于县经委工业局,建立的时间不算太长,有将近十年的厂龄。厂里共有职工六十八人,其中技术人员七人,科室工作人员十三人(包括部分技术人员），业务员五人，另外还有一些临时工。厂里有固定资产三十多万元，流动资金二十余万元，年产值，一九八七年为……万元，一九八八年为……万元，一九八九年为……万元，比上年增长……一九九〇年为……万元，比上年增长……一九九一年为……万元，比上年翻一番，一九九二年为……万元，创历史最好水平，一九九三年为……万元，比上年翻了一番半。曾获全县经委系统优质产品奖，省供销系统优质产品奖，县信得过产品奖。"不知怎么的，我现在对这些数字啦什么的，兴趣一点也不大，但我依然认真地记着，一边记，一边嗯，有时还抬头看看他，问一句半句什么，以示认真。

我说："咱们的产品都销售到哪些地方？"谷厂长说："河南有，山东有，江苏有，湖北也有，但是以省内为多，省内又以我们附近这几个县为多。"我说："刚才我们进来时，看到工人不太多，是不是厂里今天休息？"谷厂长说："不是休息，肥料生产有淡季、旺季，淡季生产少，生产多了就积压了，卖不掉，旺季外面来排队，工人三班倒都忙不过来。"我说："咱们厂取得了这么好的成绩，作为厂长，你的功劳是最大的。我想问你一下，谷厂长，你从小到大，对你后来事业成功影响最大的，是什么事情？"谷厂长咧着嘴笑了笑，他想了一会，说："影响最大的，就是上学了。"我说："怎么是上学呢？"他说："我家就是这北面草湾子的。不远，出厂门走几步，就到了。小时候家里穷，没有钱供我上学，但我一门心思就想去上学。"

他说，他父亲是个木匠，整天跑外头给人家做活，家里兄弟姐妹多，连他是七个，他父亲说，饭都吃不上，还上什么学。他娘倒想得开，偷偷省下几个钱来，给他报名上了学。他们村小，村里没有学校，要上学就得到前庄独轮马家去上。从他们家草湾到独轮马家，得经过一个大荒滩，荒滩方圆有七八里地大，地势洼，里头长满了红扎扎的红草,一到六七月份下雨,荒滩洼地就积了水,里头的小路就淹了,得赤脚蹚。我说:"县城附近还有荒地?"他说,那是解放初,荒地多。荒地里还有狐狸、豺狗哪。豺狗也不是真豺狗,是野狗,经常咬人。所以我那时候天天上学放学,娘都替我担心,天一黑,我没到家,娘就吆喊着上荒草地迎我,一迎都迎几里路,老远就听见她喊我的小名。

我说:"荒滩地现在没有了吧?"谷厂长说:"有,还有,比解放那会儿小些。"我说:"离得不远吧,回去的时候,能不能拐过去看看?"谷厂长说:"行,不远,叫小丁带你去看看。"又问了些情况,时间差不多了,我就合了本子站起来说:"谷厂长,情况也知道得差不多了,现在十一点,他们已经在那边等我了。"谷厂长也站起来说:"那好,叫小丁送你。"我们一同走到院子里。小丁看见我们出来了,也从另一间屋里出来,谷厂长说:"小丁,你上保管那里领一件工作服来。"我心想,这,"可能是跟我有关的事了。我们站在院子里说了几句废话,这时小丁回来了,他把一件叠得整整齐齐但看上去料子并不太好的白衬衫交给谷厂长,谷厂长又转手交给我,说没什么好东西,这是厂里的劳保。"这时我心里早已凉了,我态度很坚决地说:"不不不,你不要客气。"说这话时我已经有点恼火了,另外我也觉着这件事对我是个不大不小的侮辱。我尽量地压抑住不满和不快,一边推辞,一边拉开车门上了车。谷厂长跟过来,把衬衫往车座上一扔,说:"那怕什么,自己家的东西,不要紧,不要紧。"

我简直不知说什么好,车开出大门,往与城市相反的方向开去。谷厂长扔在车座上的白衬衫,我连半眼都没看过,有一刻,我甚至想下车的时候我就把它留在车上。车开到一条土路上,不一小会,我们就看见荒滩地了。荒滩地不小,还真有点滚滚草原的味道,红草长得望不见边,滚滚红尘半边天。看了一会儿红草地,我的心情好多了,情绪也多少有些平静下来。我装作严肃地看着红草地,心里却想着别的事,我想:半年前我还很厌恶轻蔑这活计,现在都变成老手了。我确实是成熟多了。

12

吃过午饭照例是大睡。吃饭时小方说:"你们昨晚到几点?我看陆老师眼都睁不开了。"老陆说:"太闲了,小方,要么下午你替我打半天,我好好睡个觉,再看看材料。"小方说:"你不打了?"老陆说:"我晚上打,下午不像样睡一觉,跟人家厂长、经理说话,嘴都直打嘌。"老朱说:"那也行,叫老陆像样睡一觉,他这几天手气也不好,叫他换换手气。"老孔说:"老陆,你明天还去跑那第二家厂呀?这么认真干啥,一个厂半天就够了。"老陆分辩道:"越挖越有东西,不忍心丢了。"

吃过饭回到房间,关了门,上了床,老陆不睡,递根烟叫我抽,说抽根烟再睡,香。我只好抽。点了烟,老陆主动找我说话,说:"大蔡,你以前写过企业吧?"我说:"写过几个。"老陆说:"我是临时叫大黄抓来的,一点思想准备也没有。"这还要思想准备?我说:"老陆,你是第一次写吧?"老陆点点头:"第一次,第一次。"原来老陆这几天手气背,是因为有这个思想负担,怪不得他心事重重的。话说开了,就没有什么不好意思的了。老陆脸朝着我,热切地说:"大蔡,说老实话,我对写这玩意,心里没底。你说这有什么窍门?""这有什么窍门。"我想了想说,"其实这就是写表扬稿,表扬稿你总写过吧,上小学、中学时总写过吧,人家热情接待你,你总不能批评人家一顿。"老陆说:"一点辩证都没有?"我说:"什么辩证?拣好的写。"

下午工作的,是我、小方、老孔和老朱。老陆在床上睡得喷香,到晚上吃饭前,老陆醒来了。他这一觉睡得立竿见影,脸上都见红了。晚饭后老陆接替小方。老朱说:"今晚上,老陆能赢。"我说:"老陆准赢。"老孔说:"老陆睡过来了,他比我们这几个都清醒。"老陆笑笑不说话,精神焕发得很。我想,这个老陆,可不是昨天、前天的老陆了,甚至也不是今天上午的老陆了,得防着他点。